Der Fluch der Gaukler

KAREN MAITLAND

Der Fluch der Gaukler

Historischer Roman

Aus dem Englischen
von Karin König

Weltbild

Die englische Originalausgabe erschien 2008 unter dem Titel
Company of Liars im Verlag Michael Joseph, Penguin Books, London.

Besuchen Sie uns im Internet:
www.weltbild.de

Genehmigte Lizenzausgabe für Verlagsgruppe Weltbild GmbH,
Steinerne Furt, 86167 Augsburg

Übersetzung: Karin König
Umschlaggestaltung: bürosüd°, München
Umschlagmotiv: akg images, Berlin
Gesamtherstellung: GGP Media GmbH, Pößneck
Printed in the EU
ISBN 978-3-8289-9768-4

2013 2012 2011 2010
Die letzte Jahreszahl gibt die aktuelle Lizenzausgabe an.

Der Weg der Gaukler
① Kilmington
② Thornfalcon
③ Die Höhle
④ Woolstone
⑤ North Marston
⑥ Northampton
⑦ Die Kantorei
⑧ Gasthorpe
⑨ Die Einsiedlerinsel
Schottland
Cheviot Hills
York
Lincoln
The Wash
Die Marschen
England
Wales
Gloucester
Bristol
London
Chedzoy
Melcombe

Die Wahrheit ist oft eine schreckliche Waffe.
Es ist möglich, für die Wahrheit zu lügen und sogar zu morden.

ALFRED ADLER, PSYCHIATER

Wir brauchen die Lüge, um zu leben.

FRIEDRICH WILHELM NIETZSCHE, PHILOSOPH

PROLOG

»Also wird es beschlossen. Wir begraben sie bei lebendigem Leibe mit einem Knebeleisen. Das wird sie zum Schweigen bringen.« Der Gastwirt verschränkte die Arme, erleichtert darüber, dass sie sich schließlich zumindest darauf geeinigt hatten. »Das Eisen wird allen Flüchen, die sie ausstößt, entgegenwirken. Eisen hält alles auf. Eine der mächtigsten Sachen, die man nehmen kann, um gegen das Böse vorzugehen, außer natürlich Hostie und Weihwasser. Natürlich wär es besser, wenn wir etwas davon hätten, klar, aber das haben wir nicht, so, wie die Dinge gerade liegen. Aber Eisen tut es auch.«

Seine Frau schnaubte. »Erzähl das unsern Nachbarn. Es gibt nicht eine Tür oder einen Fensterladen im Dorf, die nicht mit Hufeisen behängt sind, aber bei dem Schutz, den sie uns gewähren, hätten wir ebenso gut Hühnerfedern an die Türen hängen können.«

Ihr Ehemann sah sie finster an. »Aber mit dem Knebeleisen wird sie keine Flüche mehr ausstoßen können, oder? Ob also Eisen oder nicht, wird es dennoch wirken.«

»Aber was ist, wenn sie nicht stirbt«, heulte der Hausknecht. »Wenn sie sich ihren Weg durch die Erde herausgräbt und uns mitten in der Nacht holen kommt.« Er sah sich zur Tür um, als könne er sie bereits daran kratzen hören. »Könnten wir nicht einen Ahornpfahl durch ihr Herz treiben, bevor wir sie begraben? Dann wüssten wir sicher, dass sie tot ist.«

»Bei Gottes Knochen, Junge! Willst du vielleicht einen Pfahl in sie schlagen, während sie dasitzt und dich beobachtet? Ich nicht.«

Der Hausknecht schüttelte heftig den Kopf und sank tiefer auf seinem Stuhl, als habe er panische Angst, jemand könne ihm einen Pfahl in die Hände drücken und ihn zwingen, es zu tun.

Der Gastwirt musterte mit gereiztem Seufzen die zwölf Männer und Frauen, die auf den Bänken in seinem düsteren Schankraum kauerten. Obwohl es draußen noch hell war, waren die Fensterläden fest geschlossen und die Tür verriegelt. Nicht dass die Riegel nötig wären – es war nur die Macht der Gewohnheit. Es fühlte sich einfach sicherer an, einen Riegel vorzuschieben. Aber auch mit Riegeln würde sie herausfinden, was geplant war. Was vorüberziehende Fremde anging, die hereinplatzen könnten, so würde sich niemand, der sich nicht den Tod wünschte, an ein Gebäude herantrauen, dessen Türen und Fensterläden geschlossen waren, wie durstig oder hungrig sie auch wären.

Der Gastwirt hatte allen Grund, ungeduldig zu sein. Wenn sie die Angelegenheit nicht bald regelten, wäre es zu spät, um noch vor Einbruch der Dunkelheit zu handeln. Es war schon schlimm genug, ihr bei Tageslicht zu begegnen, aber der Gedanke, sie bei Nacht zu töten, mit nur einer Kerze zwischen sich und ihren Kräften, genügte, um die Eingeweide auch des tapfersten Mannes sich verkrampfen zu lassen, und nach dreiundzwanzigjähriger Ehe hegte der Gastwirt keinerlei Illusionen mehr, dass er ein tapferer Mann wäre.

Nun ertönte die Stimme des Hufschmieds tief und voll aus der Nische, in der er auf seinem Lieblingsplatz saß, sein breites Gesäß über die abgenutzte Bank hinaus quellend. »Haltet sie im Zaum, fesselt sie gut und deckt ungefähr einen Fuß Erde über sie, und wenn sie erstickt ist, werd ich durch die Erde einen Pfahl in ihren Körper treiben. Das sollte genügen.« Er rieb sich wegen eines juckenden Flohbisses auf dem Rücken an der rauen Wand. »Ich werd es unmittelbar bei Mondaufgang tun. Das wird ihren Geist im Grab festhalten. Dann wird sie sich nicht mehr erheben.«

Der Gerber trank einen Schluck Ale und wischte sich mit dem Handrücken den Mund. »Aber ich hab erzählen hören, der einzig sichere Weg sei der, mit dem Spaten eines Totengräbers den Kopf abzuhacken, natürlich erst wenn sie völlig tot ist.«

»So tötet man einen Vampir, aber sie ist keiner, zumindest war davon nicht die Rede«, erklang es von einer Frau im Hintergrund. Nun alt und gebrechlich, hatte sie bei den meisten Leuten im Dorf Geburtshilfe geleistet und auch deren Bestattung miterlebt.

»Wer weiß, was sie ist oder zu was sie werden könnte, wenn sie erst tot ist. Sie ist nicht normal, so viel steht fest.«

Mehrere Köpfe nickten dem Gerber zu. Das war ungefähr das Einzige, worüber sie sich alle einig waren. In all den Stunden der Debatte hatte niemand ihren Namen ausgesprochen, nicht einmal der Hausknecht. Selbst er wusste, dass es Dinge gibt, bei denen es klüger ist, sie nicht laut zu benennen.

»Ich bin immer noch der Meinung, wir sollten sie verbrennen«, sagte die alte Frau. »Dann kommt sie bestimmt nicht aus dem Grab.«

»Aber sie ist keine Ketzerin«, protestierte der Gastwirt. »Es wär besser für uns alle, wenn sie es wär. Die Seelen von Ketzern fliegen direkt in die Hölle. Gott allein weiß, wo ihre Seele hinfliegt. Es würde mich nicht wundern, wenn sie in das nächstbeste Lebewesen fährt, sei es ein Mensch oder ein Tier, und dann hätten wir es mit einem zehnmal schlimmeren Ungeheuer zu tun.«

»Pater Talbot wüsste die Worte, mit denen man ihre Seele in die Hölle schicken könnte«, beharrte die alte Frau eigensinnig.

»Ja, das stimmt, aber er ist tot, vergiss das nicht! Wie auch das halbe Dorf, und wir werden ihnen alle nachfolgen, wenn wir keine Möglichkeit finden, sie zuerst zu töten. Und da innerhalb von vier Tagesritten von hier kein einziger Priester übrig geblieben ist, müssen wir selbst Hand anlegen. Wir können nicht weiterhin darüber streiten, wie es getan werden soll. Wir müssen sie heute töten, bevor die Sonne untergeht. Wir dürfen nicht zulassen, dass sie noch eine weitere Nacht lebt.«

Der Hufschmied nickte. »Er hat recht. Mit jeder Stunde, die sie lebt, wird sie stärker.«

Der Gastwirt wuchtete sich von der Bank hoch, um jeglichem Widerspruch ein Ende zu setzen. »Also ist es dann entschieden«, sagte er fest. »Sie soll mit dem Knebeleisen lebendig begraben werden. Dann, wenn sie tot ist, wird William sie mit dem Eisenpfahl in ihrem Grab pfählen. Das Einzige, was jetzt noch entschieden werden muss, ist, wer ihr das Knebeleisen anlegen wird.«

Er sah sich hoffnungsvoll im Raum um, aber niemand begegnete seinem Blick.

Kapitel 1

DER MITTSOMMERJAHRMARKT

Es heißt, dass ein Geist über euer Grab gegangen sei, wenn ihr jäh mit einem Schauder erwacht. Ich erwachte an jenem Mittsommertag schaudernd. Und obwohl ich das Böse, das dieser Tag uns allen bringen würde, keinesfalls vorhersehen konnte, war es, als spürte ich in diesem Moment des Erwachens jene Kälte, erblickte einen Schatten, als schwebte etwas Übelwollendes unmittelbar außerhalb des Blickfeldes.

Es war dunkel, als ich erwachte, diese schwärzeste aller Stunden vor der Dämmerung, wenn die Kerzen heruntergebrannt sind und die ersten Sonnenstrahlen die Spalten in den Fensterläden noch nicht durchdrungen haben. Aber es war nicht die Kälte der Stunde, die mich erschaudern ließ. Wir lagen in der Scheune, in der wir übernachteten, zu dicht an dicht, als dass jemand auch nur einen Luftzug gespürt hätte.

Jede Bettstatt und jeder Zentimeter Boden war von denen besetzt, die zum Mittsommerjahrmarkt nach Kilmington geströmt waren. Die Luft war feucht vom Schweiß und von den Rülpsern, Fürze und Mundgeruch säuerlich von zu viel Ale. Männer und Frauen brummten und schnaubten auf den knarrenden Brettern und stöhnten, wenn hier und da ein unruhiger Schläfer, in einem schlechten Traum gefangen, seine Nachbarn in die Rippen stieß.

Ich träume selten, aber in jener Nacht hatte ich geträumt, und der Traum war noch bei mir, als ich erwachte. Ich hatte von den kahlen Hügeln des Tieflands geträumt, welche die Cheviots genannt werden, wo sich England und Schottland zusammenkauern, kampfbereit, einander mit Blicken niederzwingend. Ich sah sie so deutlich, als stünde ich dort – die gerundeten Gipfel und die reißenden Ströme, die wilden Ziegen und die vom Wind geschüttelten Krähen, die Pele-Wehrtürme und die Bastles, gedrungene, wehrhafte Bauernhäuser. Ich kannte sie gut. Ich kannte diesen Ort schon seit dem Tag, als ich meinen ersten Atemzug tat. Es war der Ort, den ich einst Heimat nannte.

Ich hatte seit vielen Jahren nicht mehr davon geträumt. Ich war niemals dorthin zurückgekehrt. Ich könnte niemals zurückkehren. So viel wusste ich an dem Tag, an dem ich von dort fortging. Und ich habe all die Jahre versucht, diesen Ort aus meinen Gedanken zu verbannen, überwiegend mit Erfolg. Es hat keinen Sinn, sich nach einem Ort zu sehnen, an dem man nicht sein kann. Und überhaupt – was ist Heimat? Der Ort, an dem man geboren wurde? Die Gegend, in der man sich noch an dich erinnert? Die Erinnerung an mich wird bald vergangen sein. Und selbst wenn noch jemand geblieben wäre, der sich erinnerte, würden sie mir niemals vergeben, könnten sie mich niemals von dem freisprechen, was ich getan habe. Und an diesem Mittsommertag, als ich von jenen Hügeln träumte, war ich so weit von meiner Heimat entfernt, wie es nur möglich war.

Lange schon ziehe ich herum, so viele Jahre, dass ich längst aufgehört habe, sie zu zählen. Außerdem ist es unwichtig. Die Sonne geht im Osten auf und im Westen unter, und wir sagen uns, dass sie das immer tun wird. Ich hätte es besser wissen sollen, als das zu glauben. Ich bin immerhin ein Camelot, ein Hausierer, ein Straßenhändler der Hoffnungen und gekreuzten Finger, der Versprechen und vergoldeten Geschichten. Und glaubt mir, es gibt viele, die solche Dinge kaufen. Ich verkaufe Glauben in einer Flasche: das Wasser des Jordan, genau an der Stelle entnommen, an der die Taube aufstieg, die Knochen der Unschuldigen, die in Bethlehem abgeschlachtet wurden, und die Scherben der Lampen, welche die weisen Jungfrauen getragen haben. Ich biete ihnen Strähnen von Maria Magdalenas Haar, roter als das Erröten eines jungen Burschen, und in kleinen Ampullen, nicht größer als ihre Brustwarzen, die weiße Milch der Jungfrau Maria. Ich zeige ihnen die geschwärzten Finger des heiligen Josef, Palmblätter aus dem Gelobten Land und Haar von genau dem Esel, der unseren Heiland nach Jerusalem hineintrug. Und sie glauben mir, sie glauben alles, denn habe ich nicht die Narbe, die beweist, dass ich den ganzen Weg ins Heilige Land zurückgelegt habe, um gegen die Ungläubigen für diese Dinge zu kämpfen?

Man kann meine Narbe nicht übersehen, purpurfarben und runzelig wie das Arschloch einer Vettel, die sich über Nase und die halbe Wange zieht. Die Höhlung, wo mein Auge sein sollte, wurde zugenäht, und im Laufe der Jahre ist das Augenlid in die Augenhöhle hineingeschrumpft, wie die Haut auf einem alten Kuhmilchpudding. Aber ich versuche nicht, mein Gesicht zu verbergen, denn was könnte ein schlüssigerer Beweis sein, dass jeder Knochen, den ich verkaufe, authentisch ist, dass jeder Tropfen Blut auf die wahrhaftigen Steine der Heiligen Stadt selbst niedertropfte? Und ich kann ihnen solche Geschichten erzählen – wie ich die Hand eines Sarazenen abtrennte, um die Streifen des Grabtuchs unseres Herrn seinem gottlosen Griff zu entwinden; wie ich fünf, nein, ein Dutzend Männer abschlachten musste, nur um meine Flasche in den Jordan tauchen zu können. Die Geschichten berechne ich natürlich extra. Ich berechne für alles etwas.

Wir müssen in dieser Welt alle unseren Lebensunterhalt bestreiten, und es gibt so viele Arten, in diesem Leben zurechtzukommen, wie es darin Menschen gibt. Verglichen mit anderen, mag mein Gewerbe durchaus als ehrbar gelten, und es schadet niemandem. Man könnte sagen, es nützt sogar, denn ich verkaufe Hoffnung, und das ist das kostbarste aller Güter. Hoffnung ist vielleicht eine Illusion, aber sie ist es, die einen daran hindert, in den Fluss zu springen oder Schierling zu trinken. Hoffnung ist eine wunderschön vorgegaukelte Lüge, und es braucht Talent, sie für andere zu erzeugen. Und damals, an jenem Tag, als es, wie es heißt, zuerst begann, glaubte ich wirklich, dass es die höchste aller Gauklerkünste, die edelste aller Lügen sei, Hoffnung zu erzeugen. Ich hatte mich geirrt.

Jener Tag wurde von denen als Unglückstag angesehen, die an solche Dinge glauben. Sie mögen es gerne, wenn man einen Tag hat, an dem man es festmachen kann, als hätte der Tod eine Geburtsstunde oder die Vernichtung einen Moment der Zeugung. Also machten sie es am Mittsommertag 1348 fest, ein Datum, das jeder kennt. Das war der Tag, an dem Menschen und Tiere gleichermaßen zum Einsatz in einem göttlichen Spiel wurden. Das war die Spitze, auf der die Waagschalen von Himmel und Hölle frei schwangen.

Dieser besondere Mittsommertag brach schaudernd und kränklich an, in einen dichten Nebel aus feinem Regen gehüllt. Hütten, Bäume und Kuhställe schwebten geisterhaft im schwachen, grauen Licht, als wollten sie beim Hahnenschrei verschwinden. Aber der Hahn schrie nicht. Er erkannte diese Dämmerung nicht. Auch die Vögel blieben stumm. Alle, die sich begegneten, während sie zum Melken und Versorgen des Viehs eilten, riefen heiter aus, dass der Regen nicht lange andauern würde und dann der schönste Mittsommertag käme, den man je gesehen hätte, aber man spürte, dass sie selbst nicht daran glaubten. Das Schweigen der Vögel brachte sie aus der Fassung. Sie wussten, dass Schweigen an diesem Tag aller Tage ein schlechtes Omen war, obwohl niemand es auszusprechen wagte.

Aber das Tröpfeln endete schließlich, wie sie es vorausgesagt hatten. Ein Streifen Sonnenlicht, fahl und schwach, schien zwischen den schweren Wolken hervor. Er brachte keine Wärme mit sich, aber die Dorfbewohner von Kilmington wollten sich von dieser Kleinigkeit nicht niederdrücken lassen. Lachen hallte über den Anger. Ob schlechtes Omen oder nicht, war dies ihr Feiertag, und sie hätten sogar im Auge eines Orkans geschworen, dass sie sich amüsierten. Besucher aus Nachbardörfern waren hereingeströmt, um zu kaufen und zu verkaufen, zu tauschen und zu feilschen, alten Streit beizulegen und neuen zu beginnen. Dienstboten hielten nach Herren Ausschau, Mädchen nach Ehemännern, Witwer nach guten, starken Frauen, und Diebe spähten nach allen Geldbörsen, die sie stehlen könnten.

Neben dem Weiher drehte sich ein Schwein an einem großen Spieß, und der Rauch dieses köstlich bratenden Fleisches hing in der feuchten Luft und machte den Mund wässerig. Ein kleiner Junge drehte den Spieß langsam und trat nach den Hunden, die hochsprangen und nach dem Fleisch schnappten, denn der Geruch trieb die Tiere fast in den Wahnsinn, und nicht einmal das spuckende Feuer oder Schläge mit einem dicken Stock schreckten sie ab. Die Dorfbewohner schnitten saftige Stücke aus den brutzelnden Lenden, rissen mit den Zähnen daran und leckten sich das Fett von den schmierigen Fingern. Selbst diejenigen, deren Zähne schon lange zu geschwärzten Stümpfen abgenutzt waren, saugten gierig an Stücken Fett und Schweinekruste, während ihnen der Saft das Kinn hinablief. Solch ein seltener Luxus wie frisches Fleisch musste bis zum letzten saftigen Knochen ausgekostet werden.

Kleine Haufen barfüßiger Jungen sausten zwischen den plaudernden Erwachsenen hindurch und versuchten, die scharlachrot gekleideten Jongleure abzulenken, damit ihre Keulen zu Boden fielen. Jungen und Mädchen genossen ihre Freiheit, unbeeindruckt vom feuchten Gras und dem missbilligenden Stirnrunzeln der Priester. Hausierer priesen ihre Waren an. Musikanten spielten auf Flöte und Trommel, und Jugendliche schrien laut genug, um die Dämonen in der Hölle zu wecken. Es war so wie jedes Jahr. Sie nutzten ihren Jahrmarkt so gut wie möglich, denn im übrigen Jahr gab es kaum mehr etwas zu feiern.

Aber das Kind fiel selbst in der drängelnden, lauten Menge unweigerlich auf. Es war ihr Haar, nicht blond, sondern reines Weiß, seidenfein herabfallend wie der wild wuchernde Bart eines alten Mannes, und unter der Schneehaube ihres Haars ein Gesicht, blasser als der Oberschenkel einer Nonne, weiße Augenbrauen, weiße Wimpern die Augen umrahmend, die so durchscheinend waren wie der Himmel in der Dämmerung. Die zarte Haut ihrer knochigen Glieder schimmerte gegenüber der nussbraunen Haut der übrigen Marktbälger eisblau. Aber es war nicht nur die Abwesenheit von Farbe an ihr, die meine Aufmerksamkeit erregte. Es waren die Prügel.

Es ist nicht ungewöhnlich, wenn ein Kind Schläge bekommt. Ich hatte an jenem Tag wahrscheinlich schon ein halbes Dutzend Fälle gesehen, einen Gertenhieb über bloße Beine für einen unachtsam fallengelassenen Eierkorb, eine gegerbte Rückseite für das Davonlaufen ohne Erlaubnis, eine Ohrfeige ohne guten Grund, außer dass das Balg im Weg war. All die jungen Sünder, die den Schlägen auszuweichen versuchten und laut genug brüllten, um die Strafenden zu versichern, dass die Bestrafung vollkommen eingesehen wurde – von allen, aber nicht von ihr. Sie schrie nicht und wehrte sich nicht, sondern blieb still, als würden ihr die Schläge auf den Rücken mit einer Feder anstatt mit einem Gürtel beigebracht, und dies schien den Strafenden nur noch mehr zu erzürnen. Ich dachte, er würde sie bewusstlos schlagen, aber schließlich ließ er von ihr ab. Sie stolperte unsicher einige Meter von ihm fort, mit emporgerecktem Kinn, obwohl die Beine fast unter ihr nachgaben. Dann wandte sie den Kopf und sah mich an, als spüre sie, dass ich sie beobachtete. Ihre fahlen, blauen Augen waren so trocken und klar wie ein Sommertag, und um ihren Mund lag ein ganz leiser Anflug eines Lächelns.

Der Mann, der sie geschlagen hatte, war nicht der Einzige, den ihr Schweigen erzürnt hatte. Ein dicker, beringter Händler schüttelte die Faust in seine Richtung, forderte Entschädigung, vor Zorn fast puterrot im Gesicht. Ich konnte durch die Rufe und das Geplapper der kleinen Menschenmenge, die sich um sie versammelt hatte, nicht hören, was zwischen ihnen vor sich ging, aber letztendlich schienen sie sich zu einigen, und der Händler ließ sich in Richtung der Taverne davonführen, während die Zuschauer die Nachhut bildeten. Der Mann beabsichtigte zweifellos, den erzürnten Händler mit einschläfernd starkem Wein zu beschwichtigen. Während er den Händler mit einer Hand schmeichelnd am Ellenbogen fasste, nutzte er die Gelegenheit, das Mädchen ebenfalls zu ohrfeigen, als er an ihr vorüber kam, ein geübter Schlag, ohne anscheinend auch nur in ihre Richtung zu blicken. Der Schlag warf sie mit dem Gesicht voran zu Boden, und dieses Mal blieb sie klugerweise liegen, bis er sicher in die Taverne gelangt war. Dann kroch sie in eine schmale Lücke zwischen einem Baumstamm und den Rädern eines Wagens, kauerte sich dorthin, die Arme um die Knie geschlungen, und sah mich wie eine Katze vom Kaminsims mit großen, ausdruckslosen Augen an.

Sie war wohl ungefähr zwölf Jahre alt, barfuß und mit einem schmuddeligen, weißen Wollhemd bekleidet, ein blutrotes Band um den Hals, das die Weiße ihres Haars noch betonte. Sie sah mich weiterhin an, aber nicht meine Narbe, sondern mein gesundes Auge, mit einer Intensität, die eher gebieterisch als neugierig wirkte. Ich wandte mich ab. Was auch immer geschehen war, hatte nichts mit mir zu tun. Das Mädchen war für irgendein Vergehen bestraft worden, wahrscheinlich wegen Diebstahls, und hatte zweifellos verdient, was sie bekommen hatte, obwohl sie offensichtlich dagegen abgehärtet war, da es so wenig Wirkung auf sie zeigte. Es gab also keinen Grund für mich, irgendetwas zu ihr zu sagen.

Ich nahm eine Pastete aus meiner Tasche, brach sie entzwei, warf ihr eine Hälfte zu und kauerte mich dann mit dem Rücken zum Baumstamm hin, um meinen Anteil zu verspeisen. Ich hatte Hunger, und hier war nun, wo sich die Menschenmenge zerstreut hatte, ein ruhiger Platz zum Essen. Und ich hätte nicht essen können, ohne dem Kind einen Bissen anzubieten, oder? Ich blickte über den geschäftigen Jahrmarkt hinweg und kaute gemächlich. Die Pastete war so trocken wie ein Teufelshuf, aber das gesalzene Hammelfleisch darinnen war herzhaft und gut gewürzt. Das Mädchen hielt ihr Stück Pastete mit beiden Fäusten fest, als befürchte sie, jemand könne es ihr entreißen. Sie sagte nichts, nicht einmal danke.

Ich nahm einen Schluck Ale, um meinen Mundvoll hinunterzuspülen. »Hast du einen Namen, Mädchen?«

»Narigorm.«

»Nun, Narigorm, wenn du seinesgleichen bestehlen willst, musst du dein Gewerbe besser beherrschen lernen. Du hast Glück, dass er nicht nach dem Büttel geschickt hat.«

»Hab nicht gestohlen.« Die Worte drangen aus ihrem vollen Mund undeutlich hervor.

Ich zuckte die Achseln und sah sie von der Seite an. Sie hatte das Stück Pastete bereits aufgegessen und leckte sich gerade sehr konzentriert die Finger ab. Ich fragte mich, wann sie zuletzt etwas gegessen hatte. Wenn man die Gemütsverfassung des Mannes bedachte, bezweifelte ich, dass er ihr heute noch einmal etwas zukommen lassen würde. Aber bezüglich des Stehlens glaubte ich ihr halbwegs. Ein Mädchen, das sich so deutlich von der Menge abhob, würde als Taschendiebin nicht lange überleben, und es schien mir, dass ihr Vater oder Herr, oder was auch immer der Mann war, bei ihrem Aussehen ein gutes Auskommen darin finden könnte, sie stundenweise an Männer zu vermieten, deren Geschmack in Richtung kleiner Jungfrauen ging. Aber dieses Mal hatte sie ihren Kunden eindeutig erzürnt. Vielleicht hatte sie sich dem Händler verweigert, oder er hatte es mit ihr versucht und festgestellt, dass er nicht der Erste gewesen war, der an ihre Tür geklopft hatte. Sie musste wohl noch lernen, das geschickt zu verbergen. Wenn erfahrenere Frauen ihr erst den Trick beigebracht hatten, könnte sie bestimmt gutes Geld einnehmen. Sie hätte in dem Gewerbe noch einige Jahre vor sich, vermutlich mehr als die meisten, denn auch wenn die Blüte ihrer Jugend vorüber wäre, würden noch immer viele Männer erkleckliche Summen für eine Frau bezahlen, die sich so sehr von allen anderen unterschied.

»Wollt Ihr, dass ich es jetzt für Euch tue, für die Pastete?« Ihre Stimme klang so ausdruckslos, wie es auch ihr Blick war. »Wir müssen uns beeilen, bevor der Herr zurückkommt. Er wird nicht erfreut sein, wenn Ihr nicht in Münzen bezahlt.«

Ihre kleine, kalte Hand wollte sich in meine schleichen. Ich legte sie freundlich, aber bestimmt auf ihren Schoß zurück, während ich sie bedauerte, weil sie bereits gelernt hatte, keine Geschenke vom Leben zu erwarten. Nicht einmal eine Brotkruste war umsonst. Dennoch, je früher man diese Lektion lernt, desto weniger Enttäuschungen wird man erleben.

»Ich bin über solche Dinge hinaus, Mädchen. Viel zu alt. Außerdem war es nur ein Happen Essen. Nimm es, und es ist gut. Du bist ein hübsches Mädchen, Narigorm. Du brauchst dich nicht so billig zu verkaufen. Nimm einen Rat von einem alten Camelot an. Je mehr die Menschen für etwas bezahlen, als desto wertvoller erachten sie es.«

Sie runzelte leicht die Stirn, legte den Kopf zur Seite und betrachtete mich neugierig. »Ich weiß, warum Ihr nicht wollt, dass ich die Runen für Euch lese. Ihr wollt nicht wissen, wann Ihr sterben werdet. Alte Männer sagen, sie wollen es wissen, aber das wollen sie nicht.« Sie wiegte sich wie ein kleines Kind auf den Hacken vor und zurück. »Ich sagte dem Händler, dass er all sein Geld verlieren würde und dass seine Frau davonlaufen und ihn verlassen würde. Es ist die Wahrheit, aber sie gefiel ihm nicht. Mein Herr sagte ihm, ich necke ihn nur, und versuchte mich dazu zu bringen, ihm ein besseres Schicksal vorauszusagen, aber das wollte ich nicht. Ich kann nicht lügen. Wenn man lügt, verliert man die Gabe. Morrigan vernichtet Lügner.«

Also war sie eine Wahrsagerin. Ein guter Trick, wenn man andere von der Wahrheit der eigenen Worte überzeugen konnte. Bei manchen von ihnen kann man schwer sagen, ob sie selbst an ihre Kunst glauben oder nicht. War sie überzeugt davon, dass sie dem Händler die Wahrheit gesagt hatte, oder war ihr die dicke Kröte zuwider und sie hatte ihm aus Boshaftigkeit ein schlechtes Schicksal vorausgesagt? Wenn dem so war, hatte sie dafür bezahlt und könnte sehr wohl erneut dafür bezahlen, wenn ihr Herr gezwungen war, in der Taverne zu viel auszugeben, um den Händler zu beschwichtigen, aber sie schien nach dem Ausdruck auf dem Gesicht des Händlers zu schließen, eine Tracht Prügel wert zu sein. Ich hätte in ihrem Alter vielleicht ebenso gedacht. Ich kicherte.

»Ich *habe* ihm die Wahrheit gesagt«, zischte sie heftig. »Ich werde Euch weissagen, dann werdet Ihr es erkennen.«

Über den Groll in ihrer Stimme bestürzt, blickte ich sie an, aber ihre fahlen, blauen Augen waren noch genauso groß und ausdruckslos wie zuvor, und ich erkannte, dass ich töricht war. Kinder hassen es, ausgelacht zu werden. Es war nur allzu natürlich, dass sie ungehalten war, wenn sie glaubte, dass ich an ihr zweifelte.

»Ich glaube dir, Kind, aber ich möchte mir mein Schicksal nicht vorhersagen lassen. Es hat nichts damit zu tun, dass ich deine Fähigkeiten anzweifele«, fügte ich rasch hinzu, »aber wenn du erst einmal in meinem Alter bist, eilt die Zukunft ohnehin zu hastig auf dich zu, auch ohne dass du ihr entgegenläufst.«

Ich erhob mich mühsam. Ich habe keine Schwierigkeiten mit Leuten, die ihren Lebensunterhalt damit verdienen weiszusagen, die die Heilkunst oder andere magische Künste ausüben, die sie benutzen können, um Menschen ein paar Münzen abzuluchsen – warum sollte ich? Praktiziere ich meine Kunst nicht bei den Abergläubischen und Leichtgläubigen? Aber ich sehe keinen Grund, mich für solche Dienste von meinem hart verdienten Geld zu trennen. Außerdem kann man, wenn man die Zukunft liest, auch die Vergangenheit lesen, denn sie sind Enden desselben Fadens, und ich achte stets sorgfältig darauf, dass niemand etwas über mich erfährt, was über die Gegenwart hinausgeht.

Die Schatten auf dem Boden wurden länger. Der Wind, der niemals warm war, wurde jetzt richtiggehend kalt. Das Schwein war nur noch Knochen. Einige Leute gingen nach Hause, aber andere, von denen die meisten nicht mehr allzu sicher auf den Füßen standen, strebten dem Wald zu, um die Feiern fortzuführen, nun da der Jahrmarkt vorüber war. Ich räumte meine alten Knochen in mein Bündel. Heute kamen bestimmt keine Kunden mehr. Ich schwang es auf meinen Rücken und folgte der kunterbunten Menge. Mir schien, dass in den Wäldern in dieser Nacht noch manch guter Schluck hinuntergespült und auch noch viel Fleisch für diejenigen geboten würde, deren Mägen es noch vertrugen, was bei mir der Fall war.

Ich sagte nichts mehr zu dem Mädchen. Ich hatte meine christliche Pflicht erfüllt, einen Happen mit ihr geteilt, und das war's. Aber es lag etwas an der Art, wie sie mich ansah, das mich aus der Fassung brachte. Ich hatte mich im Laufe der Jahre daran gewöhnt, angestarrt zu werden. Ich bemerkte es jetzt kaum noch. Nein, nicht dass sie meine Narbe betrachtete, war es, was mich störte. Es war eher die Tatsache, dass sie sie *nicht* ansah. Sie betrachtete mich, als versuche sie, dahinter zu blicken.

Die Männer vor mir trotteten den Feldweg entlang und stolperten über Wurzeln und Steine. Einer fiel hin. Ich half seinem Freund, ihn wieder aufzurichten. Er klopfte mir auf den Rücken und rülpste, und sein Atem stank schlimmer als ein Drachenfurz. Morgen früh gab es in dieser Gegend bestimmt einige Brummschädel. Während wir ihn stützten, bis er herausfinden konnte, welchen Fuß er zuerst bewegen musste, schaute ich zum Anger zurück. Obwohl ich aus der Entfernung keine Gesichter erkannte, konnte ich sehen, wie sich ein verschwommener weißer Fleck von all den Braun-, Grün- und Scharlachtönen darum herum abhob. Sie stand am Rande der Wiese und beobachtete mich noch immer. Ich konnte ihren Blick spüren, der mich zu durchschauen versuchte. Auf einmal wurde ich wütend auf sie. Mein Zorn war grundlos, das wusste ich, denn das arme Kind hatte mir absolut nichts zuleide getan, aber ich schwöre, dass es mir nicht leidgetan hätte, wenn ihr Herr in dem Moment aus der Taverne gekommen wäre und sie erneut geschlagen hätte. Ich wollte genau wie er, dass sie weinte. Tränen sind natürlich. Tränen sind menschlich. Tränen beschränken deine Neugier auf dich selbst.

Also, könntet ihr fragen, war es das? War das der Anfang? War es das, was alles auslöste – eine halbe, einem Kind mit eisigen Augen angebotene Pastete? Wohl kaum ein Unglückstag für irgendjemanden außer dem dicken Händler. Ihr habt recht, wenn das alles gewesen wäre, wäre es nichts gewesen, aber an diesem Tag geschah noch etwas, mehrere Meilen entfernt, in einer kleinen Stadt am Meer namens Melcombe. Ein getrenntes Ereignis, würde man denken, und doch sollten diese beiden Ereignisse so fest miteinander verwoben werden wie Kette und Schuss eines Streifens Seide. Fäden, die aus verschiedenen Richtungen gezogen wurden und doch dazu bestimmt waren, zu einem zu werden. Der Kettfaden in diesem Gewebe? Das war der Tod eines Mannes. Wir werden ihn John nennen, denn ich habe seinen Namen nie erfahren. Jemand musste ihn gekannt haben, aber sie gaben es niemals zu, und so wurde er namenlos begraben.

John brach auf dem bevölkerten Marktplatz zusammen. Es wurde beobachtet, wie er stolperte und sich Halt suchend an die Seite eines Karrens klammerte. Die meisten hielten ihn für betrunken, denn er wirkte wie ein Seemann, und Seeleute verbringen, wie jedermann weiß, ihre Zeit an Land damit zu saufen, bis ihr Geld zur Neige geht und sie gezwungen sind, wieder auf See zu gehen. John beugte sich vornüber und hustete sich die Lungen aus dem Leib, bis schaumige Blutspritzer aus seinem Mund auf seine Hände und die Räder des Karrens sprühten. Dann sank er auf die Knie und fiel um.

Die Leute, die ihm sofort zu Hilfe eilten, schraken zurück, keuchten und schlugen die Hände vors Gesicht. Dieser Geruch war nicht der übliche Gestank eines ungewaschenen Trunkenbolds, sondern so übel, dass er aus einem offenen Grab zu kommen schien. Dennoch machten diejenigen mit robusteren Mägen Anstalten, ihn bei den Armen zu nehmen und umzudrehen, aber er schrie vor Schmerz so laut auf, dass sie ihn bestürzt wieder losließen. Die Männer starrten ihn an, konnten ihn nicht erneut anrühren und wussten doch nicht, wie sie ihm helfen sollten.

Der Mann, dem der Karren gehörte, stieß John mit einer Schuhspitze an, wollte ihn ermutigen davonzukriechen. Der Fuhrmann war kein gefühlloser Mensch, aber er musste vor Einbruch der Nacht das nächste Dorf erreichen. Er konnte Regen auf dem Wind riechen und wollte fort sein, bevor Schauer herabprasselten und die Fahrbahn in Morast verwandelten. Es war eine teuflische Aufgabe, diesen Waldweg entlangzufahren, wenn er erst schlammig wurde, und wenn man stehen bleiben musste, um den Karren aus einer Furche zu stemmen, wurde man leicht die Beute irgendeines Diebes, der sich an der Geldbörse und dem Karren desjenigen bedienen und ihn so gut wie tot im Graben zurücklassen würde. Gott weiß, dass es solche Halunken im Wald gab. Er stieß John erneut an, versuchte ihn dazu zu bringen, unter dem Karren hervorzukommen. So dringend er auch weiterkommen wollte, konnte der Fuhrmann wohl kaum über einen kranken Menschen hinwegfahren.

John, der die Schuhspitze an seinem Körper spürte, ergriff das Bein des Fuhrmanns und versuchte, sich daran aufzurichten. Er hob sein schwitzendes Gesicht an, die Augen im Kopf zurückrollend, während eine weitere Schmerzwoge seinen Körper erschütterte, und da sah der Fuhrmann, dass Johns Gesicht und Arme mit blau-schwarzen Flecken übersät waren. Es war ein Anblick, der jedermann zurückzucken ließ, aber der Fuhrmann begriff nicht, was er da sah. Er erkannte die Zeichen nicht. Warum sollte er? Sie waren hier zuvor noch nicht zu sehen gewesen, nicht an diesem Ort, nicht in diesem Land.

Aber irgendjemand erkannte sie. Jemand hatte diese verräterischen Flecken schon früher gesehen. Er war ein Händler, der weit über unsere Küsten hinaus gereist war und die Zeichen nur zu gut kannte. Er stand einen Moment wie betäubt da, als könne er nicht glauben, dass das hier geschah. Dann griff er Halt suchend nach dem Karren und krächzte: »*Morte bleu.*« Die kleine Menschenmenge, die sich um sie versammelt hatte, blickte unverständig von dem Händler zu der sich windenden Gestalt auf dem Boden. Der Händler deutete mit zitternder Hand hin. »*Morte bleu, Morte bleu*«, schrie er, seine Stimme hysterisch ansteigend, berief dann die wenige Vernunft herauf, die er noch besaß, und rief: »Er hat die Pest!«

Der Fuhrmann hatte recht. In dieser Nacht regnete es. Kein Tröpfeln wie in der Dämmerung. Das war nur der Prolog des Regens gewesen. Nein, dieses Mal schüttete es. Harte, schwere Tropfen trafen auf Blätter, Erde, Saaten und Strohdächer auf, verwandelten Wege in Flüsse und Felder in Morast. Es regnete, als sei dies der Anfang der Sintflut, und vielleicht dachten jene, die zu Noahs Zeiten die ersten Tropfen fallen sahen, genau wie wir, dass es nichts bedeutete. Vielleicht dachten sie auch, dass der Regen am nächsten Morgen oder am nächsten Tag aufhören würde.

Kapitel 2

DIE GRUPPE

»Woher kommst du, Junge?«

Es war keine freundliche Frage. Der Gastwirt stand im Eingang und schlug sich mit einem dicken Stock rhythmisch auf die Handfläche. Er war ein großer Mann, die muskulösen Arme mit schwarzen Haaren bedeckt. Er war nicht im besten Alter, und sein Bauch war zu dick, als dass er hätte vorgeben können, behände zu sein, aber andererseits brauchte er das auch nicht. Ein Schlag mit diesem Stock, und er würde seine Gegner nicht jagen müssen.

Der Bursche, der ihm gegenüberstand, zögerte, den Blick nervös auf den tanzenden Stock gerichtet. Er trat einen Schritt zurück und stolperte, von seinem auffälligen Reiseumhang behindert. Er war ein dünner Jugendlicher, kleiner als der Gastwirt. Er zog den Umhang gegen den Regen mit einer Hand fest um sich, welche die Farbe von Palisander hatte, lang war und auf weiche Art vornehm wirkte. Eine Laute hing über einer Schulter. Dies war kein Bauernjunge.

»Antworte mir, Junge, wenn du weißt, was gut für dich ist. Bist du aus dem Süden gekommen?«

Der Junge trat einen weiteren Schritt zurück und schluckte, war sich offensichtlich nicht sicher, ob ja oder nein die richtige Antwort wäre.

»J … ja«, wagte er schließlich zu sagen.

»Er meint, dass er in den Ländern im Süden geboren wurde«, sagte ich und trat so schnell ich konnte zwischen den erhobenen Knüppel und den zurückschreckenden Jungen. »Aber er ist während der letzten Monate nicht aus dem Süden gekommen. Ich sah ihn selbst letzte Woche beim Magdalena-Jahrmarkt in Chedzoy, das liegt in Richtung Bridgwater. Stimmt's nicht, Junge?« Ich stellte meinen Fuß auf seinen und drückte fest zu.

Der Junge nickte heftig. »Ja, aus Chedzoy, von dort kamen wir hierher.« Er zitterte elendiglich, der Regen tropfte von seiner Kapuze herab.

Der Gastwirt betrachtete ihn misstrauisch von oben bis unten. »Du, Camelot, schwörst du, dass du ihn dort gesehen hast?«

»Bei den Knochen des heiligen Peter.«

Er schaute wieder zu dem Jungen und senkte den Knüppel dann schließlich. »Zwei Pennys für ein Zimmer, ein Penny für die Scheune. Das Heu ist sauber. Achtet darauf, dass es so bleibt. Hunde schlafen draußen.«

An diesem Abend saßen nicht viele Leute in dem Gasthaus in Thornfalcon. Nur einige wenige Reisende wie ich selbst und eine Handvoll Ortsansässige, denn der Regen ließ viele an ihrem eigenen Herd verweilen. Der Gastwirt war in ebenso schlechter Stimmung wie das Wetter. Es war immerhin erst Ende Juli, und er rechnete damit, dass lange, warme Sommerabende die Bänke in seinem Hof füllen würden. Er brüllte seine Frau an und zürnte ihr, die wiederum das Ale auf die Tische knallte, sodass es überschwappte, und ihre Gäste anfunkelte, als wäre es ihre Schuld. Ihr missmutiges Gesicht förderte das Geschäft auch nicht gerade. Wenn ein Mann schlecht gelaunte Gesellschaft wünscht, kann er sie normalerweise an seinem eigenen Herd finden. Er muss niemand anderen für dieses Privileg bezahlen.

Ich sah den Jungen mit einem älteren Mann hereinkommen. Er sah sich um und deutete, als er mich erblickte, an seinen Begleiter gewandt auf mich. Beide kamen herüber. Der ältere Mann musste sich ducken, um unter den Balken hindurchzugelangen. Seine Haut war ebenso olivfarben wie die des Jungen, aber während der Junge ein schlanker, zart wirkender Jugendlicher war, handelte es sich bei dem Mann um einen kräftigen, muskulösen Erwachsenen, der ein wenig zu dick wurde. Falten hatten sich in seine Augenwinkel eingegraben, und sein dunkles Haar war von Grau durchzogen. Er war nicht unbedingt gut aussehend, wirkte aber mit seiner römischen Nase und dem vollen Mund durchaus eindrucksvoll. Er hatte in seiner Jugend zweifellos mehr als nur einer Frau den Kopf verdreht und tat es wahrscheinlich immer noch. Er verbeugte sich höflich und ließ sich dann schwer auf der gegenüberliegenden Bank nieder.

»*Buona sera, Signore*. Ich bin Rodrigo. Verzeiht die Aufdringlichkeit, aber ich wollte Euch danken. Jofre erzählte mir, Ihr hättet Euch für ihn eingesetzt. Wir stehen in Eurer Schuld, Camelot.«

»Jofre?«

Er deutete mit dem Kopf auf den jungen Mann, der respektvoll neben ihm stand.

»Mein Schüler.«

Der junge Mann verbeugte sich in Nachahmung seines Meisters knapp.

Ich nickte. »Schon gut. Es war nur ein Wort, und Worte kosten nichts. Aber lasst mich Euch etwas sagen. Ich weiß nicht, wo Ihr wirklich herkommt, und für mich ist es unwichtig, aber es ist derzeit am sichersten, wenn Ihr sagt, dass Ihr von Norden angereist seid. Diese Gerüchte machen die Menschen vorsichtig.«

Der Mann lachte, ein tiefes Lachen, das seine müden Augen tanzen ließ. »Ein Gastwirt bedroht seine Gäste mit einem Knüppel, und das ist vorsichtig?«

»Ihr spracht von Gerüchten, welche Gerüchte?«, unterbrach Jofre ihn. Er verstand sich eindeutig gut mit seinem Meister.

»Aus Eurer Laute und Euren Gewändern schloss ich, dass Ihr Musikanten seid. Es überrascht mich, dass Ihr die Neuigkeiten auf Euren Reisen nicht gehört habt. Ich dachte, inzwischen wüsste es ganz England.«

Der Meister und sein Schüler wechselten Blicke, aber es war Rodrigo, der antwortete, wobei er sich zuerst umsah, um festzustellen, ob andere der Unterhaltung lauschten.

»Wir sind noch nicht lange unterwegs. Wir standen beide im Dienste eines Adligen. Aber … aber er ist alt, und sein Sohn hat nun die Leitung seiner Ländereien übernommen. Er brachte seine eigenen Musikanten mit sich, und so versuchen wir nun, unser Glück unterwegs zu finden. *È buono*«, fügte er gezwungen heiter hinzu, »die ganze Welt steht uns offen, und viele hübsche Mädchen warten auf uns, die noch Jungfrauen sind. Stimmt's nicht, Jofre?«

Der Junge, der gerade elendig angespannt seine Hände betrachtete, nickte knapp.

Rodrigo schlug ihm auf die Schulter. »Ein neuer Anfang, nicht wahr, *Ragazzo*?«

Der Junge nickte erneut und errötete zutiefst, hob aber nicht den Blick.

Ein neuer Anfang für wen von beiden, fragte ich mich. Mir schien, dass mehr an der Geschichte war, als Rodrigo erzählt hatte. Vielleicht war der eine oder der andere einem hübschen Mädchen in der Familie des Adligen mit seinen Blicken zu nahe gekommen, das hörte man häufiger. Gelangweilte Frauen, die zu lange allein gelassen werden, sind einem Liebesspiel mit einem gut aussehenden Musikanten nicht abgeneigt.

»Ihr sagtet, es gäbe Gerüchte«, erinnerte Jofre mich mit einer gewissen Dringlichkeit in der Stimme.

»Die große Pest hat unsere Küsten nun doch erreicht.«

Jofres Augen weiteten sich entsetzt. »Aber es hieß, sie könnte diese Insel nicht erreichen.«

»Es heißt vor einer Schlacht auch, der König könne nicht besiegt werden, aber das ist normalerweise ein Irrtum. Sie wurde auf einem Schiff von der Insel Guernsey hierher gebracht, heißt es, aber wer weiß, vielleicht ist auch das ein Irrtum. Aber wo immer sie herkam, ist jetzt kaum noch wichtig. Von Bedeutung ist, dass sie uns erreicht hat.«

»Und sie breitet sich aus?«, fragte Rodrigo leise.

»Entlang der Südküste, aber sie wird sich gewiss auch im Land ausbreiten. Befolgt meinen Rat, reist nach Norden und haltet Euch von den Häfen fern.«

»Die Häfen werden bestimmt bald geschlossen werden, wie in Genua.«

»Im Süden, vielleicht, aber an der Ost- und Westküste werden die Händler die Schließung der Häfen nicht zulassen, zumindest nicht bis sie die Toten in den Straßen liegen sehen. Es segelt zu viel Geld auf den Wogen.«

Ein unterdrücktes Schluchzen ließ uns beide aufschauen. Jofre stand mit geballten Fäusten, bleichem Gesicht und verkrampftem Mund da. Dann wandte er sich um und stürzte blindlings aus dem Gasthaus, wobei er die zornigen Flüche der Frau des Gastwirts ignorierte, als er an ihr vorüberschoss und ihr eine Schüssel aus der Hand stieß.

Rodrigo erhob sich. »Verzeiht, Camelot, bitte entschuldigt ihn. Seine Mutter – sie war in Venedig, als die Pest dorthin kam. Seitdem hat er nichts mehr von ihr gehört.«

»Aber das bedeutet nicht notwendigerweise das Schlimmste. Wie könnte sie in diesen Zeiten eine Nachricht senden? Es stimmt schon, die Gerüchte besagen, dass die Hälfte der Menschen gestorben sei, aber wenn dem so ist, dann hat auch die Hälfte die Pest überlebt. Warum sollte sie nicht eine von ihnen sein?«

»Das erkläre ich ihm auch stets, aber sein Herz sagt ihm etwas anderes. Er liebt sie. Sein Vater hat ihn fortgeschickt, aber er wollte sie nicht verlassen. Die Entfernung hat eine Sterbliche in seiner Erinnerung in eine heilige Jungfrau verwandelt. Und weil er sie verehrt, fürchtet er, sie verloren zu haben. Ich muss ihn suchen. Die Jungen sind ungestüm. Wer weiß, was sie tun werden?«

Er eilte dem Jungen hinterher, hielt nur inne, um mit der Frau des Gastwirts zu reden, die, wenn möglich, noch zorniger war, seit Jofre sie angerempelt hatte. Ich konnte wegen der Unterhaltungen der übrigen Gäste nicht hören, was zwischen ihnen gesprochen wurde, aber ich konnte sehen, dass ihre zornige Miene zu einem widerwilligen Lächeln schmolz und sie dann zutiefst errötete. Und als er sich verbeugte, ihr die Hand küsste und sich entschuldigte, sah sie seinem entschwindenden Rücken mit dem kuhäugigen Blick einer liebeskranken Maid nach. Rodrigo hatte die Kunst der Minne gut gelernt. Ich fragte mich, wie er wohl mit eifersüchtigen Ehemännern umging. Wahrscheinlich war er nicht ganz so geschickt darin, deren Bewunderung zu erringen, sonst müsste er sich jetzt nicht als fahrender Musikant durchschlagen.

Ich lehnte mich mit meinem Ale zurück, das in Ordnung war, und mit der dicken Gemüsesuppe, für die das nicht galt, obwohl sie heiß war und sättigte. Wenn man weiß, wie sich ein leerer Magen anfühlt, lernt man, dafür überaus dankbar zu sein. Doch durfte ich nicht lange in Frieden dasitzen. Ein ungepflegter Mann, der seine geräumige Kehrseite am Feuer gewärmt hatte, ließ sich auf der von Rodrigo verwaisten Bank nieder. Ich hatte ihn schon früher in dieser Gegend gesehen, hatte aber nie mehr als ein schroffes »'n Tag« mit ihm gewechselt. Er betrachtete lange Zeit schweigend und intensiv seinen Krug Ale, als erwarte er, etwas Neues und Bestürzendes daraus hervorkriechen zu sehen.

»Sind sie Fremde?«, fragte er plötzlich, ohne aufzublicken.

»Warum denkt Ihr das?«

»Sehen aus wie Fremde, reden auch so.«

»Wie viele Fremde habt Ihr schon reden hören?«

Er sah mich finster an. »Genügend.«

Es hätte mich überrascht, wenn der Mann in seinem bisherigen Leben mehr als einem halben Dutzend begegnet wäre. Er hätte, seinem Aussehen nach zu urteilen, ganz zu schweigen von seiner Sprache, keinen Isländer von einem Mauren unterscheiden können. Thornfalcon lag nicht an der Haupt-Händlerstraße, und das nahegelegene kleine Kloster enthielt nur die Relikte eines örtlichen Heiligen, den zu besuchen sich nur wenige außerhalb dieser Gegend die Mühe machen würden. Das Stirnrunzeln des Mannes grub sich noch tiefer in die schmutzigen Furchen seines Gesichts.

»Ihr habt mir noch nicht geantwortet. Sind sie Fremde?«

»Engländer wie Ihr und ich. Waren ihr ganzes Leben lang Musikanten am Hof irgendeines Adligen. Ihr wisst, wie das ist – wenn sie den ganzen Tag mit dem Adel zusammen sind, halten sie sich allmählich selbst für hochgeboren. Sie kleiden sich in deren abgelegte Sachen, und bevor man sich's versieht, reden sie auch so wie sie.«

Der Mann brummte. Er hatte wahrscheinlich noch nie einen Adligen reden hören, so dass ich damit auf der sicheren Seite war.

»Solange sie keine Fremden sind.« Er hustete und spie auf den Boden. »Verdammte Fremde. Ich würd sie aus England vertreiben lassen, jeden Einzelnen von ihnen. Und wenn sie nicht gehen wollten …« Er fuhr sich mit einem dicken Finger über die Kehle. »Bringen diese verdammten Krankheiten hierher.«

»Die Pest? Ich hörte, Burschen aus Bristol hätten sie an Bord ihres Schiffes gebracht.«

»Ja, weil sie sich in Guernsey mit verdammten Fremden abgegeben haben, darum. Wenn man in fremde Gegenden reist, bekommt man nur, was man verdient.«

»Habt Ihr Familie?«

Er seufzte. »Fünf Kinder, nein, sechs sind es jetzt.«

»Dann werdet Ihr Euch Sorgen um sie machen, wenn sich die Pest ausbreitet.«

»Die Frau macht sich Sorgen, jammert Tag und Nacht darüber. Ich sage ihr ständig, dass die Pest sich nicht ausbreiten wird. Sage ihr, ich würd sie schlagen, wenn sie weiter darüber lamentiert. Das muss man, nicht wahr, nur um ihnen Verstand einzubläuen.«

»Vielleicht macht sie sich zu Recht Sorgen. Es heißt, die Pest hätte bereits Southampton erreicht.«

»Ja, aber sie breitet sich nur entlang der Küste aus, denn da sind die Fremden, in den Häfen. Priester sagen, sie sei eine Strafe für die Fremden, also liegt es nahe, dass sie nicht hierher kommen wird, weil wir hier keine Fremden haben.«

Und das war ziemlich genau das, was sie alle während dieser ersten wenigen Wochen glaubten, nachdem sich die Pest hereingeschlichen hatte. Jenseits der Südküste verlief das Leben weiterhin fast genauso wie immer. Man hätte meinen sollen, die Menschen würden in Panik geraten, aber die Wahrheit ist, dass sie nicht glaubten, sie könnte sie betreffen. Sie waren Fremden gegenüber misstrauisch, wurden sogar tätlich, aber sie versicherten sich dennoch gegenseitig, dass die Pest etwas Fremdes sei. Nun, sie hatte sogar einen fremden Namen – *morte bleu*. Wie könnte ein Engländer an einer Krankheit sterben, die so eindeutig für Fremde bestimmt war?

Jene Städte entlang der Südküste, die ihr bereits erlegen waren und die wie Weizen unter der Sense eine nach der anderen fielen, waren, wenn überhaupt, ein Beweis dafür, denn in Häfen wimmelte es vor Fremden, wie jedermann wusste, und es waren jene Fremden, die starben, ein eindeutiger Beweis dafür, dass Gott die anderen Völker der Welt für alle Zeiten verdammt hatte. Und wenn auch einige Engländer in jenen Häfen starben, nun, dann war das, weil sie sich mit eben jenen Fremden abgegeben hatten, mit den fremden Huren und Jungen geschlafen hatten. Sie verdienten es. Aber England, das wahre England, verdiente es nicht. Genauso wie sie einst davon überzeugt waren, die Pest könne den Kanal nicht überqueren, redeten sie sich jetzt ein, dass sie in den Häfen haltmachen würde, vorausgesetzt, die Fremden wurden ebenfalls dort aufgehalten.

Am nächsten Morgen fiel der Regen genauso stetig, wie er es schon am vorigen Tag und am Tag davor getan hatte. Regen treibt Menschen in ihre eigenen Gedanken. Niemand sieht einander im Regen an. Sie schreiten einher, die Köpfe gebeugt, die Blicke auf aufgewühlte Pfützen gerichtet. Ich befand mich bereits außerhalb des Dorfes und mühte mich den Weg entlang, als ich Rodrigo und Jofre bemerkte. Selbst dann wäre ich wahrscheinlich unmittelbar an ihnen vorbeigelaufen, wenn der Junge nicht Laute wie eine gebärende Kuh ausgestoßen hätte, während er sich wiederholt im Graben erbrach.

Rodrigo murmelte dem Jungen etwas zu, was so klang, als schelte er ihn, rieb aber gleichzeitig tröstend Jofres Rücken.

Ich blieb auf der anderen Seite des Weges stehen und zog meinen Umhang über Mund und Nase. »Ist er krank?«

Bei Gottes Blut! Ich war derjenige, der den Gastwirt dazu überredet hatte, sie bleiben zu lassen. Wenn er die Pest hatte …

Rodrigo schaute scharf auf und lächelte dann schmal. »Nein, Camelot, es ist nicht die Krankheit. Sein Magen ist den Wein nicht gewohnt. Es ging in dem Gasthaus grober zu, als er es gewohnt ist.«

Der Junge würgte erneut, stöhnte und hielt sich den Kopf, die Augen blutunterlaufen und das Gesicht von der Farbe saurer Milch.

»Vielleicht ist es nicht die Qualität, sondern die Quantität, die er nicht gewohnt ist.«

Rodrigo verzog das Gesicht, widersprach aber nicht. Der Junge beugte sich weiterhin über den Graben, obwohl er nun trocken würgte, anders als der Regen.

»Ihr seid früh unterwegs, Camelot. Habt Ihr eine lange Reise vor Euch?«

Ich zögerte. Ich bespreche meine Angelegenheiten nicht gerne mit Fremden. Redet darüber, wohin ihr geht, und die Leute fragen euch, woher ihr kommt. Sie wollen wissen, wo ihr geboren wurdet und wo euer Zuhause ist, fest davon überzeugt, dass ihr irgendwo eines haben müsst. Einige meinen sogar, ihr seid zu bedauern, wenn ihr keine Wurzeln habt. Dass ich mich entschieden habe, jene Wurzeln auszureißen, ist etwas, was sie niemals verstehen können.

Aber es war unmöglich, einem so höflichen Mann wie Rodrigo gegenüber grob zu sein.

»Ich will zum Schrein des heiligen John Shorne in North Marston. Dort kann man Geld verdienen, und der Ort liegt nördlich von hier und landeinwärts, weit von den Häfen entfernt.«

Ich wusste es schon lange. Es war ein guter Platz, um die Herbstregenfälle durchzustehen sowie den ganzen Winter, wenn es sein musste. Ich war nicht so töricht zu glauben, die Pest würde sich nicht ins Land schleichen, aber sie könnte nicht bis North Marston gelangen, nicht bevor die Winterfröste kämen. Und wie alle Sommerfieber hätte sie sich bis dahin gewiss erschöpft. Wenn man nur überleben könnte, bis sich das Wetter änderte, wäre bis Weihnachten alles vorüber, so hieß es, und selbst ich war töricht genug, mich mit diesem Gedanken zu trösten.

»Und Ihr, wohin wollt Ihr?«, fragte ich Rodrigo. Auch er zögerte, als wolle er nur ungern die ganze Wahrheit preisgeben.

»Wir ziehen zum Maunsel Manor. Es ist nur wenige Meilen von hier entfernt. Wir haben dort Zeit verbracht, wann immer unser Herr die Familie besuchte. Die Herrin des Hauses hat unser Spiel stets gelobt. Wir werden versuchen, dort einen Platz zu finden.«

»Es wird eine erfolglose Reise sein. Ich habe gehört, dass der Haushalt zu seinem Sommerwohnsitz gezogen ist. Sie werden erst in einigen Wochen zurück sein.«

Rodrigo wirkte geschlagen und hilflos. Ich hatte diesen Ausdruck schon früher bei jenen gesehen, die ihr ganzes Leben lang im Dienst eines Herrn standen und sich plötzlich entlassen fanden. Sie hatten nicht mehr Ahnung, wie sie überleben sollten, als ein Schoßhund, der im Wald ausgesetzt wird.

»Ihr solltet am besten zu einem Jahrmarkt, oder noch besser zu einem Schrein ziehen. Jahrmärkte dauern nur ein paar Tage, höchstens eine Woche, aber ein Schrein schließt nie. Findet einen, der bei den Pilgern beliebt ist, und freundet Euch mit einem der Gastwirte an. Die Pilger brauchen abends stets Unterhaltung. Spielt einen mitreißenden Schlachtgesang für die Männer und ein Liebeslied für die Frauen, und Ihr werdet mühelos genug für ein trockenes Bett und eine warme Mahlzeit verdienen.«

Ein lautes Stöhnen erklang von Jofre.

»Dir ist jetzt vielleicht nicht nach Essen zumute, mein Junge, aber warte, bis dieser Kater vorbei ist. Du wirst noch lauter stöhnen, wenn du erst nagenden Hunger empfindest.«

Jofre schaute lange genug auf, um mich finster anzusehen, bevor er sich mit geschlossenen Augen an einen Baum lehnte.

»Aber es werden bereits andere Musikanten solche Gasthäuser gefunden haben, oder?«

»Vermutlich, aber er ist ein hübscher Junge. Das heißt, wenn er gewaschen und nüchtern ist«, fügte ich hinzu, denn im Moment wirkte er mit seinem aufgedunsenen Gesicht und dem fest angespannten Kiefer alles andere als hübsch. »Wenn Ihr ihn überzeugen könnt, mit den reichen Matronen zu tändeln anstatt mit deren Töchtern, werdet Ihr Euer Geld machen. Ihr werdet Euch beide vom gewöhnlichen Gesindel der Musikanten abheben. Händlerfrauen bilden sich ein, hochwohlgeborene Ladys zu sein, und sie werden jeden großzügig entlohnen, der sie als solche zu behandeln versteht. Und wer weiß, vielleicht habt Ihr Glück genug, wieder eine Livree zu bekommen. Auch die Hochwohlgeborenen unternehmen Pilgerreisen. Sie mehr als die meisten, denn sie haben mehr Geld, um das zu tun, und begehen mehr Sünden, die sie abbüßen müssen.«

»Der Schrein, zu dem Ihr zieht – glaubt Ihr, wir könnten dort Arbeit finden?«

Mich überkam das entmutigende Gefühl zu wissen, worauf dies hinauslaufen würde, und ich verfluchte mich dafür, es jemals erwähnt zu haben.

»Er liegt einige Wochen Wegs von hier entfernt. Ich werde mich über die Jahrmärkte und Märkte auf dem Weg bis dorthin voranarbeiten müssen. Ihr werdet nach etwas Näherem Ausschau halten wollen.«

»Ich kann nicht laufen. Ich bin krank«, jammerte der Junge.

»*I denti di Dio!* Und wer ist daran schuld?«, fauchte Rodrigo, und Jofre wirkte so bestürzt, als hätte man ihn geschlagen.

Rodrigo schien ebenfalls überrascht über seine Heftigkeit, denn seine nächsten Worte klangen tröstlich, wie die einer Mutter, die einem schmollenden Kind zu schmeicheln versucht. »Du wirst bald wieder laufen können, und hier können wir nicht bleiben. Wir müssen Geld verdienen. Ohne Nahrung und Unterkunft wirst du krank werden.« Er wandte sich wieder an mich, das Gesicht voller Besorgnis. »Ihr kennt den Weg zu diesem Schrein? Ihr könntet uns helfen, unterwegs Arbeit zu finden?«

Was konnte ich tun? Obwohl ich wenig Zweifel hegte, dass sich Rodrigo bei den subtilen Intrigen und politischen Machenschaften eines Hofes behaupten konnte, wäre, sie allein in den Sündenpfuhl des Marktplatzes hinauszuschicken, genauso, als würde man Kleinkinder aufs Schlachtfeld schicken.

»Ihr müsstet in meinem Tempo laufen. Ich bin nicht mehr so schnell, wie ich es einmal war.«

Rodrigo blickte zu dem teilnahmslosen Jungen hinüber. »Ich denke, eine langsame Gangart käme uns gut zupass, Camelot.«

Und so kamen die ersten Mitglieder unserer kleinen Gruppe zusammen, die ersten, aber keineswegs die letzten. An jenem nassen Morgen glaubte ich, ich täte ihnen einen Gefallen, indem ich sie davor bewahrte, die harte Art erlernen zu müssen, wie man auf der Straße überlebte. Ich glaubte, ich könne ihnen die Zeiten hungriger Mägen und kalter, einsamer Nächte ersparen. Als ich einst selbst anfing herumzuziehen, hatte ich all dies selbst erlebt und wusste, was für ein elendes Leben das bedeutete. Aber nun weiß ich, dass es gütiger gewesen wäre, wenn ich auf der Straße an ihnen vorübergegangen wäre, als sie in das hineinzuziehen, was kommen sollte.

Kapitel 3

ZOPHIEL

Man sieht nicht jeden Tag eine Meerjungfrau, obwohl man häufig davon erzählen hört. Fragt jemanden in den Fischerdörfern, und sie werden euch schwören, dass irgendein alter Mann im Dorf einst eine Meerjungfrau mit seinen Netzen einfing oder über Bord fiel und von einer Meerjungfrau gerettet wurde, deren Haar im Mondlicht wie ein Schwarm silberner Fische glänzte, und einem Schwanz, der unter den Sternen wie Opale schimmerte. Wenn also ein Zauberer sagt, er habe eine in seinem Zelt, dann könnt ihr sicher sein, dass eine Menge Leute bereit sein werden, ihre Pennys für einen Blick auf eine wahrhaftige, lebendige Meerjungfrau herzugeben.

Nicht wirklich *lebendig*, denn diese war tot. Tot, weil sie sterben, wenn sie nicht ins Meer zurückkehren können. Sie sind immerhin zur Hälfte Fische, und wie lange kann ein Fisch außerhalb des Wassers leben? Eine Meerjungfrau kann länger leben, aber nicht für immer, nicht an Land, zumindest erklärte das der Magier.

Der Magier nannte sich Zophiel, »Gottes Spion«. Der Name passte nur allzu gut zu ihm. Spione müssen wachsam sein, und er war recht wachsam, das erkannte man, wenn man ihn zum ersten Mal reden hörte, bedacht, geschickt, könnte man sagen. Er machte keine Versprechen, welche die Menge später einfordern könnte. Wenn man ein lebendiges Wesen verspricht, und es ist tot, dann spricht sich das schnell herum. Bestenfalls wird sich niemand mehr von seinem Geld trennen, um es zu sehen, und schlimmstenfalls, nun, es gibt keine Grenzen dafür, was ein betrunkener Pöbel tun kann, wenn er sich betrogen fühlt. Hinterher erkannte ich, dass Zophiel nicht einmal behauptet hatte, dass es eine Meerjungfrau sei. »Ein Mitglied des Meervolks«, hatte er nur gesagt. Zophiel war wirklich gerissen und scharfsinnig.

Die Sonne schien in jenen dunklen Tagen niemals überhaupt aufzugehen. Es war, als lebten wir in einer ewigen Dämmerung, die unter dem Gewicht der dichten, grauen Wolken und dem schweren Rauch von eintausend schwelenden Feuern herabgedrückt wurde. In Zophiels Zelt war es noch dunkler und kalt, anwidernd kalt. Ein Ort, an dem man nicht einmal verweilen wollte, um dem Regen zu entkommen. Das Zelt war eng, sozusagen an die Rückseite seines Wagens angelehnt, und bot nur Platz für drei oder vier Leute gleichzeitig. Ein düster-gelbes Licht entströmte einer Laterne, die den an der Rückseite des Wagens hängenden, kleinen Käfig beleuchtete. Die Gitterstäbe des Käfigs waren nicht dazu gedacht, das Wesen darin festzuhalten – es war nicht in der Verfassung davonzulaufen –, sondern sie sollten verhindern, dass die Besucher Stücke davon abbrachen und davontrugen, wie sie es bei den Relikten in heiligen Schreinen tun. Es stimmt schon, dass eine Meerjungfrau keine Heilige ist, aber sie ist auch nicht von dieser Welt – wer weiß also, was ein Fragment einer Meerjungfrau heilen könnte? Allein der Gestank genügte schon, um die hartnäckigsten Dämonen zu vertreiben.

Das Wesen lag in dem Käfig auf einem Nest aus glatten Kieselsteinen, Muscheln, toten Krabben, Seeigeln, Seesternen und Seetang auf dem Rücken. Der Geruch der Meeresküste, von Salzwasser und Fisch, war intensiv genug, um jedermann davon zu überzeugen, dass dieses Wesen aus dem Meer stammte, intensiv genug, um den Geruch von Myrrhe, Weihrauch, Moschus und Aloe zu überdecken, der darunter lauerte, es sei denn, man kannte den Geruch schon lange.

Nur wenige hätten den berauschenden, bitteren Duft in diesen Zeiten erkannt. Es war ein Duft, den ich seit Jahren nicht mehr gerochen hatte, aber wenn man ihn einmal kennt, vergisst man ihn nie wieder. Nach all diesen Jahren besitzt er immer noch die Macht, den Magen sich verkrampfen und Tränen in lange ausgetrocknete Augen aufsteigen zu lassen. Es war der Geruch der einbalsamierten Leichname der Edelleute, die aus Akkon zurückgekehrt waren. Sie kehrten zurück, wie sie es geschworen hatten, aber nicht als Anführer eines Gefolges, das mit Schätzen beladen und aller vergangenen und zukünftigen Sünden enthoben war. Nein, diese kehrten in Särgen zurück, von Brüdern und ausgemergelten Dienstboten mit Geisteraugen begleitet, um zu jung in den kalten Grabgewölben unter ihren Familienwappen begraben zu werden. Myrrhe ist nicht preiswert zu bekommen. Es ist der seltene Duft einer heiklen Zunft. Wir haben von den Sarazenen viel gelernt, nicht zuletzt, wie man unsere abgeschlachteten Toten konserviert. Hatte Zophiel sich diese Kunst angeeignet, oder hatte er das Wesen von jemand anderem gekauft? Wie auch immer, hatte jemand eine hübsche Summe für sie bezahlt.

Die Meerjungfrau, wenn es eine Meerjungfrau war, war nicht größer als ein Säugling. Ihr Gesicht war runzelig, in sich geschrumpft, so dass die Augen bloße Schlitze bildeten, an den Augenwinkeln aber schräg verliefen. Der Kopf war mit einem feinen, strohfarbenen Flaum bedeckt, der gerade von der Haut hochstand, oder vielleicht war die Haut vom Haar zurückgewichen. Augenbrauen und Wimpern wirkten vor der gebräunten Haut erschreckend hell, obwohl man schwer bestimmen konnte, ob dies ihre natürliche Farbe oder ein Kunstgriff der Konservierung des Leichnams war. Die Brust des Wesens war glatt und geschlechtslos wie die eines Kindes. Die Arme waren ausreichend menschlich. Eine winzige Faust umklammerte einen Handspiegel aus poliertem Silber. Die andere umfasste fest eine aus einem Walknochen geschnitzte Puppe. Auch die Puppe hatte die Gestalt einer Meerjungfrau, derart, wie man sie unter den Absonderlichkeiten an einer Kirche sehen mochte, mit angeschwollenen Hüften, hängenden Brüsten und einem langen Schlangenschwanz.

Aber was befand sich unterhalb der Taille dieses kleinen Wesens? Nun, das war es, was zu sehen wir wirklich gekommen waren. Es hatte gewiss keine Beine. Stattdessen war da ein einzelnes, langes Stück Fleisch, das sich von der Taille aus am Ende zu zwei seltsamen Auswüchsen verjüngte, die an die hinteren Flossen eines Seehundes erinnerten. Wie der übrige Körper war auch der Schwanz, wenn man es denn einen Schwanz nennen konnte, braun und runzelig, aber nackt, ohne jegliche Schuppen oder Fell.

»Das ist keine Meerjungfrau«, höhnte der neben mir stehende Mann. »Das ist ein …« Er brach ab, konnte keinen Namen für das Wesen ersinnen. Er schwitzte Zwiebelgeruch aus, und der Gestank seines Atems drohte sogar den des Leichnams des Wesens zu überwältigen.

»Ich hörte«, sagte sein Freund, »dass einige Scharlatane den Leichnam eines Menschen zu einem Fischschwanz verformt haben, damit er wie eine Meerjungfrau aussieht.«

Der schwitzende Mann sah genauer hin. »Das ist kein Fischschwanz. Er hat keine Schuppen.«

»Dann wird es ein Seehund sein. Sie haben einen menschlichen Säugling mit einem Seehund verbunden.«

»Er hat auch kein Fell«, sagte er ungeduldig, »und es ist keine Nahtstelle erkennbar. Wenn jemand einen angenähten Schwanz erkennen würde, dann ich, denn ich nähe immerhin Tuche, seit ich selbst ein Säugling war.«

»Also was ist es dann?«

Sie stellten Zophiel draußen dieselbe Frage, laut, mit der Aggression, die mit Unsicherheit einhergeht.

Zophiel blickte sie an seiner blassen, dünnen Nase entlang an, als hätte ein Dummkopf die Frage gestellt. »Wie ich Euch bereits sagte, ist es ein Mitglied des Meervolks, ein Meerkind.«

Zwiebelatem lachte freudlos auf, als wären ihm solche Dinge schon viele Male zuvor gesagt worden und als glaubte er kein Wort davon. »Wie kommt es dann, dass es keine Schuppen an seinem Schwanz aufweist?« Er sah sich mit einem selbstgefälligen Grinsen in der kleinen Menge um, das besagte: Antworte darauf, wenn du kannst. Er wurde vom Nicken und Zwinkern vieler Menschen angespornt. Stadtbewohner sind stets bestrebt, einen Fremden zu verwirren.

»Also gebt Ihr zu, dass es einen Schwanz hat?«, fragte Zophiel kühl.

Das Lächeln auf Zwiebelatems Gesicht schwand. »Aber keinen schuppigen Schwanz, und es hat auch kein Haar auf dem Kopf. Ich dachte, Meerjungfrauen sollten Haar haben, Meter lang.«

»Habt Ihr Kinder, mein Freund?«

Der Mann zögerte, unsicher, wo diese Argumentation hinführen würde. »Ich schon, für meine Sünden, drei feine Jungen und ein hübsches, kleines Mädchen.«

»Also, mein Freund, wurde Eure Tochter mit Haar geboren?«

»Als kleines Ding war sie so kahl, wie ihr Großvater es heute ist.«

»Aber jetzt hat sie hübsches Haar, wette ich.«

Der Mann nickte.

»Na also, ihr Haar wuchs. Genauso ist es bei dem Meervolk. Sie werden so glatt und unbehaart geboren wie Ihr oder ich, und die Haare und Schuppen wachsen später.«

Der Mann öffnete und schloss den Mund, schien aber keine Antwort zu wissen.

Zophiel lächelte, obwohl das Lächeln seine Augen nicht erreichte. »Ihr seid ein kluger Mann, mein Freund. Weniger intelligenten Menschen fiele es nicht ein, solche Fragen zu stellen, und es überrascht mich nicht, dass Ihr die Antwort nicht wusstet. Viele der größten Gelehrten unseres Landes wissen solche Dinge nicht, weil Meeressäuglinge selten zu sehen sind, nur die Eltern. Die Kleinkinder werden weit unter den Wogen in tiefen Meereshöhlen verborgen, bis sie alt genug sind, um an die Oberfläche zu schwimmen. Es ist eine Besonderheit, wenn man eines sieht. Es kommt weitaus seltener vor, als eine Meerjungfrau zu sehen, was schon selten genug geschieht. Nun, ich bezweifle, dass seit fünfhundert Jahren, vielleicht länger, irgendwelche Meeressäuglinge gesehen wurden.«

Ein Moment des Zögerns entstand, während die Menge diese bedeutsamen Fakten verdaute, und dann flogen die Hände kollektiv zu den Geldbörsen, trennten sich eifrig von Münzen, so schnell Zophiel sie nur annehmen konnte. Jeder Mann, jede Frau und jedes Kind, die noch Geld zu vergeben hatten, wollten ihren letzten Penny unbedingt dafür ausgeben, dieses seltenste aller seltenen Lebewesen zu sehen. Sogar der alte Zwiebelatem strahlte, als hätte er persönlich das Meerkind entdeckt. Zophiel wusste wirklich, wie man mit einer Menschenmenge umgehen musste.

Zufällig schlugen wir uns an diesem Tag alle wacker. Der Bartholomäus-Jahrmarkt war bevölkerter als gewöhnlich. Da die Märkte entlang der Südküste schlossen, drängten die Händler ins Inland. Das Leben ging, wie sie sagten, schließlich weiter. Wir müssen alle essen, bis wir sterben. Also brüllten sich die Händler gegenseitig heiser, und die Menge war ebenso aufgeregt. Wein und Gewürze, Salz und Öl, Farben und Stoff flogen regelrecht aus den Ständen. »Kauft jetzt«, drängten die Händler, »es könnte Monate dauern, bis wir eine weitere Schiffsladung hereinbekommen. Legt Euch Vorräte an, solange Ihr die Gelegenheit dazu habt.« Und die Leute kauften, als bereiteten sie sich auf eine Belagerung vor.

Ich war auch recht erfolgreich gewesen, hatte ein halbes Dutzend Fragmente der Knochen der heiligen Brigid verkauft, die garantierten, dass die Kühe weiterhin Milch gäben, sowie mehrere Rippen des heiligen Ambrosius, die man über Bienenkörbe hängen konnte, um sicherzustellen, dass die Waben im nächsten Herbst prall mit Honig gefüllt wären. Die Bauern brauchten alle Hilfe, die sie bekommen konnten. Die Feldbohnen waren vom Mehltau geschwärzt, und sie hätten Glück, wenn sie genügend retten könnten, um den Boden eines Kochtopfs zu bedecken. Die späte Heuernte war bereits vom Regen verdorben, und kaum eine Getreidegarbe stand noch da. Wenn es nicht bald aufhörte zu regnen, wären Honig und Käse alles, was jedermann in den Wintervorräten hätte.

Die Preise waren hoch, aber das hatte man erwartet. Die Käufer murrten, aber sie kauften dennoch. Es hatte keinen Sinn, ein paar Pennys zu sparen, wenn es nächste Woche nichts mehr gäbe, wofür man sie ausgeben könnte. Außerdem, wenn man mehr für ein Fass sauer eingelegtes Schweinefleisch bezahlen musste, berechnete man auch für seine Messer mehr. Pech für diejenigen, die nichts zu verkaufen hatten, das war ihr Problem.

Ja, wenn man alles bedachte, war es für die Händler und Hausierer ein einträglicher Jahrmarkt, und Rodrigo und Jofre kamen auch ganz ordentlich zurecht, wenn man bedachte, dass sie erst einen Monat auf der Straße unterwegs waren. Nachts, vor einem warmen Feuer in den Gasthäusern, zufrieden mit dem klugen Feilschen des Tages und durch eine warme Mahlzeit und starkes Ale heiter gestimmt, zahlten die Menschen großzügig für ihre Abendunterhaltung. Und Rodrigo und Jofre hatten Talent, mehr als ich in manch anderem Jahr erlebt hatte, aber Talent allein genügt auf der Straße nicht, und sie mussten noch viel lernen.

Sie waren es gewohnt, auf Anordnung eines Herrn zu spielen. Lords und Ladys wissen, was sie wollen. Sie können ein Lied benennen oder fordern, dass man ein neues schreibt. Sie werden einem sogar sagen, was das Thema jenes Liedes sein soll. Aber eine Menschenmenge weiß nicht, in welcher Stimmung sie ist, oder wenn sie es weiß, wird sie es einem nicht sagen. Man muss es erspüren. Ist sie in der Stimmung für ein Liebeslied oder für ein mitreißendes Kampflied, für eine Geschichte von einem wagemutigen Abenteuer oder für ein schlüpfriges Gedicht? Will die Menge mitsingen oder dasitzen und träumen? Die Menschen verschränken die Arme und blicken finster drein, als wollten sie sagen: »Komm schon, Junge, amüsiere uns, und Gott helfe dir, wenn du es nicht tust.«

Aber Rodrigo wollte eifrig lernen. Er hätte seine Zeit trocken und warm in den Gasthäusern verbringen können, denn es hatte wenig Sinn, bei Regen auf dem offenen Marktplatz zu spielen, aber er zog es vor, mir draußen bei meiner Arbeit zuzusehen und zu versuchen, die Regeln der neuen Welt zu verstehen, in der er sich befand.

»Der Trick«, belehrte ich ihn, »besteht darin zu erkennen, was ein Kunde will, bevor er es selbst weiß. Seht her.

Eure Tochter steht kurz vor den Geburtswehen, Mistress? Eine gefährliche Zeit. Ihr müsst voller Sorge sein. Seht dieses Amulett. Es sind die Namen der heiligen Engel *Sanvi*, *Sansanvi* und *Semangelaf* eingraviert. Dämonen werden dem Raum in dem Moment entfliehen, da sie seiner ansichtig werden. Teuer? Kommt schon, Mistress, welchen Preis würdet Ihr für das Leben Eurer Tochter und Eures Enkelkindes bezahlen? Danke, Mistress, und möge sie einen hübschen Jungen gebären.«

Während Rodrigo zusah, wie ich die Münzen in meine Tasche steckte, schüttelte er ungläubig den Kopf. »Aber woher wusstet Ihr, dass ihre Tochter schwanger ist? Handelt Ihr ebenso mit Schicksalen wie mit alten Knochen?«

»Ihr müsst die Augen offenhalten, wenn Ihr auf der Straße überleben wollt. Ich sah vorhin, wie sie von dieser Frau dort drüben Andorn, Zimt und Frauenminze kaufte. Wozu würde sie diese Mischung benutzen außer dafür, Geburtsschmerzen zu lindern? Sie ist nicht selbst schwanger, und sie ist zu gut gekleidet, um eine Dienstbotin zu sein, also konnte ich sicher annehmen, dass es für ihre Tochter gedacht war. Nun seht Euch diesen Mann an, der auf uns zukommt – was glaubt Ihr, was er kaufen wird?«

Ich deutete mit dem Kopf auf einen beleibten Mann mit blässlicher Haut, der eine abscheuliche Zusammenstellung von Grün und Gelb auf dem Kopf trug und eindeutig unter dem Eindruck stand, dies sei der letzte Schrei bei modischen Hüten. Er sah sich ständig um, während er vorsichtig durch den Schlamm schritt und jedermann anstrahlte, von dem er vermutete, dass er eine höhere Position bekleidete als er selbst, als hoffte er, als einer von ihnen anerkannt zu werden.

Rodrigo sah den Mann von oben bis unten an. »Nun, diese Art Mann kenne ich. Ich bin am Hofe meines Herrn vielen wie ihm begegnet. Er würde eine Reliquie nur kaufen, wenn sie in einer mit Juwelen geschmückten Goldschatulle daherkäme. Ihm werdet Ihr niemals etwas von Euren Waren verkaufen können.«

»Dessen seid Ihr Euch sicher, oder?«

»Ich würde einen Krug Glühwein darauf verwetten«, sagte er grinsend und wich einen oder zwei Schritte zurück, als sich der Händler näherte, damit ich Platz zum Arbeiten hätte.

»Fühlt Ihr Euch ein wenig reizbar, Herr? Ich kann erkennen, dass Ihr leidet. Ihr habt eine empfindliche Konstitution. Ich wette, Ihr habt die ganze Nacht mit Magenschmerzen wach gelegen. Seine Majestät der König leidet unter genau demselben Problem, und bestimmt wisst Ihr, was er nimmt – Wolfsdung. Er möchte ihn nicht missen. Wie das Glück es will, habe ich zufällig ein Päckchen da. Und keinen gewöhnlichen Wolfsdung – dieser wird den ganzen Weg von Russland importiert, wie ihn auch der König persönlich nimmt. Würde Seine Majestät etwas anderes als das Beste wollen? Er besteht stets auf russischem Dung, da jedermann weiß, dass sie die kräftigsten Wölfe haben.«

Der Mann winkte ab. »Ich brauche solches Zeug nicht.« Aber sein Blick verweilte für einen Mann, der desinteressiert war, einen Hauch zu lange auf dem Päckchen, und ich wusste, dass ich ein Geschäft machen würde.

»Verzeiht, Sir, aber Ihr wirkt sehr blass. Ich kann es nicht ertragen, einen Edelmann unnötig leiden zu sehen, aber wie dem auch sei, ich habe einen guten Kunden in Gloucester, der dortige Grafschaftsvogt. Vielleicht kennt Ihr ihn. Er ist begierig auf alles, was ich ihm bringen kann. Da die Handelsschiffe nicht in See stechen, und bei der ständigen steigenden Nachfrage legt er gerade Vorräte an …«

»Ich nehme es«, unterbrach mich der Mann hastig. Dann, als er seinen Geschäftssinn zurückerlangte, fügte er hinzu: »Aber Ihr werdet Rosenwasser dafür nehmen müssen. Ich habe kein Geld mehr. Der Händler hat hierfür einen Wucherpreis verlangt.« Er zog das Fläschchen hervor. »Meine Frau bestand darauf, dass ich ihr etwas zum Backen mitbringe, aber ich werde ihr sagen, es wäre keines zu bekommen gewesen. Es ist gute Qualität.« Er zog den Stöpsel ab und wedelte mit dem Fläschchen in der Luft, sodass der Duft hervor waberte.

Rosenwasser nützt mir nichts. Man braucht unterwegs Münzen, um Nahrung oder Waren zu kaufen, die lange genug halten, um sie beim nächsten oder übernächsten Jahrmarkt zu verkaufen. Rosenwasser verliert, wenn es einmal geöffnet ist, rasch seinen Duft oder schlägt um. Ich wollte gerade ablehnen, als ich neben mir einen schweren Seufzer hörte. Rodrigo war vorgetreten und atmete den süßen Duft ein. »Es ist vorzüglich.«

Rodrigo hatte es mit drei Worten geschafft, jegliche Verhandlungsstärke, die ich besaß, zu vernichten. Der Mann schlenderte mit seinem Wolfsdung davon, überzeugt davon, dass er mich übervorteilt hatte.

Ich fuhr zu Rodrigo herum. »Wollt Ihr mich ruinieren?«

Er grinste verlegen. »Ich konnte nicht widerstehen. Ich rieche dies, und plötzlich bin ich wieder ein kleiner Junge in Venedig. Kinder bekamen zu Weihnachten stets kleine Figuren des Christuskindes aus *Marzipan*. Schon Tage zuvor war die Luft vom Duft von Mandeln und Rosenwasser erfüllt, und wir konnten es kaum erwarten, es zu kosten. Wir versuchten, uns in die Küchen zu schleichen, um nur ein kleines Stück zu stibitzen, aber es gelang uns nie.«

Ich schüttelte den Kopf. Ich hatte noch nie davon gehört.

»*Marzipan* ist eine aus Zucker, Eiern und Mandeln gefertigte Masse, die mit Rosenwasser gewürzt wird. Sehr teuer, darum war es so besonders. Ich habe so etwas nicht mehr gekostet, seit ich Venedig verlassen habe. Es ist …«, er küsste seine Fingerspitzen, »*squisito*! Für mich ist es der Geschmack Venedigs.«

Obwohl ich verärgert war, konnte ich nicht umhin, bei seinem verzückten Gesichtsausdruck zu lächeln. »Ihr vermisst Venedig sehr?«

»Jetzt, wo wir auf der Straße leben, noch mehr.« Er hob den Blick unglücklich zu den schweren, grauen Wolken. »Ich hatte nie die Absicht, so lange fortzubleiben. Wenn die Pest vorüber ist, werde ich in mein Heimatland zurückkehren. Jofre auch. Ich werde ihn mit zurücknehmen, gleichgültig was sein Vater sagt.«

An dem Tag, an dem wir uns in dem Gasthaus kennenlernten, hatte Rodrigo mir erzählt, dass Jofre von seinem Vater fortgeschickt wurde. Ich hatte mir zu dem Zeitpunkt bei der Bemerkung nichts gedacht. Die meisten Jungen werden fortgeschickt, um ein Gewerbe zu erlernen oder in einem Herrenhaus zu dienen. Aber die meisten Väter wären überglücklich, ihre Söhne wiederzusehen. Warum sollte ein Vater seinem Sohn die Rückkehr verbieten?

Rodrigos Blick ruhte noch immer auf dem Fläschchen Rosenwasser, als sei es ein magischer Zaubertrank, der die Macht besäße, ihn nach Hause zu bringen. Er lächelte wehmütig. »*Deo volente*, sobald der Fluch dieser Krankheit von uns genommen ist, werde ich an den Ort meiner Kindheit zurückkehren.«

»Aber Ihr könnt niemals dorthin zurück, Rodrigo. Ihr könnt niemals wieder sein, was Ihr dort wart. Genauso wie ein Mutterschaf ein Lamm verstößt, das von ihm getrennt wurde, so wird Euer Heimatland Euch als Fremden verstoßen.«

Er zuckte zusammen. »Ihr wollt mich dazu verdammen, mein ganzes Leben im Exil zu verbringen, Camelot?«

»Wir sind Exilanten aus der Vergangenheit. Außerdem, zu was

wollt Ihr zurückkehren? Oder sind die Geschichten wahr, dass Musikanten in jeder Stadt ein Mädchen haben?« Ich lachte, versuchte, die Melancholie zu vertreiben, die ihn überkommen hatte. »Habt Ihr in Venedig eine Spur gebrochener Herzen hinter Euch zurückgelassen?«

»Habt Ihr unsere Lieder nicht gehört? Es ist das Herz des armen Musikanten, das gebrochen ist.« Er lächelte, presste eine Hand theatralisch auf seine Brust und nahm eine übertriebene Pose ein, wie ein liebeskranker Bauernbursche in einem Theaterstück. Aber die unbeschwerte Geste konnte den Schatten des Schmerzes nicht verbergen, den ich in seinen Augen erblickte. Er war real und saß tief.

»Hier, Ihr könnt dies auch gleich nehmen«, sagte ich und drückte ihm das Fläschchen Rosenwasser in die Hand.

Seine Augen weiteten sich überrascht. »Aber ich kann ein solches Geschenk nicht annehmen.«

»Ich habe keine Verwendung dafür«, sagte ich so schroff ich konnte.

Er ergriff meine Schulter. »Ich danke Euch, ich danke Euch, mein Freund.«

»Ihr habt mich um ein Vermögen gebracht«, sagte ich ernst, »aber glaubt nicht, Ihr könntet Euch aus der Wette herausreden.«

Sein Mund zuckte. »Ein Vermögen? Sagt mir ehrlich, Camelot, wie viel hat Euch der russische Wolfsdung gekostet, wenn es denn wirklich Wolfsdung war?«

»Ihr habt um einen Glühwein gewettet, nicht wahr?« Ich drückte ihm meinen Krug in die Hand.

Er verbeugte sich, kicherte und tappte durch den Regen in Richtung Taverne davon. Nachdem er mir erst den Rücken zugekehrt hatte, konnte ich ein Lächeln nicht unterdrücken. Mein neuer Lehrling begann zu lernen.

Jofre fiel es, obwohl er jünger war als Rodrigo, schwerer, sich an sein neues Leben zu gewöhnen, aber anders als Rodrigo wollte er von niemandem Rat annehmen. Wie die meisten Jugendlichen in diesem ruhelosen Alter zwischen Kind und Mann war er launisch und schwer einschätzbar. In einem Moment stand er lachend und scherzend inmitten einer Menschenmenge, und im nächsten Moment schlich er allein in einer Scheune oder am Flussufer herum.

Aber ich glaube, er liebte die Musik wirklich, vielleicht noch mehr als Rodrigo. Wenn Rodrigo ihm seinen täglichen Unterricht erteilte, übte er mit großem Ernst und studierte Rodrigos Hände, als wären es die Hände Gottes. Manchmal spielte Jofre stundenlang am Stück, während Bekundungen des Schmerzes und der Freude, der Sorge und der Leidenschaft, die absolut nicht altersgemäß waren, seine Augen durchzogen wie vom Wind verwehte Wolken. Aber dann, zu anderen Zeiten, wenn er eine schwierige Melodie nicht sofort beherrschte, bekam er einen Wutanfall, warf seine Laute oder Flöte hin, stürmte davon und tauchte erst Stunden später wieder auf. Er kehrte letztendlich immer zurück, schwor, es nie wieder zu tun, und nahm sein Musikinstrument rasch wieder auf. Und wenn er spielte, war der scharfe Verweis, den Rodrigo hatte anbringen wollen, vergessen. Und wer kann es ihm verdenken, denn wenn Jofre in der entsprechenden Stimmung war, brachte einen seine Musik dazu, ihm alles zu vergeben.

Aber obwohl Jofre an den Abenden damit beschäftigt war, in den Gasthäusern zu spielen, hatte er den größten Teil des Tages, während der Regen unaufhörlich herniederrann, nichts anderes zu tun, als in den Tavernen oder auf dem Marktplatz herumzulungern. Ärger war nie weit entfernt. Und beim Bartholomäus-Jahrmarkt kam der Ärger in Gestalt des großen Magiers, Zophiel, der, wie Jofre bald entdeckte, außer der Meerjungfrau auch noch andere Tricks im Ärmel hatte.

Am dritten Tag des Jahrmarkts war die Flut von Menschen, die darauf warteten, die Meerjungfrau zu sehen, nur noch ein Tröpfeln. Diejenigen, die sie sehen wollten, hatten dies bereits getan, bis auf ein paar Kinder, die noch immer versuchten, sich unter der Zeltklappe hindurchzuschleichen, um das Wesen kostenlos zu sehen. Aber diejenigen, denen es gelang, sich hineinzuwinden, wurden bitter enttäuscht, denn die Meerjungfrau war inzwischen fortgeräumt worden, und Zophiel hatte seinen Platz vor einem niedrigen Tisch vor dem Zelt eingenommen. Die Menge, die ihn nun umgab, war kleiner und bestand hauptsächlich aus Männern und jungen Burschen. Sie drängten dicht heran. Aber wie genau sie seine Hände auch beobachteten, war Zophiel zu schnell für sie.

Es war der alte Trick mit den drei Bechern: Lege die getrocknete Erbse für jedermann deutlich sichtbar sorgfältig unter einen der umgedrehten Becher und verschiebe die Becher. Dann bring einen armen Tor dazu, darauf zu wetten, welcher Becher die Erbse enthält. Die Wette scheint sicher, nur dass die Erbse natürlich nie unter dem Becher liegt, auf den der Spieler sein Geld setzt. Man sollte denken, es gäbe den Trick schon so lange, das niemand mehr darauf hereinfiele, aber es gibt immer jemanden, der sich für schlauer hält als den Gaukler.

Jofre war, zumindest bei dieser Gelegenheit, keiner der Leichtgläubigen. Er hatte den Trick zu häufig bei Possenreißern und Artisten bei Hofe gesehen, und so vertrieb er sich die Zeit damit, der Menge zu erzählen, wie das Kunststück ausgeführt wurde. Die meisten glaubten ihm jedoch nicht, denn wie genau sie auch hinsahen, konnten sie nicht erkennen, wo Zophiel die Erbse versteckte, und Zophiel konnte noch einige Wetten annehmen, bevor er Jofres Kommentars überdrüssig wurde.

Er packte seine Becher zusammen und verkündete der Menschenmenge, dass er ihnen nun ein magisches Kunststück zeigen würde. Er schickte einen Jungen zu einem Stand nebenan, um ein hart gekochtes Ei zu kaufen, das er sorgfältig pellte. Die Menge sah erstaunlich gebannt zu, wenn man bedachte, dass sie selbst bereits Hunderte von Eiern gepellt hatten. Sie sahen weiterhin zu, als Zophiel das gepellte Ei auf den Hals einer Glasflasche setzte. Der Hals der Flasche war viel zu schmal, um das Ei im Ganzen aufzunehmen, aber Zophiel belehrte die Menge, er könne das Ei in die Flasche fallen lassen, ohne es zu berühren oder zu zerquetschen. Die Menge höhnte, aber es war ein rituelles Höhnen, wie den Teufel in einem Theaterstück auszubuhen. Die meisten waren sich sicher, dass etwas Magisches geschehen würde, aber man sollte Skepsis zeigen. Das gehörte zum Spiel des Magiers mit seinem Publikum.

Zophiel wandte den scharfen Blick seiner grünen Augen auf Jofre.

»Du, Junge, du hattest zuvor selbst eine Menge zu sagen. Glaubst du, ich kann das Ei in die Flasche fallen lassen?«

Jofre zögerte. Er betrachtete das dicke, glänzende Ei, das sicher auf dem schmalen Flaschenhals thronte. Er wusste ebenso gut wie die übrigen Zuschauer, dass Zophiel die Herausforderung nicht angeboten hätte, wenn er sie nicht bewältigen könnte. Das Problem war, dass Jofre nicht erkennen konnte, wie es geschehen sollte.

Der Schatten eines Lächelns spielte um Zophiels Mund. »Nun also, du hast uns allen nur allzu schnell erklärt, wie die Erbse ihren Weg unter den Becher fand, also erzähle uns nun, Junge – wie bekomme ich das Ei in die Flasche?«

Einer der anderen Männer, den Jofres besserwisserische Kommentare geärgert hatten, grinste und stieß ihn in den Rücken.

»Ja, Junge, komm schon, sage uns, wie er das machen wird, wenn du so schlau bist.«

Jofre errötete. »Es ist nicht möglich«, sagte er abwehrend, mit weitaus mehr Tapferkeit, als er anscheinend empfand.

»Dann möchtest du vielleicht darauf wetten«, sagte Zophiel.

Jofre schüttelte den Kopf und wollte aus der Menge zurücktreten, aber die Menschen hinter ihm wollten nichts davon wissen.

»Setz dein Geld für das ein, was du behauptet hast, Junge, oder war alles nur Gerede?«

Jofre tastete mit hochrotem Gesicht nach einer Münze und warf sie auf den Tisch.

Zophiel wölbte eine Augenbraue. »Ist das der Preis für deine Überzeugung, Junge?« Er wandte sich der Menge zu. »Sieht so aus, als wäre sich unser schlauer, junger Freund seiner Sache doch nicht so sicher.«

Jofre hob ruckartig den Kopf und warf zornig und gedemütigt eine ganze Handvoll Münzen auf den Tisch. Mehr hatte er nicht, und Zophiel schien das zu wissen.

Er lächelte. »Nun, Junge, wollen wir nun nachsehen, ob du recht hast?«

Er zündete eine Wachskerze an, nahm das Ei hoch, ließ die brennende Kerze in die Flasche fallen, setzte das Ei rasch wieder auf den Flaschenhals und trat ein Stück zurück. Einige lange Momente geschah nichts. Alle sahen wie hypnotisiert zu, wie die Kerze in der Flasche brannte, und dann, im selben Moment, in dem die Wachskerze erlosch, erklang ein Ploppen, und das Ei rutschte glatt durch den Flaschenhals und fiel unbeschädigt auf den Boden.

Ich war dankbar dafür, dass Rodrigo nicht bei mir war, um das mitzuerleben. Ich mochte nicht länger zusehen, aber als ich mich abwandte, streifte mein Blick etwas, ein Kind, das ein kleines Stück von der Menge entfernt an einem Baum stand. Der Tag war so dunkel, und sie stand so still, dass ich sie kaum dort bemerkt hätte, wäre nicht die unnatürliche Weiße ihres Haars gewesen. Ich hatte dieses Haar schon einmal gesehen. Ich erkannte sie sofort. Es war Narigorm, aber sie schien mich nicht bemerkt zu haben. All ihre Aufmerksamkeit war auf etwas anderes gerichtet.

Ihr Körper war starr vor Konzentration. Nur der Zeigefinger ihrer rechten Hand bewegte sich, zog wiederholt den Umriss eines kleinen Gegenstandes nach, den sie in ihrer anderen Handfläche barg. Sie schien leise zu murmeln, ihr Blick war starr auf etwas hinter mir gerichtet. Ich wandte mich um und erkannte, dass sie Zophiel anschaute, aber als ich mich erneut nach ihr umsah, lag nur noch ein Schatten unter dem Baum. Sie war verschwunden.

Der Jahrmarkt sollte eine Woche dauern. So stand es in der Gemeindeverfassung, und so war es seit Menschengedenken gewesen. Aber in jenem Jahr endete der Jahrmarkt abrupt am Nachmittag desselben Tages. Ein Bote war eingetroffen, schlammbespritzt und fast ebenso verschwitzt wie sein Pferd. Er verlangte die Dorfältesten zu sprechen. Die Glocke rief sie aus allen Vierteln der Stadt herbei. Da die meisten von ihnen zu dem Zeitpunkt gerade mit ihrem Handel beschäftigt waren, wollten sie nur ungern zu einer Versammlung gehen, und die Glocke musste geraume Zeit geläutet werden, ehe die Letzten von ihnen eintrafen, mit der murrenden Bemerkung, dass dies lieber wichtig sein sollte, sonst würde jemand den restlichen Jahrmarkt im Stadtgefängnis verbringen. Bis dahin hatten alle die Glocke gehört und wussten, dass etwas im Gange war. Niemand gab sich der Illusion hin, es könnten gute Neuigkeiten sein. Geschäftsgespräche wichen Gerüchten und Spekulationen. Waren die Schotten oder die

Franzosen oder sogar die Türken eingedrungen? Kam der König zu einem Besuch und brachte seinen gesamten Hofstaat und sein halbes Heer mit sich, die alle auf Kosten der Stadt verpflegt werden müssten? »Möge Gott Seine Majestät segnen und beschützen – weit von uns entfernt.« Oder hatte Seine Majestät, was wahrscheinlicher war, eine weitere Steuer erhoben? Aber was gab es noch zu besteuern, was er nicht bereits besteuert hatte?

Als sich die Würdenträger der Stadt schließlich auf dem Balkon versammelten, blieben den Menschen das Geplauder und das Lachen in der Kehle stecken. Sie wirkten ernst und jäh gealtert. Der Stadtausrufer brauchte seine Glocke nicht zu läuten oder auch nur seine Stimme zu erheben. Die Neuigkeit wurde in betroffenem Schweigen verkündet.

In Bristol war die Pest ausgebrochen. Um sich zu retten, hatte Gloucester seine Tore geschlossen. Niemand durfte hinein oder heraus. Die Dörfer den ganzen Fluss entlang folgten dem Beispiel Gloucesters. Während wir alle nach Süden geschaut hatten, hatte sich die Pest um unsere westliche Flanke herumgeschlichen. Sie breitete sich aus, breitete sich ins Inland aus.

Danach äußerte sich niemand überrascht, dass Bristol der Pest zum Opfer gefallen war. Es war ein Hafen, und früher oder später musste ein infiziertes Schiff dort einlaufen. Außerdem war es ein Schiff aus Bristol gewesen, das die Infektionskrankheit an diese Küsten gebracht hatte, sodass es in gewisser Weise gerecht war, dass ihre Stadt infiziert wurde. Aber die Menschen waren fassungslos, dass Gloucester seine Tore geschlossen hatte. Eine gewaltige Stadt wie diese, vom Handel abhängig, mauerte sich bei lebendigem Leibe ein. Hatte solch große Angst vor der Pest, dass die Menschen eher bereit waren, sich zu ruinieren, sogar zu verhungern, als zu riskieren, dass sie durch ihre Tore gelangte. Wer auch immer innerhalb der Mauern blieb, wäre dort so sicher gefangen wie in einem Verlies, solange auch immer es dauern würde, bis sich die Pest erschöpft hätte. Und jedermann aus Gloucester, der das Pech hatte, fern ihrer Heime und Familien zu sein, als die Tore geschlossen wurden, würde draußen allein bestehen müssen. Gloucester lag viele Meilen von Bristol entfernt flussaufwärts. Wenn die Menschen Gloucesters befürchteten, dass sich die Pest so schnell so weit ausbreiten könnte, wie schnell breitete sie sich dann wirklich aus?

Noch bevor die Stadt erklärte, dass der Jahrmarkt abgebrochen würde, hatten die meisten Reisenden bereits beschlossen weiterzuziehen, die große Abwanderung nach Norden und nach Osten zu beginnen. Es war so, als beobachte man, wie sich eine große Woge aus dem Meer erhob. Zunächst standen alle nur da und sahen ihr wie hypnotisiert entgegen, aber nun, wo sie auf sie zurollte, machten sie plötzlich auf dem Absatz kehrt und flüchteten in höheres Gelände. Nur dass das höhere Gelände sie nicht vor dieser Woge der Zerstörung retten würde. Es gab keinen Ort, der das konnte. Die einzige Hoffnung bestand darin zu versuchen, ihr zu entkommen und dafür zu beten, dass ein Wunder geschähe und die Pest irgendwie aufgehalten würde, bevor sie sie davonschwemmte.

Es war nicht leicht, in dieser Nacht aus der Stadt herauszugelangen. Die Stadtbewohner hätten uns vielleicht gerne scheiden sehen, und wir wären auch gerne gegangen, aber es führten nur drei Tore aus der Stadt heraus. Händler und Hausierer waren vor dem Jahrmarkt als beständiges Rinnsal eingetroffen, aber nun versuchten sie alle auf einmal hinauszukommen. Nur wenige, die verzweifelt genug waren, zu ihren Ehefrauen und Familien zurückzukehren, nahmen nach Süden oder Westen führende Straßen. Wir übrigen – Wagen, Karren, Menschen, Rinder, Schafe, Gänse, Schweine und Pferde – quetschten und wanden uns durch das eine verbleibende Tor. Die Straßen, die von all dem Regen bereits durchweicht waren, wurden unpassierbar, während Vieh und Wagen den Schlamm aufwühlten, und der Weg wurde alle paar Meter von sich im Matsch abmühenden Karren und Tieren blockiert.

Glücklicherweise kannte ich einen Umweg um diese Stellen, und ich führte Rodrigo und Jofre, nachdem wir das Tor erst hinter uns gelassen hatten, einen Seitenweg hinab, der die Verbindung zu einer Parallelstraße darstellte, die um die Stadt herumführte, sodass wir uns der Menge entziehen konnten. Die Straße führte durch eine Schlucht abwärts. Es war eine uralte Straße, und obwohl sie breit genug war, dass Wagen passieren konnten, wurde sie nur noch selten genutzt. Sie war einst trocken gewesen, aber da die Winter nasser geworden waren, war sie nun häufig überflutet, sodass die einzigen Leute, die sie benutzten, dies zu Fuß oder auf dem Pferderücken taten.

Wir hatten so lange gebraucht, um aus der Stadt herauszugelangen, dass die Nacht bereits hereinbrach, bevor wir die Straße erreichten. Wir stapften schweigend dahin und konzentrierten uns darauf, auf dem rutschigen Weg nicht auszugleiten. Unsere Kleidung war durchweicht und unsere Stiefel vor Schlamm so schwer, dass es sich anfühlte, als trügen wir eiserne Fußfesseln. Die Regentropfen prasselten hernieder, trommelten ihren eigenen Psalm der Reue, als wären wir die Verdammten auf dem Weg zum Galgen. Wir trafen unterwegs keine Menschenseele, und als sich die Dunkelheit um uns herum senkte, hoffte ich, es würde so bleiben, denn es gibt viele Arten von Reisenden, die nach Einbruch der Dunkelheit auf einsamen Straßen lauern, menschliche und schlimmere. Und ich hegte keinerlei Verlangen, ihnen zu begegnen.

Dann sahen wir, als wir eine Biegung umrundeten, vor uns einen einsamen Wagen. Er steckte tief in einer wassergefüllten Furche und neigte sich stark zur Seite. Ich erkannte den Wagen als auch den Besitzer sofort. Zophiel, der große Magier, steckte bis zu den Waden in klebrigem Schlamm und versuchte, den Wagen mit der Schulter hochzuhieven und ihn gleichzeitig vorwärts zu schieben, aber der Schlamm saugte an dem Rad und zog es hinab. Das Pferd stand zwischen den Deichseln, den Kopf im Regen gesenkt, und versuchte, ein einsames Grasbüschel zu erreichen, das noch aus dem Schlamm herausragte. Da sich Zophiel auf der Rückseite des Wagens befand, war niemand da, der es vorwärts führen konnte, und keiner von Zophiels Flüchen und keine seiner Drohungen hatten auch nur die geringste Wirkung auf das Tier.

Jofres kläglicher Gesichtsausdruck wurde zu einem erfreuten Grinsen, als er die sich im Schlamm abmühende Gestalt erkannte. »Geschieht ihm recht«, murmelte er.

Rodrigo, der vorausschritt, hörte ihn nicht und sollte ihn auch nicht hören. Ich vermutete, dass Jofre ihm schlauerweise nichts von seiner Wette mit Zophiel erzählt hatte.

Jofre stieß mich in die Rippen. »Komm, wir stützen uns auf den Wagen, wenn wir vorübergehen, und drücken ihn noch tiefer in den Schlamm.«

»Nichts da, es ist besser, ihm zu helfen. Dann steht er in unserer Schuld. Du willst keine überstürzte Rache nehmen, mein Junge. Sie ist viel süßer, wenn sie langsam gärt.«

Aber bevor wir auf eine Höhe mit dem Wagen gelangten, tauchte auf der Straße vor uns plötzlich ein junger Mann aus den Schatten auf. Obwohl Zophiel mit dem Wagen beschäftigt war, spürte er die Bewegung und wirbelte herum, schwang einen langen, dünnen Dolch und stieß ihn auf den Bauch des jungen Mannes zu. Der Mann sprang zurück, beide geöffneten Hände ergeben erhoben.

»Nein, bitte, ich will Euch nichts tun. Es geht um meine Frau.«

Die Hände noch immer erhoben, deutete er mit dem Kinn auf den Hain, aus dem er aufgetaucht war. Es war noch hell genug, um eine auf einem Baumstumpf sitzende Frau auszumachen, die ihren Umhang gegen den Regen fest um sich gezogen hatte.

»Meine Frau«, begann der junge Mann erneut. »Sie kann heute Nacht nicht weiterlaufen. Sie ist schwanger.«

»So«, grollte Zophiel, »warum erzählt Ihr mir das? Ich habe ihr Kind nicht gezeugt.«

»Ich dachte, Ihr könntet sie vielleicht in Eurem Wagen fahren lassen. Nicht mich natürlich, ich kann laufen. Es macht mir nichts aus zu laufen, ich bin es gewohnt, aber Adela, sie …«

»Seid Ihr noch dümmer, als Ihr tut? Sieht es so aus, als würde dieser Wagen irgendwohin fahren? Verschwindet.«

Zophiel schritt um den Wagen herum zu seinem Pferd, begann, am Halfter zu ziehen und benutzte in dem vergeblichen Versuch, das arme Tier zum Vorangehen zu bewegen, ausgiebig seine Peitsche.

»Bitte, sie kann die Nacht nicht im Freien verbringen. Ich werde Euch helfen, das Rad herauszuheben, wenn Ihr …«

»Ihr«, spie Zophiel aus, »könntet nicht einmal die Haut von einem gebratenen Hühnchen anheben.«

»Aber wir könnten es«, sagte Rodrigo und trat vor.

Der Dolch lag sofort wieder in Zophiels Hand, und er wich nervös an die solide Wand des Wagens zurück, die Augen umherzuckend, um zu sehen, ob sich noch mehr von uns in den Schatten verbargen. Jofre kicherte. Er genoss jede Minute dieses Schauspiels.

Rodrigo verbeugte sich auf seine formvollendetste Art. »Der Musikant, Rodrigo, zu Euren Diensten, *Signore*. Mein Schüler, Jofre, und unser Gefährte, ein Camelot.«

Zophiel betrachtete uns genau.

»Du!«, sagte er, als sein Blick auf Jofre fiel. Er ging rasch auf Abstand, seinen Dolch vor sich von einer Seite zur anderen schwingend, als wäre er bereit, es mit uns allen aufzunehmen. »Wenn Ihr denkt, Ihr bekämt das Geld des Jungen zurück, dann irrt Ihr Euch, mein Freund. Er war …«

»Geld?« Rodrigo wirkte verdutzt.

Jofre betrachtete sorgfältig seine Schlamm verdreckten Stiefel.

»Der Preis dafür, das Meerkind zu sehen«, erklärte ich rasch.

Rodrigo nickte, offensichtlich zufriedengestellt, wandte sich dann wieder Zophiel zu und hob in Nachahmung der Geste des jungen Mannes die Hände. »Seid beruhigt, *Signore*, wir hegen keinerlei Absicht, Euch Eures Geldes zu berauben. Wir wollten Euch gerade unsere Hilfe anbieten, ein Reisender einem anderen, als dieser Gentleman herankam. Aber nun, wo er hier ist, unter uns, werden wir Euren Wagen schnell befreien.«

Zophiel beäugte uns weiterhin misstrauisch. »Und wie viel verlangt Ihr für Eure Hilfe?«

Ich antwortete für Rodrigo. »Diese Burschen werden den Wagen aus dem Schlamm heben, wenn Ihr zustimmt, die Frau dieses Mannes mitfahren zu lassen.« Ich sah mich um. Regen strömte über unsere Gesichter. Wir waren so nass und schlammig, als hätte man uns aus einem Fluss gezogen. »Vermutlich brauchen wir alle heute Nacht einen trockenen Unterschlupf. Es gibt an dieser Straße keine Gasthäuser, aber ich kenne einen Platz, der den Regen abhalten wird, wenn er nicht bereits besetzt ist.«

Zophiel schaute zu der Stelle hinüber, wo wir im Halbdunkel vage die noch immer auf dem Baumstumpf kauernde Frau ausmachen konnten. »Wenn ich sie in den Wagen setze, wird ihr Gewicht ihn wieder in den Schlamm drücken. Außerdem«, fügte er gereizt hinzu, »ist kein Platz darin, der Wagen ist voll.«

»Dann lasst sie auf Eurem Sitz mitfahren. Sie kann nicht mehr wiegen als Ihr. Ihr lauft und führt das Pferd. Das wäre in der Dunkelheit auf jeden Fall die sicherste Lösung, es sei denn, Ihr wollt, dass der Wagen umstürzt.«

»Und warum sollte ich laufen, während eine Frau fährt? Wenn ihr Ehemann sie in ihrem Zustand zu Fuß zu irgendeiner üblen Reise zwingt, hat er es nur sich selbst vorzuwerfen.«

Der Wind nahm zu und peitschte den Regen in unsere Gesichter, brannte auf der bereits von der Nässe und Kälte wunden Haut.

»Kommt schon, Zophiel«, sagte ich. »Niemand von uns wäre in dieser Nacht unterwegs, wenn wir nicht dazu gezwungen wären. Verschwenden wir keine Zeit mehr. Wir werden alle nass bis auf die Haut, und Eure Räder sinken immer tiefer in den Schlamm. Mir scheint, Ihr habt nur eine Wahl. Bleibt die ganze Nacht hier im Regen, während Euer Wagen feststeckt und Ihr leichte Beute für jeden Halsabschneider werdet, der des Weges kommt, oder lasst die Frau auf Eurem Wagen mitfahren und uns Euch helfen freizukommen. Wir werden alle neben Euch gehen und unsere Schultern gegen das Rad stemmen, wann immer der Wagen stecken bleibt, was mit oder ohne die Frau bei diesem Schlamm gewiss geschehen wird. Was sagt Ihr? Wenn wir einander in dieser Nacht helfen, finden wir vielleicht alle vor der Dämmerung ein trockenes Bett.«

Kapitel 4

ADELA UND OSMOND

Und so kam es, dass wir sechs eine Nacht gemeinsam verbrachten, in einer Höhle um ein Feuer gekauert, während wir dem Fluss lauschten, der über die Felsblöcke rauschte, und dem Regen, der auf die Blätter der Bäume herabprasselte. Die Höhle war breit, aber niedrig und flach, wie das auf die Vorderseite eines Felsens eingemeißelte Grinsen eines Narren. Sie lag ungefähr fünf oder sechs Fuß die Klippe seitlich der Schlucht hinauf, aber es befanden sich an deren Fuß genügend herabgestürzte Felsblöcke und Vorsprünge, dass sogar ich und die schwangere Adela ziemlich leicht hinaufklettern konnten. Und niemand lagerte dort, wie ich gehofft hatte, denn die Höhle war hinter einem Gewirr hoher Bäume selbst bei Tageslicht gut verborgen.

Die Wände der Höhle waren glatt, mit langen, horizontalen Furchen, als wäre ein riesenhafter Töpfer mit den Fingerspitzen feuchten Ton entlanggefahren, und der Boden fiel zum Eingang hin ab, sodass die Höhle im Inneren trocken war. Vor Jahren hatte ein Hirte oder ein Einsiedler vor einen Teil des Eingangs aus groben Steinen eine niedrige Mauer gebaut, und im Laufe der Zeit hatten sich dahinter trockener Bewuchs und Zweige angehäuft, die gutes Zündmaterial für unser Feuer lieferten. Bald loderte es kräftig auf und brannte innerhalb der Mauern unseres Schutzraums stetig, wobei nur gelegentlich eine Rauchwolke in die Höhle zurück wogte.

Wir hatten alle das in den Kochtopf geworfen, was wir besaßen – Bohnen, Zwiebeln, Kräuter und einige Streifen gesalzenes Schweinefleisch –, um eine dicke Gemüsesuppe zu kochen. Sie war heiß und sättigte wesentlich besser als diejenigen, die man sonst in den dortigen Gasthäusern bekam. Mit gefüllten Mägen und letztendlich wärmer werdenden Gliedern entspannten wir uns alle nach und nach.

Ich legte Steine zum Erhitzen an den Rand des Feuers. Heiße Steine, in ein Stück Sackleinen gewickelt, boten in den kalten Stunden der Nacht guten Trost für die Füße. Ich hatte diesen Kunstgriff vor einigen Jahren gelernt, und ich vermutete, dass Adela froh wäre, wenn sie es später ein wenig behaglich hätte. Etwas sagte mir, dass unsere zwei Turteltauben es nicht gewohnt waren, eine Nacht in einer Höhle zu verbringen.

Es heißt, Gleich und Gleich geselle sich gern, und wenn das stimmt, dann waren diese beiden wie füreinander gemacht. Sie waren beide blond, beide mit breiten, sächsischen Gesichtern und so blauen und strahlenden Augen wie Ehrenpreisblüten. Osmond war ein breitschultriger, stämmiger Bursche, gut genährt und mit einem glatten, reinen Teint, um den ihn manches Mädchen beneiden würde. Adela wies ebenfalls die großen Knochen ihrer sächsischen Vorfahren auf, aber anders als Osmond war sie dünn, ihre Wangenknochen scharf hervorstechend, als hätte sie in letzter Zeit viele Wochen lang Hunger gelitten, und dunkle Ringe lagen unter ihren Augen. Einige Frauen leiden in den ersten Monaten der Schwangerschaft so sehr, dass sie kaum einen Bissen bei sich behalten können, aber wenn das der Grund ihrer Auszehrung war, hatte sie sich inzwischen eindeutig davon erholt, denn in jener Nacht war ihr Appetit vollkommen in Ordnung.

Sie ruhte sich nach ihrer Mahlzeit ein wenig aus, lag an einige Bündel gelehnt da, während Osmond Aufhebens darum machte, dass sie es warm genug hatte, dass sie nicht müde war, dass sie keine Schmerzen hatte, dass sie keinen Hunger hatte, dass sie nicht durstig war, bis sie ihn lachend bat aufzuhören. Aber das konnte er nicht, und er fragte mich erneut, obwohl er das bereits ein Dutzend Mal getan hatte, ob ich glaubte, dass in dieser Schlucht wirklich Halsabschneider oder Räuber lebten.

Diese Frage lastete auch schwer auf Zophiel. Wir hatten seinen

Wagen und sein Pferd am Fuß der Klippe zurücklassen müssem, und obwohl wir das Gefährt mit Ästen gut zugedeckt und das Pferd im dichten Gestrüpp, wo es von der Straße aus nicht zu sehen war, angepflockt hatten, wollte Zophiel nicht eher ruhen, als bis er seine Kisten ausgeladen und in der Höhle hinter uns gelagert hatte. Niemand wagte zu fragen, was die Kisten enthielten. Er war uns gegenüber bereits misstrauisch genug, aber was auch immer es war, schien es nichts zu essen zu sein, denn obwohl er eine großzügige Menge getrockneter Bohnen zu der dicken Gemüsesuppe beitrug, musste er erst zum Wagen zurücklaufen, um sie zu holen.

Jofre lag in seinen Umhang gehüllt in der Dunkelheit an der Rückseite der Höhle. Rodrigo hatte ihn gedrängt, näher ans Feuer zu kommen und die Wärme mit uns Übrigen zu teilen, aber er hatte behauptet, schlafen zu wollen, obwohl ich das Gefühl hatte, dass er immer noch sehr wach war. Ich vermutete, dass er Zophiel mied, aber es ist nicht leicht, jemanden zu meiden, wenn man eine kleine Höhle mit ihm teilt.

Jofre war schon seit dem Zeitpunkt, als wir Zophiels Wagen aus dem Schlamm gezogen hatten, so angespannt wie eine Bogensehne. Offenbar befürchtete er, dass Zophiel das Thema Wette erneut aufbringen würde. Ich wollte ebenso wie er verhindern, dass dieses spezielle Wort fiel, wenn Rodrigo herausfände, wie viel ihres hart verdienten Geldes sein Schüler genau verloren hatte, wäre er zornig, und wer könnte ihm das vorwerfen? Und wenn er den Jungen vor aller Augen zusammenstauchte, würde Jofre wahrscheinlich in die Nacht hinausstürmen, und auch wenn er sich in der Dunkelheit nicht den Hals bräche, würde sich gewiss jemand von uns anderen den Hals brechen, wenn wir ihn suchen müssten.

Bis jetzt war Zophiel zu sehr mit seinen Kisten beschäftigt gewesen, um eine Unterhaltung zu führen, aber nun, wo sich alle zur Nacht niederließen, verlangte es sie nach Zerstreuung, sodass ich nach einem Thema suchte, das uns von Wetten und magischen Tricks fortbrächte.

»Adela, ist dies Euer erstes Kind? Ich dachte es, aufgrund der Art, wie Euer Ehemann Euch umsorgt. Genießt die Zeit so gut wie möglich, denn wenn das Zweite erst kommt, wird er mit Kopfschmerzen darniederliegen, während Ihr alle Arbeit tut.«

Adela blickte errötend zu Osmond, schwieg aber.

Ich versuchte es erneut. »Ihr solltet es besser schnell gebären. Seine Nerven werden keine lange Entbindung aushalten. Wann soll es kommen?«

»Ungefähr zu Weihnachten oder ein wenig früher«, antwortete sie schüchtern und schaute erneut zu Osmond hoch.

Er rieb ihre Hand und verzog das Gesicht.

»Das sind noch vier Monate. Wenn sie jetzt schon nicht mehr gehen kann, wie wird sie dann im kommenden Dezember zuwege sein?«, sagte Zophiel kalt, sein Blick auf die Dunkelheit draußen gerichtet.

Osmond kam seiner Frau augenblicklich zu Hilfe. »Sie kann gehen. Es war die Menschenmenge, die die Stadt so überstürzt verließ – sie schubsten sie, und sie wurde ohnmächtig. Sie ist normalerweise stark, nicht wahr, Adela? Und außerdem werden wir irgendwo unser eigenes Haus haben, lange bevor ihr Baby kommt.«

Zophiel wandte sich zu Osmond um. »Ihr werdet also Euer eigenes Haus haben, ja, mein junger Freund? Ihr habt Besitz, nicht wahr? Geld?« Er beugte spöttisch den Kopf. »Verzeiht mir, Mylord, ich hatte nicht erkannt, dass ich in adliger Gesellschaft reise.«

Osmond errötete heftig. »Ich werde Geld verdienen.«

»Womit genau?« Osmonds Ernsthaftigkeit schien Zophiel zu amüsieren. Er schaute zu ihren Bündeln hinüber. »Ihr reist mit leichtem Gepäck. Was seid Ihr also, mein Freund, ein Händler, ein Hofnarr, vielleicht ein Dieb?«

Osmond ballte die Fäuste, und Adela hob hastig eine Hand, klammerte sich an sein Hemd. Er atmete tief ein und kämpfte augenscheinlich darum, höflich zu antworten.

»Ich, Sir, bin ein Maler, ein Künstler, der engagiert wird, die Bilder von Heiligen und Märtyrern auf Kirchenwände zu malen. Das Krippenspiel, die Kreuzigung, das Jüngste Gericht – ich kann sie alle malen.«

Zophiel wölbte seine Augenbrauen. »Tatsächlich? Ich habe noch nie von einem verheirateten Mann mit einer solchen Beschäftigung gehört – gewiss sind es doch Mönche und Laienbrüder, die diese heilige Aufgabe ausführen.«

Adela biss sich auf die Lippen. Sie schien kurz davor, etwas sagen zu wollen, aber Osmond antwortete zuerst.

»Ich male in jenen Kirchen, die zu weit von den Abteien und Mönchsklostern entfernt sind, um von den Künstlern der heiligen Orden besucht zu werden. Ich male in armen Kirchen.«

»Dann werdet Ihr nicht viel verdienen.«

Osmond ballte erneut die Fäuste. »Ich verdiene genug, um …«

»Was ist das für ein Geräusch?« Jofre beugte sich vor und blickte am Feuer vorbei, aller angeblicher Schlaf vergessen.

Zophiel sprang sofort auf und blickte in die Dunkelheit jenseits der Höhle hinaus. Wir lauschten, hörten aber nichts außer dem Knistern des Holzes auf dem Feuer und dem tosenden Fluss unter uns. Nach wenigen Minuten schüttelte Zophiel den Kopf und setzte sich wieder hin, aber seine Augen huschten ruhelos umher, während er weiterhin in die undurchdringliche Dunkelheit hinausstarrte.

Rodrigo brach das folgende, lastende Schweigen, als er Osmonds noch immer zornige Miene sah. »Und wo werdet Ihr hingehen, Zophiel? Habt Ihr Pläne?«

»Ich hatte vor, nach Bristol zu gehen, um eine Passage auf einem Schiff zu erlangen. Ich habe geschäftlich in Irland zu tun.«

»Ihr kommt zu spät«, sagte Osmond. »Wenn es stimmt, was man uns auf dem Jahrmarkt erzählte, werdet Ihr keinen der Häfen irgendwo zwischen Bristol und Gloucester mehr geöffnet vorfinden.« Das Wissen, dass die Pläne des großen Zophiel durchkreuzt worden waren, schien ihn ungeheuer aufzumuntern.

Zophiel betrachtete ihn. »Bristol und Gloucester sind nicht die einzigen Häfen in England, oder hat Euer Schullehrer es versäumt, Euch das zu lehren? Ich nehme natürlich an, dass Ihr eine ansatzweise Schulbildung genossen habt, obwohl Euer armer Lehrer den Versuch vielleicht aufgegeben hat, und wer könnte es ihm vorwerfen?«

Adela musste erneut Osmonds Arm ergreifen. Sie sah mit schüchternem Lächeln zu uns herüber. »Wo werdet Ihr jetzt alle hingehen, nun wo der Jahrmarkt geschlossen wurde?«

»Wir drei reisen nach Norden zum Schrein des heiligen John Shorne«, erzählte Rodrigo ihr, bevor ich antworten konnte. »Ich selbst war noch nicht dort, aber Camelot sagt, es gäbe dort viele Gasthäuser, viele Pilger. Es ist ein guter Ort, um Arbeit und Unterkunft zu finden. Ein guter Ort, um zu bleiben, bis sich die Pest erschöpft hat. Und einen Schrein werden sie nicht schließen.«

Osmond runzelte die Stirn. »Ich dachte, ich würde die meisten Heiligen Englands kennen, aber von diesem heiligen John habe ich noch nie gehört.«

»Das kommt daher, dass er kein Heiliger ist«, erklärte Zophiel, seinen Blick kurzzeitig vom Eingang der Höhle abwendend.

»Es stimmt, dass er tatsächlich noch nicht heilig gesprochen wurde«, belehrte ich sie. »Obwohl man das in seinem Schrein nicht zu laut sagen darf. Der örtliche Klerus und die Dorfbewohner fühlen sich dann leicht angegriffen. Er ist erst seit dreißig Jahren tot, aber die Ortsansässigen sind sich so sicher, dass er als Heiliger anerkannt werden wird, dass sie ihm den Titel bereits zugestehen. Aber ob bestätigter Heiliger oder nicht, steht es außer Frage, dass seine Wunder wahre Menschenmengen anziehen.«

»Wunder, die von der heiligen Kirche nicht bestätigt wurden«, sagte Zophiel.

Ich zuckte die Achseln. »Nichtsdestotrotz glauben die Menschen daran, und wo es Menschenmengen gibt, ist auch einiges Geld zu verdienen.«

»Welche Art Wunder?«, fragte Adela eifrig.

»Er war der Pfarrer des Bezirks North Marston, da, wo jetzt sein Schrein steht, und es gab dort eine große Dürre. Die Ernten, die Tiere und die Menschen litten. Es heißt, Pfarrer John habe mit seiner Rute den Boden berührt, genau wie Moses, und an dieser Stelle sei ein Quell hervorgesprudelt, der niemals versiegte und niemals zufror. Und da Pfarrer John zu seinen Lebzeiten auch nachgesagt wurde, er habe Erkältungen, Fieber, Schwermut und Zahnschmerzen geheilt und sogar jene wiedererweckt, die ertrunken waren, streben die Menschen in Strömen zu seinem Quell, um von eben jenen Krankheiten geheilt zu werden. Wer hat immerhin nicht zu irgendeinem Zeitpunkt Zahnschmerzen erlitten?«

»Und wo genau wären Menschen in Marston ertrunken, wenn es dort kein Wasser gab?«, fragte Zophiel. »Oder vielleicht wollten sie so unbedingt von einer laufenden Nase geheilt werden, dass sie in seinen wundersamen Quell fielen.«

Irgendwie hatte er recht. Zophiel besaß einen scharfen Verstand, das musste man zugeben.

»Ich stelle keine Behauptungen auf. Ich kann Euch nur berichten, was erzählt wird. Außerdem kommen die meisten Pilger aus Neugierde, um den Stiefel zu sehen. Das ist das Wunder, das die Menschenmengen wirklich anzieht.«

Zophiel schnaubte. »Ah ja, der berühmte Stiefel. Der Beweis dafür, wenn einer nötig wäre, dass die ganze Geschichte nur ein Schwindel ist, um den Leichtgläubigen das Geld aus der Tasche zu ziehen.«

»Aber wenn die Menschen daran glauben, dann wird es sie heilen. Die Kunst, Zophiel, besteht darin, einem Menschen das zu verkaufen, woran er glaubt, denn dann schenkt man ihm Hoffnung. Und die Hoffnung selbst ist immer echt. Nur das, woran sie hängt, kann sich als falsch erweisen.«

»Hoffnung ist etwas für die Schwachen, Camelot.«

»Aber was ist mit dem Stiefel?«, unterbrach Adela und errötete, als Zophiel sich zu ihr umwandte und sie verächtlich ansah.

»Anscheinend hat Pfarrer John, während er einem armen Mann den Dämon austrieb, den Teufel im Stiefel dieses Mannes eingefangen. Viele alte Menschen in dem Dorf schwören, dass sie tatsächlich gesehen hätten, wie der Teufel in den Stiefel fuhr, aber dann machte er sich so klein wie ein Käfer, kroch aus einer der Ösen heraus und flog davon. Und nun wird dieser Stiefel neben dem Schrein ausgestellt. Es heißt, dass jedermann, der den Stiefel anzieht, spürt, wie die Gicht mit dem Teufel aus eben jener Öse davonfliegt. Die Menschenmengen …«

»Horcht!«, rief Jofre erneut drängend aus.

Wir erstarrten, lauschten angestrengt. Und dieses Mal hörten wir es auch. Es war ein weit entferntes, aber unverkennbares Heulen, dann noch eins und noch eins. Und dann nichts mehr.

Rodrigo zog seinen Umhang fester um sich. »Schlaf wieder, *Ragazzo*. Es ist nur ein Hund.«

»Das ist kein Hund, das ist ein Wolfsheulen«, erwiderte Zophiel scharf.

Adela keuchte, und Osmond legte seine Arme beschützend um sie. »Macht keine Scherze. Ihr regt Adela auf.«

Ich schüttelte den Kopf. »Er macht keine Scherze. Es ist ein Wolf. Aber das Heulen kam von der anderen Seite des Hügels, nicht aus der Schlucht. Und selbst wenn der Wolf die Schlucht betritt, wird das Feuer ihn in Schach halten.«

»Wenn der Wolf ein Tier ist, dann ja«, sagte Zophiel, »aber wenn es ein menschlicher Wolf ist, dann wird das Feuer ihn anziehen.« Er starrte angestrengt aus dem Höhleneingang hinaus in die dahinter liegende Dunkelheit. Er hatte sich in eine kauernde Haltung vorgebeugt, seine Hand nach dem Messer an seinem Gürtel tastend. »Es gibt Banden von Räubern und Mördern, welche die Rufe von Wölfen und Eulen benutzen, um sich miteinander zu verständigen. Hügel und Schluchten wie diese sind ihnen gerade recht.«

Osmond wirkte entsetzt. Er hielt Adela so fest in den Armen, dass er Gefahr lief, sie zu erdrücken.

»Das ist eine Erleichterung, Zophiel«, sagte ich in dem Versuch, die Stimmung aufzuheitern. »Einen Moment lang dachte ich schon, Ihr sprecht von Werwölfen, aber wenn nur von Räubern und Mördern die Rede ist, dann seid ihr vier kräftigen Burschen ihnen mehr als gewachsen. Außerdem kam das Heulen, wie ich bereits sagte, nicht aus der Schlucht, so dass sie das Feuer nicht sehen werden, was auch immer sie sind.«

Zophiel war, wie wir alle beizeiten entdecken sollten, kein Mann, der es duldete, wenn man seine Worte auf die leichte Schulter nahm. Seine Augen hatten sich verengt, als er sich mir zuwandte, und sein Mund verzog sich zu dem spöttischen Lächeln, dass ich allmählich kennenlernte.

»Werwölfe, Camelot? Kommt schon, Ihr nehmt diese Geschichten doch nicht ernst, die erzählt werden, um Frauen und Kinder zu ängstigen. Ich habe Euch nicht für einen abergläubischen Narren gehalten. Wenn allerdings der junge Osmond hier so etwas gesagt hätte …«

Der junge Osmond, seine Besorgnis vorübergehend vergessen, wirkte, als wollte er mehr tun, als nur etwas zu sagen.

Ich heuchelte Überraschung. »Ich bin erschüttert, Zophiel. Hat die Kirche es nicht zur Ketzerei erklärt, die Existenz von Werwölfen zu leugnen? Sind sie nicht ebenso real wie Meerjungfrauen?« Ich berührte meine Narbe. »Was glaubt Ihr, wie ich diese bekommen habe?«

Adela riss die Augen auf. »Das hat ein Werwolf getan?«

Rodrigo öffnete den Mund, um etwas zu sagen, aber ich fing seinen Blick ein, und er begnügte sich mit einem wissenden Grinsen. Da ich nun ihre Aufmerksamkeit hatte, machte ich es mir bequem und begann mit meiner Geschichte.

»Vor vielen Jahren, als ich ein Kind war, lebte ich mit meiner Mutter und meinem Vater in einem abgeschiedenen, dicht bewaldeten Tal an der Grenze zwischen Schottland und England. Mein Vater arbeitete als Holzhauer in den Wäldern, fällte Bäume für Balken und Schwellen. Er arbeitete hart für unseren Lebensunterhalt, und wir kamen ganz gut zurecht. Aber eines Tages, als er bei der Arbeit war, lockerte sich der Axtkopf vom Stiel, löste sich schließlich und senkte sich in seinen Fuß. Es war ein tiefer Schnitt. Er eiterte, und mein Vater starb innerhalb von weniger als einer Woche. Meine Mutter mühte sich weiterhin ab, aber es war ein hartes, grausames Leben für eine Frau, die allein war, und es kam nur wenig Essen auf den Tisch.

Dann fanden wir eines Sommertages einen Fremden, einen Reisenden, der schwer verletzt im Wald lag. Wir brachten ihn nach Hause und versorgten seine Wunden, nicht wissend, ob er überleben oder sterben würde. Er warf sich viele Tage lang fiebrig hin und her, aber schließlich sank das Fieber, und er begann sich zu erholen. Er war ein gut aussehender Mann, kräftig und groß, und meine Mutter verliebte sich allmählich in ihn, sodass sie nicht zögerte, ja zu sagen, als die Zeit kam, dass er ihr einen Heiratsantrag machte.

Ich verehrte meinen Stiefvater. Er war kühn und tapfer und konnte wie der Wind laufen. Und er war auch ein guter Ernährer, denn einmal im Monat, wenn der Vollmond hell genug schien zum Jagen, verschwand er vor Sonnenuntergang in den Wald und kam erst in der Dämmerung zurück. Wenn er zurückkehrte, brachte er stets eine gute Ausbeute an Vögeln und Tieren für den Kochtopf mit. Alle bemerkten, er sei ein außergewöhnlich geschickter Jäger, da er weder Hunde noch einen Bogen mit sich nahm, sondern nur mit einem Messer bewaffnet hinausging. Ich wollte ein Jäger werden genau wie er und bat ihn, mich auf seine Jagdausflüge mitzunehmen, aber er verweigerte es mir stets und sagte, ich sei zu jung.

Dann begannen sich die Bauern ringsum darüber zu beklagen, dass sich ein Wolf im Tal niedergelassen hätte. Lämmer wurden vermisst, und Schweine wurden mit herausgerissenen Kehlen gefunden. Man hörte in der Nacht einen einsamen Wolf den Vollmond anheulen. Die Bauern wussten, dass ihnen bis zum kommenden Frühjahr kein Tier mehr bliebe, wenn sie den Wolf nicht töteten, so dass sie beschlossen, eine Jagdgruppe zu bilden, um den Wolf zur Strecke zu bringen. Sie forderten meinen Stiefvater auf, sich ihnen anzuschließen, da er bei weitem der beste Jäger im Umkreis war, aber er weigerte sich. Er sagte ihnen, dass er im Wald weder einen Wolf gehört noch gesehen hätte, und diesbezüglich sagte er die Wahrheit.

In jener Nacht begab sich mein Stiefvater wie üblich allein auf die Jagd. Ich bat ihn erneut, mitgehen zu dürfen. Er lachte und sagte, ich sei zu langsam, um mit ihm Schritt zu halten. Aber ich war entschlossen, ihm zu beweisen, dass er sich irrte, so dass ich mich, als die Sonne unterging, aus unserer Hütte stahl und meinem Stiefvater in den Wald folgte. Ich musste mich beeilen, um mit ihm Schritt zu halten. Er hielt nicht inne, um Fallen auszulegen oder einer Spur zu folgen, sondern ging mit großen, raschen Schritten voran, so dass ich ihn schließlich aus den Augen verlor.

Inzwischen war es dunkel, der Mond stieg über die Bäume, und ich erkannte, dass ich nichts anderes tun konnte, als nach Hause zurückzukehren. Aber ich war erst wenige Schritte gegangen, als ich einen Laut hörte, der mein Blut gefrieren ließ. Es war der Ruf eines

Wolfes, und nicht nur ein Ruf, sondern ein gequältes Heulen, als leide das Wesen Schmerzen. Ich stand wie angewurzelt da. Als das silberne Licht des Mondes voll auf den Waldboden schien, sah ich es, den großen, struppigen Kopf und die gelben Augen eines Wolfes, nur dass dieser Wolf nicht wie ein Tier auf allen vieren kauerte, sondern wie ein Mensch aufrecht stand.

Ich schrie vor Angst, und der Wolf wandte sich um. Er bleckte seine großen, weißen Fänge und knurrte. Aber in dem Moment, als er auf mich zu sprang, erklang das Geräusch von durchs Unterholz brechenden Menschen und Hundegebell. Als der Wolf die flammenden Fackeln erblickte, floh er. Die Bauern und die Hunde verfolgten ihn. Der Wolf ließ sie mühelos hinter sich, aber die Hunde folgten seiner Spur, und die Bauern folgten den Hunden.

Aber ich wusste, wohin der Wolf lief. Wenn ein Tier gejagt wird, flieht es nach Hause. Ich erreichte unsere Hütte vor den Bauern und ihren Hunden, aber nicht vor dem Wolf. Meine Mutter lag am Boden, Blut überströmt, ihre Kehle herausgerissen. Der Wolf kauerte über ihr. Als er sich umwandte, um mich anzuspringen, gelang es mir, mich unter das Bett zu rollen, wo seine zuschnappenden Kiefer mich nicht erreichen konnten. Der Wolf schlug zornig mit der Pfote nach mir, und seine gewaltigen Krallen erwischten mein Gesicht, rissen es auf.

Die Bauern schickten ihre Hunde herein, um den Wolf abzulenken, während sie mich durch das kleine Hüttenfenster hinauszogen. Aber Hunde sind keine Gegner für einen Werwolf, und niemand wollte einen Biss von dem Wesen riskieren, so dass sie den Werwolf in der Hütte einsperrten und sie bis auf die Grundmauern niederbrannten. Das Heulen des Wolfes klang durch den Wald und erfüllte das Tal, bis er schließlich von den Flammen überwältigt wurde und schwieg.«

Es herrschte Stille, als ich die Geschichte beendet hatte. Niemand regte sich. Adelas Augen waren geweitet, und Jofres Mund stand offen.

Plötzlich lachte Rodrigo laut auf und schlug mir auf den Rücken. »Eine gute Geschichte, Camelot, aber habe ich Euch dem Händler auf dem Jahrmarkt gegenüber nicht schwören hören, dass Ihr Euer Auge im Heiligen Land verloren hättet?«

»Dass ich mein Auge verloren habe, entspricht der Wahrheit, Rodrigo. Und da es mir nicht mehr beim Sehen dienlich sein kann, kann ich es ebenso gut nutzbringend anwenden, um Nahrung für unsere Mägen und ein trockenes Bett zu beschaffen.«

Rodrigo schüttelte den Kopf, lächelte und wandte sich dann an Osmond. »Da wir gerade von Schutz sprechen – ich habe nachgedacht. Ihr und Eure Frau solltet mit uns zum Schrein des heiligen John kommen. Ihr malt heilige Szenen. Wenn der Schrein reich ist, werden sie vielleicht einen Maler brauchen. Und für Adela wird es ein guter Ort sein, sich den Winter über auszuruhen, wenn sie das Kind hat. Ihr werdet dort Unterkunft und eine Hebamme finden, die Adela helfen kann, wenn es so weit ist, oder, Camelot?«

Osmond schaute zu Adela, und dann strahlten mich beide eifrig an.

Ich spürte, wie das Lächeln auf meinem Gesicht gefror, und verfluchte Rodrigo im Stillen. Hielt er dies für eine Art Pilgerreise? Als wären die Dinge nicht bereits schwierig genug, übertrug er mir jetzt auch noch die Verantwortung für eine schwangere Frau, die kaum laufen konnte, ganz bis nach North Marston. Ich konnte es mir nicht leisten, sie auch noch aufgebürdet zu bekommen. Ich hätte den Schädel des heiligen Peter darauf verwettet, dass unsere Turteltauben nicht mehr Erfahrung damit hatten, unterwegs zu sein, als Rodrigo und Jofre. Sie würden uns erheblich behindern. Die Pest schloss von Süden und Westen auf. Ich hatte keine Zeit, mich als Kindermädchen für eine Meute Anfänger zu betätigen. Für wen hielten sie mich – für Moses? Aber was konnte ich tun? Ich sah die Hoffnung in ihren Gesichtern und konnte mich nicht dazu überwinden, sie ihnen zu nehmen.

Kein Wolfsgeheul erklang mehr. Nur das stetige Prasseln des Regens auf den Blättern und der reißende Strom des Flusses unterbrachen die Stille der Dunkelheit draußen. Mein Körper schmerzte vor Müdigkeit, aber mein Geist war zu sehr von der vor uns liegenden Reise erfüllt, als dass ich hätte schlafen können, sodass ich anbot, die erste Wache zu übernehmen, und die anderen es sich für die lange, bevorstehende Nacht so bequem wie möglich machten.

Osmond öffnete Adelas Schuhe, zog ihr die schmutzigen Strümpfe aus und massierte ihre kalten, nassen Füße. Die spitzen, roten Schuhe waren dünn und wohlgeformt und mit Gänseblümchen verziert, die durch in das Leder gestanzte Löcher gestaltet waren. Sie waren für Pflichten im Hause oder zum Umhergehen auf abgeschiedenen Fußgängerwegen gedacht, waren aber denkbar ungeeignet dafür, sich durch Pfützen zu schleppen oder Feldwege entlangzustapfen. Es war reine Dummheit, sich damit auf die Straße zu begeben. Diese Reise, zu der sie aufgebrochen waren, war nicht gut geplant worden. Vielleicht war sie überhaupt nicht geplant gewesen.

Was könnte ein junges Paar wie sie in solcher Eile auf die Straße zwingen? Meine Kehle wurde jäh trocken. Was wäre, wenn sie aus Bristol gekommen und geflohen wären, als die Pest zuschlug? Was wäre, wenn ihre Kleidung bereits infiziert wäre? Ich schüttelte mich ungeduldig. Ich durfte nicht jedes Mal vor Angst zusammenzucken, wenn ich einem Fremden begegnete, denn auf der Straße war jedermann ein Fremder. Es gab nicht genug Höhlen in England für alle, um in den Hügeln zu wohnen und wie Eremiten zu leben. Außerdem brauchten sogar Eremiten jemanden, der ihnen Nahrung brachte.

»Hier.« Ich wickelte einen der heißen Steine in Sackleinen und schob ihn Adela zu. »Wärmt Eure Füße damit.«

Sie lächelte dankbar. »Ihr seid freundlich. Vielen Dank.«

Ich nahm ihre Schuhe hoch und stellte sie zum Trocknen in die Nähe des Feuers. Edelstes Korduanleder, das konnte man, trotz des ihnen anhaftenden Schmutzes, schon allein durch Berührung erkennen. Es war viele Jahre her, seit ich mir Schuhe gegönnt hatte, die nicht allein zum Wandern gedacht waren, und diesen Luxus würde ich nie wieder haben. Die Haut an meinen Füßen war von all den Meilen, die ich umhergezogen war, so hart und schwielig geworden, dass sie selbst als Lederschuhe durchgehen könnten.

Adela saß vornüber gebeugt da, die Arme um sich geschlungen, ihre weichen, bloßen Füße fest auf den heißen Stein gepresst. Sie zitterte. Ihr Umhang war noch immer zu nass, um ihn ihr umzulegen, aber offenbar hatten sie beide nicht daran gedacht, etwas anderes mitzubringen.

Ich seufzte und warf ihr meine Decke zu. »Wickelt Euch hier hinein, bevor Ihr Euch den Tod holt.«

»Aber ich kann Eure Decke nicht nehmen. Ihr könntet Euch erkälten.«

Es war nicht Höflichkeit, die sie das sagen ließ. In ihren Augen stand, trotz ihrer Erschöpfung, echte Sorge. Sie sah mich in ihrem jungen Alter zweifellos als einen alten, senilen Menschen an, der eingehüllt und gefüttert werden sollte, und das rührte mich, denn die meisten würden ihre eigene Bequemlichkeit der eines alten Mannes voranstellen.

»Es ist besser, wenn mir nicht zu warm wird, wenn ich die erste Wache übernehmen soll. In meinem hohen Alter würde ich wahrscheinlich einnicken, wenn ich es zu bequem habe. Aber Ihr solltet versuchen, Euch so gut wie möglich auszuruhen. Ihr werdet morgen früh all Eure Kraft brauchen.«

Ich brauchte sie kaum zum Schlafen zu drängen. Ihre Augenlider sanken bereits vor Müdigkeit herab.

»Warum nehmt Ihr nicht Euren Schleier ab und macht es Euch bequem. Euer Ehemann wird bestimmt nichts dagegen haben. Ihr werdet Euch mit den Nadeln stechen, wenn Ihr damit einschlaft.«

Ihre Hand zog geschwind die Umrisse des Leinenschleiers nach, der ihr Gesicht umrahmte, wie um sich zu versichern, dass er noch an seinem Platz war. Er war unter ihrem Kinn mit einem Gebände befestigt und bedeckte ihr ganzes Haar, bis auf eine flachsfarbene Strähne an der Schläfe. Es war eine seltsam altmodische Tracht für solch eine wunderschöne, junge Frau. Heutzutage sah man nur noch alte Frauen mit dem Gebände, die keinen Grund dafür sahen, etwas aufzugeben, was sie ihr ganzes Leben lang getragen hatten. Aber die meisten waren einfach froh, von solch einem scheuernden Hemmnis befreit zu sein.

»Ich kann nicht … ich brauche ihn nicht abzunehmen. Ich schlafe nicht im Liegen, wegen … meinem Baby. Die Galle steigt mir hoch, wenn ich flach liege«, fügte sie hastig hinzu.

Osmond legte einen Arm um sie, und sie lehnte sich dankbar an seine Schulter zurück. Auch wenn sie die Nadeln nicht spürte, würde er sie am Morgen spüren. Es waren fast ein Dutzend davon nötig, um einen Schleier so zu befestigen. Aber anscheinend nahm er alles auf sich, um seine frisch Angetraute zu beschützen.

Sie war es nicht gewohnt, unter Fremden zu schlafen, so viel war deutlich. Sie war behütet aufgewachsen, aber auf der Straße waren weder Schüchternheit noch Sittsamkeit von Vorteil. Hatte sie, hatte irgendjemand von ihnen, auch nur eine Ahnung davon, was sie dort draußen erwartete? War ich einst wirklich so naiv gewesen wie sie? Wenn man liebt und jung ist, glaubt man, dass nichts, was das Leben einem aufbürden kann, unüberwindlich ist. Man denkt, gemeinsam könne man alles bewältigen. Ich betete dafür, dass sie niemals erfahren müssten, wie schnell das Leben Menschen trennen kann.

Die tanzenden, orangefarbenen Flammen warfen unsere grauen Schatten an die Wände der Höhle, jede unserer Bewegungen in grotesker Form parodiert, wie bei einem Mummenschanz, der zu unserem Spott aufgeführt wurde. Unsere Schatten flossen ineinander, so dass Ungeheuer mit zwei zottigen Köpfen erschienen. Buckelige Drachen rollten sich im Schlaf zusammen, und Meerjungfrauen zuckten mit ihren geschmeidigen Schwänzen. Schatten sind so unwirklich, und doch sind sie größer als wir.

Zophiel saß aufrecht an seine Kisten gelehnt, sein Kopf unbequem auf die Brust gesunken. Er würde am Morgen mit einem steifen Hals dafür zahlen müssen, aber das tat mir nicht allzu leid. Rodrigo lag ausgestreckt da, schnarchte und schlief den ungestörten Schlaf des Gerechten. Adela und Osmond kauerten an der Wand der Höhle. Adela hatte den Kopf an Osmonds Schulter geschmiegt, während er sie mit seinen Armen umfing.

Jofre lag, wie schon den ganzen Abend, zusammengerollt an der Rückseite der Höhle, aber er schlief nicht. Der Feuerschein schimmerte in seinen geöffneten Augen. Er beobachtete Osmond und Adela. Er konnte den Blick nicht von ihnen wenden. Und plötzlich dämmerte es mir, warum er den ganzen Abend so still gewesen war.

Es war nicht nur die Angst, dass Zophiel die Wette erwähnen könnte. Der arme Junge war verliebt. Warum müssen sich die Jungen schon beim ersten Anblick und so heftig verlieben? Adela und Osmond waren frisch verheiratet. Was glaubte Jofre also, was sich möglicherweise ergeben könnte? Aber das ewige Dreieck ist so alt wie die Menschheit selbst. Man könnte sogar sagen, dass Adam, Eva und Gott die Ersten waren, und seht nur, wohin das geführt hat. In all diesen Jahrhunderten der Verbandelung Liebender kam nie etwas Gutes dabei heraus. Aber es war nutzlos, ihn zu warnen, dass es ihm nur Schmerz einbringen würde. Die Jungen können an Werwölfe und Meerjungfrauen glauben, aber nicht daran, dass die Alten jemals verliebt waren.

Während ich die ruhenden, in den sanften, roten Schein des Feuers getauchten Körper Adelas und Osmonds, Rodrigos und Jofres betrachtete, erkannte ich mit einem jähen Gefühl der Leere, dass ich zu niemandem gehörte, und fühlte mich zum ersten Mal seit vielen Jahren furchtbar allein. Ich hatte gedacht, ich hätte keine Angst vor dem Tod. Ich war alt und wusste, dass er unausweichlich war, aber ich hatte ihm niemals zuvor eine Gestalt gegeben. Nun, während diese schreckliche Krankheit unerbittlich auf uns zu rollte, erhaschte ich zum ersten Mal einen Blick darauf, welche Gestalt der Tod annehmen könnte, und spürte Angst in meiner Kehle aufsteigen.

Zophiel wollte unbedingt beim ersten Tageslicht aufbrechen. Die Schlucht machte ihn nervös. Seinem Wagen fern zu sein, machte ihn nervös. Wir machten ihn nervös. Er hoffte wahrscheinlich, uns alle, vor allem Adela, loszuwerden, sobald er aus der Schlucht herausgelänge.

Adela schien nach dem Nachtschlaf kräftiger, aber sie war noch immer blass, und es wirkte nicht so, als würde ihre neu gewonnene Kraft lange vorhalten. Aber nach Zophiels Sticheleien vom Vorabend war sie entschlossen zu zeigen, dass sie ebenso zäh war wie wir übrigen, und selbst Osmond schien Zophiel das Durchhaltevermögen seiner Frau beweisen zu wollen. Aber Rodrigo, galant wie immer, wollte nichts davon wissen. Er bestand darauf, dass Zophiel, wenn wir den mit seinen Kisten beladenen Wagen aus jeder mit Wasser gefüllten Furche auf dem Weg herausziehen und -schieben sollten, zumindest mithelfen sollte, indem er sein Pferd führte, und dass Adela im Wagen fahren und ihre Kräfte schonen sollte.

Zophiel, der keine Möglichkeit sah, ohne unsere Hilfe aus der Schlucht herauszugelangen, willigte missmutig ein und ließ seine schlechte Laune heraus, indem er den mürrischen Jofre schikanierte. Zophiel, der erkannt hatte, dass Jofre seinem Herrn die Wette verschwiegen hatte, amüsierte sich damit, dass er die Unterhaltung ständig auf den Punkt zurückbrachte, an dem er das Geheimnis enthüllen zu wollen schien, bevor er geschickt davon Abstand nahm. Er genoss das Katz-und-Maus-Spiel, und er war geschickt darin.

Aber dieses Mal war es Rodrigo selbst, der die Ablenkung schuf, indem er sich plötzlich mit einer Hand an die Stirn schlug.

»Camelot, ich wollte Euch noch erzählen, dass eine Freundin von Euch, ein Kind, gestern auf dem Jahrmarkt nach Euch gefragt hat. Ich hätte es Euch schon eher sagen sollen, aber bei all dem Aufruhr, als wir aufbrechen mussten, habe ich es vergessen.«

Ich runzelte die Stirn. »Ich kenne keine Kinder.«

»Sie sagte, sie kenne Euch. Sie war ein hübsches Kind, ungewöhnlich. Ihr Haar, es war … wie Raureif.«

Ich verspürte ein Frösteln, als wären kalte, nasse Tücher über meine Haut gezogen worden. Also war Narigorm auf dem Jahrmarkt gewesen. Ich wusste nicht, ob ich erleichtert oder beunruhigt sein sollte. Ich hatte allmählich schon geglaubt, dass ich mir nur eingebildet hätte, sie gesehen zu haben. Dann kam mir ein Gedanke.

»Rodrigo, es waren Hunderte von Menschen auf dem Jahrmarkt – woher wusste sie, dass Ihr mich kanntet. Habt Ihr es ihr erzählt?«

Er schüttelte den Kopf und zuckte dann die Achseln. »Vielleicht hat sie uns zusammen gesehen. Auf jeden Fall bat sie mich, Euch zu sagen, dass sie bald bei Euch sein werde. Das ist doch eine gute Nachricht, oder?«

»Ihr habt ihr doch nicht gesagt, wohin wir gehen, nicht wahr?«, fragte ich, bemüht, die Beunruhigung aus meiner Stimme herauszuhalten.

Er schüttelte erneut den Kopf. »Nein, sie hat nicht danach gefragt.«

Ich atmete heftig aus. An dem verwirrten Ausdruck auf Rodrigos Gesicht konnte ich erkennen, dass ich nicht so reagiert hatte, wie er es erwartet hatte, und ich konnte meine Beunruhigung nicht erklären, nicht einmal mir selbst gegenüber. Warum sollte sie mir eine solche Nachricht schicken? Folgte sie mir? Nein, das war ein törichter Gedanke. Nun bildete ich mir wirklich Dinge ein. Warum, um alles auf der Welt, würde ein Kind einem alten Mann folgen wollen, den sie kaum kannte?

»Camelot, dieses Kind, ist sie …«, begann Rodrigo.

Aber seine Frage wurde von einem jähen Schrei unterbrochen, der durch die Schlucht hallte und uns in unseren Schritten erstarren ließ. Dieser Laut war nicht misszuverstehen. Er war menschlich, und der Mensch war in schrecklichen Schwierigkeiten. Der Schrei war ein kleines Stück vor uns erklungen, um die Biegung des Weges, aber unsere Sicht war durch einen Felsvorsprung blockiert. Als die Schreie weiterhin erklangen, zogen Rodrigo und Osmond ihre Messer und liefen, dicht gefolgt von Jofre, den Rufen entgegen. Aber da hörten die Schreie plötzlich auf, wie mit einer Axt abgehackt. Zophiel, Adela und ich folgten mit dem Wagen langsam, aber als wir die Biegung vorsichtig umrundeten, sahen wir die Übrigen auf der Straße stehen und etwas jenseits davon betrachten.

Zwei Männer, ihre Kapuzen tief über die Gesichter gezogen, beugten sich über einen dritten Mann, der im Schlamm lag. Einer der von den Kapuzen verhüllten Männer nahm dem hingestreckten Körper gerade ein Lederbündel ab, während der andere unbeholfen die Kleidung des toten Mannes durchsuchte. Es war kein raffinierter Mord gewesen. Der Kopf des Opfers war eine blutige Masse Haar, Hirn und Knochen. Sein Gesicht wäre selbst für seine eigene Mutter nicht mehr zu erkennen gewesen. Die Schläge waren zweifellos mit den schweren Holzknüppeln ausgeführt worden, die noch immer an Lederbändern von den Handgelenken der Mörder herabbaumelten. Die Räuber hatten sich nicht einmal die Mühe gemacht, den Toten vom Weg ins Dickicht zu ziehen, um ihre Arbeit zu verrichten, und machten sich, weit davon entfernt, ängstlich davonzulaufen, als sie uns herannahen sahen, weiterhin an ihm zu schaffen, wie wilde Hunde, die man nicht von ihrer Beute verscheuchen kann.

Osmond brach das benommene Schweigen als Erster. Er lief schreiend auf die Männer zu und wedelte mit den Armen, als wollte er Tiere vertreiben. Die beiden Räuber hoben die Köpfe. Sie warfen ihre Kapuzen zurück, blieben aber über den blutigen Leichnam gekauert.

»Wollt Ihr uns aufhalten, junger Herr?«

Osmond hielt inne. Die Gesichter, die zu ihm hochschielten, schienen zuerst zu grinsen. Aber es lag kein Lächeln darauf. Ihre Lippen waren, wie auch ihre Nasen, fortgefressen. Flecken grauer, toter Haut bedeckten ihre Gesichter, wie Schimmel auf verfaultem Obst. Es waren Aussätzige. Sie erhoben sich, kamen humpelnd auf uns zu und ließen die Knüppel an ihren Handgelenken kreisen, wie sie es zweifellos auch getan hatten, bevor sie den unglücklichen, armen Kerl auf der Straße niederschlugen.

»Wollt Ihr Hand an uns legen, junger Herr? Wollt Ihr uns verhaften? Ich habe eine Idee – warum gebt Ihr uns nicht Euren hübschen Wagen? Ich bin müde vom Laufen. Ich könnte einen Wagen gebrauchen, der mich trägt. Ich wette, Ihr habt ein wenig gutes Essen auf diesem Wagen, und auch Wein. Also kommt, überlasst ihn uns, oder wollt Ihr, dass wir Euch einen dicken, festen Kuss dafür geben?«

Sie hatten nichts zu verlieren. Die Kirche hatte sie der Welt gegenüber bereits für tot erklärt. Was könnte das Gesetz ihnen Schlimmeres antun? Sie hängen? In ihrem Zustand wäre das Hängen vielleicht ein Segen gewesen, wenn jemand es gewagt hätte, aber sie hatten recht – wer würde sie ergreifen, um sie der Gerechtigkeit zuzuführen? Wer besäße den Mut, diese vier fingerlosen Hände zu ergreifen und zu fesseln oder eine Schlinge um jene schorfigen Hälse zu legen? Kann man einen Toten hinrichten? Wir stehlen Reliquien von den Toten, und nun schien es, dass die Toten uns bestehlen würden.

Rodrigo war es, der das Messer warf. Es war ein kräftiger Wurf von einem muskulösen Arm. Die Klinge sank tief in die Brust des Aussätzigen. Er schrie auf, stolperte durch den Aufprall rückwärts und versuchte, das Messer mit den Stümpfen seiner fingerlosen Hände herauszuziehen. Dann wankte er mit geöffnetem Mund und weit ausgestreckten Armen auf uns zu, als wolle er uns alle mit ins Grab nehmen, bevor er leblos im Schlamm zusammenbrach. Sein Gefährte hatte bereits Fersengeld gegeben und humpelte in den Wald. Er schaute nicht mehr zurück, um seinen Freund noch stürzen zu sehen.

Kapitel 5

DIE HOCHZEIT DER KRÜPPEL

Wir sechs mussten noch viele weitere Nächte draußen in der Kälte und der Nässe übernachten. Die Begegnung mit den Aussätzigen in der Schlucht schien Zophiel davon überzeugt zu haben, dass es nicht sicher war, allein zu reisen, besonders wenn die Straßen und Wege so überflutet waren wie im Moment. Und obwohl ich heute weiß, dass Zophiel einen dringlicheren Grund hatte, in unserer Gesellschaft zu reisen, glaubte ich damals, dass sogar er, trotz seiner Verachtung für den heiligen John und seine Wunder, den Sinn darin erkennen konnte, zu seinem Schrein zu reisen und sich dort niederzulassen, bis das Schlimmste vorüber wäre und die Häfen wieder geöffnet würden. Ich war auf jeden Fall dankbar dafür, denn wir brauchten seinen Wagen für Adela. Sie war nicht in der Verfassung, Meile um Meile durch den Schlamm, Wind und Regen zu stapfen.

Während der vergangenen drei Monate hatte es jeden Tag geregnet, und obwohl die Sommer während dieser letzten wenigen Jahre schlecht gewesen waren, konnte sich niemand von uns an einen Sommer erinnern, der so schlecht gewesen wäre wie dieser.

»Wenn es am Mittsommertag regnen sollte, wird es sieben weitere Wochen lang regnen«, hatte Adela zunächst fröhlich rezitiert.

Aber sieben Wochen waren gekommen und gegangen. Der Tag des heiligen Swithin mit seinen sprichwörtlich folgenden vierzig Tagen und vierzig Nächten Regen war ebenfalls gekommen und gegangen. Und es regnete noch immer. Nicht einmal Adela vertraute ihren Reimen mehr. Es war nichts Natürliches an diesem Regen.

Und mit dem Regen eines jeden Tages wurde der Schlamm tiefer, das Laufen schwerer, unsere Mägen leerer. Die Wahrheit war, dass wir uns inzwischen, obwohl niemand von uns es zugab, zum Überleben aufeinander verließen. Wir teilten all unser Essen und Ale, das wir mit dem wenigen kauften, was jeder von uns in den Dörfern verdiente, durch die wir zogen. Wenn wir kein Gasthaus und keine Scheune finden konnten, bauten wir uns Behelfsunterschlupfe und halfen, Futter für das Pferd zu sammeln.

Das Pferd trug seinen Namen, wie wir bald entdeckten, zu Recht. Sein Fell wies einen feuerrot-goldenen Glanz auf, weshalb es Xanthus genannt worden war, nach dem unsterblichen, sprechenden Pferd des Achilles. Aber vom Temperament her kam es eher nach dem berüchtigteren Tier gleichen Namens, der menschenfressenden Stute von König Diomedes, nur dass unsere Xanthus ein noch größerer Menschenfeind war, denn anders als die Stute des Königs, die nur dessen Feinde verschlang, fand diese Vergnügen daran, sowohl Freund als auch Feind zu beißen. Sie hatte eine üble Art, jedermann ohne Vorwarnung zu zwicken, der in ihre Reichweite kam, nur aus dem Grund, dass es sie amüsierte. Also lernten wir rasch, die Reichweite ihres Halses einzuschätzen und in sicherem Abstand zu bleiben, es sei denn, wir hielten sie gut am Zaumzeug fest.

Aber Xanthus und der Wagen, den sie zog, wurden zu unserer Arche, unserer Sicherheit, der Richtschnur, um die wir uns versammelten. Wir zogen sie während des Tages beide aus den Furchen und wachten in der Nacht über sie. Der Wagen trug unsere Bündel, unser Essen, unser Ale. Er gewährte uns sogar eine Art Unterkunft, wenn wir nichts anderes finden konnten. Wir alle wollten nun rasch in die Sicherheit des Schreins des heiligen John gelangen, um das Wetter und die Pest auszusitzen, und der Gedanke an die trockenen Betten, die uns dort erwarteten, an das leichte Geld, an das warme Essen und daran, sich nicht mehr durch Schlamm und Regen schleppen zu müssen, war es, was uns weiterziehen ließ, wenn unsere Mägen schmerzten und unsere Füße so nass und taub waren, dass wir unsere Zehen hätten abbrechen und als Reliquien verkaufen können.

Und mich trieb noch etwas anderes an, obwohl ich es keinem der anderen anvertraute. Wenn ich unsere kleine Gruppe erst nach North Marston geführt hätte, könnte ich sie dort zurücklassen. Sie wären in Sicherheit. Nicht mehr länger Kindermädchen spielen oder Zophiels Zunge und Jofres üble Launen erdulden. Danach müsste ich mich nur noch um mich selbst kümmern. In North Marston kämen sie allein zurecht, so dass ich sie reinen Gewissens zurücklassen könnte.

Der Wunsch, den Schrein zu erreichen, wuchs mit jeden Tag. Angst kroch über das Land. Sie stieg lautlos an, wie die Strömung in einem Fluss, eine kalte, graue Angst, die in alles einsickerte. Überall im Land wurde darüber berichtet, dass die Pest London erreicht habe. Das erschütterte selbst die optimistischsten Seelen. Es stimmte schon, London war ein Hafen. Die Stadt musste früher oder später fallen, aber es war kein südlicher Hafen, nicht einmal ein westlicher. Er lag an der Ostküste. Die Pest war von drei Seiten ins Land gekrochen, und nun streckte sie sich aus, um das Herzstück Englands zu ergreifen.

Niemand hier im Herzen Englands hatte tatsächlich jemanden zu Gesicht bekommen, der an der Pest erkrankt war. Die meisten wussten nur wenig von dem, was sie einem Menschen antat, aber das ängstigte sie nur noch mehr, denn jeder Kopfschmerz, jeder Husten, jeder Anflug von Fieber könnte den Anfang bedeuten. Woher sollte man das wissen? Um die Dinge noch zu verschlimmern, verbreiteten sich Gerüchte darüber, dass nicht nur Menschen von der Pest befallen würden, sondern auch Tiere und Vögel. Herden von Schweinen, Schafen, Vieh, sogar Pferden waren im Süden erkrankt und starben. Hirten ließen ihre Herde am Abend gesund und munter zurück, und wenn sie morgens erwachten, stand kein einziges Tier mehr.

»Vielleicht kommen die Flagellanten«, sagte Rodrigo. »Ich sah sie einst in Venedig, wie sie von Kirche zu Kirche zogen. Männer und Frauen, bis auf ihre weißen Kapuzen bis zur Taille nackt, die sich mit Peitschen mit Metallspitzen blutig schlugen. Nun höre ich, dass es überall in Europa ganze Heere von ihnen gibt, die einander zuschreien, sich härter zu peitschen und lauter zu beten.«

»Und wenn sie nach England kommen – werdet Ihr Euch ihnen dann anschließen?«, fragte ich.

Rodrigo verzog das Gesicht und beugte in gespielter Scham den Kopf. »Vor Euch steht ein erbärmlicher Feigling, Camelot. Ich mag Schmerz nicht, weder ihn zu verursachen noch ihn zu erleiden, nicht einmal zum Nutzen meiner Seele. Und Ihr, Camelot? Werdet Ihr die weiße Kapuze anlegen?«

Meine Hand zuckte zu der gekräuselten Oberfläche meiner Narbe. »Mir scheint, dass Gott, wenn er seine Kinder strafen will, mehr als fähig ist, seine eigene Peitsche zu schwingen.«

Die Flagellanten kamen nicht. Die Engländer sind anders. Wir besitzen nicht die Leidenschaft anderer Länder. Nicht Blut fließt in unseren Adern, sondern Regen. Aber obwohl sich die Engländer nicht in einen Sinnenrausch der Geißelung stürzten, fanden sie doch andere Möglichkeiten, den Himmel zu besänftigen und Gottes Zorn abzuwenden, und wer wusste schon, ob der Schmerz, der auf diese Weise seinen Opfern zugefügt wurde, nicht schlimmer war als jede Geißelung?

Es war kein gutes Wetter für eine Hochzeit, nicht das, was sich eine Braut erträumt, aber anderseits war nichts an dieser Hochzeit aus dem Stoff romantischer Träume gemacht. Der Tag war kalt und nass. Ein schneidender Wind peitschte durch die Straßen, aber die Dorfbewohner von Woolstone waren entschlossen, sich dennoch in die Festlichkeiten zu stürzen, und hatten ihre beste Kleidung angelegt, was bei den jungen Mädchen bedeutete, dass sie ihre dünnsten und freizügigsten Kleidungsstücke trugen. Ihre Mütter eilten umher und erörterten, wo die Girlanden aufgehängt werden sollten und wie das Essen gekocht werden sollte, während ihre Männer zwischen den Gräbern und den dorthin gerollten Fässern Ale überall auf dem Friedhof Baldachine aufstellten, wobei sie sogar die frischen Gräber zertrampelten. Es schien, als wären alle so mit den Vorbereitungen beschäftigt, dass sie den Grund für diesen kollektiven Wahnsinn vollkommen vergessen hatten. Aber wenn jedermann um einen herum verrückt ist, dann wird das zu einer neuen Vernunft, und wer waren wir, dass wir uns beklagen wollten? Denn wo eine Hochzeit stattfindet, gibt es gutes Essen und Trinken, und zwar viel.

Ich hatte vor vielen Jahren von dem Brauch der Hochzeit der Krüppel gehört. Einige behaupten, sie gehe auf die Zeit zurück, bevor die Menschen Christen waren. Es heißt, dass man, wenn man auf dem Friedhof zwei Krüppel auf Kosten der Gemeinschaft verheiratet, göttlichen Zorn abwenden und das Dorf vor dem beschützen wird, was auch immer an Krankheiten darum herum wütet. Damit der Zauber wirkt, muss jedermann im Dorf etwas zu der Hochzeit beitragen. Und in diesem Dorf war jedermann genötigt worden, bei den Vorbereitungen zu helfen, ob sie wollten oder nicht, denn obwohl Woolstone in die Täler des White Horse geschmiegt liegt, wussten die Dorfbewohner tief im Inneren, dass die riesige Kreidefigur ihrer uralten Schindmähre auf dem Hügel nur wenig Schutz vor diesem neuen Fluch bieten konnte.

Und als sie Rodrigo und Jofre in unserer Gesellschaft entdeckten, nahmen sie das als ein Zeichen dafür, dass dieses Schauspiel bereits von Gott gesegnet war, denn hatte er nicht genau in dem Moment, in dem sie gebraucht wurden, zwei gute Musikanten geschickt? Gottes Hand lässt sich an jedem Ereignis erkennen, wenn man nur entschlossen ist, sie dort zu finden. Allerdings gilt dasselbe auch für den Teufel.

Die frisch Verheirateten saßen unter einem Baldachin, schlicht in saubere und praktische Kleidung gewandet, aber mit Kränzen aus Immergrün und Girlanden mit Getreidehalmen, Früchten und Bändern geschmückt, als hätten sich die Dorfbewohner nicht entscheiden können, ob dies eine Hochzeit oder ein Erntefest sei. Der Ehering war aus einem Rest Zinn gestaltet, der Pokal war geborgt, und die Braut war barfuß, aber so manches junge Paar hat das Eheleben mit weniger begonnen und es für die perfekteste Hochzeit auf Erden gehalten, weil sie verliebt waren. Dieses Paar war nicht verliebt.

Der Bräutigam war wahrscheinlich nicht älter als zwanzig, aber sein Körper war auf einer Seite verkümmert. Sein linker Arm schwang wie ein toter Hase im Gelenk, und er zog das Bein nutzlos nach, so dass er sich mit einer Reihe schlurfender Hüpfer vorwärts bewegte, wobei er sich auf eine Krücke stützte. Sein Kopf war übergroß, wie der Kopf eines Riesenbabys, und obwohl er zu sprechen versuchte, wobei er den Mund stark verzog, konnte er sich nicht verständlich machen. Er schien verwirrt, weil alle ihn anlächelten und ihm die Hand schüttelten. Es musste ein irritierender Wechsel von den Tritten und Flüchen sein, die er normalerweise bekam. Er stopfte sich das Essen in den Mund und soff sein Ale so schnell, dass es ihm in der Eile aus den Mundwinkeln lief, als hätte er noch nie so viel zu essen angeboten bekommen und befürchtete, dass es auch nie wieder geschehen würde.

Die Braut lächelte nicht. Sie saß regungslos da, ihre blicklosen Augen von einer Seite zur anderen rollend. Es war schwer, ihr Alter zu bestimmen. Jahre annähernden Verhungerns hatten ihre Haut schrumpeln lassen, und obwohl man versucht hatte, ihre kümmerlichen Haarreste auszukämmen, verbarg das die gelben, verkrusteten Wunden auf ihrer Schädeldecke und ihrem Gesicht nicht. Die Knöchel ihrer Hände waren blank und angeschwollen, die dünnen Finger in ihren Handflächen ineinander verkrampft, sodass es unmöglich gewesen wäre, sie zu trennen.

Sie war von den Dorfmädchen rasch allein gelassen worden, die als ihre Bediensteten eingesprungen und nun, als ihre Pflicht getan war, zum Küssen und von ihren Liebsten Geküsstwerden davongegangen waren. Und obwohl die Braut von Essen umgeben war, unternahm sie keinen Versuch, etwas zu sich zu nehmen, als wäre sie sehr wohl daran gewöhnt, das Aroma von Essen, das nicht ihr gebührte, und von Ale, das sie sich nicht leisten konnte, zu riechen. Ich glitt auf die Bank neben sie, riss ein gebratenes Gänsebein von dem Tier auf dem Tisch und drückte es der Frau in die kalten, wächsernen Hände. Sie wandte mir ihr Gesicht halbwegs zu und nickte dankend. Zumindest zuckte die Blinde nicht beim Anblick meiner Narbe zusammen. Das Gänsebein zwischen die Knöchel beider Händel pressend, hob die Frau es langsam an den Mund und schnupperte daran, bevor sie hineinbiss. Anders als ihr frisch angetrauter Ehemann aß sie langsam, als wollte sie dieses Vergnügen ausdehnen.

»Ihr solltet vorsichtig sein«, sagte Zophiel mir gedehnt ins Ohr. »Sie könnten Euch als den nächsten Bräutigam auswählen.«

»Camelot ist kein Krüppel«, brauste Rodrigo zornig auf.

»Meint Ihr nicht?« Zophiel streckte eine Hand über meine Schulter aus, um mit der Spitze seines Messers ein saftiges, würziges Stück Hammel mit Olive aufzuspießen. »Er hat bereits ziemlich sorglos ein Auge verlegt und scheint sich nicht zu erinnern, wohin. Wenn er das andere auch noch verliert, wird er ein guter Kandidat sein, und da sich die Pest so schnell ausbreitet, werden sie jeden Krüppel brauchen, den sie finden können.« Zophiel lachte und spazierte auf der Suche nach weiterem Essen davon. Ich hatte rasch entdeckt, dass die beste Art, mit ihm umzugehen, darin bestand, nicht auf seine Schmähungen einzugehen. Ich wünschte, Rodrigo würde das auch erkennen. Ich hatte das ungute Gefühl, dass es zwischen diesen beiden Ärger geben würde. Je eher wir den Schrein erreichten und alle unserer eigenen Wege gingen, desto besser.

Als der Abend anbrach, ließ der Regen nach, und die Laternen und Fackeln wurden angezündet. Tische und Bänke wurden zum Tanz beiseitegerückt. Rodrigo und Jofre spielten auf, und eine Handvoll Dorfbewohner fielen mit Trommeln, Flöten, Rohrflöten, Töpfen und Pfannen ein. Jofre hatte den ganzen Abend stetig getrunken, aber wenn er einige falsche Töne spielte, gingen sie im Kreischen der Flöten der Dorfbewohner unter. Rodrigo war es nicht gewohnt, dass gleichzeitig mit seiner Musik auf Kochtöpfe geschlagen wurde, aber er duldete es großmütig, versuchte, seinen Rhythmus ihrem Takt anzupassen, und wurde mit Grinsen und den Rufen »So ist es besser, Junge, jetzt hast du es« belohnt.

Es war nicht leicht, auf dem Friedhof zu tanzen. Die Tänzer stolperten über Hindernisse und stießen gegen Holzkreuze und Grabsteine, aber inzwischen waren alle durch das frei ausgeschenkte Ale, den Apfelwein und den Met so fröhlich, dass sie jedes Mal vor Lachen brüllten, wenn jemand hinfiel. In den dunklen Ecken unter den Mauern des Friedhofs liebten sich Paare, kicherten und stöhnten und bewegten sich auf und ab, nur um dann erschöpft voneinander herunterzurollen und sofort einzuschlafen. Kinder sorgten für ihre eigene Art von Chaos. So betrunken wie ihre Eltern, spielten sie wie verrückt Fangen, warfen Steine auf schwingende Girlanden oder rotteten sich zusammen, um irgendein anderes armes Kind zu quälen.

Zophiel tanzte nicht. Er saß noch immer auf der Bank, einen Arm um die Taille eines drallen Dorfmädchens in einem hellgelben geschnürten Überkleid gelegt, das für die Kälte an diesem Tag zu dünn war. Sie zitterte und versuchte sich kichernd unter die Falten seines Umhangs zu winden. Sie hatte diesen unsteten, glänzenden Blick eines Menschen, der noch nicht ganz, aber fast betrunken ist. Ich hatte Zophiel noch nie zuvor mit einer Frau gesehen. Ich dachte, er verachte sie alle, aber anscheinend konnte er doch etwas mit ihnen anfangen. Ich hoffte um seinetwillen, dass das Mädchen nicht verlobt oder verheiratet wäre. Ehemänner und Geliebte schätzen es nicht, wenn ihr Eigentum betatscht wird, besonders nicht von Fremden, und am wenigsten von fahrenden Gauklern.

Plötzlich schrie das Mädchen vor Schmerz und sprang auf. Vielleicht ein zu hartes Zwicken einer Locke, die sich am Verschluss seiner Jacke verfangen hatte? Sie verfluchte ihn und stürmte, ihr Haar zurückwerfend, zu ihren Freundinnen auf der anderen Seite des Friedhofs, von wo aus sie zornige Blicke in seine Richtung warf. Zophiel schien recht unbekümmert und unternahm keinerlei Versuch, ihr hinterherzugehen. Er saß da und stocherte in den Überresten seiner gebratenen Ente, und als er sah, dass sie zu ihm hinüberblickte, hob er, ihr spöttisch zuprostend, seinen Krug an.

Die Musik hielt inne. Unmutiges Stöhnen erklang, wurde aber rasch erstickt, als der Müller unsicher auf eine der Bänke stieg.

»Ihr guten Leute.« Er hickste, versuchte sich zu verbeugen und stürzte fast mit dem Kopf voran von der Bank. Mehrere Männer, die bei ihm standen, schoben ihn wieder in eine aufrechte Position. »Ihr guten Leute, die Zeit ist gekommen, um das glückliche Paar zu Bett zu bringen, denn wie wir alle wissen, ist es keine wahre Ehe, bis sie vollzo … vollzo … zogen … ist … bis der Bräutigam es ihr gemacht hat.« Die Menge brüllte vor Lachen. »Also lassen wir das glückliche Paar nicht warten. Führt den schüchternen Bräutigam zu seiner reizenden Braut.«

»Zu Befehl, hoher Herr«, erklang eine singende Stimme von hinten, und eine in einen dunklen Kapuzenumhang gehüllte Gestalt sprang so behände wie eine Katze aus den Schatten hervor. Sie verbeugte sich tief und warf dann ihren Umhang ab. Mehrere Menschen schrien auf, als das flackernde Fackellicht enthüllte, dass unter der Kapuze nicht das Gesicht eines Menschen, sondern ein grinsender, weißer Schädel verborgen war.

»Der Tod zu Euren Diensten, ihr guten Leute.«

Die Gestalt tollte vor der Menge herum, und das Keuchen aller wurde zu betrunkenem Lachen. Der tanzende Mann war bis auf seine Schädelmaske nackt. Sein Körper war von Kopf bis Fuß mit einer schwarzen Paste bedeckt, auf die jemand grob weiße Knochen gemalt hatte, so dass er in der Dunkelheit wie ein lebendes, umherspringendes Skelett erschien. Plötzlich ergriffen die Dorfbewohner wieder ihre Instrumente, schlugen auf Töpfe und Pfannen und bliesen auf ihren Flöten und Rohrflöten, und bald folgten diejenigen, die noch stehen konnten, in Tanzschritt dem dahinstolzierenden Skelett, das sie nun entgegen dem Uhrzeigersinn um den Rand des Friedhofs führte.

In der Mitte dieser makabren Prozession trug eine Gruppe kräftiger Burschen den Bräutigam auf den Schultern. Er war halbwegs entkleidet, trug nur noch ein Hemd, sein blanker Hintern im Fackellicht glänzend. Die graue, runzelige Haut seines verkrüppelten Beins stand in seltsamem Kontrast zu den festen Muskeln des gesunden, als sei das Körperglied eines uralten Mannes an den Körper des Jungen genäht worden. Er grinste noch immer, aber nun nervös, als befürchte er, dass sich die Menge jeden Moment gegen ihn wenden könnte. Die Braut konnte ich in der Prozession nicht entdecken und nahm an, dass sie bereits vom Friedhof in eine Hütte gebracht worden war, wo der Bräutigam zu gegebener Zeit ebenfalls zu seiner Hochzeitsnacht hingetragen würde.

Nachdem die Prozession die Mauern dreimal abgeschritten hatte, wurde der Bräutigam in die Mitte des Friedhofs zurückgebracht, wo sie ihn wie einen Hund auf allen vieren absetzten. Auf einem Grab war ein Strohlager errichtet worden, wobei das Kreuz als Kopfende für dieses Brautbett diente. Die Braut, nur mit einem langen, weißen Hemd bekleidet, war bereits daraufgelegt worden, als wäre sie ein auf ihrem Totenbett ausgestreckter Leichnam. Ihre blicklosen Augen waren weit geöffnet, und sie bewegte den Kopf von einer Seite zur anderen, als versuche sie zu hören, was im Gange war.

Sie sah die silbrigen Wolken nicht, die wie das Wasser eines Flusses über das Antlitz des Mondes strömten, oder die flackernden Fackeln, die riesige Schatten an die Friedhofsmauern warfen, oder die glänzenden Augen des Kreises der Dorfbewohner, die auf sie herniederblickten. Sie sah nicht, wie sich die Gestalt des Todes über sie beugte, Wasser von Ysopzweigen versprühend, während er die Segnung des Brautbettes parodierte. Aber sie spürte die Tropfen, die auf ihr Gesicht und ihre Füße fielen, und zuckte zusammen, als wären es Tropfen kochenden Öls.

Der Bräutigam, durch spielerische Tritte in seine blanke Kehrseite ermutigt, kroch auf die hingestreckte Frau zu, bis er mit gespreizten Beinen rittlings auf ihr saß. Als sie ihn auf sich spürte, hob sie die Hände in dem Versuch, ihn von sich zu stoßen, aber die Geste war nutzlos. Selbst eine Frau mit gesunden Körpergliedern hätte ihn wohl kaum abwehren können, aber sie, mit ihren krummen Händen und ihrem zerstörten Körper, hatte absolut keine Chance.

Eine der nüchterneren Dorffrauen bekam Mitleid mit ihr. »Nun, nun, lieg still, mein Entchen, dann wird es bald vorbei sein«, summte sie, nahm die Handgelenke der Braut und drückte sie sanft, aber fest gegen das Kreuz hinter ihrem Kopf.

»Ist es das, was sie zu dir sagt?«, rief einer der Männer dem Ehemann der Frau zu. Die Menge brüllte vor Lachen.

»Komm schon, mein Sohn. Gib ihr alles, was du hast. Wir zählen auf dich, also sieh zu, dass du es gut machst.«

Der Bräutigam sah sich um, mit offenem Munde, unfähig zu glauben, dass ihm endlich erlaubt wurde mit einer Frau zu tun, was ihm stets verboten gewesen war. Mit wie vielen Mädchen hatte er dies tun wollen? Hatte er es mehrmals versucht, als er jünger war, und war abgewiesen worden? Vielleicht war er dabei von den Brüdern der Mädchen oder von seinem eigenen Vater geschlagen worden. Und nun drängten ihn alle im Dorf, es zu tun. Dies könnte ein Traum sein. Er könnte bald aufwachen.

Nachdem alles vorüber war, halfen die Frauen der Braut in eine dunkle Ecke und drückten ihre Hände um einen Becher heißen, gewürzten Ales.

»Nun, nun, mein Entchen, zumindest musstest du ihn nicht ansehen. Glaube mir, bei einem Ehemann wie meinem gibt es so manche Nacht, in der ich mir wünschte, ich wäre blind.«

Sie ließen sie auf dem Boden unter der Friedhofsmauer kauernd zurück. Sie presste den Rücken fest gegen die scharfen, harten Steine, als wäre Schmerz die einzige Sicherheit, der sie vertrauen könnte, und dann weinte sie. Sie weinte lautlos, wie sie alles tat. Ihre Augen waren blicklos, brachten aber dennoch Tränen hervor.

Aber sie konnte sich mit den Hochzeitsgeschenken vom Dorf trösten – ein paar Töpfe und Pfannen, ein Armvoll Binsenlichter, einige Decken und ein Strohlager, Hennen und ein junger Hahn, ein oder zwei Beutel Mehl und eine winzige Hütte, die einst zur Lagerung von Salz benutzt worden war, so dass sie zumindest trocken war und eine gute, starke Tür besaß. Sie war im Vergleich zu dem, was die Braut noch heute Morgen besessen hatte, ein Palast, und da die gesamte Gemeinschaft eingesprungen war, war sie nun besser gestellt, als so manches Dorfmädchen es erwarten konnte, wenn sie heiratete.

Was hatte es also schon für eine Bedeutung, wenn sie sich ihren Bräutigam nicht aussuchen konnte? Darin ging es ihr nicht anders als jeder hochgeborenen Dame, jeder Kaufmannstochter im Land. Denn wenn Land, Handel oder Geld im Spiel sind, dann ist eine Ehe schlicht eine geschäftliche Transaktion, die von den Eltern verhandelt wird. Nein, alles in allem konnte man behaupten, dass die verkrüppelte Braut nicht schlechter behandelt worden war als irgendeine königliche Prinzessin. Aber andererseits werden die Flammen eines Feuers durch das Wissen nicht weniger schmerzhaft, dass andere mit verbrennen.

Ich selbst hatte der Braut noch kein Hochzeitsgeschenk gegeben. Ich nahm ein kleines Büschel starrer, grober Haare, das mit einem weißen Faden gebunden war, aus meiner kleinen Tasche und legte es ihr auf den Schoß. Sie berührte es vorsichtig, einen verwirrten Ausdruck auf dem Gesicht.

»Ein Hochzeitsgeschenk für Euch, eine Reliquie. Einige wenige

Haare aus dem Bart der heiligen Uncumber. Ihr wisst von der heiligen Uncumber?«

Sie schüttelte zögernd den Kopf.

»Ihr wahrer Name war Wilgefortis. Sie war eine Prinzessin von Portugal, deren Vater sie zwingen wollte, den König von Sizilien zu heiraten, aber sie hatte geschworen, Jungfrau zu bleiben, also betete sie dafür, dass die heilige Jungfrau Maria sie für ihren Verlobten unattraktiv machen würde, und ihre Gebete wurden mit einem in ihrem Gesicht sprießenden Bart erhört. Der König von Sizilien zog sich entsetzt zurück, als er ihn sah, und sagte die Hochzeit sofort ab. Aber die Prinzessin musste nicht lange mit ihrem Bart leben, weil ihr Vater sie in seinem Zorn kreuzigen ließ. Nun beten Frauen zu ihr, um von ihren Ehemännern oder jeglicher anderen Last befreit zu werden. Ihr könntet dies auch benutzen, dafür zu beten ... wenn Ihr wollt.«

Als ich mich zum Gehen wandte, presste sie beide Hände fest um die Reliquie, während erneut Tränen ihre hohlen Wangen hinabströmten. Ein Büschel Haare ist nicht viel, um seine Hoffnungen daran zu heften, aber manchmal ist ein solches Büschel alle Hoffnung, die man geben kann, und es kann genügen.

Eine Frau, die in meiner Nähe stand, ließ sich auf einer Bank nieder und bot ihrer Nachbarin einen Becher dar. »Wenn sie nach dieser Nacht kein Kind bekommt, wird es nicht der Fehler ihres Ehemannes sein. Hast du ihn gesehen? Er war schneller dort drinnen als ein Frettchen in einem Kaninchenbau.«

Ihre Freundin nahm einen großen Schluck aus dem Becher. Apfelwein tröpfelte ihr Kinn hinab, und sie wischte ihn mit dem Handrücken fort. »Lass gut sein mit einem Kind. Ich habe nicht einen guten Eintopf hergegeben, nur um einem weiteren nutzlosen Krüppel auf diese Welt zu helfen. Alles, was mich interessiert, ist, ob es gewirkt hat und uns vor der Pest bewahrt.«

»Wenn dies nicht wirkt, dann wirkt gar nichts. Diese Runenleserin hatte mit allem anderen recht. Ihre Runen sagten, die Musikanten würden kommen, um die Hochzeit zu segnen, und ihre Runen haben die zu verheiratenden Krüppel ausgewählt, sodass es wirken muss, wenn die Runen sie erwählt haben.«

»Sagtet Ihr eine Runenleserin?«, platzte ich heraus, bevor ich es verhindern konnte.

Die beiden Frauen sahen mich an, ein wenig verstimmt darüber, dass ein Fremder ihren Plausch unterbrach. Schließlich sagte die eine widerwillig: »Ja, man konnte sich im Dorf nicht einigen, wen sie als Braut und Bräutigam erwählen sollten. Seien wir ehrlich, es ist nicht so, als wenn wir zu wenige Krüppel hätten, aus denen wir auswählen könnten, also baten sie die Runenleserin, die Runen zu werfen, um das glückliche Paar zu finden.«

»Ist sie hier, die Runenleserin?«

Die Frau schüttelte den Kopf. »Wenn Ihr Euer Schicksal lesen lassen wollt, kommt Ihr zu spät. Sie war genauso eine Fahrende wie Ihr, kam genauso nur durch unser Dorf und ist vor ungefähr einer Woche weitergezogen.«

»Ja«, warf die andere Frau ein. »Sie war ein sonderbares Ding. Ihre Augen ließen einen erschaudern, wenn man sie nur ansah. Es würde mich nicht überraschen, wenn sie eine aus diesem Feenvolk wäre. Die Gabe hatte sie mit Sicherheit.«

Ich fragte nicht weiter. Ich wollte es nicht wissen. Es gab viele Wahrsager, die auf der Straße arbeiteten, die meisten von ihnen hellseherisch. Sie versuchten bewusst so zu wirken, als könnten sie vom Feenvolk abstammen. Es beeindruckt die Kunden, überzeugt sie, dass der Wahrsager das zweite Gesicht hat. Es gab keinen Grund auf der Welt, warum die Runenleserin, die hier hindurchgekommen war, Narigorm sein sollte, und selbst wenn sie es war, warum sollte sie nicht diesen Weg genommen haben? Jedermann mit ein wenig Vernunft eilte nach Norden. Und wenn sie es war, dann bedeutete das, dass sie uns mindestens eine Woche voraus war. Sie war schon lange fort. Es war fast eine Erleichterung, das zu glauben. Wenn sie vor uns war, konnte sie mir wohl kaum folgen. Ihre Nachricht war einfach ein Gruß gewesen, nicht mehr, nichts Unheilvolleres als das.

Ich verspürte plötzlich eine große Müdigkeit. Die Feier ging noch weiter, aber ich hatte genug. Das Versprechen eines trockenen Bettes, nach so vielen Nächten rauer Schlafgelegenheiten, war verlockender als Ale oder Speisen. Ich bahnte mir meinen Weg durch die

Betrunkenen auf das Gasthaus zu. Osmond hatte Adela bereits dorthin zurückgebracht. Er hatte den ganzen Abend besorgt gewirkt und Adela so weit wie möglich vom Brauttisch entfernt platziert, und ich hatte ihn mehrere Male dabei ertappt, wie er sie prüfend ansah, mit tiefem, besorgtem Stirnrunzeln auf ihren Bauch hinabblickte. Langsam befürchtete ich, dass etwas mit ihr nicht stimmte. Vielleicht hatte sie über Schmerzen geklagt, aber wenn dem so war, zeigte sie keinerlei Anzeichen mehr davon, aß mit Genuss alles, was ihr angeboten wurde, und lachte mit den Dorfbewohnern um sie herum. Osmond hatte, im Gegensatz zu ihr, kaum etwas gegessen, und sobald die Mahlzeit beendet war, hatte er Adela davongeführt, obwohl sie eindeutig gerne geblieben wäre. Vielleicht war er eifersüchtig, wenn andere Männer mit ihr sprachen, obwohl er noch nie zuvor dazu geneigt hatte.

Von den Übrigen konnte ich niemanden sehen, außer Zophiel, der leise und ernst mit einem großen, grob wirkenden jungen Mann sprach. Was auch immer Zophiel sagte, gefiel dem Grobian offensichtlich nicht, denn er drehte sich um und schritt zu dem Mädchen in dem gelben Überkleid hinüber, das nun in Gesellschaft mehrerer Jungen und Mädchen lachte und trank. Grobian ergriff ihren Arm, nicht allzu sanft, und wollte sie fortziehen, aber das Mädchen versuchte, sich dem Griff des Mannes zu entwinden.

Ich schaute zu Zophiel hinüber. Er hatte sich zurückgezogen, lehnte an der Mauer und beobachtete belustigt, was vor sich ging. Ich fragte mich, was genau er zu dem Freund oder Bruder des Mädchens, oder was auch immer Grobian war, gesagt hatte, dass er so ärgerlich auf sie wurde. Auf jeden Fall war ich mir sicher, dass Zophiel ihm bewusst zugesetzt hatte. Vielleicht war es ihm doch nicht so gleichgültig gewesen, wie er vorgegeben hatte, dass das Mädchen davongegangen war.

Unfrieden witternd, trat eine Gruppe von ungefähr einem Dutzend Burschen näher heran. Jofre war unter ihnen. Er lachte mit zweien der jungen Männer neben ihm, ignorierte aber ein Mädchen mit kindlichem Gesicht, die ihre Arme um ihn schlang und vergebens versuchte, seine Aufmerksamkeit zu erregen. Er wankte, von dem Gewicht des an seinem Arm hängenden Mädchens aus dem Gleichgewicht gebracht. Aus der Entfernung ließ sich schwer beurteilen, wie betrunken er wirklich war, aber er war nicht nüchtern, das war gewiss.

Grobian brüllte das Mädchen in dem gelben Überkleid nun an, und sie schrie zurück. Sie entwand sich seinem Griff, lief Schutz suchend hinter einen der anderen Burschen und klammerte sich an ihn. Grobian hob die Faust und boxte ihren Beschützer fest auf die Nase. Der stolperte rückwärts und riss das Mädchen mit sich, als er stürzte. Alle Burschen, die darum herumstanden, nahmen dies als Zeichen und warfen sich mit Gusto in die Schlägerei. Fäuste und Krüge flogen durch die Luft.

Ich hörte über die Schreie und Rufe hinweg ein vertrautes Brüllen. »Nein, Jofre, deine Hände! *Faccia attenzione!*«

Aber es war zu spät. Jofre war mit den Übrigen vorwärtsgestürzt und bereits zwischen den schwingenden Fäusten und tretenden Füßen verloren.

Körper prallten auf Bänke, Tische wurden umgestoßen, und Töpfe stürzten krachend zu Boden. Plötzlich schallten die Schreie lauter. Eine zerschmetterte Laterne hatte an den Bändern und getrockneten Kornhalmen, welche einen der Pfosten schmückten, eine Flammenspur hinaufzüngeln lassen und setzte den Baldachin in Brand. Das Feuer fraß sich rasch voran, sandte orangefarbene Flammen hoch in die Nacht. Stücke brennenden Stoffs und trockener Kornhalme stiegen in den schwarzen Himmel hinauf und schwebten drohend über den Strohdächern nahe stehender Hütten und aus Holz gebauter Kuhställe. Die Burschen waren zu sehr in den Kampf vertieft, um es auch nur zu bemerken, aber diejenigen Dorfbewohner, die noch nüchtern genug waren, um die Gefahr zu erkennen, liefen herbei, versuchten, die sich prügelnden Jungen beiseitezudrängen, und rissen den brennenden Baldachin zu Boden. Andere leerten Schüsseln und Töpfe und benutzten sie, um Wasser aus dem nahegelegenen Pferdetrog zu schöpfen und es auf die Flammen zu schütten.

Schließlich war das Feuer gelöscht. Glücklicherweise war alles von dem monatelangen Regen so durchfeuchtet, dass die Strohdächer der

Hütten nicht einmal angesengt waren. Auch die Schlägerei wurde beendet. Die Kämpfer hatten genügend Eiswasser abbekommen, um auch diejenigen zu trennen, die nicht bereits außer Gefecht waren. Einer nach dem anderen wurden die stöhnenden Jungen von scheltenden Müttern, Ehefrauen oder Freundinnen davongeführt oder -gezerrt, ihre Augen und Lippen rasch anschwellend. Es war, so könnte man sagen, das typische Ende einer Hochzeit.

Jofres Abgang war jedoch schmachvoll. Er hatte einige Schläge gelandet, aber er war kein Straßenkämpfer. Er hatte sich selbst mehr Schaden zugefügt als seinen Gegnern, und ein heftiger Schwinger in den Magen hatte ihm den Rest gegeben. Rodrigo fand ihn sich windend und stöhnend vor, während er versuchte, seinen Kopf vor den um ihn herum stampfenden Füßen zu schützen. Seine rechte Hand war bereits blau und angeschwollen. Er würde nicht spielen können – nicht an diesem und nicht an vielen weiteren Abenden.

Kapitel 6

DER SCHREIN DES HEILIGEN JOHN SHORNE

Früh im Oktober dieses Jahres zogen wir, umgeben vom Lärm bellender Hunde, dröhnender Hörner und dem Jubel der Pilger, schließlich in North Marston ein, der Heimat des heiligen John Shorne. Wir kamen am Tag der heiligen Faith an, einem Glück verheißenden Tag, auch wenn in diesem Jahr nicht viele Faiths-Pfannkuchen vom Blech zu verkaufen waren, denn das wenige, mit Mehltau behaftete Getreide, das von den nassen Feldern gerettet wurde, ging bereits aus. Wir dankten der heiligen Faith, der Schutzpatronin der Pilger, für den sicheren Ausgang unserer Reise. Und dieses eine Mal entzündete sogar ich eine Kerze, denn ich war noch nie dankbarer gewesen, eine Stadt zu erreichen. Nicht mehr fünfzigmal am Tag den Wagen aus tiefen Spurrinnen ziehen. Sich nicht mehr durch Schlamm dahinschleppen und durch Pfützen waten müssen. Kein Schlafen in nasser Kleidung mehr. Wir würden unsere Nächte warm und trocken verbringen, bis die Winterfröste kämen und dem Regen, und damit auch der Pest ein Ende setzten, wofür jedermann inbrünstig betete.

Hätte ich doch daran gedacht, dass die heilige Faith auch die Schutzpatronin der Gefangenen ist. Das wäre mir Warnung genug gewesen und wir hätten diese Stadt niemals betreten.

Der Schrein von Johannes de Schorne, oder John Shorne, wie die Ortsansässigen ihn nennen, war bevölkerter, als ich erwartet hatte. In jenen ersten Monaten der Pest florierten die Schreine. Pilgerreisen auf den Kontinent waren unmöglich, so dass jene Heiligen in England, deren heilige Stätten man zugunsten der modischeren Schreine auf dem Kontinent vernachlässigt hatte, plötzlich regen Zulauf von den Gläubigen und auch den Nicht-so-Gläubigen bekamen. Das Wasser der Quelle des heiligen John, das stark eisenhaltig schmeckte, sollte gegen Erkältungen und Fieber helfen, und obwohl die Pest keine gewöhnliche Erkältung war, so war sie doch gewiss ein Fieber, so dass die Menschen nach North Marston strömten. Sie tranken das Wasser, um die Pest abzuwehren, und nahmen Flaschen davon mit, um es auf ihrem Krankenlager zu trinken, falls sie davon befallen würden. Auch ich verstaute einige Flaschen in meinem Bündel. Es zahlt sich stets aus, Vorräte aufzufrischen.

Es gab nun viele neue Gasthäuser und Tavernen entlang der Straße und in dem Dorf selbst, um die Pilger zu speisen und ihnen Schutz zu bieten. Natürlich hatten die Gastwirte ihre Preise unverschämt angehoben, aber es gelang uns, warme Betten in einem schäbigen, aber annehmbar sauberen Gasthaus zu finden. Zophiel hatte den griesgrämigen Gastwirt ein wenig im Preis drücken können, indem er ihn davon überzeugte, dass wir den Winter über blieben und dass Rodrigo und Jofre seine Gäste unterhalten würden. Nicht dass Zophiel wirklich vorhatte, den Winter in North Marston zu verbringen, wie ich bald entdeckte.

In der Nacht nach unserer Ankunft schlenderte ich zum *Angel*, einer Taverne, die erfahrene Reisende aufsuchten, da man dort noch gebratenes Pökelfleisch mit scharfer Sauce zu einem ehrlichen Preis bekommen konnte. In dem trüben, senfgelben Mief der rauchenden Binsenlichter ließen sich die Züge der Menschen nur schwer ausmachen. Aber man kann nicht einen Monat lang auf der Straße hinter einem Menschen hergehen, ohne seine Gestalt wiederzuerkennen, und ich erkannte Zophiel sofort, auch wenn er mir den Rücken zuwandte.

Er saß an einem der Ecktische und bot den beiden ihm gegenüber sitzenden Männern gerade Ale an. Nichts, was Zophiel für einen Fremden tun würde, es sei denn, er wollte etwas von ihm. Und zufälligerweise war die Bank hinter Zophiel leer.

Einer der Männer hob seinen Becher. »Ein Schiff? Ihr werdet Glück haben, wenn Ihr irgendwo an der Westküste eines findet, auf jeden Fall erst, wenn Ihr weit nach Norden gelangt seid. Die Pest hat sich unmittelbar die Küste hinauf verbreitet.«

»Seid Ihr Euch dessen sicher, mein Freund?« Zophiel klang angespannt. »Es muss doch irgendwelche kleinen Häfen geben, die ihr entgangen sind.«

Der Mann zuckte die Achseln. »Vielleicht, aber wer weiß, ob sie nicht befallen sein werden, bis Ihr dorthin gelangt?«

Sein Begleiter nickte. »Selbst wenn Ihr ein Schiff finden könntet, steigen die Kosten für eine Überfahrt, so weit ich gehört habe, schneller, als die Häfen schließen. Ein Mann müsste schon verzweifelt sein, um sich von so viel Geld zu trennen.«

Er und sein Freund wechselten wissende Blicke, fragten sich offensichtlich, wie verzweifelt Zophiel wirklich war.

Zophiel nickte und erhob sich jäh. Als er sich umwandte, stolperte er über einen in die Binsen auf dem Boden geworfenen Knochen und stieß gegen meinen Tisch.

»Verzeiht«, begann er und schrak dann zurück. »Camelot … was führt Euch hierher?«

»Dasselbe wie Euch, wie ich mir vorstellen könnte – eine anständige Mahlzeit und ein paar Geschäfte.« Ich schob ihm meinen Alekrug zu. Er zögerte, bevor er sich hinsetzte und sich etwas eingoss.

»Da ich Euch kenne, Camelot, zweifle ich nicht daran, dass Ihr gehört habt, worüber wir sprachen.« Seine langen, weißen Finger glitten um das harte, braune Leder des Kruges.

»Dass sie sich die Westküste hinauf ausbreitet. Ich habe andere das auch schon sagen hören, aber wir werden hier sicher sein, bis die Fröste kommen. Wir sind weit im Landesinneren. Aber andererseits ist es für einen Menschen, der ein Schiff will, kein Vorteil, im Landesinneren zu sein, oder?« Ich beobachtete, wie sich seine Finger fester um den Rand des Kruges schlossen. »Ist Euer Geschäft in Irland so dringend? Wollt Ihr Euer Leben dafür riskieren?«

»Das Leben ist ein Risiko, Camelot. Es gibt nur eine Art, auf diese Welt zu gelangen, aber eine Million Arten, sie zu verlassen. Durch natürliche Ursachen, durch einen Unfall verursacht … freiwillig.«

»Und welchen würdet Ihr wählen, Zophiel?«

»Ich würde die Zeit und den Ort wählen. Das Unerwartete, das ist es, was die Menschen am meisten fürchten, nicht zu wissen wo und wann.«

»Möge die heilige Barbara uns vor einem plötzlichen Tod bewahren.«

Er lachte. »Erzählt mir nicht, Ihr hättet zufälligerweise ein Stück von ihrem Hemd oder eine Locke ihres Haars in Eurer Tasche.«

Ich spreizte die Hände. »Natürlich, aber selbst ich wäre nicht töricht genug, sie Euch verkaufen zu wollen.«

Er lachte erneut. »Ihr seid kein Narr, Camelot. Ihr seht mit Eurem einen Auge vermutlich mehr als die meisten Menschen mit zweien.« Er leerte seinen Becher in einem Zug und stellte ihn dann auf den Tisch zurück. Er beugte sich vor, seine harten grünen Augen auf meine geheftet. »Aber ich möchte Euch warnen, mein Freund, versucht nicht, Einblick in mein Leben oder meine Geschäfte zu nehmen.«

»Ich habe Eure Zaubertricks beobachtet. Es wäre ein schnelleres Auge als meines vonnöten, um etwas zu entdecken, was Ihr verbergen wolltet.«

Er lächelte und erhob sich. »Dafür werde ich Euch ein Abendessen spendieren. Ihr sagtet, das Essen hier wäre anständig, und ich werde mich Eurer Erfahrung beugen.«

Zophiel konnte überraschend großzügig sein, wenn es ihm in den Sinn kam.

Ich beobachtete, wie er sich auf der Suche nach einer Bedienung zwischen den bevölkerten Tischen hindurchkämpfte. Er war meinen Fragen wie üblich ausgewichen, aber die Dringlichkeit in seiner Stimme, als er die Männer befragte, sagte mir, dass es um eine Riesensumme gehen musste, wenn es wirklich Geschäfte waren, die ihn nach Irland führten. Und wenn es keine Geschäfte waren, nun dann – wenn ein Mann bereit ist, in eine Flut einzutauchen, dann üblicherweise, weil er ein Feuer im Rücken hat.

Aber wenn das, was die Männer gesagt hatten, stimmte, musste Zophiel viele Pilger dazu verlocken, seine Meerjungfrau anzusehen, um sich sein Fahrgeld nach Irland zu verdienen. Dennoch, wenn man irgendwo in England noch Geld verdienen konnte, dann hier. Die Menschenmengen waren entschlossen, das Beste aus ihrer Reise zu machen, und waren in der Stimmung, unterhalten zu werden. Zophiel zeigte seine Meerjungfrau jeden Morgen und vollführte seine Zaubertricks für diejenigen, die sich am Brunnen aufreihten und warteten, bis sie an die Reihe kamen. Und da niemand nach Osmonds Können als Maler von Kirchenmauern verlangte, beschäftigte er sich damit, Spielzeuge für Kinder zu gestalten, die sich allmählich sogar besser verkauften als die offiziellen Blechabzeichen des Schreins, denn er schnitzte Holzstiefel, aus denen man, zur Freude der Kinder und Erwachsenen gleichermaßen, kleine, pechschwarze Teufel mit roten Augen und spitzen Hörnern hervorschnellen lassen konnte.

Ich musste in der Nähe des Schreins vorsichtiger sein. Ich durfte den Priestern meine heiligen Relikte nicht offen zeigen. Auch Ablassprediger haben nicht gerne Konkurrenz, und das Gesetz ist gegen den ehrlichen Hausierer auf ihrer Seite. Das Kirchenrecht verbietet den Verkauf von Relikten, die nicht von Rom abgesegnet wurden, obwohl die meisten Pfaffen dabei ein Auge zudrücken. Sie wissen, dass sich diejenigen, die mir etwas abkaufen, die beglaubigten Relikte nicht leisten können. Außerdem vertrauen gewöhnliche Leute meiner Narbe mehr als den Siegeln und Dokumenten Roms, denn sie wissen nur zu gut, dass für einen guten Preis jedes Dokument gefälscht werden kann. Wenn jemand einen abgeschnittenen Nagel des heiligen Walstan haben will, um sein Vieh zu schützen, oder eine Frau einen Zahn der heiligen Dympna, um ihr Kind von der Fallsucht zu heilen, an wen wenden sie sich dann, wenn nicht an Leute wie mich?

Also suchte ich mir einen Platz unter einem uralten Eichbaum. Er stand in der Nähe des Gasthauses, ein gutes Stück von dem Schrein entfernt. Die dicken Äste hielten den schlimmsten Regen ab, und die knorrigen Wurzeln des Baumes bildeten einen natürlichen Sitz, von Hunderten Rückseiten Junger und Alter, die sie für diesen guten Zweck benutzt hatten, abgenutzt und glänzend. Gegenüber befand sich das Waschbassin des Dorfes, ein großer, von einer kleinen Quelle gespeister Behälter, von einem von vier Säulen gestützten Schilfdach überdeckt. Es war ein Lieblingstreffpunkt für die Dorffrauen, die täglich zum Tratschen hierherkamen, während sie ihre Kleider wuschen und sie zum Trocknen unter das Strohdach in den Wind hingen.

Hier führte der Hauptweg durch das Dorf entlang, ein perfekter Aussichtspunkt, um diejenigen zu betrachten, die North Marston betraten und verließen. Ich legte einige Amulette und Ringe aus Bernstein, rotem Zirkon und Sardonyx aus, bekannte Heilmittel gegen tödliche Fieber, und für diejenigen, die sich keine Edelsteine, echte oder andere, leisten konnten, verkaufte ich Spinnen in Walnussschalen, die sie sich um den Hals hängen konnten. Denn, so erzählte ich ihnen, selbst wenn man mit einer Flasche des guten heiligen Wassers des Schreins des heiligen John Shorne gerüstet war, schadete es nicht, ein wenig zusätzlichen Schutz zu erwerben. Ein weiser Mann bewahrt nicht all seinen Reichtum in einer Geldbörse auf, also setzt ein weiser Mann auch nicht all sein Vertrauen in einen Heiligen.

Wenige Tage nachdem wir in North Marston eingetroffen waren, nahm ich wie üblich meinen Platz unter dem Eichbaum ein, und Adela gesellte sich zu mir. Sie flickte Osmonds Hose, weil sie durch die Reise voller Risse und Löcher war. Es langweilte sie, Tag für Tag allein in der Schlafscheune des Gasthauses zu sitzen. Osmond hatte ihr verboten, ihn zum Schrein zu begleiten, wo er seine Spielzeuge verkaufte, aus Angst davor, dass sie sich bei den Menschenmengen irgendeine Krankheit zuziehen könnte.

Ich konnte verstehen, warum er Angst um sie hatte. Sie kam erst langsam wieder zu Kräften. Ihr Gesicht wurde ein wenig fülliger und gewann langsam jenen Glanz, den schwangere Frauen häufig ausstrahlen. Aber sie hatte sich noch nicht vollkommen erholt. Zumindest könnte sie hier in North Marston wieder Kräfte sammeln, und wenn das Baby käme, wäre sie in einem warmen Gasthaus geborgen, mit vielen Hebammen in der Nähe, die ihr während der Geburt helfen konnten. Wenn sich Osmonds Spielzeuge weiterhin so gut verkauften, wären sie eines Tages vielleicht in der Lage, eine eigene kleine Hütte zu mieten. Dies war kein schlechter Ort, um ein Kind großzuziehen. In der Nähe eines so begehrten Schreins wie diesem ließ sich immer Arbeit finden.

Adela schaute auf und lächelte, als sie Rodrigo auf uns zueilen sah, aber er hielt nicht inne. Stattdessen stürmte er unmittelbar an uns vorbei auf das Gasthaus zu. Seinem grimmigen Gesichtsausdruck nach zu urteilen, stand ihm der Sinn nicht nach Ale. Ich hoffte um Jofres willen, dass er nicht dort drinnen war.

Jofre war der Einzige von uns, der nicht erleichtert schien, North Marston erreicht zu haben. Obwohl seine Hand heilte, musste er seine Geschicklichkeit erst noch zurückerlangen. Rodrigo schwankte zwischen der Angst, dass der Junge seiner Hand dauerhaften Schaden zugefügt haben könnte, und dem Zorn darüber, dass er bei der Hochzeit der Krüppel in eine Schlägerei geraten war. Hätte Jofre seine Dummheit eingestanden, dann hätte sich Rodrigo vielleicht früher wieder beruhigt, aber junge Burschen geben selten zu, dass sie sich geirrt haben, besonders wenn sie gedemütigt wurden, also beharrte er eigensinnig darauf, er sei nur ein Zuschauer gewesen, der unwillentlich in den Kampf verstrickt wurde und gezwungen gewesen war, sich zu verteidigen. Aber zu seinem Pech hatte Rodrigo nur allzu deutlich gesehen, was vorgefallen war.

Rodrigo brachte Wundsalben und Öle herbei und massierte sie dem Jungen zweimal am Tag in die Hand ein, begleitet von langen Vorträgen darüber, dass seine Hände sein Talent und seine Existenzgrundlage seien, dass auch geringfügige Verletzungen zu dauerhafter Steifheit führen könnten und dass Trunkenheit dem förderlich wäre. Jegliche Reue, die Jofre empfunden haben mochte, verwandelte sich rasch in trotzigen Unmut, und sogar ich empfand langsam Mitleid für ihn.

»Lasst den Jungen in Ruhe«, riet ich Rodrigo. »Welcher Bursche ist noch nicht in einen törichten Kampf geraten, nur um ein Mädchen zu beeindrucken? Habt Ihr jemals innegehalten, um über die Konsequenzen nachzudenken, als Ihr in seinem Alter wart?«

»Er hat zu viel Talent, um es zu verschwenden, Camelot. Jofre könnte ein großer Musikant sein, der beste, wenn er nur sein Herzblut dareingeben würde.«

»Und wenn er das nicht sein will?«

»Die Musik ist sein Leben. Ihr müsst Euch nur sein Gesicht ansehen, wenn er spielt.«

»Ich kann es in Eurem Gesicht erkennen, Rodrigo, aber bei dem Jungen bin ich mir nicht so sicher. Er hat vielleicht großes Talent, aber es scheint ihn nicht glücklich zu machen.«

Rodrigo hatte die Regentropfen in den Pfützen betrachtet. »Dann muss er lernen zu leben, ohne glücklich zu sein.«

»Wie Ihr es gelernt habt?«, fragte ich ihn, aber er antwortete nicht.

Rodrigo kam nun auf uns zu, noch missmutiger die Stirn runzelnd als zuvor. Er setzte sich zu Adelas Füßen und nahm einen großen Schluck Ale aus seiner Taschenflasche, bevor er sie mir reichte.

»*Il sangue di Dio!* Ich schwöre, ich werde Jofre bei lebendigem Leibe das Fell über die Ohren ziehen, wenn ich ihn erwische. Ich habe jede Taverne und jede Bierschänke im Dorf abgesucht, aber er ist nirgendwo zu finden.«

»Und Ihr braucht ihn jetzt?«, fragte ich.

»Er muss üben. Er ist mein Schüler, und doch meint er, er hätte nichts mehr zu lernen. Habt Ihr gestern Abend seinen Gesang gehört?«

»Er hat den Leuten gefallen.«

»Sie würden den Unterschied zwischen einer gut vorgetragenen Melodie und dem Jaulen eines liebeskranken Katers auch nicht erkennen. Es war …« Ihm fehlten anscheinend die Worte. Er schlug mit einer Faust verärgert in seine Hand. »Es war ein Gräuel, ein Frevel vor Gottes Ohren. Man hätte meinen können, er hätte während der letzten fünf Jahre überhaupt nichts gelernt. Aber am Abend zuvor sang er gut. Es war nicht perfekt, aber es war passabel. Wenn er das an einem Abend schafft, warum dann nicht auch am nächsten?«

Der Junge hatte am Abend zuvor mehr als passabel gesungen. Er hatte wie ein Engel geklungen, jeder Ton fehlerlos und rein, die klare Altstimme so hoch in den Himmel aufsteigend, dass dieses eine Mal sogar die lärmenden Trinker still waren. Er sang aus den Tiefen seiner Seele, das konnte jeder Narr hören, und jeder Narr konnte auch erkennen, warum. Adela und Osmond waren an jenem Abend in dem Gasthaus, und jedes einzelne von Jofres Liedern galt der Ecke, in der Adela sich an Osmond lehnte, verträumt über ihren Bauch rieb und ins Feuer blickte, ihr Gesicht heiter und unbeschwert.

Aber am folgenden Abend waren sie nicht da. Adela war müde gewesen, hatte sich früh in die Scheune zurückgezogen, und Osmond war ebenfalls gegangen, um ihr Gesellschaft zu leisten und auf sie aufzupassen, während er seine hölzernen Spielzeuge schnitzte. Jofre, von Rodrigo gezwungen, im Gasthaus zu bleiben und für die Pilger zu singen, schmollte den ganzen Abend lang, schaute aber jedes Mal hoffnungsvoll auf, wenn sich die Tür öffnete, nur um in noch schlechtere Stimmung zu verfallen, während der Abend verstrich und kein Zeichen seiner Angebeteten zu sehen war.

War es möglich, dass Rodrigo Jofres Verliebtheit nicht bemerkt hatte? Vielleicht war er so sehr an Jofres Schmollen gewöhnt, dass er keinen Unterschied feststellte. Aber ich konnte das Thema jetzt kaum aufbringen, während Adela neben mir saß und sich der Tatsache anscheinend ebenso unbewusst war.

Rodrigos Zorn machte ihn ruhelos, und er ging bald davon, um seine Suche wieder aufzunehmen.

Adela sah ihm nach, während Schlamm um ihn herum aufspritzte. »Er wird den Jungen doch nicht wirklich schlagen, oder?«

»Er wird schelten und drohen, aber er wird ihm nichts tun, leider. Jofre wird sich wie immer herausreden, und Rodrigo wird wie immer weich werden und ihm verzeihen.«

Adelas Augen weiteten sich. »Ihr meint, Rodrigo sollte ihn schlagen? Aber Ihr tretet stets für Jofre ein. Ich habe Euch Rodrigo oft raten hören, er solle ihn nicht so sehr schulmeistern.«

»Endlose Vorträge vermitteln dem Jungen nur das Gefühl, ständig in Ungnade zu sein, und solange jemand in Ungnade ist, weiß er, dass ihm nicht verziehen wurde. Eine Strafe bedeutet wenigstens einen Schlussstrich unter die Angelegenheit.«

Adela biss sich auf die Lippen. »Es gibt einige Dinge, die niemals ungeschehen gemacht werden können, gleichgültig wie schwer man bestraft wird. Strafe bringt nicht immer Vergebung mit sich, Camelot.«

Ich sah sie fragend an.

Sie errötete leicht und fügte hastig hinzu: »Aber Ihr sagtet, Rodrigo würde ihm verzeihen.«

»Das wird er, und zwar von ganzem Herzen, aber Jofre hat nicht das Gefühl, dass ihm verziehen wurde, und was noch wichtiger ist – er kann sich selbst nicht verzeihen.«

»Dass er schlecht gesungen hat? Es ist nur Musik. Wenn er an einem Abend schlecht singt – was schadet es? Er kann es leicht ungeschehen machen, indem er am nächsten Abend besser singt.«

»Lasst Rodrigo nicht hören, dass es nur Musik sei. Er hat mir einmal gesagt, dass es schlimmer sei als Mord, die Gabe der Musik zu verschwenden. Aber andererseits ist er südländischer Abstammung, und Südländer sind in allem leidenschaftlich. Sie regen sich über Dinge auf oder stürzen sich für ein Paar wunderschöner Augen von einer Klippe. Das Einzige, wobei ein Engländer in Leidenschaft gerät, sind die Vorzüge seines Ale oder zweier Kampfhähne.«

Adela blickte auf den Haufen vermoderter Blätter zu ihren Füßen hinab. Die Seiten ihrer festgesteckten Haube fielen über ihre Wangen und verbargen ihren Gesichtsausdruck. »Osmond empfindet diese Leidenschaft für seine Malerei. Er sagte einmal, dass er ohne sie ebenso wenig leben könnte wie ohne das Atmen, aber er musste es aufgeben.« Ihre Hand flatterte auf ihren angeschwollenen Leib.

»Für Euch und das Kind?«

Sie nickte elend.

»Wenn Malen sein Leben ist, dann muss er Euch mehr lieben als das Leben selbst.« Ich tätschelte ihre Hand. »Ihr seid mit einem guten Mann gesegnet, Adela. Glaubt mir, die meisten Männer würden nicht einmal eine morgendliche Jagd für ihre Frauen aufgeben.«

Aber ihre Bemerkung verwirrte mich. Ich hatte angenommen, dass Osmond keine Arbeit als Maler hatte finden können, aber das war nicht dasselbe, wie das Malen aufgeben zu müssen. Warum musste er es aufgeben? Er hatte mir erzählt, dass er zwanzig Jahre alt sei. In dem Alter konnte er in seiner Zunft schon Geselle sein, und wenn man in diesen Zeiten das Glück hatte, einen Beruf zu haben, sollte man sich diesem doch gänzlich widmen, wenn man eine Frau ernähren musste, es sei denn … es sei denn, er konnte keinen Gesellenbrief vorweisen. Keine gesetzestreue Kirche, kein gesetzestreues Kloster und kein gesetzestreuer Händler würde es riskieren, einen Künstler ohne Gildepapiere zu beschäftigen. Er hatte Zophiel in jener Nacht in der Höhle erzählt, dass er für arme Kirchen malte. Vielleicht malte er in Wahrheit für diejenigen, die keine Fragen stellten.

Adela zupfte an meinem Ärmel. »Camelot, schaut, diese Frau dort drüben, sie beobachtet uns schon lange. Ich bin mir sicher, dass ich sie schon früher in der Nähe des Dorfes gesehen habe. Kennt Ihr sie?«

Ich blickte hinüber. Es war spät am Nachmittag, und das Waschbassin war nun verwaist, bis auf eine einzelne Frau, die hinter einer der Säulen stand. Adela hatte recht. Die Frau sah eindeutig in unsere Richtung. Sie war eine kleine, schlanke Frau von ungefähr dreißig Jahren, in dem, was ich für die Kleidung einer Dienstbotin hielt, die aber schon bessere Zeiten gesehen hatte. Ich hatte sie schon früher bei zahlreichen Gelegenheiten in einiger Entfernung stehen sehen. Ihr Blick schien stets auf mich gerichtet, selbst wenn ich mich inmitten einer Menschenmenge befand. Ich hatte mir nicht viel dabei gedacht. Ich bin es gewohnt, dass die Leute mein entstelltes Gesicht anstarren, und weiß sehr wohl, dass ich sogar unter den Einfachen, den Alten und den Hässlichen als ungestalt hervorsteche. Aber sie nun hier vorzufinden, fern der Menschenmenge, wie sie uns erneut ansah, zeugte gewiss von mehr als nur natürlicher Neugier auf ihrer Seite.

»Ich denke, sie folgt mir.«

Adela wirkte beunruhigt und wollte aufstehen. »Glaubt Ihr, sie spioniert Euch für jene Priester aus, die Euch beim Verkauf von Relikten erwischen wollen?«

Ich zog an ihrem Rock. »Setzt Euch, setzt Euch. Sie ist keine Spionin. Könnt Ihr nicht erkennen, wie nervös sie wirkt? Aber ich denke, es ist höchste Zeit, dass ich sie frage, was sie will. Wer weiß, vielleicht möchte sie ein Amulett kaufen.«

Adela wirkte noch immer besorgt. »Warum kommt sie dann nicht einfach her und spricht Euch an? Niemand, der in den Schatten herumlungert, beabsichtigt Gutes. Ihr solltet Euch vorsehen, Camelot. Sie könnte ein Mitglied einer Verbrecherbande sein, die auf eine Chance wartet, Euch auszurauben.«

»Ihr habt Zophiel zugehört. Er sieht hinter jeder Ecke Banden lauern. Jeder Taschendieb ergreift eine Gelegenheit zum Stehlen, wenn er im Vorübergehen zufällig die Chance bekommt, aber niemand verschwendet mehrere Tage damit, einem armen, alten Camelot zu folgen, wenn an einem Ort wie diesem weitaus reichere Beute zu erlangen ist.«

Ich erwartete halbwegs, dass die Frau davonlaufen würde, als ich mich ihr näherte, aber sie blieb stehen, bis ich ihr nahe genug gekommen war, um mit ihr zu sprechen.

»Wollt Ihr etwas von mir, Mistress? Einen Glücksbringer, ein Amulett?« Ich senkte meine Stimme. »Eine Reliquie?«

Sie schaute nach rechts und nach links, als wollte sie sichergehen, dass uns niemand belauschte. Und als sie sprach, tat sie dies mit gesenktem Kopf. »Bitte, Ihr müsst mit mir kommen.«

»Wohin muss ich mitkommen?«

»Ich wurde geschickt, um Euch zu holen. Sie sagte, ich würde Euch erkennen an Eurer …« Ihre Stimme brach ab, und sie schaute rasch in mein Gesicht, bevor sie den Blick wieder senkte.

»An meiner Narbe«, beendete ich den Satz für sie.

Sie hatte ein blasses, dünnes Gesicht, spitze, von dunkelbraunem Haar gerahmte Wangenknochen und dichte Locken, die unter den Rändern ihrer Haube hervorlugten. Ihre dunkelblauen Augen flackerten ständig nervös von einer Seite zur anderen, als wäre sie es schon lange gewohnt, auf der Hut zu sein.

»Und wer ist diese Frau, die Euch geschickt hat? Warum kommt sie nicht selbst? Ist sie krank?«

Die Frau spie dreimal hastig auf die Rückseite ihrer beiden Zeigefinger. »Es war nicht die Pest, und es geht ihr jetzt wieder gut. Es gibt nichts zu befürchten. Aber bitte, Ihr müsst kommen. Sie wird zornig auf mich sein, wenn ich Euch nicht mitbringe.«

Es war sinnlos, sie weiter zu befragen. Irgendeine Dame hatte offenbar ihre Dienerin ausgeschickt, um mich zu suchen. Vermutlich wollte sie eine Reliquie kaufen, und dem erregten Zustand dieser Dienerin nach zu urteilen, war sie eine Dame, die gewohnt war zu bekommen, was sie wollte. Ich verachte Herrinnen, die ihre Dienstboten mit Angst regieren, und ich wollte fast schon ablehnen, aber andererseits sind verwöhnte Frauen üblicherweise reiche Frauen, und Geschäft ist immerhin Geschäft.

»Ich komme. Lasst mich nur mein Bündel holen.«

Adela, die noch immer eine Falle befürchtete, wollte nicht zurückzubleiben. Die Frau zuckte die Achseln und führte uns beide durch ein Gewirr kleiner Gassen in die ärmsten Viertel des Dorfes hinauf.

Im Gegensatz zu den in ordentlichen kleinen Reihen rund um die Kirche und den Schrein angeordneten, wohlgestalteten Häuschen gab es dort ein Gewirr schäbiger Hütten, teils nur aus Resten alten Holzes und Sacktuch errichtet. Stinkende Pfützen aus Schlamm und Dung standen zwischen den Hütten und den Haufen verrottenden Abfalls. Halbnackte Kinder krochen mit schnüffelnden Schweinen umher, sammelten Hundekot in Eimer, um ihn den Gerbern zu verkaufen, und bekämpften einander um die begehrtesten Stücke Kot. Es war gewiss nicht das, was man als Wohnort einer Frau erwartete, die es sich leisten konnte, eine Dienerin zu beschäftigen.

Pleasance war ihr Name, wie die Frau widerwillig preisgab, während sie mit gesenktem Kopf und über das Gesicht gezogener Kapuze voraneilte, obwohl schwer zu sagen war, ob sie eher den Gestank meiden oder ihre Identität verbergen wollte. Sie musste mehrere Male warten, bis wir sie einholten. Adela klammerte sich an meinen Arm, aus Angst, in ihrem Zustand im Schlamm auszugleiten, und versuchte vergebens, verrottende Eingeweide und schmierige Pfützen zu umgehen. Ich drängte sie mehrere Male umzukehren, aber sie schüttelte tapfer den Kopf und ging weiter, meinen Arm noch fester umklammernd.

Dieses Viertel war von mehreren tiefen, offenen Abwasserkanälen durchzogen, die vom Regen bis zum Überlaufen gefüllt waren. Wir überquerten einen davon auf einer gefährlich glitschigen Planke und gingen dann entlang einer Reihe wahllos platzierter Steine und seltsamer Holzstücke durch sumpfiges Ödland. Hier standen die Hütten weiter auseinander. Gerade als es schien, als würden wir das Dorf endgültig verlassen, blieb Pleasance vor einer Hütte stehen, die sich unter einige tropfende Bäume duckte, zog ein Stück schweres Sackleinen beiseite, das als Tür diente, und bedeutete uns hineinzugehen.

Die Hütte war aus drei mit Seil zusammengebundenen Schafgattern errichtet, während zerbrochene Planken eine Art Dach bildeten, auf dem Schwämme grün glänzten. Üppige Vegetation wuchs hüfthoch um die Hütte herum, und eine Wolke Wintermücken schwebte wie eine Säule darüber. Einen solchen Schutz mochten Hirten als zeitweiligen Unterstand bei schlechtem Wetter errichten, aber es war kein Ort, an dem man eine Nacht verbringen wollte, ganz zu schweigen von mehreren, es sei denn, die Geldbörse wäre leer oder man müsste sich verstecken. Ich konnte erkennen, dass Adela der gleiche Gedanke gekommen war. Sie blieb draußen stehen und gab mir Rückendeckung.

Trotz der vielen Löcher in den Wänden und im Dach war es in der Hütte zu dunkel, um zunächst jemanden deutlich zu sehen. Dann erklang aus der Dunkelheit die Stimme eines Kindes.

»Ich sagte ihr, dass Ihr kommen würdet, Camelot. Ich sagte ihr, dass wir auf Euch warten müssten.«

Ihr blasses Gesicht wandte sich mir zu, und als sich meine Augen an die Dunkelheit gewöhnt hatten, sah ich das Glänzen ihrer eisblauen Augen und das weiße Gespinst ihrer Haare. Ich spürte, wie es in meinem Nacken kribbelte, und dann überkam mich eine Zorneswelle, als wäre ich hinters Licht geführt worden. Ich bahnte mir meinen Weg durch das Sackleinen wieder hinaus.

Pleasance und Adela warteten beide draußen. Pleasance lächelte zum ersten Mal, und es war ein trauriges, banges Lächeln.

»Narigorm sagte, Ihr würdet kommen«, wiederholte sie hoffnungsvoll, als beantworte das alles.

Adela strahlte. »Dann kennt Ihr diese Narigorm? Eine Verwandte von Euch?«

»Sie ist keine Frau. Sie ist nur ein Kind, und sie ist keine Verwandte von mir. Ich bin ihr erst einmal begegnet, und das nur kurz, vor mehreren Monaten.« Ich wandte mich an Pleasance. »Sie hat damals als Wahrsagerin für einen Herrn gearbeitet. Ist er hier in dieser Gegend?«

Pleasance schüttelte den Kopf. »Sie wurde krank. Ihr Herr hörte, dass ich Heilerin sei, und holte mich, damit ich mich um sie kümmere. Aber er verschwand mitten in der Nacht, ohne mich zu bezahlen, und ließ das Kind ohne irgendetwas außer der Kleidung, die sie trug, und ihren Runen zurück. Die Frau, die das Gasthaus führte, warf sie hinaus. Sie sagte, sie habe Angst vor der Krankheit, aber vermutlich wusste sie, dass wir kein Geld für die Unterkunft hatten. Ich kümmerte mich in den Wäldern um das Kind, so gut ich konnte, bis sie gesund war. Seitdem haben wir ein wenig gearbeitet, sie mit ihren Runen und ich mit meinen Kräutern, aber als wir hierherkamen …« Sie brach mit dem inzwischen vertrauten Achselzucken ab. »Ein Priester gab uns bis zum Läuten der Abendglocke Zeit, die Dorfgrenzen zu verlassen, sonst würden wir, wie er sagte, wegen der Ausübung von Teufelswerk verhaftet.«

Meinte sie das Runenwerfen oder die Kräuter? Wahrscheinlich sahen die ewig missgünstigen Priester beides als Konkurrenz für das Säckel ihres Schreins an.

»Aber Narigorm sagte, Ihr würdet kommen. Sie sagte, wir würden mit Euch reisen, also verbargen wir uns hier, bis Ihr …«

»Sie kann nicht mit mir reisen!«

Die Worte brachen ungestümer aus mir hervor, als ich beabsichtigt hatte. Die Augen beider Frauen weiteten sich überrascht.

Adela brach schließlich das Schweigen. »Aber warum denn nicht? Unsere Gruppe besteht aus genug Leuten, dass zwei weitere kaum einen Unterschied machen werden. Wir können doch ein Kind oder diese Frau nicht an einem solchen Ort zurücklassen. Außerdem hätte ich gerne ein Kind als Gesellschaft, und Osmond liebt Kinder auch.«

»Ihr reist erst weiter, wenn Euer Kind geboren ist, denkt daran. Ihr wollt Euer Baby doch nicht mitten im Winter auf der Straße bekommen, oder? Warum solltet Ihr überhaupt weiterziehen wollen? Ihr habt hier ein warmes, trockenes Bett, und Osmond verdient gutes Geld. Ihr würdet nur schwer etwas Besseres finden. Aber diesen beiden wurde befohlen zu gehen. Wenn sie hier der Kirche zum Trotz gefunden werden, wird das eine Auspeitschung oder Schlimmeres bedeuten. Sie sollten sofort verschwinden, heute noch.«

Es war ein wohl durchdachtes Argument, ein praktisches Argument. Es war das Beste für die beiden, sofort zu gehen, zu ihrer eigenen Sicherheit. Pleasance blickte zu Boden, die Schultern eingesunken.

»Kommt schon, Pleasance, es gibt andere Dörfer, wo Eure Fähigkeiten willkommen sein werden, Eure und die des Kindes. Ihr werdet genug verdienen, um Euch gut ernähren zu können.«

»Sie sagte, wir würden mit Euch reisen«, wiederholte Pleasance matt, als wäre es ein auswendig gelerntes Gedicht.

Adela war in die Hütte geschlüpft, und als sie wieder hervorkam, führte sie das Kind an der Hand. Narigorm wirkte, wenn möglich, noch durchscheinender. Ihr weißes Wollhemd war vor Ruß und Schmutz fast schwarz, aber ihr Haar hob sich weißer von den dunklen Bäumen ab denn je. Sie senkte das Kinn und hob ihren Blick unschuldig zu Adela. Sie musste nichts sagen, der Blick genügte.

»Sie ist ein Engel«, sagte Adela. »Wir können dieses Kind nicht allein auf die Straße hinausschicken.«

»Viele Kinder in ihrem Alter müssen sich alleine durchschlagen, und sie wird nicht einmal alleine sein. Sie hat Pleasance bei sich. Wir können es uns nicht leisten, schon zu gehen, und sie müssen sofort aufbrechen.«

Narigorm richtete ihren unverwandten Blick auf mich. »Ihr werdet auch aufbrechen müssen, ich sah es in den Runen, Ihr werdet beim nächsten Neumond fort sein.«

Pleasance hob ruckartig den Kopf. »Das ist übermorgen.«

»Und die Runen lügen nie«, sagte Narigorm. Sie trat einen Schritt näher an mich heran und zischte: »Dieses Mal werdet Ihr es sehen.«

Kapitel 7

DIE PROPHEZEIUNG

Narigorm behielt natürlich recht, und noch bevor der Neumond scharf wie die Sense des Todes über das Land stieg, war unsere Gruppe erneut unterwegs. Ich wusste, dass ich das Kind nicht dafür verantwortlich machen konnte. Wie hätte sie das bewerkstelligen sollen? Sie sprach nur aus, was sie in den Runen las. Konnte sie etwas dafür, wenn die Runen Missgeschick voraussagten? Und doch gab ich ihr die Schuld. Ich hatte das Gefühl, dass sie, wobei ich nicht sagen konnte wie, ebenso der Anstifter wie der Bote war.

Aber um die Wahrheit zu sagen, hätte ich auf der Suche nach dem Grund für unser Missgeschick nur die menschliche Natur betrachten müssen. Als Adela und ich an jenem Abend ins Gasthaus zurückkehrten, drohte Ärger. Eine Abordnung von Zinnfigurenmachern war zu den Verwaltern des Schreins gegangen, um gegen die Holzspielzeuge zu protestieren. Die Menschen kauften kaum noch jene offiziellen Blechabzeichen, die von den Geistlichen des Schreins geweiht worden waren. Der für den Schrein verantwortliche Priester hatte die Sache selbst in die Hand genommen und willkürlich bestimmt, dass Osmond dem Schrein, da die Holzspielzeuge nach der Legende John Shornes gestaltet waren, als Bezahlung für die Nutzung ihrer Legende und ihres Heiligen eine Abgabe in Höhe der Hälfte seiner Einnahmen entrichten sollte. Das war das Doppelte von dem, was die Zinnfigurenmacher den Geistlichen bezahlten, um ihre Konzession zu erwerben, und Osmond schwor in seinem halsstarrigen sächsischen Zorn, dass er eher jedes Spielzeug eigenhändig zerstören als auch nur einen

Penny seiner Einnahmen aushändigen würde. Der Priester zuckte die Achseln. Osmond konnte die Spielzeuge entweder zerstören oder bezahlen – für ihn machte es keinen Unterschied. Sein Problem mit den Zinnfigurenmachern war so oder so gelöst.

Obwohl Osmond sich offensichtlich hätte andere Arbeit suchen müssen, wenn wir geblieben wären, hätte vielleicht doch noch alles gut ausgehen können, wäre Jofre nicht gewesen. In der darauffolgenden Nacht, als er und Rodrigo im Gasthaus aufspielten, platzten drei Männer herein, und bevor jemand sie aufhalten konnte, zerrten sie Jofre aus der Tür. Als wir hinausrannten, drückten zwei große Männer ihn bereits an die Wand des Gasthauses, und ein dritter, kleinerer Mann mit einem Frettchengesicht kitzelte mit einer Messerspitze Jofres Kehle, während dieser sich vergebens wehrte.

Rodrigo brüllte wie ein Stier und stürzte auf Frettchengesicht zu, der aber nicht wich. Er führte die Spitze des Messers bis unter das Kinn des Jungen hinauf, bis ein winziger Blutfaden hervordrang. Jofre keuchte und hörte sofort auf, sich zu wehren, wagte es nicht, auch nur noch einen Muskel zu bewegen, aus Angst, dass die Klinge tiefer einsinken könnte.

»Bleibt zurück! Einen Schritt näher, und er ist erledigt.«

Rodrigo konnte selbst in seinem Zorn erkennen, dass der Mann nicht bluffte. Er trat einen Schritt zurück und hob die Hände, die Handflächen geöffnet.

»Also seid Ihr der Herr dieses Jungen?«

Rodrigo nickte. »Was ist los … was wollt Ihr von ihm?«

»Wollen?« Frettchengesicht kicherte schrill. »Ich will mein Geld, das will ich. Euer Lehrling hat auf die Kampfhähne gewettet. Dachte, er sei Manns genug, mit den großen Jungs zu spielen, aber dann, als er verlor, stellte er – Überraschung, Überraschung – plötzlich fest, dass seine Geldbörse leer war. ›Ich muss ausgeraubt worden sein‹, sagte er. Er war wirklich sehr aufgebracht darüber, dass er nicht zahlen konnte, also sagte ich, der ich ein weichherziger Mensch bin, zu ihm«, und er stieß erneut sein freudloses, kleines Kichern aus, »ich sagte: ›Das ist eine Schande, Junge. Du kannst in diesen Zeiten niemandem mehr vertrauen, es sind schrecklich viele Gauner unterwegs. Ich sage dir, was ich tun werde, mein Junge‹, erklärte ich ihm. ›Ich werde dir zwei Tage Zeit geben, das Geld beizubringen.‹ Solch ein großzügiger Mann bin ich, nicht wahr, Jungs? Zu meinem eigenen Schaden zu weichherzig, oder? Das sagen mir die Jungs hier ständig.«

Die beiden Handlanger, die Jofre an den Handgelenken festhielten, grinsten breit und drückten Jofres Arme noch fester an die raue Steinwand des Gasthauses.

»Unser junger Freund hier sollte das Geld heute zur Mittagszeit bringen, nur dass er nicht auftauchte. Also werden meine Jungs hier ihm jetzt die Finger brechen, einen nach dem anderen, hübsch langsam. Dann wollen wir mal sehen, ob er seine Laute noch so gut spielen kann.«

Jofre war totenbleich geworden. Er bettelte und flehte unzusammenhängend, was Frettchengesicht nur umso mehr zu amüsieren schien. Rodrigo musste gewaltsam davon abgehalten werden, ihn niederzuschlagen, aber schließlich bezwang er seinen Zorn, und er fragte mit einer Stimme, die kaum ein Flüstern war, wie viel Jofre ihm schulde. Es war selbst für Jofres Maßstäbe eine fürstliche Summe. Natürlich war sie, wie Frettchengesicht geduldig erklärte, höher als der ursprüngliche Wetteinsatz, weil er gezwungen gewesen war, auf sein Geld zu warten.

»Nennen wir es Zinsen.« Er kicherte erneut.

Es stand außer Frage, die Summe nicht zu bezahlen. Rodrigo und ich legten den Inhalt unserer Geldbörsen zusammen, was aber nicht genügte, und die Handlanger wirkten schon, als würden sie die Drohung ihres Herrn gleich ausführen, als Zophiel vortrat und das verbleibende Geld aushändigte, wobei er harsch zu Jofre sagte: »Du schuldest mir was, Junge.«

Die Männer gingen davon, Frettchengesicht eindeutig zufrieden mit sich, aber seine beiden Handlanger grollten wie enttäuschte Wolfshunde, die von der Beute zurückgepfiffen wurden. Sobald sie außer Sicht waren, trat der Gastwirt aus den Schatten hervor.

»Also gut, ich will, dass ihr alle beim ersten Tageslicht verschwindet. Diese Burschen bedeuten Ärger, wo auch immer sie hingehen. Sie kommen, um ihr Geld einzutreiben, und wenn sie es nicht bekommen, schlagen sie alles entzwei. Dies ist ein anständiges Gasthaus für anständige Leute, und ich werde solches Gesindel nicht wieder hier hereinlassen.«

»Aber sie haben keinen Grund zurückzukommen«, sagte ich. »Sie haben ihr Geld bekommen.«

»Dieses Mal«, erwiderte der Gastwirt düster, »aber was passiert beim nächsten Mal, wenn Euer Junge hier eine weitere Wette abschließt, die er nicht bezahlen kann. Außerdem scheint mir, dass Ihr drei Eure Geldbörsen geleert habt. Wie wollt Ihr Eure Unterkunft bezahlen? Und es heißt, dass Euer Freund die Zinnfigurenmacher mit seinen Spielzeugen aufgebracht hätte. Ich will mit ihnen keinen Ärger. Sie sind gute Kunden. Für Euch ist das alles schön und gut, Ihr seid nur auf der Durchreise, aber einige von uns müssen hier leben. Also will ich, dass Ihr alle verschwindet, bevor es noch mehr Ärger gibt. Und ich wäre Euch dankbar, wenn Ihr auch diesen Fisch mit Euch nehmen würdet«, fügte er, an Zophiel gewandt, hinzu. »Er verpestet die Luft.«

»Das, Ihr ignoranter Dummkopf, ist kein Fisch, sondern eine Meerjungfrau«, erwiderte Zophiel zornig. »Es ist ein extrem seltenes und wertvolles Wesen und das einzige, das Ihr in diesem widerlichen Saustall, den Ihr ein Gasthaus nennt, wahrscheinlich jemals sehen werdet.«

»Ich sage nur, wenn es stinkt wie ein Fisch, dann ist es ein Fisch. Und dies ist vielleicht nicht das nobelste Gasthaus im Dorf, aber solange es mir gehört, bestimme ich, wer darin schläft. Wenn Ihr und Eure Bande von Vagabunden also nicht bei Sonnenaufgang unterwegs seid, werde ich Euch mehr als nur ein paar Finger brechen. Und denkt nicht einmal daran, irgendwo anders in dieser Gegend Unterkunft zu suchen. Wenn sich dies erst herumspricht, werdet Ihr nirgendwo mehr willkommen sein. Dafür werde ich sorgen.«

Also verließen wir das Gasthaus am nächsten Morgen, die Flüche des Gastwirts noch in den Ohren, während die kalte, graue Dämmerung über die durchtränkten Felder quoll. Alle unsere Hoffnungen auf einen sicheren Zufluchtsort waren zunichtegemacht worden. Osmond machte sich Vorwürfe, Adela wieder mit hinaus auf die Straße nehmen zu müssen, und Zophiel machte Jofre dafür verantwortlich. Auch ich war zornig auf den Jungen. Jegliche Hoffnung, die ich gehegt hatte, die Gruppe zurücklassen und allein nordwärts ziehen zu können, war dahin. Aber es hatte wenig Sinn, böse auf Jofre zu sein. Es machte die Tat nicht ungeschehen. Und ich konnte sie doch nicht einfach im Stich lassen, oder?

So schlug ich mich mit einer schwangeren Frau und einem Haufen Anfängern herum. Wir hatten kein Geld, es herrschte übelstes Reisewetter, und die Pest kam von drei Seiten rasch heran. Es konnte nicht schlimmer werden. Das Elend stand in alle Gesichter geschrieben, als wir die Schultern einmal mehr gegen den kalten Regen zusammenzogen.

Aber keine Wolke ist so schwarz, dass nicht ein Schimmer Sonnenlicht hindurchscheint, und ich tröstete mich mit dem Gedanken, dass unser hastiger Aufbruch von North Marston bedeutete, dass zumindest Narigorm nicht mit uns reisen würde. Bis Pleasance uns suchte und merkte, dass wir fort waren, hätten wir bereits Stunden Vorsprung.

Ich versuchte mein Bestes, die anderen aufzuheitern. »Es gibt nördlich von hier noch andere Schreine – derjenige des heiligen Robert in Knaresborough und viele Schreine in York. Wenn wir sie erreichen könnten, wären wir sicher. Sie liegen weit im Landesinneren und werden ihre Tore nicht schließen. Adela kann ihr Kind bequem bekommen, und Ihr werdet dort alle gutes Geld verdienen, noch besser als in North Marston.«

Rodrigo und Osmond nickten dankbar, aber ich wusste, dass Zophiel nicht so leicht zu beeinflussen wäre. Ich musste erreichen, dass er bei uns blieb. Adela war kräftiger geworden, aber ihr Bauch schwoll mit jedem Tag weiter an, und ihre Kraft würde nicht vorhalten, wenn sie in diesem Schlamm weit gehen müsste. Zu Fuß würde sie York niemals erreichen, und wir übrigen auch nicht, wenn wir unser Tempo ihrem angleichen müssten, besonders wenn wir unsere Nahrung und unsere Bündel tragen müssten.

Ich konnte die Qual der Wahl auf Zophiels Gesicht geschrieben sehen. Er wollte unbedingt zur Küste, um ein Schiff aufzutreiben, aber zwischen ihm und einem Hafen lag das wütende Ungeheuer namens Pest. Zum ersten Mal, seit wir uns begegnet waren, tat mir der Mann leid, denn was auch immer ihn antrieb, musste furchtbar sein.

Ich atmete tief ein. »Zophiel, Ihr müsst einsehen, dass es Wahnsinn wäre, Euch von hier aus westwärts zu wenden. Ihr würdet unmittelbar auf die Pest treffen. Wir müssen uns so weit wie möglich von den Küsten fernhalten, bis wir weiter im Norden sind. Dann habt Ihr durchaus eine Chance, noch einen geöffneten Hafen zu finden.«

Zophiel betrachtete mich sorgfältig, bevor er sprach. »Glaubt Ihr wirklich, Ihr könnt die Pest hinter Euch lassen?«

»Zumindest entfernen wir uns von ihr, wenn wir nach Norden ziehen, und laufen ihr nicht entgegen. Wenn wir uns einfach noch einige weitere Wochen, bevor der Winterfrost einsetzt, von den Orten fernhalten können, wo sie aufgetreten ist, dann wird die Pest zurückgehen, und Ihr könnt jeden Hafen aufsuchen, den Ihr wollt.«

Adela umklammerte meinen Arm. »Sie wird doch zurückgehen, wenn die Fröste kommen, oder?«

Ich bemühte mich, überzeugend zu klingen. »Fieber toben stets in der Hitze und der schlechten Luft des Sommers, aber wenn die Winterfröste kommen, gehen sie alle zurück.«

Zophiel stieß ein hohles Lachen aus. »Ich muss Euren Optimismus bewundern, Camelot, aber es gibt da einen unbedeutenden Punkt, den Ihr übersehen zu haben scheint. In diesem Jahr gab es keine Sommerhitze. Tatsächlich hatten wir überhaupt keinen Sommer, und die Pest wütet dennoch.«

Adela schüttelte den Kopf. »Aber jedermann sagt, der Regen hätte die Pest hervorgebracht, genauso wie er Stechmücken hervorbringt.« Ihre jungen Augen glänzten vor Überzeugung. »Der Frost tötet Schädlinge und Stechmücken ab. Ich weiß, dass er dies beenden wird.«

»Genauso wie Ihr *wusstet*, dass es nur vierzig Tage und vierzig Nächte lang regnen würde, Adela. Vielleicht könnt Ihr Euch auch darauf einen Reim machen? Dann teilt ihn mit uns.«

Adela zuckte zusammen, und Osmond, der einen Arm um sie gelegt hatte, führte sie von uns fort, während er Zophiel über die Schulter finster anblickte, obwohl ich bemerkte, dass er seine Frau nicht verteidigte. Aber zumindest ich gönnte Zophiel seinen kleinen Triumph gerne. Es war ein geringer Preis, wenn wir ihn so überzeugen konnten, bei uns zu bleiben.

Wir nahmen unsere gewohnten Plätze neben dem Wagen wieder ein und trotteten weiter, ließen die letzten Hütten hinter uns, bis wir den Wald erreichten. Dann, als wir eine Straßenbiegung umrundeten, sah ich zwei Gestalten an einer Kreuzung stehen. Mein Magen rebellierte. Die unnatürliche Weiße dieses Haars war unverkennbar. Narigorm und Pleasance standen geduldig neben der Straße, als hätten sie auf uns gewartet.

Adelas Gesicht strahlte auf, als sie das Kind sah, und sie winkte ihr eifrig zu. »Schau, Osmond, da ist das kleine Mädchen, von dem ich dir erzählt habe. Sagte ich nicht, sie sei ein kleines Püppchen? Hast du je ein Kind gesehen, das so engelsgleich aussieht?«

Osmond lächelte, und Rodrigo strahlte liebevoll wie ein nachsichtiger Onkel, als wir uns den wartenden Gestalten näherten.

Nur Zophiel schien der Anblick Narigorms ebenso unwillkommen zu sein wie mir. »Als hätten wir nicht bereits genug Verantwortung.« Er sah betont Jofre an, der zutiefst errötete. »Nun wird vermutlich von mir erwartet, dass ich dieses launische kleine Balg auch in meinem Wagen fahren lasse. Was kommt als Nächstes, ein Tanzbär?«

Adela wandte sich wieder mir zu, ein ehrfürchtiger Blick stand in ihrem Gesicht. »Camelot, erinnert Ihr Euch nicht, dass sie sagte, wir müssten heute aufbrechen, und dass sie mit uns reisen würde? Sie besitzt die Gabe wirklich.«

Aber bevor ich antworten konnte, warf Xanthus plötzlich den Kopf auf und scheute. Ihre Nüstern bebten, die Augen rollten und sie stieg, versuchte panisch, den Wagen von der Straße zu ziehen. Die vereinte Kraft Zophiels und Rodrigos war erforderlich, um ihren Kopf festzuhalten und sie zum Stehen zu bringen.

Zophiel schaute besorgt in den Wald. »Sie riecht Gefahr, einen wilden Eber vielleicht oder frisches Blut. Pferde hassen den Geruch von Blut. Hebt das Balg rasch auf den Wagen, wenn Ihr sie mitnehmen müsst. Ich will hier nicht länger herumlungern als nötig.«

Also gab es letztendlich keine Diskussion. Ich konnte nichts tun. Narigorm und Pleasance hatten sich unserer Gruppe angeschlossen, und niemand hatte Zeit, darüber nachzudenken, da Xanthus den restlichen Tag über weiterhin erregt war und Zophiel sie nicht beruhigen konnte. Sie kämpfte den ganzen Weg entlang gegen uns an, als ob das, was immer sie spürte, mit uns Schritt hielte. Vielleicht roch sie an diesem Tag Tod in der Luft, aber der Gestank des Todes kam nicht aus dem Wald.

Kapitel 8

SCHWANENJUNGE

Der Geschichtenerzähler beugte sich vor. »Am Morgen fanden die Dienstboten die Wiege des Kindes leer und die Königin in ihrem Bett mit Blut auf den Lippen schlafend vor. Aber als der König sie bat, ihm zu erklären, was mit seinem kleinen Sohn geschehen sei, blieb seine Frau stumm und wollte kein Wort äußern, nicht einmal, um ihre Unschuld zu verteidigen.«

Eine ansehnliche Menschenmenge hatte sich um den Geschichtenerzähler versammelt. Kinder hockten auf dem Boden vor ihm, und Erwachsene lehnten an der Mauer der Kirche, Körbe und Bündel zu ihren Füßen, ihre Geschäfte unterbrochen, bis die Geschichte beendet wäre. Sogar die Blicke der Stadthuren gingen in seine Richtung, obwohl er kein gut gebauter junger Mann war. Seine Stiefel waren alt und ausgetreten und seine Kleidung braun und fadenscheinig und nicht von der Kleidung derjenigen zu unterscheiden, die sich zusammengeschart hatten, um ihm zuzuhören – das heißt, bis auf den purpurfarbenen Umhang, der über seiner Schulter befestigt war und sein Hemd und den linken Arm bedeckte.

Man sieht Purpurfarbenes nicht oft, nicht auf einem Markt. Im Allgemeinen trägt es nur der Adel, denn nur der Adel kann es sich leisten, und nur wenige von ihnen kommen ans Ende der Welt, um eine dürre Gans oder ein gebrauchtes Butterfass zu kaufen. Aber dies war kein königlicher Umhang, keine Seide, kein Satin, nicht von Fell gesäumt noch von Goldfäden durchwirkt. Er war, wie seine Hosen, abgetragen und fleckig, aus grober, einfacher Wolle gemacht und dick genug, um alles bis auf den stärksten Regen abzuhalten. Ein guter, nützlicher Umhang für ein Leben auf der Straße, zweifellos von der Hand einer liebenden Mutter gemacht. Aber was, um alles auf der Welt, hatte die gute Frau geritten, dass sie Geld für die Purpurfarbe des Umhangs verschwendet hatte? Hielt sie ihren Sohn für einen zukünftigen König? Es gibt so manche Mutter, die dies aus Liebe glaubt, und so manchen Sohn, der glaubt, seine Mutter sei eine Jungfrau, aber nicht einmal Maria war ausreichend vernarrt gewesen, um ihre Zimmermannsbrut in Purpur zu kleiden.

»Und so wurde die Königin zum Tod durch das Feuer verurteilt, aber sie wollte, selbst als das Urteil verkündet wurde, immer noch nicht sprechen, nicht ein Wort wollte sie äußern, nicht einmal, um ihr Leben zu retten. Und all die Tage und Nächte hindurch, die sie in ihrer Zelle saß, spann sie Nesseltuch, um sechs Hemden zu nähen.«

Die Kinder rutschten mit geweiteten Augen näher heran. Auch die Erwachsenen beugten sich vor. Tod durch das Feuer. Das war etwas, worüber sie alle etwas wussten, selbst diejenigen, die es noch nicht erlebt hatten, die den Gestank, der tagelang über einer Stadt hängt, noch nicht gerochen hatten, die die Schreie noch nicht gehört hatten, die Nacht für Nacht durch aller Träume hallten. Sie wussten, dass die Königin nicht mehr schweigen würde, wenn die Flammen sie berührten. Nicht einmal eine Heilige ist so stark. Sie hielten den Atem an.

»Sieben volle Jahre waren vergangen, seit die Königin geschworen hatte, ihre verhexten Brüder zu befreien und sie von Schwänen wieder in Menschen zu verwandeln. Und gemäß ihrem Schwur war all diese Zeit kein Wort über ihre Lippen gedrungen, kein einziger Laut war ihr entschlüpft. Die Königin arbeitete weiterhin Tag und Nacht daran, die Hemden zu nähen, bis am Morgen ihrer Hinrichtung alle Nesselhemden fertiggestellt waren, das heißt, alle bis auf das Hemd des jüngsten Bruders, dem noch der linke Ärmel fehlte.«

Er schien zu jung, um ein Geschichtenerzähler zu sein, ein Beruf, der normalerweise denen vorbehalten war, die zumindest einen Vollbart trugen. Aber er hielt die Menschen besser in Bann als so manch älterer Mann. Er sah nicht gut aus, sein Gesicht zu schmal und kantig, seine Nase zu lang, das Kinn zu klein, als wären seine Züge unterschiedlich schnell gewachsen. Vom Alter fülliger und mit einem Bart gemildert, mochten sie sich beizeiten zu einer Art Ordnung zusammenfügen, aber das war kaum wichtig, denn das, was die Menschen in Bann hielt, waren seine Augen. Sie glänzten dunkel, fast schwarz, sodass man die Pupille unmöglich von der Iris unterscheiden konnte. Sein Blick streifte von den Kleinkindern bis zu den alten Weibern über die Gesichter der Zuhörer, hielten jeden Einzelnen nacheinander für den Bruchteil einer Sekunde fest, und ihre Augen folgten seinen konzentriert.

»Die Königin wurde auf den Hinrichtungsplatz hinausgeführt. Sie wurde an einen Pfahl gebunden, und man drückte ihr die sechs Nesselhemden in die Arme. Die Reisigbündel wurden um ihre bloßen Füße aufgestapelt, und der Henker erhob die brennende Fackel. Der Priester trat vor, um sie dazu zu drängen, den Mord an ihrem Kind zu gestehen, damit vielleicht zumindest ihre Seele vor dem ewigen Feuer gerettet würde, aber sie wollte weiterhin kein Wort äußern, nicht einmal, um ihre Seele zu retten. Vor Gram weinend, da er sie immer noch zutiefst liebte, hatte der König keine andere Wahl, als das Zeichen zu geben. Der Henker hob die brennende Fackel an und warf sie in die Reisigbündel zu ihren Füßen.«

Der Geschichtenerzähler hob seinen rechten Arm, als hielte er eine Fackel darin, und richtete seine Faust dann plötzlich auf das Knäuel Kinder zu seinen Füßen. Sie keuchten und zuckten, entzückt vor Schreck, zusammen. Er hob erneut seine Hand und deutete gen Himmel.

»Aber in diesem Moment erklang Flügelschlag am Himmel über ihnen. Sechs weiße Schwäne flogen aus der Morgendämmerung auf die Königin zu.«

Das Publikum schaute zu der Stelle, auf die er deutete, als erwarteten sie, die Schwäne über sie hinwegfliegen zu sehen.

»Während die Schwäne herabstießen, löschten sie mit der Kraft ihrer weiten, weißen Schwingen das Feuer. Und als sie landeten, warf die Königin ihnen die Nesselhemden über, und sofort fielen ihre Federn ab, und die Schwäne wurden wieder in Menschen verwandelt. Alle erhielten ihre menschliche Gestalt zurück, das heißt, alle bis auf den jüngsten Bruder, denn seinem Hemd fehlte noch der linke Ärmel. Und als er seine menschliche Gestalt zurückerlangte, blieb sein linker Arm eine Schwanenschwinge.«

Bei diesen Worten warf der Geschichtenerzähler seinen purpurfarbenen Umhang zurück, und die Menge keuchte so laut, dass jedermann einen Moment im Zweifel schien, ob er davonlaufen oder herandrängen sollte. Der Geschichtenerzähler zog seinen linken Arm unter dem Umhang hervor, nur dass es kein Arm war – es war die rein weiße Schwinge eines Schwans.

Die Schwinge entfaltete sich, streckte sich, als wäre sie lange Zeit gefesselt gewesen, erhob sich dann und verfiel in einen stetigen Flügelschlag. Die Luft summte von seiner Kraft, und der Windzug hob das Haar der Kinder an und ließ sie blinzeln. Dann faltete sich die Schwinge wieder an seinem Körper zusammen, ruhte und wurde wieder unter den Umhang gesteckt.

Die Erwachsenen schüttelten sich leicht, wie nach einem Traum, denn sie konnten wohl kaum gesehen haben, was sie gesehen zu haben glaubten. Der Geschichtenerzähler nahm seine Erzählung wieder auf, als sei nichts geschehen.

»Sobald der Zauber gebrochen war und ihre Brüder ihre menschliche Gestalt zurückerlangt hatten, konnte die Königin wieder sprechen. Sie erzählte dem König, wie die Hexe, seine böse Stiefmutter, ihre Brüder verhext hatte –«

»Ist er echt?«, platzte ein kleiner Junge heraus, der sich nicht länger beherrschen konnte.

Die Schwinge des Geschichtenerzählers entfaltete sich erneut und tat einen einzigen Flügelschlag, bevor sie wieder unter dem Umhang zusammengefaltet wurde. Die Kinder kreischten in einer Mischung aus Verwunderung und Schrecken.

»Wurdet Ihr wirklich in einen Schwan verwandelt?«

»Wie sonst könnte ich eine Schwanenschwinge anstelle eines Armes haben?«

»Aber konnte der König die Hexe nicht dazu bringen, Euch Euren Arm zurückzugeben?«

»Wenn ein Zauber einmal gebrochen ist, dann kann das, was davon übrig bleibt, niemals wieder rückgängig gemacht werden, besonders wenn die Hexe, die den Zauber auferlegte, tot ist. Und sie war tot. Sie wurde in dem Feuer, das für die Königin gedacht war, zu Asche verbrannt, und ihre Asche wurde vom Wind verweht und in die vier Himmelsrichtungen der Erde verstreut.«

»Und was geschah dann?«

»Der König und die Königin bekamen sechs Söhne und sechs Töchter und regierten ihr Königreich gerecht und gnädig. Die Schwanenbrüder lebten im Palast und wurden große Ritter, die im Kampf für den König und die Königin hinausritten. Sie zogen aus in ferne Länder, um Drachen zu töten und Jungfrauen zu retten, und sie fanden wunderschöne Prinzessinnen, die sie heirateten, und lebten glücklich bis an ihr seliges Ende.«

Münzen fielen rasch und schwer. Auch wenn die Menschen nicht viel übrig hatten, wusste die Menge jemanden zu schätzen, der sich beim Erzählen Mühe gab. Die Kinder drängten nahe an den Geschichtenerzähler heran, forderten sich gegenseitig dazu heraus, jene Schwinge zu berühren, um zu sehen, ob sie wirklich lebendig war, aber die Eltern drängten ihre protestierenden Sprösslinge fort.

»Lasst den Geschichtenerzähler sich nun ausruhen, seine Kehle muss ganz ausgedörrt sein.«

Aber niemand bot dem Geschichtenerzähler etwas zu trinken an, um seine Kehle zu lindern. Es war nicht seine Kehle, die sie beunruhigte.

Geschichtenerzähler sind immer suspekt. Sie sind exotische Fremde, Schwalben, die nur die berauschenden Sommertage über bleiben. Wo sie danach hingehen, ist ein Geheimnis. Sie sind aufgrund der Geschichten willkommen, die dann während der dunklen Winterabende nacherzählt werden. Sie bekommen einen Ehrenplatz am Feuer, aber wie jeder Gast, der weiß, dass sein Willkommen davon abhängt, dass er es nicht zu lange ausdehnt, erwartet man von ihnen, dass sie rasch weiterziehen. Sie gehören nicht dazu. Wie sollte man jemandem trauen, der mit Zauberern sprach oder frei die Namen jener nannte, die nicht genannt werden dürfen?

Und dieser besondere Geschichtenerzähler war noch verdächtiger als die meisten. Man wollte nichts mit jemandem zu tun haben, der zugibt, dass er verhext wurde. Der Fluch könnte ansteckend sein. Und außerdem sollte sich, wie die Priester sagen würden, jeder nur mit seinesgleichen abgeben, das ist die Regel. Keine Mischlinge. Keine Tiermenschen. Wenn ein solcher starb, was sollte man dann damit tun – ihn wie einen Christen begraben oder wie ein Wildtier aufhängen? Ein Schwanenjunge, was für ein Wesen ist das? Keines, mit dem zusammen man seine Kinder sehen wollte, so viel ist sicher. Man konnte das Misstrauen an den Gesichtern ablesen, während sie ihre Kinder davondrängten.

Der Geschichtenerzähler nahm mit einer Hand seine Münzen auf, ließ sie geschickt in seine Geldbörse gleiten und zog das Lederband mit scharfen, weißen Zähnen fest.

»Hast du eine wunderschöne Prinzessin geheiratet?«

Er sah sich erstaunt um. Ein kleines Mädchen hatte sich zurückgeschlichen und zupfte scheu an seinem Umhang. Ein kleiner, struppiger Hund lehnte an ihrem bloßen Bein. Der Geschichtenerzähler streckte die Hand aus und streichelte die Ohren des Hundes, und der Hund schaute mit ebenso großen und braunen Augen wie die des Mädchens zu ihm hoch. Dann hockte er sich hin, so dass er direkt in ihr ernstes, kleines Gesicht blicken konnte, und lächelte.

»Prinzessinnen heiraten keine Ritter mit nur einem Arm. Welchen Nutzen hätte ein einarmiger Ritter? Er könnte ihre Ehre nicht verteidigen und sich nicht für ihre Sache einsetzen. Er könnte keine Drachen für sie töten. Ein Schwanenjunge kann kein Schwert und keinen Schild halten und keinen Bogen spannen. Nein, nein, Kleine, der Schwanenjunge lebte noch eine Weile im Palast, und alle waren freundlich zu ihm, besonders die Königin, weil sie sich schuldig fühlte, dass sie das Hemd nicht hatte fertigstellen können. Diener schnitten das Fleisch für ihn, Diener kleideten ihn an, und Diener wuschen ihn. Es mangelte ihm an nichts, außer an einer Bestimmung. Schließlich, als er die Freundlichkeit der Diener und die Traurigkeit, die er jedes Mal in den Augen der Königin erkannte, wenn sie ihn ansah, nicht mehr ertragen konnte, brach er auf, um sein Glück zu suchen, wie alle Prinzen es tun müssen.«

»Wenn ich eine Prinzessin wäre, würde ich dich heiraten.«

»Ich danke dir, Kleine. Aber eines Tages wirst du einen hübschen Prinzen finden, der dich auf sein Schloss mit goldenen Türmchen führen, dich in Regenbogen kleiden und dir den Mond schenken wird, damit du damit Ball spielen kannst, sowie die Sterne, um dein Haar zu schmücken.«

Das Kind kicherte. »Man kann mit dem Mond nicht Ball spielen.«

»Man kann alles tun, Prinzessin, wenn man es nur fest genug will. Nun solltest du besser loslaufen, sonst macht sich deine Mutter Sorgen um dich, und es ist nie gut, einer Mutter Sorgen zu bereiten.«

»Mam macht sich immer Sorgen. Sie sorgt sich wegen allem.«

»Das tun sie stets, Prinzessin.« Der Geschichtenerzähler wandte sie um und schickte sie mit einem Klaps auf den Rücken los, und sie hüpfte so vergnügt davon, wie nur eine Prinzessin es kann, der kleine Hund an ihren Fersen.

Ein schneidender Wind peitschte den Regen gegen unsere Gesichter und Hände. Diejenigen, die Unterstände mit gedeckten Dächern hatten, trotzten der Kälte draußen im Freien und bliesen auf taube, mit Lumpen verhüllte Finger, um ihnen wieder Gefühl einzuhauchen. Einige wenige Kohlenpfannen waren angezündet worden, die spuckten und zischten und dichten Rauch absonderten, aber keine Wärme. Der Marktplatz in Northampton und alle Straßen standen knöcheltief voll stinkendem Schlamm. Man hatte Arme voll Binsen, Stroh und Farnkraut ausgestreut, um die Wege passierbar zu machen, aber es war ein sinnloser Kampf. So schnell sie ausgestreut wurden, so schnell wurden sie auch in den Schlamm getreten, der sie aufsaugte, als wäre er bodenlos.

Früher am Tag hatte eine Hinrichtung stattgefunden. Zwei arme Teufel, die um sich schlugen, während sie vor einer johlenden Menschenmenge an den Enden zweier Seile langsam erstickten, waren wegen Diebstahls eines Schafes gehängt worden. Die Leichname sollten als Warnung bis kurz vor dem Ende des Markttages hängen bleiben.

Osmond trat neben mich. Ein Gewirr hölzerner Puppen und geschnitzter Ritter zu Pferde baumelte von dem Haken an seiner Stange herab. Er hatte stets bis weit in die Nacht hinein an den Spielzeugen gearbeitet, wann immer wir anhielten, um ein Lager zu errichten. Er bemühte sich, so sehr ein Mann es nur konnte, Adela zu ernähren, und die ganze Zeit über, die wir unterwegs gewesen waren, hatte ich ihn niemals faulenzen sehen. Er rieb sich die Hände und spreizte sie dann über der rauchenden Kohlenpfanne, um die wenige Wärme einzufangen, die davon aufstieg. Ich hatte es noch nie zuvor bemerkt, aber das letzte Glied seines kleinen Fingers fehlte. Aber das war kein hoher Preis für solch eine Fertigkeit. Ich hatte gehört, dass so mancher Holzschnitzer mehr als einen Finger verlor, bevor er seine Kunst beherrschte.

Er schaute zu den hängenden Leichnamen hinauf, bevor er sich rasch abwandte, sich bekreuzigte und den Kopf schüttelte. »Gehängt zu werden, ist ein grausamer Tod, Camelot. Ich kann es verstehen, wenn ein Mann gehängt wird, der im Affekt einen Mord begangen hat. Das geschieht nur zu leicht. Aber welcher Mann würde es riskieren, wegen eines Schafs zu hängen?«

»Wenn Frau oder Kinder verhungern, könnte man vielleicht dazu getrieben werden. Eltern werden alles riskieren, um ihr Kind zu retten, sogar den Tod. Das ist eine Passion, die einen von dem Moment an ergreift, in dem man sein erstes Kind in den Armen hält, und sie vergeht nie. Man spürt sie, wenn man das eigene Baby hält.«

»Werde ich es auch spüren?« Er wandte sich mir zu, sein Gesicht vor Besorgnis angespannt. »Was ist, wenn ich mein Kind halte und nichts empfinde? Oder, noch schlimmer – was ist, wenn ich es nicht ertragen kann, in seiner Nähe zu sein?«

Ich war bestürzt über die Panik in seiner Stimme. »Aber Ihr liebt Adela. Warum solltet Ihr Euer gemeinsames Kind dann nicht lieben?«

Er kaute aufgewühlt an seinem Daumennagel, bevor er antwortete. »Wenn das Kind verflucht geboren wird wie dieser Krüppel bei der Hochzeit …«

»Kommt schon«, sagte ich beschwichtigend. »Warum sollte Euer Kind verflucht sein? Und außerdem werdet Ihr es lieben, wie auch immer es ist, weil es Euer Kind ist. Ihr werdet mit jedem Tag mehr von Adela in seinem Gesicht erkennen. Und dann werdet Ihr es auf jeden Fall aus diesem Grund lieben.«

Er zitterte im Regen, zog seinen Umhang fester um sich. »Davor habe ich am meisten Angst, Camelot. Ich habe Angst vor dem, was ich in seinem Gesicht sehen werde.«

»Osmond?« Ich legte die Hand auf seinen Arm.

Er lächelte mit bleichem Gesicht. »Achtet nicht auf mich, Camelot. Ich sorge mich nur um Adela, um die Geburt, um alles. Ich werde mich besser fühlen, wenn wir York erreichen und ein Dach über dem Kopf haben.« Er atmete tief durch und blickte erneut zu den Leichnamen hinauf. »Und hier zu stehen und zu sinnieren, wird uns nicht nach York bringen. Ich muss ein paar von diesen Spielzeugen verkaufen, sonst werde ich bald mit dem Schafestehlen anfangen müssen, wenn ich nicht etwas Geld verdiene.«

Er hatte recht, trotz des Wetters versuchten wir alle verzweifelt, ein wenig Geld zu verdienen. Dies war der erste Marktplatz, den wir geöffnet vorgefunden hatten, seit wir North Marston vor fast zwei Wochen verlassen hatten, und Gott allein wusste, ob wir noch einen finden würden. Wir mussten Essen kaufen. Es ist schon schlimm genug, frierend und nass umherzuziehen, aber niemand kann lange hungrig reisen. Ein schmerzender Bauch treibt einen zu härterer Arbeit an als die Flüche jedes Herrn. Also glaubt mir, wir haben an jenem Tag alle hart gearbeitet.

»Dieses Buch, Herr? Ihr seid offensichtlich ein Mann von großer Bildung und Einsicht, denn dies ist kein gewöhnliches Buch, wie Ihr sehen könnt. Es gehörte einst einem Juden. Es ist sehr selten. Unmöglich zu bekommen, seit die Juden vertrieben wurden. Die Leute würden ein Vermögen dafür bezahlen, an ein jüdisches Buch zu kommen. Mit diesem Buch und den richtigen Worten könnt Ihr aus Lehm einen Golem erschaffen und ihn zum Leben erwecken. Denkt darüber nach, Herr, ein Riese mit der Kraft von fünfzig Männern, der nach Eurer Pfeife tanzt und Eure Feinde vernichtet.«

»Funktioniert es? Funktioniert es, fragt er mich? Sagt mir, hätte der König die Juden aus England verbannt, wenn sie nicht solch gefährliche Kräfte besäßen? Ich sage Euch, er konnte das alles nur tun, weil er zuerst alle ihre Besitztümer beschlagnahmt hat. Wenn sie ihre Bücher noch hätten, hätte keine christliche Seele in diesem Reich überlebt.«

»Der Zauber, der den Golem zum Leben erweckt? Ich könnte mich nicht dazu überwinden, ihn Euch zu nennen, Herr, solch mächtige Worte, solch üble Wendungen. Mit solchen Worten heraufbeschworene Golems können Euch in Stücke reißen, wenn Ihr sie nicht beherrschen könnt. Wenn Ihr nur einen Augenblick die Kontrolle verliert … nun, seht mich an, wenn Ihr einen Beweis ihrer Kraft wollt, nur ein Schnippen seines Fingers, und mein Auge war fort. Ich sage Euch, ich bin nur knapp mit dem Leben davongekommen. Wenn Ihr irgendwelchen Schaden erleiden solltet, würde ich mir das niemals verzeihen. Wenn ich sicher wäre, dass Ihr ihn beherrschen könntet …«

»Nun, wo Ihr es gerade erwähnt, Herr, scheint diese Geldbörse eine gewisse Autorität zu besitzen.«

Der Händler ging, das gut eingewickelte Buch unter einem Arm und das Pergament mit dem Zauberspruch hastig in den tief in seiner Kleidung verborgenen Geldgürtel gestopft. Er schien mit neuer Zuversicht auszuschreiten, als fühlte er sich bereits unbesiegbar.

»Also habt Ihr einem Golem den Verlust Eures Auges zu verdanken, Camelot, und ich dachte, es sei ein Werwolf – oder war es ein Sarazene – gewesen?«, sagte Zophiel in schleppendem Tonfall. »Ich komme kaum noch mit.«

Er lehnte an der Rückseite seines Wagens und beobachtete, wie Adela und Pleasance die Lebensmittel verstauten, die sie für die Gruppe gekauft hatten. »Ihr solltet besser hoffen, dass er diesen Zauber erst ausprobiert, wenn der Markt vorüber ist. Er wird kein glücklicher Mann sein, wenn er entdeckt, dass er nicht funktioniert.«

»Also habt Ihr ihn ausprobiert?«

»Ich soll etwas benutzt haben, was von einem Juden berührt wurde? Eher würde ich mir selbst die Hand abhacken. Ihre Bücher sind voller Hexerei, das weiß jeder Dummkopf. Wenn ich gewusst hätte, dass Ihr ein solches Buch in Eurem Bündel habt …«

»Also glaubt Ihr, dass ihre Bücher Golems heraufbeschwören können, Zophiel.«

Zophiel runzelte die Stirn. »Eines Tages werdet Ihr zu weit gehen, und jemand wird Euch Eure Lügenzunge herausschneiden, alter Mann … Hau ab, kleines Balg! Wage es nicht, das bei mir zu versuchen.«

Ich schaute gerade rechtzeitig auf, um zu sehen, wie Zophiel einem Jungen eine Ohrfeige verpassen wollte, der herangehinkt war, die Handfläche um Almosen ausgestreckt. Der Bettler wich der Reichweite des Armes flink und mit einer Munterkeit aus, die bei einem Menschen mit einem solch deutlichen Hinken überraschte. Der Bursche war, obwohl er schon ungefähr zwölf Jahre alt war, gänzlich nackt, und sein Körper, seine Glieder und sein Gesicht waren schmutzverkrustet und mit Striemen getrockneten Bluts sowie blauen Flecken bedeckt. Er schlüpfte um die Seite des Wagens herum, um sein Glück bei Adela zu versuchen.

»Bitte, Mistress, habt Mitleid und helft mir.«

Adela, die ihn nicht herankommen gesehen hatte, stieß einen erschreckten kleinen Schrei aus.

»Du armer Junge, was ist denn mit dir passiert?«

»Von Dieben auf der Straße ausgeraubt … Schlugen mich. Nahmen meine Kleider. Nahmen alles. Sie haben meinen Vater getötet. Hätten mich auch getötet, aber …« Er brach ab und begann kläglich zu weinen.

Adela legte eilig einen Arm um den Jungen, ihr Gesicht voller Besorgnis. »Nun, nun, jetzt bist du in Sicherheit. Wir werden dir helfen. Wir werden …«

»Wir werden nichts dergleichen tun«, unterbrach Zophiel sie.

Adela schaute entsetzt auf. »Aber Ihr habt gehört, was er gesagt hat, Zophiel, er wurde ausgeraubt, sein Vater getötet. Wir müssen ihm helfen.«

Zophiel lachte sein freudloses Lachen. »Ich weiß, Ihr seid eine Frau, Adela, aber selbst Ihr könnt nicht so einfältig sein. Der Bursche lügt, erkennt Ihr das nicht? Es ist der älteste Trick der Welt. Sie ziehen sich nackt aus, verstecken ihre Kleider irgendwo und kommen dann in die Stadt und behaupten, ausgeraubt worden zu sein, in der Hoffnung, jemanden so Schafsköpfiges wie Euch zu finden, der Mitleid mit ihnen hat und ihnen Geld oder Kleidung schenkt, die sie verkaufen können.«

Der Junge begann erneut zu weinen, klammerte sich an Adela, als wäre sie seine Mutter, und brachte schluchzend noch mehr Details seiner Geschichte hervor. Adela schlang die Arme fest um ihn und barg seinen Kopf an ihrer Brust. »Aber seht ihn Euch an, Zophiel. Er ist mit Blut bedeckt.«

Zophiel schnaubte. »Er wird es aus der Schlachtergasse haben. Dort gibt es Pfützen davon, nicht wahr, Junge?«

»Wie könnt Ihr so grausam sein?« Adela war nun selbst den Tränen nahe. »Ihr irrt Euch. Jedermann kann sehen, dass er Schmerzen hat.«

»Ich irre mich?« Zophiel trat plötzlich vor, und bevor Adela ihn aufhalten konnte, packte er den Jungen am Genick und zog ihn davon.

»Was tut Ihr? Lasst ihn in Ruhe.« Adela wollte ihnen folgen, umklammerte aber dann ihren angeschwollenen Bauch und sank atemlos gegen das Rad des Wagens.

Zophiel antwortete nicht. Er zerrte den Jungen zum Pferdetrog. Der Junge, der nur zu genau erkannte, was kam, wand sich und wehrte sich mit aller Kraft, um Zophiels Griff zu entkommen. Seine Schreie wurden zu Flüchen, aber Zophiel achtete nicht darauf. Er hob den Jungen hoch, warf ihn in den Pferdetrog und tauchte ihn in dem eisigen Wasser unter. Der Junge schlug hilflos um sich. Zophiel zog seinen Kopf an den Haaren lange genug hoch, dass er Luft schnappen konnte, und tauchte ihn dann erneut unter. Nach zwei oder drei weitere Malen war er zufrieden und hievte ihn schließlich aus dem Trog. Dann führte er ihn, tropfend und zitternd, zu Adela zurück.

Das Wasser hatte seine Aufgabe vollbracht. Das meiste Blut war vom Körper des Jungen abgewaschen worden, und was noch übrig geblieben war, rann jetzt mit dem Wasser seine Beine hinab. Abgesehen von einem seltsamen blauen Fleck, den sich jeder Junge im normalen

Leben zuziehen konnte, waren keine Anzeichen von irgendwelchen Wunden oder Verletzungen zu sehen. Adela wandte den Blick ab.

Zophiel, der den Jungen noch immer festhielt, wirkte selbstgefällig triumphierend. »Ich habe ihn geheilt. Es ist ein Wunder, nicht wahr, Junge?«

Der Junge fluchte heftig und fing sich damit eine Ohrfeige ein.

»Komm schon, Junge, wo ist deine Dankbarkeit? Das ist jedenfalls keine Art, mir zu danken.«

Dieses Mal riskierte der Bursche keine Antwort, sondern blickte nur so finster drein.

»Zumindest hatte er genug Verstand, nicht den Trick mit der Krankheit zu versuchen. Früher haben sie sich in Brennnesseln gewälzt, um einen Hautausschlag zu bekommen, und sich falsche Schwären angeklebt, in denen Maden kriechen, um von den Gläubigen auf den Kirchenstufen Almosen zu erlangen. Jetzt wagst du es nicht mehr, diesen Trick anzuwenden, nicht wahr, Junge, nun da die Pest wütet?«

Der Bursche wirkte rebellisch, antwortete aber nicht.

»Aber er muss in großer Not sein, wenn er so weit geht, um zu betteln«, sagte Pleasance sanft.

»Er ist einfach zu faul zum Arbeiten, außerdem genießt er es, die Leute hereinzulegen, nicht wahr, Junge? Täuschung ist ein gutes Spiel, um über die Narren zu lachen, die es verdienen, ihre Geldbörsen abgenommen zu bekommen. Nun, vielleicht hast du recht, Junge, vielleicht verdienen sie es, aber ich gehöre nicht zu ihnen. Und nun hau ab.«

Zophiel drehte den Jungen mit einer schnellen Bewegung um und versetzte ihm einen gezielten Tritt in die Kehrseite, der ihn im Schlamm landen ließ. Er rappelte sich hoch und schoss, sein Gesäß umklammernd, wie ein erschreckter Hase davon. Erst als er in sicherer Entfernung war, hielt er inne, um obszöne Gesten in unsere Richtung zu machen und Flüche zu schreien, bis er in der Menge verschwand.

Als ich mich abwandte, erblickte ich Narigorm. Die meisten der Standbesitzer brachen nun auf, aber sie kauerte in der Ecke des

Marktplatzes auf dem Boden. Ein junges Mädchen, die das kunstvoll geschlungene Haarnetz einer verheirateten Frau trug, stand unbeholfen vor ihr, während die Mutter des Mädchens Narigorm eine Münze reichte. Narigorm steckte sie ein und zog im Schmutz drei konzentrische Kreise. Dann machte sie sich am Kragen ihres Hemdes zu schaffen und nahm einen kleinen Lederbeutel hervor, der an einem Band um ihren Hals hing. Sie neigte den Inhalt über die Kreise. Holzrauten fielen heraus. Frauen unterbrachen ihre Einkäufe und betrachteten die eingeritzten Zeichen auf den Holzrauten, die für sie ebenso bedeutungslos waren wie die lateinischen Worte in der Kirchenbibel. Wie sie, rückte auch ich interessiert näher. Ich hatte Narigorm noch niemals zuvor mit den Runen arbeiten sehen.

Sie wiegte sich vor und zurück und flüsterte leise etwas, während ihre Hand wie ein Raubvogel über den Runen schwebte. Dann wählte sie eine der Runen aus und hielt sie hoch. Sie ähnelte zwei auf der Seite befindlichen, einander gegenüberliegenden Dreiecken, deren Spitzen sich berührten.

»*Daeg*. Das bedeutet Tag. Etwas beginnt. Etwas wird sich ändern und wachsen. *Daeg* steht für eins. Einer kommt, bevor es beginnen kann.«

»Etwas wird wachsen, und jemand wird kommen«, wiederholte die Mutter des Mädchens strahlend. »Ich habe es dir gesagt, mein Engel, du wirst ein Kind bekommen.«

Aber Narigorm sah nicht das junge Mädchen an, als sie ihre Worte sprach. Sie blickte an ihr vorbei direkt zu mir.

An diesem Abend im Gasthaus erzählte Zophiel genussvoll, wie Adela von dem Betrüger hereingelegt worden war, und die Männer waren sich unter Lachen und Scherzen einig, wie leicht es sei, eine Frau hinters Licht zu führen. Selbst Osmond tätschelte nur liebevoll den Arm seiner Frau und sagte, welch eine gutherzige, törichte kleine Gans sie sei, obwohl ich vermutete, dass er ebenso wenig über solche Tricks wusste wie sie. Das war zu viel für Adela, und sie begab sich mit einem angespannten kleinen Lächeln zu Bett, die Wangen gerötet und die Hände zu Fäusten geballt.

Osmond erhob sich halbwegs, um ihr zu folgen, und hätte es wahrscheinlich auch getan, wenn Zophiel nicht seinem Blick begegnet wäre und gegrinst hätte.

»So ist es recht, Ihr solltet ihr besser nachlaufen und Euch entschuldigen, Junge.« Er wandte sich den grinsenden Gesichtern zu. »Er traut sich bei ihr nicht, den Schnabel aufzumachen, denn wenn er es tut, darf er sie eine Woche lang nicht vögeln. Stimmt's nicht, Junge? Wenn ich darüber nachdenke, muss ich erst noch sehen, dass du ihr Bett teilst.«

»Hält dich kurz, was, mein Junge?«, sagte ein anderer Mann. »Das wirst du doch nicht hinnehmen, nicht bei einer frisch Angetrauten. Frauen sind wie Hunde, Junge, du musst ihnen von Anfang an zeigen, wer der Herr ist, sonst werden sie jedes Mal knurren und schnappen, wie es ihnen beliebt, und du wirst sie niemals im Zaum halten.«

»Das habe ich gehört, Tom«, sagte eine reife, dralle Frau, welche die leeren Teller vom Tisch hinter ihm einsammelte. »Warte, bis ich das deiner Ann erzähle, dann wird sie dir bald zeigen, wer wen im Zaum hält. Sie wird dich an deinen Eiern aufhängen, wie ich Ann kenne.«

Der Mann grinste verlegen, streckte eine Hand aus und ließ sie ihren Rock emporgleiten. »Ah, aber du wirst es ihr doch nicht erzählen, oder, meine Süße, denn ich wäre dir nicht mehr von Nutzen, wenn ich beschädigte Ware wäre, nicht wahr?«

Das Scherzen und Lachen hielt an. Adela war bei allen außer Osmond vergessen, der einen weiteren Versuch unternahm davonzuschlüpfen, aber dieses Mal war es Jofre, der ihn zurückhielt.

»Es geht ihr bestimmt gut. Bitte bleibt.«

Er schaute in Osmonds Gesicht hinauf, seine Hand noch immer auf dessen Arm. Etwas an dem bittenden Tonfall in seiner Stimme oder am Ausdruck in seinen Augen schien Osmond aufzurütteln. Einen Moment regte sich keiner von beiden. Dann erhob sich Pleasance, während sie den letzten Rest dicke Gemüsesuppe in ihren Mund löffelte.

»Jofre hat recht. Lasst sie am besten eine Weile in Ruhe. Ihr habt für einen Abend genug gesagt. Ich werde mich zu ihr setzen.«

Osmond nickte dankbar. »Vielleicht wäre das besser. Sagt ihr, ich wollte nicht …«

»Sie kann in ihrem Zustand keine Aufregung gebrauchen«, schalt Pleasance. »Frauen nehmen die Dinge schwerer, wenn sie schwanger sind. Aber wer hört mir schon zu?«

Osmond errötete, aber bevor er etwas erwidern konnte, hatte sich Pleasance bereits abgewandt.

Gerade als sie die Tür öffnete, platzte von draußen jemand herein. Der Mann stolperte in den Raum und packte Pleasances Schultern, um nicht kopfüber auf die Binsen zu stürzen.

»Langsam, Giles«, sagte der Wirt. »Du brauchst meine Gäste nicht plattzuwalzen. Brauchst du so dringend etwas zu trinken?«

»Es ist was passiert.«

Die meisten der Anwesenden schoben ihre Krüge und Teller zurück und erhoben sich. Das war nichts, was man ignorieren konnte.

»Was ist los, Giles? Ein Raubüberfall, Tote?«

»Wie viele von ihnen?«

»Wohin sind sie gegangen?«

Die Männer scharten sich um Giles, legten ihre Umhänge um und zogen die Kapuzen gegen den Regen draußen hoch.

Giles wirkte grimmig und todernst. »Ein kleines Mädchen wurde tot aufgefunden, die Jüngste von Odo dem Fleischer. Sie ist bei Einbruch der Nacht nicht nach Hause gekommen. Sah ihr nicht ähnlich, nach dem Abendessen noch draußen zu bleiben, also trommelte ihre Mam einige Nachbarn zusammen, um nachzusehen. Ihr Hund zeigte an, wo sie war. Ihr Leichnam war hinter einigen Ballen Wolle im Lagerhaus unten am Fluss versteckt. Und sie war gut versteckt. Wir hätten sie tagelang nicht gefunden, wenn ihr Hund nicht gebellt hätte.«

Die übrigen Männer blickten nun ebenso grimmig drein wie Giles.

»Keine Chance, dass das kleine Mädchen durch einen Unfall umkam, vielleicht erstickt ist?«, fragte einer.

»Das würdest du nicht fragen, wenn du ihren Hals gesehen hättest. Glasklar purpurfarbene Flecke. Es war kein Unfall, es sei denn, sie hätte sich selbst erwürgt.«

Zorniges Murmeln erfüllte den Raum.

»Was für ein Bastard tut das einem kleinen Kind an?«

Giles schüttelte den Kopf. »Ich weiß es nicht, aber es heißt, dass sie zuletzt mit diesem Geschichtenerzähler gesehen wurde. Mit ihm werden wir anfangen.«

»Wenn er etwas damit zu tun hat, dann werden Königinnen und Hexen nicht die Einzigen sein, die im Feuer brennen. Los, Männer, mir ist nach einem Stück gebratenem Schwan.«

Kapitel 9

VAMPIRE UND JUDEN

Der Vormittag war bereits vorangeschritten, und wir hatten die Stadt Northampton noch immer nicht verlassen. Seit dem ersten Tageslicht hatte ein beständiger Strom von Karren und Wagen versucht, sich seinen Weg zu den Stadttoren zu bahnen. Aber die Tore waren noch immer fest verschlossen, und nun waren die Straßen und Gassen der Stadt mit Karren, Wagen, Pferden, Ochsen, Hunden, Schafen, Gänsen, Menschen zu Fuß und Menschen mit Handkarren verstopft, die alle aufbrechen wollten und nirgendwohin gelangten. Die übernächtigten Kutscher fluchten, die Frauen schrien ihre Kinder an, die davonliefen. Und die ortsansässigen Hausfrauen und Händler schrien die Reisenden an, während sie versuchten, mit ihren Körben und anderen Lasten an den Wagen vorbeizudrängen.

Alle waren nass, müde und gereizt. Wir waren erst in den frühen Morgenstunden zur Ruhe gekommen, und als wir uns schließlich hinlegten, wurden wir ständig von betrunkenen Nachtschwärmern und Gruppen von Männern geweckt, die den Geschichtenerzähler suchten. Sie stachen mit Mistgabeln in Heuhaufen und suchten jeden dunklen Winkel mit brennenden Fackeln ab, bis die Frauen zeterten, sie würden noch die ganze Stadt in Brand setzen. Niemand hätte bei dem Geschrei und dem Krach schlafen können, aber trotz all des Lärms waren die einzigen Missetäter, die sie aufscheuchten, einige wenige unglückliche Paare, die halb angezogen oder nackt entflohen, durch eine Mistgabel oder durch ein in die Ecke irgendeiner dunklen Gasse dringendes Licht bei der Liebe gestört.

Was den Geschichtenerzähler betraf, so war er nirgends zu finden. Er hatte die Stadt wahrscheinlich schon lange, bevor die Tore für die Nacht geschlossen wurden, verlassen. Der Torwächter konnte sich nicht erinnern, ihn gesehen zu haben, aber da er sich auch nicht erinnern konnte, wann er in die Stadt gekommen war, half diese Aussage nicht weiter.

Ohne allen Hinweis wusste niemand, was als Nächstes zu tun sei, außer den Grafschaftsvogt und den Leichenbeschauer in der Hoffnung zu informieren, dass einer von beiden vielleicht Soldaten in nahegelegene Städte und Dörfer aussenden würde, falls der Geschichtenerzähler dort auftauchte. Denn wenn er das täte, wäre er gewiss leicht zu identifizieren, angenommen natürlich, diese Schwanenschwinge wäre echt und nicht eine ebensolche Täuschung wie die Schwäre eines Betrügers.

Einige Stadtbewohner waren dafür, die Stadttore geschlossen zu lassen, bis der Mörder entdeckt wäre, denn, so sagten sie, es sei vielleicht gar nicht der Geschichtenerzähler, sondern einer der anderen Fremden, die wegen des Markts gekommen seien. Aber klügere Köpfe argumentierten, dass alle diese zusätzlichen Mäuler die Essens- und Alevorräte der Stadt erheblich schmälern würden, und so wie sich die Pest ausbreitete, brauchten sie alle Nahrung für sich selbst. Und was war mit den anderen Kindern in der Stadt? Wenn ein Kindsmörder frei herumlief – wollten sie dann wirklich, dass er mit ihren Kindern gefangen war? Besser riskieren, dass der Mörder ungeschoren davonkam, als dass er in ihrer Stadt noch einmal zuschlüge. »Und wer weiß«, sagten sie frohgemut, »wenn wir ihn auf die Landstraße hinausschicken, fängt er sich vielleicht die Pest ein, und das löst das Problem ohnehin ein für alle Mal.« Und während sie hin und her argumentierten, blieben die Tore geschlossen.

Auch wir hatten beim ersten Tageslicht gepackt und waren aufbruchsbereit. Wir waren in die Fischhändlergasse hinausgefahren und hatten uns in die Schlange eingereiht, bevor irgendjemand erkannte, dass die Tore nicht geöffnet würden. Bis zu dem Zeitpunkt stauten sich schon andere Wagen hinter uns, und wir konnten unmöglich zum Gasthaus zurückkehren.

Zophiel war nicht gerade gut gelaunt. Er musste die ganze Nacht wach bleiben, um seinen Wagen zu verteidigen. Einige wenige tapfere Seelen hatten verlangt, ihn durchsuchen zu dürfen, aber Zophiel wollte nichts davon wissen. Er ließ nicht zu, dass diese ungeschickten Dummköpfe seiner zarten Meerjungfrau Schaden zufügten. Er zog seinen Dolch und drohte, dass er dem ersten Mann, der Hand an seinen Wagen legte, selbige abhacken würde. Ob diese Drohung oder die folgende Flut lateinischer Flüche die Männer abschreckte, war schwer zu sagen, aber man muss entweder tapfer oder töricht sein, um einen Fluch von einem Magier zu riskieren, und so tapfer oder töricht waren diese Männer nicht.

Zophiel sorgte sich, trotz seines Sieges, dass alle Wagen an den Toren erneut durchsucht werden könnten. Mit einer Meute halb betrunkener Männer ohne Befugnisse konnte er umgehen, aber Soldaten, die Rückendeckung vom Grafschaftsvogt erhielten, konnte man sich nicht verweigern, und Soldaten standen nicht in dem Ruf, großen Respekt vor dem Besitz anderer Leute zu haben.

Die übrigen Mitglieder der Gruppe waren nicht besser gestimmt, auch wenn sie sich nicht um Meerjungfrauen sorgen mussten. Adela, bleich von mangelndem Schlaf, hatte sich mehrmals in den Rinnstein erbrochen, was an dem Gestank geräucherten Fischs und verrottender Fischeingeweide in der Gasse lag, in der sie festsaßen. Zophiel hatte ihr kalt erklärt, sie solle dankbar sein, dass wir nicht in der Gerbergasse feststeckten.

Pleasance half ihr, sich neben Narigorm auf dem Kutschbock niederzulassen, steckte besorgt Sackleinen um ihre Schultern fest und weiteres über ihren Knien, um sie vor der Kälte und Nässe zu schützen. Trotz des unguten Gefühls, das ich dabei hatte, dass Narigorm mit uns reiste, konnte man nicht leugnen, dass Pleasance sich für Adela als ein Gottesgeschenk erwies.

Pleasance stieg vom Wagen und bahnte sich ihren Weg zu mir. Sie sprach wie üblich an die Pfützen gewandt, obwohl ich inzwischen erkannt hatte, dass nicht meine Narbe sie den Blick abwenden ließ, sondern dass sie niemanden direkt ansprach, als hoffte sie, man würde sie auch nicht sehen, wenn sie niemanden ansah.

»Ich gehe zum Apotheker, um ein wenig Melisse- und Minzsirup für Adela zu besorgen. Er wird ihren Magen beruhigen, aber ich habe keinen mehr bei mir.«

»Aber Zophiel will nicht …«

Sie nickte ungeduldig. »Falls ihr durchs Tor kommt, kann ich schnell genug laufen, um Euch auf der Straße wieder einzuholen.«

»Ihr seid eine freundliche Seele, Pleasance. Ich werde versuchen, Zophiel zum Warten zu bewegen, wenn wir aus der Stadt heraus sind.«

Sie hob eine Hand vor das Gesicht, als wolle sie das Kompliment abwehren. »Es ist eine *Mitz* … eine Verpflichtung. Ich bin eine Heilerin, das ist mein Beruf.« Sie zog ihren Umhang fest um sich. »Ich muss gehen.«

Es war etwas so Endgültiges an der Art, wie sie *gehen* sagte, dass es mich erschreckte. Ich ergriff ihren Arm, als sie sich abwandte. »Ihr kommt doch zurück, nicht wahr, Pleasance?«

Sie zuckte vor der Berührung zurück und sah rasch zu mir hoch, bevor sie unverwandt auf den Metallbeschlag des Wagenrads blickte. »Ich werde bei Euch bleiben, so lange ich kann, aber manchmal … manchmal muss man fortgehen. Man sollte sich niemals so sehr an Orte oder Menschen binden, dass es schmerzt, wenn man Abschied nimmt.«

Ich nickte. »Jetzt sprecht Ihr wie eine erfahrene Reisende.«

Einst hatte ich denselben Entschluss gefasst. Ich hatte mir geschworen, niemals wieder so viel Schmerz zu erleiden, wie ich ihn an jenem Tag empfunden hatte, an dem ich mein Zuhause verließ. Aber das ist leichter gesagt als getan. Bindungen schleichen sich ein, bevor man sich schützen kann.

Während ich Pleasance in der Menschenmenge verschwinden sah, fragte ich mich, welche Verletzung ihren Entschluss bewirkt hatte. Ich hatte das Gefühl, dass mehr hinter ihren Worten steckte, als nur der Drang eines Reisenden weiterzuziehen. Aber ich hoffte, dass sie lange genug bei Adela bliebe, um ihr bei der Geburt zu helfen. Pleasance wusste genau, wie man ihren Rücken massieren musste, um den Schmerz zu erleichtern, und welche Kräuter halfen, um das Anschwellen ihrer Knöchel zu lindern. Sie wusste bestimmt auch, wie sie die Geburtswehen mildern und die Blutung stillen könnte. Pleasance besaß ein Geschick mit Kräutern, das weit über jene wenigen Tränke hinausging, die jede Frau zu brauen lernte. Wo auch immer sie sich dieses Wissen angeeignet hatte, so gewiss nicht als Dienstmädchen oder als Leibeigene.

Der Regen strömte herab und wühlte in den Pfützen um den Wagen ein Hexengebräu aus Blut, Eingeweiden und Fischaugen auf. Hausfrauen, die alle Fremden für den Mord verantwortlich machten, kippten Schmutzwasser aus den oberen Stockwerken und freuten sich hämisch an den von unten erklingenden Zornesrufen. Die Fischhändler fluchten, während sie versuchten, Körbe mit Fischen durch die schmalen Lücken zwischen den Geschäften und den Wagen zu quetschen, und wir erwiderten die Flüche, da sie uns mit den Ellenbogen aus dem Weg drängen wollten. Aber es machte keinen Unterschied – wir steckten dort fest und sie ebenso.

Jofre, ruhelos und ungeduldig, trommelte mit den Fingern einen Rhythmus auf den Wagen, der selbst Rodrigo nervte. Um ihn abzulenken, schlug Rodrigo vor, zum Tor vorauszugehen, um nachzusehen, ob es irgendwelche Neuigkeiten gäbe.

Rodrigo schaute zu Osmond, der erneut die Seile am Wagen festzog, die er bereits ein Dutzend Mal geprüft hatte. Osmonds Lippen waren ebenso fest angespannt wie die Seile. Er hatte sich dafür entschuldigt, dass er Adela am Abend zuvor eine Gans genannt hatte. Adela hatte im Gegenzug protestiert, alles sei ihre Schuld gewesen, und sie sei *tatsächlich* eine Gans, aber beide vermieden es, sich in die Augen zu sehen. Adela war noch immer gekränkt, auch wenn sie es leugnete, und Osmond erkannte das, wusste aber nicht, wie er es wiedergutmachen konnte.

Rodrigo schaute zu der bemitleidenswerten Adela hinüber und dann wieder zu dem gleichermaßen elenden Osmond. »Kommt mit uns, Osmond. Das ist besser, als hier Däumchen zu drehen.«

Jofre wandte sich mit strahlendem Lächeln um. »Ja, kommt mit. Wir werden diese alten Narren dazu bringen, das Tor zu öffnen.«

Osmond zögerte. »Und Adela? Es geht ihr nicht gut.«

»Es geht ihr nie gut«, knurrte Zophiel. »Wenn sie ein Huhn wäre, würde ich ihr den Hals umdrehen und das tumbe Wesen aus seinem Elend befreien.«

Osmond fuhr mit geballten Fäusten herum, aber Rodrigo legte ihm beschwichtigend eine Hand auf die Schulter.

»Vorsicht, Zophiel«, sagte Rodrigo. »Es ist nicht klug zu drohen, eine Frau zu erwürgen, wenn noch immer der Mörder eines erwürgten Mädchens gesucht wird. Was Ihr im Spaß sagt, könnten andere vielleicht ernst nehmen.«

Zwei zornesrote Flecke erschienen auf Zophiels Wangen, und seine Augen loderten.

»Geh ruhig, Osmond«, schaltete sich Adela rasch ein.

Osmond wandte sich ab, ohne sie anzusehen, und folgte Rodrigo, der sich zwischen den Wagen und den Karren der Fischhändler hindurchquetschte. Jofre bildete die Nachhut.

»Wahnsinn, Schmutz und Gier.« Narigorm, wie eine kleine weiße Ratte in der Vertiefung vorne am Wagen zusammengerollt, blickte ihnen nach.

Adela schaute zu ihr hinauf. »Hast du etwas gesagt, Kleine?«

Mit Singsang-Stimme intonierte Narigorn: »Trollrunen schnitze ich und schnitze drei mehr. Wahnsinn, Schmutz und Gier.« Dann lächelte sie, ein kaltes, kleines, triumphierendes Lächeln. »Ich warf gestern Abend *Thurisaz*, die Trollrune. Verdreht alles, was ihr folgt, die Trollrune. Kehrt die Runen auf die dunkle Seite der Bedeutung. Aber ich konnte nicht sagen, für wen die Runen gedacht waren, nicht gestern Abend.«

Adela, die unbehaglich wirkte, bekreuzigte sich schnell. »Bitte sing nicht so, Narigorm. Es macht mir Angst. Es klingt wie ein Fluch, und ich weiß, dass du nicht willst … Du warst gestern Abend müde. Daher fielen die Runen vermutlich zufällig so, weil du dich nicht konzentrieren konntest, nachdem …«, sie zögerte, »nach all dem hässlichen Gerede über den Geschichtenerzähler und dieses arme Kind.«

Ich erwartete, dass Narigorm zornig würde. Das tat sie üblicherweise, wenn jemand die Wahrheit ihrer Deutungen in Frage stellte.

Aber als ich zu ihr blickte, lächelte sie noch immer, als könne nichts, was irgendjemand sagte, ihre Gesundheit ins Wanken bringen.

»O nein, Adela, die Runen können niemals zufällig fallen. Sie sprechen die Wahrheit über jemanden, und es war nicht der Geschichtenerzähler, aber ich weiß jetzt, wer es war. Ich weiß es.«

Schließlich siegte die Vernunft, und die Tore wurden geöffnet. Es dauerte lange, bis sich aller Verkehr aus der Stadt herausgedrängt hatte, und Pleasance war schon lange zurückgekehrt, bevor der Wagen weiterfahren konnte. Als wir erst auf freier Strecke waren, atmeten wir alle die klare Luft ein und entspannten uns allmählich.

Xanthus war überraschend fügsam. Sie hatte in der Stadt kaum versucht, jemanden zu zwicken – nun, zumindest nicht ernsthaft –, obwohl sich viele Leute an ihr vorbeigedrängt hatten. Sie hatte nicht ausgetreten und war sogar im Gedränge nicht gestiegen, und nun trottete sie auf freier Strecke gemächlich dahin, rupfte gelegentlich ein Maul voll durchnässten Grases ab und ließ sich mit nur leicht verärgertem Kopfschütteln vorantreiben.

Die Straße wand sich durch die Bäume, allmählich bis zum Hügelkamm ansteigend. Xanthus zog bereitwilliger als üblich, aber der beladene Wagen, die lange Steigung und der dicke Schlamm waren zu viel für das Pferd, und wir mussten alle mit anpacken, um den Wagen zu schieben – alle außer Adela, die sich ängstlich an ihren Sitz klammerte, während Xanthus' Hufe im Schlamm ausglitten. Der Wagen fühlte sich noch schwerer an als gewöhnlich, da Adela und Pleasance ihn mit so viel Lebensmitteln und Ale beladen hatten, wie sie zwischen Zophiels Kisten hineinstopfen konnten, und trotz der Kälte des Regens schwitzten wir alle, als wir den Kamm schließlich erreichten. Dort hielten wir inne, um zu Atem zu kommen und einen Aleschlauch herumzureichen. Die Bäume standen dicht und hoch und behinderten die Sicht, aber als die Zweige im Wind schwangen, erblickten wir unten im Tal das gelegentliche silbrige Aufblitzen eines Sees.

Der Regen tropfte von den Blättern und rann in kleinen Bächen um die Steine auf der Straße vor uns. Die Blätter der Bäume hatten sich golden, bronzefarben und kupferrot verfärbt und fielen allmählich herab, lagen in dicken, rutschigen Verwehungen auf dem Weg. Der Abstieg würde noch härter werden als der Aufstieg. Aber wenn da unten wirklich ein See lag, gab es an dessen Ufer wohl verstreute Dörfer. Wenn wir dort ankämen, würden wir alle ein gutes Feuer und eine heiße Mahlzeit brauchen.

Es war eine gefährliche Angelegenheit, den Wagen den Hügel hinabzuführen. Zophiel hatte Sackleinen über Xanthus' Hufe gezogen, damit sie im Schlamm Halt fanden, aber der beladene Wagen glitt auf der rutschigen Straße ständig seitwärts aus und drohte das Pferd mit hinunterzuziehen. Zophiel und ich hielten Xanthus' Kopf, um sie zu beruhigen, während Jofre, Osmond und Rodrigo neben dem Wagen einherschritten und ihre Schultern und dicke Pfähle einsetzten, um die Räder zu blockieren, wann immer der Wagen auszuscheren drohte.

Die Abenddämmerung kam bald herauf, und wir waren so darauf bedacht, uns selbst und den Wagen aufrecht zu halten, dass wir das dumpfe Getöse über dem beständigen Rauschen des Windes in den Bäumen zunächst nicht bemerkten. Dann, als wir eine Biegung umrundeten, traf uns der Lärm so unvermittelt, als galoppierten tausend Ritter in voller Rüstung an uns vorbei. Zophiel brachte Xanthus so plötzlich zum Stehen, dass sie stieg und ängstlich die Augen verdrehte. Ich wusste genau, wie sie sich fühlte.

Das silberne Schimmern, das wir im Tal erblickt hatten, war kein See. Das Tal war überflutet. Nur wenige Meter vor uns war die Straße unter einem reißenden Strom dichten, braunen Wassers verborgen. Ganze Bäume stürzten vorüber, wie von einem Riesenkind in einen Strom geworfene Äste. Etwas Blaues, vielleicht ein Stück Stoff oder der Kirtle einer Frau, kam kurz an die Oberfläche und wurde von der Flut davongeschwemmt. So weit wir es durch den Regen und die Abenddämmerung sehen konnten, war zwischen uns und den fernen Hügeln nichts Beständiges geblieben, nur das wütende Wasser.

Man könnte meinen, England wäre nach all diesen Wochen und Monaten des Regens schon längst ertrunken. Zu Noahs Zeit brauchte es nur vierzig Tage, um die Oberfläche der Erde reinzuwaschen. Und in meiner Lebzeit, die noch lange nicht an die neunhundertfünfzig Lebensjahre Noahs heranreicht, habe ich nach nur wenigen Stunden heftigen Regens gesehen, wie Flüsse über die Ufer traten und Dörfer hinweggeschwemmt wurden. Aber der Regen, der seit dem Mittsommertag gefallen war, fiel weder heftig noch plötzlich. Er fiel stetig und beständig, als wäre der Himmel eine gesprungene Schale, aus der langsam Wasser sickerte und auf die Erde tropft. Und die Erde saugte das Wasser auf, wie ein dicker Kanten Brot Fleischsaft aufsaugt. Flüsse waren angeschwollen und gefährlich schnell, Gräben gefüllt, Flussauen in flache Seen verwandelt, und es regnete noch immer, und das Land nahm den Regen weiterhin auf. Aber es kommt der Moment, wo selbst ein Kanten altbackenes Brot nichts mehr aufsaugen kann. Das Land hatte alles aufgenommen, was es konnte.

Es war nicht zu erkennen, ob das Wasser noch stieg, aber wir konnten es uns nicht leisten, dieses Risiko einzugehen. So spät es auch war, konnten wir nichts anderes tun als umzukehren und den Hügel quälend langsam wieder hinaufzuziehen. Unser Weg nach Norden war nun gänzlich versperrt. Unsere einzige Hoffnung bestand darin, seitwärts auszuweichen und zu versuchen, auf höherem Boden einen Weg darum herum zu finden, oder darauf zu vertrauen, dass die Flut irgendwann verging, aber solange es weiterhin regnete, schien wenig Hoffnung darauf zu bestehen. Und selbst wenn, wären die Straße und jegliche Brücken, welche die Flüsse überquert hatten, fortgeschwemmt worden, sodass es unmöglich wäre, den Wagen auf dieser Strecke zu bewegen.

»Nach Osten oder nach Westen, Camelot?«

Wir standen an einer Kreuzung. Rodrigo, Jofre und Osmond bevorzugten den Westen, denn während die Straße nach Osten, so weit wir sehen konnten, eben und gerade zu sein schien, stieg die Straße nach Westen noch höher an, und sie bevorzugten jegliche Richtung, die sie weiter von den Tälern fortbrächte. Adela unterstützte schüchtern ihren Ehemann.

Aber Zophiel wollte, sehr zu meiner Überraschung, nach Osten ziehen. »In Southampton hieß es, dass die Pest im Osten erst bis London gelangt sei, und wir befinden uns weit nördlich davon. Im Westen sind vielleicht schon Städte geschlossen, aber im Osten werden sie noch geöffnet sein.«

Osmond betrachtete ihn misstrauisch. »Mit Städten meint Ihr Häfen? Ihr hofft doch nicht immer noch, ein Schiff zu finden, oder? Ist das der Grund, warum Ihr uns nach Osten schleppen wollt? Was für Geschäfte habt Ihr in Irland überhaupt zu erledigen? Die Iren werden nicht mehr Geld an Meerjungfrauen zu verschwenden haben als die Engländer, nicht wenn sie mit demselben Regen gestraft sind.«

»Habt Ihr auch nur die geringste Ahnung davon, was die Pest ist, Osmond? Sie ist ein Todesurteil, und kein barmherziges. Wollt Ihr zusehen, wie Eure Frau vor Qualen schreit, während sie stirbt? Denn das wird geschehen, wenn wir nach Westen ziehen.«

Adela barg das Gesicht in den Händen. Ich schaute zu Jofre. Er zitterte und wirkte, als würde ihm übel. Ich wusste, dass er an seine Mutter dachte.

Osmond trat ärgerlich einen Schritt auf Zophiel zu, aber ich drängte mich zwischen sie und hob die Hände.

»Zophiel fehlt vielleicht ein gewisses Taktgefühl, aber was er über die Pest sagt, stimmt. Ostwärts haben wir eine größere Chance, ihr zu entkommen. Und außerdem strömt die Überschwemmung nach Westen ab. Wir werden erneut unmittelbar hineinlaufen, wenn wir die Straße nach Westen nehmen. Ich muss Zophiel zustimmen, der Osten ist in beiden Fällen der sicherste Kurs, nur bis wir einen anderen Weg nach Norden, zu den Schreinen in York und Knaresborough finden können. Pleasance, was meint Ihr?«

Pleasance deutete als Antwort auf Narigorm, die in der Hocke mitten auf der Kreuzung kauerte. Drei Runen lagen vor ihr. Ihre Hand schwebte kurzzeitig darüber, dann hob sie sie auf und steckte sie wieder in ihre Tasche.

»Wir gehen nach Osten«, sagte sie schlicht, als wäre sie eine Königin, die ihre Truppen in Marsch setzt.

»Hört Ihr das, Adela?«, fragte Zophiel. »Die Runen führen uns nach Osten.«

Obwohl Zophiel Narigorms Runenlesen, wie auch meine Reliquien, bisher als bloße Täuschung zum Ausnehmen Gutgläubiger abgetan hatte, war er sich nicht zu fein, die Runen für sich sprechen zu lassen, wenn es zu seinem Vorteil war.

»Und wir können annehmen, dass Pleasance dahin geht, wohin auch immer ihre kleine Herrin es befiehlt. Da wir zu acht sind, bilden wir zwei gleich große Lager. Daher werden wir …«

»Wir sind neun«, unterbrach Narigorm ihn, ihr Tonfall so nüchtern wie zuvor. »Wir sind vollzählig. Wir sind neun, also gehen wir nun nach Osten.«

Zophiel wirkte durch diese Unterbrechung ein wenig überrascht, und dann lachte er. »Ich nehme an, das Kind zählt Xanthus mit. Nun, warum nicht, da sie uns ziehen muss, wohin auch immer wir gehen.« Er ließ den Kopf des Pferdes los, trat einen Schritt zurück und verbeugte sich spöttisch vor ihr. »Xanthus, du sollst entscheiden. Wohin gehen wir?«

Das Pferd trat zur Seite, als verstünde es, was von ihm verlangt wurde, und wandte sich dem östlichen Weg zu.

»Du weißt nicht, wovon du redest, du großer Trottel.« Der alte Mann sah seinen Sohn stirnrunzelnd an, schlurfte näher ans Feuer und kauerte sich auf die Kante eines niedrigen Holzstuhls.

Der alte Walter und sein Sohn Abel hatten uns durchaus freundlich willkommen geheißen und teilten ihr Feuer mit uns, froh über die Lebensmittel, die wir ihnen im Austausch anboten. Ihre Hütte war einfach, aber warm und trocken, mit einer dünnen Wand aus Flechtwerk, die den Wohnbereich der Familie von den warmen, dampfenden Leibern ihres Viehs trennte, das die Unterkunft mit ihnen teilte. Eine Leiter führte zu einer Plattform oben in den Dachsparren, wo das Heu gelagert wurde und einst die Frauen und Kinder geschlafen hatten. Die Frau des alten Mannes war schon lange tot, und seine Töchter waren verheiratet und zu den Familien ihrer Ehemänner gezogen, so dass nur noch Vater und Sohn übrig geblieben waren, die wie ein lange verheiratetes Ehepaar ständig zankten. Es war eine alte und tröstliche Angewohnheit, und selbst die Anwesenheit von Fremden änderte nichts daran.

»Nicht Vampire verbreiten die Pest«, fuhr der alte Walter fort. »Denn wenn es Vampire wären, die umgehen und jedermann beißen, dann müsste es ebenso viele Vampire wie Mücken geben, und wenn es Schwärme blutrünstiger großer Vampire gäbe, die um die Städte und Dörfer fliegen, dann hätte sie inzwischen jemand gesehen. Es sind nicht die Vampire, es sind die Juden, das weiß jeder. Sie stehen mit den Sarazenen im Bunde, die Juden, war schon immer so. Der Löwenherz sagte das, als er König war. Sie wollen uns alle ermorden. Sie vergiften die Brunnen. Die Bewohner einer ganzen Straße werden in einer Nacht krank, liegt also nahe, dass es das Wasser von ihrem Brunnen sein muss, das sie vergiftet hat.«

Abel erwiderte seinen finsteren Blick. Er trug dasselbe gewohnheitsmäßige Stirnrunzeln zur Schau wie sein Vater. »Nun, das beweist nur, dass du wie üblich Unsinn redest, du alter Pisser, weil es in England keine Juden gibt. Seit beinahe sechzig Jahren nicht mehr, seit der Großvater des Königs sie verbannte. Ich wette, du hast noch nie einen Juden gesehen, du alter Narr.«

Zophiel beteiligte sich mit seiner gedehnten Sprechweise überraschend an dem Streit. »Tatsächlich könnte Euer Vater zu seiner Zeit sehr wohl den einen oder anderen Juden gesehen haben.«

»Da, siehst du, ich sagte es dir.« Der alte Mann schlug sich triumphierend auf den Schenkel. »Er ist richtig rumgekommen, Sir? Er kennt sich aus.«

Abel errötete, wütend darüber, dass ihm widersprochen wurde. »Ja, nun, er mag in Frankreich oder sonstwo vielleicht Juden gesehen haben, aber du bist in deinem Leben nie über unsere schmalen Äcker hinausgekommen. Wenn du sie gesehen hast, müssen sie zusammen mit den Boggarts und den Goblins, die du immer auf deinem Heimweg von der Aleschänke siehst, im Graben gelauert haben.«

Zophiel lächelte sein kaltes, humorloses Lächeln. »Gewiss verdienen sie es, sich in Gräben und Gossen aufzuhalten, aber ich fürchte, dafür sind sie viel zu schlau. König Edward hat gut daran getan, sie zu verbannen, aber es war ein schwerer Fehler, dass er den Abschaum nicht vollständig vernichtet hat. Ein toter Jude ist zu erkennen, aber ich fürchte, ein Lebender ist es nicht, und sie haben eine Art, sich bei gottesfürchtigen Christen einzuschleichen wie Mäuse in eine Zehntenscheune und sich dort zu vermehren, bis es für sie an der Zeit ist zuzuschlagen. Sie sind nicht alle aus England geflohen. Einige haben konvertiert und sind geblieben. Aber ihre Bekehrung war unaufrichtig, denn wie kann ein Christentöter, der schon vor der Geburt verdammt ist, jemals ein wahrer Christ werden? Sie praktizieren ihre Religion im Geheimen, speien auf die Hostie und verspotten die Sakramente.«

Der junge Mann war noch immer darauf erpicht, sich zu verteidigen. »Das mag so sein, aber was macht es, wenn tatsächlich ein paar blieben? Diejenigen, die noch leben, müssen älter sein als dieser Narr, und er ist so alt, dass er nicht einmal mehr gerade pissen kann, geschweige denn ein tödliches Gift zu brauen und in einen Brunnen zu geben, ohne dass jemand es merkt. Es gibt keinen Beweis dafür, dass sie jemanden vergiftet haben.«

Zophiel wirkte triumphierend. »Aber ja, mein junger Freund, so mancher Jude wurde in Frankreich vor Gericht gebracht und für schuldig befunden, die Pest verursacht zu haben, indem sie Brunnen vergifteten. Sie haben ihre Schuld unter Folter freimütig eingeräumt und …«

»Sogar der Erzbischof von Canterbury würde behaupten, dass seine eigene Mutter ein schwarzer, junger Hahn wäre und dass er mit dem Teufel im Bunde stünde, wenn ihm die Frage unter Folter gestellt würde – wie wir alle es täten«, sagte ich.

Aber Zophiel fuhr, meines Einwandes ungeachtet, fort. »Und sie wurden für ihre ruchlosen Verbrechen zu Recht verurteilt. Wenn also bewiesen wurde, dass die Pest in Frankreich ihr Werk war, wie kann dieselbe Krankheit in England dann eine andere Ursache haben? Nein, die Ursache ist nur allzu deutlich, aber hier wird es schwerer sein, die Juden auszurotten und auf die Scheiterhaufen zu bringen. Wir müssen alle aufmerksam und auf der Hut vor jedermann sein, der sich unter uns verbergen könnte.«

Adela, die zutiefst beunruhigt wirkte, barg ihr Gesicht an Osmonds Schulter. Die Geste gefiel ihm, denn sie schien zu signalisieren, dass der Streit des Vorabends letztendlich vergessen war. Er ergriff die Gelegenheit, ihr zu zeigen, dass er auf ihrer Seite stand.

»Ihr habt es wie üblich geschafft, Zophiel, Adela aufzuregen. Wann werdet Ihr lernen, Eure boshaften Gedanken für Euch zu behalten?«

Zophiel wirkte alles andere als reumütig. »Ich weise nur auf die Fakten hin. Wenn Ihr eine Frau geheiratet habt, deren Gemüt so schwach ist, dass sie ständig vor der Realität abgeschirmt werden muss, dann ist das Euer Problem, aber Ihr könnt wirklich nicht erwarten, dass wir anderen auf Zehenspitzen um sie herumschleichen und vorgeben, die Wolken seien aus Sahne gemacht, nur um sie nicht aufzuregen. Oder hat sie Angst, dass sie jemand für eine Jüdin halten könnte?«

Bei diesen Worten wirkte sogar der alte Walter bestürzt. »Sie ist keine Jüdin. Juden haben dunkles Haar und Hakennasen. Ich hab sie auf den Gemälden an den Kirchenwänden gesehen. Sie sind verschlagen wirkende Wesen, die man auf eine Meile Entfernung erkennen würde. Aber sie ist ein hübsches Mädchen, seht sie nur an, so hell wie unser Herr selbst.«

Adela lächelte ihm schwach zu, als er sich zu ihr beugte und ihr offen lüstern zuzwinkerte, aber sie zitterte noch immer, und Osmond schien wie stets hin und her gerissen zwischen dem Wunsch, sie zu trösten, und dem Verlangen, Zophiel zu schlagen.

Ich versuchte, dem Streit ein Ende zu setzen. »Pleasance, habt Ihr noch ein wenig von dem Mohnsirup, den Ihr Adela zuvor gegeben habt, der Trank, der ihr zu schlafen hilft?«

Aber Pleasance schien mich nicht gehört zu haben. Sie sah mit geweiteten Augen Zophiel an, wirkte ebenso erschreckt wie Adela. Ich erhob mich mühsam, und unter dem Vorwand, Pleasance ihr Bündel zu reichen, zog ich sie vom Feuer fort.

»Achtet nicht darauf, Pleasance. Hier lauern weder Juden noch Vampire. Die Menschen haben Angst. Sie können ein Miasma nicht bekämpfen, also schaffen sie sich einen Feind, den sie bekämpfen können. Dadurch fühlen sie sich weniger hilflos. Obwohl ich in Zophiels Fall nicht denke, dass er auch nur ein Wort davon glaubt. Er sagt es nur, weil er gern streitet. Warum holt Ihr Adela nicht diesen Mohnsirup? Wir wollen sehen, ob wir sie nicht ein wenig beruhigen können, bevor Osmond sich noch mit Zophiel prügelt.«

Pleasance lächelte schwach, aber ihre Hände zitterten, während sie sich bemühte, das Lederband aufzuknüpfen. Sie stieß das Bündel von sich und floh zur Tür.

»Ich habe den Sirup im Wagen gelassen«, murmelte sie und lief hinaus, ohne auch nur innezuhalten, um die Tür hinter sich zu schließen.

Narigorm sah ihr nach, einen seltsamen Ausdruck auf dem Gesicht, als hätte sie sich gerade an etwas erinnert. Dann verschränkte sie die Arme und begann sich zu wiegen, wie ein kleines Kind, das ein großes Geheimnis umarmt.

»Wurde wohl in einer Scheune geboren, was?«, murrte Abel, der aufstand, um die Tür zu schließen, aber bevor er sie erreichte, hörten wir außerhalb der Hütte einen Schrei. Abel packte einen dicken Stock und stürzte durch die Tür, dicht gefolgt von Rodrigo und dann Osmond.

Geräusche eines Handgemenges und der Ruf: »Oh, nein, so nicht, mein Junge« erklangen. Dann kehrten Abel und Rodrigo zurück, eine zappelnde Gestalt zwischen ihnen, die in ihren Umhang gewickelt war. Osmond folgte ihnen dicht auf den Fersen, mit einem Arm Pleasance stützend, die sichtlich erschüttert war. Abel schlug die Tür zu und schob den schweren Riegel vor, bevor er sich der Gestalt unter dem Umhang zuwandte, die Rodrigo noch immer fest im Griff hatte.

»Nun, mein Junge, sehen wir dich uns einmal an.« Er trat vor, um den Umhang fortzuziehen, aber ich wusste, wer es war, schon bevor das Gesicht enthüllt wurde. Die Purpurfarbe dieses Umhangs war unverkennbar.

Kapitel 10

CYGNUS

»Also haben wir einen Mörder erwischt«, sagte Zophiel triumphierend. »Du wirst hängen, Junge, oder Schlimmeres, wenn dich der Grafschaftsvogt in die Hände bekommt, und das wird er, denn es ist bestimmt ein Preis auf deinen Kopf ausgesetzt, der uns allen in diesen harten Zeiten sehr gelegen kommen wird.«

»Wenn jemand das Kopfgeld für ihn einfordert, dann werden wir beide es sein.« Abel deutete mit einer Kopfbewegung auf Rodrigo. »Wir sind diejenigen, die ihn erwischt haben. Ihr habt am Feuer auf Eurem Arsch gesessen, zu ängstlich, um herauszukommen, falls wirklich gekämpft würde.« Abel hatte es Zophiel nicht verziehen, dass er ihm widersprochen hatte.

»Ich bin kein Mörder«, unterbrach der Schwanenjunge sie verzweifelt. »Ich habe dieses Kind niemals angerührt. Ich habe sie niemals wieder angesehen, nachdem ich auf dem Marktplatz mit ihr gesprochen hatte.«

»Wenn du also so unschuldig bist, wie du behauptest, warum bist du dann davongelaufen?«, fragte Zophiel.

»Seid fair, Zophiel«, sagte ich. »Fortzulaufen ist kein Beweis der Schuld. Ihr habt diesen Pöbel gesehen. Sie waren aufgebracht. Meint Ihr, sie hätten ihm eine faire Verhandlung gewährt? Bis sie ihn dem Grafschaftsvogt übergeben hätten, wäre nicht mehr viel zum Hängen von ihm übrig gewesen, ob schuldig oder unschuldig. An seiner Stelle wäre ich auch davongelaufen.«

Der Schwanenjunge nickte heftig. »Er hat recht. Ich hatte Angst, und das aus gutem Grund. Ich glaube den Mann gesehen zu haben, der das Mädchen getötet hat, und er weiß, dass ich ihn gesehen habe. Ich denke, er hat mich beschuldigt, um von seiner Spur abzulenken.«

»Wir alle haben dich mit dem Kind gesehen«, fauchte Zophiel. »Wie auch die halbe Stadt.«

»Nein, Ihr versteht nicht. Ich sah einen Mann ein Lagerhaus ungefähr zu der Zeit verlassen, als das kleine Mädchen vermisst wurde. Er blickte die Straße hinauf und hinab, als wollte er sichergehen, dass niemand dort war. Ich hatte mich zum Schutz vor dem Regen in einem Eingang untergestellt. Er wird mich zunächst nicht gesehen haben. Ich habe ihn nur bemerkt, weil ein kleiner Hund ihn bellend ansprang, den er mit einem wirklich boshaften Tritt abwehrte. Das machte mich zornig. Ich dachte, ich würde den Hund kennen, aber erst, nachdem das Kind gefunden wurde, erkannte ich … Ich hatte zu dem Zeitpunkt keinen Grund zu denken …«

»Warum erzählst du deine Geschichte dann nicht der Obrigkeit«, verlangte Zophiel zu wissen. »Du hast vermutlich sein Gesicht gesehen. Du könntest ihn beschreiben.«

»Ich habe sein Gesicht genau gesehen. Er ging an dem Eingang vorbei, in dem ich stand. Er sah mich auch, als er auf gleicher Höhe war, und wirkte nicht allzu glücklich darüber.«

»Dann wiederhole ich meine Frage.«

»Weil ich noch etwas anderes sah, ein Abzeichen an seinem Umhang. Wenn es sein Umhang war, dann war er Meister der Gilde der Schuhmacher. Glaubt Ihr, die Leute würden dem Wort eines umherziehenden Geschichtenerzählers eher glauben als dem eines Bürgers ihrer Stadt, besonders wenn er der Meister einer solch wohlhabenden Gilde ist?«

Zophiel wölbte eine Augenbraue. »Und hältst du uns für leichtgläubiger als die Stadtleute, dass wir eine solch abstruse Geschichte glauben sollen, die sie nicht glauben würden? Wie günstig, dass du gerade in der Nähe warst und das Lagerhaus beobachtet hast, in dem das Kind ermordet wurde.«

»Aber ich habe den Schuhmacher dort gesehen.«

»*Wenn* du ihn gesehen hast, war er vermutlich dorthin gegangen, um eine Lederlieferung zu inspizieren. Was könnte zur Marktzeit natürlicher sein? Er hatte einen vollkommen berechtigten Grund, sich in dem Lagerhaus aufzuhalten, anders als ein umherziehender Geschichtenerzähler, der nur mit schändlicher Absicht dort gewesen sein kann. Hat dich das Kind beim Stehlen gesehen und gedroht, es zu erzählen? Ist das der Grund, warum du sie getötet hast? Oder hast du das Kind ins Lagerhaus gelockt, um es zu schänden und zu ermorden?«

»Das Kind wurde erwürgt, Zophiel«, erinnerte ich ihn. »Das ist mit einer Schwinge schwer zu bewerkstelligen.«

»Er hat auch eine Hand. Es ist nur allzu leicht für einen Mann, ein kleines Kind nur mit einer Hand zu erdrosseln. Die Finger seiner Hand werden stärker sein als bei den meisten anderen, weil er alles mit dieser einen Hand tun muss.«

»Kann er fliegen?«, platzte der alte Walter von seinem Platz am Kamin plötzlich heraus. Er hatte sich schon die Augen gerieben und ungläubig die Schwinge des Geschichtenerzählers betrachtet.

»Natürlich kann er das nicht, du dämlicher, alter Pisser. Was erwartest du, wie er mit nur einer Schwinge fliegen soll?«, fauchte sein Sohn, als ob in seinem Haus regelmäßig geflügelte Menschen erschienen.

»Diese Leute sagten, er sei aus der Stadt gelangt, als schon alle Tore geschlossen waren. Also ist er vielleicht hinausgeflogen.«

Zophiel wandte sich an den Schwanenjungen. »Da hat er recht. Wie genau seid Ihr hinausgelangt?«

»Ich habe mich versteckt … in Eurem Wagen.«

»Du hast was gemacht!«, schrie Zophiel. Alle Farbe schien aus seinem Gesicht zu weichen. Er packte den Schwanenjungen vorne am Hemd und hob ihn fast von den Füßen.

»Wenn du etwas beschädigt hast, Junge, werde ich dich persönlich aufknüpfen.«

Er stieß den Jungen beiseite, eilte zur Tür und fluchte, während er den schweren Riegel öffnete. Rodrigo half dem Geschichtenerzähler hoch und ergriff fest, aber freundlich seine Schulter, falls er zur nun geöffneten Tür stürzen wollte, aber er machte keinerlei Anstalten zu entkommen.

»Zophiel lebt in der Angst, dass jemand seine Meerjungfrau und seine anderen wertvollen Kisten beschädigen könnte, obwohl nur Gott allein weiß, was er darin aufbewahrt, was so kostbar sein könnte«, sagte ich zur Erklärung, denn Abel und sein Vater starrten die geöffnete Tür an, als glaubten sie, Zophiel wäre verrückt geworden.

Der Geschichtenerzähler atmete ein, als wollte er etwas sagen, schien es sich aber anders zu überlegen und schloss den Mund rasch wieder.

»Ich hoffe um Euretwillen, dass nichts beschädigt ist, Junge«, fuhr ich fort, »denn sonst werdet Ihr Euch zu dem Pöbel zurückwünschen. Wie werdet Ihr überhaupt genannt?«

»Cygnus.«

»Also gut, Cygnus, in diesem Topf ist noch ein Rest Bohnen, sodass Ihr Euch ebenso gut hinsetzen und essen könnt. Was auch immer mit Euch geschehen soll, kann erst morgen früh geschehen. Hat keinen Sinn zu hungern, wenn noch Essen da ist. Dies wird für uns alle eine lange Nacht werden.«

Die Tür wurde erneut verriegelt, und wir alle ließen uns auf dem ausgetretenen Erdboden rund um den Kamin nieder, kauerten uns auf Stücke alten Sackleinens oder auf Holzscheite, denn der Häusler nannte nur eine schmale Bank und einen einzigen Stuhl sein Eigen. Wir waren so dicht gedrängt wie Aale in einem Fass, aber dankbar für unsere gefüllten Bäuche und die einschläfernde Hitze des spuckenden Feuers.

Zophiel hatte nach sorgfältiger Prüfung zugeben müssen, dass nichts im Wagen beschädigt wurde, aber sein Zorn hatte sich nur noch gesteigert. Er hatte unwissentlich einem Flüchtenden Schutz gewährt, indem er sich geweigert hatte, seinen Wagen durchsuchen zu lassen, und fühlte sich dadurch in seinem Stolz angegriffen. Er war entschlossen, kein zweites Mal zum Narren gehalten zu werden, und plädierte dafür, den Gefangenen an eines der Wagenräder zu fesseln, damit er die Nacht draußen im Regen verbrächte, aber wir anderen hielten ihn davon ab. Unsere Gastgeber hatten keine Einwände, den Jungen in ihrer Hütte zu beherbergen. Also versuchte Zophiel, den Jungen wenigstens aufzureizen.

»Sag uns die Wahrheit, Junge«, forderte er, »und komm uns nicht wieder mit deinen Schwanenprinz- oder Schuhmacher-Erzählungen. Wir sind keine Horde Kinder. Dies ist eine falsche Schwinge oder ein Trick, um ein paar mehr Pennys von der Stadtbevölkerung zu erlangen, als sie dir nur für eine gute Geschichte bezahlen würden. Du hast bestimmt viele Narren überzeugt, das stimmt, aber versuch nicht, mich ebenfalls zum Narren zu halten.«

Cygnus sah sich nervös in der Gruppe um. »Es ist eine lange Geschichte.«

»Wir gehen nirgendwohin und du auch nicht, Junge«, sagte Zophiel grimmig.

Adela lächelte Cygnus ermutigend zu, und er richtete sich mit einem verängstigten Blick zu Zophiel an sie.

»Ich wurde mit einem gesunden Arm geboren und einem … es war kein Arm. Es war nur ein wenige Zoll langer Stumpf, aus dem an seiner Basis in einer Linie sechs winzige Auswüchse hervorragten, wie sprießende Vogelfedern. Es war gut, dass meine Mutter allein gebar, denn wenn eine Hebamme dabei gewesen wäre, hätte sie niemals zugelassen, dass ich auch nur einen Atemzug hätte tun können. Meine Mutter sagte, sie hätte gehört, dass viele so gehandelt hätten, weil sie wussten, dass ein verkrüppeltes Kind einer Familie nur Schwierigkeiten einbringt.«

Zophiel fauchte: »Nur Gott kann sagen, ob ein Kind leben oder sterben sollte. Solche Frauen sollten hängen. Wenn es nach mir ginge, wäre es keiner Frau erlaubt, einer Geburt beizuwohnen.« Er schaute zu Pleasance hinüber, die noch tiefer in ihre Ecke zurückschrak.

»Es sind keine herzlosen Frauen«, protestierte Cygnus. »Sie wollen nur nicht, dass ein Kind leidet oder seine Mutter verantwortlich gemacht wird. Ich habe solche Mütter gesehen, die aus dem Dorf gejagt oder, noch schlimmer, als Hexen verurteilt wurden, die beschuldigt wurden, mit dem Teufel Unzucht getrieben zu haben. In dem Falle wird weder der Mutter noch dem Kind gegenüber Barmherzigkeit gezeigt. Säugling und Mutter hängen gemeinsam.«

»Solche Frauen sollten auch als Hexen verurteilt werden, denn wie sonst sollte ein Ungeheuer empfangen werden, jedenfalls nicht durch den Beischlaf mit ihren Gott gegebenen Ehemännern, so viel ist sicher«, fauchte Zophiel.

»Ihr sagtet gerade, ein Säugling sei unschuldig. Und jetzt wollt Ihr ihn zusammen mit seiner Mutter hängen«, sagte Adela mit gerötetem Gesicht.

»Ich sagte nichts von Unschuld, Adela.« Zophiels Tonfall wurde, wie immer, ruhiger und kälter, während andere sich immer mehr aufregten. »Was ich sagte, war, dass Gott entscheiden sollte, ob das Balg leben oder sterben soll. Wenn die Mutter schuldig ist, dann ist das Kind ein Dämon und muss sterben. Gewiss wäret nicht einmal Ihr töricht genug, dafür zu plädieren, dass einem Dämon der Galgen erspart bleiben sollte, wie unschuldig seine Gestalt auch wirken mag. Und wenn die Mutter nicht schuldig ist, wird ihre Verhandlung das erweisen. Gott wird die Unschuldigen schützen und vor dem Tod bewahren.«

»Wie er sie vor der Pest bewahrte?«, fragte Jofre brutal.

Ein unbehagliches Schweigen entstand. Osmond bekreuzigte sich. Wir sahen einander nicht an. Es war die Frage, die jedermann beschäftigte, die eine Frage, die niemand zu beantworten wagte.

Ich stieß Cygnus mit meinem Stock an. »Ihr erzähltet uns gerade von Eurer Geburt. Wie kommt es, dass Eure Mutter Euch allein gebar, ohne dass sich jemand um sie kümmerte?«

Kollektives Ausatmen erklang, als hätten wir alle kurzzeitig über den Rand einer Klippe geblickt und uns nun auf sichereren Boden zurückgezogen.

»Meine Mutter«, seine Augen zuckten nervös in Zophiels Richtung, »meine Mutter wusste, dass ich besonders wäre.«

Zophiel schnaubte. »Woher wusste sie das? Ist ihr ein Engel erschienen?«

Cygnus schien von Zophiels sarkastischen Worten eingeschüchtert. »Kein Engel«, murrte er.

»Also ein Traum«, vermutete Adela eifrig.

»Sie sah … Sie glaubte, nachts sei ein Schwan zu ihr gekommen. In der Nacht, bevor sie verheiratet wurde …«

»Ich habe gehört, dass man, wenn man etwas Erschreckendes sieht, häufig ein Unge …«, Adela korrigierte sich hastig, »ein ungewöhnliches Kind gebärt. Es gab in unserer Stadt eine Frau, die von einem Bären erschreckt wurde, als sie schwanger war, und als das Baby geboren wurde, war es von Kopf bis Fuß von dichtem, schwarzem Haar bedeckt.«

»Ich meinte nicht, dass meine Mutter von einem Schwan erschreckt wurde, sie …«

Zophiel sah ihn an, Begreifen dämmerte in seinem Blick, und damit kam das Entsetzen. Der Gedanke, Cygnus sei das Produkt irgendeiner entmenschten Begegnung zwischen einem Vogel und einer Jungfrau, genügte ihm bestimmt, um den Jungen für schuldig zu erklären – eine Bestie, die kleine Kinder ermordete.

Ich schaltete mich rasch ein. »Also glaubte Eure Mutter aufgrund ihrer seltsamen *Träume*, Ihr würdet besonders? Hat sie es darum erwählt, Euch allein zu gebären?«

Cygnus verzog das Gesicht. »Sie wusste, dass ich anders wäre, aber sie wollte mich. Das hat sie mir immer gesagt.«

Ich schaute zu Osmond, dessen Miene angespannt war. Ich vermutete, dass er nicht an Cygnus, sondern an sein eigenes, ungeborenes Kind dachte.

»Es ist wundervoll, mit dem Wissen aufzuwachsen, dass man gewollt ist«, sagte ich, und zum ersten Mal an diesem Abend lächelte Cygnus, mitten ins Feuer blickend, als könne er das Gesicht seiner Mutter seinen Blick aus den Flammen liebevoll erwidern sehen. Schließlich, nach einer langen Pause, nahm er seine Erzählung wieder auf.

»In der Nacht, in der ich geboren wurde, lag der Ehemann meiner Mutter schlafend im Bett neben ihr. Als die Wehen sie überkamen, verriet meine Mutter dies niemandem. Sie erhob sich ohne ein Wort und verließ die Hütte. Es war eine klare Nacht, still und kalt. Der Boden war von Frost bedeckt, der im Mondlicht blau funkelte. Meine

Mutter schlüpfte lautlos zwischen die Schatten von Weißbirken, bis sie die dunklen Wasser des Sees erreichte. Zwischen den dortigen Binsen baute sie sich ein Nest. Sie war allein, aber nicht einsam, denn der Schwan, der auf dem Fluss des Himmels schwimmt, den manche die Milchstraße nennen, wachte über sie. Und so wurde ich unter den Schwanensternen geboren. Und nach dieser Konstellation wurde ich benannt. Sie wickelte mich in Daunen, um mich warm zu halten, und sang für mich, während das silbrige Wasser des Sees sanft um ihre Füße schwappte.

Als sie in der Dämmerung zur Hütte zurückkehrte, warf der Ehemann meiner Mutter einen Blick auf mich und sagte, ich sei ein unnützer Mund, der gefüttert werden müsse. Er sagte, meine Mutter solle mich zum See zurückbringen und mich ertränken. Aber meine Mutter schützte mich vor ihm. Er blieb noch ein paar Monate, aber sobald ich zu krabbeln versuchte, sobald mein Stumpf nicht länger verborgen werden konnte, verließ er uns und zog zu einer Schankwirtin am anderen Ende des Dorfes. Wir sahen ihn fast jeden Tag, aber er beachtete uns nicht.

Meine Mutter arbeitete. Sie arbeitete so hart wie zehn Frauen, am Tage als Milchmagd, und bei Nacht spann sie Wolle und wob Stoff zum Verkaufen. Sie war so daran gewöhnt zu spinnen und zu weben, dass sie es im Dunkeln tun konnte. Das wenige Licht, das von den Fackeln im Hof hereinsickerte, war alles, was sie brauchte, sodass wir keine Binsenlichter verschwendeten. Und jeden Abend, während sie spann, sang sie mich mit Liedern des Sees in den Schlaf.

Sie behielt mich bei sich, fern der anderen Kinder, solange sie konnte. Als ich zu laufen begann, pflockte sie mich an einem Pfosten im Kuhstall an, damit ich nicht draußen herumstreunte, aber schließlich lernte ich, mich mit einer Hand loszubinden. Ich begann, die Gegend zu erkunden, und fand andere Kinder. Nicht lange danach bemerkte ich, dass ich nicht wie sie war. Auch wenn ich es nicht selbst erkannt hätte, verschwendeten sie keine Zeit damit, es mir zu sagen. Eines Tages fand mich meine Mutter in einer Ecke des Kuhstalls vor, als ich mit einem Stock auf meinen kleinen Stumpf einschlug und weinte. Da erzählte sie mir die Geschichte meiner wundervollen Geburt und sagte mir, dass meinen kleinen Knospen bald Federn entsprießen und sie zu einer wunderschönen weißen Schwinge heranwachsen würden, genau wie die eines Schwans.

Ich freute mich, dass mir eine Schwinge aus glänzenden Federn wachsen sollte, die mir besser zu dienen schien als jeder Arm, und ich konnte es kaum erwarten, es den anderen Kindern zu erzählen. Aber als ich es ihnen sagte, lachten sie nur und hänselten mich umso mehr. Von da an packten sie mich jeden Tag, zogen mein Hemd hoch, um zu sehen, ob meine Federn schon gewachsen waren und verspotteten und traten mich, wenn sie sahen, dass mein Stumpf so kahl war wie immer. Aber wenn ich weinend zu meiner Mutter nach Hause lief, sagte sie, hab Vertrauen, kleiner Schwan, die Federn werden kommen, wenn du sie nur ausreichend stark willst, sie werden kommen. Aber wie stark ich mir die Federn auch wünschte, blieb die Haut rötlich und nackt, wie bei einer neugeborenen Ratte.

Ich stellte mir Aufgaben. Wenn ich heute sieben Elstern sehe, wird die Schwinge am Morgen wachsen. Wenn ich eine Woche lang nur Kräuter esse … wenn es drei Tage lang regnet, wenn … wenn … Und jeden Tag, an dem wieder keine Anzeichen von Federn zu sehen waren, lachten die Kinder mehr, und ich weinte stärker. Schließlich konnte meine Mutter es nicht länger ertragen. Sie ging zum See, wo sie mich geboren hatte, und bat die Schwäne um einige ihrer Federn für deren kleinen Bruder, und daraus machte sie mir eine Schwinge und befestigte sie an meinem Stumpf, sodass ich sehen konnte, was ich werden würde. Sie sagte, wenn ich es spüren könnte, dann würde ich es glauben und genug Vertrauen aufbauen, um es geschehen zu lassen. Und so kam es, denn als ich die Schwinge erst zu tragen begann, erkannte ich, wie es sich anfühlte, eine Schwinge zu haben. Und so sprossen Federn aus meinen Knospen, und mein Stumpf wuchs zu einer Schwinge heran, genau wie sie es vorausgesagt hatte.«

Adela klatschte erfreut in die Hände. »Also ist sie letztendlich tatsächlich gewachsen. Wann ist das geschehen?«

»Als ich mich so an meine künstliche Schwinge gewöhnt hatte, dass ich glaubte, es sei eine echte Schwinge, stellte ich fest, dass sie es tatsächlich war. Da war es, als wäre sie schon immer da gewesen, genau wie mein Arm schon immer mein Arm war.«

»Aber dann quälten die Kinder Euch noch mehr, als Ihr eine Schwinge hattet?«, fragte Jofre. »Weil Ihr …«, er zögerte, »anders wart als sie.«

»Ich war stolz darauf, anders zu sein. Ich hatte etwas, was sie niemals haben konnten. Ich war kein gewöhnlicher Junge.«

»Und das konntet Ihr ertragen? Ihr konntet es ertragen, anders zu sein?« Jofre beugte sich vor, eine seltsame Dringlichkeit in der Stimme. »Ihr habt Euch nicht … geschämt?«

Cygnus lächelte und entfaltete als Antwort seine Schwinge, bewegte sie in der Luft, ließ Rauch vom Feuer durch den Raum wabern, bis Abel fauchte: »Hört auf damit, Ihr werdet uns alle in Brand setzen.«

»Ein hübscher Trick«, sagte Zophiel. »Aber du kannst nicht fliegen, welchen Nutzen hat also die eine Schwinge?«

Adela wandte sich ärgerlich um. »Lasst ihn doch in Ruhe. Warum müsst Ihr alles verderben? Die Schwinge ist wunderschön. Darf ich sie berühren?«

Cygnus nickte, und Adela streckte die Hand aus und streichelte sie sanft, so wie sie es getan hätte, wenn es der Flügel eines kleinen, zerbrechlichen Wesens gewesen wäre, und erschauderte vor Entzücken, während sie dies tat. Osmond ergriff sie am Handgelenk und zog sie zurück.

»Denk an dein Kind«, sagte er scharf.

Ich schaute zu Cygnus und sah kurzzeitig Schmerz über sein Gesicht ziehen. Adela hatte selbst erzählt, dass eine schwangere Frau, die einen Bären ansah, ein Ungeheuer gebar. Ich hatte erlebt, dass Männer ihre Frauen vor meinem Anblick abschirmten. Jofre hatte recht. Es ist schrecklich, anders zu sein.

Plötzlich schrie Cygnus vor Schmerz auf. Als ich hinabblickte, sah ich, dass sich Narigorm an seine Seite geschlichen hatte und nun mit einer langen, weißen Feder in der Hand dort saß. Cygnus streckte seine Schwinge aus, und wir konnten alle deutlich die Lücke sehen, wo die einzelne Feder herausgezogen worden war.

Adela runzelte die Stirn. »Das war grausam, Narigorm, du darfst einem lebendigen Wesen keine Federn ausziehen. Du hast ihm wehgetan.«

Cygnus streckte die Hand aus und strich über Narigorms weiches, weißes Haar. »Das wollte sie nicht, dessen bin ich mir sicher. Kinder sind oft grob, ohne es sein zu wollen, wie Kätzchen beim Spiel.«

Narigorm sah ihn unschuldig an. »Bald wird an ihrer Stelle eine andere wachsen, nicht wahr, Cygnus? So ist es bei richtigen Schwänen. Wenn eine ausfällt, wächst an ihrer Stelle eine neue. Wenn deine Feder neu wächst, beweist das, dass deine Schwinge echt ist, oder?«

Sie wandte sich um und schaute zu Zophiel. Er sah sie einen Moment an, und dann lachte er jäh.

Cygnus' Schicksal lag in unseren Händen. Niemand aus unserer Gruppe, außer Zophiel, wollte nach Northampton zurückkehren. Und selbst Zophiel musste schließlich widerwillig einräumen, dass eine Rückkehr keine gute Idee wäre, nachdem Rodrigo darauf hinwies, dass sich einige Leute in der Stadt sehr wohl daran erinnern könnten, dass Zophiel selbst sich geweigert hatte, seinen Wagen durchsuchen zu lassen. Er könnte sich wegen Beihilfe zur Flucht eines gesuchten Mannes vor Gericht wiederfinden, ein Verbrechen, das keine geringere Strafe nach sich zog als diejenige, die auch auf Mord selbst stand. Zophiel konnte die Wahrheit dessen, was Rodrigo sagte, nicht leugnen, aber es half nicht, seine Laune zu mildern.

Cygnus beteuerte weiterhin seine Unschuld, aber es war, wie Osmond sagte, unwichtig, ob er schuldig oder unschuldig war. Ausschlaggebend war, dass er ein Flüchtender war, der wegen eines Kapitalverbrechens gesucht wurde, und wenn wir ihn freiließen und er erwischt würde, würden sie ihn zwingen zu erzählen, wie er entkommen war. Und wenn das erst bekannt wäre, würden sie uns bestimmt folgen. Es wäre durchaus möglich, dass uns die Gerichte glaubten, dass wir ihn unwissentlich aus der Stadt gebracht hatten, aber wenn sie erführen, dass wir ihn festgesetzt und wieder freigelassen hätten, wäre das etwas, was kein Gericht verzeihen würde. Der einzige sichere Weg bestand darin, Cygnus mitzunehmen und ihn auszuliefern, falls wir auf einen Soldaten des Königs träfen, der ihn uns abnehmen könnte.

Cygnus wirkte erschreckt. Seine Augen zuckten in stummem Appell über unsere Gruppe. Schließlich wandte er sich mir zu, jeder Zoll seiner Gestalt vor Angst und Verzweiflung angespannt.

»Ihr sagtet selbst, Camelot, dass ich das Kind nicht mit nur einer Hand erwürgt haben kann. Lasst mich gehen, und ich verspreche Euch, dass sie mich nicht erwischen werden, und wenn sie es tun, werde ich nicht ein Wort über Euch oder Eure Gruppe äußern. Ich schwöre es beim Leben meiner Mutter.«

»Wenn es nur um mich ginge, würde ich nicht zögern«, belehrte ich ihn. »Aber es sind noch andere zu bedenken, eine schwangere Frau … das Kind …« Ich fügte nicht hinzu, dass er, trotz seiner besten Vorsätze, alles tun oder gestehen könnte, bevor seine Verhandlung abgeschlossen wäre. Ich hatte schon stärkere Männer als ihn brechen sehen, und er war kein Kämpfer.

Er ließ die Schultern hängen, aller Widerstand plötzlich gewichen, und starrte hoffnungslos auf eine mit Wasser gefüllte Spurrinne zu seinen Füßen. »Ich will sie nicht in Gefahr bringen. Verzeiht mir.«

Rodrigo klopfte ihm mit grimmigem Gesicht auf die Schulter. »Ihr werdet eine faire Verhandlung bekommen, *Ragazzo*. Dafür werden wir sorgen.«

Zophiel beharrte darauf, dass Cygnus an die Rückseite des Wagens gebunden und gezwungen werden sollte, wie ein Gefangener hinterherzulaufen. Auf diese Weise könnte kein Zweifel an unserer Absicht bestehen, wenn irgendwelche Verfolger uns auf der Straße einholten. Liefe er frei unter uns, dann würde er als ein Mitglied unserer Gruppe angesehen, und wir würden gewiss alle als seine Komplizen verhaftet. Adela protestierte bitterlich, aber wir anderen sahen ein, dass es sinnvoller war. Zophiel band seinen gesunden Arm hinter seinen Rücken und fesselte ihn an Taille und Hals so an den Wagen, dass der Junge, wenn er seine Hand zu bewegen versuchte, um sie zu befreien, das Seil um seinen Hals festziehen würde.

»Wenn er im Schlamm ausgleitet und hinter dem Wagen hergezogen wird, bricht ihm dieses Seil den Hals«, grollte Rodrigo verärgert, zog Zophiel beiseite und löste die Knoten.

»Er hat uns selbst erzählt, wie er gelernt hat, das Seil seiner Mutter mit einer Hand zu lösen, als er ein kleines Kind war. Ich will sichergehen, dass er diesen Fesseln nicht entkommen kann.«

»Ihr denkt, er wird entkommen, während wir ihn alle beobachten?« Rodrigo band Cygnus wieder an die Rückseite des Wagens, aber dieses Mal nur am Handgelenk. »Einen Mann gefangen zu nehmen, da bin ich dabei, aber ich werde ihn nicht ermorden.«

Zophiel, noch immer finster dreinblickend, nahm seinen üblichen Platz bei Xanthus ein, packte ihr Zaumzeug und zerrte ihren Kopf heftig vorwärts, eine Handlungsweise, die sie ihm heimzahlte, indem sie einen Schritt zur Seite machte und ihm hart auf den Fuß trat. Zophiel heulte auf und verfluchte sie, während er sich an den Wagen klammerte und seinen gequetschten Fuß massierte, während Xanthus erneut ruhig Gras abrupfte, als wäre nichts geschehen. Langsam mochte ich dieses Pferd richtig gern.

Wir sollten mehrere Tage auf der Straße verbringen, bevor wir wieder unter einem Dach schlafen konnten. Es war kein gut ausgetretener Weg, und die einzigen anderen Reisenden, denen wir begegneten, waren Ortsansässige, die mit Holz für ihr Feuer vorübergingen oder ihr Vieh von der Weide zum Stall oder zurück trieben. Wenn sich uns jemand auf der Straße näherte, zogen wir unsere Umhänge über unsere Nasen und Münder und suchten in den Gesichtern ängstlich nach irgendeinem Anzeichen von Krankheit, wie sie es auch bei uns taten, aber wir sahen nur Hunger in ihren Augen.

Die Feldfrüchte waren verdorben. Man musste kein Farmer sein, um das zu erkennen. Vermodernde Wurzeln sondern einen Gestank ab, der in Meilen Umkreis über der Landschaft hängt. Es bestand keine Hoffnung darauf, Getreide oder Bohnen zu retten, und obwohl Kräuter im Regen gedeihen, füllen sie in der Kälte des Winters doch nicht die Bäuche. Selbst Herbstfrüchte brauchen zum Reifen ein wenig Sonne.

Wir hatten mehr Glück als die Häusler. Wir hatten in Northampton zumindest ein paar getrocknete Bohnen, gesalzenes Hammelfleisch und getrockneten Fisch erstehen können, obwohl ich vor einem Jahr jeden Händler einen Schurken oder Betrüger genannt hätte, der solch unverschämte Preise verlangt hätte, aber wenn Nahrung knapp ist, dann können diejenigen, die sie besitzen, den Preis bestimmen. Aber die Vorräte würden nicht lange halten, da unsere Gruppe groß war. Wann immer wir auf gemeinschaftlichem Land einen Flecken Wiesenampfer oder einen Haselnussbaum fanden, hielten wir an und sammelten ein, was wir konnten, um unsere Vorräte für den Tag zu strecken.

Wild zu jagen, war zu riskant. Selbst mit einem Bogen oder einer Wildfalle erwischt zu werden, war gefährlich. Niemand will seine Ohren oder Hände verlieren, aber Vögel fliegen frei, und Osmond konnte, wie sich herausstellte, gut mit der Steinschleuder umgehen, und auch Jofre lernte es schnell. Wenn die Dämmerung hereinbrach, flogen die Vögel zu ihren Schlafplätzen in den kahlen Ästen der Bäume, und wenn wir unser Lager für die Nacht errichteten, machten sich Osmond und Jofre auf den Weg, um zu sehen, was sie erlegen konnten. Sie kehrten ungefähr eine Stunde später mit einer Handvoll verschiedener Vögel zurück, meistens Stare, Amseln und Tauben, aber einmal auch zwei Waldschnepfen. Es war wenig Fleisch daran, besonders an den Staren, aber sie fügten dem Topf willkommenen Geschmack hinzu, und schon ein Mundvoll Fleisch kann wie ein Festessen erscheinen, wenn man friert und hungrig ist.

Narigorm war stets hungrig. Obwohl sie den gleichen Anteil am Essen erhielt wie jeder Erwachsene in der Gruppe, war ihr Appetit nie befriedigt. Sie legte des öfteren nachts zwischen den Bäumen Fallen für kleine Tiere aus, lauschte in der Dunkelheit auf die Geräusche, die ihr sagten, dass sie etwas gefangen hatte, und folgte dem Klang. Nach langer Zeit, nach zu langer Zeit, hörten wir, wie die Geräusche erstarben, und schließlich kehrte sie mit einem leblosen Tier zurück, das sie vorsichtig festhielt. Manchmal war es genießbar – ein Eichhörnchen oder ein Igel. Häufiger waren es eine Spitzmaus oder ein Wiesel, die fortgeworfen werden mussten. Aber es war immer tot.

Osmond bot an, mit ihr zu gehen, um ihr zu zeigen, wie man Tiere schneller tötete, aber sie lehnte es eigensinnig ab und sagte, sie wüsste, wie man sie töten müsste. Und obwohl die anhaltenden Schreie der kleinen Tiere uns allen Unbehagen bereiteten, besonders Adela, musste das Kind, wie Zophiel sagte, lernen und sollte nicht entmutigt werden, bei der Nahrungssuche zu helfen. Er hatte recht, wir brauchten jedes Bisschen, das wir kriegen konnten.

Wir waren ständig nass und kalt, und das nächtliche Lagern im Wald bedeutete, dass wir nach einem unruhigen Nachtschlaf steif und immer noch müde erwachten. Aber die Kälte war nicht das Einzige, was meinen Schlaf störte. Ich war mehrmals mit dem Gefühl aufgewacht, in der Nacht ein Heulen gehört zu haben. Es war zunächst zu schwach, als dass ich mir sicher sein konnte, und ich hätte es vielleicht nicht ernster genommen als den Wind in den Bäumen, aber ich sah, wie Zophiel sich aufsetzte, in der Dunkelheit angespannt, als lausche auch er angestrengt. Ich sagte mir, es sei nur das Anschlagen eines fernen Farmhundes, aber während die Nächte vergingen, wurde das Heulen lauter und deutlicher. Es war nicht das Heulen eines Hundes. Ich hätte geschworen, dass es das Heulen eines Wolfes war, nur dass ich wusste, dass es kein Wolf sein konnte, nicht in diesem Landstrich. Der Verstand spielt einem seltsame Streiche, wenn man müde ist.

Und Cygnus war erschöpfter als wir alle. An einen Wagen gebunden zu sein, von den Rädern mit Schlamm bespritzt zu werden und nicht seinen eigenen Weg durch die Fahrrinnen und Pfützen wählen zu können, müsste auch den stärksten Mann erschöpfen. Man muss seinen Schritt ständig dem Tempo des Wagens angleichen. Einmal ausrutschen, und man wird über den Boden gezogen. Rodrigo lief normalerweise mit ihm an der Rückseite des Wagens und versuchte, ihn mit Geschichten höfischen Lebens aufzumuntern. Wenn Cygnus zu ermüden begann, schlang Rodrigo einen Arm um den Jungen und stützte ihn, während er dahinstolperte. Häufig rief er unter dem Vorwand zum Halt auf, er müsse die Lumpen richten, die er an den Stellen um Cygnus' Handgelenke gewickelt hatte, wo sie vom Seil wundgerieben waren, und ließ sich dabei Zeit, bis Cygnus wieder ausreichend zu Atem gekommen war, um weiterzulaufen. Wenn wir haltmachten, um unser Lager für die Nacht zu errichten, bestand Zophiel darauf, dass Cygnus an einen Baum oder an ein Rad des Wagens gebunden wurde, so dass seine Nächte noch unbequemer waren als unsere, aber einem von uns gelang es stets, seine Fesseln ein wenig zu lockern, während Zophiel mit seinen Kisten beschäftigt war, so dass Cygnus wenigstens hin und wieder seine Lage ändern konnte.

Aber trotz all des Elends, das Cygnus ertragen musste, gelang es ihm dennoch, heiterer zu bleiben als Jofre. Ob es Rodrigos Aufmerksamkeit Cygnus gegenüber, lähmende Langeweile oder einfach nur die Nässe und Kälte war, was Jofre zunehmend verdross, war schwer zu sagen, aber nur die abendliche Jagd nach Vögeln schien seine Stimmung zu heben, und dann auch nur für kurze Zeit. Jofre strahlte nach diesen Jagden, sein Gesicht gerötet, seine Augen vor Aufregung tanzend. Es war für ihn vermutlich das einzige Vergnügen am Tag, was schwer für einen jungen Mann war, der ein Leben im Dienste eines Herrn gewohnt war, bei dem sich das Leben um Musik, Spaß und intriganten Klatsch drehte. Aber wenn wir uns alle ums Feuer kauerten, schien sich eine düstere Niedergeschlagenheit auf Jofre zu senken, wie Fliegen auf einen Leichnam, und er saß den Rest des Abends da und starrte teilnahmslos in die Flammen, oder er beobachtete Adela und Osmond, während sie gemeinsam einschliefen.

Jofre konnte nicht einmal auf seinen Instrumenten üben, weil der Regen sie verdorben hätte. Rodrigo wollte, dass er wenigstens seinen Gesang übte, aber Jofre hatte immer irgendeine Ausrede parat, die unvermeidlich eine lange Predigt von Rodrigo nach sich zog, was wiederum Jofres Trotz nur noch steigerte. Zophiel half nicht, indem er sagte, dass jeder Meister, der seines Namens wert wäre, bei dem Jungen einen Stock benutzen würde – das würde ihn bald zum Singen bringen, aber weder Zophiels Höhnen noch Rodrigos Nörgeln noch Adelas Schmeicheln hatten eine gute Wirkung auf Jofre. Er stürmte nur mit brennenden Wangen in den Schutz eines Baumes davon, weit fort von der Gruppe, einen Krug Ale oder Apfelwein fest in der Hand. Bis zum Morgen war dieser stets geleert, und Jofres Stimmung war düsterer denn je.

Eines Morgens, nach einer solchen Nacht, erwachten wir alle steif, nass und kalt und stöhnten, während wir uns schließlich regten, um das Lager abzubauen und aufzubrechen. Jofre war als Strafe aufgetragen worden, Xanthus die Fußfesseln abzunehmen und sie vor den Wagen zu schirren. Das war eine Aufgabe, die er schon zu seinen besten Zeiten hasste, und Xanthus war an diesem Morgen widerspenstiger denn je. Sie hatte einen ungewöhnlich saftigen Flecken Gras entdeckt, und dieses Festmahl wollte sie nicht kampflos aufgeben. Sie zupfte weiterhin eifrig an dem Gras, als Jofre heranschlich und still ihr Halfter packte. Sie leistete keinen Widerstand, und Jofre, von dem Erfolg errötet, wandte ihr den Rücken zu, während er sie zum Wagen führte. Das war der Moment, auf den sie gewartet hatte. Sie warf plötzlich den Kopf hoch, stieß ihn mit dem Gesicht nach unten zu Boden und ließ einen schnellen und schmerzhaften Biss in seine Wade folgen, bevor sie ruhig ihre Mahlzeit wieder aufnahm, als wäre er so unbedeutend wie eine lästige Fliege. Es war ein solch geschickter Schachzug, dass selbst die normalerweise mitfühlende Adela unwillkürlich lachen musste, aber Jofre schien die lustige Seite dieser Angelegenheit nicht zu erkennen. Er wand sich auf dem Gras, massierte sein Bein und stöhnte, dass er den Rest des Tages wahrscheinlich nicht laufen könnte.

Letztendlich waren die vereinten Bemühungen von Zophiel, Rodrigo und Osmond sowie ein gezielter Schlag nötig, um Xanthus zum Wagen zu bekommen, und dann mussten sie versuchen, sie rückwärts zwischen die Deichseln zu führen. Von den Fußfesseln befreit und nun imstande zu buckeln, zu steigen und ebenso auszutreten wie zu beißen, brachte sie trotz der Kälte des Morgens bald alle drei Männer zum Schwitzen. Als Zophiel innehielt, um sich das Gesicht abzuwischen, hob er plötzlich die Hand. Wir anderen hielten ebenfalls inne. Der Klang ferner Hufe und Stimmen wehte von dem Weg unmittelbar jenseits der Bäume heran. Rodrigo legte eine Hand auf Jofres Schulter.

»Geh und sieh nach, *Ragazzo*. Aber bleib in Deckung«, flüsterte er.

Jofre, seine Demütigung vergessend, schoss davon. Niemand von uns regte sich. Eine Gruppe Reiter auf diesem entlegenen Weg konnte Ärger bedeuten. Wir sollten am besten keine Aufmerksamkeit auf uns ziehen, bis wir sicher sein konnten, wer dort draußen war.

Jofre kam im Handumdrehen zurück. »Soldaten«, flüsterte er. »Fünf davon. Mit leichtem Gepäck, ohne Packpferde.«

»Aus welcher Richtung?«, fragte Zophiel.

»Aus derselben Richtung, aus der wir gekommen sind.«

Zophiel blickte zu der Stelle hinüber, wo Cygnus noch immer an einen Baum gebunden kauerte. »Also sind sie unserem kleinen Wildvogel auf der Spur.« Er lächelte boshaft. »Anscheinend ist deine Zeit abgelaufen, mein Freund.«

»Nein«, flüsterte Adela rau. Sie trat zu Cygnus hinüber, als wolle sie ihn unter ihren Röcken verbergen. »Ihr könnt ihn nicht ausliefern. Das werde ich nicht zulassen.«

»Und wie wollt Ihr mich aufhalten? Ein einziger Schrei wird genügen, ihre Aufmerksamkeit auf uns zu ziehen«, sagte Zophiel, achtete aber darauf, seine Stimme ebenso zu dämpfen wie sie ihre.

Die Hufe kamen näher, ein beständiger Trab, Männer, die ein Ziel verfolgten. Suchten sie wirklich Cygnus? Wir hatten unsere Stöcke und Messer. Wir hätten es mit ihnen aufnehmen können. Aber selbst wenn es nur ein Soldat wäre – wenn er im Dienste des Königsfriedens agierte, würde nur jemand, der nichts zu verlieren hatte, es wagen, Widerstand zu leisten. Ein Leben als Geächteter auf der Flucht zu verbringen, mit einem auf ihn ausgesetzten Kopfgeld und jedermann gegen ihn, ist nichts, was man leichtfertig riskierte.

Die anderen standen alle regungslos da und wagten kaum zu atmen. Cygnus kauerte am Boden, einen Ausdruck elender Angst auf dem Gesicht. Er zog verzweifelt an dem Seil, das ihn an den Baum band, aber Zophiel hatte seine Arbeit zu gut gemacht. Der Klang der Hufe kam näher, bis er genau an der Stelle zu sein schien, wo wir den Wagen vom Weg in den Wald gefahren hatten. Würden sie die Spuren sehen? Und wenn sie sie sahen – würden sie anhalten, um nachzuforschen? Aller Augen waren erwartungsvoll auf Zophiel gerichtet. Er brauchte jetzt nur zu rufen, und alles wäre vorbei. Adela hatte die Hände fest vor sich verschränkt, und ihre Lippen bewegten sich lautlos, als bete sie, aber ob zu Gott oder zu Zophiel, konnte ich nicht sagen.

Die Hufschläge gelangten an uns vorüber und entfernten sich. Sie hatten die Spuren nicht bemerkt. Aber wir warteten dennoch. Wenn wir sie hören konnten, konnten sie uns auch hören. Zophiel könnte ihnen noch immer zurufen. Er trat einen Schritt vor. Osmond vollführte eine Bewegung, wie um ihn aufzuhalten, aber Rodrigo hielt ihn zurück. Rodrigo wusste wie wir alle, dass jeglicher Versuch, ihn zu hindern, Zophiel erst recht anspornen würde, und das wäre genug, um die Soldaten zurückzubringen. Also standen wir unbeweglich da und lauschten, während die Hufschläge vollkommen verklangen. Der Regen prasselte herab, der Wind pfiff durch die kahlen Zweige der Bäume, und darüber – Stille.

Zophiel wandte sich um und betrachtete uns prüfend, zog offensichtlich großes Vergnügen aus unserer erstarrten Haltung. »Eine interessante Abwechslung. Nun, wenn Ihr alle ausgeruht genug seid – wollen wir dann erneut versuchen, dieses widerspenstige Biest zwischen die Deichseln zu bugsieren?«

Als er die Stille brach, schienen sich alle zu besinnen, dass sie den Atem angehalten hatten, und ließen ihn in einem gewaltigen, kollektiven Seufzen ausströmen. Adela wandte sich zu Zophiel um und öffnete den Mund, als wolle sie etwas sagen, aber ich fing ihren Blick auf und schüttelte den Kopf. Manchmal ist es bei Menschen wie Zophiel besser, nicht zu fragen, warum und einfach dankbar zu sein. Vielleicht hatte ich ihn falsch eingeschätzt und tief in ihm gab es doch eine mitfühlende Ader.

Niemand sprach, während wir das Lager abbauten. Seile wurden festgezurrt, die Asche des lange erloschenen Feuers verstreut, und Xanthus ließ sich letztendlich vor den Wagen schirren.

Schließlich, als wir alle aufbruchsbereit waren, schlenderte Zophiel zu dem Baum hinüber, an dem Cygnus noch immer angebunden war. Cygnus sah schwach lächelnd und mit noch immer bleichem Gesicht zu ihm hoch.

»Ich d … danke Euch«, stammelte er.

»Wir könnten dich natürlich einfach hier lassen, damit dich die Soldaten auf dem Rückweg finden. Das würde uns allen eine Menge Ärger ersparen. Mit etwas Glück könntest du verhungern und die guten Bürger Englands müssten nicht für deine Hinrichtung zahlen.«

»Aber ich dachte …«, sagte Cygnus mit zitternder Stimme.

»Du dachtest, ich hätte meine Meinung über deine Auslieferung geändert, weil ich die Soldaten nicht gerufen habe«, sagte Zophiel lachend. »O nein, mein junger Freund, ich habe keinerlei Absicht, dich Soldaten zu übergeben, es sei denn, ich wäre dazu gezwungen. Auf einem Weg wie diesem und ohne Zeugen würden sie zweifellos behaupten, sie hätten dich selbst gefangen genommen, und, wie unser kluger Freund Rodrigo mich erinnerte, sie könnten auch uns andere einsperren, weil wir dir Schutz geboten haben. Warum einen Gefangenen machen, wenn man ebenso leicht neun festnehmen und sich damit bei seinen Offizieren Sondervergünstigungen herausschlagen kann? Nein, ich habe vor, dich persönlich einem Büttel zu übergeben und vor so vielen Zeugen, wie ich finden kann, damit kein Irrtum entsteht.«

Cygnus, noch immer zitternd, wurde erneut zur Rückseite des Wagens geführt, und die anderen wandten sich ab, beschäftigten sich mit ihren Bündeln, wollten seinem Blick nicht begegnen.

»Narigorm, komm her, wir wollen aufbrechen«, rief Pleasance und hob ihr Bündel in den Wagen. Narigorm, die ein Stück entfernt kauerte, hielt den Kopf über den Boden gebeugt und schien nicht gehört zu haben.

»Ich werde sie holen«, sagte ich. »Ihr packt zu Ende.«

Narigorm hockte auf den Wurzeln eines Baumes und spielte mit ihren Runen. Sie lagen verstreut auf einem Flecken gesäuberter Erde, in die sie drei konzentrische Kreise gezogen hatte. Sie schaute auf, als sie mich herannahen spürte, nahm die Runen hoch und verwischte währenddessen die Kreise, aber nicht, bevor ich noch etwas darin liegen sah – eine lange, weiße Feder und eine kleine Muschel, welche die Fischer Meerjungfraufächer nennen. Sie sammelte auch diese rasch ein und stopfte sie zusammen mit den Runen in ihre Tasche, bevor sie sich erhob.

»Narigorm, hast du …«

»Camelot! Narigorm! Kommt schon. Wir brechen auf«, rief Adela von ihrem Platz vorne auf dem Wagen aus.

Narigorm lief los, und ich folgte langsamer, schaute zu den halb verwischten Kreisen in der Erde zurück. Hatte Narigorm mit ihren Runen gespielt, als die Soldaten vorüberzogen? Könnte sie …? Nein, Zophiel handelte nicht unter Zwang. Seine Entscheidung, die Aufmerksamkeit der Soldaten nicht auf uns zu ziehen, war bewusst erfolgt und, wie ich zugeben musste, logisch. Aber ich konnte dennoch nicht umhin, mich zu fragen, ob Narigorm noch andere kleine Andenken in ihrem Bündel aufbewahrte.

Kapitel 11

DIE NACHT VON ALLERSEELEN

Wir mussten noch eine weitere nasse und kalte Nacht unter Bäumen verbringen, aber am Tag danach wurde es allmählich besser. Bäume wichen erneut Äckern, und wir kamen an mehreren Laienbrüdern vorüber, welche die Felder bestellten, wobei sie bis zu den Waden durch klebrigen Schlamm wateten und so elend wirkten, als befänden sie sich auf einer Bußpilgerschaft. Wasserpfützen hatten sich entlang der Furchen gesammelt. Es wäre kein Eggen möglich, bevor sie nicht getrocknet wären, und da es noch immer regnete, schien vor Weihnachten wenig Chance darauf zu bestehen.

Aber es war offensichtlich, dass wir uns nun auf Klosterländereien befanden, und wo es ein Kloster gibt, da gibt es auch einen Pilgersaal mit trockenen Betten, Nahrung, Feuer und Gesellschaft, um sich an langen Winterabenden die Zeit zu vertreiben. Bei dieser Aussicht wurden wir alle heiterer und gingen rascher voran, um schneller dorthin zu gelangen. Sogar Xanthus schien unsere Aufregung zu spüren und beschleunigte ihren Schritt, ohne dazu gedrängt zu werden.

Als wir um eine Biegung kamen, rief Rodrigo jäh zum Halt. Er schloss zu Zophiel auf, nahm den Kopf des Pferdes und führte Pferd und Wagen in den Schutz eines kleinen Niederwaldes.

Wir sahen uns alle besorgt um – weitere Soldaten? Aber Rodrigo winkte uns heran.

»Was sollen wir mit ihm tun?«, fragte Rodrigo und deutete auf den schlammbespritzten Geschichtenerzähler, der eingesunken an der Rückwand des Wagens lehnte. »Wenn wir ihn an den Wagen gebunden ins Kloster bringen, werden sie sofort wissen, dass er gesucht wird.«

»Und?«, sagte Zophiel. »Das wird er.«

»Aber wir sind eine Woche Wegs von der Stadt entfernt. Was ist, wenn sie noch nichts von dem Verbrechen gehört haben?«

»Rodrigo hat recht«, sagte Adela eifrig. »Wenn sich die Nachricht noch nicht so weit verbreitet hat, könnten wir Cygnus als einen Gefährten mit uns hineinnehmen. Immerhin habt Ihr alle gesagt, wir würden ihn nur fesseln, um uns selbst zu schützen, falls er verfolgt würde.«

Zophiel schüttelte den Kopf. »Ihr vergesst die Soldaten. Sie müssen hier entlanggekommen sein, und sie werden im Kloster gewiss nach ihm gefragt haben.«

»Vielleicht waren sie aus anderen Gründen unterwegs«, sagte Rodrigo.

»Aber vielleicht auch nicht. Wollt Ihr vorschlagen, unsere Freiheit aufs Spiel zu setzen, indem wir Vermutungen über die Mission eines Soldaten anstellen? Nun wissen wir, wo Jofre sein Draufgängertum gelernt hat. Spielt, wenn Ihr müsst, Rodrigo, aber mit Münzen, nicht mit unserer Freiheit.«

Rodrigos Augen loderten, und er trat einen Schritt vor.

Ich schaltete mich rasch ein. »Es gibt nur eine Möglichkeit es herauszufinden. Ihr bleibt alle hier, und ich gehe allein, erkundige mich unauffällig nach den Soldaten und finde heraus, ob es irgendwelche Nachrichten aus der Stadt gibt. Wenn im Kloster nichts bekannt ist, dann könnt Ihr mit Cygnus nachkommen, vorausgesetzt, er hält diesen Flügel und den Umhang verborgen, denn die Farbe ist zu auffällig. Jofre oder Osmond könnten ihm ein Hemd mit zwei Ärmeln und eine lange Weste leihen. Wenn sein Arm darunter fest an den Körper gebunden wird, wird es aussehen, als hätte der Junge einen Arm verloren. Es ist nichts Bemerkenswertes an einem Jungen mit einem fehlenden Körperglied, der in einem Kloster um Almosen bittet. Niemand wird sich an ihn erinnern.«

»Und wenn sie von dem Mord gehört haben?«, fragte Zophiel.

»Dann müssen wir bis zur Dunkelheit hier warten und versuchen, bei Nacht an dem Kloster vorbeizugelangen. Am Tage werden zu viele Leute dort sein, als dass wir unbemerkt vorüberkämen.«

»Wollt Ihr ernsthaft vorschlagen, dass ich ein warmes Bett und eine heiße Mahlzeit aufgeben soll, um diese Kreatur zu schützen?«, fragte Zophiel.

»Nein, Zophiel, ich kenne Euch besser, aber Ihr könntet für das Kopfgeld für einen Flüchtenden auf das warme Bett verzichten. Wenn Cygnus dazu gezwungen wäre, könnte er in der Klosterkirche Zuflucht suchen. Dann würde Euch Eure Belohnung entgehen.«

Zophiel schnaubte. »Dem Königreich entsagen, den Rest seines Lebens in Verbannung leben, das heisst, wenn er es bis zu einem Hafen schafft, ohne getötet zu werden. Ich glaube kaum, dass unser kleiner Vogel hier den Mumm hat, wochenlang knietief im Wasser zu stehen und dafür zu beten, dass ihn ein Boot mitnimmt.«

»Er könnte sogar diese geringe Chance zu leben der Sicherheit des Todes vorziehen. Menschen klammern sich auch an den schwächsten Schatten einer Hoffnung, um dem Tod zu entgehen.«

Klöster sind natürliche Umschlagplätze für Neuigkeiten und Klatsch. Das Leben der Mönche und Laienbrüder ist so eintönig wie ihre Liturgie, sodass sie nach den Neuigkeiten Reisender gieren, die durch ihre Tore gelangen. Ich bin noch nie einem Mönch begegnet, der nicht gerne für einen Plausch innegehalten und mir bald alles erzählt hätte, was ich wissen musste.

Die Soldaten hatten tatsächlich im Kloster haltgemacht, aber nicht, um den flüchtigen Geschichtenerzähler zu suchen. Das Pferd eines der Soldaten hatte ein Hufeisen verloren, und der Hufschmied des Klosters wurde herbeigerufen, während die Soldaten Ale und Fleisch bekamen, bevor sie weiterritten. Sie brachten Nachrichten aus London mit, und zwar die schlimmsten. Zweihundert Menschen starben dort jeden Tag allein an der Pest. Die Friedhöfe konnten sie nicht mehr aufnehmen. In den ärmsten Vierteln der Stadt wurden Massengräber ausgehoben. Der alte Mönch erschauderte und bekreuzigte sich, seine Stimme zu einem Flüstern absinkend, als fürchte er das Böse seiner eigenen Worte. »Der Boden, heißt es, sei nicht geweiht. Stellt Euch das vor, diese armen Seelen.«

»Wem überbringen die Soldaten diese Nachrichten?« Ich war neugierig. Es schien unwahrscheinlich, dass sie nur ausgesandt worden waren, um im Land Alarm zu schlagen.

Der alte Mönch schaute überrascht auf. »Es waren nicht *diese* Nachrichten, die sie überbringen sollten. Einer der Soldaten erzählte mir, was in London im Gange sei, aber nur, weil ich ihn danach fragte. Ich habe dort Verwandte, wisst Ihr, mein Bruder und seine Familie, Nichten und Neffen, inzwischen vielleicht sogar Großnichten und Großneffen, Gott schütze sie. Ich weiß, wir sollten alle Gedanken an Verwandte aufgeben, wenn wir in den Orden eintreten, aber man kann dennoch nicht umhin …« Er hob in einer Geste der Hilflosigkeit die Hände.

»Und die Soldaten?«, drängte ich.

»Ah ja, die Soldaten, sie sind unterwegs, um einen der Edelleute des Königs zu berufen. Ein Ritter des Hosenbandordens ist der Pest zum Opfer gefallen und muss ersetzt werden, da der König in Windsor vierundzwanzig Hosenbandritter zu seiner Verfügung haben muss. Er besteht für die Weihnachtsfeierlichkeiten darauf.«

»Der König treibt die Weihnachtsfeierlichkeiten trotz der Nachrichten aus London voran?«

»Windsor ist nicht London. Der Hof macht wie gewohnt weiter, und der König wird seine neue Tafelrunde und seine Ritter haben.«

»Vielleicht glaubt er, dass die Ritter des Hosenbandordens ihn vor der Pest beschützen und ihm auch den Sieg in Frankreich sichern werden.«

Der alte Mönch sah mich an, als wäre er sich nicht sicher, ob ich ihn verspottete. »Die Ritter sind dem heiligen George verschworen. Er wird sie sowohl vor den Pfeilen schützen, die vom Himmel fliegen, als auch vor jenen, die von den Feinden des Königs heranfliegen.«

»Aber Ihr sagtet, es sei bereits ein Ritter gefallen?«

Der alte Mönch drohte mir mit dem Finger. »Sogar der König, Gott schütze ihn, kann nicht in die Herzen der Menschen sehen. Vielleicht war der Ritter nicht würdig, oder er verriet seinen Schwur. Diese Pest ist Gottes Geißel, mit der Er seinen Tempel von Begierde und Wollust säubert. Wir müssen alle dafür beten, verschont zu bleiben, müssen zu dem heiligen und gesegneten Benedikt beten, damit er Gnade walten lässt. Ihr habt doch nicht vergessen, dass heute die Nacht von Allerseelen ist? Es wird heute Abend besondere Gottesdienste für die Seelen im Fegefeuer geben. Ihr werdet Euch uns doch anschließen, Bruder, nicht wahr? Wenn jene armen Londoner auf ungeweihtem Boden zur Ruhe gebettet werden müssen, dann werden ihre Seelen alle unsere Gebete brauchen.«

Wenn die Soldaten kein Interesse an dem Flüchtling hatten, dann auch nicht die Handvoll sicher Reisender, die die Nacht im Pilgerraum verbrachten. Es würde über den Regen, die Überflutung, die Pest und ihre eigene, persönliche Mühsal gesprochen werden, was sie wieder zum Thema Regen führen würde. Also kamen Cygnus und die Übrigen unserer Gruppe, nass, verfroren und hungrig zum Kloster.

Da nur wenige Leute in dem Pilgerraum waren, konnten wir uns unsere Betten aussuchen. In einem Kloster kann man zumindest einigermaßen sicher sein, dass die Betten sauber und nicht verlaust sind. Das Ale war auch gut, obwohl das Mahl – eine dicke Suppe und ein kleines Stück Brot, natürlich kein Fleisch, denn es war Fastentag – kärglich war. Der Wind hatte aufgefrischt, und der Regen schlug gegen die dicken Mauern, so dass der größte Teil der Gruppe nur zu gern den Nachmittag dösend um das große Feuer im Pilgerraum verbrachte.

Als Adela sich mit ihrer Näharbeit niederließ, tauschten sie und Osmond ein verschwörerisches Lächeln und Nicken, woraufhin Osmond in seinem Bündel herumsuchte. Dann richtete er sich auf, hielt etwas hinter dem Rücken versteckt und winkte Narigorm zu sich. Er brachte schwungvoll eine Holzpuppe zum Vorschein und hielt sie dem Kind hin. Sie hatte eine zierlich geschnitzte Holznase und anmutige Holzohren, aufgemalte Augen, einen lächelnden Mund, rosige Wangen und braune Schafswolle als Haar. Osmond hatte sogar die Glieder mit Gelenken versehen, so dass sie beweglich waren. Sie war ein hübsches kleines Ding.

»Adela dachte, du müsstest dich recht einsam fühlen, weil du keine anderen Kinder zum Spielen hast, also habe ich dir dein eigenes Kind gemacht, das du umsorgen kannst.«

Adela strahlte. »Und ich habe noch ein wenig Stoff übrig, sodass du dich zu mir setzen kannst, damit ich dir zeige, wie du eine Mütze für dein Kind nähen kannst, damit es es warm hat, genau wie ich eine für meines mache.«

Narigorm, die Hände fest hinter dem Rücken verschränkt, sah die beiden ausdruckslos an.

»Sie gehört dir, Kleine, nimm sie«, sagte Adela ermutigend. »Du kannst sie wiegen und anziehen und so tun, als wäre sie ein richtiges Kind. Das wird eine gute Übung für dich sein für die Zeit, wenn mein Kleines geboren ist, denn du wirst mir doch helfen, mich um mein Kind zu kümmern, nicht wahr?«

Schließlich nahm Narigorm die Puppe an und betrachtete sie sorgfältig, ließ ihre Finger über die Augen der Puppe gleiten und presste sie fest auf ihren aufgemalten Mund. Dann sah sie wieder zu Adela hoch. »Ich werde für Euer Baby üben. Ich werde mich um beide kümmern, Ihr werdet sehen.«

Adela und Osmond lächelten einander wie liebevolle Eltern zu, die sich sehr über den Erfolg ihres Geschenkes freuen. Aber Narigorm lächelte nicht.

Cygnus und Zophiel waren unmittelbar nach der Mahlzeit getrennt hinausgeschlüpft, und als ich aus dem ersten bequemen Nickerchen erwachte, das ich seit Wochen hatte, stellte ich fest, dass sie noch immer nicht zurückgekehrt waren und auch Jofre fort war. Er war noch jung und voller Energie. Er war zweifellos davongegangen, um unterhaltsamere Gesellschaft zu finden, soweit das in einem Kloster möglich ist, aber Cygnus' Abwesenheit war beunruhigend. Hatte er beschlossen, nach allem doch um Kirchenasyl zu bitten? Gewiss nicht. Zophiel hatte recht, niemand wählte diesen Ausweg, es sei denn, er fühlte sich restlos in die Enge getrieben. Außerdem hatte ich die Glocke des Altarraums nicht läuten hören. Wahrscheinlicher war, dass er eine Weile umherstreifte, solange Zophiel nicht in der Nähe war, um ihn aufzuhalten. Ich könnte es dem Jungen nicht verdenken.

Aber ich hatte selbst eine eigene Verabredung einzuhalten. Ich trat hinaus. Der Tag, der unter den dichten, grauen Regenwolken niemals hell genug war, verdunkelte sich nun noch weiter. Ich schlang meinen Umhang gegen den Wind und den Regen fest um mich und eilte über den Hof auf die Ställe zu. Eine gepflasterte Schräge führte vom Hof in einen langen, unterirdischen Raum mit einer hohen, gewölbten Decke. Eine Seite war mit Holzabtrennungen in Boxen für die Pferde unterteilt, mit darüber liegenden, hölzernen Plattformen, auf denen die Stallburschen schliefen. Hafer, Heu und Stroh waren auf der anderen Seite gestapelt, obwohl die Vorräte sehr mager aussahen. Wenn der Winter ebenso kalt wurde wie er bereits nass war, mussten die Tiere ebenso wie die Menschen verhungern, denn es gab für beide nicht genügend Vorräte. Vielleicht sollten wir für die Lebenden beten, nicht für die Toten. Zumindest brauchten die Toten keine Nahrung mehr.

An diesem Nachmittag standen in den Boxen nur wenige Pferde, die zufrieden an ihrem Futter zupften, ohne Vorahnung, was die Zukunft bereithalten mochte. Ansonsten schienen die Ställe verwaist. Am hinteren Ende befand sich ein großer Lagerraum, in dem große und kleine Fässer aufgestapelt waren. Das einzige Licht drang durch zwei mit Gittern versehene Öffnungen im Dachboden herein, aber es war hell genug, um den Mann zu sehen, den ich dort suchte.

Der Laienbruder, der in der Wäscherei arbeitete, hatte meine Erwartungen noch übertroffen. Ich hatte bestenfalls auf zwei, höchstens drei zerschlissene Mönchskutten gehofft, aber es war ihm gelungen, ein halbes Dutzend herbeizuschaffen. Sie waren geflickt, fadenscheinig und beschmutzt, genau das, was ich suchte. Je länger das Gewand anscheinend getragen wurde, desto wertvoller ist es, und was die Flecken betrifft – wenn Blut daran ist oder etwas dem Blut Ähnliches, dann ist das noch um vieles besser. Ich wollte lieber nicht fragen, ob die alten Gewänder der Mönche wirklich ausrangiert worden waren oder ob einige in den Wäschelisten einfach als »fehlend« vermerkt würden, aber der Laienbruder würde zweifellos dafür sorgen, dass er deswegen nicht zur Rechenschaft gezogen würde. Er schien sehr zufrieden mit seinem Teil des Handels – einige wenige Münzen und ein halbes Dutzend Flaschen mit dem Wasser des heiligen John Shorne.

Es war gut, dass ich meine Vorräte in North Marston aufgestockt hatte.

Er schlüpfte über eine kleine Treppe aus den Ställen, während ich an der Rückseite der Boxen entlangschlenderte und höchst zufrieden war – mit dem Tag, einem guten Handel, einem Bauch voll warmem Essen und der Aussicht auf einen bevorstehenden warmen und behaglichen Schlaf. Die Dinge verliefen endlich einmal positiv.

»Camelot?«

Ich zuckte zusammen, als eine Gestalt aus den Schatten hinter einem der angepflockten Pferde hervortrat. Solche Schrecken sind in meinem Alter nicht gut. Ich lehnte mich an die Abtrennung, das Herz ein wenig rascher pochend.

»Tut mir leid. Ich wollte Euch nicht erschrecken«, sagte Cygnus und grinste einfältig wie ein Kind, das bei einem Streich erwischt wurde.

»Ich fragte mich schon, wohin Ihr gegangen seid, Cygnus.«

»Ich dachte, ich sollte den übrigen Reisenden besser aus dem Weg bleiben, nur für den Fall, dass einer von ihnen zufällig …« Er brach, elend wirkend, ab. »Wie auch immer, ich dachte, ich könnte mich ebenso gut nützlich machen. Ihr habt mich eine Woche lang durchgefüttert, und ich habe nichts getan, um meinen Lebensunterhalt zu verdienen. Die arme, alte Xanthus musste einmal gründlich abgeschrubbt werden, den Schlamm von ihrem Fell kriegen. Pferde erkälten sich, wenn ihr Fell verfilzt ist. Sie können sich nicht wärmen. Auch Hufe verrotten, wenn man sie nicht säubert.«

Wie um das zu bestätigen, wieherte Xanthus leise und stieß ihn sanft an. Er lächelte und fuhr mit ihrer Pflege fort.

»Hat Zophiel sich nicht um sein Pferd gekümmert, als er sie in den Stall brachte?«

»Er hat sie gefüttert, aber er wollte eilig zu seinem Wagen zurückkehren. Sagte, er müsse überprüfen, ob seine Kisten verrutscht seien. Aber genug von Zophiel«, fügte er ungeduldig hinzu. »Was hattet Ihr und dieser Laienbruder zu besprechen, Camelot? Wollt Ihr die alten Mönchsgewänder an die Armen verkaufen? Sie werden nicht viel einbringen, wohl kaum der Mühe wert, sie herumzuschleppen.«

»Nicht an die Armen, Cygnus, an die Reichen. Wer arm genug ist, um sich in diese Lumpen kleiden zu müssen, hätte nicht das Geld, sie zu kaufen.«

»Aber die Reichen würden nicht einmal im Tod in solchen alten Sachen gesehen werden wollen.«

»Ah, aber darin irrt Ihr Euch, mein Junge, die Reichen wollen nur tot darin gesehen werden.«

Er schüttelte verwirrt den Kopf.

»Die Reichen mit schlechtem Gewissen kaufen Mönchsgewänder, um darin begraben zu werden, denn wenn der Teufel kommt, um ihre Seelen für all ihre Schlechtigkeit in die Hölle zu tragen, läuft er an ihnen vorbei, denn er sieht keinen reichen Sünder, sondern einen armen, frommen Mönch. Wenn der Mönch, der das Gewand getragen hat, gottgefällig genug war, dann wird der Geruch der Heiligkeit seinen Gewändern anhaften und könnte die Zeit verkürzen, die ein Sünder im Fegefeuer verbringen muss, oder sogar die Tore zum Himmel selbst öffnen. Riecht einmal hieran.« Ich hielt Cygnus ein besonders übel riechendes Kleidungsstück unter die lange Nase.

Er wich angeekelt zurück.

Ich lachte. »Die Engel werden die Heiligkeit hieran schon lange riechen, bevor er die Leiter hinaufsteigt, und werden die Tore weit öffnen. Sie werden ihn nicht aufhalten oder zu lange befragen wollen, denn sie werden zu sehr damit beschäftigt sein, für ihn Wasser für ein Bad zu ziehen.«

»Glauben die Leute, die Engel und der Teufel könnten durch solche Tricks so leicht zum Narren gehalten werden?«

»Wenn ein Mensch selbst zum Narren gehalten werden kann, dann hält er auch alle anderen für Narren, sogar den Teufel persönlich. Und wenn es ihre letzten Stunden und ihre trauernden Familien tröstet, wer sind wir dann, dass wir ihnen das missgönnen wollen? Jeder Mensch, ob reich oder arm, braucht in seinen letzten Stunden Hoffnung, und jede Witwe braucht in ihrem Kummer Trost.«

»Aber sicher, darum zahlen sie für Kantoreigebete und Messen, damit sie ihre Tage im Fegefeuer durch das Gebet verkürzen können.«

»Ah, aber das genügt nicht, um sie zu beruhigen. Die Reichen haben es gelernt, ihren Mitmenschen zu misstrauen. Ihrer Erfahrung nach lässt sich Loyalität nur durch zwei Dinge sicherstellen – durch Geld und durch Angst. Wenn ein reicher Mann tot ist, kann er nicht mehr durch Angst herrschen, und was ist, wenn das Geld ausgeht oder diejenigen, die fürs Beten bezahlt werden, nachlässig werden? Man sollte sich besser selbst um seine Erlösung kümmern, als dafür von anderen abhängig zu sein.« Ich steckte das letzte der Gewänder in mein Bündel.

»Ich kann noch immer nicht glauben, dass die Reichen diese Lumpen kaufen werden.«

Ich kicherte. »Ihr werdet es beizeiten sehen, mein Junge, das heißt natürlich, wenn Ihr bei uns bleibt.«

Besorgnis furchte wieder sein Gesicht. »Narigorm sagt, dass Zophiel mich dem Büttel nicht übergeben wird«, meinte er unsicher.

»Hat er ihr das gesagt?«

Er runzelte die Stirn, als versuche er, sich an ihre Worte zu erinnern. »Ich glaube nicht, dass sie das gesagt hat, aber so muss es gewesen sein. Sie schien so sicher.«

Das Bild der Runen, der Feder und der Muschel blitzte in meinem Geist auf. Las sie die Zukunft oder wollte sie sie erschaffen?

Cygnus biss sich auf die Lippen und spähte besorgt zu mir, versuchte, in meinem Gesicht irgendeine Art von Beruhigung zu erkennen. »Warum? Glaubt Ihr nicht, dass sie recht hat?«

»Hoffen wir es.« Und dann, als ich sah wie die Angst sein Gesicht verzerrte, fügte ich hastig hinzu: »Ich bezweifle, dass noch jemand nach Euch sucht. Die Nachricht wäre inzwischen hier eingetroffen, wenn dem so wäre. Die Menschen haben drängendere Sorgen. So wie die Dinge liegen, werden sie niemanden erübrigen können, um das Land nach einem Flüchtenden durchsuchen zu lassen.«

Es war besser, dass er das glaubte, als sich zu Tode zu sorgen. Wenn sie ihn einsperrten, hätte er noch genug Zeit, sein Schicksal zu beklagen.

Ich ergriff seinen Arm. »Kommt nicht auf die Idee, von hier davonzulaufen, Junge. Ihr könnt nicht in Euren alten Beruf zurückkehren, zumindest nicht, bis Ihr sicher wisst, dass niemand mehr nach

Euch sucht, und das Leben dort draußen ist im Moment für jeden Reisenden hart. Ihr würdet als Bettler enden, und das ist kein Leben. Bei uns werdet Ihr zumindest essen, wenn wir essen, und wer weiß – wenn Ihr Euch mit diesem Pferd ausreichend nützlich macht, könnte Zophiel erkennen, dass Ihr ihm als Stallbursche dienlicher seid als das auf Euch ausgesetzte Kopfgeld.«

Er nickte. »Ich werde nicht davonlaufen, Camelot. Ich meinte es ernst, als ich sagte, ich würde Adela oder die kleine Narigorm nicht in Gefahr bringen. Niemandem, der einem Kind Schaden zufügt, kann jemals vergeben werden, darum hätte ich diesem kleinen Mädchen nie etwas so Schreckliches antun können. Wenn ich ein Kind hätte, würde ich es so gut behüten, dass es niemals auch nur einen Moment des Schmerzes oder der Angst erfahren müsste.« Tränen schimmerten in seinen Augen, und er wischte sie heftig fort.

Ich erinnerte mich nur zu gut an diese Leidenschaft. Als ich meinen kleinen Sohn zum ersten Mal in den Armen hielt und die Bläue des Himmels sich in seinen großen Augen verdichten sah, sein weicher, kleiner Mund verwundert geöffnet, während sich seine zerbrechlichen, kleinen Finger fest um meinen Finger schlossen, im Vertrauen darauf, dass ich ihn vor allem beschützen würde, erkannte ich, dass ich mein Leben geben würde, um meinen Sohn vor Schaden zu bewahren. Ich hätte niemals vorhersehen können, wie dieses Versprechen auf die Probe gestellt wurde, aber damals meinte ich es ernst, und ich habe nicht einen Tag meines Lebens bereut, es gehalten zu haben. Aber Cygnus weinte nicht um ein verlorenes Kind, er weinte um das Kind, von dem er wusste, dass er es niemals haben würde. Nicht nur Prinzessinnen lehnen es ab, Schwanenjungen zu heiraten.

Plötzlich platzte er heraus: »Zophiel hatte recht mit seiner Frage: ›Welchen Nutzen hat eine Schwinge?‹ Das war der Kummer meiner Mutter. Ich sah ihn jeden Tag in ihren Augen, diesen Ausdruck des Mitleids und der Schuld, wenn sie mich ansah, so wie man vielleicht ein Tier ansieht, das man versehentlich verstümmelt hat. Sie hat vermutlich darauf gehofft, ich würde mit zwei Schwingen oder mit zwei Händen geboren. Ich glaube nicht, dass es ihr wichtig war, welches von beidem, aber ich war weder Vogel noch Mensch. Sie hatte Vertrauen, wisst Ihr, aber nicht genug für zwei Schwingen, nicht genug, um zu glauben, das anstelle einer gesunden rechten Hand eine Schwinge wachsen würde. Darum bin ich letztendlich gegangen.«

»Wie der Schwanenbruder in der Geschichte?«, fragte ich leise.

»Dieser Teil mit dem Schwanenprinzen ist wahr. Ich ging, weil ich es nicht ertragen konnte, die Schuld in ihren Augen zu sehen, weil ich der Grund dafür war. Und ich ging, weil ich nicht wollte, dass man sich um mich kümmerte wie um einen verkrüppelten Vogel.«

»Wir lassen ebenso viel zurück, um von dort fortzugelangen, wo wir sind, wie wir zu finden hoffen.«

»Ihr auch?« Er betrachtete meine leere Augenhöhle.

»Glaubt mir«, sagte ich, »ich weiß, wie es ist, mitleidig betrachtet zu werden. Ich hatte meine Gründe zu gehen. Ich weiß, warum Ihr gegangen seid, aber ich bin neugierig darauf, was Ihr sucht.«

»Meine andere Schwinge natürlich. Glaubt Ihr, ich möchte mit einem Arm und einer Schwinge durchs Leben gehen?«

»Vielleicht nicht, aber warum nicht ein Arm anstelle der Schwinge? Hättet Ihr zwei Arme, wärt ihr gänzlich ein Mensch.«

»Ihr glaubt, zwei Arme machten Euch zu einen Menschen?«

»Machen Euch zwei Schwingen zu einem Vogel?«

Er lächelte traurig. »Mit zwei Schwingen kann man fliegen.«

Die Nacht von Allerseelen ist eine Zeit, in der alle guten Christen entweder sicher im Bett liegen, die Decken fest über ihre Köpfe gezogen, oder fromm in den Kirchen bei den Heiligen und ihren Gebeten Schutz suchen. Denn es heißt, es sei die Nacht, in der zwischen Sonnenuntergang und Sonnenaufgang die Tore zum Fegefeuer aufgestoßen werden und die Toten als Kröten oder Katzen, Eulen oder Fledermäuse hervordringen, um jene zu quälen, die sie vergessen oder vernachlässigt haben.

Als ich ein Kind war, legten die Menschen in der Nacht von Allerseelen immer Girlanden, Nahrung und Ale auf die Gräber ihrer Verwandten, um sie davon zu überzeugen, dass sie nicht vernachlässigt würden. Aber die Toten konnte man durch dieses eintägige Gedenken nicht narren. Sie kamen dennoch, drangen in Häuser ein, kratzten an Wänden, rüttelten an Fensterläden. Wir Kinder kauerten uns gemeinsam in unseren Betten zusammen und gaben gegenseitig vor, nichts zu fürchten, zitterten aber unter unseren Decken, während wir auf jedes Knirschen und Stöhnen, jeden Schrei und jedes Heulen jener langen Nacht lauschten, dankbar für den Trost, die warmen, lebendigen Körper unserer Geschwister fest an uns gepresst zu spüren. Aber Erwachsene müssen sich ihren Geistern stellen, und wie die übrigen Reisenden im Gästehaus des Klosters, trotzten wir der kalten Nacht, um mit den Mönchen für ihre und unsere Toten zu beten – und für die Toten, die zu niemandem gehörten.

»*Convertere, anima mea, in requiem tuam* … Wende dich, o meine Seele, deiner Ruhe zu …«

Rodrigo neben mir seufzte, bekreuzigte sich, sprach die Worte den Mönchen nach, richtete sich in dem alten, vertrauten Gottesdienst ein, wie sich ein Hund an einem warmen Feuer einrichtet. Cygnus, dessen lange, scharfe Nase im Kerzenlicht deutlich hervorstach, blickte wie gebannt zu Boden, als fürchtete er sich davor, den Augen der Lebenden oder der Toten zu begegnen. Adela, einen Arm um Narigorms Schultern, blickte zuerst zu ihr und dann zu Osmond, als wären sie bereits eine Familie. Ich fragte mich, ob sie Narigorm aufnehmen würden, wenn sie schließlich einen Platz fänden, wo sie sich niederlassen könnten. Sie schienen das Kind beide zu mögen und behandelten sie bereits wie eine Nichte, wenn nicht wie eine Tochter, aber würde sich das ändern, wenn ihr eigenes Kind geboren wäre? Ich vermutete, dass Narigorm nicht leicht darüber hinwegkäme, ihre Zuneigung schwinden zu sehen.

Vor uns blickte Zophiel strikt geradeaus. Es war schwer zu erkennen, ob er betete oder nicht. Und wenn er für die Toten betete, an wen dachte er dann? Eine Ehefrau? Ein Kind? Ich hatte ihn nie gefragt, ob es sie in seinem Leben gab. Es war schwer, sich ihn vorzustellen, wie er irgendeiner Frau gegenüber lange genug höflich blieb, um sie zu bitten, ihn zu heiraten, aber vielleicht war er in seiner Jugend ein anderer Mensch gewesen, ein freundlicher und sanfter Mann, mit Feuer in seiner Seele. Und vielleicht war es eine treulose Ehefrau gewesen, die ihn gegen ihr Geschlecht eingenommen hatte.

Oder vielleicht auch nicht. Ich glaubte nicht, dass sich ein Mensch so ändern konnte. Bei dem Gedanken an Frauen erkannte ich jäh, dass Pleasance nirgendwo in der Kirche zu sehen war. Ihre Abwesenheit überraschte mich. Ich hätte sie für eine strenggläubige Frau gehalten. Jofres Abwesenheit war andererseits keine Überraschung.

Die Kirche war in jener Nacht ungewöhnlich dunkel, um die Anwesenden an die Dunkelheit des Grabes zu gemahnen, das uns alle erwartet. Ein offener, leerer Sarg war vor dem Lettner platziert worden, eine Kerze an jeder Ecke, bereit und auf den nächsten Leichnam wartend. Bestimmt gab es bald einen, wenn nicht heute, dann morgen. Der Tod ist die einzige Sicherheit im Leben – daran erinnerte uns dieser Sarg.

Die Kirchenmauern und die Säulen waren über und über mit Szenen aus der Bibel und den Leben der Heiligen bemalt. Bei Tage leuchteten die Rot-, Blau-, Grün- und Goldtöne der Gemälde lebhafter als ein frisch gestickter Wandteppich. Aber die Kerzen für diesen Gottesdienst waren sorgfältig platziert worden, um nicht das Gold der Glorienscheine der Heiligen oder die vollen, runden Brüste der Jungfrau zu beleuchten, sondern die roten Flammen, die zwischen den Zähnen des Höllenschlundes züngelten, wo Sünder die Arme hoben und nutzlos um Gnade flehten, während die zweigesichtigen Dämonen sie hinabstießen. Die Gebete kamen für diejenigen zu spät, die zur Hölle verdammt waren, aber nicht für diejenigen im Fegefeuer. Wie die Mauern es uns lehrten, könnten sie noch immer erlöst werden.

Unter den Gemälden befanden sich von den Gläubigen hinterlassene Opfergaben – mit Edelsteinen besetzte Halsketten, Anstecknadeln, Broschen und Ringe, silberne Kruzifixe und Gefäße mit teuren Gewürzen –, Abmachungen, die zwischen den Gläubigen und der Kirche geschlossen wurden, Waren, die für die Gebete des heiligen Odilo eingetauscht wurden, der festgelegt hatte, dass alle Kluniazensermönche zusätzlich zu ihren regulären Gebeten für die Verschiedenen einen Tag im Jahr dem Gebet für die Toten im Fegefeuer weihen sollten.

Die Prozession der Mönche blieb vor dem Gemälde stehen. Sie

wirkten in der Dunkelheit der Kirche unter ihren tiefen Kapuzen gesichtslos.

»*Quia eripuit animam meam de morte* … Denn er hat meine Seele vom Tode erlöst …«

Würde Gott die Mönche erlösen? Würde er die Klöster verschonen? Wenn die Gerüchte stimmten, hatte er die Priester nicht verschont. Aber wenn die Pest auch in die Klöster kroch, wer blieb dann übrig, um für die Toten zu beten? Und was war mit denjenigen, die ohne Beichte und unbenannt in Massengräbern lagen – würden sie jemals aus dem Fegefeuer erlöst, wenn niemand mehr da war, um ihren Namen zu nennen?

Die Mönche verließen die Kirche in Zweierreihe, dicke Kerzen in ihren Händen. Diese wurden durch Hornaufsätze vor dem Wind geschützt, der in die Kirche fuhr, sobald die große Tür geöffnet wurde. Wir folgten ihnen in einer feierlichen Prozession, wie Trauernde einem Sarg folgen. Der Gottesdienst war noch nicht vorüber. Die Gräber der Mönche auf dem Gartenfriedhof mussten noch gesegnet und mit Weihwasser besprenkelt werden.

Draußen war es kalt und dunkel, der Regen hatte nachgelassen, aber der Wind hatte zum Ausgleich zugenommen. Er riss an unseren Kleidern und bog die Zweige der Eiben, bis sie wie jene Seelen im Fegefeuer ächzten. Wir standen zusammengekauert unter den kahlen Ästen der Obstbäume und versuchten uns vor dem beißenden, nassen Wind zu schützen, während die Mönche von Grab zu Grab zogen und stehen blieben, um ein jedes mit Wasser vom Ysop zu besprenkeln. Aber nur wenig Weihwasser erreichte die Grabhügel, denn die Tropfen wurden vom Wind fortgerissen.

»*Direge, Domine, Deus meus, in conspectus tuo viam meam* … Lenke, o Herr, mein Gott, meinen Weg in deinem Angesicht …«

Plötzlich erklang von der anderen Seite des Friedhofs ein schrilles Kichern. Die Mönche stockten in ihrem Singsang und wandten sich dem Klang zu. Wir bemühten uns alle zu lauschen, konnten aber nichts anderes hören als die ächzenden Bäume und den heulenden Wind. Die Mönche nahmen ihre Litanei wieder auf, aber dann erklang ein weiteres Kreischen, das man nicht ignorieren konnte.

Der Prior trat vor, hob seine Kerze an und rief mit nicht allzu fester Stimme: »Wer ist da? Kommt hervor und zeigt Euch, wer immer Ihr seid.«

Aber die Kerzenflamme drang nur wenige Fuß in die Dunkelheit.

»Kommt hervor, sage ich. Ich befehle es Euch im Namen des …«

Aber weiter kam er nicht, denn drei dunkle Gestalten erhoben sich vom Boden und sprangen vorwärts.

Mehrere Leute in der Menge schrien auf und wollten über die Mauer des Friedhofs klettern. Sogar die Mönche wichen zurück und bekreuzigten sich, aber der Prior war aus härterem Holz geschnitzt. Er hielt stand, streckte sein Kruzifix vor sich aus und murmelte immer wieder »*Libera nos a malo.* Erlöse uns von dem Bösen«, während die Gestalten auf ihn zu stolperten.

Dann, als das Kerzenlicht sie erreichte, sahen wir, was die Wesen waren. Sie waren menschlich und sehr lebendig. Zwei von ihnen kannte ich nicht, aber ich sah an ihrer Kleidung, dass einer ein junger Novize und der andere ein etwas älterer Laienbruder war, aber der Dritte war nicht zu verkennen. Es war Jofre. Und er war wie seine beiden Gefährten sturzbetrunken. Er löste sich von seinen neuen Freunden, taumelte zum nächstgelegenen Grab, hob seinen Krug und verbeugte sich übertrieben.

»Hier Brud … Bruder Knochen, du willst kein Wasser, nicht wahr. Hattest … hattest schon genug davon. Nimm etwas Wein, mein guter Mann.« Er ließ etwas Wein auf das Grab tröpfeln. »Das wird dir Haare auf der Brust wachsen lassen, nein warte … Du hast keine Brust«, kicherte er. »Und hier ist etwas für all deine kleinen W … Würmer und Maden.«

Er leerte den Rest aus seinem Krug auf das Grab. Dann schwankte er seitwärts, stolperte über den Grabhügel und fiel dem Prior unmittelbar in die Arme, auf dessen würdevolle Brust er sich ausgiebig erbrach.

Kapitel 12

DIE STRAFE

Wir hatten Glück, dass sie uns in jener Nacht nicht ihrer Tore verwiesen, obwohl es nicht Barmherzigkeit war, die uns eine Nacht auf der Straße ersparte, sondern der Beschluss des Priors und des Novizenmeisters, Jofre lange genug innerhalb ihrer Mauern zu behalten, um jedes Detail der Gräueltat zu erfahren. Es war eindeutig, dass keiner der drei Burschen zur Vernunft käme, bevor sie nicht wieder nüchtern wären.

Die Mönche zerrten ihre Missetäter davon, damit sie eine unbequeme Nacht auf den harten, kalten Brettern der Büßerzellen verbrächten. Aber Jofre durften wir zu den Ställen bringen. Auf dem Boden im Stroh richtete er den wenigsten Schaden an, wenn er sich erneut erbräche. Rodrigo, kreidebleich vor Zorn, schrie und schimpfte den ganzen Weg auf ihn ein. Cygnus, in diesem Moment der einzige Mensch, der ein gewisses Mitleid mit dem Jungen zu empfinden schien, versuchte Rodrigo dazu zu überreden, sich ebenfalls hinzulegen, und sagte ihm, er würde ein Auge auf den Jungen haben und dafür sorgen, dass er in der Nacht nicht erstickte.

Zophiel wandte sich ihm zornig zu. »Lass ihn ruhig ersticken. Damit täte er uns allen einen Gefallen. Begreifst du nicht, dass er uns jegliche Chance verbaut hat, unbemerkt zu bleiben? Jedermann, der dich sucht, wird dich nun finden. Sie werden sich seinetwegen an uns erinnern. Dieser Flegel ist für uns alle eine Last. Dies ist das zweite Mal, dass er uns eine Unterkunft kostet, denn das Kloster wird uns seine Gastfreundschaft morgen gewiss entziehen.«

Rodrigo wirkte so betroffen, als hätte er gerade erst erkannt, was die Ereignisse der Nacht für Cygnus bedeuteten.

»Cygnus, ich weiß nicht, wie ich mich bei Euch entschuldigen soll … bei Euch allen.« Er packte den bewusstlosen Jofre bei den Schultern und schüttelte ihn. »*I denti di Dio!* Warum tust du das? Du hast mir geschworen, nachdem …«

»Ihr verschwendet Euren Atem«, unterbrach Zophiel ihn ungeduldig. »Cygnus hat dieses eine Mal recht. Lasst ihn seinen Rausch ausschlafen, und kümmert Euch morgen um ihn, wenn er nüchtern ist. Aber wenn Ihr das tut, Rodrigo, dann sorgt dafür, dass Ihr ihm eine Lektion zuteilwerden lasst, die er nicht vergessen wird. Dieses Mal ist er zu weit gegangen, und das dürft Ihr nicht hinnehmen. Ihr seid als sein Meister für ihn verantwortlich. Wenn er sich weiterhin so benimmt, wird er sich bald an einem Seil wiederfinden, und wenn er am Galgen endet, wird das Eurer Verantwortung unterliegen.«

Am folgenden Morgen wurde Jofre beim ersten Tageslicht in seiner Box im Stall nicht allzu sanft geweckt. Er wirkte blass, klagte über Kopfschmerzen, und ihm war übel, aber er litt nicht annähernd so sehr, wie Zophiel es ihm gewünscht hätte, und auch nicht so sehr wie seine beiden Trinkkumpane, die, anders als Jofre, nicht an übermäßigen Wein gewöhnt waren und sich deshalb die Köpfe hielten und beim leisesten Geräusch zusammenzuckten.

Die Geschichte, die schließlich herauskam, sprach keinen der drei von Schuld frei. Anscheinend hatte Jofre eine Unterhaltung mit einem jungen Laienbruder und zwei Novizen begonnen. Wer von ihnen das Würfelspiel vorschlug, ließ sich nicht klären – sie beschuldigten sich alle gegenseitig –, aber es wurde gewürfelt. Da die Novizen nichts besaßen, was sie gegen Jofres Geld setzen konnten, entwendeten sie, anstatt eines Einsatzes, etwas Wein aus den Lagern. Zunächst nur eine kleine Menge, nichts, was vermisst würde, und gewiss nicht genug, um sie betrunken zu machen. Aber was sie tranken genügte, um ihre Hemmungen zu lösen, und bald wurden die Spieleinsätze erhöht und noch mehr Wein gestohlen und getrunken. Als sie die Klosterglocke den Gottesdienst zu Allerseelen einläuten hörten, zog sich einer der beiden Novizen klugerweise aus dem Spiel zurück und schlüpfte durch eine Seitentür in die Kirche, in der Hoffnung, dass seine anfängliche Abwesenheit unbemerkt bliebe. Aber die anderen tranken und spielten weiter, schon zu berauscht, um die warnende Glocke zu beherzigen.

Nachdem sie den rebellischen Jofre befragt hatten, zogen sich der Prior und der Novizenmeister zurück, um den zweiten Novizen aufzusuchen, der noch nicht befragt worden war und zweifellos irgendwo auf den Knien lag, um inbrünstig dafür zu beten, dass seine Identität nicht offenbart würde. Wir für unseren Teil machten uns zum Aufbruch bereit.

Der Laienbruder würde aller Wahrscheinlichkeit nach in die Bußerzelle gesperrt werden und ungefähr eine Woche lang leiden müssen, bevor er aus dem Kloster geworfen würde. Er hätte langfristig zweifellos die härteste Strafe zu ertragen, denn Arbeit und Unterkunft waren nur schwer zu finden. Was den Novizen betraf, so würden ihm wahrscheinlich einen Monat oder länger harte Strafen bevorstehen. Er könnte sich glücklich schätzen, wenn er wochenlang etwas anderes als hartes Brot essen dürfte, und gewiss hatte er für eine ganze Weile seinen letzten Tropfen Wein gekostet.

Jofre hatte Glück, dass der Prior den schändlichen Vorfall so diskret wie möglich behandeln wollte, weil ihm bewusst war, dass er ein schlechtes Licht auf die Disziplin des Klosters warf, und damit auch auf den Prior selbst. Wäre das nicht gewesen, hätte Jofre sich vor dem Kirchengericht wiedergefunden und wäre wirklich hart bestraft worden. So aber war der Prior es zufrieden, Jofres Disziplinierung seinem Meister Rodrigo zu überlassen.

Aber wenn Rodrigo beabsichtigte, Jofre eine scharfe Lektion zu erteilen, so bewahrte er sich die Worte offensichtlich auf, bis wir ein gutes Stück vom Kloster entfernt wären. Denn anders als in der Nacht zuvor, presste er die Lippen zusammen und blieb stumm, trotz Jofres bangen Blicken in seine Richtung, und wir Übrigen warteten wie Jofre auf den Ausbruch, der gewiss erfolgen müsste.

Es war eine stille Gruppe mit grimmigen Gesichtern, die Xanthus und dem Wagen einmal mehr auf die Straße hinaus folgte. Nicht einmal Zophiel schlug vor, dass Cygnus an die Rückseite des Wagens gebunden werden sollte. Es hatte keinen Sinn mehr vorzugeben, er sei noch unser Gefangener. Wie zuvor, war die Straße fast verwaist, nachdem wir die Klosterländereien hinter uns gelassen hatten. Der Regen hatte wieder eingesetzt, ein feines Nieseln, und die einzigen Geräusche waren die rumpelnden Wagenräder und die heiseren Schreie der am grauen Himmel über uns kreisenden Krähen, während sie einen Reiher angriffen, der zu nahe an ihren Schlafplätzen schwer mit den Flügeln schlug. Der Gedanke an eine weitere Nacht im Freien bedrückte uns alle.

Der Fluss vor uns war nach all dem Regen bis an die Uferkante angestiegen, aber zumindest war er nicht über die Ufer getreten, obwohl er es jederzeit zu tun drohte. Wo der Fluss die Straße querte, waren die Ufer befestigt und der Grund mit großen, flachen Steinen in Form einer Furt angehoben worden. Aber es war schwer zu sagen, ob die Furt passierbar war, denn das schnell fließende Wasser war schlammig und voller wirbelnder, brauner Blätter und Zweige. Auf einer Seite der Furt war eine gebogene Steinbrücke errichtet worden, breit genug für Menschen und Pferde, aber nicht für den Wagen.

Zophiel reichte Osmond Xanthus' Zügel und stieß seinen langen Stock in die Furt, um die Tiefe zu prüfen. »Schneller und tiefer, als mir lieb ist, aber es bleibt uns nichts anderes übrig. Wir sind seit weit vor dem Kloster an keiner anderen Furt mehr vorbeigekommen, die breit genug für einen Wagen gewesen wäre. Wir müssen den Fluss entweder hier überqueren oder viele Meilen zurückgehen. Und«, fügte er mit einem finsteren Blick zu Jofre hinzu, »dank unserem jungen Freund würden wir im Kloster kaum mehr willkommen sein, wenn wir wirklich gezwungen wären zurückzukehren. Also werden wir hier hinübergehen müssen.«

Jofre blickte zu Boden.

»Zwei Leute werden in der Breite der Wagenräder vor Xanthus vorauswaten, um rechtzeitig zu warnen, falls einer der Furtsteine fortgespült wurde. Es sollte besser jemand sein, der schwimmen kann. Camelot? Cygnus?«

Cygnus schüttelte den Kopf. »Ich habe es nie gelernt.«

Zophiel schwang seinen Stock auf den Wagen und traf dabei fast Cygnus auf den Kopf, sodass dieser unwillkürlich zurückschreckte. »Ein Schwan, der nicht fliegen oder schwimmen kann. Was genau kannst du denn, Junge?«

»Ich übernehme das«, sagte Osmond. »Ich war als Junge ständig am und im Fluss, nicht wahr, Adela?« Sie sah ihn scharf an, und Osmond errötete jäh, als hätte er etwas gesagt, was er nicht sagen sollte.

»Ich helfe ihm«, sagte Rodrigo ruhig. Es waren die ersten Worte, die er den ganzen Tag geäußert hatte. »Ich bin größer und schwerer als Camelot. Mich wird der Fluss nicht so leicht umwerfen.«

Ich lächelte. »Ich danke Euch, Rodrigo, dass Ihr taktvoll genug wart, nicht zu sagen, was Ihr wirklich meintet, nämlich dass Ihr jünger seid als ich.«

Rodrigo verbeugte sich vornehm, aber er lächelte nicht, wie er es normalerweise getan hätte. Diese Angelegenheit mit Jofre lag ihm eindeutig auf der Seele. Je eher er sich den Jungen vornähme und die Luft klärte, desto besser für uns alle.

Narigorm kletterte aus ihrem kleinen Nest in der Vertiefung vorne am Wagen herab, während Zophiel überprüfte, ob seine Kisten gesichert waren, aber Adela musste warten, bis Osmond ihr herabhelfen konnte. Ihr angeschwollener Bauch machte das Manöver mit jedem Tag schwieriger.

»Ich wette, dass Zophiel uns ertrinken lassen und seine Kisten retten würde, wenn der Wagen davongespült würde«, murrte Osmond. »Ich würde alles darum geben zu erfahren, was er darin aufbewahrt. Cygnus, habt Ihr nicht gesehen, was darin ist, als Ihr Euch im Wagen verstecktet?«

Cygnus, einen eigenartigen Ausdruck auf dem Gesicht, begann: »Ich habe gesehen …«

Aber als Zophiel um die Rückseite des Wagens herum zurückkam, verstummte er jäh. Er wandte sich hastig ab und hielt auf die Brücke zu. Wir Übrigen folgten, bis auf Adela, die Osmond bat, vorsichtig zu sein. Er versicherte ihr, dass er den Fluss vor ihr überquert haben würde, tat, mit einem verlegenen Lächeln zu Rodrigo, einen vorsichtigen Schritt in das schnell dahinfließende, eiskalte Wasser und erschauderte, als es langsam seine Beine hinaufstieg.

Eines muss ich Xanthus zugutehalten: Sie konnte hervorragend steigen und buckeln, wenn sie schlecht gelaunt war, aber angesichts wahrer Gefahr war sie wie ein Fels in der Brandung, und obwohl sie am Ufer erst zögerte, trottete sie dann problemlos hinüber, während Zophiel sie vorwärtsführte. Vielleicht halfen ihr die vor ihr gehenden, vertrauten Gestalten Rodrigos und Osmonds, die Ruhe zu bewahren, als das schlammige Wasser um sie herumwirbelte.

Rodrigo und Osmond hatten das andere Ufer schon fast erreicht, als hinter uns auf der Brücke und fast im gleichen Augenblick auch von Osmond im Wasser Schreie erklangen. Wir fuhren herum und sahen einen jungen Mann, der einen Arm um Adelas Taille geschlungen und ein Messer an ihre Kehle angelegt hatte. Und ein älterer Mann stand am Ufer, der eine lange, mörderisch wirkende Lanze unter Osmonds Kinn hielt. Noch während wir hinsahen, erschienen auf der anderen Seite der Brücke eine Frau und ein Mädchen, die unseren Weg hinüber versperrten. Auch sie waren mit Messern bewaffnet. Sie waren eine Familie, dürr, aber zäh, Menschen, die viele Hungerzeiten gekannt, aber überlebt hatten und dadurch stärker geworden waren. Sie sahen vielleicht schmutzig und zerlumpt aus, aber sie waren keine duckmäuserischen Bettler. Ein Ausdruck von Arglist lag auf ihren Gesichtern, selbst auf dem des jungen Mädchens, der einem sofort verdeutlichte, dass sie nicht zögern würden, ihre Waffen zu gebrauchen, wenn sie es wollten.

»Bezahlt den Straßenzoll, wenn Ihr diesen Übergang benutzen wollt.« Die Beine des Mannes waren nackt, aber sein übriger Körper war von einer Art dunklem, moderigem Leder umhüllt, und er trug eine runde Lederkappe auf dem Kopf. Seine Haut war ebenso ledrig wie seine Kleidung, von Sonne, Wind und Schnee so verwittert und runzelig, dass sie nur schwer von der Kleidung zu unterscheiden war.

»Treibt Ihr so den Straßenzoll ein, mit einer Messerspitze? Weiß Euer Herr davon?«, forderte Zophiel zu wissen. »Wem gehört dieser Übergang überhaupt?«

»Er gehört mir. Ich lebe unter der Brücke, also gehört er mir, und ich sage, wer ihn überquert und wer nicht. Ich bin hier der Herr.«

»Meint Ihr?« Rodrigo riss seinen Stock aus dem Wasser hoch, stieß die Pike von Osmonds Kehle weg und schlug dann mit einer flüssigen Bewegung hart auf die Knöchel des Mannes. Alte Lederhaut schrie auf, ließ die Lanze fallen und stürzte rückwärts aufs Ufer. Im selben Moment verlor Osmond, der zurückgetaumelt war, als die Klinge der Lanze seine Kehle aufschürfte, auf dem glitschigen Flussgrund den Halt, glitt von den Furtsteinen ab und versank im tieferen Teil des Flusses. Er kam keuchend wieder an die Oberfläche und kämpfte erneut um Halt, aber die Strömung war zu stark. Rodrigo wollte ihn packen, aber er kam zu spät. Osmond wurde stromabwärts gerissen, seinen Stock noch immer mit einer Hand umklammernd, und verschwand ohne einen Laut um die Biegung des Flusses außer Sicht. Adela schrie auf.

Rodrigo zögerte nur einen Moment, benutzte seinen Stock dann als Sprungstab und schwang sich ans Ufer, gerade als Alte Lederhaut wieder nach seiner Lanze greifen wollte. Aber Rodrigos Stock hatte seine Aufgabe vollbracht. Die Hände des Mannes waren von dem Schlag noch immer taub, und Rodrigo konnte ihm die Lanze entwinden und sie gegen ihn richten, ihn mit deren tödlicher Spitze, die direkt auf sein Herz zielte, auf dem Gras festnageln.

Bei all diesem Tumult direkt vor ihr begann Xanthus, nicht unangemessen, zu steigen und wollte zurückweichen. Dadurch glitt das Hinterrad des Wagens vom Rand des Furtsteins ab, und der Wagen schlingerte seitwärts. Er wippte gefährlich vor und zurück, und die Strömung drohte, Zophiel, Xanthus und den Wagen jeden Moment in den Fluss zu reißen. Zophiel ging ein großes Risiko ein, indem er fest Xanthus' Zügel packte und seine Peitsche hart auf ihre Hinterhand sausen ließ. Sie sprang vorwärts, schoss aufs Ufer zu und zog den Wagen sicher an Land.

Sobald Zophiel das Ufer erreicht hatte, band er die Zügel des Pferdes rasch an den Ast eines Baumes und lief zu der Stelle hinüber, wo Alte Lederhaut von seiner eigenen Lanze festgehalten am Boden lag. Zophiel zerrte ihn hoch und drehte ihm den Arm auf den Rücken.

»Nun, mein Freund, was sagtest du doch über einen Straßenzoll?«

Lederhaut hatte seinen Kampfgeist, obwohl er eindeutig erschüttert war, nicht verloren.

»Ihr habt mich vielleicht besiegt, aber er hat immer noch das Mädchen«, sagte er mit boshaftem Grinsen und deutete mit dem Kopf zum anderen Ufer. Der Junge hatte Adela inzwischen von der Brücke aufs Ufer gezogen und ließ sie vor sich auf dem Boden knien, das Messer an ihre Kehle gepresst, wie ein Mutterschaf, das geschlachtet werden soll. Adela schluchzte heftig, rief nach Osmond.

Der Junge schaute über den Fluss zu seinem Vater und dann zu uns auf der Brücke hinauf. Er grinste und zeigte dabei mehrere Zahnlücken. »Versucht nicht, mir näher zu kommen«, warnte er. »Ich würde ihr die Kehle durchschneiden, bevor Ihr bis auf einen Meter an sie herangekommen wärt.«

Zophiel stieß prompt Lederhaut auf die Knie. »Sagt deinem Balg, dass wir dich durchbohren, wenn er sie nicht sofort loslässt.« Und um zu beweisen, dass er entschlossen imstande war, seine Drohung wahr zu machen, riss Zophiel dem Mann den Arm hinter dem Rücken hoch, bis er vor Schmerz schrie.

»Wenn … wenn Ihr mich tötet, dann wird er sie auch töten. Dann wären wir vermutlich quitt. Aber seht«, fügte er in bettelndem Tonfall hervor, »wir wollen nur unseren Lebensunterhalt verdienen, genau wie Ihr. Wir kümmern uns um die Furt und halten sie für Leute wie Euch frei, sodass es nur recht und billig ist, wenn Ihr uns für unsere Mühe ein paar Pennys gebt.«

»Wer hat dir die Genehmigung erteilt, hier Straßenzoll zu erheben?«, forderte Zophiel zu wissen.

Rodrigo schaltete sich ein. »*I denti di Dio*, Zophiel! Was macht es schon, ob er eine Genehmigung hat oder nicht? Dieser Junge hält ein Messer an Adelas Kehle …«

»Vorsicht, hinter dir, Sohn!«, schrie die Frau vom anderen Ufer herüber, aber der Junge wandte den Kopf zu spät. Osmonds Stock krachte auf seinen Schädel hinab, und er fiel bewusstlos zu Boden, das Messer harmlos davongleitend. Dann half Osmond Adela hoch und drückte sie an sein tropfnasses Hemd. Blut sickerte aus dem

Schnitt von der Lanze an seinem Hals. Sie klammerten sich so verzweifelt aneinander, als hätten sie beide befürchtet, dass der andere sterben würde.

Die Mutter des Jungen schrie auf und wollte sich ihren Weg über die Brücke erkämpfen, um zu ihrem bewusstlosen Sohn zu gelangen, aber Cygnus und Pleasance hielten sie zurück. Cygnus ergriff fest ihren Messerarm und bemühte sich, die gefährlich wedelnde Klinge von seinem Gesicht fernzuhalten. Sie war so versessen darauf, zu ihrem Sohn zu gelangen, dass sie keinen Widerstand leistete, als ich ihr das Messer aus der Hand nahm. Das Mädchen war inzwischen zurückgelaufen, um sich unter der Brücke zu verbergen, von wo die schrillen, widerhallenden Schreie eines Säuglings erklangen.

Zophiel wandte seine Aufmerksamkeit wieder Lederhaut zu, die Augenbrauen auf seine triumphierende Art gewölbt. »Sagtest du, wir wären quitt? Ich denke, mein Freund, du wirst feststellen, dass ihr schachmatt seid.«

Lederhaut bemühte sich, sein schmeichlerischstes Lächeln aufzusetzen. »Es war nur ein kleiner Scherz. Er hätte ihr niemals etwas angetan, aber man kann nicht zu vorsichtig sein. Alle möglichen Leute versuchen, die Brücke zu überqueren. Sie würden einen armen Mann einfach ausrauben, wenn wir nicht Stärke zur Schau stellen würden, und das war es, eine Zurschaustellung. Ich würde nicht im Traum daran denken, guten Leuten wie Euch zu schaden.«

»Erzähl mir nichts«, spie Zophiel hervor. »Illegal Straßenzoll einzutreiben. Reisende zu bedrohen. Wie viele andere habt Ihr bereits ausgeraubt? Du wirst hierfür hängen, du und deine ganze Familie.« Er verdrehte Lederhaut noch einmal scharf den Arm.

Der kleine Mann schrie auf, und ein zufriedener Ausdruck zuckte über Zophiels Gesicht.

»Euer Bursche hat meinem Jungen den Schädel ge … gespalten«, keuchte Lederhaut. »Wenn er tot ist, werde ich nicht alleine hängen.«

Zophiel schwieg, lockerte seinen Griff um den Arm des Mannes aber ein wenig.

Lederhaut sah zu ihm hoch, ein verschlagenes Lächeln auf dem Gesicht. »Kommt schon, wir wollen doch alle nicht die Obrigkeit bemühen, oder? Wir können einander beide ein wenig Gutes tun. Ihr werdet nach einem Schlafplatz für heute Nacht suchen, irgendein warmer Platz, wo Ihr trocknen könnt. Aber es gibt zwei Tage Fußmarsch weit kein Gasthaus, also sieht es so aus, als ob Ihr unbequem schlafen müsstet, es sei denn …« Er hielt angeblich nachdenklich inne. »Vielleicht wüsste ich einen Ort, wo Ihr es heute Nacht warm hättet. Was sagt Ihr? Ist vermutlich einen oder zwei Pennys wert.«

»Was schlägst du vor – dass wir die Nacht wie Ratten mit dir unter der Brücke kauernd verbringen sollen?«, höhnte Zophiel.

»Oh, nein, mein großer Herr«, erwiderte Lederhaut gleichermaßen sarkastisch. »Unsere kleine Brücke wäre zu bescheiden für Euresgleichen. Nein, ich rede von einem Gasthaus. Zumindest war es das.«

»Ich dachte, du sagtest, es gäbe in dieser Gegend kein Gasthaus.«

»Gibt es auch nicht. Wie ich bereits sagte, war es ein Gasthaus. Eine Witwe übernahm es, nachdem ihr Mann gestorben war. Hat es auch gut gemacht, bis diese Blutsauger im Kloster ihr sagten, sie dürfe ihr Gebräu nicht mehr ausschenken, sie müsse das anbieten, was das Kloster ihr zu von ihnen festgesetzten Preisen verkaufe. Das hat sie ruiniert. Vermutlich wollten sie sie vertreiben, aber sie weigerte sich fortzugehen, sagte, diese Befriedigung würde sie ihnen nicht gönnen.«

»Wenn das Gasthaus also geschlossen ist, was nützt es uns dann?«

»Euer Verstand ist so scharf, dass Ihr Euch noch selbst schneiden werdet. Ich komme gerade dazu. Sie verkauft kein Ale mehr, und auch keine Mahlzeiten. Ich bezweifele, dass sie heutzutage noch genug für sich selbst zu essen hat, das hat bis auf die verdammten Mönche niemand mehr hier in der Gegend.« Er spie aus. »Sie tun immer noch alles nur für sich selbst, egal ob wir Übrigen verhungern. Aber das wird Leute wie Euch nicht kümmern. Vermutlich tragt Ihr selbst viel Essen und Ale bei Euch.« Er warf verstohlen einen begehrlichen Blick auf den Wagen. »Aber die Schlafscheune des Gasthauses steht noch. Natürlich darf sie sich nicht mehr Gastwirtin nennen, noch darf sie ein Schild aufhängen, aber sie wird Euch für ein paar Pennys und ein wenig von Eurer Suppe in der Scheune übernachten lassen. Sie ist eine verbitterte, keifende Alte, aber wer kann ihr das vorwerfen.

Kommt schon, was sagt Ihr? Wollt Ihr wissen, wo es ist? Ihr werdet es nicht finden, wenn ich Euch nicht sage, wo Ihr hinmüsst.«

Er deutete mit dem Kopf zum anderen Ufer, wo der zitternde, nasse Osmond stand. Adela weinte nicht mehr, klammerte sich aber immer noch an ihn, eindeutig erschüttert, mit bleichem Gesicht.

»Sieht so aus, als könnten sie eine Nacht im Trockenen gebrauchen. Nicht gut für ein Mädchen in ihrem Zustand, unbequem zu schlafen, wenn sie nicht daran gewöhnt ist.«

»Woher sollen wir wissen, dass du uns nicht in eine Höhle von Dieben und Halsabschneidern schickst?«

Lederhaut setzte eine beleidigte Miene auf. »Da versuche ich, etwas Gutes zu tun und Menschen zu helfen …«

Letztendlich, nachdem Lederhaut beim Grab seiner Mutter, dem Leben seiner Kinder und bei den Tränen der Jungfrau, die ich aus meinem Bündel zog, geschworen hatte, dass der Ort sicher sei, und Zophiel gedroht hatte zurückzukommen und ihn persönlich in kleine Stücke zu hacken, wenn dem nicht so wäre, reichte Zophiel schließlich die kleine Summe hinüber, die Lederhaut für seinen Hinweis forderte. Die Münzen verschwanden so schnell in Lederhauts Kittel, dass Zophiel, der in Fingerfertigkeit geübt war, ihn nicht hätte übertreffen können.

Als das geschehen war, sah sich Lederhaut in der Gruppe um und fügte listig hinzu: »Das alte Gasthaus ist auch ein guter Ort, um sich zu verstecken, wenn man jemanden abschütteln wollte. Sie würden direkt daran vorbeireiten und es niemals entdecken.«

Er schluckte, als Zophiel ihn erneut an der Kehle packte. »Wenn du auf Geld aus bist, damit du den Mund hältst, mein Freund, dann verschwendest du deine Zeit. Wir sind gesetzestreue Bürger. Wir fürchten keine Verfolger.«

Lederhaut entwand sich Zophiels Griff und massierte seine Kehle. »Ich sagte nur, wenn Ihr es wolltet … Leute kommen und suchen nach Leuten, fragen mich, ob ich etwas gesehen habe.« Er zuckte die Achseln. »Manchmal habe ich etwas gesehen, manchmal habe ich nichts gesehen.«

Zophiel zögerte, die Augen verengt. Dann lachte er und warf Lederhaut eine weitere kleine Münze zu. »Für deine schamlose Unverfrorenheit, mein Freund.«

Pleasance verband Osmonds Hals und den Kopf des Jungen, nachdem sie eine übel riechende, grüne Heilsalbe auf beider Wunden gerieben hatte. Die Mutter des Jungen, die dasaß und ihren stöhnenden Sohn wiegte, half ihr nicht bei dieser Aufgabe, sondern bedachte abwechselnd Osmond mit Flüchen und Pleasance mit Segenssprüchen. Ich bedauerte die Frau, auch wenn sie vielleicht eine Räuberin oder Schlimmeres war. Sie und ihre Brut waren gezwungen, wie Vögel unter einer Brücke zu nisten, auf einer kleinen Plattform, die aus alten Holzstücken errichtet war. Sie schliefen zwischen Plunder und Strandgut, die sie aus dem Fluss geborgen hatten. Aber der Fluss ist ein launischer Herr, der ohne Vorwarnung alles wieder wegnehmen kann, was er gibt – und noch mehr.

Schließlich brachen wir wieder auf. Als ich zurückblickte, sah ich Alte Lederhaut seinem Sohn gewaltsam auf die Füße helfen, während er ihn als Narren verfluchte. Während seine Frau wiederum ihm in den Ohren lag und ihn mit ihren Flüchen noch übertraf. Ihre Tochter, die Einzige, die unseren Aufbruch anscheinend bemerkte, sah uns unter der Brücke hervor geistesabwesend nach, gleichgültig gegenüber den Schreien des jammernden Säuglings, den sie fest in den Armen hielt.

Lederhaut hatte recht, wir hätten das alte Haus ohne seine Hinweise nicht gefunden. Der Weg war fast von Unkraut überwachsen, und auch die Witwe war tatsächlich so verbittert, wie Lederhaut prophezeit hatte, aber die Schlafscheune wies zumindest ein Dach und eine Tür auf, auch wenn sie seit Jahren nur noch von einigen wenigen mottenzerfressenen Hühnern benutzt wurde.

Die Witwe war ebenso dürr wie ihr Geflügel. Ihre Wangen waren eingesunken, und sie hatte dunkle Schatten um die Augen, als hätte sie seit Monaten kaum mehr als Kräuter gegessen, aber sie war trotz alledem ein resolutes Mütterchen, das bereit war, ihr Eigentum mit einer Mistgabel in einer und einer Hundepeitsche in der anderen Hand zu verteidigen. Zwei riesige, hungrig wirkende Hunde liefen knurrend und bellend um den Wagen herum. Nur das Krachen von

Zophiels Peitsche und unsere Stöcke hielten sie von uns fern. Wir konnten der Witwe ihr Misstrauen wohl kaum vorwerfen. Das plötzliche Auftauchen eines Wagens und neun Fremder musste ein erschreckender Anblick sein, und es dauerte lang, sie davon zu überzeugen, dass wir nur einen trockenen Platz zum Schlafen für die Nacht begehrten. Schließlich konnten wir sie durch die ihr als Zeichen guten Glaubens zugeworfenen Münzen und das Versprechen, sich an unserem Abendessen beteiligen zu dürfen, für uns einnehmen, und sie rief die Hunde widerwillig zurück, jedoch nicht, bevor sie jede Münze gründlich geprüft hatte, indem sie mit ihren wenigen verbliebenen geschwärzten Zähnen darauf biss.

Das alte Bettzeug in der Scheune war so modrig und voller Ungeziefer, dass wir es aufsammelten und in den überwucherten Hof hinauswarfen. Aber die hölzernen Bettstellen waren intakt und, wenn auch hart, besser, als auf feuchtem Boden zu schlafen, und die Trennwände dazwischen hielten zumindest einen Teil der Zugluft ab. Zophiel lud seine kostbaren Kisten ab und stapelte sie ordentlich in einer Ecke der Scheune, so weit von der Tür entfernt wie möglich.

Als das vollbracht war und Cygnus losging, um Futter für Xanthus zu sammeln, machte sich die restliche Gruppe daran, im alten Aleraum das Abendessen vorzubereiten. Wir hatten der alten Frau ein Festmahl versprochen, und da wir alle den ganzen Tag noch nichts gegessen hatten, freuten wir uns ebenfalls auf eine gute, heiße Mahlzeit.

Der Aleraum sah noch schlimmer aus als die Schlafscheune. Die Tische und Bänke, die verblieben waren, lagen in einem Durcheinander zerbrochener und abgenutzter Gegenstände, welche die alte Witwe gehortet hatte. Gesprungene Töpfe, längst durchgebrannte Kochgefäße, Streifen Leder, die von alten Geschirren stammen mochten, Lumpen und Seile waren zusammen mit Säcken und kleinen, leeren Fässern aufgehäuft. In einer Ecke stand das Bett der Witwe, das mit verschiedenen Decken und alten Kleidern überhäuft und gegenwärtig von einer Schildpattkatze besetzt war, die bei unserem Eintreten unheilvoll fauchte, ihre Krallen in die Decken grub und es uns verwehrte, sie fortzunehmen.

»Leute kommen und stehlen Dinge«, sagte die Witwe zur Erklärung. »Ich bewahre meine Habe hier auf, wo ich ein Auge darauf haben kann. Sie wollen mich vertreiben, wisst Ihr. Aber ich werd nicht weichen.«

Sie meinte es ernst. Die Luft in dem Raum stank nach nassem Hund und Katzenpisse, denn die Fensterläden waren zugenagelt, und die schwere Tür war verriegelt. Zwei quadratische Stützbalken lagen zu beiden Seiten bereit.

Osmond nahm Narigorm mit auf die Suche nach Feuerholz, während sich Adela und Pleasance daranmachten, das Essen vorzubereiten, nachdem sie der alten Witwe wiederholt versichert hatten, dass wir unsere eigenen Bohnen und unser eigenes Hammelfleisch besaßen und es daher nicht auf ihre Hühner abgesehen hatten.

»Beruhigt Euch, Frau«, sagte Zophiel »Was sollten wir mit Euren verlausten Vögeln anfangen? Man müsste dieses Geflügel einen Monat lang auskochen, um seine Zähne hineinschlagen zu können.«

Das ermutigte sie erneut, dieses Mal zu einer langen Tirade über die Qualität ihrer Hühner. Da sie schon so lange allein lebte, ohne jemanden zu haben, bei dem sie sich beklagen konnte, schien sie entschlossen, das jetzt wettzumachen, indem sie beständig murrte. Ich hatte von dem Prior, dem Novizenmeister, Zophiel und Lederhaut für einen Tag bereits genug Bitterkeit gehört, um ein Fass Schweinefleisch zu pökeln. Also überließ ich die lamentierende Witwe Adela und entschlüpfte in die Scheune, wo ich vor dem Abendessen ein kleines Nickerchen machen wollte. Ihr wisst, was man über zu viele Köche sagt.

Ich war nicht der Einzige, der ein Nickerchen brauchte. Jofre lag bereits zusammengerollt auf einer der hölzernen Schlafplattformen, den Umhang über dem Gesicht, und schnarchte wie ein Schwein im Schlamm. Die Exzesse der Nacht zuvor hatten ihn eindeutig eingeholt. Er wollte sich zweifellos auch eine Weile versteckt halten, bis sich Rodrigos Zorn gelegt hätte.

Über den Betten befand sich ein langer, breiter Heuboden, den man über eine wackelige Leiter erreichen konnte und der einst zum

Lagern von Vorräten und Futter benutzt worden war. Dort fand ich, wie ich gehofft hatte, einen Stapel alter Säcke und ein wenig Heu vom letzten Jahr. Es war für meine alten Knochen weicher als die harten Holzdielen, und Jofres Schnarchen klang dort oben nicht ganz so laut.

Ich war gerade eingedöst, als sich die Scheunentür unter mir öffnete und Rodrigo mit einer Laterne in der Hand hereinkam. Er hängte die Laterne vorsichtig an den Wandhaken und schwang den schweren Balken vor die Tür, damit ihm niemand folgen konnte. Er trat zu dem Bett hinüber, auf dem Jofre schnarchend lag, stand da und blickte auf ihn hinab. Ich seufzte. Niemandem von uns wäre ein Nickerchen gegönnt. Rodrigos entschlossener Haltung nach zu urteilen, sollte die Predigt, die den ganzen Tag gedroht hatte, nun über Jofre hereinbrechen. Ich wollte mich erheben, um wegzugehen, hielt aber inne, als ich sah, was Rodrigo in der Hand hielt.

Er beugte sich herab und zog Jofre den Umhang fort. Jofre, dessen Augen noch geschlossen waren, murrte etwas, tastete nach seinem Umhang und wollte sich umdrehen, aber Rodrigo ließ ihn nicht schlafen.

»Steh auf.«

Jofre öffnete ruckartig die Augen, sprang dann mit einer einzigen Bewegung auf und wich vor Rodrigo in die Dunkelheit der Scheune zurück. Es war leicht zu erkennen, was ihn ängstigte, denn Rodrigo hielt eine Peitsche in der Hand, die Art, die man benutzte, um einen Hund zu dressieren.

Junge und Meister standen einander gegenüber, angespannt und regungslos, Rodrigos Miene unerbittlich und entschlossen.

»Ich will dies nicht tun, Jofre, Gott weiß, dass ich es nicht will. Aber ich kann nicht danebenstehen und zusehen, wie du dich zerstörst. Du hast solches Talent. Ich werde nicht zulassen, dass du es wegwirfst. Zophiel hat recht, es ist meine Schuld, dass du dich so benimmst. Ich bin für dich verantwortlich.« Er schüttelte den Kopf, als wüsste er, dass die Worte auf taube Ohren träfen. »Ich habe versucht, mit dir zu reden, aber du willst nicht zuhören. Viele sagen, ich hätte dies schon vor langer Zeit tun sollen.« Er schluckte schwer und befahl dann mit so strenger Stimme wie möglich: »Zieh deine Hose aus, *Ragazzo*.«

Jofre stand regungslos da, als könne er seinen Ohren nicht trauen.

»Du hast mich gehört, zieh sie aus.« Rodrigo wandte sich jäh um und setzte sich auf das niedrige Holzbett, ein Bein ausgestreckt.

Also würde er es letztendlich tun. Aber es würden keine Schläge auf den Rücken sein, wie ein Dienstbote, Verbrecher oder Märtyrer sie erhalten mochte und die die Würde von Gleichmut und Trotz zuließen. Dies sollte die Bestrafung eines Kindes werden, eine Demütigung. Das war nicht klug. So genau ich auch wusste, dass Jofre eine Tracht Prügel verdiente, durfte es nicht so geschehen. Daraus konnte nichts Gutes erwachsen.

»Bitte«, flehte Jofre, »dies war das letzte Mal. Ich schwöre bei …«

»Nein«, brüllte Rodrigo. »Ich werde keiner deiner Ausflüchte mehr zuhören. Tu, was man dir sagt, *Ragazzo*, oder ich schwöre dir, dass ich dich nach draußen bringen und vor der gesamten Gruppe verprügeln werde, was du, bei Gott, verdient hättest.«

Jofre, scharlachrot im Gesicht, bemühte sich, den Knoten in dem Zugband um seine Taille zu lösen, aber seine Hände zitterten so stark, dass es eine Ewigkeit zu dauern schien. Schließlich fiel seine Hose zu Boden. Er stand mit hängendem Kopf da, als erkenne er, dass dieses Mal kein Entkommen möglich war, und als Rodrigo ihn heranwinkte, stolperte Jofre auf ihn zu, ohne ihn anzusehen, und beugte sich über das Bein seines Meisters. Rodrigo packte ihn fest am Nacken und zog ihm mit der Peitschenhand das Hemd hoch.

Das Gesäß des jungen Mannes glänzte im Lampenschein rund und fest, die hellbraune Haut straff und makellos, so glatt, dass man hätte die Hand ausstrecken und sie streicheln wollen. Aber aufgrund der nervösen Anspannung der Muskeln unter der Haut wirkte es, als gehörte es zu einer Götterstatue. Rodrigo zögerte, als könne er es nicht ertragen, etwas so Perfektes zu beschädigen. Ich glaube, er wäre selbst da noch weich geworden, wenn Jofre nicht gejammert hätte: »Nein, bitte, ich verspreche, ich werde …«

Das besiegelte sein Schicksal. Die Knöchel an Rodrigos Hand um den Griff der Peitsche wurden weiß.

»Dieses Mal wird es nicht funktionieren, Jofre«, sagte er leise.

Die Peitsche fuhr herab, und Jofre zuckte heftig zusammen, aber nur ein Keuchen entrang sich ihm. Eine dunkle und rasch anschwellende Beule erschien quer über der zitternden Kehrseite. Die Peitsche wurde immer wieder angehoben und fuhr immer wieder herab. Die Muskeln in Rodrigos Armen waren vom Spielen eisenhart, und der Meister schlug seinen Lehrling mit der Präzision eines Musikers. Er peitschte ihn verbissen aus, langsam und gründlich, hielt zwischen den Schlägen nur lange genug inne, damit der Schmerz jedes einzelnen registriert wurde. Jofre biss sich in die Hand, um nicht laut aufzuschreien. Aber nun, wo Rodrigo begonnen hatte, schien er auch entschlossen, dafür zu sorgen, dass die Schläge nicht so schnell vergessen würden. Blut glänzte im Licht der Laterne, aber er zauderte nicht.

Jofre schluchzte, ein lauter, heißer Schwall von Tränen, zu heftig, um nur aus physischem Schmerz geboren zu sein. »Es tut mir leid, es tut mir leid.« Dieses eine Mal schien es von Herzen zu kommen und nicht nur ein Lippenbekenntnis zu sein.

Als hätten die Worte den Bann gebrochen, unter dem Rodrigo stand, warf er die Peitsche plötzlich fort und nahm den Jungen in die Arme, barg ihn leidenschaftlich und wiegte ihn hin und her. Jofre schluchzte unkontrolliert, als sei in ihm ein Damm gebrochen und der Schmerz und die Scham seiner Seele brächen hervor.

»Warum tust du es, *Ragazzo*?«, murmelte Rodrigo. »Du hast noch so viel Schönheit, so viel Leben vor dir.«

»Ich habe solche … solche Angst. Kann nicht … damit aufhören. Ich habe es versucht, aber … aber ich kann nicht. Ich kann nicht.«

»Ich weiß es, ich weiß.«

Die Hand, welche grimmig die Peitsche geschwungen hatte, strich nun über den Nacken des Jungen und seinen Rücken hinab, zog die Wölbungen und Höhlungen nach und berührte sanft die gequetschte und blutende Haut. Ein Schauder ließ Jofres Körper verkrampfen. Rodrigo beugte sich hinab, um seinen Nacken zu küssen, wo kleine, kastanienbraune Locken vor Schweiß klebten, und Jofre hob sein tränenüberströmtes Gesicht. Er küsste Rodrigo auf die Lippen, zuerst zögernd, dann leidenschaftlich, fast zornig. Rodrigo lehnte sich auf den harten Planken des Bettes zurück, und Jofre wand sich, bis er auf ihm lag, und machte sich am Schritt des älteren Mannes zu schaffen. Nun war es an dem Meister still zu liegen, während Jofre seine Lenden an ihm rieb und sein Gesicht und seinen Hals mit wilden, heißen Küssen bedeckte. Nur Rodrigos Hände bewegten sich, während er zärtlich den Rücken des Junge liebkoste, wie eine Mutter, die ein zutiefst unglückliches Kind tröstet.

Als Jofre den Höhepunkt erreichte, sich aufbäumte und stöhnte, sein Atem in kurzen, rhythmischen Zügen hervordringend, klammerte sich Rodrigo fest an ihn, nahm seine Leidenschaft mit seinem Körper auf, als könnte er ihn vor seiner eigenen Selbstzerstörung bewahren.

Jofre stieß einen einzelnen, lauten Schrei aus, rollte von Rodrigo herunter und schlief fast augenblicklich ein. Er lag mit dem Gesicht nach unten auf den Planken, einem Arm über den Kopf gelegt, sein Hemd hochgezogen, sein Rücken vor Schweiß glänzend. Das flackernde gelbe Licht der Laterne zuckte über die Locken, die ihm an der nassen Stirn klebten, verwandelten die Muskeln seines Körpers in ein scharfes Relief. Sein Gesicht war gerötet, aber entspannt und glatt. Seine leicht geöffneten Lippen zeigten alle Unschuld eines schlafenden Engels, eines Engels, der noch nicht gefallen war.

Rodrigo stützte sich auf einen Ellenbogen und sah ihm beim Schlafen zu, als versuche er, sich jedes Detail der Schönheit des jungen Mannes einzuprägen. Dann erhob er sich, sammelte Jofres abgelegte Kleidung auf und bedeckte ihn damit. Er hob die Peitsche von dort auf, wo er sie hingeschleudert hatte, und trat müde zur Tür. Dort wandte er sich noch einmal um, blieb einen Moment stehen und schaute zu der schlafenden Gestalt zurück. Und im sanften, gelben Schein der Laterne sah ich, dass Tränen sein Gesicht herabströmten.

Kapitel 13

PLEASANCES GESCHICHTE

In jener Nacht hörten wir den Wolf erneut. Wir hörten ihn alle, und dieses Mal konnte ich es nicht als schlechten, durch Erschöpfung heraufbeschworenen Traum abtun. Wir hatten beschlossen, unsere Mahlzeit im alten Gastraum einzunehmen, auch wenn der Raum mit dem Krimskrams der alten Witwe vollgestellt war. Osmond murrte, dass es besser wäre, in der Schlafscheune zu essen, auch wenn sie kalt und zugig war, aber ich überzeugte ihn vom Gegenteil. Es wäre falsch, die Gefühle der alten Frau zu verletzen, indem wir ihre Gastfreundschaft ablehnten, sagte ich, und außerdem sollte Adela es zumindest so lange warm haben, bis sie eine gute Mahlzeit genossen hätte. Ich wollte sie um Jofres willen so lange wie möglich von der Scheune fernhalten.

In Wahrheit war Gastfreundschaft kein Wort, das der Witwe allzu vertraut zu sein schien. Sie machte ein großes Aufhebens, als wir Platz schafften, um uns hinzusetzen, beunruhigt darüber, dass wir etwas anrühren könnten. Nur der unwiderstehliche Duft des heißen Essens, der von der Feuerstelle aufstieg, hinderte sie noch mehr zu keifen. Selbst die Hunde schienen sich mit uns anzufreunden, da sie verzückt um unsere Beine strichen und winselten, als der Topf zu kochen begann. Da wir fast ebenso ausgehungert waren wie die Hunde, schien es uns Stunden zu dauern, bis Pleasance und Adela verkündeten, das Essen sei fertig. Sie baten Narigorm, Zophiel, Cygnus und Jofre zu suchen und ihnen zu sagen, sie sollten zum Essen kommen.

»Nicht Jofre«, sagte Rodrigo rasch.

Adela runzelte die Stirn. »Ich weiß, dass er in Ungnade gefallen ist,

Rodrigo, aber er muss essen. Der arme Junge hat seit gestern nichts mehr bekommen.«

»Jofre schläft«, schaltete ich mich rasch ein. »Er fühlt sich nicht gut. Zu viel Wein. Aber Ihr habt recht, Adela, er muss essen. Narigorm, du holst Zophiel und Cygnus, während ich Jofre ein wenig Hammelfleisch bringe. Nun lauf schon«, fügte ich hinzu, denn sie sah mich mit ihren eisblauen, ungläubigen Augen an. »Je eher du sie findest, desto eher wirst du essen können.«

Zophiel hätte, wenn er da gewesen wäre, zweifellos gesagt, dass der Junge es verdiene, hungrig zu bleiben, aber ich wusste, dass Jofre für einen Abend genug bestraft worden war. Niemand sollte eine lange, kalte Nacht hindurch den Schmerz des Hungers erleiden, wenn es Essen gibt. Ich nahm eine Schale mit Hammelfleisch und etwas Brot an mich, das Pleasance in der Glut des Feuers gebacken hatte, und machte mich auf den Weg zur Scheune.

Rodrigo holte mich ein, bevor ich die Scheune erreichte. »Jofre … ich …«

»Ich weiß, Rodrigo. Ich sah Euch mit einer Peitsche in die Scheune gehen. Ich konnte mir denken, wofür Ihr sie benutzt habt.« Ich konnte ihm nicht sagen, dass ich Zeuge dessen geworden war.

Rodrigo verzog das Gesicht. »Ich musste es tun, Camelot. Versteht Ihr?«

»Was Ihr getan habt, war nichts im Vergleich zu dem, was mit dem Jungen geschehen wäre, wenn der Prior ihn bestraft hätte. Mit etwas Glück habt Ihr ihn zur Vernunft gebracht.«

»Wenn nicht, weiß ich nicht, was ich noch tun kann.«

Darauf konnte ich nichts erwidern. Aber ich vermutete, dass weder Meister noch Schüler schon bereit waren, einander zu begegnen.

»Geht und esst etwas, Rodrigo. Ich kümmere mich um den Jungen.«

Er ergriff meine Schulter. »Wir stehen erneut in Eurer Schuld, Camelot.«

Jofre schlief noch, als ich in die Scheune trat. Er lag zusammengerollt auf der Seite, seinen Umhang bis zum Kinn hochgezogen. Aber als ich die Schale und das Brot neben ihn stellte, erwachte er mit einem Stöhnen ruckartig und wollte sich aufsetzen, zuckte dann aber zusammen und tastete nach seiner Kehrseite.

»Ich dachte, du isst heute Abend lieber hier drinnen. Dir ist vermutlich nicht danach, dich jetzt an einem Tisch niederzulassen.«

Er war augenblicklich hellwach.

»Er hat es vermutlich allen erzählt«, sagte er verärgert. »Zophiel auch?«

»Er hat es niemandem erzählt. Ich sah Rodrigo zufällig hier hineingehen. Und ich kann an der Art, wie du zusammenzuckst, erkennen, dass du Schläge bekommen haben musst. Ich werde versuchen, die anderen so lange wie möglich von hier fernzuhalten, aber du solltest heute Nacht nutzen, um dich zu erholen. Wenn Zophiel dich stöhnen hört, wird man ihm nichts erklären müssen, also solltest du dir besser eine gute Ausrede ausdenken oder lernen, deinen Schmerz zu verbergen, bis alles verheilt ist. Ich wette, es wird einige Tage dauern, bevor du wieder bequem sitzen oder laufen kannst.«

Jofre ballte die Fäuste. »Das ist alles die Schuld von diesem Bastard Zophiel. Rodrigo hätte das niemals getan, wenn Zophiel ihm nicht dazu geraten hätte. Er hatte kein Recht, mich zu behandeln wie ein … ein Kind.«

»Rodrigo hätte dich niemals geschlagen, wenn du ihm nicht Grund dazu gegeben hättest. Du hast Glück. Viele Meister hätten wegen weitaus weniger weitaus Schlimmeres getan, und das weißt du.«

»Ihr wollt mir vermutlich sagen, dass ich es verdient habe«, erwiderte er mürrisch.

Ich zuckte die Achseln. »Es ist unwichtig, was du sagst, Junge, die Frage ist: Hat es dich kuriert?«

»Ich werde mich heute nicht zu einem Würfelspiel hinsetzen, wenn Ihr das meint.«

»Das war mir schon klar, aber was ist, wenn die Striemen verheilt sind?«

Er sah mich einen Moment zornig an, dann sackten seine Schultern zusammen, und die Aufsässigkeit schien plötzlich aus ihm zu weichen. Er blickte zu Boden.

»Ich kann nichts dafür, Camelot. Rodrigo ist der großartigste Musikant, den es gibt, und der großartigste Lehrer. Ich will ihm nicht wehtun. Es ist nicht seine Schuld, dass ich mich benehme, wie ich es tue, und dieser Bastard Zophiel hat kein Recht, ihm zu sagen, er sei ein schlechter Meister. Ich bin schlecht. Es ist meine Schuld. Ich bin dumm und nutzlos.«

»Du bist keines von beidem. Rodrigo glaubt, dass du großes Talent hast, sogar ein noch größeres als er selbst, darum treibt er dich an. Ich weiß, es ist schwer, wenn man jung ist, aber …«

»Warum sagt jedermann ›wenn man jung ist‹, als würden sich die Dinge ändern, wenn ich erwachsen und ein Mann wäre. Ich bin bereits ein Mann, Camelot, obwohl ihr mich alle wie ein Kind behandelt. Ihr versteht nicht. Es gibt einige Dinge, gegen die ich nichts tun kann, einige Dinge, die sich niemals ändern werden. Ich will nicht sein, was ich bin, aber ich kann es nicht aufhalten.«

Ich verstand nur zu gut, obwohl ich ihm das nicht sagen konnte. Ich war blind gewesen, dass ich es nicht früher bemerkt hatte. An diesem Abend in der Scheune hatte ich zum ersten Mal erkannt, was in Jofre verborgen lag, und das war etwas, was er sowohl fürchtete als auch verachtete. Er verabscheute sich, verabscheute seine Natur. Ich glaubte fast, Jofre wollte für das bestraft werden, was er in sich trug. Vielleicht war das der Grund dafür, warum er bewusst die Dinge getan hatte, die Rodrigo am meisten erzürnen würden. Ich fragte mich, ob Rodrigo das die ganze Zeit gespürt hatte.

Aber Jofre sagte die Wahrheit, als er meine Frage nicht beantwortete, denn wir wussten beide, dass es ihn nicht kurieren würde, selbst wenn Rodrigo jeden Zoll seines Körpers züchtigte. Die einzige Heilung für sein Elend bestand darin zu lernen, seine Natur zu akzeptieren, und das konnte er nur tun, wenn er jemanden fand, der ihm die Art Liebe geben konnte, die er sowohl verachtete als auch ersehnte. Bis das geschähe, könnte keine Strafe, die Gott oder Mensch ersinnen mochte, ihn daran hindern, sich selbst zu zerstören. Wie Rodrigo verließ auch ich die Scheune den Tränen nahe.

Ich war erst wenige Schritte gegangen, als ich auf Narigorm traf. Sie lehnte an der Seite der Scheune, ein bösartiges Lächeln auf dem Gesicht. Ihre Aufmerksamkeit war auf zwei Gestalten gerichtet, die an der Wand miteinander rangen. Es war ein ungleiches Paar. Zophiel hielt Cygnus auf eine Weise an der Kehle gegen die Wand gedrückt, die alles andere als freundlich wirkte.

»Du lügst, Junge, ich weiß, dass du lügst. Du wolltest an der Brücke heute Nachmittag gerade etwas zu Osmond sagen. Leugne es nicht. Ich habe dich gehört. Aber was auch immer du gesehen zu haben glaubst, du hältst den Mund, verstehst du mich, du Missgeburt? Wenn ich dich erwische …«

»Probleme, Zophiel?«

Zophiel sah sich beim Klang meiner Stimme um und ließ augenblicklich von Cygnus ab. Cygnus holte tief Luft. Er wirkte verängstigt, wozu er wohl allen Grund hatte.

»Hat Narigorm Euch nicht gesagt, dass das Abendessen fertig ist? Ihr solltet besser sofort kommen, wenn Ihr Euer Essen nicht in den Mägen der Hunde wiederfinden wollt, denn ich bezweifle, dass wir sie noch viel länger fernhalten können.«

Es war zwecklos, Narigorm zu fragen, warum sie die Nachricht nicht überbracht hatte. Ich fragte mich nur, wie lange sie schon dort neben der Scheune gestanden hatte und was sie sonst noch belauscht haben mochte.

Wir waren alle zu hungrig, um beim Essen zu reden, was ebenso gut war. Der einfache Akt des Essens kann viele Arten von Schweigen überdecken, und an jenem Abend hatten mehrere von uns, die um den Tisch saßen, Grund, dafür dankbar zu sein. Während sich der Topf leerte und sich unsere Mägen füllten, wurde langsamer gegessen, und schließlich durften die Hunde hereinkommen, die an der Tür gewinselt und gekratzt hatten, um die Reste aufzufressen. Dies taten sie hastig schlingend, als befürchteten sie, dass sie ihnen wieder entrissen würden, wenn sie sie nicht schnell genug hinunterschluckten. Schließlich, als der Topf sauber gekratzt war und sogar sie davon überzeugt waren, dass nichts mehr übrig war, legten sie sich hin und schlossen die Augen, um das alles noch einmal zu träumen.

Wir dösten in der heiteren Zufriedenheit, die aus einer guten Mahlzeit erwächst, als wir das Heulen hörten. Die Hunde hoben die Köpfe an, auch sie hatten etwas gehört, legten sich aber bald wieder nieder. Wir entspannten uns ebenfalls, dachten, das, was wir gehört hatten, sei nur der Wind gewesen, der wie eine Todesfee heulte, während er durch die Bäume und maroden Gebäude fegte. Aber das Heulen erklang erneut, dieses Mal lauter und länger. Nun konnte man es nicht mehr fehldeuten.

Zophiel und die Hunde sprangen gleichzeitig auf. Die Hunde liefen knurrend zur Tür, das Fell gesträubt. Zophiel blieb in der Mitte des Raumes.

»Habt Ihr es gehört? Habt Ihr es alle gehört? Camelot, war das ein Wolf oder ein Hund?«

»Es klang wie ein Wolf.«

Die alte Witwe bekreuzigte sich. »Die Heiligen und all die Engel mögen uns bewahren.«

Obwohl die Tür geschlossen war, griff Zophiel nach einem der Stützbalken, um ihn zusätzlich gegen die Tür zu stemmen, aber auch Rodrigo war aufgesprungen.

»Nein, wartet. Ich muss Jofre holen. Er ist allein in der Scheune.«

»Die Scheune!« Zophiels Hand erstarrte um den Stützbalken. Er schwankte, als wollte sein Kopf aus der Tür eilen, während sich seine Beine weigerten, ihn zu tragen. Ich wusste, dass er sich nicht um Jofre sorgte, sondern um seine kostbaren Kisten.

Ich versuchte, sie beide zu beruhigen. »Wenn es ein Wolf ist, ist es nur einer. Die Scheunentür ist geschlossen und diese ebenfalls. Jofre geht es gut, solange er die Tür nicht öffnet, und so töricht ist er nicht.«

»Vielleicht«, sagte die alte Witwe, »aber ich habe in dieser Gegend von keinem Wolf mehr gehört, seit ich ein Mädchen war. Wenn dort einer ist, dann sind dort auch mehrere. Sie laufen immer in Rudeln.«

Zophiel war blass geworden. »Seid Ihr sicher, dass Ihr vor heute Abend keinen Wolf gehört habt?«

Die alte Frau verzog das Gesicht. »Ich bin vielleicht alt, aber ich bin nicht taub. Ich sage Euch, in dieser Gegend war jahrelang kein Wolf mehr. Sie sind hungrig, wie wir alle. Das treibt sie aus dem Wald. Ihr solltet diese Türen abstützen, bevor wir alle lebendig gefressen werden.«

Cygnus stolperte zur Tür. »Xanthus! Sie ist im alten Stall angepflockt. Die Wände sind löchrig. Sie steht da wie auf dem Präsentierteller.«

Zophiel trat rasch vor ihn und öffnete die Tür. Die beiden Hunde sprangen sofort hinaus. Cygnus wollte ihnen folgen, aber Zophiel packte den Jungen am Hemd, zog ihn in den Raum zurück und schlug die Tür zu.

Die alte Witwe erhob sich schwankend. »Meine Jungen«, rief sie und krallte sich nutzlos an Zophiel fest, während er die Tür verriegelte. »Meine Jungen werden zerfleischt werden.«

Wir konnten das aufgeregte Bellen der Hunde verklingen hören, als sie in die Dunkelheit davonliefen. Pleasance legte die Arme um die Witwe und führte sie sanft zu ihrer Bank zurück.

»Seid ruhig. Es war nur ein einsamer Wolf. Wenn dort weitere wären, hätten wir sie den Ruf beantworten hören. Er war wahrscheinlich alt oder krank, vom Rudel vertrieben. Der Geruch der Hunde allein wird genügen, ihn zu vertreiben. Sie werden nicht gegen ihn kämpfen müssen.«

Sie schaute auf und lächelte Cygnus beruhigend zu. »Keine Angst, Cygnus, die arme, alte Kreatur wird kein so großes Tier wie ein Pferd angreifen, nicht ohne ihr Rudel. Die Hühner stellen eine viel leichtere Beute dar, wenn er hierherkommen sollte.«

Ich dachte an die kleine, unter ihrer Brücke kauernde Familie, die keine Türen hatte, um Wölfe fernzuhalten, und ich betete dafür, dass Adela recht hatte.

Zophiel sah sich zu Pleasance um. »Also wisst Ihr über Wölfe Bescheid, oder? Vielleicht sollten wir Euch dort hinausschicken und sehen, was er bevorzugt – Huhn oder Mensch.«

Pleasances Wangen röteten sich, sie blickte auf ihren Schoß hinab und versuchte, wie sie es üblicherweise tat, unbemerkt mit dem Hintergrund zu verschmelzen.

»Oder vielleicht«, fuhr Zophiel fort, »hätte ich den jungen Cygnus doch dort hinausgehen lassen sollen, da er wie ein halbes Huhn aussieht.«

Da er Pleasance wieder soweit eingeschüchtert hatte, dass sie schwieg, hätte Zophiel sehr wohl damit fortfahren können, seine schlechte Laune an Cygnus auszulassen, ein Spiel, dass er überaus bevorzugte, hätte sich Narigorm nicht plötzlich zu Wort gemeldet: »Pleasance hat keine Angst vor Wölfen.«

Zophiel wandte sich um und sah Narigorm an, die im Schneidersitz hinter uns auf dem Bett der Witwe saß. »Dann ist sie entweder törichter, als sie aussieht, oder sie ist noch nie einem begegnet.«

»O doch, das ist sie«, sagte Narigorm. »Erzähle es ihnen, Pleasance. Erzähle ihnen die Geschichte, die du mir erzählt hast.«

Pleasance schüttelte den Kopf und wollte sich noch weiter in ihre Ecke zurückzuziehen. Aber Narigorm blieb beharrlich. »Sie war einmal Hebamme für einen Wolf, nicht wahr, Pleasance?«

»Hebamme für einen Wolf!« Adelas Gesicht leuchtete vor Erregung auf. »Wie ist das möglich?«

»Es war nichts.«

»Kommt schon, Pleasance«, sagte Zophiel. »Seid nicht so bescheiden. Hebamme für einen Wolf, das ist wohl kaum nichts. Nun, wo wir so viel wissen, müsst Ihr unsere Neugier befriedigen. Außerdem wäre es unserer Gastgeberin gegenüber unhöflich, ihre außergewöhnliche Gastfreundschaft nicht mit einer Geschichte zu belohnen. Camelot hat uns bereits mit seiner Wolfsgeschichte beglückt. Eure kann wohl kaum abwegiger sein.«

Seine Stimme klang wieder so kalt und ruhig, als wenn nichts geschehen wäre, aber er blieb stehen, den Kopf zur Tür geneigt, auf das ferne Bellen der Hunde lauschend.

»Bitte, Pleasance«, bat Adela. »Wir werden Euch keine Ruhe lassen, bis Ihr es tut.«

Pleasance lächelte mit blassem Gesicht und begann offensichtlich widerwillig mit ihrer Geschichte.

»Einst, vor vielen Jahren, diente ich meinen Nachbarn als Hebamme, holte ihre Kleinen auf die Welt und half den Müttern durch die Zeit der Wehen. Eines Tages, als der Termin einer Nachbarin näher rückte, begab ich mich auf Kräutersuche, um einen Trank zu brauen, der ihre Geburtsschmerzen erleichtern würde.«

Adela streckte eine Hand aus, drückte Pleasances Hand und lächelte ihr herzlich zu. »Ich bin so dankbar dafür, dass Ihr mein Kind auf die Welt holen werdet. Ich hatte solche Angst, wenn ich zuvor daran dachte. Ich bin solch ein Feigling, wenn es um Schmerzen geht, aber nun, wo ich weiß, dass Ihr da sein werdet, um zu helfen …«

»Es ist gegen Gottes Willen, den Geburtsschmerz zu erleichtern«, unterbrach Zophiel sie kalt. »Geburtsschmerzen sind die Strafe der Frau dafür, dass sie der Versuchung nachgegeben hat. Gott bestimmt, dass sie zum Nutzen ihrer Seele Schmerz erleiden soll.« Er schaute zu Adela, als hoffte er, dass sie während ihrer Geburt alle Qualen der Hölle erleiden müsste.

»Ihr würdet bald anders reden, wenn Ihr gebären müsstet«, belehrte ich ihn. »Nun lasst Pleasance in Ruhe ihre Geschichte erzählen. Ihr wart derjenige, der darum gebeten hat, sie zu hören.«

Ich dachte an Jofre, der in der Scheune lag, und fragte mich, ob der Schmerz seine Seele tatsächlich erlösen würde. Schmerz verändert den Leidenden, gewiss, aber ich hatte noch nie erlebt, dass jemand sich deshalb zum Besseren wandelte.

Pleasance zögerte, schaute zu Zophiel.

»Erzählt schon, Frau«, fauchte er, wandte erneut den Kopf zur Tür und lauschte auf die Geräusche von draußen.

Pleasance nahm ihre Erzählung nervös wieder auf. »Es war ein langer Winter gewesen, und als ich meine Vorräte durchsah, erkannte ich, dass ich keine Frauenminze mehr hatte. In meinem Kräutergarten gedieh sie noch nicht, da ich hoch oben auf einem Hügel lebte, wo der Frühling erst spät einsetzt. Also ging ich ins Tal hinab, wo die Pflanzen geschützter sind und die Blätter früher sprießen. Frauenminze wächst am besten entlang Uferbänken, sodass ich einen Fluss aufsuchte und seinem Verlauf in den Wald folgte. Aber so sehr ich suchte, konnte ich keinen einzigen Zweig dieser Pflanze finden.

Ich wurde hungrig und ließ mich an einem geschützten Fleck nieder, um ein Stück Brot zu essen, und während ich aß, verspürte ich ein Kribbeln im Nacken und wusste, dass ich nicht allein war. Als ich aufschaute, sah ich eine große Wölfin ein kurzes Stück von mir entfernt am Fluss trinken. Ihr Bauch war vor Jungen angeschwollen. Sie war ein wunderschönes Tier mit einem dichten, glänzenden Fell und kräftigen Schultern. Zuerst hatte ich Angst, und dann hob sie den Kopf und sah mich mit großen, bernsteinfarbenen Augen wie Flammen an, und als ich in jene Augen blickte, wich die Angst von mir, und ich erkannte, dass sie nur eine hungrige und durstige Mutter war. Ich warf ihr die Überreste meines Brotes zu, und sie fing es mit ihren scharfen, weißen Zähnen geschickt auf. Ich blieb regungslos sitzen, bis sie verschwunden war, dann erhob ich mich. Da sah ich es, unmittelbar an der Stelle, an der die Wölfin gestanden hatte – einen großen Flecken dicht belaubter Frauenminze.

Eine Woche verging, und dann klopfte es eines Nachts an meiner Tür. Zuerst dachte ich, es wäre der Ehemann meiner Nachbarin, der gekommen sei, um mir zu sagen, dass ihre Wehen begonnen hätten, aber als ich die Tür öffnete, stand ein Fremder davor. Er war ein großer Mann, mit wirrem Haar und Augen, aber nicht unansehnlich.

›Gute Frau, nehmt Eure Kräuter und kommt schnell mit‹, sagte er. ›Meine Frau liegt in den Geburtswehen, und es ist niemand da, der ihr helfen kann.‹

Es war eine bitterkalte Nacht, Frost funkelte im Mondlicht bereits auf dem Boden, keine Nacht, in der man sein warmes Feuer verlassen möchte, aber wenn ein Kind kommt, dann kommt es. Also sammelte ich Kräuter und Salben zusammen und folgte dem Mann. Bald waren wir an allen Hütten vorbei und aus dem Dorf hinaus in das jenseitige Tal gelangt. Der Mann ging voraus, und ich ging seiner dunklen Gestalt beim Licht des Mondes nach. Da, als das Mondlicht den Pfad überflutete, bemerkte ich, dass er weder Fußabdrücke im Frost hinterließ noch einen Schatten auf dem Boden. Ich fürchtete mich, schwieg aber.

Schließlich kamen wir zu einer schmalen Lücke zwischen zwei Felsen. Der Mann bedeutete mir einzutreten, aber ich zögerte, denn die Lücke wirkte wie kaum mehr als eine Felsspalte. Aber während ich dort stand, hörte ich eine laute, dröhnende Stimme von innen herausrufen: ›Tretet ein, gute Frau, und tut Eure Arbeit.‹

Ich beugte mich herab, quetschte mich durch die Lücke und fand mich in einer gewaltigen Höhle wieder. Dann gewahrte ich einen Anblick, der mir das Herz stocken ließ. Denn die Höhle war voller *Shei-*

dim, die rund um ein Feuer tanzten, dessen Flammen rot und blau aufloderten, und lachten und heulten wie Wölfe.«

»Was sind *Sheidim*?«, fragte Adela.

Pleasance schien einen Moment erstaunt über die Frage und zögerte, und dann senkte sie ihre Stimme zu einem Flüstern. »Es sind Dämonen.«

»Ich habe dieses Wort noch nie zuvor gehört.«

Rodrigo schaltete sich rasch ein. »Vielleicht ist es in Eurer Gegend unbekannt. Ich habe festgestellt, dass jedes Dorf ein anderes Wort für solche Dinge hat. Nicht wahr, Pleasance?«

Er sah sie mit merkwürdig besorgter Miene an. Sein Blick zuckte kurz zu Zophiel, aber dieser lauschte offensichtlich noch immer auf die Geräusche von draußen. Rodrigo und Pleasance wechselten einen seltsamen Blick, den ich nicht deuten konnte, und sie wirkte jäh verängstigt.

Rodrigo drückte ihre Hand und lächelte beruhigend. »Fahrt mit Eurer Geschichte fort. Die *Dämonen* …«

Ich bemerkte, dass Pleasances Hände zitterten, als sie ihre Erzählung wieder aufnahm.

»Der … der Dämon, der zu mir herausgerufen hatte, sprach erneut. ›Gute Frau, tut Eure Arbeit. Wenn Ihr einen Jungen auf die Welt holt, dürft Ihr um alles bitten, was Ihr wollt, aber wenn Ihr ein Mädchen auf die Welt holt, werdet Ihr Euch wünschen, Ihr wäret niemals geboren worden.‹

Bei seinen Worten heulten die *Sheid* … die Dämonen vor Lachen, und ich zitterte so sehr, dass ich fast mein Bündel fallen ließ. Die Dämonen zogen einen Vorhang beiseite, und dort in der Ecke sah ich die Wölfin, die ich am Fluss gefüttert hatte. Sie knurrte, aber als ich in ihre bernsteinfarbenen Augen blickte, sah ich eine in Wehen liegende Frau. Sie sprach, ein tiefer, kehliger Klang, den zu verstehen ich mich anstrengen musste. ›Gute Frau, Ihr gabt mir Nahrung, also gebe ich Euch dies – achtet darauf, dass Ihr an diesem Ort nichts esst oder trinkt, wie hungrig und durstig Ihr auch werden möget, denn wenn Ihr das tut, werdet Ihr eine von uns.‹

Ich tat für sie, was ich konnte, aber die Wehen dauerten lange. Ich weiß nicht, wie viele Stunden ich in der Höhle war, aber ich arbeitete und schwieg. Manchmal brachte mir einer der Dämonen Teller mit Essen und Becher mit blutrotem Wein, aber ich gedachte der Warnung und aß und trank nichts, obwohl ich vor Hunger schwach und meine Kehle von der drückenden Hitze des Feuers ausgedörrt war.

Schließlich gebar die Wölfin ein einzelnes Junges, ein Männchen, und die Dämonen heulten vor Freude. Schimmernde schwarze und silberfarbene Flammen loderten vom Feuer auf, und der Boden erzitterte unter den stampfenden Füßen der Dämonen, als sie ihre Arme verschränkten und darum herumtanzten. Der Dämon, der zu mir herausgerufen hatte, rief mich erneut und fragte mich, was ich als Bezahlung für meine Arbeit begehrte. Ich weigerte mich, etwas anzunehmen, und sagte, ein Kind auf die Welt zu holen sei ein Segen, gleichgültig als was sich dieses Kind erweisen würde. Der Heilige selbst segnet jene, die einen Segen erbringen. Eine andere Entlohnung ist nicht nötig.

Aber der Dämon sagte, ich müsse etwas annehmen, sonst würden sie einem Menschen etwas schulden, und das dürfe niemals sein, denn dann wären sie an den Menschen gebunden, bis die Schuld bezahlt sei. Ich hegte auch meinerseits keinerlei Wunsch, an einen Dämon gebunden zu sein, sodass ich mich nach etwas von geringstem Wert umsah, was ich mitnehmen könnte. Der Boden der Höhle war mit Steinen bedeckt, also nahm ich einen Stein hoch und sagte, ich würde diesen zur Begleichung der Schuld annehmen. Kaum hatte ich jene Worte ausgesprochen, als ich mich auch schon außerhalb der Höhle, allein am Rande meines Dorfes, wiederfand und in den frostigen Nachthimmel hinaufblickte. Es war, als wäre überhaupt keine Zeit vergangen, und doch fühlte ich mich, als wäre ich tagelang in der Höhle gewesen.

Als ich mich meinem Zuhause zuwandte, spürte ich etwas Hartes in meiner Hand. Es war der Stein, den ich aufgehoben hatte. Ich wollte ihn gerade wegwerfen, als das Mondlicht darauffiel, und ich sah, dass er glänzte. Ich nahm ihn mit nach Hause, um ihn näher zu betrachten. Ich schwöre, dass es nur ein gewöhnlicher Stein war, als ich ihn aufhob, aber als ich ihn erneut betrachtete, sah ich dies.«

Pleasance griff in ihren Kirtle und zog ein dickes Lederband um ihren Hals hervor, an dessen Ende ein großer, runder Klumpen Bernstein hing, so feurig wie ein Wolfsauge.

»Also seht Ihr«, sagte sie. »Die Wölfe werden mir nichts tun. Dies ist ihr Zeichen.«

Zophiel, an der Tür, begann langsam und spöttisch zu applaudieren. Pleasance errötete und steckte den Bernstein rasch wieder fort.

»Ich gestehe, meine liebe Pleasance, dass ich mich geirrt habe. Ich dachte, die Geschichte des Camelot wäre weit hergeholt, aber ich muss sagen, Ihr habt sogar ihn übertroffen. Sagt uns, meine liebe Pleasance, bildet Ihr Euch wirklich ein, dass Gott eine Frau segnen würde, die einen Dämon auf die Welt holt? Es bedeutet Verdammnis für Eure Seele, einem Dämon beizustehen.«

»Pleasance meinte wohl«, sagte ich, »dass es eine gute Tat ist, die, ungeachtet der Verdienste der Person, für welche die Tat vollbracht wird, gesegnet ist. Es würden auf dieser Welt überhaupt keine guten Taten vollbracht, wenn sie nur für die Sündenlosen vollbracht würden, nicht wahr, Pleasance?«

Sie hob den Kopf gerade lange genug, um mir schwach zuzulächeln, und senkte ihn dann wieder, als wäre sie lieber wieder in die Höhle der Dämonen gekrochen, als Zophiel antworten zu müssen.

Zophiel wandte sich mir zu, wie ich es gehofft hatte. »Ein faszinierender Gedanke, Camelot. Wenn Euch also ein Dämon erschiene und …«

Er brach ab, als das Wolfsgeheul zum dritten Mal durch das Gasthaus hallte. Es war dieses Mal viel näher, noch immer ein Stück entfernt, aber eindeutig näher. Wir verfielen in Schweigen, lauschten auf ein weiteres Heulen, uns des Knisterns des Feuers und des rauen Atems der alten Witwe bewusst. Draußen peitschte der Wind den Regen gegen die Mauern, winselte wie ein Hund, der um Einlass bat. Das Feuer brannte herunter, und die Binsen brannten noch weiter herunter und erloschen schließlich zu einer dünnen, übelriechenden Rauchspur, aber niemand regte sich, um neue anzuzünden. Wir saßen wie betäubt in dem heißen, stickigen Raum und starrten in die Glut des Feuers. Nur Zophiel schien hellwach, den Kopf weit zur Tür gebeugt, auf ein weiteres Heulen wartend. Er war angespannt und erregt, ähnlich wie in jener Nacht in der Höhle. Ich fragte mich, ob auch er seine Wolfsgeschichte hatte. Wenn dem so war, verängstigte sie ihn weitaus mehr als diejenigen, die wir erzählt hatten.

Erst als wir die Hunde an der Tür kratzen und bellen hörten, lösten wir anderen uns aus unserer Lethargie. Zophiel machte keinerlei Anstalten, die Tür zu öffnen, aber die Witwe schob ihn beiseite und entriegelte sie. Ihre Jungs sausten herein und hielten dann inne, um sich mitten im Raum heftig zu schütteln, wobei sie uns alle buchstäblich mit Schlamm, Wasser und Blut bespritzten. Die Witwe jammerte und schlug die Hände vor den Mund, bis sie erkannte, dass das Blut nicht das der Hunde war. Obwohl sie beide durchnässt und von Schlamm bedeckt waren, war kein Anzeichen einer Verletzung an ihnen zu erkennen. Aber sie hielten beide etwas Pelziges und Blutendes in ihren Fängen, das sie der Frau glücklich in den Schoß legten und weshalb sie eindeutig Lob erwarteten. Adela bedeckte ihre Augen und erschauderte.

»Was ist das? Ist das der Wolf?«

Die alte Witwe lachte, das erste Mal, seit wir hier waren.

»Die Heiligen mögen uns bewahren. Das wäre ein recht elender Zwerg von einem Wolf, wenn es einer wäre. Es ist ein Hase. Meine Jungs haben gejagt und mir zum Frühstück einen Hasen gefangen. Das sind meine klugen Jungs.«

Sie hielt die beiden zerrissenen Hälften eines Hasen triumphierend hoch, wie ein Henker, der der Menge einen abgeschlagenen Kopf präsentierte, während die Hunde an ihr hochsprangen, um die Tropfen Blut aufzufangen, die aus den Überresten tropften.

Wir überließen die alte Frau dem Häuten des Hasen und gingen zur Scheune zurück. Von Jofre war kein Zeichen zu entdecken, als wir eintraten, und ich sah einen Ausdruck der Panik auf Rodrigos Gesicht, als er das leere Bett erblickte. Dann bemerkte ich, dass die Leiter zum Heuboden nicht mehr dort stand, wo ich sie zurückgelassen hatte, und als ich aufsah, erkannte ich, dass sie auf den Heuboden gezogen worden war. Ich zupfte Rodrigo am Ärmel und deutete schweigend hin. Als Rodrigo das Licht der Laterne aufwärts wandte, konnte ich gerade so Jofres zusammengerollte Gestalt auf dem Heuhaufen ausmachen, den ich zuvor für mich selbst vorgemerkt hatte. Er schlief oder gab vor zu schlafen. Vielleicht hatte auch er den Wolf gehört und war auf den Heuboden geklettert, falls der Wolf den Weg in die Scheune fände, oder noch wahrscheinlicher wollte er nur die Nacht allein verbringen und sich unbemerkt um seine Striemen kümmern.

Zophiel überprüfte eilig seine Kisten, sobald die Scheunentür sicher hinter uns verriegelt war. Zum Glück für uns alle waren sie unbeschädigt und unangetastet, oder zumindest schlossen wir das aus seiner erleichterten Miene, auch wenn er schwieg. Er legte so rasch wie möglich seine nasse Kleidung ab und schlüpfte nackt und zitternd unter die Decke auf den seinen Kisten am nächsten gelegenen Bettstellen, aber ich bemerkte, dass er es, trotz all seiner Eile, nicht versäumte, sein langes Messer unter die Decke gleiten zu lassen, wo es bereitliegen würde, falls er es brauchte.

Narigorm saß in der Ecke eines der Betten, die Knie bis zum Kinn hochgezogen und ihre mageren, weißen Arme fest um ihre Beine geschlungen. In dem trüben Licht der Laterne schimmerte ihr Haar wie frisch gefallener Schnee. Sie beobachtete Cygnus, während er mit einer Hand versuchte, seine nasse Hose von seinen von einer Gänsehaut überzogenen Beinen zu streifen. Ihre Puppe lag neben ihr.

Cygnus erblickte sie und kicherte. »Was hast du deinem armen Baby angetan, Narigorm? Hoffentlich hast du nicht vor, deine Kinder so zu behandeln, wenn du einmal Mutter wirst.«

Ich folgte seinem Blick. Narigorm hatte ihre Puppe in Tuchstreifen gewickelt, wie Adela es sie gelehrt hatte, nur dass die Wickel nicht nur um den ganzen Körper der Puppe geschlungen waren, sondern auch über das Gesicht, so dass sie nun eher wie ein zur Bestattung vorbereiteter Leichnam als wie ein Wickelkind wirkte. Derselbe Gedanke schien auch Cygnus gekommen zu sein, denn er wirkte plötzlich ernst und senkte seine Stimme.

»Ich weiß, du spielst nur, Narigorm, aber jetzt enthülle das Gesicht der Puppe, sei ein braves Mädchen. Wenn Adela es sieht, könnte es sie in ihrem Zustand aufregen.«

Narigorm neigte den Kopf auf eine Seite. »Warum bindet Ihr Eure Schwinge immer noch fest?«, fragte sie mit klarer, piepsender Stimme.

»Camelot sagte, ich solle es tun, falls man sich an meine Schwinge erinnere.«

»Aber hier ist niemand, der sie sehen könnte, außer uns.«

Adela, deren Aufmerksamkeit von Narigorms erhobener Stimme geweckt wurde, schaute herüber. »Sie hat recht. Es muss unbequem sein, so fest eingebunden zu sein. Verkrampft sich die Schwinge dann nicht?«

»Ein wenig, aber das macht nichts. Es ist sicherer, sie eingebunden zu lassen. Sicherer für uns alle, wenn ich es tue.«

Adela mühte sich in ihrem Nachtgewand auf ihn zu und streckte beide Hände zu den Bändern aus. »Lasst sie mich wenigstens für die Nacht lösen, damit Ihr die Schwinge ausstrecken könnt. Morgen früh können wir sie wieder festbinden, wenn Ihr wollt.«

»Vielleicht ist die Feder wieder nachgewachsen«, sagte Narigorm. »Ihr sagtet, das würde sie.«

Cygnus lächelte. »Vielleicht. Sie hat gejuckt.«

Er fügte sich Adelas geschickten Fingern, während sie die Bänder löste. Dann, sobald sie sie entfernt hatte, seufzte er erleichtert und streckte die große, weiße Schwinge aus. Wir sahen sofort, dass dort noch immer eine Lücke gähnte, wo Narigorm die Feder ausgerissen hatte. Und als er die Schwinge anhob, fielen drei weitere lange Federn heraus. Sie wirbelten langsam abwärts, bis sie grell weiß auf dem ausgetretenen Erdboden lagen. Cygnus starrte erschrocken auf die Federn. Narigorm wickelte langsam und sorgfältig einen weiteren Tuchstreifen um das Gesicht ihrer Puppe, ohne ihren Blick von den Federn auf dem Boden abzuwenden.

Kapitel 14

DER GLASBLÄSER

Ich kann mich selbst nach allem, was ich erlebt habe, immer noch an den Tag erinnern, als wir zum ersten Mal jene Glocken hörten. Viele der Dörfer und Städte verschmelzen nun in meiner Erinnerung, aber nicht dieses Dorf. Man vergisst diesen Klang ebenso wenig wie den ersten Kuss oder die Geburt des ersten Kindes oder die erste Begegnung mit dem Tod.

Es war früher Dezember, genauer gesagt der Festtag der heiligen Barbara. In meinem Gewerbe muss man an solche Dinge denken. In der Zeit vor dem Festtag eines Heiligen ist ein Fragment desselben doppelt so viel wert wie sonst. Und die Nachfrage nach Reliquien wurde noch größer, so verzweifelt suchten die Menschen nach Hoffnung.

Es regnete noch immer, und das Wasser in Senken und Seen stieg beständig an. In diesem Teil des Landes gab es keine flutartigen Überschwemmungen. Weite Landstriche waren flach und morastig, von zahlreichen Bächen und Gräben durchzogen, die den Regen davontrugen. Aber die Wälder, Wiesen und Moore saugten den Regen auf, bis der Boden vollkommen durchtränkt war. Gräben flossen über, Bäche wurden zu Flüssen und Teiche zu Seen. Diejenigen, deren Heime unten in den Tälern lagen, sahen hilflos zu, wie das Wasser immer höher stieg, bis es an die Schwellen ihrer Kuhställe und Hütten schwappte.

Wir mussten mehrmals umkehren, zu einer Wegkreuzung zurückgehen und eine andere Straße versuchen, wenn wir auf überschwemmte Wege und unpassierbare Flüsse trafen. Obwohl ich unsere Gruppe bei jeder Gelegenheit wieder nach Norden und zu der Sicherheit der Schreine in York zu dirigieren versuchte, war der Weg beständig versperrt. Wir wurden von dem um unsere Hacken gurgelnden Wasser vorangetrieben, auf höhergelegene Wege gezwungen, nicht mehr Herr unserer Richtung.

Bis dahin hatten wir unterwegs nur wenige Reisende passiert, so wie es im Winter üblicher ist. Aber nun begegneten wir mehrmals am Tag Gruppen nasser, hungernder Familien, die sich mühsam voranschleppten, Frauen und Kinder mit Bündeln auf den Rücken, Männer mit Seilen an kleine Karren gebunden, die sie mühsam durch den dicken Schlamm zogen. Die Karren waren hoch mit alten Möbelstücken und Kochtöpfen beladen. Sie trugen alles bei sich, was sie aus ihren durchnässten Hütten retten konnten, obwohl unmöglich abzusehen war, wo sie ein neues Heim finden würden. Höchstwahrscheinlich mussten sie den Winter auf der Straße verbringen und ihre kostbaren Möbel verbrennen, um sich warm zu halten.

Die Leichen derer, die zu schwach und hungrig gewesen waren, um weiterlaufen zu können, lagen am Straßenrand. Denn Lebensmittel, schon seit Monaten knapp, waren von Tag zu Tag schwerer aufzutreiben, und diejenigen, die etwas zu essen hatten, berechneten Wucherpreise für eine Handvoll schimmeligen Korns oder einige Stücke von Insekten befallenen, getrockneten Fischs, der früher nicht einmal als Schweinefutter gedient hätte.

Einmal sahen wir die Statue des heiligen Florian halbwegs in einem durchtränkten Feld versunken, seinen Mühlstein um den Hals gebunden. Da ihr Heiliger sie nicht vor dem Regen beschützen konnte, hatten die Gemeindemitglieder ihn seines scharlachroten Umhangs und des goldenen Heiligenscheins beraubt und ihn verstoßen, um ihn den Elementen auszusetzen. Viele der Häusler baten Gott nicht mehr um Gnade, denn sie waren zornig auf ihn. Sie fühlten sich verraten, und das aus gutem Grund.

Wir zogen weiter, bewältigten unsere Tage, indem wir Vögel für den Kochtopf fingen und mit den wenigen Münzen, die wir verdienten, in den Dörfern kauften, was auch immer wir finden konnten. Pleasance, Narigorm und ich waren nun die Einzigen in unserer Gruppe, die im Verlaufe mehrerer Wochen etwas verdient hatten, da niemand für Musik oder Meerjungfrauen Geld zu verschwenden hatte. Aber auch wenn die Geldbörsen der Dorfbewohner ebenso leer waren wie unsere eigenen, hatten sie immer noch irgendwie eine Münze übrig, damit Pleasance sich um die eiternden Wunden an ihren Füßen kümmern konnte, oder tauschten bei mir eine Halskette gegen eine Reliquie ein, die ihr Glück wenden mochte. Sie hatten auch eine Münze übrig, um sich die Runen lesen zu lassen, selbst wenn das bedeutete, einen weiteren Tag zu hungern. Seltsam, wie verzweifelt die Menschen die Zukunft erfahren wollen, selbst wenn sie wissen, dass sie sie nicht ändern können. Wir ersehnen alle unser kleines Fragment der heiligen Barbara – möge sie uns vor einem unvorhergesehenen Tod bewahren.

Und so befanden wir uns am Tag der heiligen Barbara auf einer weiteren namenlosen Straße, unterwegs zu einem weiteren namenlosen Dorf, in dem wir die Nacht verbringen wollten. Der Weg führte uns über eine baumlose Hochebene mit kurzem, federndem Gras. Xanthus wandte den Kopf ständig vom Wind fort, was Zophiel ärgerte, da sie den Wagen dabei zu einer Seite zog. Aber ich konnte es dem armen Tier nicht vorwerfen. Der Wind stach in unsere Gesichter wie ein hart gegen die bloße Haut geschlagener, nasser Lappen. Dann hörten wir in der Ferne die Glocken. Zuerst konnten wir nur auf dem Wind herangetragene Fetzen des Geläuts hören. Das Dorf lag in einer Mulde der Hochebene. Es war kein tiefes Tal, aber die Wölbung des Hanges verbarg, während wir uns näherten, alles bis auf den hölzernen Kirchturm und den Rauch der Feuerstellen.

Als wir näher herankamen, erreichte uns der Klang deutlicher. Es war nicht das einzelne, sonore Läuten einer Glocke, das einen Tod anzeigte, noch das regelmäßige Läuten der Kirchenglocken, das die Gläubigen zum Gottesdienst rief, sondern ein wahlloser, wirrer Lärm, als ob es jene, die läuteten, nicht mehr kümmerte, ob die Glocken einstimmig klangen oder nicht. Es waren auch andere Laute zu hören, hohle, metallische Laute, als schlügen Menschen mit Metallstangen auf Eisentöpfe.

Zophiel zog an Xanthus' Zügel, und wir blieben alle stehen und sahen einander fragend an.

»Sind das Alarmglocken?«, rief Adela von ihrem Platz vorne im Wagen aus. »Was ist, wenn es brennt?«

»Seid vernünftig, Frau«, erwiderte Zophiel. »Wie wahrscheinlich ist es, dass es nach all diesem Regen brennt?«

Adelas Bauch war jetzt von der Schwangerschaft so angeschwollen, dass die vereinten Kräfte Rodrigos und Osmonds nötig waren, um sie auf den Wagen zu hieven oder sie wieder herabzubefördern.

»Vielleicht schlagen sie Alarm«, sagte Osmond. »Vielleicht hat es einen Mord gegeben.«

Unwillkürlich sahen wir alle zu Cygnus, der sich auf die Lippen biss. Im Laufe der Wochen hatte sogar Zophiel aufgehört, Cygnus wie einen Flüchtenden zu behandeln, obwohl wir noch immer sorgfältig darauf achteten, dass seine Schwinge in den Dörfern nicht gesehen wurde. Aber die übrige Zeit konnte man leicht vergessen, dass vielleicht noch immer ein Preis auf seinen Kopf ausgesetzt war.

»Es klingt nicht nach einem Wachalarm«, sagte ich. »Die Wachglocke erklingt nur lange genug, um Hilfe herbeizurufen, und wie lange könnte es bei Tage dauern, einige Leute zu versammeln? Vielleicht ist dies eine Art örtlicher Brauch zur Feier der heiligen Barbara. Vielleicht bringt der Lärm den Blitz und Donner zum Ausdruck, der ihren Henker niederstreckte. Wenn es ein Fest ist, wird es etwas zu essen geben, und sie können vielleicht Rodrigo und Jofre brauchen, um zum Tanz aufzuspielen.«

Rodrigo kicherte. »Wenn das das Beste ist, was sie an Musik bewerkstelligen können, dann brauchen sie uns wirklich.« Er schlug Zophiel auf den Rücken. »Kommt, ein Fest, die Aussicht gefällt mir. Warmes Feuer, gutes Essen, vielleicht sogar etwas Wein, was sagt Ihr, Zophiel?«

Ich konnte nicht umhin, über Rodrigos Grinsen zu lächeln. Die Gesichter der Übrigen strahlten ebenfalls, und wir stemmten unsere Schultern mit dem Willen gegen den Wagen, ihn wieder zum Rollen zu bringen.

Der Weg stieg sanft an und verbarg das Dorf weiterhin vor Sicht, aber sobald wir den obersten Punkt des Hügels erreichten, sahen wir es nicht nur, sondern rochen es auch. Es war der erstickende Gestank brennenden Schwefels.

Jenseits der Felder stieg von einem Anger eine dichte Rauchwolke auf. Ein Heuwagen wurde gerade dorthin gezogen, und eine Gruppe von vier oder fünf Männern hob eilig Säcke davon herab. Ein großes Loch war in das Feld gegraben, und rundherum waren Feuer entzündet worden. Dichter Rauch von dem schwelenden Holz und den nassen Blättern wälzte sich über das Land, und die Männer erschienen und verschwanden wie Geister, während der Wind über sie hinwegwehte. Einen Übelkeit erregenden Moment lang sah es so aus, als hätten die Männer keine Gesichter, aber dann erkannte ich, dass sie alle einen Sack über dem Kopf trugen, in den Schlitze für die Augen geschnitten worden waren, das Sackleinen fest in ihre Hemden gestopft.

Auf diese Entfernung und bei all dem Rauch war schwer zu erkennen, was sie taten. Sie arbeiteten rasch, bewegten sich zwischen dem Heuwagen und der Grube hin und her. Zuerst dachte ich, sie schleppten Getreidesäcke, aber dann stieg mir die Galle in die Kehle, als ich erkannte, dass die Säcke kein Getreide, sondern Leichen enthielten. Sie trugen die Leichen zu der Grube hinüber und warfen sie mit Schwung hinein. Zwei Männer waren nötig, um die erwachsenen Leichen zu tragen, aber dann sah ich einen Mann mit zwei kleinen Säcken in den Händen, die beim Gehen wie tote Hasen schwangen, und ich wusste, dass es kleine Kinder sein mussten. Er warf diese auf die übrigen.

Ich wandte mich um und blickte erneut zum Dorf. Das Läuten der Glocken und das Klingen von Metall hielt an. Der größte Teil des Rauchs kam nicht von den Herdfeuern in den Hütten, sondern von kleinen Kohlenpfannen auf den Straßen, aus denen dichter, gelber Rauch in den sich verdunkelnden Himmel stieg. Ein Mann lief eilig die Straße hinab. Auch sein Gesicht war bedeckt, und er hielt eine brennende Fackel vor sich, obwohl es noch nicht dunkel genug war, als dass man schon solches Licht gebraucht hätte. Als er an einer verlassenen Hütte mit geschlossenen Fensterläden vorüberlief, beleuchtete das Licht seiner Fackel die Tür gerade lange genug, um erkennen zu können, dass ein Zeichen daraufgemalt worden war. Es war ein schwarzes Kreuz.

Die Übrigen in unserer Gruppe starrten einfach wortlos auf die Szene vor ihnen. Ich trat eilig an Zophiels Seite. »Wir sollten besser weiterziehen. Geht so schnell Ihr könnt, bis wir das Dorf hinter uns gelassen haben.«

Aber er regte sich nicht. Er stand nur da und betrachtete das von Rauch erfüllte Feld und die geisterhaften Gestalten, die sich darauf bewegten. »Das ist es dann also. Sie hat uns eingeholt.«

Jofre kauerte an den Rädern des Wagens und erbrach sich. Rodrigo hockte sich wortlos neben ihn, seine Hand automatisch den Rücken des Jungen reibend, wie ich es ihn auch an jenem Tag hatte tun sehen, als ich ihnen auf der Straße begegnete.

Adela schlang die Arme um ihren angeschwollenen Bauch, wiegte sich vor und zurück und schluchzte mit dem trockenen, animalischen Wehklagen einer Frau, die um ihre Kinder trauert, als wären die Leichname, die in die Grube geworfen wurden, ihre eigenen Lieben. Osmond kletterte auf den Wagen und wollte sie in die Arme nehmen, aber sie schlug mit den Fäusten gegen seine Brust und schrie ihn an, er solle ihr fernbleiben, als hätte er sich bereits angesteckt.

Ich konnte Verzweiflung in allen Gesichtern sehen und spürte, wie sie auch mein Herz ergriff. »Nun kommt schon, ziehen wir weiter, fort von diesem stinkenden Rauch.«

»Wohin, Camelot, wohin genau sollen wir jetzt ziehen?«, fragte Zophiel unwirsch. »Die Pest ist vor uns und hinter uns. Wir können nirgendwo mehr hin. Osmond, wenn Ihr Eure törichte Frau nicht zum Schweigen bringt, werde ich es tun.« Er wirbelte zu Narigorm herum. »Du, Mädchen, du bist hier die Wahrsagerin. Deine Runen haben uns hierher geführt. Du hast uns in diese Schwierigkeiten gebracht. Also solltest du uns sagen, wohin wir jetzt gehen sollen. Aufwärts? Sollen wir uns alle Flügel wachsen lassen wie Cygnus und fliegen, denn das ist der einzige Ort, wohin wir noch entfliehen könnten.«

Jedes andere Kind wäre vor seinem Zorn zurückgeschreckt, aber nicht Narigorm. Sie sah ihm direkt ins Gesicht, begegnete seinem

Blick unverwandt. »Nach Osten«, sagte sie schlicht. »Ich sagte Euch bereits, dass wir nach Osten gehen werden.«

Ich fragte mich einen Moment, ob sie wirklich begriff, was hier vor sich ging, dass die in die Grube geworfenen Säcke menschliche Leichen enthielten, aber Narigorm war kein gewöhnliches Kind. Etwas an jenen fahlen, ausdruckslosen Augen ließ mich stärker frösteln als alles andere, was ich hier sah.

»Nein, nicht nach Osten, nach Norden«, platzte ich heraus. »Wir müssen nach Norden ziehen. Wenn die Pest im Osten und Westen ist, müssen wir nach Norden ziehen, das ist jetzt der einzige freie Weg.«

»Seid kein verdammter Narr, Camelot«, rief Zophiel. »Die Straße nach Norden führt unmittelbar durch dieses Dorf.«

Pleasance legte beschützend einen Arm um Narigorm. »Wenn die Runen sagen, wir sollen nach Osten gehen, dann sollten wir das tun. Nur weil die Pest hierhergekommen ist, bedeutet das noch nicht, dass sie jedes Dorf befallen wird. Wir müssen weg. Wir können nicht hier bleiben. Und es ist besser weiterzugehen, als zurückzukehren.«

Obwohl ich es nicht zugeben wollte, erkannte ich, dass sie recht hatte. Zu diesem Zeitpunkt gab es nur zwei Wahlmöglichkeiten, nach Osten oder nach Westen, und wir konnten nicht umkehren.

Zophiel war offensichtlich zu demselben Schluss gekommen, denn er nickte knapp.

Ich schluckte schwer. »Aber dann müssen wir uns an der nächsten freien Straße wieder nach Norden wenden. Das ist das einzig Sichere.«

Narigorm beobachtete, wie Zophiel zu Xanthus zurückging, dann ließ sie ihre kalte, kleine Hand in meine gleiten, genauso wie sie es beim Mittsommerjahrmarkt getan hatte, und flüsterte:

»Ihr werdet York niemals erreichen, Camelot. Wir gehen nach Osten, Ihr werdet sehen.«

Wir umgingen das Dorf so rasch, wie Schlamm und Regen es zuließen. Xanthus schien ebenso bestrebt wir wir Übrigen, das Dorf hinter sich zu lassen, und zog den Wagen mit einer Energie, wie ich sie seit Wochen nicht mehr bei ihr erlebt hatte. Sie rollte beständig mit den Augen und stellte die Ohren auf, als hätte sie das Gefühl, dass etwas sie verfolgte. Man sagt, Pferde könnten den Tod riechen, aber vielleicht war es auch nur der Rauch, der sie beunruhigte.

Der Weg wurde gefährlicher, als die Dunkelheit herabsank. Wir befanden uns in einem weiteren Waldstück, das den Weg noch dunkler erscheinen ließ, aber niemand schlug vor anzuhalten und ein Lager für die Nacht zu errichten. Der Klang der Glocken verfolgte uns noch lange, nachdem wir außer Sicht der Häuser waren, wurde nur allmählich schwächer, vom Tosen des Windes in den Baumkronen übertönt. Als wir sie endlich nicht mehr hören konnten, hielten wir nur an, um die Laternen am Wagen anzuzünden, und liefen weiterhin nebenher, jeder von uns eine Hand am Wagen, das nasse Holz fest umklammernd. Es war auf dem düsteren, schlammigen Weg eine vernünftige Vorsichtsmaßnahme, aber nicht die Angst auszugleiten ließ uns uns am Wagen festhalten, sondern die Tatsache, dass wir mehr denn je den Eindruck hatten, er sei die einzige Heimat, die wir hatten, die einzige greifbare Sicherheit.

Wir erblickten immer wieder den Schein rot glühender Feuer zwischen den Bäumen sowie heller gelber Flecken, die wohl Laternenlicht waren. Wir sahen einander besorgt an, aber hier stank es nicht nach Schwefel, sondern wir rochen nur den süßen, heilsamen Geruch von Holzrauch. Wir kamen um eine Biegung und standen vor einem langen, niedrigen, nach zwei Seiten offenen Gebäude, das auf einer weiten Lichtung stand. Das Gebäude war offensichtlich eine Art Werkstatt, denn darinnen gab es zwei Glutöfen mit fest geschlossenen Türen. Jeder wies zwei große, von Tretkurbeln betätigte Blasebälge auf. Was auch immer sie fertigten, benötigte anscheinend große Hitze. Ein dritter Glutofen, dieser wie ein Brotofen geformt, hatte keine Tür und glühte innen rot und heiß. Einige Gestelle mit langen Metallröhren, großen, langen Eisenzangen und schwarz verkohlten Holzbrettern standen herum. Neben den Gestellen befanden sich Wasserbottiche.

Zwei junge Lehrlinge lagen zusammengerollt schlafend auf dem Boden des Gebäudes, aber vier oder fünf weitere eilten draußen auf der Lichtung umher und kümmerten sich um Feuer, auf denen große Eisengefäße Rauchwolken in die Nacht sandten. Weitere Glutöfen standen auf der Lichtung verstreut, die so sorgfältig gerodet und eingeebnet worden war, dass nicht ein Grashalm überlebt hatte. An einem Ende der Lichtung befand sich ein großer Holzstapel, in dessen Nähe eine Anzahl kleinerer Hütten stand. Der Ort roch nach brennendem Buchenholz – nach dem süßlichen Schwefelgestank, den wir hinter uns gelassen hatten, ein reiner, sauberer Geruch.

Als Zophiel den Wagen anhielt, kam ein Mann von Anfang zwanzig um die Rückseite des Gebäudes herum und zuckte leicht zusammen, als er uns sah. Die Lehrlinge erblickten uns gleichzeitig und hielten in ihrer Arbeit inne. Er vollführte eine Handbewegung in ihre Richtung.

»Geht wieder an die Arbeit, Jungs. Wenn diese Pottasche bei Tagesanbruch nicht fertig ist, wird der Meister Kleinholz aus mir machen, und wenn er das bei mir macht, könnt ihr sicher sein, dass ihr auch drankommt.«

Er eilte auf uns zu und blieb in kurzer Entfernung stehen.

»Woher kommt Ihr, gute Leute?«

Zophiel deutete in die Richtung zurück, aus der wir gekommen waren, sah die Panik auf dem Gesicht des Mannes und sagte: »Wir wissen, dass im Dorf die Pest herrscht, aber keine Angst, mein Freund, wir haben es in weitem Bogen umfahren, und niemand von uns ist krank. Und Ihr, mein Freund, ist hier jemand krank?«

Der Geselle bekam keine Gelegenheit zu antworten.

Eine tiefe Stimme erklang dröhnend aus den Schatten. »Wir sind alle wohlauf, gelobt sei die heilige Jungfrau.«

Ein grauhaariger Mann, dessen Gesicht und Arme mit Brandnarben übersät waren, trat aus den Schatten. »Ich bin Michael, Glasmachermeister.« Er verbeugte sich. »Dies ist mein Geselle, Hugh. Obwohl ich sagen sollte, dass er jetzt der Meister ist, denn er hat das Geschick, das meine alten Finger vergessen haben. Aber so soll es auch sein, nicht wahr?«

Ich erkannte seinen Akzent sofort und Rodrigo ebenfalls.

»*È un fratello veneziano?*«, fragte er eifrig.

»*Si, si.*«

Beide Männer, von einem Ohr zum anderen strahlend, öffneten

weit ihre Arme und umarmten einander kräftig, als wären sie lange vermisste Brüder. Sie stellten uns alle vor und hielten nur inne, um einander erneut zu umarmen und auf den Rücken zu schlagen.

Schließlich öffnete Meister Michael seine Arme weit, als wollte er uns alle gleichzeitig umfassen. »Kommt, kommt, wir müssen essen und trinken. Ihr verbringt die Nacht hier. Ich kann Euch kein weiches Bett anbieten, aber wenigstens ein warmes.« Er lachte und deutete zu all den Feuern. »Hugh«, sagte er an den Gesellen gewandt, »mach es unseren Gästen gemütlich. Ich treffe nicht jeden Tag zwei meiner Landsleute, also lasst uns essen, solange wir es noch können. Heute Abend amüsieren wir uns, aber morgen arbeiten wir, also sollen die Jungen die Feuer nicht vernachlässigen, *si*?«

Die Lehrlinge erkannten, dass das Erscheinen der Fremden ihren Meister in außergewöhnlich gute Laune versetzt hatte und dass eine zusätzliche Mahlzeit bevorstand, sodass sie uns eilig beim Errichten unseres Lagers halfen. Sie führten Xanthus zusammen mit ihren beiden Ochsen, die eingesetzt wurden, um ihren Wagen zum Markt und Baumstämme aus dem Wald herbeizuziehen, in einen Behelfsstall. Cygnus war dieses eine Mal der Pflicht enthoben, Futter aufzutreiben, und einer der Jungen steckte Xanthus einen Apfel zu, was ihm die ewige Dankbarkeit sowohl von Xanthus als auch von Cygnus einbrachte.

Michael war ein guter Meister, bekannten die Jungen flüsternd, streng, aber gutherzig, leicht zornig, wenn jemand unvorsichtig war, aber rasch wieder beruhigt, und vor allem war er fair. Ich konnte seine Zornausbrüche verstehen. Wenn man beim Formen eines Tontopfs unkonzentriert war, dann ist normalerweise nur der Topf verdorben, aber wenn man mit einer Stange geschmolzenen Glases sorglos umging, konnte man sich so schlimm verbrennen, dass die Wunden vielleicht niemals wieder heilten. Sie waren flinke, eifrige Burschen und mussten das auch sein. Dies war kein Beruf für Dummköpfe.

Gestelle, Wasserbottiche und ähnliche Ausrüstungsgegenstände wurden rasch aus der langen Werkstatt hinausgeräumt und Stühle, Betten und Bänke hereingebracht, um einen Platz zum Essen und zum Schlafen zu schaffen. Einer der Lehrlinge, dessen Arm mit einer dicken Lederstulpe geschützt war, stapelte in der glühend heißen Öffnung des Glutofens, wo das Glas zwischen den Arbeitsgängen erneut erhitzt wurde, Holz auf. Er war in der Kunst gut geübt und sprang zurück, als die Funken hervorstoben, bevor er die Öffnung abdeckte, damit der Ofen die Hitze über Nacht hielt. Die Hitze all der Glutöfen machte diesen Ort, obwohl sie gut isoliert waren, zum wärmsten, an dem wir uns seit Wochen aufgehalten hatten, und bald dampften unsere Kleider so, dass sich der Geruch von nasser Wolle und Schweiß mit dem Holzrauch vermischte. Erst wenn man wahrhaft durchgewärmt ist, erkennt man, wie sehr man gefroren hat. Als ich meine durchweichten Stiefel zu dem Glutofen ausstreckte, fühlte ich mich, als könne mich niemand jemals dazu überreden, diesen Fleck wieder zu verlassen.

Wie alle anderen auch hatten die Glasbläser ihr Mehl und ihre Bohnen und Erbsen schon lange aufgebraucht, aber es ging ihnen besser als den Leuten in den Städten, denn sie konnten im Wald Früchte, Kräuter und Pilze suchen, und die Jungen waren alle mit ihren Schlingen und Steinschleudern sehr geschickt. Sie hatten einen großen Kochtopf aufs Feuer gestellt, und den darin befindlichen Hammelknochen nach zu urteilen, die so oft gekocht worden waren, dass sie bei Berührung zerfielen, wurde der Topf niemals ganz geleert. Sie fügten einfach zu jeder Mahlzeit das hinzu, was sie finden konnten – wilde Zwiebeln, wilden Knoblauch, Sauerampfer, Nesseln und was auch immer sie mit ihren Schlingen fangen konnten.

Pleasance und Adela beaufsichtigten bald einige der Jungen dabei, zusätzliche Vorräte als Beigabe zu ihrer dicken Suppe zu verarbeiten. Sogar Zophiel schien von der allgemeinen Begeisterung angesteckt und brachte unser letztes verbliebenes Fass Mehl sowie etwas gesalzene Butter als Aufstockung der Vorräte herbei. Mit Osmonds und Jofres Hilfe sowie der Mitarbeit der Frettchen eines der Jungen, drehten sich bald mehrere üppige Hasen über den Feuern aus Holzspänen, während einige Tauben in Lehm gerollt und in der Glut am Rande des Feuers gebacken wurden, damit das Fleisch innen zart und saftig blieb.

Pleasance hatte zwei Jungen gezeigt, wie man in einem der abkühlenden Öfen mit wildem Honig gesüßte Brotlaibe machen konnte, deren Inneres herausgenommen wurde, um sie mit einer Mischung aus Brotkrumen, Butter und Zwiebeln zu füllen, und die dann erneut erhitzt wurden, bis die Butter schmolz. Ich schwöre, dass es in einer kalten Winternacht nichts Erwärmenderes für den Bauch gibt als süßes Brot, heiß aus dem Ofen, von geschmolzener Butter tropfend – wirklich ein Festessen für den Tag der heiligen Barbara.

Nach der Mahlzeit schliefen die Lehrlinge, bis zum Platzen gesättigt, am Fleck ein, bis der eine oder andere von dem Gesellen Hugh wachgerüttelt wurde, um die Feuer unter den Eisengefäßen auf den Lichtungen zu schüren und die Mischung aus Holzasche und Wasser umzurühren. Die Jungen kümmerten sich abwechselnd um die Feuer, bis das Wasser verdampft war und die Pottasche zurückblieb, die zum Schmelzen des Glases benutzt wurde. Andere betätigten die Blasebälge, damit die Hitze in den Öfen erhalten bliebe, bis sie am Morgen gebraucht würden.

Vor dem Wind geschützt und durch die Wärme der Glutöfen ebenso schläfrig wie die Lehrlinge, richteten wir Übrigen uns auf einen langen Abend mit Plaudern und Trinken ein. Die Gespräche wandten sich zwangsläufig dem Thema zu, das zu vergessen wir uns alle so sehr bemüht hatten. Es war Hugh, der uns vom Dorf erzählte, während er verdrießlich auf den Grund seines Kruges blickte.

»Es fing dort vor zehn Tagen an. Zumindest fanden wir da den ersten Leichnam, aber Gott weiß, wie lange die arme Seele schon tot war. Nachbarn bemerkten diesen schrecklichen Gestank aus einer der Hütten. Sie klopften an die Tür, aber niemand öffnete. Niemand konnte sich erinnern, in den letzten Tagen jemanden hinein- oder hinausgehen gesehen zu haben. Also brachen die Nachbarn die Tür letztendlich auf und fanden die Ehefrau tot in ihrem Bett vor. Ihrem verzerrten Gesicht und ihrem verdrehten Körper nach zu urteilen, war sie unter Schmerzen gestorben. Keine Anzeichen der übrigen Familie. Anscheinend waren sie, sobald sie erkannt hatten, woran die Frau litt, mitten in der Nacht aufgebrochen und dem Dorf heimlich entflohen. Die arme Seele lebte wahrscheinlich noch, als sie gingen. Aber wer kann es ihrem Ehemann verdenken? Er hätte nichts tun können, um seine Frau zu retten. Vielleicht glaubte er, richtig zu handeln, indem er die Kinder in Sicherheit brachte, bevor sie sich anstecken konnten. Vielleicht hat sie ihm sogar gesagt, er solle gehen und sie allein lassen.«

»Ich könnte mir vorstellen, dass ihm mehr daran gelegen war, seine eigene Haut zu retten«, wandte Zophiel ein. »Er ging, ohne sich die Mühe zu machen, die Nachbarn zu warnen, überließ es ihnen, den Leichnam zu finden und die Ansteckung zu riskieren.«

Hugh schaute auf. »Vielleicht habt Ihr recht, aber ich halte nichts davon, einen Menschen zu verurteilen, solange ich nicht in seinen Schuhen gewandelt bin. Niemand kann eine Hand auf sein Herz legen und sicher behaupten, was er tun würde, wenn sein Leben bedroht wäre. Die Pest ist ein grausamer Tod, heißt es.«

»Sind ihr viele in dem Dorf zum Opfer gefallen?«, fragte Adela angstvoll.

»Fast ein Dutzend pro Tag, wie wir hörten. Nicht dass wir während der letzten Tage in der Nähe des Dorfes waren. Einige der Jungen stammen aus dem Dorf, aber der Meister will ihnen nicht erlauben, nach Hause zu gehen. Er sagt, wenn sie gehen, müssen sie im Dorf bleiben. Sie können nicht hierher zurückkommen, aus Angst, dass sie die Ansteckung mitbringen.«

»Arme Jungen«, sagte Adela und betrachtete die zerzausten Köpfe liebevoll. »Sie müssen sich solche Sorgen machen.«

»Ja, aber es wird ihnen nichts nützen, nach Hause zu gehen. Wenn sich ihre Familien angesteckt haben, können sie nichts tun. Es ist noch Zeit genug herauszufinden, wer gestorben ist und wer nicht, wenn es vorüber ist. Habt Ihr irgendwelche Anzeichen gesehen, als Ihr dort entlangkamt?«

Osmond wollte schon antworten, aber ich stieß ihn heimlich mit dem Fuß an. Ich konnte sehen, wie mehrere Augenpaare uns bange betrachteten. Es würde ihnen nicht helfen, von der Grube zu erfahren, noch davon, dass es so ausgesehen hatte, als wären viel mehr als ein Dutzend Leichname von diesem Heuwagen gezogen worden.

»Es war zu dunkel, um viel zu sehen«, erzählte ich ihnen. »Und wir haben uns in einigem Abstand gehalten, als wir den Schwefelrauch rochen und die Glocken läuten hörten.«

Hugh verzog das Gesicht. »Sie werden so lange läuten, bis niemand mehr aufrecht stehen kann, um an dem Glockenseil zu ziehen. Es heißt, Lärm vertriebe die Ansteckung, besonders das Geläut von Kirchenglocken. Wenigstens müssen wir es nicht hören. Es genügt, um einen Menschen in den Wahnsinn zu treiben, wenn die Glocken morgens, mittags und in der Nacht läuten. Aber vermutlich ist alles einen Versuch wert. Ich sage Euch«, fuhr er fort, streckte sich und stieß einen weiteren schläfrigen Lehrling zu seinen Füßen an, »irgendwas muss doch funktionieren, denn alle die Gebete, welche die Priester und Mönche nach oben schicken, nutzen grad ebenso viel wie Holzrauch.«

Der Glasbläsermeister schüttelte den Kopf. »Es reicht, Hugh. Unsere Gäste werden denken, du hättest keinen Respekt.«

»Ja, nun, seit dem Sommer ziehen schon die Ablassprediger in Scharen hier durch und ängstigen die Leute zu Tode, indem sie sagen, wenn sie nicht ihren Ablass kaufen, bevor es zu spät ist, werden sie nicht nur an der Pest sterben, sondern auch noch Jahre danach im Fegefeuer gequält. Sind nicht billig, diese Stücke Papier, die sie verkaufen. Und wer weiß, was in ihrem Lateinisch darauf geschrieben steht. Es könnten nach allem, was wir wissen, auch Auflistungen der Huren des Königs sein.«

Einer der Lehrlinge kicherte.

»Findest du das witzig, mein Junge?« Hugh zog den Jungen am Ohr hinaus, doch sein Lachen verriet, dass sie beide wussten, dass Hugh nur Spaß machte.

Michael lächelte ebenfalls. »Ihr müsst ihn entschuldigen. Er ist ein guter Mann und für die Jungen wie ein Vater, aber er hat keine Geduld mit Leuten, von denen er glaubt, dass sie die Schwachen ausnutzen. Unmittelbar nachdem die Pest das Dorf befiel, kam ein Ablassprediger hier hindurch und erzählte den Jungen, sie könnten Ablässe für ihre toten Eltern kaufen. Es sind noch Jungen, und sie waren natürlich bestürzt. Hugh warf den Mann hinaus. Das hat er nicht freundlich aufgenommen.«

Rodrigo beugte sich ungeduldig vor. »Genug jetzt von Schwierigkeiten. Erzählt uns von Euch. Wie gelangt einer meiner Landsleute hierher?«

Der Glasbläser strahlte und klatschte zufrieden in die Hände. »Es ist lange her, seit mich das jemand gefragt hat.« Zahllose weiße und purpurfarbene Narben bedeckten seine Hände und seine dunklen, behaarten Arme. Er war ein kleiner Mann, gedrungen und ungestalt, mit kurzen, krummen Beinen, aber einer von Jahren des Glasblasens massigen, breiten Brust, sodass seine obere Körperhälfte wirkte, als sitze sie auf den falschen Beinen. Sein Gesicht war runzelig und schartig, aber seine braunen Augen tanzten vor Lebendigkeit.

Sein wahrer Name, so erzählte er uns, seine Stimme zu einem vertraulichen Raunen senkend, sei Michelotto, aber er nannte sich Michael, denn seiner Erfahrung nach trauten die Engländer Fremden nicht. Sein Vater, ein Witwer und Glasbläser wie er selbst, hatte ihn aus Venedig hierhergebracht, bevor die dortigen Glasmacher auf die Insel Murano verbannt wurden.

»Derzeit«, er spreizte seine Hände und zuckte die Achseln, »erlauben sie niemandem, die Insel zu verlassen. Der Doge sorgt sich darüber, dass sie die Geheimnisse der Glaskunst an andere Nationen verraten könnten, wenn sie gehen. Was nützt es also, dass sie die besten Glasmacher der Welt sind und am besten bezahlt werden, wenn sie kaum mehr als Sklaven sind? Mein Vater, möge er in Frieden ruhen, war klug genug, rechtzeitig zu fliehen. Ich selbst bleibe nirgendwo lange. Sobald die Bäume rund um uns herum aufgebraucht sind, müssen wir uns einen neuen Platz suchen. Die Glasherstellung verbraucht so viel Holz, wisst Ihr, dass wir alle zwei oder drei Jahre weiterziehen müssen, aber nicht wie Ihr, *Ragazzo*, die Ihr jeden Tag unterwegs seid.«

Er beugte sich vor und zauste Jofre, der auf einem niedrigen Hocker zu seinen Füßen saß, liebevoll das Haar. Er hatte darauf bestanden, Jofre während der gesamten Mahlzeit an seiner Seite zu haben, wie einen Lieblingsenkel, und ihn von der Spitze seines Messers mit ausgesuchten Fleischstücken zu versorgen. Jofre genoss die Aufmerksamkeit und konnte seinen Blick kaum von Michelotto abwenden, saugte jedes Wort, das er über dessen Leben in Venedig zu sagen hatte, in sich auf. Jofre fragte eifrig, ob der Glasbläser vielleicht seine Mutter kannte, aber der alte Mann schüttelte traurig den Kopf, wohl wissend, wie viel es dem Jungen bedeutete. Er habe Venedig schon vor so langer Zeit verlassen, sagte er, dass er sich jetzt kaum noch an irgendwelche Namen erinnern könne. Er träume noch immer von den Plätzen und Kanälen, könne sich aber, wie bei den Gesichtern der Leute in seinen Träumen, auch nicht mehr an ihre Namen erinnern. Er sah die Enttäuschung in Rodrigos und Jofres Gesichtern.

Er saß einen Moment verzagt da, und dann fiel ihm anscheinend etwas ein. Er erhob sich mit einer Entschuldigung und entschwand in die Dunkelheit. Wenige Minuten später kehrte er mit etwas Glänzendem in Händen zurück. Es war eine kleine, tränenförmige Flasche, so wie sie eine Dame vielleicht für ihre Duftöle benutzte. Von seiner Hand umwölbt, wirkte sie dunkel und undurchlässig, aber als er sie ins Licht einer der Fackeln hielt, erglühte das Glas in üppigen blauen und purpurfarbenen Kräuselungen, über denen winzige Flecken Gold glitzerten.

»Seht Ihr, das ist es, woran ich mich erinnere, das Licht Venedigs ist wie das Glas selbst. Ich erinnere mich, wie die Abendsonne goldene Funken auf dem Wasser der Lagune tanzen ließ. Ich erinnere mich an das perlmuttene Licht der Winterdämmerung und wie das brennende, feurige Rot der Sonne, während sie im Sommer unterging, den weißen Marmor unter seiner Hitze rötlich färbte. Ich erinnere mich, wie nachts, wenn das Wasser der Kanäle so dunkel wie Zobel wird, das Mondlicht wie ein Silberschmuck auf dem schwarzen Haar einer wunderschönen Frau auf dem dunklen Wasser schimmerte. Das versuche ich mit meinem Glas auszudrücken. Ich fange das Licht Venedigs in meinem Glas ein.«

Er hielt Jofre die kleine Flasche hin, der sie vorsichtig in beide Hände nahm, sie ins Licht der Fackeln hielt und in alle Richtungen drehte, einen Ausdruck reiner Verwunderung auf dem Gesicht, während jede Drehung eine neue, subtile Verlagerung von Farbe und Muster mit sich brachte. Jofre wollte Michelotto die Flasche seufzend zurückgeben, aber der Glasbläser schloss Jofres Finger darum. »Nimm sie. Sie gehört dir. Du betrachtest sie und denkst an deine Mutter, ja? Und vielleicht denkst du manchmal auch an mich.«

Als das Gähnen rundum zunahm, schoben wir schließlich die Bänke und Stühle beiseite, hüllten uns in unsere Umhänge und legten uns in der Wärme der Glutöfen zum Schlafen nieder. Michelotto und Rodrigo gingen woanders hin, vermutlich in Michelottos Hütte zurück, wo er und Rodrigo zweifellos noch bis lange in die Nacht hinein weiterreden würden. Rodrigo hungerte nach Gesprächen über seine Heimat, und dem alten Glasbläser würde es auch nicht missfallen, sich an alte Zeiten zu erinnern. Jofre schlief bereits, die wunderschöne, kleine, tränenförmige Flasche sicher eingewickelt in seinem Rucksack verstaut, aber erst nachdem er sie mehrmals wieder ausgewickelt hatte, um sie erneut ins Licht zu halten.

Jofres Verhalten hatte sich seit der Auspeitschung auf vielerlei Arten verbessert, und er hatte wohl während des letzten Monats in den Städten und Dörfern nicht gespielt. Zumindest war er nicht betrunken zurückgekommen, und keine zornigen Ortsansässigen forderten Geld, das er ihnen schulden würde, aber Rodrigo machte sich dennoch weiterhin Sorgen um ihn. Jofre hatte sich schon immer bei verschiedenen Gelegenheiten in sich zurückgezogen, aber seit der Auspeitschung hatten diese stillen Stimmungen zugenommen. Er war nicht mehr wie früher wutentbrannt davongestürmt. Stattdessen schien er erstarrt, als versuche er, sich von jeglichen Gefühlen oder Empfindungen abzutrennen.

Jofre übte gehorsam, was ihm aufgetragen wurde, und das konzentrierter als seit Monaten. Was er spielte, war technisch korrekt, aber mechanisch, als nehme er bewusst Abstand von der Musik und versuche sie zu spielen, ohne davon beeinflusst zu werden. Rodrigo war zornig und enttäuscht. Er konnte besser als wir anderen alle hören, wie leidenschaftslos die Musik war, und ging damit um, als wäre es wieder eine von Jofres üblen Launen, Jofres Rache für die Schläge. Aber ich spürte, dass Jofre Rodrigo nicht enttäuschen wollte. Er hatte einfach Angst, sich nach der Flut, die ihn in jener Nacht in der Scheune überwältigt hatte, irgendwelche Empfindungen zu gestatten. An jenem Abend, als er Michelottos Erzählungen über Venedig lauschte, sah ich seit Wochen wieder den ersten Funken Leben in Jofres Augen. Und als ich mich an jenem Abend zum Schlafen niederlegte, hoffte ich, dass der Abend einen Wendepunkt bedeuten würde und der Junge, der spielte und sang wie ein Engel, wieder bei uns wäre.

Der Klang donnernder Hufe und Schreie weckte mich. Es war noch dunkel, aber die Lichtung schien von Reitern erfüllt, die ihre Pferde in den glühenden Feuerschein und wieder heraus tänzeln ließen und die erschreckten Lehrlinge verscheuchten. Ich ergriff Adelas Arm, und mit Osmond an ihrer anderen Seite, hievten wir sie praktisch in den Schutz der Bäume hinter der Werkstatt, ein gutes Stück von dem enthüllenden Licht der Feuer und Fackeln fort. Wir drängten sie hinter einen dicken Baumstamm und wiesen sie an, sich ruhig zu verhalten. Ich warf ihr meinen Umhang über den Kopf, damit ihre helle Haut sie, falls jemand in diese Richtung blicken sollte, nicht verraten würde. Dann zog ich den widerwilligen Osmond von ihr fort. Wenn es Schwierigkeiten gäbe, bestand Adelas größte Hoffnung darin, still zu liegen, ein dunkler, in den Schatten unbemerkter Höcker, und es war lebenswichtig, dass wir keine Aufmerksamkeit auf ihr Versteck lenkten.

Zophiel kauerte hinter einer der Hütten auf dem Boden. Er hielt einen der Lehrlinge an beiden Armen gepackt und schüttelte den erschreckten Jungen gerade.

»Ich weiß, dass sie Soldaten sind, Dummkopf, aber wessen Wappen tragen sie?«

»Ich weiß es nicht, Sir«, jammerte der Junge.

»Dann sage mir, wie es aussieht«, zischte Zophiel.

»Zwei … zwei goldene Löwen, Sir, nach links laufende Wappentiere … auf rotem Grund.«

»War irgendetwas darüber, denk nach, Junge, denk nach?«

»Eine Mitra, Sir.«

»Eine Mitra, bist du dir dessen sicher? Und unter der Mitra, waren da eine Jungfrau und ein Kind?«

Der Junge verzog vor Konzentration das Gesicht. »Da war etwas, aber ich weiß nicht was, Sir, ich konnte es nicht richtig sehen.«

Zophiel stöhnte. »Die Männer des Bischofs von Lincoln.«

Er ließ den Jungen los, der in den Wald floh, ohne sich auch nur noch einmal umzudrehen.

»Was wollen sie hier? Wir befinden uns nicht annähernd in der Nähe von Lincoln«, flüsterte Osmond.

»Das Bistum von Lincoln erstreckt sich bis London, sie besitzen überall Land«, belehrte ich ihn. »Zophiel, wir sollten …«

Aber Zophiel war verschwunden.

Ich hörte einen Zornesschrei, den ich erkannte. Es war Rodrigo. Osmond und ich eilten auf die Lichtung.

In der Mitte der Lichtung hielten zwei Soldaten Michelotto gepackt. Sie hatten ihm die Arme auf den Rücken gedreht, und ein Soldat hatte einen Arm um die Kehle des sich wehrenden Mannes gelegt. Obwohl die Soldaten hoch über ihm aufragten, lieferte er dennoch einen guten Kampf. Zwei weitere Soldaten hielten Rodrigo fest, der sich ebenfalls gegen den Griff wehrte, und die übrigen Soldaten, noch immer auf dem Pferderücken, hatten Hugh, drei oder vier der Lehrlinge, Jofre, Pleasance und Narigorm vor einer der Hütten eingekreist. Von Cygnus und Zophiel war nichts zu sehen.

Ich bemerkte den Mann, der in den Schatten ruhig auf einem Zelter saß, erst, als er vorwärtstrabte und abstieg. An seinem breitrandigen Hut war eindeutig zu erkennen, dass er ein Ablassprediger war. Er war ein dünner, spinnenartiger Mann, nicht viel größer als Michelotto, und obwohl sein Gesicht von seinen Reisen wettergegerbt war, wies es dennoch unter der Oberfläche eine ungesunde Blässe auf, als schlafe er zu wenig und grübele zu viel. Es war wahrscheinlich ebenso gut, dass er ein Leben als Ablassprediger gewählt hatte, denn seine Statur ließ vermuten, dass er in jeglichem Beruf, der körperliche Arbeit erforderte, schlecht abgeschnitten hätte. Aber er war eindeutig kein gewöhnlicher Ablassprediger, denn er schien auf die Soldaten des Bischofs eine gewisse Macht auszuüben. Auf ein Nicken von ihm hin, zerrten sie Michelotto vorwärts.

Er sah Michelotto von oben bis unten an, bevor er sprach. »Ja, dies ist der Jude. Nun, nun, die Pest bricht in einem Dorf aus, obwohl meilenweit im Umkreis keine Pest herrscht, und wisst Ihr was? Wir finden zufällig einen Juden auf ihrer Schwelle vor. Ist das nicht ein Zufall?«

Michelotto wehrte sich heftig, konnte fast eine Hand befreien. »Ich bin kein Jude, Ablassprediger.«

Der Ablassprediger lächelte, als hätte Michelotto einen Scherz gemacht. »Ein Glasbläser aus Venedig, der kein Jude ist, das fällt mir schwer zu glauben. Der Grund dafür, warum in Venedig so viele Menschen starben, sind die Horden von Juden, denen sie Schutz bieten.«

»Meine Familie, sie waren Juden, aber wir konvertierten, als ich noch ein Kind war. Ich habe Papiere, die das beweisen.«

»Umso schlimmer für Euch. Sie hängen Juden, aber sie verbrennen Ketzer … langsam.«

»Ich bin kein Ketzer.« Angst malte sich auf Michelottos Gesicht, was nur zu verständlich war.

»Jeder Jude oder Moslem, der zu einem der wahren Glauben konvertiert und dann seine alte Art wieder aufnimmt, wie ein Hund, der zu seinem Erbrochenen zurückkehrt, ist ein Ketzer. Ein Christen tötender Jude ist schon schlimm genug, aber noch schlimmer ist ein Jude, dem die Gnade unseres Herrn zuteil wurde und der darauf gespuckt hat.«

»Aber ich bin nicht zur alten Art zurückgekehrt. Ich bin ein guter Christ. Wenn ich kann, nehme ich am Gottesdienst teil. Es ist in diesem Beruf nicht leicht, stets hinzugehen, wenn ich es sollte, aber ich gehe, wenn ich kann. Fragt den Priester.«

»Der Priester ist an der Pest gestorben. Er war einer der Ersten, die krank wurden, findet Ihr das nicht bezeichnend? Aber andererseits würde ein ketzerischer Jude einen guten Christen zuerst töten.«

»Aber ich habe ihm nichts angetan. Ich habe ihn seit Wochen nicht gesehen.«

»Sagtet Ihr nicht, ihr nähmt regelmäßig am Gottesdienst teil? Nun sagt Ihr anscheinend, Ihr tätet es nicht. Und Ihr hindert Eure Lehrlinge auch daran hinzugehen, nicht wahr? Ihr versucht, die unschuldigen Seelen zu verderben und sie so schlecht zu machen, wie es Eure eigene ist.«

Michelotto wehrte sich gegen die Hände, die ihn festhielten. »Nein, Ihr irrt Euch. Ich hindere sie nicht. Ich würde niemals …«

»Aber Ihr habt ihnen verboten, am letzten Sabbat ins Dorf zu gehen, oder nicht?«, unterbrach ihn der Ablassprediger. »Genauso wie Ihr Eurem Gesellen befohlen habt, sie daran zu hindern, Ablässe zu kaufen.«

»Hört mir zu.« Hugh drang hinter den Pferden hervor. »Ich war es, der Euch aus unserer Werkstatt verbannt hat, weil Ihr die Jungen mit Eurem Gerede über den Tod erschreckt habt. Der Meister wusste nichts davon, bis ich es ihm erzählte. Ihr könnt es ihm nicht vorwerfen.«

»Kann ich nicht?«, erwiderte der Ablassprediger lächelnd. »Ein Meister ist für alle Handlungen derjenigen verantwortlich, die er beschäftigt. Und Ihr werdet bestimmt nicht so töricht sein zu leugnen, dass er ihnen verboten hat, am Sonntag in den Gottesdienst zu gehen.«

»Das war, weil im Dorf die Pest herrscht. Er wollte nicht, dass sie sich anstecken«, sagte Hugh ungehalten.

»Wenn sie in tödlicher Gefahr schweben, ist das noch ein Grund mehr, zum Gottesdienst zu gehen, um ihre Seelen zu reinigen. Aber Ihr sagt, Euer Meister würde lieber ihre Körper retten und ihre Seelen der Verdammnis der Hölle überlassen. Das klingt für mich wie jüdische Logik. Vielleicht hat er Euch auch verdorben.«

Michelotto schüttelte, an seinen Gesellen gewandt, den Kopf. »Schon gut, Hugh. Kein Grund, dich in Schwierigkeiten zu bringen.« Ein Ausdruck der Niedergeschlagenheit hatte sich auf sein Gesicht geschlichen. Er wandte sich erschöpft wieder an den Ablassprediger. »Was muss ich tun, um Euch davon zu überzeugen, dass ich kein Jude bin? Wenn Ihr wollt, dass ich auf ein Kreuz schwöre, werde ich es tun.«

Der Ablassprediger schüttelte lächelnd den Kopf. »Und zulassen, dass Ihr unseren Herrn schmäht? Wenn Ihr nicht an den Herrgott glaubt, dann hätte der Schwur für Euch keine Bedeutung. Nein, ich habe eine andere Prüfung für Euch.«

Er schlenderte zu seinem Pferd zurück und entnahm der Satteltasche ein eingewickeltes Päckchen. Er entfaltete es langsam und theatralisch. Michelotto spannte sich in Erwartung des zu offenbarenden Folterinstruments im Griff der Soldaten an. Ich sah mich besorgt zu den Glutöfen um. Es gab zu viele Stellen, wo man ein Brandeisen oder Zangen erhitzen konnte. Michelotto war an Verbrennungen gewöhnt, aber wie lange konnte ein Mensch die Eisen ertragen?

Der Ablassprediger nickte einem der berittenen Soldaten zu, der abstieg und neben ihn trat. Er reichte dem Soldaten das Päckchen, der es zu Michelotto trug und ihm den Inhalt unter die Nase hielt. Wir stießen alle den Atem aus. Darinnen befand sich nichts Bedrohlicheres als ein ranziger Haufen Fleischstücke. Das Fleisch schimmerte grün und stank, aber es war kein Brandeisen.

»Schweinefleisch«, sagte der Ablassprediger mit bösem Lächeln. »Ihr müsst nur ein wenig Schweinefleisch essen. Ein Jude oder Moslem könnte das nicht, aber für einen Christen ist es förderliche Nahrung. Ihr müsst nur das Schweinefleisch essen, ohne es wieder zu erbrechen, und ich werde wissen, dass Ihr ein treuer Christ seid, und Euch gehen lassen.«

»Aber das Fleisch ist verdorben«, sagte Hugh wütend. »Ihr könnt von niemandem verlangen, es zu essen.«

Der Ablassprediger gab dem Soldaten ein Zeichen. »Sieht dieses Fleisch für dich genießbar aus?«

Der Soldat grinste. »So frisch, dass ich schwören könnte, ich hätte es gerade eben noch quieken hören.«

Der Ablassprediger wandte sich wieder an Hugh. »Vielleicht, mein junger Bursche, empfindet Ihr den Geruch als schlecht, weil Ihr auch kein gutes, christliches Fleisch essen könnt. Ich frage mich, warum das so sein könnte?«

»Ich werde es essen«, sagte Michelotto. Seine Stimme klang tonlos und resigniert.

»Nein«, flehte Hugh.

»Welche Wahl habe ich?«

Die beiden Soldaten hielten seine Arme fest, während der Dritte sein Haar packte, seinen Kopf zurückzog und ihm das Fleisch Stück für Stück in den Mund stopfte, wobei er ihm kaum die Chance ließ zu schlucken, bevor das nächste Stück hineingestopft wurde. Pleasance, die Narigorm umklammerte, barg ihr Gesicht im Haar des Kindes. Wir Übrigen waren gezwungen, uns letztendlich auch abzuwenden. Michelotto bemühte sich, das verdorbene Fleisch so lange wie möglich bei sich zu behalten, aber sie wollten ihn nicht ruhen oder Atem holen lassen. Schließlich erbrach er sich, wie sie es erwartet hatten.

Der Ablassprediger wandte sich lächelnd ab. »Fesselt ihn und bindet ihn hinter die Pferde.«

Michelotto sank auf die Knie und erbrach sich immer wieder. Einer der Lehrlinge, der tapferer war als die Übrigen, eilte vorwärts und hielt eine Flasche an seine Lippen. Ein Soldat wollte ihm einen Tritt versetzen, aber der Ablassprediger hob eine Hand.

»Nein, lasst ihn trinken. Das spült das Fleisch aus seinem Magen. Ich will nicht, dass er sich den ganzen Weg erbricht. Das würde mir mein Frühstück verderben. Außerdem will ich ihn lebend in die Stadt bringen. Er soll unterwegs nicht sterben und den Pöbel des Spaßes berauben. Eine Verbrennung ist gut für die Moral. Sie sollen wissen, dass die Kirche alles unter Kontrolle hat.«

Schließlich ließen die Soldaten Rodrigo los, wandten sich um und stiegen auf ihre Pferde. Rodrigo lief zu dem Ablassprediger hinüber, der bereits im Sattel saß, und packte dessen Arm.

»Dieser Mann hat nichts getan. Ihr müsst ihm eine Chance lassen, sich zu verteidigen. Ihr seid ein Mann Gottes und Euch ist sicherlich bewusst, dass das keine faire Prüfung war. Lasst ihn angemessen antworten.«

»Keine Sorge, guter Mann, er wird angehört werden. Sie werden ihn im ganzen Bischofspalast hören, bevor wir mit ihm fertig sind. Wir verbrennen Menschen erst, wenn sie gestanden haben, und bis wir mit ihm fertig sind, wird er darum betteln, gestehen zu dürfen.«

»Ihr wollt einen Menschen im Namen eines gnädigen Gottes foltern?«, fragte Rodrigo verbittert.

Die Augen des Ablasspredigers glitzerten im Fackellicht. »Moment mal, entdecke ich da den gleichen Akzent wie Meister Michaels? Ein weiterer Venezianer? Könnte es sein, dass wir hier zwei Juden zum Preis von einem haben? Nun, nun. Das ist meine Glücksnacht.«

Michelotto schaute auf. »Dieser Mann, ein Venezianer? Er ist ein verdammter Genueser. Es ist schon schlimm genug, dass Ihr mich einen Juden nennt, und nun beschuldigt Ihr mich auch noch, ein Landsmann dieses Hurenbocks zu sein. Nehmt mich mit, wenn Ihr das wollt. Ich würde lieber verbrennen, als eine weitere Minute in der Gesellschaft eines Genuesers verbringen zu müssen.«

Michelotto spuckte Rodrigo an. Ein Klacks purpurfarbenen, vom Wein verfärbten Speichels landete auf dessen Wange und lief langsam sein Gesicht hinab.

Die Soldaten lachten und wandten ihre Pferde der Straße zu.

Der Ablassprediger ließ seinen Blick über die Lichtung schweifen. »Ihr könnt die Nachricht verbreiten. Wir werden alle Juden ausrotten, wo auch immer wir sie finden, und glaubt mir, wir werden sie finden.«

Kurz darauf waren sie fort, zogen Michelotto an einem langen Seil hinter sich her. Wir standen alle da und lauschten auf die in der Ferne verklingenden Hufschläge. Einer der Lehrlinge begann still und mechanisch, die umgestürzten Bänke wieder aufzustellen. Einer nach dem anderen schlossen sich ihm die Übrigen an, als wüssten sie nicht, was sie sonst tun sollten.

Es hatte wieder angefangen zu regnen. Ich trat zu Rodrigo hinüber, der noch immer dastand und den Weg hinabstarrte, obwohl dort außer dem Wind in den Zweigen und dem Prasseln der Regentropfen nichts mehr war.

»Er hat Euch verleugnet, um Euer Leben zu retten, Rodrigo.«

Rodrigo antwortete nicht. In seinen Augen standen Tränen.

Hugh stolperte zu uns herüber, das Gesicht zerfurcht. »Es ist alles meine Schuld. Wenn ich den Ablassprediger nicht hinausgeworfen hätte, wäre er nicht mit den Soldaten hierher zurückgekommen.« Er schlug mit der Faust gegen den nächstgelegenen Baumstamm. »Ich bin ein solcher Narr, ein dummer, hitzköpfiger Narr.«

»Er wäre in jedem Falle zurückgekommen«, versicherte ich ihm. »Wie viel auch immer die Ablassprediger durch den Verkauf der Ablässe absahnen, gieren sie stets nach mehr. Sie sind immer auf der

Suche nach etwas, wovon sie ihren Herren für einen zusätzlichen Verdienst berichten können, und die Kirche benutzt sie eifrig als Spione. Wie Ihr selbst sagtet, haben die Gebete und Gottesdienste die Pest nicht aufgehalten. Ein paar Juden gefangen zu nehmen, zeigt den Menschen, dass etwas für ihre Sicherheit getan wird. Aber Gott helfe Michelotto, es wird besser für ihn sein, wenn er unterwegs stirbt.«

Wir räumten die Lichtung auf, so gut wir konnten, und dann legte ich mich in der Wärme der Werkstatt erneut nieder und schloss die Augen. Ich spürte vage, dass die Übrigen zu ihren eigenen Schlafplätzen gingen, aber ich war zu müde, um die Augen zu öffnen und nachzusehen, wer sie waren.

Ich erwachte zum zweiten Mal in dieser Nacht ruckartig. Ich glaubte, das ferne Heulen eines Wolfs gehört zu haben. Um mich herum konnte ich Rodrigo, Jofre, Osmond und Adela erkennen, die sich alle aufgesetzt hatten. Das Heulen hatte auch sie geweckt. Einer der Lehrlinge wimmerte im Schlaf, aber sie schliefen weiter, in der Ecke der Werkstatt zusammengekauert, von den Ereignissen der Nacht zu erschöpft, um von irgendetwas aufgeweckt zu werden. Ich hörte Osmond Adela beruhigend etwas zumurmeln. Ich lag still und lauschte noch einige Augenblicke, hörte aber nichts mehr. Nach und nach legten die anderen sich wieder hin. Aber ich fand keine Ruhe mehr.

Ich stand so leise wie möglich auf und schlüpfte nach draußen, um mich zu erleichtern. Es war noch immer dunkel. Der Wind toste in den Zweigen über mir, und nach der Wärme der Werkstatt war es kalt. Auf der Lichtung glühten die Feuer unter den Eisengefäßen rot, aber die Flammen waren erloschen. Ich wollte gerade wieder in die Werkstatt schlüpfen, als ich eine Bewegung gewahrte. Narigorm saß in der Nähe eines der Pottaschefeuer, ihre Runen vor sich ausgebreitet.

»Dafür ist es jetzt zu spät, Narigorm«, sagte ich. »Wir hätten die Warnung gebrauchen können, bevor die Soldaten kamen.«

»Neun fürs Wissen. Neun für neun Nächte auf dem Baum. Neun für die Mütter Heimdahls. Und so beginnt Morrigan es.«

»Beginnt was?«, fragte ich sie.

Sie schaute auf und öffnete weit die Augen, als hätte sie gerade erst bemerkt, dass ich da war. »Einer ist gegangen. Jetzt sind wir acht.«

»Was meinst du damit, dass einer von uns gegangen ist?« Ich war müde und gereizt. »Zophiel? Er wird zurückkommen, das kann ich dir versprechen. Er würde ohne seine kostbaren Kisten nirgendwohin gehen, und er kann sie nicht zu Fuß befördern.«

»Nicht Zophiel.«

Mir kam ein weiterer Gedanke. Cygnus. Ich erinnerte mich nicht, ihn überhaupt noch gesehen zu haben, nachdem die Soldaten gekommen waren. Ihr Anblick musste ihn zutiefst erschreckt haben. Es wäre wohl kaum überraschend, wenn er davongelaufen wäre.

»Du meinst Cygnus?«

Sie schüttelte den Kopf. Sie wollte offenbar, dass ich eine weitere Vermutung anstellte, aber ich war nicht in der Stimmung für kindliche Spiele. Ich fror und war müde. Ich wollte mich wieder hinlegen. Ich wandte mich zum Gehen.

»Pleasance.«

Ich wandte mich wieder zu ihr um. »Sagtest du Pleasance? Rede keinen Unsinn. Sie stand die ganze Zeit bei dir, als die Soldaten hier waren. Warum hätte sie jetzt davonlaufen sollen?«

Narigorm deutete als Antwort auf eine Rune, die halbwegs auf dem Umriss eines der Kreise lag. Darauf war eine gerade Linie mit zwei kurzen, im Winkel herabführenden Linien zu sehen, als hätte ein Kind eine halbe Kiefer gemalt.

»*Ansuz*, die Esche, Odins Zeichen. Er hing neun Tage an dem Baum, um die Bedeutung der Runen zu erlernen.«

»Was hat das mit Pleasance zu tun?«, fragte ich, aber Narigorm blickte nur wieder auf die Runen hinab.

Ich betrachtete die Runen nun auch selbst, um nachzusehen, ob mir etwas entgangen wäre. Es war keine Muschel oder Feder darunter zu sehen, aber dann sah ich, dass etwas anderes auf der kahlen Erde lag. Ich hätte es in dem trüben Licht der Feuer fast übersehen, ein kleiner Sprössling irgendeiner Pflanze. Ich hob ihn hoch und betrachtete ihn genau. Der lange Dorn kleiner, gelber Blüten war, obwohl getrocknet, unverkennbar. Es war das Kraut Wasserdost, und es war mit einem groben, roten Faden gebunden, derselbe Faden, den Hebammen benutzen, um Wasserdost an die Oberschenkel der Mutter zu binden, um die Geburt des Babys zu erleichtern.

Ich kauerte mich hin und sah in Narigorms eisblaue Augen.

»Narigorm, hör auf, Spiele zu spielen. Sag mir, wohin Pleasance gegangen ist.«

Sie sah mich lange Zeit unverwandt an, bevor sie schließlich sprach. »Pleasance ist tot.«

Kapitel 15

DER ERSTE TOD

Wir fanden Pleasance früh am nächsten Morgen. Hugh hatte den Lehrlingen befohlen, uns bei der Suche zu helfen, und letztendlich war es einer von ihnen, der bleich und zitternd zurückkam und sagte, er hätte ihren Leichnam gefunden. Er brachte die Nachricht mit brechender Stimme hervor und musste sich prompt übergeben, aber nach einem Becher Ale führte er uns zu ihr.

Hugh, Rodrigo, Osmond und ich folgten dem Jungen durch den Wald, während wir Jofre bei den Glasarbeitern zurückließen, um sich um Adela und Narigorm zu kümmern. Wir liefen ungefähr eine Viertelstunde, und ich begann bereits zu glauben, der Junge hätte sich verirrt oder sich das Ganze nur eingebildet, als er jäh innehielt und nach vorn deutete. Ein Körper hing vom hohen Ast einer uralten Eiche herab. Obwohl sie uns den Rücken zuwandte, erkannte ich sie sofort. Ihre langen Röcke klebten nass an ihren Beinen. Ihre schlaffen Arme baumelten nutzlos an den Seiten herab, ihre Hände, in denen sich das Blut gesammelt hatte, waren purpurfarben. Die dichte Haube, die sie stets über ihrem Haar trug, fehlte, und ihr dunkles Haar hing offen herab. Lange, nasse Strähnen davon schlängelten sich ihre Schultern hinab. Ihr Kopf war seltsam abgewinkelt.

Sie hing an einem Stück Seil, an dem eine Lederschlinge befestigt war. Während der Körper im Wind vor und zurück schwang, verursachte das nasse Seil einen wimmernden Laut, wie ein neugeborenes Kind, als er an dem Ast des Baumes rieb. Während wir fassungslos hinsahen, kam ein Windstoß auf, und der Leichnam drehte sich, wie um uns zu begrüßen. Ihre Augen waren weit geöffnet und schienen uns unmittelbar anzusehen. Der Lehrling hinter mir stieß einen hohen Schrei aus und floh.

Osmond riss sich als Erster zusammen. Er kletterte auf den Baum und bewegte sich, rittlings auf dem Ast sitzend, vorwärts, bis er nahe genug war, dass er das Seil mit seinem Messer durchschneiden konnte. Er ging vorsichtig vor. Es hatte keinen Sinn, sich zu beeilen, denn wir konnten an der Haltung von Pleasances Kopf erkennen, dass ihr Hals gebrochen war. Rodrigo und Hugh fingen den Leichnam auf, als er herabfiel, und ließen ihn auf dem Laub nieder. Ihre blicklosen Augen sahen zu uns hoch. Ich legte meine Hand darüber und wollte sie schließen, aber die Todesstarre hatte bereits eingesetzt, und ihr Gesicht war kalt. Sie war schon seit Stunden tot.

Die Lederschlinge hatte tief in ihren Hals eingeschnitten. Als Rodrigo sie löste, sah man ihren durchbohrten Bernstein von den Wölfen. Er war von ihrem Haar verborgen gewesen. Erst da erkannte ich, dass die Schlinge aus ihrem eigenen Halsschmuck gefertigt worden war.

»Sie hatte Glück«, sagte Rodrigo. »Der Wolfsstein hat einen Ruck an ihrem Hals verursacht und ihn gebrochen. Sie starb sofort. Das ist ein Segen. Ich habe Männer durch Hängen sterben sehen – und es war ein quälend langsamer Tod.«

»Aber sich den Hals auf diese Art zu brechen, bedeutet, dass sie nicht an dem Seil hochgezogen wurde. Sie muss von etwas Hohem heruntergestoßen worden sein«, sagte ich.

Osmond kauerte neben dem toten Körper. »Wie ein Pferd? Wenn die Soldaten sie auf ein Pferd setzten und es dann fortzogen?«

Rodrigo schüttelte den Kopf. »Das würde ihr nicht den Hals brechen, nicht wenn sie in einem bestimmten Winkel zurückschwang. Es muss ein steiler Abwärtsfall gewesen sein.« Er sah zu einem hohen Ast hinauf. »Wenn sie von diesem Ast gesprungen wäre, das hätte genügt.«

»Ihr denkt also, sie hat sich selbst getötet?«, fragte ich.

Hugh, neben mir, tat einen tiefen Atemzug und bekreuzigte sich. »Bei Gottes Blut, sagt das nicht. Besser, sie wurde ermordet, als dass sie sich das Leben selbst genommen hat.«

»Sie könnten ihr den Hals gebrochen und sie dann aufgehängt haben«, sagte Osmond.

»Das glaube ich kaum.« Ich zuckte zusammen, als ich Zophiels unverkennbare, gedehnte Sprechweise hinter mir hörte. »Warum sich die Mühe machen, sie aufzuhängen, wenn sie bereits tot ist. Es ist eindeutig, dass sich die Frau selbst getötet hat. Sie gehörte zu jener Sorte Frauen, die zu solchen Anfällen von Melancholie neigen.«

Rodrigo erhob sich und sah Zophiel finster an. »Wo habt Ihr Euch die ganze Nacht versteckt? Wisst Ihr etwas von dieser Sache?«

»Ich sehe wirklich keinen Grund, Euch über meinen Verbleib Rechenschaft abzulegen, Rodrigo. Ich bin nicht Euer Schüler. Aber da Ihr fragt, ich habe mich nicht, wie Ihr es ausdrückt, *versteckt*. Ich befand mich im Wagen und habe unsere Vorräte bewacht. Jemand musste es tun, da jene Rüpel durch das Lager tobten.«

»Schade, dass Ihr nicht geblieben und dem Ablassprediger begegnet seid, Zophiel. Ihr hättet euch gut verstanden.«

Hugh schaute von einem zum anderen, durch die Feindseligkeit zwischen ihnen offensichtlich verwirrt. »Wer auch immer das getan hat, hat sie vielleicht aufgehängt, um es wie einen Selbstmord anstatt wie einen Mord aussehen zu lassen.«

»Da hat der Geselle ein gutes Argument vorgebracht.« Zophiel erhob seine Stimme. »Hat schon jemand daran gedacht zu fragen, wo unser junger Freund, Cygnus, die Nacht verbracht hat?«

Wir sahen einander an.

Osmond sagte zögernd: »Er hat recht. Es könnte sein …«

Ich schüttelte den Kopf. »Ich will nicht abstreiten, dass ein Mann, der sein ganzes Leben lang nur einen Arm benutzt hat, die Kraft und Geschicklichkeit besitzen könnte, einer Frau den Hals zu brechen. Es gibt viele Arten, wie dies zu bewerkstelligen wäre. Aber einen toten Körper in dieser Höhe an einen Baum zu hängen, erfordert zwei Hände. Das Seilende wurde nicht auf ebenem Boden befestigt, was bedeutet, dass jemand in diesen Baum geklettert sein muss, um sie hochzuziehen, genauso wie Ihr hinaufklettern musstet, um sie abzuschneiden. Und wie sollte er einen toten Körper hinaufziehen? Das Seil reichte nicht von dem Ast bis zum Boden.«

»Aber wenn der Leichnam auf einem Pferd unter dem Baum lag«, sagte Osmond, »wäre er vielleicht hoch genug gewesen. Für Cygnus würde Xanthus lammfromm stehen bleiben.«

Hugh schüttelte den Kopf. »Nach dem, was ich von ihm gesehen habe, ist dieser Cygnus ein sanfter Bursche. Ich bezweifle, dass er auch nur einem Huhn den Hals umdrehen könnte. Wenn sie ermordet wurde, ist es wahrscheinlicher, dass es ein vorüberkommender Fremder war. Es könnte einer der Köhler im Wald gewesen sein. Sie sind ein seltsamer Haufen, leben monatelang nur unter sich. Keine Frauen bei ihnen, bei den meisten. Es heißt, sogar die Schweine wären ihretwegen nervös, und das nicht aus Angst davor, zu Schinken verarbeitet zu werden.«

»Oder«, sagte Rodrigo ruhig, »sie hat sich schlichtweg selbst das Leben genommen.«

Hugh blickte zu der Gestalt zu seinen Füßen hinab. »Ja, nun, auch das«, sagte er ernst. »Rein rechtmäßig müssten wir nach dem Leichenbeschauer schicken. Er muss entscheiden, wie sie gestorben ist, aber … Schaut, wir haben hier schon genug Schwierigkeiten. Wenn der Ablassprediger als Zeuge bestellt wird, wird man uns trotz allem die Schuld zuschieben. Er hat es ohnehin auf uns abgesehen. Und ich muss an die Jungen denken. Nun, wo ihr Meister fort ist und ihre Familien höchstwahrscheinlich tot sind, stehe nur noch ich zwischen ihnen und dem Verhungern. Wir wissen als Einzige von der Frau. Sie hat vermutlich keine Verwandten, die nach ihr suchen werden, sodass …« Er brach ab, einen flehentlichen Ausdruck auf dem Gesicht.

»Ihr meint, wir sollten sie hier still vergraben und es nicht melden«, sagte ich.

»Bei Gottes Blut, nicht hier!«, erwiderte er rasch. »Ihr Geist würde uns keinen Moment Ruhe gönnen. Sie ist gewaltsam gestorben, von eigener Hand oder durch die Hand eines anderen, aber wie auch immer, würde ihr Geist sich an jedermann im Wald rächen. Sie würde nicht eher Ruhe geben, bis wir alle mit ihr im Grabe lägen. Ihr werdet sie mit Euch nehmen müssen. Begrabt sie weit fort von hier, wo sie keinen Schaden anrichten kann, und dann könnt Ihr weiterziehen, bis auch Ihr ihren Geist hinter Euch gelassen habt.«

Wir verließen die Glasbläser noch vor Mittag. Obwohl Hugh uns noch zuwinkte und uns alles Gute wünschte, geschah dies mit einem zutiefst erleichterten Ausdruck auf dem Gesicht. Der Wagen enthielt nun ein zusätzliches Bündel. Wir hatten den Leichnam dort, wo er im Wald gelegen hatte, eingewickelt, falls wir jemandem begegnen sollten, während wir ihn zur Werkstatt zurücktrugen. Hugh hatte uns alte Schaffelle gegeben, um sie um den Leichnam zu binden und ihren Umriss zu verhüllen, damit es für den zufälligen Beobachter wie ein Bündel Felle aussähe. Immerhin war Winter, sodass keine Fliegen von dem Leichnam angezogen würden. Es war das erste Mal, dass ich für den kalten Wind und den Regen dankbar war, obwohl es nicht kalt genug war, um den Leichnam lange zu bewahren.

Als wir sie zurückgebracht hatten, trugen Hugh und Rodrigo sie unmittelbar zum Wagen, während Osmond und ich nach Adela und Narigorm sahen. Wir fanden Cygnus, den gesunden Arm um Adela gelegt, dasitzen und sie trösten. Osmond eilte hin, zog ihn von Adela fort und fragte barsch, wo er letzte Nacht gewesen sei.

Cygnus' Erklärung war ebenso plausibel wie Zophiels. Er war geflohen, sobald die Soldaten auf die Lichtung gestürmt waren, ohne auch nur nachzusehen, wessen Farben sie trugen, in der natürlichen Annahme, dass sie seinetwegen gekommen seien. Er lief so tief in den Wald hinein wie möglich und kroch schließlich in ein dichtes Gestrüpp, wo er die ganze Nacht gelegen hatte. Da er in der Dunkelheit geflohen war, ohne auf die Richtung oder Wegmarkierungen zu achten, hatte er einige Zeit gebraucht, um bei Tageslicht den Weg zur Werkstatt zurückzufinden. Tatsächlich sagte er, würde er noch immer umherwandern, wenn er nicht einen der Lehrlinge Pleasances Namen hätte rufen hören.

Obwohl Cygnus inzwischen wusste, dass Pleasance erhängt aufgefunden wurde, erzählte er seine Geschichte arglos, ohne irgendwelche Anzeichen dafür zu zeigen, dass er unter Verdacht zu stehen glaubte. Osmond sah Cygnus weiterhin misstrauisch an, aber selbst er musste zugeben, dass Cygnus' Geschichte nicht weniger glaubhaft war als Zophiels.

Adela war bestürzt. Obwohl Pleasance wenig gesprochen hatte, hatten die beiden häufig Zeit zusammen verbracht, um die Mahlzeiten zuzubereiten, wobei Adela genug für sie beide geplaudert und sie allmählich als eine Art Vertraute betrachtet hatte, die einzige Frau, die sie zur Gesellschaft hatte.

Die Art ihres Todes erschütterte Adela zutiefst. »Aber sie war der freundlichste und sanfteste Mensch, den ich je kannte. Sie hätte niemals jemandem etwas zuleide getan. Wer könnte einem Menschen wie ihr etwas so Schlimmes angetan haben?«

Aber darauf hatte keiner von uns eine Antwort.

Ich machte mir Sorgen darüber, dass Adelas Schrecken und Traurigkeit der Angst weichen würden, wenn sie die Nachricht erst wirklich begriffen hätte. Ihr Kind sollte in drei Wochen kommen, und sie hatte alle ihre Hoffnungen auf Pleasance gesetzt, um es sicher zur Welt zu bringen. Eine Geburt war eine gefährliche Sache für Mutter und Kind, aber Adela glaubte fest, dass ihr nichts geschehen würde, solange Pleasance da wäre. Nur wenn wir in einem Gasthaus oder in einem Nonnenkloster Schutz finden könnten, bestand eine Chance, eine andere erfahrene Frau zu finden, die ihr durch die Wehen helfen könnte. Aber da die Pest jetzt zu drei Seiten wütete, schienen die Chancen, ein Dach über unseren Köpfen zu finden, geschweige denn eine Hebamme, wirklich gering.

Wir hielten unser Versprechen Hugh gegenüber und liefen zwei oder vielleicht drei Stunden, bevor wir Pleasance begruben. Letztendlich bestimmte die Angst davor, die Nacht neben ihrem Grab lagern zu müssen, den Ort, denn wir brauchten noch genug Tageslicht, um sie zu bestatten und dann noch eine gewisse Strecke weiterzuziehen, bevor es Nacht würde. Es war nicht leicht, einen Fleck zu finden. Der Waldboden schien weich, aber wenn man einige Zoll tief gräbt, trifft man plötzlich auf ein dichtes Gewirr von Baumwurzeln. Schließlich erblickten wir einen Platz zur Linken der Straße, wo einige alte Bäume bei einem vergangenen Sturm umgestürzt waren, deren verrottende Wurzeln in die Luft ragten, halb von Farnen, knochenweißen Pilzen und Kissen dunkelgrünen Mooses bedeckt.

Wir schafften einen der umgestürzten Baumstämme mit den Händen, mit Stöcken und dem einen Spaten beiseite, den Zophiel bei sich hatte, um den Wagen aus Furchen zu befreien. Der süße, üppige Geruch von Laubkompost klebte an unserer Haut, und Schlamm beschmutzte unsere Gesichter, bevor wir tief genug gegraben hatten, um es als ein Grab bezeichnen zu können. Als wir schließlich innehielten, hatten wir eine lange, flache Mulde geschaffen, die teilweise unter der Wölbung des Baumstammes lag.

»Das wird nicht tief genug sein, um zu verhindern, dass Tiere den Leichnam wieder ausgraben«, sagte Zophiel. »Bedeckt sie mit Steinen und diese wiederum mit Erde und Laub, damit das Grab nicht zu sehen ist.«

Wir ließen sie in die Mulde gleiten. Ein schwaches, dumpfes Geräusch erklang, als Rodrigo den ersten Stein auf ihren Leichnam wuchtete.

Adela stöhnte bei dem Klang: »Nein, nicht, bitte«, und sank, ihren Bauch umklammernd, zu Boden. Osmond führte sie zum Wagen zurück, während wir den Leichnam weiterhin mit Felsen und Steinen bedeckten. Ich fragte mich, ob wir es wirklich taten, um die Aasfresser davon abzuhalten, den Leichnam zu zerfleddern, oder ob wir wie Hugh auch ihren Geist fürchteten und ihn in seinem Grab festhalten wollten.

Der Boden wirkte nun dunkler als die Umgebung, aber die Stelle befand sich, von der Straße verborgen, auf der entgegengesetzten Seite des Baumstamms. Sehr bald würden die Erde und das Laub verwittern, so dass sie nicht mehr anders aussähen als der Rest. Im Frühjahr würde sich das Grab gesenkt haben und wäre dann nicht mehr vom übrigen Waldboden zu unterscheiden.

Mehr konnten wir nicht tun, aber es schien unschicklich, einfach davonzugehen. Ich schaute zu der Stelle hinüber, an der Narigorm stand und ungerührt zu Boden blickte. Sie vergoss für ihr Kindermädchen und ihre Beschützerin keine Träne. Und auch wenn Zophiel nicht direkt gramerfüllt wirkte, schienen ihn die Ereignisse doch zumindest zu beunruhigen. Narigorm, die weder Entsetzen noch Kummer zeigte, hatte die Beerdigung mit Neugier betrachtet, so als beobachte sie, wie Ameisen das Fleisch vom Körper eines zerdrückten Frosches streiften. Als spüre sie, dass ich sie ansah, hob sie den

Blick und sah mir in die Augen. Ihre Worte von letzter Nacht hallten in meinen Kopf wider, als spräche sie sie gerade laut aus, aber ihre Lippen bewegten sich nicht. *Und so beginnt Morrigan es.*

Es war Jofre, der den Bann brach. Er trat vor und steckte ein Kreuz in den Hügel, das er aus zwei zusammengebundenen Stöcken gefertigt hatte. Zophiel riss es sofort wieder aus dem Boden und warf es ins Unterholz.

»Dummer Junge, was hat es für einen Zweck, ihr Grab verbergen zu wollen, wenn du dann durch ein Kreuz Aufmerksamkeit darauf ziehst.«

Jofre errötete. »Es ist kein Priester da, um sie zu beerdigen, und wir haben keine entsprechenden Worte gesprochen, aber wir können sie doch nicht wie einen Hund verscharren.«

»Warum nicht? Wenn sie sich umgebracht hat, würde sie ohnehin kein Priester beerdigen. Sie hat Glück, dass sie ein Grab hat. Wir sind an genug Toten vorbeigekommen, die noch da lagen, wo sie umgefallen sind, das weißt du.« Zophiel nahm den Spaten hoch. »Nun, wenn ihr die Nacht nicht mit dem Leichnam verbringen wollt, schlage ich vor, dass wir weiterziehen. Es sind kaum noch eine oder zwei Stunden Tageslicht übrig.«

Er schritt davon. Wir anderen murmelten über dem Grab heimliche, kleine Gebete und bekreuzigten uns rasch, bevor wir uns ebenfalls abwandten. Jofre ging als Letzter. Als er sich unbeobachtet glaubte, holte er rasch das gebastelte Kreuz zurück und legte es flach auf das Grab. Ich sagte nichts. Wie er wollte auch ich etwas für Pleasance tun.

Während wir uns die Straße entlangmühten, blieb ich mit Rodrigo hinter dem Wagen zurück. Ich zupfte ihn am Arm, damit er seinen Schritt verlangsamte, bis die Übrigen außer Hörweite waren.

»Sagt mir ehrlich, Rodrigo – glaubt Ihr, es war Mord? In dem Falle glaube ich nicht, dass ein Fremder die Hand im Spiel gehabt hat. Pleasance wäre bei Nacht nur mit jemandem so weit in den Wald hineingegangen, den sie kannte und dem sie vertraute, besonders da Soldaten in der Nähe waren.«

Rodrigo blickte geradeaus auf die Rücken von Cygnus und Jofre, die ihre Füße mutlos durch den Schlamm zogen. »Vielleicht war sie auf der Suche nach Cygnus, um ihm zu sagen, dass es sicher sei zurückzukommen.«

»Das wäre in der Dunkelheit eine Torheit gewesen, zumal sie keine Ahnung hatte, wo sie suchen sollte. Und ich kann immer noch nicht erkennen, wie Cygnus sie hätte aufhängen sollen. Wie dem auch sei, welchen Grund hätte er haben sollen, sie zu ermorden, es sei denn ...« Ich dachte an das, was Hugh über die Köhler gesagt hatte. War es möglich, dass Cygnus versucht hatte, sie zu schänden, wie er bereits ein kleines Mädchen geschändet und ermordet haben sollte? Das hätte ich eher bei Zophiel geglaubt als bei Cygnus.

Rodrigo schüttelte den Kopf. »Er hat es nicht getan. Ich weiß in meinem Herzen, dass sie die Schlinge mit eigener Hand geknüpft hat und selbst gesprungen ist.«

»Aber warum sollte sie sich aufhängen, Rodrigo? Es gibt genug arme, sterbende Seelen, die alles dafür geben würden, um am Leben zu bleiben, selbst wenn es nur für einen weiteren Tag wäre. Welchen Grund hätte sie haben sollen?«

Er wandte sich um und betrachtete mich einen Moment. »Ihr wisst es nicht, Camelot?«

Ich schüttelte den Kopf.

»Erinnert Ihr Euch an jene Nacht, die wir mit Walter und seinem Sohn verbrachten? Zophiel sprach über die Verbrennung von Juden, weil sie Schuld an der Pest trügen. Er sagte, dass in England noch immer Juden unter den Christen versteckt lebten. Dann letzte Nacht, als die Soldaten wegen Michelotto kamen, wieder das Thema Juden. Und Ihr saht, was der Ablassprediger ihm bereits angetan und noch angedroht hat? Folter und Verbrennung?«

»Ihr glaubt, Pleasance sei wegen dem verzweifelt, was sie Michelotto antun mochten?«

»Seinetwegen, ja, natürlich. Aber sie war auch darüber verzweifelt, wie Ihr es ausdrückt, was sie ihr antun würden, falls jemand ihr Geheimnis entdeckte. Pleasance war Jüdin, Camelot. Habt Ihr das nicht erkannt?«

Ich erinnerte mich plötzlich an den Ausdruck auf Pleasances Gesicht in der Nacht in Walters Hütte, daran, wie sie gezittert hatte. Und ich hatte törichterweise geglaubt, sie hätte Angst vor Juden.

»Seid Ihr sicher? Hat sie es Euch gesagt?«

Er presste die Lippen zusammen. »In gewisser Weise hat sie es mir gesagt. In jener Nacht in dem Gasthaus der alten Witwe, als sie die Geschichte erzählte, wie sie einer Wölfin bei der Geburt geholfen habe, erinnert Ihr Euch?«

Ich nickte.

»Sie sagte, dass die Höhle, zu der sie gebracht wurde, voller Dämonen war, nur dass sie nicht das Wort Dämon gebrauchte. Sie nannte sie ›*Sheidim*‹. Das ist ein Wort, das ich in diesem Land noch nie gehört habe, aber ich hörte es häufig dort, wo ich aufwuchs. In Venedig gab es ein Viertel, in dem Juden lebten. Es waren einige gute Gold- und Silberschmiede unter ihnen. Auch Glasbläser, bevor sie, wie Michelotto sagte, nach Murano verbannt wurden, obwohl das vor meiner Geburt geschah.« Er wischte sich den Regen aus den Augen.

»Juden wurden toleriert, weil sie Reichtum in die Stadt brachten, durch die Händler, die kamen, um bei ihnen zu kaufen, und wegen der Steuern, die sie zahlten, denn sie wurden doppelt so hoch veranschlagt wie Christen. Außerdem – wer sonst besaß die Fähigkeit, etwas so Schönes herzustellen wie die Juden, wann immer die Priester eine Schatulle für ihre Reliquien oder einen edlen, goldenen Abendmahlskelch für ihre Kirche brauchten. Die Juden hielten sich weitgehend in ihrem eigenen Viertel auf, da die Christen nur wenig mit ihnen zu tun haben wollten, aber ich fühlte mich von dem Tag an, da ich laufen konnte, von ihrer Musik angezogen.«

Nun, wo wir auf das Thema Musik kamen, erstrahlte sein Gesicht, wie es das auch immer tat, wenn er seine Laute aufnahm.

»Die Juden sind gute Musiker. Ihr solltet sie bei ihren Hochzeiten aufspielen hören.« Rodrigo seufzte, als sehne er sich danach, es wieder zu hören. »Die Musik beginnt ganz leise und langsam, nur von einem Mann gespielt, jede Note so rein und klar wie von einem Blatt rinnende Wassertropfen, und allmählich fallen die anderen Musiker mit ein, und die Tropfen werden zu einem Rinnsal und das Rinnsal zu einem Wasserfall, der Euch um die Ohren braust und Eure Füße tanzen lässt, als wären sie verhext. Einige sagten, das sei genau das, was ihre Musik bewirke, Euch zu verhexen, und dass das die Absicht der Juden sei. Sie wollten Euch zum Tanzen bringen, bis Ihr vor Erschöpfung tot umfallt, denn wenn Ihr sorglos beim Tanzen sterbt, ohne die Beichte abgelegt zu haben, wäre Euer Geist gezwungen, ewig zwischen den Gräbern und im Ödland weiter zu tanzen, und Ihr kämet niemals zur Ruhe. Die Priester sagten, es sei ihre Art, christliche Seelen zu stehlen.

Ein Priester in einer nahegelegenen Kirche war so überzeugt davon, dass er die Kirchenglocken läuten ließ, um die teuflische Musik zu übertönen, wann immer sie gespielt wurde. Er sagte den Christen, sie sollten sich die Finger in die Ohren stopfen, wenn sie an den hohen Mauern der Juden vorbeieilten, aber das habe ich nicht getan. Als ich ein kleiner Junge war, streifte ich stets in der Hoffnung dorthin, jene Musik zu hören. Nach einer Weile gewöhnten sie sich daran, dass ich im Eingang stand und zuhörte, und sie winkten mich herein und brachten mir sogar einige Noten bei. Dort lernte ich zuerst zu spielen. Meine Eltern waren erschrocken, als sie entdeckten, wohin ich ging, denn jedermann kennt die Geschichten, in denen es heißt, Juden würden kleine Jungen töten und ihr Blut dazu benutzen, ihr Passahbrot zu backen. Die Geschichten sind natürlich Unsinn, denn jedermann, der die Art der Juden kennt, weiß, dass sie Blut verabscheuen und sogar ihr Fleisch stundenlang einweichen, damit jeder Tropfen Blut beseitigt ist und sie keine Sünde begehen, indem sie es essen. Meine Eltern glaubten die Geschichten und verbaten mir, in ihre Nähe zu gehen, aber ihre Musik zog mich dorthin zurück, womit auch immer mir meine Eltern drohten.« Er lächelte bei der fernen Erinnerung liebevoll. »Vielleicht hatte der Priester nach allem doch recht und ich war verhext.«

Er hielt inne, als unser Weg von einer besonders breiten Pfütze blockiert wurde, Schlamm und Blätter von den Wagenrädern, die hindurch gerollt waren, noch umherwirbelnd. Wir verließen den Weg und liefen zwischen den Bäumen hindurch. Als wir auf die Straße zurücktraten, nahm Rodrigo seine Erzählung wieder auf.

»Als ich älter war und Geld zusammenkratzte, um mir meine eigene Laute zu kaufen, bezahlten die Juden mich als ›*Sabbat Goi*‹ gut.«

Er lächelte über meinen verwirrten Gesichtsausdruck. »Ihr kennt dieses Wort auch nicht?«

Ich schüttelte den Kopf.

»Ihre Religion verbietet es ihnen, vom Sonnenuntergang am Freitag bis zum Sonnenuntergang am Samstag zu arbeiten. Dazu gehören sämtliche Hausarbeiten, sodass sie auch kein Feuer oder auch nur Kerzen anzünden dürfen, wenn es dunkel wird. Sie dürfen nicht einmal das Essen in ihren Töpfen umrühren, sodass sie Christen beschäftigen, die diese Dinge für sie tun, und bei der Gelegenheit hörte ich immer den Geschichten zu, welche die alten Frauen zum Zeitvertreib erzählten, Geschichten von *Sheidim* und von Engeln, von Bräuten, die, von *Dybbuks* besessen, ihre Ehemänner in der Hochzeitsnacht umbringen, und von törichten alten Männern, die von ihren Töchtern zur Vernunft gebracht werden.«

»Dort habt Ihr das Wort gehört, das Pleasance benutzte?«

»Ich glaube nicht, dass sie es bewusst benutzt hat«, bemerkte Rodrigo ernst. »Vielleicht wusste sie nicht, dass es sie verraten würde. Worte werden in Geschichten eingewoben. Sie sind nicht leicht daraus zu trennen.«

»Als Adela also die Aufmerksamkeit darauf lenkte, indem sie fragte, was es bedeutete, versuchtet Ihr, es für Pleasance zu überspielen, indem Ihr sagtet, es sei ein Begriff aus dem dortigen Dorf.«

Rodrigo nickte. »Ich hoffte, dass niemand sonst es verstehen würde. Ich betete dafür, dass es so wäre. Ich fürchtete, Zophiel könnte es auffallen, denn auch wenn er das Wort nicht kannte, ist er klug genug zu begreifen, dass es kein englisches Wort war, aber seine Gedanken waren durch den Wolf abgelenkt und nur halbwegs bei der Geschichte.«

Er senkte die Stimme und blickte unbehaglich nach vorn, obwohl uns der Wagen inzwischen ein gutes Stück voraus war. »Zophiel hätte nicht gezögert, sie zu entlarven, wenn er einen Verdacht gehabt hätte, und sie wusste das. Zophiel spielt mit Cygnus Katz und Maus, indem er droht, ihn auszuliefern, und vielleicht glaubte sie, er würde dann dasselbe Spiel mit ihr spielen. Und nachdem sie sah, was sie mit Michelotto gemacht haben, dachte sie wohl, es wäre besser, sich das Leben zu nehmen, als darauf zu warten, dass sie auch sie holten.« Zorn verzerrte sein Gesicht. »Dieser Ablassprediger und Zophiel gemeinsam sind für ihren Tod verantwortlich. Zophiels boshafte Worte …«

Ich erinnerte mich an das, was Pleasance an dem Morgen gesagt hatte, als wir in Northampton festsaßen: »Manchmal muss man fortgehen.« Ich fragte mich, ob sie damals schon eine Ahnung hatte, wie endgültig dieser Fortgang wäre. Hätte sie uns nur an jenem Tag verlassen.

Rodrigo wandte sich mir zu, sein Gesicht plötzlich bleich. »Aber was ist, wenn Zophiel erkannt hat, dass sie eine Jüdin war? Der Ablassprediger sagte, sie hängen Juden. Was ist, wenn er sie gehängt hat, weil sie Jüdin war?« Er ergriff heftig meinen Arm. »Camelot, ist es möglich? Glaubt Ihr, er hat sie getötet, nicht nur mit Worten, sondern mit seinen Händen?«

»Aber warum? Ich kann erkennen, dass ein Mann mit seinem Hass auf die Juden sie tot sehen wollte, wenn er wusste, was sie war, aber warum sie heimlich selbst töten, anstatt sie der Kirche zu übergeben? Ich hätte gedacht, dass ein Mann wie Zophiel weitaus mehr Befriedigung daraus zöge, sie erniedrigt und öffentlich hingerichtet zu sehen.«

»Aber er hat Cygnus auch nicht übergeben, obwohl er schon zweimal die Gelegenheit dazu hatte. Ich glaube allmählich, dass Zophiel vielleicht seine eigenen Gründe dafür hat, die Aufmerksamkeit der Obrigkeit nicht auf sich zu ziehen.«

Kapitel 16

DIE KANTOREI

»Was meint Ihr, Camelot?«, fragte Cygnus. »Sind sie tot oder geflohen?«

Es war eine gute Frage, denn die Kapelle der Kantorei schien verwaist. Die Kapelle stand dicht am Mittelbogen der Steinbrücke, so als stütze sie sie an einer Seite. Die Steinsäulen, die das Fundament der Kantorei abstützten, erhoben sich aus der Mitte des rasch fließenden Flusses. Zwei Stufen führten von der Brücke zu der schweren Holztür der Kapelle hinauf, aber als ich über die Brückenmauer abwärts spähte, konnte ich erkennen, dass es unterhalb der Kapelle noch einen zweiten Raum gab, der sich nur ungefähr einen Fuß über dem aufgewühlten Wasser befand. Ich hoffte, es sei eine Sakristei und keine Grabkammer. Ich erschauderte bei dem Gedanken, dass dort Leichname bestattet wären, für immer über dem dunklen, brodelnden Wasser schwebend.

Die Kantorei war neu gebaut. Viele der Heiligen und grotesken Figuren, die das Dach umgaben, waren erst grobe Formen, von einem Lehrling als Vorbereitung für einen Meistersteinmetz zurechtgehauen, der die feinen Details einmeißeln sollte. Die Mauern und das Schieferdach waren fertig, obwohl noch keine der Steinmauern angestrichen war.

Aber obwohl das Gebäude noch nicht fertiggestellt war, umgab es bereits eine Atmosphäre der Vernachlässigung. Zusammengewehte braune Blätter hatten sich in den Ecken der Stufen und an der Tür gesammelt, und weitere blockierten die Wasserspeier auf dem Dach.

Mehrere Steinquader waren an einer Wand aufgestapelt, einige halb bearbeitet, als ob die Arbeiter ihre Werkzeuge an diesem Nachmittag einfach niedergelegt hätten, aber die Schnittflächen der Steine waren bereits von einem grünen Flaum überzogen, was darauf hindeutete, dass sie schon einige Zeit nicht mehr bewegt worden waren.

Ich ging zu Cygnus und den Übrigen am Wagen zurück. »Wer auch immer hier gearbeitet hat, scheint einigermaßen hastig verschwunden zu sein, aber ob in die nächste Stadt oder ins nächste Leben, ist schwer zu sagen.«

»Beten wir dafür, dass es nicht das nächste Leben war, wenn Adela ihr Kind hier bekommen soll«, erwiderte Cygnus.

Adela, die auf ihrem üblichen Platz auf dem Wagen saß, wirkte bestürzt. »Ich kann mein Baby nicht in einer Kapelle zur Welt bringen.«

Cygnus überprüfte die Tür, bevor er antwortete. Der Eisengriff war starr, aber die schwere Tür war unverschlossen. Er stieß sie auf, ging aber nicht hinein. Ein Geruch nach moderiger Feuchtigkeit drang hervor, aber es war kein Hinweis auf den Verwesungsgeruch erkennbar, den wir zu fürchten gelernt hatten.

»Warum nicht? Sie ist robust, und wenn wir erst ein Feuer angezündet haben, wird es darinnen warm und trocken sein. Außerdem ist sie unvollendet, sodass sie noch nicht geweiht worden sein kann, in welchem Falle sie nur ein unbenutztes Gebäude ist und keine Kapelle.«

Zophiels Augen loderten auf. »Es ist nichtsdestotrotz ein sakrales Gebäude, und es wäre eine Schändung, es mit einer Kindsgeburt zu beflecken.«

Cygnus wischte sich den Regen aus dem Gesicht und deutete auf den gemeißelten Türsturz, der die Jungfrau Maria mit dem Kinde darstellte, die einzigen Schnitzereien an der Außenseite der Kantorei, die vollendet wurden. »Maria würde eine Kindsgeburt gewiss nicht als Schändung ihrer Kapelle ansehen.«

»Ihre war eine sündlose Geburt, aber dies … dies …« Zophiel war so zornig, dass er seinen Satz dieses eine Mal nicht beenden konnte.

Rodrigo, der auf dem Brückengeländer gelehnt und in das brodelnde Wasser hinabgeblickt hatte, richtete sich auf und sah Zophiel betont finster an. »Mörder und Diebe suchen in Kirchen Zuflucht. Warum nicht eine unschuldige Mutter und ihr Kind? Glaubt Ihr, dass die Geburt eines Babys das Haus Gottes mehr beflecken wird als das Blut an den Händen eines Mörders?«

Rodrigo machte Zophiel noch immer für Pleasances Tod verantwortlich. Ob sie sich selbst das Leben genommen hatte oder ob es ihr genommen wurde, war für ihn ein und dasselbe. Zophiel war dafür verantwortlich, dessen war er sich sicher.

Ich versuchte, uns wieder zum Thema zurückzuführen, bevor zwischen ihnen erneut Streit aufkam.

»Cygnus hat recht. Es gibt keinen Grund, warum wir als Reisende nicht für ein paar Tage in einer Kapelle Schutz suchen sollten. Ob geweiht oder nicht, die Kirche erlaubt es. Aber wir wissen noch nicht, ob wir sie sicher betreten können. Wir haben noch nicht geklärt, was mit den Arbeitern geschehen ist. Die Kapelle riecht zwar nicht nach Tod, aber darunter befindet sich noch ein Raum. Wenn wir dort unten einen Toten finden, wird es zu spät sein. Wir werden der Ansteckungsgefahr bereits ausgesetzt sein.«

Cygnus nickte. »Dann werde ich allein hineingehen und den Ort durchsuchen. Wenn ein Toter darin liegt, werde ich Euch von innen zurufen, und ihr müsst ohne mich weiterziehen.«

Rodrigo trat mit erhobenen Händen zwischen Cygnus und die Kapellentür. »Nein, nein, Camelot hat recht, wenn Ihr einen Leichnam vorfindet, bedeutet das Euer Ende. Ihr habt Hugh bei der Glaswerkstatt gehört – die Frau, die sie im Dorf fanden, ist unter Höllenqualen gestorben. Wir können nicht zulassen, dass Ihr Euch in solche Gefahr begebt. Wenn wir nicht sicher sein können, dass es unbedenklich ist, sollten wir alle weiterziehen.«

»Wir sind an jeder Wegbiegung in Gefahr. Wir könnten hinter jeder Ecke auf jemanden treffen, der tot ist oder im Sterben liegt. Wenn wir diese Gelegenheit nicht ergreifen, besteht durchaus die Möglichkeit, dass Adela auf der Straße gebären müsste. Das Baby kann jetzt jederzeit kommen, und wir wissen nicht, ob wir etwas Besseres finden werden.« Cygnus deutete zu der Straße, die von der Brücke fortführte. Es war kein Haus und keine Scheune in Sicht. In dieser

Richtung waren nichts als kahle Bäume und offenes Buschland, so weit das Auge reichte, und was dahinter lag, war durch einen fernen Hügel verborgen. »Wir können es nicht riskieren, noch viel weiter zu ziehen.«

Er zog den Saum seiner Kapuze über Mund und Nase und steckte sie fest. Dann schob er Rodrigo beiseite.

Wir wussten alle, dass er recht hatte. Die Frage, wo Adela gebären würde, wurde von Tag zu Tag drängender. Obwohl viele Frauen ihre Babys notgedrungen am Straßenrand bekamen, starben dort auch viele Frauen, und Adela besaß trotz ihres sächsischen Blutes nicht die Kraft einer Frau, die für solche Härten geboren war. Es war fast Weihnachten, und das Kind konnte, wie Cygnus gesagt hatte, nun jederzeit kommen. In dem Wagen im kalten Regen auf ausgewaschenen Straßen durchgeschüttelt zu werden, genügte gewiss, die Gebärmutter jeder Frau zu öffnen. Adela hatte bereits die Vorwehen gehabt, die der Geburt häufig vorangehen, und sie hatten sie so sehr erschreckt, dass sie der Überzeugung war, bei der Geburt sterben zu müssen, wenn sie nicht eine Hebamme fänden, die ihr zum entsprechenden Zeitpunkt helfen würde. Seit Pleasances Tod war Adela so entmutigt, dass ihr nicht einmal Osmond mehr ein Lächeln entlocken konnte, und trotz seines Flehens, dass sie essen sollte, wenn nicht um ihret-, dann um des Babys willen, konnte sie nur zwei oder drei Mundvoll hinunterschlucken. Ich befürchtete allmählich, dass sich ihre düsteren Vorahnungen als gerechtfertigt erweisen sollten und sie die Geburt nicht überlebte.

Wir hatten mehrmals vorgeschlagen, sie in ein Nonnenkloster zu bringen, denn die Nonnen hatten gut ausgestattete Krankenstationen und umfangreiche medizinische Kenntnisse. Tatsächlich schickten viele reiche Frauen nach den Nonnen, damit sie ihnen bei ihrer Niederkunft halfen. Aber Adela wurde allein schon bei dem Vorschlag hysterisch und rief, dass sie lieber unterwegs sterben würde, als an einen solchen Ort zu gehen. Ich erklärte ihr, dass wir nicht vorgeschlagen hätten, sie solle Nonne werden, sondern nur, dass sie ihr Baby dort bekommen solle, aber zu meiner großen Überraschung schien sogar Osmond vehement gegen diese Idee zu sein.

Da also beide nicht davon überzeugt werden konnten, wussten wir keine andere Lösung, als nach einem Gasthaus Ausschau zu halten, das noch für Reisende geöffnet und bereit wäre, eine so offensichtlich kurz vor der Geburt stehende Frau aufzunehmen. Die meisten Gastwirte waren es nicht, wie wir bald erkannten. Sie sagten uns, ihre anderen Gäste würden bald ihr Geld zurückfordern, wenn sie für ein Bett bezahlten und dann die ganze Nacht von einer stundenlang schreienden Frau wach gehalten wurden. Dann, so erklärten sie weiterhin, sei da noch das Problem, dass jemand aufräumen müsse, als hätten ihre Dienstmägde nicht schon genug zu tun. Und wer sollte für eine verdorbene Pritsche bezahlen, wüssten sie gerne? Ganz zu schweigen, fügten sie mit zu einem bühnenreifen Flüstern gesenkten Stimmen hinzu, von den Schwierigkeiten, die es mit sich brächte, wenn die Frau stürbe. So wie die Dinge lagen, wollte kein Gastwirt, dass herumerzählt würde, er hätte einen Leichnam unter seinem Dach. Sie waren keine herzlosen Menschen, aber Geschäft war in diesen unruhigen Zeiten Geschäft.

Die letzte Stadt, durch die wir vor ungefähr einer Meile gekommen waren, hatte uns einer Lösung nähergebracht. Beim ersten Anblick hatte sie vielversprechend ausgesehen. Zumindest waren die Stadttore weit geöffnet, und der joviale Torwächter wies jegliche Andeutung von sich, dass die Pest sie erreicht hätte. Ihm zufolge waren alle Bewohner der Stadt so munter wie ein Fisch im Wasser. Diese Hysterie wegen der Pest sei nur ein Schweinefurz. Er machte sich keine Sorgen darum, niedergestreckt zu werden, denn nur Leute mit schlechtem Gewissen müssten die Pest fürchten, und sein Gewissen sei so rein wie ein neugeborenes Baby, denn er ging so oft in die Messe, wie ein Mensch es nur konnte. Er musterte Adela scharf und führte uns dann zum *Roten Drachen*, ein Gasthaus in der Nähe des Hauptplatzes, von dem er sagte, es würde von einer überaus ehrbaren, alten Frau geführt, die einen guten Tropfen Ale brauen könne, wenn sie Lust dazu habe. Sie wiese niemanden ab, in welchem Zustand auch immer man sich befände, wenn ihr für ihre Mühe ein wenig Extrageld gezahlt würde. Es arbeiteten auch einige freundliche Mädchen für sie, fügte er hinzu und zwinkerte Zophiel weltmännisch zu.

Unsere Hoffnungen stiegen. Zophiel führte Xanthus durch die Tore.

Wenn jede Stadt ihren eigenen Geruch hatte, so war es in dieser der Gestank einer Müllgrube. Die Hauptstraße war breit genug, dass ein Wagen hindurchfahren konnte, aber knöcheltief mit Schlamm bedeckt, und die offenen Abwasserrinnen waren von Abfall verstopft, sodass sich das stinkende Wasser über die Straße ergoss. Zu beiden Seiten der Hauptstraße verlief zwischen zusammengedrängten, verkommenen Holzhäusern und Werkstätten ein Labyrinth von Gassen und Wegen, deren überhängende obere Stockwerke fast die Häuser auf der anderen Seite berührten. Diese ärmlichen kleinen Gassen waren so dunkel und beengt, dass niemals Tageslicht auf deren Grund fiel, wo Schweine, Hunde, Hühner und Kinder in den Haufen stinkenden Unrats stöberten. Sobald wir die Stadt betraten, schwärmte eine Masse rachitischer Gassenkinder neben dem Wagen aus und bettelte um Münzen. Mehrere der Kühneren versuchten, in den voranfahrenden Wagen zu klettern, um nachzusehen, was sie stehlen könnten, und es waren mehrere Hiebe von Zophiels langer Peitsche nötig, um sie zu vertreiben.

Wir fanden das Gasthaus *Roter Drachen* nur allzu leicht. Es wirkte ebenso schmutzig und vernachlässigt wie die übrigen Gebäude der Stadt, und ein wenig verlockender Geruch nach herbem Ale und gekochtem Kohl hing darüber. Trotz der Kälte und des Regens kauerte ein Mädchen im Eingang. Ihr Haar hatte sich aus ihrer Haube gelöst, und ihr Kirtle war starr vor Schmutz. Ein Kreis von Wunden umgab ihren Mund, obwohl sie, wie es uns der Torwächter gesagt hatte, nur allzu freundlich war und ihr Gesicht bei unserem Anblick aufleuchtete. Sie schlenderte, die Hüften schwingend, über die Straße. Ihr Blick schweifte zuerst zu Zophiel und dann abwechselnd zu Rodrigo, Jofre und Osmond, als versuche sie zu entscheiden, bei wem sie ihr Glück versuchen solle. Sie entschied anscheinend, dass Zophiel der Federführende sei. Sie schubste ihn mit keckem Lächeln mit der Hüfte beiseite und ergriff Xanthus' Zaumzeug, um sie in den Hof zu führen.

»Kommt mit mir, Sir«, sagte sie. »Die Ställe sind auf der Rückseite. Ich zeige sie Euch.«

Aber Zophiel packte ihr Handgelenk und schob sie entschlossen beiseite, zog Xanthus vorwärts und ließ das enttäuschte Mädchen zurück, das uns hinterherrief, die Betten seien sauber, und sie würde sie selbst für uns anwärmen.

»Zophiel, das war der *Rote Drache*, wo wir gerade vorbeigekommen sind«, sagte Osmond, ihn einholend. »Kehren wir denn nicht dort ein?«

»Wollt Ihr wirklich, dass Eure Frau dort gebärt?«, fauchte Zophiel. »Wenn sie die Geburt überleben sollte, würde sie noch innerhalb derselben Woche durch den Schmutz und den Gestank sterben.«

»Drinnen war es vielleicht besser«, wandte Osmond schwach ein.

»Wenn diese Schlampe fürs Saubermachen zuständig war, bezweifle ich das sehr.«

Osmond schaute in das bleiche Gesicht Adelas hinauf, die mit der Bewegung des Wagens von einer Seite zur anderen schwankte. Ihre Augen waren geschlossen und ihre Stirn gefurcht, als hätte sie Schmerzen.

»Vielleicht gibt es irgendwo in der Stadt noch ein anderes Gasthaus oder Unterkünfte, wenn wir fragen.« Osmond klang verzweifelt.

»Seht Euch um, Junge. Der Torwächter sagte, die Pest wäre noch nicht hierher gelangt, aber dieser blöde Narr wird noch leugnen, dass sie existiert, wenn sie ihn in die Grube werfen. Es könnten in den Hinterräumen jener schmutzigen Häuser bereits ein Dutzend Menschen im Sterben liegen, und wir würden es erst erfahren, wenn es zu spät wäre. Ihr und Adela könnt hierbleiben, wenn Ihr wollt, aber Ihr werdet auf Euch allein gestellt sein. Soll ich anhalten und ihr herabhelfen? Denn glaubt mir, ich würde Euch beide nur zu gerne hier zurücklassen.«

Osmond senkte den Blick und schüttelte den Kopf.

Cygnus blieb lange Zeit in der Kantorei. Seine Überprüfung der Kapelle hatte nicht lange gedauert, aber dann rief er nach draußen, er ginge nun ins untere Stockwerk hinab. Wir hörten nichts mehr. Xanthus regte sich unruhig im Geschirr, den Kopf gegen den strömenden

Regen gesenkt. Seltsam, dass man im Regen nasser wurde, wenn man stand, als wenn man lief, weil man stärker die Kälte spürte, die den Nacken hinabsickerte. Zophiel wollte unbedingt weiterziehen und murrte, dass es Gottes Strafe wäre, wenn der Junge dort drinnen dem Tod begegnete. Schließlich wandte er sich um und zog an Xanthus' Zaumzeug.

»Kommt«, sagte er kalt. »Wir gehen.«

Narigorm, wie immer in der Kuhle vorne am Wagen zusammengerollt, hob den Kopf. »Noch nicht«, sagte sie. »Es ist noch nicht an der Zeit zu gehen.«

Zophiel, nun zornig, ignorierte sie und versuchte weiterhin, das Pferd vorwärtszuziehen, aber Xanthus stemmte sich dagegen und weigerte sich. Sie schien zu wissen, dass Cygnus fehlte, und wollte ohne ihn keinen Schritt machen. Zophiel griff nach der Peitsche, als über uns lauter Flügelschlag erklang und mehrere Tauben aus dem kleinen Glockenturm aufflogen. Minuten später erschien Cygnus' Kopf in einer der Aussparungen im Turm.

»Es ist sicher«, rief er. »Es ist niemand hier. Ich habe überall gesucht.«

Zophiel wandte sich um und sah Narigorm starr an, aber sie kletterte bereits vom Wagen herab und war im Handumdrehen durch die Tür der Kapelle verschwunden.

Wir folgten ihr vorsichtig. Drinnen war es feucht und kalt, noch kälter als draußen auf der Brücke, aber es war überraschend hell. An jeder der drei Seiten der Kapelle befanden sich drei quadratische Fenster, mit kleineren, höheren Fenstern an der Ostseite. Rund um die Wände waren Nischen ausgewölbt worden, die eines Tages die Figuren von Heiligen enthalten sollten – vielleicht von der heiligen Jungfrau Maria selbst –, aber sie waren noch nicht besetzt. Am Ostende der Kapelle befand sich eine erhöhte Empore, auf der ein kunstvoll behauener Steinaltar stand, der die fünf glorreichen Mysterien des Rosenkranzes zeigte. Anders als die Bildhauerarbeiten an der Außenseite des Gebäudes waren diese bemalt, die Gewänder der Figuren in üppigen Blau-, Grün-, Gelb- und Rottönen sowie einem Hauch von Gold hervorgehoben. An der Wand unmittelbar hinter dem Altar stand ein Holzgerüst. Die an der Wand befindliche Szene schien fast vollendet, aber die übrigen Wände der Kapelle waren noch kahl.

Auf einer Seite des Altarbereichs ging eine Türöffnung auf eine enge Wendeltreppe hinaus, die zur Krypta hinabführte. Diese war kleiner als die Kapelle und nur von zwei runden Fenstern hoch oben in der Mauer beleuchtet. In einer Ecke befand sich eine kleine, winkelige Vertiefung, die eine unmittelbar über den Fluss hinausführende Abtrittöffnung enthielt. Eine schwere Tür in der Nordwand führte nach draußen. Wenn der Fluss niedriger stand, befand sich vermutlich eine kleine Insel in der Mitte des Flusses, zu welcher die Tür Zugang gewährte, ein Weg in die Kantorei für Menschen und Vorräte, die mit dem Boot eintrafen. Aber nun waren die zur Tür hinaufführenden Stufen fast vollständig von brodelndem Wasser bedeckt. Wenn der Fluss noch einen Fuß stiege, würde Wasser unter der Tür hindurch unmittelbar in die Krypta laufen.

Einige wenige Bretter und Stützböcke standen im Raum verstreut, zusammen mit einigen leeren Flaschen, Fässern und einer Kohlenpfanne mit geschwärzten Stücken Holz sowie einigen wenigen verkohlten Vogelknochen am Boden. Ein Haufen feiner, grauer Holzasche lag in dem darunter befindlichen Tiegel.

Obwohl die Krypta feuchter und kälter war als die Kapelle, beschlossen wir, hier sowohl zu kochen als auch zu schlafen. Die Kohlenpfanne war offensichtlich per Boot durch den Eingang der Krypta hierher gebracht worden und würde nicht leicht diese enge Treppe hinaufzubefördern sein. Cygnus wies auch darauf hin, dass die Fenster in der Kapelle so gestaltet waren, das jeglicher Kerzenschein von innen bis zu den Anfahrtswegen zur Brücke nach außen scheinen würde, und wir wollten bei Nacht keine Aufmerksamkeit auf unsere Anwesenheit ziehen, denn wer wusste, welche Strolche und Mörder dort draußen wären.

Zophiel verkündete, er werde ohne Licht oben in der Kapelle schlafen, denn dort hatten wir seine Kisten aus dem Wagen gelagert. Niemand hatte Lust, sie alle nach unten zu schleppen, und wie Rodrigo Zophiel erklärte, als er protestierte – wenn der Flußpegel stieg und wir rasch aufbrechen müssten, würden wir seine kostbaren Kisten doch nicht zurücklassen wollen, oder? Xanthus und der Wagen waren zwischen den Bäumen auf der anderen Seite der Brücke gegenüber der Stadt verborgen. Und so richteten wir uns darauf ein zu bleiben, bis Adelas Baby geboren wäre.

Osmond kniete neben dem Altar und mahlte in einem Mörser eine kleine Menge *Terra verte*. Ich erkannte es als die Farbe, die der Maler benutzt hatte, um die Hauttöne zu malen. Während ich zusah, fügte er vorsichtig einige Tropfen Öl hinzu und mahlte mit dem Stößel kräftig weiter. Er sah strahlend zu mir hoch, als ich näher herankam. Seine Augen glänzten auf eine Art, wie ich es niemals zuvor gesehen hatte.

»Ich hoffe, dass es funktionieren wird«, platzte er aufgeregt heraus. »Ich habe bisher stets Eier benutzt, um die Farbe zu binden, aber zu dieser Jahreszeit wird keine Henne oder Gans legen, selbst wenn wir welche fänden, die noch nicht verspeist wurden. Ich fand im Glockenturm einige Taubeneier, aber sie waren so alt, dass sie unbrauchbar waren. Rodrigo sagt, einige Maler in Venedig benutzten Öl, um den Farbstoff zu binden. Ich selbst hatte noch nie davon gehört, aber er hat in diesen Dingen üblicherweise recht. Er hat mir ein wenig von dem Öl gegeben, das er benutzt, damit seine Laute und die Flöten nicht austrocknen und bersten. Ich wollte es nicht annehmen, falls er kein weiteres Öl bekommen kann, denn seine Instrumente sind sein Leben, aber er bestand darauf.«

Ich musste über seinen Ernst unwillkürlich lächeln. »Rodrigo ist ein großzügiger Mann, besonders einem Künstlerkollegen gegenüber. Was wollt Ihr also malen?«

Er deutete als Antwort mit dem Kopf auf die Ostwand der Kapelle, an der das Gerüst stand. »Ich werde dies fertigstellen. Wer auch immer es begann, war ein guter Maler. Ich hoffe, ich werde ihm gerecht.«

Ich trat näher heran, um das Gemälde zu betrachten. Es war ein Bild der Jungfrau Maria. Sie trug einen starren blau-goldenen Umhang, den sie aufhielt, und unter dem Mantel knieten, als hätten sie in einer Höhle Schutz gesucht, viele winzige Gestalten feierlich im

Gebet, wie Zwerge unter der Riesenkönigin. Zwei Gestalten im Vordergrund waren größer dargestellt als die übrigen, ein mit Edelsteinen geschmückter Händler und seine Frau. Die anderen Gestalten stellten anscheinend die Familie des Händlers dar, seine Kinder, Eltern und Geschwister. Ebenfalls unter dem Schutz von Marias Umhang befanden sich mehrere winzige Häuser, zwei Schiffe und eine Ansammlung von Lagerhäusern, die wohl alle dem Händler gehörten.

Außerhalb des Schutzes von Marias Umhang befanden sich noch weitere Gestalten, aber sie beteten nicht. Sie flohen in Panik, denn über Maria saß Christus auf seinem Thron, von Engeln und Dämonen umgeben, die Pfeile und Speere auf die Welt unter sich abschossen. Die Geschosse prallten harmlos von Marias Umhang ab, aber diejenigen außerhalb ihres Schutzes duckten sich entsetzt, als Speere und Pfeile auf sie niederregneten und ihre Leiber, Glieder und Augen durchbohrten.

Der größte Teil des Gemäldes war fertiggestellt, bis auf das Gesicht und die Hände Marias, die auf der weißen Wand rot skizziert waren.

Osmond trat herüber und stellte sich neben mich.

»Maria Misericordia«, erklärte er. »Unsere gnädige Jungfrau, die jene schützt, die zu ihr beten. Und diese«, er deutete auf den Händler und seine Frau, die im Vordergrund knieten, »müssen die Spender sein, die diese Kantorei in Auftrag gaben, damit die Priester für ihre Seelen beten sollten. Sie müssen sehr reich sein, um eine solche Kapelle zu errichten. Ich kann nicht verstehen, warum sie aufgegeben wurde, obwohl sie so kurz vor der Fertigstellung stand, und zu einer solchen Zeit, in der man denken sollte, die Messen der Priester würden mehr gebraucht denn je.«

»Vielleicht sind der Händler und seine Familie der Pest zum Opfer gefallen, oder er hat sein Vermögen verloren und kann die Arbeiter nicht mehr bezahlen. Aus welchem Grund auch immer – wenn die Handwerker ihr Geld nicht zum vereinbarten Zeitpunkt bekamen, werden sie nicht geblieben sein und umsonst gearbeitet haben. Dies wird vermutlich nicht das letzte Gebäude sein, das aufgegeben wird, bevor es fertiggestellt ist.«

»Ich dachte, nichts könnte dem Reichtum der Händler etwas anhaben. Während dieser letzten Jahre, als die Ernten ausblieben, scheinen sie immer reicher geworden zu sein. Sie wurden fetter, während die Armen magerer wurden. Ich weiß, dass es bei meinem Vater so war.«

»Euer Vater war ein Händler?«

Er nickte stirnrunzelnd und wandte das Gesicht ab. Ich wartete, aber er schwieg. Ich drängte ihn nicht. Die Geschichte eines Menschen ist seine Sache.

»Dann bedauere ich ihn. Die Pest wird viele Schicksale zum Besseren oder zum Schlechteren verändern.« Ich betrachtete die Farbe und die Pinsel in seiner Hand. »Daher fürchte ich, dass Ihr nicht darauf hoffen könnt, mit der Fertigstellung dieses Gemäldes beauftragt zu werden, jedenfalls nicht, solange die Pest wütet.«

Er lächelte, seine düstere Stimmung im Nu verflogen. »Aber ich will nicht bezahlt werden. Ich werde dieses Gemälde als Opfergabe fertigstellen, damit die heilige Jungfrau auf uns herablächelt und Adela sicher ein gesundes Kind zur Welt bringt.«

Er schwang sich auf das Holzgerüst und betrachtete die Fläche, die für das Gesicht der Jungfrau vorgesehen war, zuerst aus einem Blickwinkel und dann aus einem anderen.

Ich stand da und sah ihm eine Weile zu, aber Osmond war bereits in die ersten, zögerlichen Pinselstriche versunken und schien vergessen zu haben, dass ich da war. Ich trat zur Tür und schaute zu ihm zurück. Seine Stirn war konzentriert gefurcht, aber der Ausdruck auf seinem Gesicht wirkte dennoch äußerst zufrieden, während seine Hand die raschen Striche des Pinsels nun selbstbewusster ausführte.

»Ihr seid Euch darüber im Klaren, dass die Arbeiter, wenn sie jemals hierher zurückkehren sollten, nachdem wir fort sind, denken werden, das Gesicht der Jungfrau sei wie durch ein Wunder erschienen. Die Kantorei wird durch all die Pilger, die hierherkommen werden, um das Wunder zu sehen, reich werden.«

Er lachte, ohne den Blick von der Wand zu wenden. »Dann muss ich das perfekteste Gesicht Englands malen, damit es eines solchen Wunders würdig ist.«

Nur wenige Leute passierten während der nächsten Tage die Brücke. Es war Winter, und noch dazu ein nasser Winter, keine Zeit zum Reisen, es sei denn, man war dazu gezwungen. Jene Familien, welche die Flut vertrieben hatte oder die vor der Pest flohen, hatten es nicht so weit geschafft, sondern suchten lieber Schutz in den noch geöffneten Städten. Die Leute, die die Brücke überschritten, gingen dringenden Geschäften nach und schenkten der unvollendeten Kantorei kaum einen Blick, außer um sich zu bekreuzigen und vom Pferderücken aus ein Gebet für eine sichere Reise zu murmeln.

Dann kam der Weihnachtsmorgen. Wir hörten die Kirchenglocken in der Stadt zur Engelsmesse um Mitternacht und erneut zur Hirtenmesse in der Morgendämmerung läuten, aber wir folgten dem Ruf nicht. Wie für so viele im ganzen Land war dieses Weihnachten für uns nicht so wie irgendein Weihnachten zuvor. In vielen Kirchen läuteten die Glocken nicht und es wurden keine Kerzen angezündet, denn es war niemand mehr da, um dies zu tun.

Es heißt, dass die Bienen in den Bienenstöcken am Weihnachtsabend um Mitternacht einen Psalm singen, dass sich alle Kühe in den Kuhställen niederknien und sich alle Schafe nach Osten wenden. Es heißt auch, dass jedes wilde Tier zu dieser Stunde verstummt. Wenn das stimmte, dann war das, was wir nach dem Verklingen der Mitternachtsglocken hörten, wie Osmond sagte, nur das durch das Glockenläuten ausgelöste Bellen eines Hundes in der Stadt. Aber obwohl er es tröstend meinte, während sich Adela an ihn klammerte, glaube ich nicht, dass auch nur er daran glaubte. Wir hatten diesen selben Ruf schon zu oft gehört, um ihn jetzt falsch zu deuten. Es war das Heulen eines einsamen Wolfs.

Osmond hielt Adela fest in seinen Armen. »Selbst wenn es ein Wolf war, haben wir dicke Steinmauern und eine neue, stabile Tür zum Schutz. Nicht einmal eine Maus könnte hier hereingelangen.«

»Aber er muss ausgehungert sein, wenn er einer Stadt so nahe kommt.«

»Auch wenn es ein ganzes Rudel ist, sind wir hier drinnen sicher. Nun leg dich schlafen, Adela.«

Aber auch wenn Adela schlafen konnte – ich konnte es nicht. Ich bekam dieses Heulen nicht aus dem Kopf. Es waren Wölfe in den Wäldern, aber da auf jeden Wolf eine Prämie ausgesetzt war, waren sie zu den entlegensten Orten fern der Landstraßen, Bauernhöfe und Städte vertrieben worden. Es stimmte, dass der Hunger während der letzten Jahre einige Rudel im tiefsten Winter wieder nahe an die kleinen Bauernhöfe und abgelegenen Dörfer herangeführt hatte, aber wir hatten uns an die großen Landstraßen gehalten, durch den Wagen dazu gezwungen. Warum hatten wir also unterwegs so viele Male einen Wolf gehört, und warum immer nur einen, es sei denn, es war immer derselbe, der uns folgte. Es war nicht möglich, es ergab keinen Sinn, und doch zitterte ich noch immer.

Die Krypta blieb kalt und feucht. Die Hitze von der Kohlenpfanne durchdrang kaum den Raum. Der Klang rauschenden Wassers, der während des Tages nicht so auffiel, wurde in der Stille der Nacht lauter, und ich erwachte mehrmals aus einem unruhigen Halbschlaf und war mir sicher, dass der Fluss angestiegen war und in unseren Raum eindrang.

Cygnus, der seit mehreren Nächten im Schlaf murmelte, erwachte ebenfalls mit einem qualvollen Schrei und setzte sich im trüben Licht der Kohlenpfanne zitternd auf.

Narigorm beobachtete ihn. Sie saß aufrecht, an die Wand gelehnt, in eine Decke gewickelt. Etwas Kleines entfiel ihrer Hand und landete mit leisem Klappern auf den Steinplatten. Sie hob es rasch wieder auf. Sie zog die Decke fester um sich, stützte ihr Kinn auf die Knie und wandte dann den Kopf, um ins Feuer zu blicken. Ich fragte mich, ob sie überhaupt geschlafen hatte. Diese beißende Kälte machte uns allen schwer zu schaffen, sogar den Jungen.

Cygnus erhob sich und lief auf Zehenspitzen die Treppe hinauf. Er kehrte nicht zurück.

»Osmond, bist du wach?«, flüsterte Adela. »Ich glaube, Cygnus ist vielleicht krank. Hast du ihn aufschreien hören? Sollten wir ihm nachgehen?«

»Er ist nicht krank«, murmelte Osmond schläfrig. »Wenn ein Mann so im Schlaf schreit, bedeutet das, dass er ein schlechtes Gewissen hat. Ich will nicht, dass du mit ihm allein bist. Er ist gefährlich. Wer weiß, was im Kopf eines solchen Geschöpfs vorgeht.«

»Aber du kannst doch nicht immer noch glauben, dass er der Mörder …«

»Wollt Ihr beide wohl still sein und schlafen«, fauchte Jofre verärgert aus der Ecke.

Wir müssen schließlich eingeschlafen sein, denn als wir alle wieder erwachten, durchdrang bereits Tageslicht die Dunkelheit der Krypta. Die vom kalten Steinboden aufsteigende Feuchtigkeit hatte meine Knochen in Eis verwandelt, und ich musste mich mehrere Minuten vor die glühende Kohlenpfanne stellen, bevor mein steifer und schmerzender Rücken bereit war, sich zu beugen. Aber Osmond war, trotz der nächtlichen Störungen, in bemerkenswert heiterer Stimmung erwacht. Er fand, dass wir etwas tun sollten, um den Weihnachtstag zu begehen, und konnte Jofre und Rodrigo bald überreden, ihm dabei zu helfen, am Fluss mit einem Netz einige Enten zu fangen, während Zophiel eher widerwillig zustimmte, mit Hand anzulegen, um Fische zu fangen.

Rodrigo und ich kämpften uns noch lange, nachdem Osmond und Jofre bereits die Treppe hinaufgesprungen waren, in unsere feuchten Stiefel. Die anderen folgten, alle außer Narigorm, die noch immer zusammengekauert neben der glimmenden Kohlenpfanne saß, ihre Puppe im Schoß.

»Du solltest dich auch aufrappeln, Mädchen«, belehrte ich sie. »Wenn die Jungen etwas fangen, werden wir ein gutes Feuer brauchen, um die Nahrung zuzubereiten. Du und ich werden Brennholz suchen. Du übernimmst die Stadtseite des Flusses und ich die andere.«

»Ich will kein Holz sammeln. Ich will Vögel jagen.«

Rodrigo kicherte. »Überlass das Jofre und Osmond, *Bambina*. Der Fluss ist zu schnell. Er ist für eine Kleine wie dich nicht sicher.« Er tätschelte ihr liebevoll das Haar. »Komm schon, bei der Suche kannst du an eine dicke Ente denken, die auf dem Holz brät, das du sammelst, und kannst dir vorstellen, wie gut sie schmecken wird, *si*?« Er nahm sie sanft bei der Hand und zog sie auf die Füße. Ihre Holzpuppe fiel klappernd zu Boden.

Rodrigo beugte sich herab, um sie aufzuheben. »Ich werde sie sicher …«

Er starrte entsetzt auf die Puppe in seiner Hand. Der Körper der Puppe war noch immer von Lumpen umwickelt, aber ihr Gesicht lag nun frei, und man konnte sehen, dass die Puppe kein Gesicht mehr hatte. Das braune Wollhaar war ausgerupft, die geschnitzte Nase und die Ohren abgeschnitten, die hübschen Augen ausgekratzt und der Mund ausgelöscht worden. Rodrigo blickte von der verstümmelten Puppe zu Narigorm und wieder zurück, als könne er nicht glauben, dass ein Kind zu so etwas fähig war.

»Warum hast du das getan? Osmond hat viele Stunden damit verbracht, sie für dich zu schnitzen und zu bemalen. Es wird ihn verletzen, dass du sie zerstört hast. Und Adela auch.«

Jedes andere Kind hätte beschämt gewirkt oder versucht, Ausflüchte zu finden, aber Narigorm errötete nicht und antwortete auch nicht trotzig. Sie betrachtete Rodrigo ruhig.

»Sie gehört mir, und ich mochte ihr Gesicht nicht. Nun kann sie sein, wer ich will.«

Als wir aus der Kantorei traten, bemerkte ich, dass der Himmel zum ersten Mal seit Monaten heller war. Der Wind hatte gedreht, die Wolken hatten sich ein Stück zurückgezogen, und ein Flecken Blau war am Himmel zu sehen, gerade groß genug, um der Jungfrau einen neuen Umhang daraus zu machen. Ich erkannte, dass ich seit Monaten nicht mehr hinaufgeblickt hatte. Man sieht im Regen nicht zum Himmel. Ich stand einige Momente da, blickte in die kahlen Zweige der Bäume hinauf, die sich im Wind wiegten, und betrachtete die über uns hinwegfliegenden Saatkrähen. Eine Schar Stare, auf deren purpurfarbenen Federn die Sonne schillerte, strebte auf die ferne Böschung zu, und eine einzelne Taube flog zur Stadt. Ich vermutete, dass die Vögel während all dieser Monate des Regens auch geflogen sein mussten, aber es war so, als hätten sie sich gerade erst daran erinnert, wie das ging.

Ich fand Cygnus am gegenüberliegenden Ufer, wo er Xanthus gerade auf einem neuen Flecken Gras anpflockte, ihr Fell rot-golden schimmernd, als das Licht darauf traf. Selbst sie spürte anscheinend, dass sich das Wetter änderte, hob den Kopf und blähte die Nüstern, als wolle sie den Wind prüfen. Aber ich erkannte sofort, dass Cygnus ihre Begeisterung nicht teilte. Sein Gesicht wirkte abgehärmt, und dunkle Ringe um seine Augen ließen sie noch schwärzer erscheinen als sonst. Seine Bewegungen wirkten lustlos, und alles schien ihm Mühe zu bereiten. Ich hatte bisher nicht bemerkt, wie müde er aussah. Xanthus stupste ihn liebevoll an, und er legte seine Wange an ihre Flanke und schloss die Augen.

»Geht es Euch nicht gut, Cygnus?«

Er zuckte bei meiner Stimme zusammen, richtete sich auf und lächelte mir schwach zu. »Keine Angst, Camelot, es ist nicht die Pest.«

»Es gibt auch andere Arten von Krankheiten.«

»Ich bin nicht krank, Camelot, nur müde.« Er griff abwärts, riss ein Büschel Gras aus und hielt es Xanthus hin.

Dann wandte er sich um, blickte auf das dahinrauschende Wasser und wandte sich nach einer langen Pause schließlich wieder zu mir um. »Ich träume von den Schwänen, Camelot. Das stört meinen Schlaf jede Nacht. Sie warten auf mich. Ich sehe sie den Fluß hinaufschwimmen, zuerst ein Paar, dann drei, dann vier. Ich will mit ihnen hinausschwimmen, aber ich kann nicht. Ich sehe sie kommen, immer mehr, aus allen Richtungen, bis der Fluss voller weißer Körper ist. Ihre Schwingen wölben sich, ihre Hälse beugen sich, und ihre dunklen Augen wenden sich mir zu, glänzen in der Dunkelheit. Sie warten schweigend, und ich weiß, dass sie auf mich warten. Dann entfalten sie plötzlich alle ihre Schwingen. Sie schlagen um meinen Kopf. Ich muss mich hinkauern, um mich zu schützen, die Luft ist von ihren Federn erfüllt, und ich kann nicht atmen. Ich ringe nach Luft, und plötzlich fliegen sie himmelwärts von mir fort. Ich rufe ihnen zu, dass sie warten sollen, aber sie hören mich nicht.«

Cygnus schlug die Hände vors Gesicht, als müsse er sich noch immer vor schlagenden Schwingen schützen.

Ich trat näher an ihn heran und legte ihm eine Hand auf die Schulter. »Es ist die Krypta, Cygnus. Sie ist zu nahe am Fluss. Der Lärm des Wassers, das sich an den Säulen bricht, dringt auch in meine Träume durch.« Ich bemühte mich um ein Lachen. »Vielleicht haltet Ihr mich für einen alten Narren, aber ich habe Albträume davon, dass das Wasser eindringt und ich ertrinke.«

Cygnus lächelte nicht.

»Warum versucht Ihr nicht, eine oder zwei Nächte oben in der Kapelle zu schlafen, bis Ihr ausgeruht seid, Cygnus. Dann werden die Träume aufhören, dessen bin ich mir sicher.«

Er antwortete nicht. Er zögerte einen Moment, wandte sich dann erneut zu mir um und legte sein Hemd ab, bis seine eingefaltete Schwinge sichtbar wurde. Er entfaltete die Schwinge, und während er dies tat, fielen weitere Federn heraus und wurden vom Wind verweht. Es waren nun größere Lücken in der Schwinge erkennbar, und die verbliebenen Federn waren im hellen Wintersonnenschein nicht mehr weich und weiß, sondern matt und grau. Er streckte seinen heilen Arm aus und fing eine herabfallende Feder auf, bevor sie vom Wind fortgeweht wurde. Er hielt sie mir hin, wie ein Kind, das eine Blume darbietet.

»Warum geschieht dies, Camelot? Ich dachte, ich müsste nur an meine Schwinge glauben, aber ich verliere mein Vertrauen, und die Schwäne spüren das, sie wissen, dass ich sie im Stich lasse. Sie kommen, um mir meinen Glauben zurückzugeben, aber die neuen Federn wachsen nicht. Ich kann nicht mehr an sie glauben. Ich kann nicht genug glauben, um sie wieder zum Wachsen zu bringen.«

Osmond und Jofre stürmten durch die Tür der Kantorei, die Arme untergehakt, und schwenkten einige erschlaffte Enten in der Luft. Osmond war tropfnass und Jofre schlammbespritzt, aber Jofres Augen glänzten, und seine Wangen waren von der Kälte und Anstrengung gerötet. Rodrigo und Zophiel folgten ihnen ruhigeren Schrittes mit Fischen und den Netzen. Sie hatten zusammen drei Enten und sogar einige kleine Forellen gefangen, obwohl sich Zophiel darüber beklagte, dass der Fluss zu aufgewühlt und schnell sei, um einen guten Fischfang zu ermöglichen. Die Enten und Fische würden bei acht hungrigen Menschen nicht lange reichen, besonders da wir kaum etwas anders besaßen, was wir dazu essen konnten. Dennoch hatten wir Grund, dankbar zu sein, denn es war eine bessere Mahlzeit, als viele andere an diesem Tag haben würden.

Osmond legte die Vögel auf dem Boden der Kapelle ab und erzählte unter Lachen, wie er versehentlich das Ufer hinab ins Wasser gerutscht war und nur durch Jofre, der ihn packte, bevor sein Kopf unter Wasser geriet, davor bewahrt wurde, ganz unterzutauchen. Nachdem er Adela beruhigt hatte, dass er sich weder irgendwelche Knochen gebrochen noch sich den Kopf angeschlagen hatte, sorgte sie sich, er könnte an einer Erkältung sterben. Daher bestand sie darauf, dass er seine nasse Kleidung ablegte, während sie aus ihrem Gepäck im unteren Raum trockene Kleidung holte. Osmond tat sanftmütig, wie ihm geheißen, stand dann nackt und zitternd und die Arme um sich schlingend da und wartete auf ihre Rückkehr. Er hatte während dieser letzten Wochen an Gewicht verloren, und neue Muskeln zeichneten sich überall in seinem Körper ab. Wassertropfen glänzten auf den feinen, goldenen Haaren seiner Brust, und er schlug mit den Händen auf die Haut, um sich zu wärmen, denn Adela, durch ihre Schwangerschaft behindert, brauchte lange, um neue Kleidung für ihn zu finden.

Osmond hob mit klappernden Zähnen sein nasses Hemd auf und warf es Jofre an den Kopf. »Steh nicht einfach da und glotze, Dummkopf. Du bist mir ein feiner Freund, einen Mann aus dem Fluss zu retten, nur um ihn dann erfrieren zu lassen. Hol mir um Gottes willen eine Decke oder so was.«

Jofre schien aus einer Trance zu erwachen, griff nach seinem Umhang und reichte ihn Osmond, der ihn aber nicht richtig zu fassen bekam und fallen ließ.

Zophiel schaute vom Sortieren der Netze und Leinen auf. »Was ist los mit dir, Junge? Jeder andere würde denken, er wäre eine nackte Frau, vor deren Berührung du Angst hättest. Schling den Umhang um ihn und reib ihn kräftig damit ab. Lass sein Blut wieder fließen, damit es ihn wärmt. Das Letzte, was wir brauchen, ist, dass er Schüttelfrost bekommt.«

Jofre errötete zutiefst und hob den Umhang wieder auf, aber Rodrigo trat rasch vor und nahm ihn ihm aus den Händen.

»Das mache ich. Du frierst genauso wie er. Geh zur Kohlenpfanne hinunter und wärme dich.«

Jofre stolperte wortlos auf die Treppe zu. Rodrigo schlang den Umhang um Osmonds Schultern und rieb ihn kräftig ab, bis Osmond lachend protestierte, er würde lieber erfrieren, als totgerieben zu werden. In diesem Moment kehrte Adela mit trockener Kleidung zurück.

Wir aßen in der Kapelle. Niemand von uns konnte es ertragen, in die dunkle, feuchte Krypta hinabzusteigen, um unser Weihnachtsmahl zu uns zu nehmen. Die Wintersonne schien durch die Fenster, und obwohl sie nicht wärmte, erfüllte sie die Kapelle mit dem Licht, nach dem wir uns so lange gesehnt hatten, und wir sogen es auf wie hungrige Gefangene, die monatelang in einem Verlies eingesperrt waren. Die gesprenkelten Lichter vom Fluss unten wurden auf der weißen Wand der Kapelle reflektiert und ließen ein unendliches Muster sich über deren Oberfläche kräuseln, wie Schwärme kleiner Regenbogenfische.

Osmonds Warnung zum Trotz, scheute Adela keine Mühen, um Cygnus in das heitere Geplauder mit einzubeziehen und sicherzustellen, dass er einen angemessenen Anteil am Fleisch erhielt. Cygnus war in niedergedrückter Stimmung zurückgekehrt, aber selbst er konnte sich dem unwiderstehlichen Duft gebratener Ente und Forelle nicht entziehen, erkannte Adelas Bemühungen, ihn einzubeziehen, und versuchte nach besten Kräften, seine melancholischen Gedanken zu verbergen.

Wir aßen langsam, um länger etwas von dem Genuss zu haben, was nicht leicht ist, wenn man hungrig ist, und spülten jeden Mundvoll mit Ale hinunter, das allmählich sauer wurde. Wir knackten die Entenschädel, nahmen das gebratene Hirn hervor – nicht mehr als ein Mundvoll, aber jeder Mundvoll zählt – und saugten an den Entenfüßen, die mit den letzten Handvoll Bohnen aufgesetzt worden waren. Als Vögel und Fische von jedem letzten Bißchen Fleisch befreit waren, versuchten wir, einander weiszumachen, dass wir satt seien, obwohl uns unsere Mägen bedeuteten, dass wir logen, saßen da und kauten auf den Entenknochen, um auch noch den letzten schmackhaften Bissen herauszuziehen.

Rodrigo beschrieb wehmütig die Weihnachtsbankette, die er im Dienste seines Herrn genossen hatte: das Tanzen und Singen, die Glücksspiele und Hahnenkämpfe und die anzüglichen Spiele der jüngeren Männer und Frauen, bei denen jeglicher normale Anstand während der Weihnachtszeit unbeachtet blieb. Er erzählte uns, worüber Adela verlegen kichern musste, wie die Männer große, falsche Penisse angelegt und die Frauen gejagt hatten. Wie Männer und Frauen die Kleidung wechselten und die entgegengesetzte Rolle spielten, die Männer in Kirtles umhertänzelnd und lächelnd, während die Frauen rülpsend und Befehle gebend einherschritten. Dann kletterten die Frauen auf die Rücken der Männer, ritten sie wie Pferde bei Rennen um den Saal und endeten kichernd und lachend in einem riesigen Tumult zwischen den Binsen.

Dann, sagte Rodrigo, kam das Festessen selbst mit einer endlosen Prozession von Pagen und Dienstboten, die Schmorgerichte und Brote, Desserts und Pasteten hereinbrachten. Es gab Schwäne, Gänse, Rebhühner, Lerchen und große Stücke Rind. Und zur Krönung des Festessens wurde von vier Dienern, die unter dem Gewicht schwankten, ein gebratenes Wildschwein hereingebracht. Es war glasiert, damit seine Haut im Fackellicht glänzte, und mit Stechpalme, Efeu und Mistel verziert, gebratene Johannisäpfel und Trockenfrüchte darum herumgelegt.

Rodrigos Beschreibungen des Essens machte uns so hungrig, als hätten wir überhaupt nichts gegessen, und um ihn letztendlich davon abzuhalten, weiterhin über Essen zu reden, sagte Zophiel ihm, er solle seine Pflicht als Musikant tun und etwas spielen. Rodrigo lächelte breit, als hätte er geradezu darauf gewartet, darum gebeten zu werden. Er nahm statt seiner geliebten Laute sofort die Flöte auf und begann, die vertrauten Klänge eines alten Weihnachtstanzes zu spielen. Cygnus, seine düstere Stimmung einen Moment verdrängend, erhob sich und verbeugte sich ernst vor Adela.

»Wollt Ihr mir die Ehre eines Tanzes gewähren, Mylady?«

Osmond sprang auf, als wolle er protestieren, aber Adela hatte mit einem Kopfschütteln und einer Hand auf ihrem angeschwollenen Bauch bereits lachend abgelehnt. »Ihr erweist mir eine große Ehre, Mylord, aber ich fürchte, ich kann nicht einmal watscheln, geschweige denn tanzen.«

Dann wandte sich Cygnus an Narigorm und zog sie an der Hand hoch. »Dann, kleine Herrin, muss ich Euch um einen Tanz bitten. Wollt Ihr Euch uns anschließen, Mylord Osmond, denn wir brauchen mindestens vier Tänzer?«

Osmond, der bereits aufgestanden war, schien ablehnen zu wollen, aber auf Adelas Drängen hin gab er schließlich nach, verbeugte sich steif und sah sich dann nach einer Tanzpartnerin um. Ein finsterer Blick von Zophiel genügte, um uns alle warnend daran zu erinnern, dass man sich gewisse Freiheiten nicht herausnehmen durfte, auch wenn Weihnachten war – nicht wenn uns unser Leben lieb war. Da er also offensichtlich der Meinung war, dass meine Zeit des Tanzens längst vorüber war, marschierte Osmond zu Jofre hinüber und ergriff seine Hand.

»Kommt, meine Schöne, mein Mädchen, Ihr sollt mit mir tanzen. Nun seid nicht schüchtern«, fügte er hinzu, als Jofre sich ihm entziehen wollte.

»Komm schon, Jofre«, rief Adela aus. »Du musst es tun, sonst verdirbst du den Spaß.« Jofre ließ sich widerwillig in den Kreis ziehen. Rodrigo spielte den Weihnachtstanz erneut, und die vier hüpften umher und umkreisten einander in der Parodie eines Tanzes. Bald lachten sie alle hilflos, während sie wiederholt in die falsche Richtung liefen und ineinanderprallten. Dann versuchten sie, einander die Schritte zuzurufen, was sie noch schlimmer verwirrte, bis Adela, der die Lachtränen über das Gesicht strömten, sie bat aufzuhören, denn sie verspürte vom Übermaß an Heiterkeit bereits Seitenstiche. Während die kleine Narigorm, die lauter lachte als wir alle, uns bat, es noch einmal zu tun.

Atemlos und noch immer lachend brachen sie schließlich auf dem Boden der Kapelle zusammen. Osmond, scharlachrot im Gesicht, winkte Zophiel mit einem Finger.

»Kommt, wir haben Euch diesen Tanz erspart, also seid Ihr jetzt an der Reihe, uns zu unterhalten.«

Zophiel lächelte, nicht unfreundlich. »Wie ich sehe, mein Freund, habt Ihr Euch zum König des Festes erhoben, aber es ist der Brauch, nicht wahr, dass derjenige, der die Bohne in seinem Nachtisch findet, der rechtmäßige Herrscher ist. Ihr müsst Eure Bohne präsentieren, wenn wir Euch gehorchen sollen.«

Osmond lachte. »Ich fürchte, wir haben jede verfügbare Bohne aufgegessen.«

»Sicher nicht, Mylord.« Zophiel beugte sich vor, legte eine gewölbte Hand unter Osmonds Kinn und klopfte ihm listig auf den Rücken. Als Osmond bei dem Schlag keuchend den Mund öffnete, fiel eine trockene Bohne in Zophiels gewölbte Hand. Der überraschte Ausdruck auf Osmonds Gesicht brachte uns alle erneut zum Lachen. Es war ein alter Trick, aber gut ausgeführt.

»Nun wo Ihr Eure Bohne präsentiert habt, Mylord, ist uns Euer Wunsch Befehl. Was soll ich tun?«

»Unterhaltet mich, mein Mann«, sagte Osmond, lehnte sich an Adelas Beine zurück und winkte königlich.

Zophiel verbeugte sich und kehrte, nachdem er seine Kisten durchsucht hatte, mit mehreren unter einem Tuch verborgenen Gegenständen zurück. Zunächst holte er einen hölzernen Becher unter dem Tuch hervor und legte eine weiße Marmorkugel hinein. Er bedeckte den Becher, und als er uns den Inhalt erneut zeigte, war die Kugel schwarz geworden. Als Nächstes wurde eine tote Kröte in einer Glasflasche zum Leben erweckt, hüpfte herum und versuchte vergebens herauszuspringen. Dann legte Zophiel ein Ei auf ein Tuch, und als er mit einem Stock darüberstrich, hob sich das Ei von selbst mehrere Zentimeter in die Luft, bevor es wieder auf das Tuch sank.

Adela klatschte bei jedem neuen Trick wie ein kleines Kind freudig in die Hände, und die anderen lächelten, keuchten und lachten abwechselnd. Nur Jofre war still geworden. Er beteiligte sich nicht an dem Beifall und dem Lachen, da er zweifellos daran dachte, wie Zophiel, als er ihm das erste Mal begegnete, ihn dazu getrieben hatte, große Summen auf den Ausgang solcher Tricks zu wetten. Er hatte guten Grund, argwöhnisch zu sein. Wir beide erkannten, dass Zophiel ihn jeden Moment daran erinnern und vor der ganzen Gruppe demütigen konnte. Aber Zophiel empfand anscheinend auch weihnachtliches Wohlwollen und nahm dieses eine Mal Abstand davon, jemanden zu quälen. Er lächelte angesichts unserer Bewunderung zufrieden und verbeugte sich nach jedem Applaus ernst.

»Und nun brauchen wir eine Geschichte«, befahl Osmond und wandte sich erwartungsvoll Cygnus zu. »Ohne Geschichte ist kein Weihnachtsfest vollständig.«

Narigorm drehte sich um und sah ihn an. »Nicht Cygnus, Adela sollte sie erzählen. Sie ist an der Reihe, sie ist die Königin des Fests, also muss sie etwas tun.«

Adela schüttelte den Kopf. »Cygnus ist der Geschichtenerzähler. Ich kenne keine Geschichten.«

»Erzählt uns davon, wie Ihr und Osmond Euch verliebt habt«, beharrte Narigorm.

Cygnus lächelte ermutigend. »Kommt schon, Adela. Das ist gewiss eine romantische Geschichte und eine bessere, als ich sie jemals erzählen könnte.«

»Nein, lasst sie in Ruhe, lasst sie sich ausruhen«, protestierte Osmond.

Zophiel schnaubte. »Sie kann reden, während sie sich ausruht, nicht wahr? Oder ist sie selbst dafür zu schwach? Ich würde Eure Geschichte jedenfalls gerne hören. Ihr habt uns nie erzählt, was Euch auf die Straße geführt hat. Wahrscheinlich hießen Eure Eltern Eure Verbindung nicht gut, da Ihr heimatlos seid.«

Adela schaute zu Osmond. Sie war errötet, aber es war schwer erkennbar, ob aus Zorn oder aus Verlegenheit. Sie biss sich auf die Lippen und begann.

»Als ich vierzehn Jahre alt war, verlobten mich meine Eltern mit einem Mann namens Taranis. Er war zwanzig Jahre älter als ich, reich und mächtig, und ich hatte Angst vor ihm, denn obwohl er glaubte, zuvorkommend zu sein, hatte er kalte Augen, und ich erkannte an der Art, wie er seine Dienstboten behandelte, dass er grausam war. Er wollte unbedingt sofort heiraten, aber ich wehrte mich so vehement dagegen, dass meine Eltern ihn überredeten, ein Jahr zu warten, bis ich mich als williger erweisen würde. Aber sie bestanden darauf, dass ich ihn früher oder später heiraten müsste. Als der Monat meiner Hochzeit näher rückte, wuchs meine Verzweiflung. Jeden Tag, wenn ich zum Brunnen ging, um Wasser zu holen, blickte ich hinab, sah mein Bild in den dunklen, kalten Tiefen gespiegelt und erkannte, wie ich jeden Tag blasser und dünner wurde.

Dann, in der Nacht meines fünfzehnten Geburtstags, hatte ich einen Traum. Ein Mann, ein mir Fremder, stieg durch mein Fenster ein und trat leise an mein Bett. Er war jung und stark. Seine Augen waren sanft und voller Güte. Er sagte mir, ich sei der Herzschlag seines Herzens, der Atem seines Lebens, das Begehren seiner Seele. Er berührte mich, und ich schmolz bei dieser Berührung dahin. Er küsste mich, und Liebe erwachte jäh in meiner Brust. Wir hielten einander die ganze Nacht umfangen. Dann, als der Hahn krähte, verließ er mich. Ich bat ihn wiederzukommen, und er versprach, das würde er tun, unter der Bedingung, dass ich niemandem von meinem Traum erzählte, denn wenn ich das täte, wäre er für mich für immer verloren.

Die nächsten Wochen waren die glücklichsten meines Lebens. Meine Nächte verbrachte ich in seinen Armen, und meine Tage vergingen mit Träumen von den Nächten. Wenn ich nun in den Brunnen hinabblickte, sah ich die Liebe auf meinen Wangen erblühen und das Lachen in meinen Augen tanzen. Aber meine Cousine wurde misstrauisch. Sie konnte erkennen, dass ich verliebt war, bedrängte mich tagelang und zog mich auf. ›Was kann es schaden, es mir zu erzählen? Ich bin deine Cousine. Du kannst mir vertrauen.‹

Ich wollte mein großes Glück so gerne mit jemandem teilen, dass ich es ihr letztendlich erzählte. Aber meine Cousine war voller Eifersucht und lief sofort zu Taranis, und er sagte ihr, was sie tun solle. Als ich in dieser Nacht einschlief, verriegelte sie ohne mein Wissen Fenster und Tür.

Um Mitternacht hörte ich Osmonds Stimme am Fenster. ›Warum hast du mir dein Fenster verschlossen? Was hast du getan? Ich kann nicht mehr zu dir kommen.‹

Ich lief zum Fenster und öffnete es weit, aber es war zu spät, er war fort. Als ich am nächsten Tag zum Brunnen ging und in das dunkle, eisige Wasser hinabblickte, sah ich nicht mein eigenes Gesicht reflektiert, sondern das Gesicht Osmonds. Seine Augen waren geöffnet, aber er konnte mich nicht sehen.

Ich ging zu der uralten Frau, welche die Bienen hält, denn sie hat viele weise Ratschläge, und ich fragte sie, wie ich Osmond erreichen könnte.

›Er liegt am Grunde des Brunnens. Er ist noch nicht tot, aber er liegt im Sterben. Taranis hat aus dem Knochen eines toten Mannes einen Fluch heraufbeschworen und gegen ihn gerichtet. Wenn der Fluch näher kommt, wird er schwächer werden und in drei Tagen sterben.‹

›Wie kann ich das aufhalten?‹, flehte ich sie an.

›Mit dem Knochen aus seinem Knochen. Du musst um Mitternacht zu seinem Grab gehen und den Schenkelknochen des Leichnams nehmen, den Taranis benutzt hat, um den Fluch heraufzubeschwören. Du musst ein Loch hineinbohren und damit auf den Grund des Brunnens hinabsteigen.‹

Ich tat, wie mir geheißen, obwohl ich große Angst hatte. Ich ging um Mitternacht zum Friedhof. Schatten huschten unter dem Mond dahin, und Stimmen flüsterten durch die Eiben. Es gab dort viele Gräber, und ich wusste nicht, welches Taranis benutzt hatte. Aber dann hörte ich die Stimme eines Mannes rufen: ›Gebt mir meinen Knochen zurück‹. Ich schlich vorwärts und sah, wie sich das Skelett des Mannes halb aus seinem Grab erhob. Ich war entsetzt, aber ich dachte an Osmonds Gesicht, stürzte vor und entriss ihm seinen Schenkelknochen. Aber obwohl ich mich dieser Angst gestellt hatte, wusste ich, dass ich niemals in dieses tiefe, schwarze Wasser hinabspringen könnte.

Am nächsten Tag kehrte ich zum Brunnen zurück und sah, als ich hinabschaute, erneut Osmonds Gesicht. Seine Augen waren geschlossen, als schliefe er. Aber ich hatte zu große Angst, um hineinzuspringen, denn ich wusste, dass ich ertrinken würde.

Als ich am dritten Tag in den Brunnen hinabblickte, war Osmonds Gesicht so bleich wie der Tod. Ich weinte bitterlich. Osmond war tot, und ich konnte es nicht ertragen weiterzuleben. Meine Angst vor einem Leben ohne ihn war größer als meine Angst vor dem Tod. Ich schloss die Augen und sprang.

Das eisige Wasser schloss sich um mich, und ich sank immer tiefer in die undurchdringlichen, schwarzen Tiefen, aber als ich meine Augen öffnete, erkannte ich, dass ich mich in einem runden Raum befand. Die Wände schimmerten in vielen hellen Farben, wie die Regenbogen in einem Wasserfall. Der Boden war so weich wie Moos, und in der Mitte des Raumes stand ein großes, rundes Bett, von Vorhängen wie grünes Seegras umgeben. Osmond lag auf dem Bett. Seine Haut war so kalt wie Stein, seine Lippen blau und sein Atem sehr schwach. Ich schüttelte ihn, aber ich konnte ihn nicht aufwecken. Ich küsste ihn, aber seine Lippen antworteten nicht darauf. Dann, als ich verzweifelt dasaß und bei ihm wachte, sah ich eine Fliege über sein Gesicht krabbeln. Ich wollte sie vertreiben, aber sie summte ständig um seinen Kopf herum. Ich hob den Schenkelknochen an, um sie zu töten, als mir die Worte der alten Frau in den Sinn kamen. ›Mit dem Knochen aus seinem Knochen‹.

Als ich die Worte aussprach, ließ sich die Fliege auf dem Knochen nieder und krabbelte in das kleine Loch. Ich verschloss das Loch mit einem Finger, und sofort öffnete Osmond die Augen und setzte sich auf.

Ich erzählte ihm, was geschehen war, und er versiegelte das Loch im Knochen rasch mit einem aus seinem Hemd gerissenen Stofffetzen, denn er erkannte, dass die Fliege der Fluch war, den Taranis geschickt hatte, um ihn zu töten. Nun, da der Fluch in dem Knochen gefangen war, befahl Osmond ihr, uns aus dem Brunnen und weit über die Hügel hinwegzubringen, denn wir wussten, dass Taranis, wenn er erst entdeckte, dass der Fluch fehlgeschlagen war, einen weiteren, mächtigeren Fluch heraufbeschwören würde. Sobald wir in Sicherheit waren, wickelten wir den Knochen in eine Glückshaube und warfen ihn mitten in einen Sumpf, wo der Fluch keinen Schaden mehr anrichten könnte.

Wir waren sechs Tage lang glücklich und strahlten vor Freude. Osmonds Augen verliehen meinem Lächeln Glanz, und mein Mund sang von seinen Küssen. Wir liefen den ganzen Tag Hand in Hand umher und genossen die Gegenwart des anderen, und die ganze Nacht lagen wir beieinander und erfreuten uns an der Glut unserer Leidenschaft.

Aber am siebten Tag schaute meine Cousine in die schwarzen Wasser des Brunnens hinab, sah mich nackt neben Osmond auf den Seidenlaken liegen und ging voller Zorn und Eifersucht zu Taranis. Er beschwor einen weiteren Fluch herauf, einen schrecklicheren Fluch, in Form eines gehäuteten Stieres, der seinen blutigen Balg hinter sich her zog. Als er näher kam, wurde Osmond schläfrig, und ich konnte ihn nicht wecken. Der Stier trug mich aus Osmonds Bett, während er schlief. Er setzte mich in einem großen Schloss aus Granit ab. Die Böden waren aus weißem Marmor und die Betten aus Eisen gestaltet. Taranis legte einen schweren Kranz auf meinen Kopf, der meine Haut quetschte. Er drückte meinen Hals mit Smaragdketten nieder und behängte meine Handgelenke mit Rubinarmbändern, die einschnitten, wann immer ich mich bewegte. Ich wanderte weinend von Raum zu Raum, denn alles war kalt und hart. Es gab nirgendwo im Schloss Wärme oder Sanftheit. Er versuchte, sich mir aufzuzwingen, aber ich wehrte mich gegen ihn. Er versuchte, mich mit Geschenken zu umwerben, aber die Geschenke, die er mir brachte, waren tote Dinge.

Also entfloh ich dem Schloss und durchwanderte auf der Suche nach Osmond das Land, bis meine Kleider zerfetzt und meine Schuhe zerschlissen waren. Und nackt gelangte ich schließlich zum Meer und zum Strand der singenden Felsen.

Ich trat zum ersten Felsen und fragte: ›Wo kann ich meine Liebe finden?‹

Der Felsen sagte: ›Bezahle mich für mein Lied.‹

Also schnitt ich mein Haar ab und gab es dem Felsen. Aber das Lied des Felsens war ohne Worte. Und ohne mein Haar schämte ich mich.

Ich kam zu einem zweiten Felsen und fragte: ›Wo kann ich meine Liebe finden?‹ Und ich schnitt meine Brüste ab und gab sie dem Felsen, aber das Lied des Felsens hatte keine Buchstaben. Und ohne meine Brüste konnte ich kein Kind nähren.

Dem dritten Felsen schenkte ich meine Füße, aber die Buchstaben des Felsens waren ohne Bedeutung. Und ohne meine Füße konnte ich nicht tanzen.

Dem vierten Felsen gab ich meine Hände, aber die Noten des Felsens folgten keinem Muster. Und ohne meine Hände konnte ich weder weben noch spinnen.

Dem fünften Felsen schenkte ich meine Augen, aber das Lied des Felsens hatte kein Melodie. Und ohne meine Augen konnte ich weder schreiben noch lesen.

Dem sechsten Felsen gab ich meine Ohren, und wenn mir der sechste Felsen mit einem Lied antwortete, so konnte ich es nicht hören.

Dann kam ich zum siebten und letzten Felsen und fragte: ›Wo kann ich meine Heimat und meine Liebe finden?‹

Und ich ließ mir von dem Felsen meine Zunge herausschneiden. Und ohne meine Zunge hatte ich keine Stimme. Alles, was von mir noch übrig blieb, waren meine Tränen, und meine Tränen fielen in die Höhlung des Felsens und sammelten sich am Strand des Meeres.

Aber während dieser ganzen Zeit hatte Osmond auch nach mir gesucht. Er hatte Taranis' Schloss gefunden, und dort hatten sie gekämpft, bis Osmond ihn überwältigt und getötet hatte. Als meine Cousine den Tumult hörte, eilte sie herbei, aber sie fand von Taranis nur noch drei Tropfen Blut auf dem weißen Marmorboden vor.

Osmond packte sie und drohte ihr, sie zu töten, wenn sie ihm nicht sagte, wo ich sei. Sie schaute in den Brunnen, und dort, in dem schwarzen Wasser, sah sie die singenden Felsen und den Teich der Tränen. Aber sie warnte ihn, dass das Meer bei der nächsten Springflut über den Teich der Tränen hinwegspülen und er mich niemals finden würde, denn ich würde dann zu einem Tropfen Wasser im unendlichen Meer.

Osmond suchte mich viele Wochen lang, erreichte am Abend der ersten Sturmflut schließlich die singenden Felsen, fand am ersten Felsen mein Haar und roch daran. Er fand meine Brüste und liebkoste sie. Er wusch meine Füße. Er küsste meine Hände. Er weinte in meine Augen. Er flüsterte Liebesworte in meine Ohren und goss Honig auf meine Zunge, bis er schließlich zum Teich meiner Tränen kam. Aber es wurde schon spät, die Wogen krachten bereits auf die Felsen, jede höher als die letzte. Er hatte alles, was mein war, und doch hatte er nicht *mich*, und er wusste nicht, wie er mich wieder zusammenfügen konnte. Er rief meinen Namen vorwärts und rückwärts, er versuchte, die Tränen aufzunehmen und davonzutragen, aber sie glitten durch seine Finger, und währenddessen sank die Sonne immer tiefer, und die Wogen krachten höher und höher an die Felsen, bis sie fast den Rand des Teiches berührten.

Dann, als die nächste Woge auf die Felsen zu rollte, erinnerte er sich der Worte der alten Frau. ›Mit dem Knochen aus seinem Knochen.‹ Er zog rasch sein Messer, schnitt sich den dritten Knochen seines kleinen Fingers ab und warf ihn in den Teich der Tränen. Sofort lag ich wieder vollständig im Teich, aber ich atmete nicht. Ich war wie eine Ertrunkene, denn die Woge war in den Teich geschwappt, und mein Geist trieb bereits ganz langsam ins weite, offene Meer hinaus. Aber als Osmond die Hand ausstreckte, um mein Gesicht zu berühren, fielen drei Tropfen des Blutes aus seinem Finger in meinen Mund, und meine Augen öffneten sich. Und dann waren unsere Tränen Freudentränen.«

Adela streckte eine Hand aus, zog Osmonds Hand mit den Farbflecken zu sich heran und küsste sie, bevor sie sie hochhielt und den Finger mit der fehlenden Spitze zeigte. Osmond errötete und entzog ihr seine Hand hastig.

Cygnus klopfte mit einer Hand begeistert auf den Steinboden. »Gut gemacht, Adela. Das war eine wunderschöne Liebesgeschichte. Ihr solltet der Geschichtenerzähler sein, nicht ich.«

Rodrigo schlug ihm leicht auf den Rücken. »Kommt, Cygnus. Nun müsst Ihr diese übertreffen.«

Cygnus protestierte, das könne er nicht, und erzählte uns stattdessen die lustige Geschichte der Narren, die den Mond aus dem Fluss retten wollen. Während er die Geschichte erzählte, sprang er in der Kapelle umher und stellte den Versuch, den Mond aus einem imaginären Fluss zu fischen, so plastisch dar, dass wir bald wieder alle hilflos vor Lachen waren. Nur Jofre beteiligte sich nicht an dem Gelächter, sondern saß gedankenverloren da.

Es war vielleicht nicht so großartig wie die Weihnachtsfeierlichkeiten, die Rodrigo beschrieben hatte, aber es war uns zumindest einige Stunden lang gelungen, unsere Ängste und das Elend dessen zu vergessen, was außerhalb der Kapelle geschah. Aber nun ging der Nachmittag dem Ende zu, und die Schatten in der Kapelle wurden länger. Die Heiterkeit war gewichen, und wir saßen da und bereiteten uns widerwillig auf eine weitere kalte Nacht unten in der Krypta vor. Ich dachte daran, dass Pleasance allein im dunklen Wald lag, und fühlte mich schuldig, so bald wieder gelacht zu haben.

Osmond streckte sich auf dem Boden aus. Sein Kopf ruhte auf Adelas ausgestreckten Beinen. Ganz in Gedanken verloren, blickte er zu dem Gemälde am anderen Ende der Kapelle, als brenne er darauf, wieder dorthin zurückzukehren.

»Wie steht es mit dem Gemälde, Osmond, macht Ihr Fortschritte?«, fragte ich.

»Ihr Gesicht ist fertiggestellt, und ich habe mit ihren Händen begonnen. Man malt das Gesicht üblicherweise erst am Schluss, aber ich weiß nicht, wie lange wir hier sein werden, und ich wollte zumindest das fertigstellen.«

»Kann ich es sehen?«, fragte Narigorm plötzlich.

Osmond lächelte nachsichtig. »Natürlich, du wirst es sehen, wenn es fertig ist.«

»Aber Ihr sagtet, ihr Gesicht sei fertiggestellt. Warum kann ich ihr Gesicht nicht jetzt sehen?«

Osmond lachte und schüttelte den Kopf. »Sei nicht so ungeduldig.«

Adela stimmte mit ein. »Bitte, Osmond. Es wäre mir ein solcher Trost zu wissen, dass sie zumindest auf uns herniederblicken könnte. Und wie du sagst, wenn wir weiterziehen müssen, bevor sie fertiggestellt ist, werden wir sie vielleicht niemals sehen.«

Osmond war sichtlich zwischen seinem Wunsch, sein Gemälde zu zeigen, und seinem Wunsch, es bedeckt zu lassen, bis es fertiggestellt wäre, hin und her gerissen. Aber Adelas Bitten gewann die Oberhand, und so erhob er sich, kletterte auf das Gerüst und zog das Tuch beiseite, das dort herabhing. Er sprang von dem Gerüst wieder herunter und trat beiseite.

Dann half er Adela hoch und führte sie zum Altarbereich hinüber. Wir traten hinter die beiden und schauten auf. Adela keuchte, ihre Augen tränenschimmernd, und barg ihren Kopf an Osmonds Schulter. Es war deutlich zu sehen, warum sie gerührt war. Das Gesicht der Madonna war wunderschön, und es war unverkennbar Adelas Gesicht, sogar bis hin zu der flachsfarbenen Haarsträhne, die unter der weißen Haube hervorsah.

Die meisten Künstler nehmen das Gesicht der Frau, die sie lieben – ihre Ehefrauen, ihre Töchter oder Geliebten – als Modell für die Madonna. Es gab Päpste und Bischöfe, die darauf bestanden, dass für das Gesicht der Jungfrau das Gesicht ihrer Huren genommen würde, weshalb wir nicht hätten überrascht sein sollen, dass Osmond seine junge Frau zum Vorbild gewählt hatte.

Rodrigo brach das Schweigen. »*Bellissimo*, Osmond. Sie ist wunderschön. Das Gesicht, die Augen, solche Sanftheit und solches Mitgefühl.«

Osmond strahlte vor Stolz und sagte bescheiden: »Das ist Euch zu verdanken, Rodrigo. Es liegt an dem Kunstgriff mit dem Öl, den Ihr mir beigebracht habt. Die Farbe trocknet viel langsamer, als wenn man Eitempera nimmt, so dass man langsamer und sorgfältiger arbeiten kann, um die Farbtöne und Schattierungen zu mischen.«

Er hatte recht, das Gesicht wirkte so lebensecht, wie ich es niemals zuvor bei einem Gemälde gesehen hatte, die Haut so warm und die Augen so lebendig, dass es wirkte, als würden sich die lächelnden Lippen jeden Moment öffnen und sprechen.

Rodrigo verbeugte sich. »Nicht mein Öl, sondern Euer Talent. Ihr habt eine große Begabung, und Ihr habt ein Modell, das schön genug ist, um jeden Künstler zu inspirieren.«

Er warf Adela einen Handkuss zu. Sie hob erfreut lächelnd das Gesicht an und küsste Osmond auf die Wange.

Wir sahen uns alle um, als die schwere Tür der Kapelle plötzlich hinter uns zuschlug.

Zophiel rief scharf aus: »Wer ist da?« Er schritt zur Tür hinüber.

»Niemand«, sagte Narigorm. »Jofre ist hinausgegangen. Er hat die Tür zugeschlagen.« Als sie unsere fragenden Mienen sah, lächelte sie ihr wissendes, kleines Lächeln. »Es hat Jofre nicht gefallen, dass Osmond Adela gemalt hat.«

Adela wirkte verwirrt. »Warum? Verletzt es ihn, dass eine schwangere Frau als Madonna gemalt wurde?«

Als schlüge mir eine kalte Faust in die Magengrube, erkannte ich plötzlich, was Narigorm andeutete, und wollte sie daran hindern, es auszusprechen. Wie konnte das kleine Balg es gewusst haben, wenn sie Jofre und mich nicht in jener Nacht nach der Auspeitschung in der Scheune belauscht hatte? Aber selbst wenn sie das getan hatte, war nichts wirklich in Worte gefasst worden. War sie wirklich so scharfsinnig?

Ich sagte rasch: »Jofre langweilt sich schnell, wenn er keine Unterhaltung hat, und wandert allein davon. Das hat er schon oft getan. Es hat nichts mit dem Gemälde zu tun.«

Narigorm sah mich mit offenem, unschuldigem Blick fest an. »Aber das hat es doch. Jofre ist eifersüchtig. Er will, dass Osmond ihn malt, nicht sie.«

Ich schaute zu Rodrigo, der bestürzt wirkte.

Auch Zophiel hatte den Ausdruck auf Rodrigos Gesicht gesehen. Auf Zophiels scharfen Zügen breitete sich langsam ein triumphierender Ausdruck aus, als habe er gerade ein großes Geheimnis entdeckt.

»Das ist also die Neigung unseres jungen Freundes, oder? Ich habe mich schon immer über Männer gewundert, die ihr Leben mit dem Spielen hübscher Melodien verbringen, anstatt sich ihren Lebensunterhalt mit einem männlichen Gewerbe zu verdienen. Nun scheint es, als hätte ich recht gehabt.«

»Ich würde magische Tricks und das Ausstellen von Meerjungfrauen wohl kaum als männliches Gewerbe bezeichnen«, sagte ich kalt.

Aber bevor Zophiel etwas erwidern konnte, schaltete sich Osmond ein. »Was versucht Ihr anzudeuten, Zophiel?«

»Ist das nicht offensichtlich? Habt Ihr nicht bemerkt, wie er Euch und Adela immer beobachtet? So ist es schon, seit Ihr mit uns zieht. Ich dachte, er hätte Gefallen an Eurer Frau gefunden, aber jetzt scheint es, dass Ihr wahrere Worte gesprochen habt, als Euch bewusst war, als Ihr ihn heute Nachmittag ein hübsches Mädchen nanntet. Habt Ihr nicht bemerkt, wie eifrig er stets mit Euch allein auf die Jagd geht?«

Osmond errötete vor Zorn heftig.

»Natürlich geht er gerne mit Osmond auf die Jagd. Was könnte für einen Jungen natürlicher sein?«, sagte ich fest. »Die beiden sind fast gleich alt. Ein junger Bursche wie Jofre will seine Zeit nicht in Gesellschaft alter Narren wie uns verbringen. Er will mit anderen jungen Leuten zusammen sein.«

Zophiel wirkte höchst belustigt. »Aber die meisten jungen Männer würden ihre Zeit lieber damit verbringen, mit einer wunderschönen Frau zu tändeln, anstatt mit ihrem Ehemann auf die Jagd zu gehen. Wenn ich Ihr wäre, Osmond, würde ich mit dem Rücken an der Wand stehen bleiben, wann immer er in der Nähe ist.«

Osmond wirkte von Minute zu Minute zorniger und unbehaglicher. »Aber ich schwöre, dass ich nichts getan habe, um ihn zu ermutigen. Ich bin nicht so. Wie könnte er denken, ich wäre einer jener …«

Ich schaute zu Zophiel, der grinste und den Ausdruck der Panik und Verwirrung auf Osmonds Gesicht zutiefst genoss.

»Er denkt nichts dergleichen, Osmond«, sagte ich. »Wenn Jofre Eure Gesellschaft sucht, dann weil er Euch inzwischen als einen älteren Bruder betrachtet. Ihr könnt malen, jagen, schwimmen, all die Dinge tun, die jeder junge Bursche bewundern würde. Außerdem habt Ihr eine wunderschöne Frau. Welcher Junge würde Euch nicht wie einen Helden verehren? Er will wie Ihr sein und natürlich Eure Anerkennung erringen, nicht mehr. Habt Ihr in seinem Alter nie dasselbe für jemanden empfunden, den Ihr bewundert habt?«

»Nein, das habe ich nicht«, sagte er bestimmt.

Adela kam und nahm seinen Arm. »Doch, das hast du. Erinnerst du dich nicht, wie du immer Edward D'Fraenger hinterhergelaufen bist, als du jung warst? Du hast alle möglichen Listen versucht, um ihn auf dich aufmerksam zu machen und …« Sie brach jäh ab und warf Zophiel einen ängstlichen Blick zu. »Ich meine … das hast du mir einmal erzählt.«

Rodrigo, der plötzlich alt und verbraucht wirkte, ging zur Tür. »Ich muss nach Jofre sehen. Es wird bald dunkel.«

»Wartet«, rief Cygnus ihm hinterher. »Ich komme mit. Ich muss nach Xanthus sehen.«

Zophiel beobachtete, wie sich die Tür hinter ihnen schloss. »Vielleicht ist Musik nicht das Einzige, was Rodrigo Jofre gelehrt hat. Es ist leicht für einen Meister, seinen unschuldigen, jungen Schüler nach seinem eigenen verdrehten Geschmack zu verderben. Das würde erklären, warum er so nachsichtig mit ihm ist. Er hegt eine ungewöhnliche Vorliebe für den Jungen, findet Ihr nicht?«

»Ihr seht in jedem und allem Böses, Zophiel.«

»Weil es Böses zu sehen gibt, Camelot.«

Kapitel 17

DAS BADEHAUS

Rodrigo und Cygnus suchten Jofre bis weit nach Einbruch der Dunkelheit, aber es war sinnlos, weil er offensichtlich nicht gefunden werden wollte. Er hätte eine Meile oder weiter in jede Richtung gelaufen sein können oder schmollte vielleicht nur wenige Meter entfernt in der Dunkelheit und ignorierte ihre Rufe. Wir konnten nur darauf warten, dass er zurückkehren würde, wann immer er dazu bereit wäre.

Jofre kehrte zurück, aber erst in den frühen Morgenstunden. Zophiel hatte natürlich darauf bestanden, die Kapellentür zu verriegeln, sobald es dunkel wurde, aber Cygnus, Rodrigo und ich hatten uns entschieden, oben in der Kapelle zu schlafen, damit wir wach würden, wenn er an die Tür hämmerte.

»Wacht … auf, weckt den Herrn des Hauses auf, ich komme zum Zechen«, sang er in kindlichem Falsett.

Zophiel rief ihm zu, dass er erst in die Kapelle eingelassen würde, wenn er wieder nüchtern wäre, und dass ihm eine Nacht in der Kälte recht geschähe. Aber Betrunkene weichen selten, wenn man sie fortschickt, und so hämmerte auch Jofre weiterhin an die Tür und sang auch weiterhin, bis Rodrigo Zophiel schließlich beiseiteschob und die Tür entriegelte. Als er sie öffnete, fiel Jofre, der sich anscheinend Halt suchend dagegengelehnt hatte, unmittelbar in Rodrigos Arme und dann zu Boden, wo er kichernd liegen blieb. Ein kleines Fass rollte aus seinen Armen, polterte laut auf den Boden. Zophiel hielt es mit einem Fuß an, zog den Stöpsel heraus und roch an dem Inhalt.

»Wein.« Er schüttete einige Tropfen in seine gewölbte Hand und kostete ihn. »Und ein starker. Wo hat er den her?«

Rodrigo packte Jofre vorne am Hemd und zog ihn hoch. Jofre schwankte unsicher. »Du hast ihn gehört, *Ragazzo*, wo hast du den Wein her?«

Jofre bekam einen Schluckauf. »Mein Freund gab ihn … mir.«

»Welcher Freund?« Rodrigo schüttelte ihn.

Jofre warf die Arme auf. »Ich habe viele Freunde … viele, viele. Ein Drache und Ritter und große, große Sarazenen mit gebogenen Schwertern. Da waren viele Schwerter … und ein Drache. Habe ich Euch von dem Drachen erzählt?« Er sank auf die Knie und schloss schwankend die Augen.

»Mummenschanz«, sagte ich. »Er muss auf eine Mummenschanz-Gruppe getroffen sein und mit ihnen getrunken haben. Wenn es irgendwo in der Stadt einen starken Tropfen zu trinken gibt, dann könnt Ihr sicher sein, dass die Mummenschanz-Leute ihn finden werden. Wahrscheinlich haben einige der Tavernen für die Weihnachtsfeierlichkeiten ein paar Fässer zurückgehalten.«

Rodrigo ließ Jofres Hemd los, und Jofre sank zu Boden, rollte sich wie ein Säugling zusammen und schlief sofort ein.

Rodrigo wandte sich angewidert ab, trat zum Fenster hinüber und blickte in den dunklen, wirbelnden Fluss hinab.

Dann schlug er gegen die Wand und wandte sich wieder zu uns um, eine Mischung aus Zorn und Verwirrung auf seinem Gesicht. »Warum tut er das? Er hat sich während dieser letzten Wochen doch besser benommen. Ich dachte, er hätte seine Lektion gelernt.«

»Ihr könnt einem jungen Burschen nicht vorwerfen, dass er sich an Weihnachten betrinkt«, belehrte ich ihn. »Wahrscheinlich ist heute Abend jeder in der Stadt betrunken, der es sich leisten kann.«

»Was bedeutet«, sagte Zophiel schroff, »dass Jofre in die Stadt gegangen ist und in irgendeinem Rattenloch getrunken hat, wo er sich irgendeine Seuche eingefangen und mit hierhergebracht haben könnte. Außerdem wimmelt es in jenen Spelunken von Dieben, von denen jeder unseren jungen Freund hier dazu gebracht haben könnte, ihm zu erzählen, wo er lebt. Wollt Ihr ihn immer noch entschuldigen, wenn sie ihm hier heraus folgen, um uns die Kehlen durchzuschneiden und sich zu nehmen, was immer wir haben?«

»Und was genau haben wir, was des Stehlens wert wäre, Zophiel? Was beschützt Ihr so bemüht?«, fauchte ich.

Aber wenn ich gehofft hatte, Zophiel zu verleiten, etwas über den Inhalt seiner kostbaren Kisten preiszugeben, vergeudete ich meine Zeit. Selbst wenn man Zophiel mitten in der Nacht weckte, waren seine Sinne noch immer vollkommen geschärft. Er betrachtete mich kühl.

»Der Wagen, ein Pferd, Eure *echten* Reliquien, Rodrigos Instrumente, sogar ein alter Lumpen ist für einen Mann des Stehlens wert, der nackt ist. Wir sind vielleicht nicht reich, aber wir besitzen noch immer vieles, was einige begehren könnten, habe ich recht, Camelot?«

Wir hatten uns alle danach gesehnt, dass der Regen aufhören würde, aber nun, wo es so war, wurde das Wetter kälter und der Wind eisiger. Die schwache Sonne, die aus dem aufklarenden Himmel schien, mochte vielleicht unsere Stimmung heben, aber sie konnte unsere durchgefrorenen Knochen nicht wärmen. Aber unsere größte Sorge war das Essen. Unsere Vorräte waren aufgebraucht, und wir waren auf das angewiesen, was wir sammeln oder fangen konnten, und das war keine leichte Aufgabe.

Und der Hunger war nicht das Einzige, was uns alle niederdrückte. Cygnus wirkte noch erschöpfter und elender als zuvor. Obwohl er in der Kapelle schlief, störten seine Albträume seinen Schlaf wiederholt.

Adela wurde, nun wo Weihnachten gekommen und vergangen war, ohne dass sich die Geburt ankündigte, von Stunde zu Stunde gereizter und fordernder. Zwischen dem Wunsch, das Baby auf die Welt zu bringen, und der Angst vor den beginnenden Wehen, fürchtete sie, Osmond aus den Augen zu lassen, wenn er auf die Jagd ging, falls die Wehen einsetzten und er nicht da wäre. Osmond sorgte sich nicht nur um Adela, sondern konnte es nun auch kaum mehr ertragen, Jofre ins Gesicht zu sehen. Er scheute keine Mühen, um es zu vermeiden, mit Jofre allein zu sein, und bat betont Zophiel oder Rodrigo, ihm beim Fangen der Vögel oder beim Jagen zu helfen. Nur Narigorm bot eifrig an, an ihrer Stelle mitzugehen. Und Osmond, der sie nur ungern mitnehmen wollte, musste zugeben, dass sogar erfahrene Jäger ihrer Hartnäckigkeit und Geduld beim Anpirschen an die Beute nicht das Wasser reichen konnten. Aber jegliche Hilfsangebote von Jofre wurden abgewiesen, mit irgendeiner dürftigen Ausrede, die ihn sowohl verwirrte als auch verletzte. Zophiel nutzte jede Gelegenheit, ihn aufzuziehen, aber Jofre schien die Verbindung zwischen Zophiels Spötteleien und Osmonds Gefühlskälte nichtsdestotrotz nicht zu erkennen.

Am Festtag Johannes' des Apostels, zwei Tage nach Weihnachten, spitzten sich die Dinge zu. Jofre, Zophiel und ich waren allein in der Kapelle. Wir hatten beim Aufwachen entdeckt, dass unser Atem als weißer Dunst in der Luft schwebte und draußen alles hart gefroren war. Jeder Grashalm funkelte im wässerigen Sonnenschein weiß, und die Spurrillen im Schlamm waren zu felsharten Graten gefroren. Der Fluss floss zu schnell, um zu überfrieren, aber die Pfützen auf der Straße waren wie Glas. Xanthus stand unter den Bäumen, stampfte mit den Hufen und schnaubte durch ihre rosigen Nüstern Dunstwolken aus. Cygnus war bereits hinausgegangen, um sie zum Trinken zum Fluss zu führen, denn ihr Wassereimer, am Abend zuvor hinausgestellt, war auch fest zugefroren.

Osmond und Adela jubelten, als sie die glitzernden Äste der Bäume sahen. Das war es, worauf wir gewartet hatten, wofür ganz England gebetet hatte. Die Pest würde nun gewiss schwinden, wie alle Sommerfieber es taten, die vom Eis des Winters verbannt wurden. Ich betete inbrünstig, dass es so sein möge, aber wie Zophiel sagte, hatten wir in diesem Sommer keine Hitze gehabt, die das Fieber verursacht haben könnte, und es hatte dennoch gewütet. Aber wenn die Winterfröste es nicht vernichten könnten, was im Himmel oder auf der Erde konnte es dann?

Ich wollte gerade aufbrechen, um nachzusehen, was ich zu essen finden könnte, als Osmond von der Krypta heraufkam, seine Vogelfangnetze über dem Arm und Narigorm neben sich. Beim Anblick

Jofres zögerte er, fing sich dann aber wieder und schritt zielbewusst zur Kapellentür, ohne Jofre anzusehen.

»Wartet«, rief Jofre. »Wenn Ihr auf die Vogeljagd geht, komme ich mit Euch.«

Osmond ergriff Narigorms Schulter und schob sie wie einen menschlichen Schild vor sich.

»Nein, ich kann die Netze mit Narigorm handhaben. Warum gehst du nicht mit der Schlinge in die Wälder? Wenn wir nicht viele Enten finden, werden wir einige Tauben oder Rebhühner brauchen können, und vielleicht fängst du auch einige Hasen. Das ergäbe eine gute Mahlzeit.«

Jofre schien Osmonds Verlegenheit nicht zu bemerken. Er nahm seinen Umhang. »Ich kann später mit der Schlinge jagen gehen. Die Ufer werden vereist und der Fluss angestiegen sein. Narigorm wird Euch nicht halten können, wenn Ihr ausgleitet. Ihr könntet beide davongespült werden. Es ist besser, wenn wir beide gehen, dann können wir aufeinander aufpassen.«

»Ich sagte nein«, fauchte Osmond.

Jofre zuckte bei seinem heftigen Tonfall zurück.

»Wir werden viel mehr Vögel fangen, Jofre, wenn wir von jetzt an getrennt arbeiten«, murrte Osmond und drängte Narigorm aus der Tür, bevor ein weiteres Wort fallen konnte. Jofre blieb in der Kapelle zurück.

»Anscheinend wurdest du sitzen gelassen, mein hübsches Mädchen«, sagte Zophiel gedehnt. Jofre ließ sich nicht anmerken, ob er erkannt hatte, dass er gemeint war. Er legte seinen Umhang wieder hin und trat zum Fenster, wo er gedankenverloren hinausschaute.

»Lasst ihn in Ruhe, Zophiel«, warnte ich leise. »Wir brauchen keinen weiteren Ärger.«

Zophiel ignorierte mich. »Welch ein Bild, eine Jungfrau steht mit gebrochenem Herzen am Fenster und sieht ihren Geliebten entschwinden. Du solltest ein Lied darüber schreiben, Jofre.«

Jofre wandte sich bei der Erwähnung seines Namens um.

»Habt Ihr etwas gesagt, Zophiel?«

»Ich bemerkte nur, welch tragisches Bild du abgibst. Die sitzen gelassene Jungfrau, die umsonst auf ihren Geliebten wartet. Aber andererseits bist du nicht wirklich eine Jungfrau, oder, Jofre? Du hattest vermutlich schon zahlreiche Geliebte.«

Jofre war zu sehr in Gedanken versunken, um den Feinheiten dieser Unterhaltung zu folgen, aber bei der Erwähnung der Geliebten errötete er leicht.

»Nicht so viele wie Ihr, Zophiel«, erwiderte er frech.

»Nein? Wie schade.« Zophiel streifte sorgsam etwas Schmutz von seinem Ärmel. »Dann ist es besonders schade, dass diese verheiratet ist.«

»Wenn Ihr von Adela sprecht, so habe ich – außer als Freundin – kein Interesse an ihr.«

Ich zuckte zusammen, weil ich erkannte, dass er Zophiel direkt in die Falle gegangen war.

»Nein, das dachte ich mir. Dein Geschmack richtet sich nicht auf Röcke, nicht wahr, Jofre? Ich habe sagen hören, dass manche Männer das Fleisch des Hahnes lieber mögen als die Brust der Henne. Ich persönlich finde es widerwärtig und ekelhaft. Denn, wie ich bereits sagte, welches Pech für dich, das dieser spezielle Hahn verheiratet ist. Wer weiß, ob du und dein *Meister* vielleicht …«

Jofre, der jäh verstand, wurde zornesrot. Er stürzte sich mit erhobenen Fäusten auf Zophiel.

Zophiel wich ihm lachend aus.

Ich trat zwischen sie. »Lass es sein, Jofre, siehst du nicht, dass er dich nur quälen will. Geh und bring deinen Zorn mit der Schlinge zu den Vögeln hinaus, wo er etwas nützen wird.«

Ich rollte seinen Umhang zusammen, drückte ihn ihm in die Arme und schob ihn zur Tür.

Als ich die Tür öffnete, rief Zophiel: »Ich fürchte, Euer Freund Osmond wird in Eurer Gesellschaft von jetzt an seine Kleidung anbehalten, Junge, aber wenn sich dein Geschmack auf Hähne richtet, könntest du auch ein wenig Schwan probieren. Er wäre bestimmt dankbar. Immerhin kann ein Verrückter wie er auch nicht viel erwarten.«

Ich brauchte all meine Kraft, um Jofre daran zu hindern, seine

Faust in Zophiels Gesicht zu rammen, etwas, wozu es mich auch selbst drängte.

Ich kehrte spät am Nachmittag mit einem halben Sack Bucheckern, Haselnüssen und Eicheln in die Kapelle zurück. Es hatte mehrere Stunden gedauert, das wenige, was ich hatte, zu sammeln, denn es hatten, der aufgewühlten Erde nach zu urteilen, entweder ein wilder Keiler oder heimische Schweine das Gebiet bereits nach Futter durchsucht. Es würde ewig dauern, die Bucheckern zu knacken, aber wir hatten an den dunklen Abenden kaum mehr zu tun, und sie konnten für Mehl getrocknet werden, wenn wir uns davon abhalten konnten, daran zu knabbern. Die Tür war nicht verriegelt, und ich war überrascht, die Kapelle leer vorzufinden, aber ich konnte Cygnus' Stimme von der Krypta unten heraufklingen hören. Es klang, als erzähle er Adela eine Geschichte, um sie zu unterhalten. Ich verriegelte die Tür zur Kapelle, bevor ich mich ihnen anschloss und die beiden in der Krypta um die Kohlenpfanne zusammengekauert fand. Sie lächelten, als ich den Raum betrat.

»Noch kein Anzeichen, Adela?«, fragte ich sie.

Sie schüttelte den Kopf.

»Es wird zu gegebener Zeit kommen. Seid dankbar dafür, dass Ihr Euch jetzt ausruhen könnt, denn wenn das Baby kommt, werdet Ihr jahrelang keine Minute mehr Frieden haben.«

Cygnus erhob sich und zog den purpurfarbenen Umhang um seine Schultern. »Wenn Ihr Adela Gesellschaft leisten würdet, Camelot, könnte ich nach Xanthus sehen.«

»Ich sollte besser mit Euch hinaufgehen und die Tür hinter Euch wieder verriegeln. Zophiel wird wütend sein, wenn er zurückkommt und sie offen und seine Kisten unbewacht vorfindet.«

Cygnus schlug sich eine Hand vor den Mund. »Ich habe die Tür nicht verriegelt, nicht wahr? So seid Ihr hereingekommen. Ich dachte an andere Dinge, und dann rief Adela von unten und …«

Ich verriegelte die Tür hinter Cygnus, wandte mich wieder um und sah mich in der Kapelle um, nur um mich zu überzeugen, dass, wie ich es Cygnus gesagt hatte, kein Schaden entstanden war. Ich überprüfte Zophiels Kistenstapel in der Ecke. Der Geruch der Meerjungfrau breitete sich im Raum aus, wie auch der Geruch der Meeresalgen sowie der bittere Duft von Myrrhe und Aloe. Ich hatte mich inzwischen so daran gewöhnt, dass er mir meist gar nicht mehr auffiel, aber manchmal überkamen mich bei dem Geruch unwillkürlich Erinnerungen – die Erinnerungen an den Tag, an dem sie den Kopf meines Bruders nach Hause brachten.

Es war Monate, nachdem die Nachricht kam, dass Accra gefallen war. Und in all diesen Monaten wussten wir nicht, ob mein Bruder tot war oder noch lebte. Er könnte, so erzählten wir einander, sogar gerade auf dem Weg zu uns nach Hause sein. Er könnte verwundet sein. Er würde irgendwo gepflegt, bis seine Kraft zurückkehrte, und dann würde er nach Hause gehumpelt kommen. Eines Tages, wenn wir es am wenigsten erwarteten, würde er durch die Tür treten. Das hofften wir weiterhin, bis wir an jenem Tag in den Sonnenraum gerufen wurden, die Urne vor meinem Vater auf dem Tisch stehen sahen und diesen Geruch wahrnahmen.

Ich hätte seinen Kopf nicht erkannt. Sein Gesicht war runzelig und dunkel wie Leder, die Wimpern und der Bart erschreckend weiß. Die Lippen waren zu einem schrecklichen Grinsen von den Zähnen zurückgezogen, die Augen zugepresst, als habe ihn etwas, was er gesehen hatte und nicht ertragen konnte, zu Tode erschreckt. Sie sagten, es sei sein Kopf, aber ich wollte es nicht glauben, bis ich die kleine Lücke in seinem linken Ohr sah, wo ein Jagdhund ihn als Junge gebissen hatte. Seltsam, wie uns am Ende nur unsere Narben kennzeichnen. Mein Vater hielt den Kopf zwischen seinen beiden Händen, als wäre mein Bruder wieder ein kleiner Junge, der zwischen seinen Knien stand, um seinen Segen zu empfangen. Er weinte nicht. »Nun kann ich meinen Sohn begraben«, sagte er nur.

Die Menschen verurteilten sie dafür, wisst Ihr, verurteilten die Ritter dafür, weil sie nicht ausgeharrt hatten. Obwohl Jerusalem vor vielen Jahren gefallen war, glaubten die Leute immer noch, solange wir Accra hielten, dass wir das Heilige Land eines Tages wieder einnehmen würden, aber als Accra dann fiel, versank mit der Stadt auch ein Traum. Das letzte Fünkchen Hoffnung war zerstört, und das konnten die Menschen den Rittern nicht verzeihen. Mein Vater war einer von ihnen, der sagte, die Ritter, die die Flucht ergriffen hatten, seien Verräter, hätten Christus und ihren König betrogen. Mein Vater sagte, es wäre ihm lieber, dass sein Sohn auf einem Schild heimkäme denn als Feigling. Wir baten ihn, das nicht zu sagen, aber er hatte es bereits ausgesprochen, und es war zu spät.

Glaubt ihr, dass Worte die Macht haben zu töten? Wer weiß, wohin sie gehen, wenn sie erst laut ausgesprochen wurden. Sie schweben davon wie Samen im Wind. »Sag nichts Böses«, pflegte mich mein Kindermädchen zu ermahnen, »denn kleine Dämonen lauern überall, nur um deine Worte zu fangen und dazu zu benutzen, die Spitzen ihrer Pfeile mit deren Gift zu bestreichen.« Mein Vater hatte sie ausgesprochen, und nun war mein Bruder tot.

Ich hörte Adela von unten ängstlich rufen.

»Ich komme«, sagte ich.

Ich blickte erneut zu den Kisten. Keine davon schien zu fehlen. Zumindest würde Zophiel nicht merken, dass Cygnus die Tür unverschlossen gelassen hatte. Ich wandte mich um, um zu Adela hinunterzugehen. Die durch das Fenster scheinende Spätnachmittagssonne sandte lange Lichtstreifen über den Steinboden. Staubschichten hatten sich angehäuft, seit die Kapelle erbaut worden war. Wir hatten uns nicht die Mühe gemacht, sie wegzufegen. Was hätte es auch für einen Sinn, wenn wir ständig Schlamm hereintrugen? Aber als ich mich nun umwandte, bemerkte ich etwas, was ich zuvor nicht gesehen hatte. Mehrere der Kisten waren bewegt worden, vorgerückt und dann wieder in ihre ursprüngliche Lage zurückgeschoben worden, was frische, fächerförmige Spuren im Staub hinterlassen hatte. Höchstwahrscheinlich hatte Zophiel sie selbst bewegt, bevor er zum Angeln gegangen war. Er überprüfte sie ständig, also hatte er sie heute Morgen zweifellos wieder überprüft. Ich war einen Moment versucht, eine der Kisten zu öffnen, bis ich draußen den Klang von Stimmen hörte, als Osmond und Narigorm zurückkehrten. Ich trat zur Tür, um sie zu öffnen.

Jofre kam zum Abendessen nicht zurück. Es hatte ihn den ganzen Tag niemand gesehen. Zophiel forderte unerbittlich, dass kein Essen für ihn übrig gelassen werden sollte, da er nicht einmal einen gerupften Sperling zum Mahl beigetragen hatte. Ich muss zugeben, dass niemand, nicht einmal Rodrigo oder die weichherzige Adela, allzu heftig protestierte, da wir so sehr froren und solchen Hunger hatten, dass ich bezweifle, ob wir selbst dann, wenn wir etwas Essen hätten aufbewahren wollen, hätten widerstehen können, seinen Anteil mit zu verzehren.

Als die Dunkelheit herniedersank, wurde die Luft kälter. Nun schichteten wir Holz auf die Kohlenpfanne und kauerten uns in unseren Umhängen darum. Das Holz war noch zu feucht, um gut zu brennen, und gab mehr Rauch als Hitze ab. Der unter uns hindurchrauschende Fluss schien lauter denn je. Manchmal hörten wir einen Zweig oder einen anderen Gegenstand schleifen, der vom rauschenden Wasser gegen die Säulen der Krypta gedrückt wurde. Der Stein verstärkte den Lärm, so dass es klang, als nage eine riesige Bestie an den Grundfesten der Kapelle.

Wir bereiteten uns gerade auf eine weitere, kalte Nacht vor, als wir den Wolf wieder hörten. Ein Wolfsheulen, gleichgültig wie oft man es hört, jagt einem immer einen Schauer über den Rücken. Adela schrie erschreckt auf, und sowohl Zophiel als auch Rodrigo sprangen auf.

»Ist die Tür noch verriegelt?«, fragte Zophiel scharf. »Es war niemand mehr draußen, seit ich sie heute Abend verschlossen habe?«

»Aber Jofre ist noch draußen«, sagte Rodrigo. »Er ist vielleicht gerade auf dem Heimweg. Das Heulen erklang von dem der Stadt zugewandten Ufer des Flusses. Jofre wird in Gefahr sein, und wenn er es ist, wird er … sich nicht verteidigen können.«

»Betrunken sein, meint Ihr«, sagte Zophiel. »Ja, ich fürchte, Ihr könntet recht haben. Wenn unser junger Freund getrunken hat, kann er sich nicht einmal mehr gegen einen räuberischen Hasen verteidigen, ganz zu schweigen von einem Wolf.« Der Gedanke schien ihn sehr zu befriedigen.

»Dann werdet Ihr mit mir gehen, um ihn zu suchen?«

Ich war erstaunt, dass Rodrigo das auch nur einen Moment lang glauben konnte, und es überraschte mich nicht, als Zophiel sich höhnisch weigerte. »Ihr denkt wirklich, ich würde meinen Schlaf opfern, um diesen betrunkenen kleinen Saukerl zu suchen. Geschieht dem Jungen recht, wenn er gefressen wird.«

Aber Zophiels Hände zitterten, und ich erkannte, dass er Angst hatte, mit einem umherstreunenden Wolf dort draußen in der Dunkelheit zu sein.

Wir hörten ein weiteres Heulen, erstarrten und lauschten. Adela schaute angstvoll zur Decke, als glaubte sie, der Wolf könne durch das Kapellenfenster über unseren Köpfen hereinspringen. Osmond zog sie fest an sich. Dieses Mal konnte nicht einmal er vorgeben, es sei ein Hund.

»Wölfe bewachen die Pfade der Toten«, sagte Narigorm plötzlich. Mein Magen verkrampfte sich. Narigorm kauerte unmittelbar außerhalb des Kreises des von der Kohlenpfanne ausstrahlenden, flackernden, gelben Lichts. Ihr Gesicht und Körper waren in den dunklen Schatten der Krypta verborgen, aber ihre Hände befanden sich im Lichtkreis, schwebten über den Runen. Nur drei Runen lagen vor ihr, nicht der ganze Satz. Ich konnte nichts anderes bei den Runen auf dem Boden erkennen – keine Muscheln, keine Kräuter, keine Federn. Ich hatte Narigorm oft genug beim Umgang mit den Runen zugesehen, um zu wissen, dass sie den Runen eine Frage stellte, wenn sie nur drei auslegte. Eine einfache Frage, aber die Antwort wäre nicht einfach, das wusste ich. Und war der Wolf die Frage oder die Antwort?

Zophiel durchschritt den Raum, ergriff das Handgelenk des Kindes und zog ihre Hand von den Runen fort.

»Was meinst du?«, fragte er mit gefährlich ruhiger Stimme.

Narigorm hob den Kopf. Zwillingsflammen spiegelten sich in den Pupillen ihrer Augen, wie in Eis brennendes Feuer. »Wölfe bringen die Geister der Toten nach Hause, gleichgültig wie weit sie gereist sind.«

Cygnus regte sich unbehaglich. »Ich habe diese Geschichte schon früher gehört. Meine Mutter erzählte mir immer, dass die Geister gerade Verstorbener die alten, geraden Wege bereisen, um zu ihren Vorfahren zurückzukehren. Wölfe bewachen die Wege, um sicherzustellen, dass die Geister der Toten nicht von Dämonen oder Hexen von den Wegen entführt werden. Meinst du das, Narigorm?«

Narigorm antwortete nicht, sondern saß nur reglos da und blickte zu Zophiel hoch. Mann und Kind sahen einander an, beide ausdruckslos. Zophiel wandte den Blick als Erster ab. Er ließ ihren Arm los, als wäre er gestochen worden, und machte auf dem Absatz kehrt.

Als wäre ein Zauber gebrochen, griff Rodrigo nach seinem derben Stock und seinem Umhang. »Ich werde Jofre suchen.«

Ich stützte mich auf meinen Stock, erhob mich steif und schlang meinen Umhang fester um mich.

»Ich werde mit Euch gehen, Rodrigo. Ich bin vielleicht zu alt, um noch hart zu kämpfen, aber zu mehreren ist es sicherer. Ein Wolf greift einen Menschen unter mehreren nicht an. Wer kommt noch mit?« Ich blickte zu Osmond, aber er mied meinen Blick beflissen und starrte auf den Boden.

Die Nacht war klar und frostig, jeder Stern in seinem schwarzen Bett hell und funkelnd. Der Mond war gerundet, aber noch nicht ganz voll, das würde er erst morgen sein. Aber er übergoss die Brücke mit opalblau schimmerndem Licht. Unter uns toste und wogte das Wasser. Das silberfarbene Mondlicht schimmerte auf seiner Oberfläche wie Schuppen auf dem Rücken eines riesigen Fisches.

Als wir die Brücke verlassen hatten, bog die Straße in die Dunkelheit ab und führte durch von Baumstümpfen übersätes Buschland. Rodrigo hatte eine Laterne mitgenommen, da es das Gesetz von denjenigen fordert, die tapfer oder töricht genug sind, nachts unterwegs zu sein – als Beweis dafür, dass unsere Angelegenheit ehrlicher Art war. Ein ehrlicher Mann, so sagt das Gesetz, wird offen umherwandern und nicht versuchen, seine Anwesenheit oder Identität zu verbergen. Aber was sagt das Gesetz über jene unehrlichen Menschen, die das Licht aus Meilen Entfernung sehen, das einen als Opfer geeigneten Reisenden ankündigt? Wer wird den Gesetzestreuen vor dem Gesetz schützen? Dennoch fürchtete ich den Wolf in jener Nacht mehr als den Menschen, und das Licht würde zumindest ihn im Zaum halten. Cygnus hatte sich uns tapfer angeschlossen, aber er sah sich unbehaglich im Gestrüpp zu beiden Seiten des Weges um, wo Schatten liefen und Zweige knarrten.

Plötzlich blieb Rodrigo abrupt stehen und deutete in eine Richtung. »Dort drüben«, zischte er. Ein Paar Augen, tief am Boden, leuchteten im Flammenschein. Einen Moment bewegten weder wir noch das Tier uns, dann wandte es den Kopf und entschlüpfte. Wir erblickten kurz einen roten, buschigen Schwanz und atmeten erleichtert auf. Ein Fuchs, nur ein Fuchs. Wir gingen weiter. Unsere Augen und Ohren schmerzten bald vom anstrengenden Schauen und Lauschen auf ein Zeichen des Wolfs, aber da war keines.

Es war auch kein Zeichen von Jofre zu sehen, obwohl die Abendglocke in der Stadt schon vor einer Stunde geläutet hatte. Wir erreichten das Stadttor. Wie wir erwartet hatten, war das Tor in dem hölzernen Pförtnerhaus, das die Straße überspannte, fest geschlossen.

Ich klopfte mit meinem Stock an das Tor. Eine kleine, vergitterte Klappe darin öffnete sich und offenbarte den Kopf eines Nachtwächters.

»Was wollt Ihr?«, grollte er.

»Wir sind auf der Suche nach einem Jungen.«

»Geschmäcker gibt's.«

Ich ignorierte die Bemerkung. »Dieser Mann ist der Meister des Jungen. Er ist gekommen, um ihn nach Hause zu holen.«

»Die Tore sind für die Nacht geschlossen.«

Ich steckte dem Wächter durch das Gitter eine Münze zu. »Für Eure Unannehmlichkeiten.«

Das schien ihn zu überzeugen, und die kleine Tür im Haupttor schwang auf.

Wir gingen die Hauptstraße entlang, in der Hoffnung, dass wir Jofre aufs Tor zugehen sehen würden. Unter dem gelb-orangen Schein der Nachtfackeln wirkte die Stadt verwahrlost. Die meisten der Häuser waren dunkel und die Fensterläden geschlossen, aber trotz des Abendläutens waren noch immer Menschen unterwegs. Die Tavernen hatten noch geöffnet, und hin und wieder strömte eine Gruppe Zecher auf die Straße hinaus.

Wir gelangten vor das Gasthaus zum *Roten Drachen*. Es war hell erleuchtet, und raues Lachen erklang von innen. Wie schlimm die Menschen auch dran waren, so waren doch viele entschlossen, das Beste aus dieser Weihnachtszeit zu machen, welche Gerüchte über die Pest auch immer kursierten – oder gerade deswegen.

Die Tür des Gasthauses wurde geöffnet, und ein Mädchen schüttete einen Eimer Schmutzwasser auf die Straße. Wir sprangen zurück.

»Vorsichtig, Mädchen«, schrie ich. »Pass auf, wo du das hinschüttest.«

Sie schaute auf. Es war dasselbe Dienstmädchen, das wir schon an dem Tag, an dem wir hier vorüberkamen, vor dem Gasthaus gesehen hatten.

»Ich bitte um Verzeihung, Sirs …« Plötzlich lächelte sie, als sie uns wiedererkannte. »Seid Ihr nicht die Gentlemen, die vor wenigen Tagen mit einem Wagen hier vorbeikamen?« Sie stellte den Eimer ab und zupfte vorne an ihrem Kleid, sodass noch mehr ihrer üppigen Brüste sichtbar wurde. »Seid Ihr diesen alten Geizhals losgeworden, der das Pferd führte, ja? Lächelt er jemals? Wenn Ihr Euch gut unterhalten wollt, seid Ihr hier am richtigen Ort. Kommt mit mir hinein, Sirs. Wir werden uns um Euch kümmern.«

Ich trat einen Schritt vor. »Vielleicht ein anderes Mal, aber im Moment suchen wir den jungen Burschen, der bei uns war. Ich weiß nicht, ob Ihr Euch an ihn erinnert. Schlank, dunkelhaarig und braunäugig.«

»Ich erinnere mich gut an ihn. Kam vor ein paar Abenden wieder her. Ein gut aussehender Junge mit guten Manieren, und auch freundlich. Er könnte jederzeit mein Bett teilen, und das würde ich nicht über viele Männer sagen. Aber er hatte kein Interesse daran, wenn Ihr versteht. So ist es immer mit den gut Aussehenden, entweder sind sie Mönche oder einfach anders.«

»Habt Ihr ihn heute Abend gesehen?«

»Vielleicht.«

Ich tastete nach meiner Geldbörse. Rodrigo erkannte, was nötig war, und bot ihr eine Münze dar. Das Mädchen nahm sie mit leichtem Nicken an und steckte sie in ihr Mieder.

»Er ist im Badehaus.« Sie ergriff Rodrigos Arm und zog ihn ein Stück die Straße hinauf, bis wir zum Eingang einer düsteren Gasse gelangten. »Dort vorne, das zweite Haus rechts. Ihr werdet das Schild sehen.«

»Seid Ihr sicher, dass er dort ist?«

»Ich bin sicher. Jemand im *Roten Drachen* sah ihn hineingehen. Genauer gesagt, sahen sie, mit wem er hineinging.« Ihr Lächeln schwand, und sie ergriff erneut eindringlich Rodrigos Arm. »Holt ihn so schnell wie möglich dort heraus. Er ist ein netter Junge, und es wäre schade, wenn sein Gesicht zerstört würde.«

Rodrigo wirkte alarmiert. »Ihr glaubt, jemand will ihn verletzen? Warum?«

»Hört mal, wenn jemand fragt, habe ich nichts gesagt, in Ordnung?«

Wir nickten.

»Neulich Abend, als er mit den Mummenschanz-Leuten hereinkam, freundete er sich mit einem unserer ortsansässigen Jungen an, und mehr als das, wenn Ihr versteht, was ich meine. Wenn sich Euer Junge mit jemand anderem eingelassen hätte, würde es niemanden kümmern, aber Ralph bedeutet Schwierigkeiten. Sein alter Herr ist Meister der Gilde der Metzger. Er besitzt viele Häuser in der Stadt, hat die Finger in vielen Töpfen und würde sie in noch mehr stecken, wenn er es könnte. Vermutlich weiß er, wozu sein Sohn neigt, er muss es wissen, aber er will es nicht wahrhaben. Er hat eine Heirat zwischen Ralph und der Tochter eines Barons arrangiert, dem ein Dutzend Farmen hier in der Gegend gehören. Ihr seht also, dass sie gut zueinander passen würden. Der Baron züchtet die Tiere, der Metzger schlachtet sie. So bleibt aller Profit in der Familie, besonders da das Mädchen das einzige Kind des Barons ist.

Das Problem ist nur, dass der Baron Enkelkinder will, viele, und er will einen Schwiegersohn, der dafür sorgt, dass sie kommen. Wenn der Vater des Mädchens vor der Hochzeit Wind davon bekommt, dass etwas falsch läuft, wird es nur allzu schnell vorbei sein, und Ralphs alter Herr wird es nicht allzu freundlich aufnehmen. Glaubt mir, Ihr wollt Euren Jungen von Ralph fortbringen, bevor sein alter

Herr Wind davon bekommt, das heißt, wenn er nicht bereits davon weiß.« Sie sah sich besorgt um. »Es gibt hier viele, die ihm etwas schulden und es vielleicht mit ein wenig Tratsch gutmachen wollen.«

Wir dankten ihr und wandten uns der schmalen, kleinen Gasse zu, die sie uns gezeigt hatte. Das Bordell war durch das Schild eines Badehauses über der Tür nur allzu leicht zu finden. Die Frau, die uns einließ, war freundlich, bis sie erkannte, dass wir nicht zum Baden gekommen waren, und uns sagte, dass wir verschwinden sollten. Aber als wir Jofre beschrieben, änderte sich ihre Haltung, und sie schien fast dankbar für unser Erscheinen.

»Ja, nun, Ihr solltet ihn am besten von hier fortbringen. Ich will keinen Ärger.« Sie deutete mit dem Kopf auf einen der Räume. »Er ist dort drinnen.«

Wir traten ein. In dem Raum war es heiß und dunstig und roch nach nassem Holz, vom reinen Duft von Thymian, Lorbeer und Minze überdeckt. Drei große hölzerne Badezuber standen in einem Kreis in der Mitte des Raumes, mit dreieckigen, hölzernen Überdachungen darüber, um die Badenden vor Zug zu schützen und den Dampf darinnen zu halten. Der Besitzer des Badehauses sorgte offensichtlich gut für seine Gäste, denn die Badezuber waren mit Leinen ausgeschlagen, um Splitter zu vermeiden. Zwischen den Zubern befanden sich mehrere kleine Tische. Krüge mit Ale und Wein und Platten mit gebratenem Fleisch, Käse, eingelegtem Gemüse und in Honig haltbar gemachtem Obst standen in müheloser Reichweite der Badenden. Ich spürte, wie mein Magen vor Hunger knurrte.

Wir kannten die beiden jungen Männer und das Mädchen in dem der Tür gegenüberstehenden Zuber nicht. Sie steckten bis zum Hals in dem heißen, mit Kräutern versetzten Wasser, bis auf Tücher um ihr Haar nackt. Ich sehnte mich danach, es ihnen gleichzutun. Der Gedanke daran, meine kalten, schmerzenden Glieder eine Stunde lang in einem Zuber von Wärme durchdringen zu lassen, erschien mir wie der Himmel. Es war Jahre her, seit ich das hatte tun können. In einem heißen Zuber zu schmoren, ist eine der vielen Wonnen, die ich aufgeben musste.

Die Gäste in den anderen beiden Zubern wurden von den Überdachungen abgeschirmt. Wir traten vor. Einer der jungen Männer, der uns erblickte, hob die Hände.

»Hier ist alles besetzt. Versucht es in den anderen Räumen.« Dann, Rodrigo angrinsend: »Euch können wir jedoch immer dazwischenquetschen.«

Rodrigo erwiderte barsch: »Ich bin nicht zum Baden gekommen. Ich suche meinen Schüler.«

Aus dem dritten Zuber erklang ein jähes, heftiges Platschen, als hätte sich jemand erschrocken.

Ich trat herum. Es befanden sich nur zwei Menschen in diesem Zuber, ein junger Mann, der einige Jahre älter und auch stämmiger war als Jofre. Obwohl sein Haar von einer wenig schmeichelhaften Leinenhaube verdeckt war, war er ein gut aussehender junger Mann mit haselnussbraunen Augen, einem kantigen Kinn und vollen Lippen, Osmond auf vielerlei Arten nicht unähnlich. Der andere in dem Zuber, der sich so weit unter die Überdachung zurückzog wie möglich, war Jofre, die Augen vor Schreck geweitet.

Angesichts der Warnung des Dienstmädchens erkannte ich, dass wir dies so schnell und unauffällig wie möglich bewerkstelligen müssten. Es war wichtig, dass Rodrigo nicht die Beherrschung verlor, nicht hier.

Ich wandte mich ihm zu. »Geht und lasst eines der Dienstmädchen seine Kleider bringen.«

Rodrigo zögerte, aber Cygnus begriff die Situation sofort und führte ihn davon.

Ich wandte mich wieder Jofre zu. »Komm, Junge, trockne dich ab. Die Abendglocke hat längst geläutet. Wir müssen vor dem Wachwechsel zum Tor zurückgelangen.«

Aber Jofre, nach seinem anfänglichen Erschrecken nun aufmüpfig, war nicht in der Stimmung, ruhig mitzukommen. »Warum sollte ich?«

Sein Gesicht war gerötet, was offenbar ebenso an dem halb geleerten Krug Wein auf dem Tisch wie an der Hitze des Bades lag.

Der andere Bursche, von dem ich annahm, dass er Ralph sein müsse, legte einen Arm wie beiläufig um Jofres nasse Schultern.

»Er muss nicht gehen. Er kann die Nacht über in der Stadt bleiben.«

»Er ist Lehrling eines Meisters, und sein Meister befiehlt ihm zu gehen. Er ist durch das Gesetz verpflichtet, ihm zu gehorchen. Wie Ihr, Ralph, dazu verpflichtet seid, den Wünschen Eures Vaters zu gehorchen.«

Er wirkte bestürzt darüber, dass ich seinen Namen kannte.

»Und was, Sir, hat mein Vater mit Euch zu tun?«

»Überhaupt nichts, und ich würde es gerne dabei belassen, damit wir alle mit heiler Haut davonkommen. Wenn Euch irgendetwas an Jofre liegt, werdet Ihr ihn auffordern, nun zu seinem eigenen Besten, wenn nicht zu Eurem, zu gehen.«

Als Rodrigo und Osmond mit seiner Kleidung in den Raum zurückkehrten, hatte Jofre sich inzwischen überreden lassen, schwankend aus dem Zuber zu klettern, und versuchte gerade, sich eigenhändig abzutrocknen. Dann ließ er sich von dem Dienstmädchen ankleiden. Als das Mädchen fertig war, warf Jofre mit der Unbekümmertheit eines jungen Lord eine Handvoll Münzen auf den Tisch. Er sah Rodrigo finster an, beugte sich dann über den Zuber und küsste Ralph leidenschaftlich und herausfordernd auf den Mund, bevor er sich schließlich hinausführen ließ. Ich wollte mich schon wundern, woher er das Geld hatte, aber dies war nicht der richtige Zeitpunkt, ihn danach zu fragen, denn als wir in die Gasse hinausgelangten, glaubte ich, in wenigen Metern Entfernung einen Mann an der Mauer eines Hauses lehnen zu sehen, der uns beobachtete. Ich umfasste fest meinen Stock, aber als wir die Stelle erreichten, war niemand mehr zu sehen. Ich ärgerte mich über mich selbst, dass mich Schatten erschrecken konnten, doch je rascher wir aus der Stadt herausgelangten, desto erleichterter wäre ich.

Jofre ging zwischen uns, nach der Hitze des Bades in der frostigen Nachtluft zitternd. Er war still, und ich betete dafür, dass Rodrigo klug genug war, seine Zunge ebenfalls im Zaum zu halten, zumindest bis wir wieder sicher in der Kantorei saßen. Es gab an diesem Ort zu viele dunkle Gassen und lauernde Schatten, um Aufmerksamkeit auf sich ziehen zu wollen. Rodrigo und Cygnus sahen sich auch nervös zu jeder Gruppe von Männern um, die an uns vorübergingen, aber niemand focht uns an, und schließlich sahen wir das Stadttor vor uns.

Der Wächter streckte eine Hand nach einer weiteren Münze aus, bevor er das Tor öffnete. »Also habt Ihr den jungen Bengel gefunden? Bringt ihn nach Hause, um ihm eine Tracht Prügel zu verabreichen, ja?« Er kicherte zufrieden. »Dies wird dir noch leidtun, Junge.«

Ich spürte, wie sich Jofre neben mir anspannte, und flüsterte: »Halt den Mund«, während ich ihn durch das Tor schob. Erleichtert atmete ich in tiefen Zügen die saubere, kalte Nachtluft ein. Nun brauchten wir uns nur noch um den Wolf zu sorgen.

Kapitel 18

GEBURT UND TOD

Der folgende Tag war der 28. Dezember, Childermas, nach dem Tag benannt, an dem die heiligen Unschuldigen massakriert wurden, sowie nach dem Tag, an dem Judas Ischariot geboren wurde, dem unseligsten Tag des Jahres, wie es hieß. Der Tag wurde für so unselig gehalten, dass man sich nicht auf eine Reise wagte oder auf dem Markt mit Waren handelte oder irgendein Tier kaufte, denn es hieß, was man am Tag des Childermas begänne, würde niemals beendet. Und dieses spezielle Childermas schien seinem schlechten Ruf offenbar gerecht werden zu wollen.

Der Tag begann nicht schlechter als jeder andere. Es war uns gelungen, Jofre ohne Zwischenfall oder Wortwechsel, und dankenswerterweise auch ohne dem Wolf zu begegnen, in die Kantorei zurückzubringen. Rodrigo drängte Jofre sofort in die Krypta hinunter, ohne Zophiel Zeit zu lassen, mehr als »Also hat der Wolf ihn nicht gefressen. Wie schade« zu sagen.

Rodrigo selbst hatte auf dem ganzen Heimweg kein Wort zu Jofre gesagt. Die kalte Luft und die lange Wanderung ernüchterten Jofre rasch, und er blickte mehrmals besorgt zu Rodrigo, als wolle er seine Stimmung ergründen, sich schmerzlich der Tatsache bewusst, dass Rodrigos Schweigen gefährlicher war als sein Zorn. Als wir die Krypta erreichten, wandte sich Jofre, der eindeutig eine Konfrontation erwartete, mit herausfordernder Miene an Rodrigo, aber Rodrigo sagte schlicht: »Es ist spät, Jofre, geh schlafen.« Dann wandte er sich seiner eigenen Schlafstelle zu und legte sich ohne ein weiteres Wort nieder.

Jofre stand einen Moment verblüfft da und rieb sich wie abwesend die Kehrseite, und dann legte er sich ebenfalls in seiner Ecke nieder und barg das Gesicht in seinem Umhang.

Aber welche Strafe auch immer Jofre gefürchtet hatte, spürte ich, dass Rodrigo dieses Mal nicht zornig war. Jofres Trinken und Spielen, seine Weigerung zu üben und die Verschwendung seines Talents – all diese Dinge machten Rodrigo zornig, aber nicht dies, er warf Jofre dies nicht vor. Er hatte schon lange gewusst, dass es unausweichlich war, und er fürchtete um ihn.

Das Frühstück war eine bedrückende Angelegenheit. Wir hatten nur eine dünne Brühe.

Jofre hatte sich bemüht, die Blicke aller zu meiden, und jetzt, bevor die anderen fertig waren, nahm er hastig seine Tasche und seine Schlinge auf.

»Ich gehe jagen«, murmelte er vor sich hin. »Ich bin vor Einbruch der Dunkelheit zurück«, fügte er mit einem nervösen Blick zu Rodrigo hinzu. Er eilte zu der zur Kapelle hinaufführenden Treppe, aber er kam nur bis zur zweiten Stufe.

Zophiel, der von der Kapelle herabkam, stieß Jofre so heftig in die Krypta zurück, dass er stolperte und stürzte. Er rappelte sich wieder hoch und hielt erneut auf die Treppe zu, aber Zophiel blockierte seinen Weg.

»Nicht so schnell, mein junger Freund. Ich verlange zuerst einige Antworten. Wohin bist du letzte Nacht gegangen?«

Rodrigo trat vor. »Er ist mein Schüler, Zophiel. Es geht Euch nichts an, wohin er gegangen ist.«

»Ich denke, es geht mich sehr viel an, Rodrigo, da es mein Geld war, das er ausgegeben hat.«

»Ihr habt ihm Geld gegeben?«

»Ich *gab* ihm keines, Rodrigo. Jofre hat es gestohlen.«

Rodrigo wandte sich betroffen zu Jofre um, der Zophiel mit geweiteten Augen ansah. Leichte Röte überzog Jofres Gesicht, obwohl man unmöglich sagen konnte, ob Wut oder ein Schuldgefühl die Ursache dafür war.

»Ich dachte, wir würden bereits alle Laster Eures Schülers kennen

– Trägheit, Trunkenheit, Glücksspiele, *Unzucht.*« Er spie das letzte Wort hervor. »Aber nun scheint es, als müssten wir dieser ständig länger werdenden Liste noch das Stehlen hinzufügen. Nun, Junge, ich frage dich erneut: Wohin bist du letzte Nacht gegangen?«

»Ich habe nichts gestohlen«, sagte Jofre durch vor Zorn zusammengebissene Zähne.

Zophiel trat einen Schritt näher. »Also können wir der Liste jetzt noch Lügen hinzufügen?«

»Jofre stiehlt nicht«, sagte Rodrigo bestimmt.

Zophiel hielt seinen kalten Blick fest auf Jofres Gesicht gerichtet. »Ich bemerke, Rodrigo, dass Ihr es klug vermeidet zu sagen: Er lügt nicht. Vielleicht kennt Ihr Euren Schüler nicht so gut, wie Ihr glaubt. Hat er Euch zum Beispiel jemals erzählt, dass er bei einer Wette, auf der er bestand, um mir zu zeigen, wie klug er wäre, eine volle Geldbörse an mich verlor? Er war sehr darauf bedacht, dass Ihr es nicht herausfinden solltet. Vielleicht dachte er, er könnte mich bestehlen, um den Verlust wieder wettzumachen.«

Jofre reckte sein Kinn und sah Zophiel finster an. »Ihr seid der Lügner, Zophiel. Ich habe Euch niemals Geld gestohlen.«

Zophiel lächelte ohne jeden Humor. »Nein, aber du hast etwas anderes gestohlen, nicht wahr, etwas, was du in diesem Rattenloch von Stadt für Geld verkaufen konntest.«

Er nahm einen kleinen Kasten unter seinem Umhang hervor. Er hatte ungefähr die Größe des Schmuckkastens einer Frau, nur dass dieser aus schlichtem Holz und mit Eisenbändern versehen war. Das Schloss war aufgebrochen worden. Er neigte den Kasten nach vorn. Ein Haufen Stroh segelte auf die Steinplatten.

»Leer, wie Ihr seht. Aber gestern Morgen war er nicht leer.«

Er warf den Kasten heftig in die Ecke, wo er krachend landete, sodass Adela erschreckt aufschrie.

Zophiel ignorierte sie, packte Jofre vorne am Hemd und trat dicht an ihn heran. »Wem hast du es verkauft, Junge? Antworte mir.«

Rodrigo schob Zophiel beiseite, ergriff Jofres Oberarme und drehte ihn zu sich herum. »In dem Badehaus – du hattest Geld. Woher hattest du es? Du hast wochenlang nichts verdient. Antworte mir, Jofre.«

Jofre versuchte vergebens, sich Rodrigos eisernem Griff zu entwinden. »Ich bin kein Dieb. Ich schwöre, dass ich Zophiel nichts weggenommen habe. Ich habe das Geld beim Wetten auf Hundekämpfe verdient. Ich habe es Euch nicht erzählt, weil ich wusste, dass Ihr zornig würdet. Aber ich habe es nicht gestohlen, das schwöre ich.«

Rodrigo betrachtete das Gesicht des Jungen einige Augenblicke forschend, ließ ihn dann los und schüttelte den Kopf, als wüsste er nicht mehr, was er glauben sollte. Jofre wich zurück und rieb sich die Quetschungen an seinen Armen.

»Also hast du es beim Wetten gewonnen, Jofre?«, fragte Zophiel mit jetzt frostigem Tonfall. »Ich gratuliere dir. Dein Glück muss sich gewandelt haben. Du hast noch niemals zuvor beim Wetten gewonnen. Du bist dabei genauso nutzlos wie beim Lügen. Also sage mir, Junge, woher hattest du das Wettgeld? Waren deine neuen Freunde so großzügig, dass sie dich umsonst mitwetten ließen, oder war der Wetteinsatz der Inhalt dieses Kastens? Hast du das als Wetteinsatz aufgebracht, Junge, mein Eigentum?«

»Ich habe Eure verdammten Kisten niemals angerührt.«

»Tatsächlich? Du weißt«, sagte Zophiel nachdenklich, »dass heute Weihnachten ist, oder?«

Jofre wirkte verwirrt.

»Als ich ein Kind war«, fuhr Zophiel fort, »hat unser Lehrer an Childermas jeden Jungen in der Schule ausgepeitscht, um sie an das Leiden der heiligen Unschuldigen zu erinnern. Es ist eine Schande, dass diese alten Bräuche aussterben.« Er drehte Jofre ohne Vorwarnung den Arm auf den Rücken und stieß ihn auf die Treppe zu. »Meine Peitsche ist oben. Vielleicht wird das deine Zunge lösen.«

Jofre, der sich nicht befreien konnte, wandte sich verzweifelt an Rodrigo. »Rodrigo, bitte, haltet ihn auf. Ich habe es nicht getan, ich schwöre es!«

Rodrigo stand mit gesenktem Kopf und verschränkten Armen da und konnte ihn nicht einmal ansehen.

Cygnus trat vor. »Wartet, Zophiel. Ich war es, es war mein Fehler.«

Zophiel fuhr herum, ließ Jofre aber nicht los. »Ihr habt mich bestohlen?«

Cygnus schüttelte den Kopf. »Nein, nein, ich schwöre, dass ich das nicht getan habe, aber ich habe die Tür der Kapelle gestern Nachmittag unverschlossen gelassen. Ich war abgelenkt. Ich vergaß, die Tür hinter Rodrigo zu verriegeln, als er hinausging, und dann kam ich hier herunter, um mit Adela zu sprechen, ließ die Kapelle unbewacht zurück. Ich erzählte ihr eine Geschichte, um sie zu unterhalten, und erst als Camelot zurückkam, erkannte ich, wie lange wir uns unterhalten hatten.«

»Du warst mit Cygnus allein!«, sagte Osmond scharf und wandte sich zu Adela um.

»Warum sollte ich nicht? Osmond, du weißt, dass das törichter Unsinn ist. Cygnus würde nicht …« Sie brach keuchend ab und klammerte sich Halt suchend an eines der Gestelle.

»Adela, geht es Euch nicht gut?«, fragte ich.

Aber Adela schüttelte den Kopf. »Es ist nichts. Ein leichter Krampf, nicht mehr.«

Zophiel ergriff erneut das Wort. »Camelot, stimmt das?«

Ich wandte mich ihm wieder zu und nickte. »Die Tür war unverschlossen, als ich zurückkehrte, und Cygnus und Adela waren hier unten. Ich fürchte, jedermann hätte hereinkommen und nehmen können, was auch immer gestohlen wurde. Was wurde denn gestohlen, Zophiel?«

Er ignorierte die Frage. »Ihr habt nicht daran gedacht, das zu erwähnen?«

Ich zuckte die Achseln. »Hier kommen so wenige Leute entlang, und ich konnte nicht erkennen, dass etwas fehlte, als ich mich umsah. Dem Staub auf dem Boden nach zu urteilen, schien es, als wären einige der Kisten verrückt worden, aber Ihr überprüft den Inhalt häufig selbst, Zophiel, wie Ihr es auch heute Morgen getan habt, sodass ich annahm, Ihr hättet sie selbst verrückt, bevor Ihr hinausgingt.«

Jofre wand sich in Zophiels Griff. »Seht Ihr. Jeder hätte eine Eurer kostbaren Kisten stehlen können, und ich war gestern Nachmittag nicht einmal in der Nähe der Kapelle. Ich war in der Stadt. Also lasst mich los!«

Er wand sich noch einmal heftig und konnte sich nun befreien. Er wandte sich um und sah Zophiel finster an.

»Entschuldigt Euch, Zophiel, entschuldigt Euch dafür, dass Ihr mich einen Dieb genannt habt.«

»Nicht so schnell, mein junger Freund. Camelot hat recht, hier kommen sehr wenige Leute entlang, und wenn es ein Gelegenheitsdieb gewesen wäre, warum hätte er dann den Inhalt einer Kiste nehmen sollen, die unter mehreren anderen stand? Warum nicht das Erste nehmen, was er ergreifen konnte, oder alles nehmen, und warum hätte er sich die Mühe machen sollen, alles wieder an seinen Platz zu rücken? Das kostet Zeit, und er hätte so schnell wie möglich hinausgelangen wollen, bevor er entdeckt würde. Nein, mein junger Freund, ich denke, du hast dich hierher zurückgeschlichen, die Tür unverschlossen und den Raum verwaist vorgefunden und hast die Chance genutzt, wohl wissend, dass niemand deine Anwesenheit in Frage stellen würde, wenn jemand von uns unerwartet zurückkäme. Du hast alles in der Hoffnung wieder an seinen Platz gerückt, dass ich den Diebstahl nicht sofort bemerken würde, sodass ich ihn nicht mit dir in Verbindung brächte. Und das hätte ich auch nicht getan, wenn Narigorm nicht zu mir gekommen wäre und mir erzählt hätte, sie habe in den Runen gelesen, dass mir etwas gestohlen wurde.«

Ich wandte mich um und sah Narigorm an, die so still wie eine Spinne in der Ecke kauerte. Sie schaute mit großen Augen unter ihren weißen Wimpern hervor, aber ihr Gesicht war ausdruckslos.

»Nein, mein junger Freund«, fuhr Zophiel fort, »was Cygnus mir erzählt, entlastet dich nicht. Es erklärt nur, wie du es getan hast.«

Er packte Jofre erneut, stieß ihn gegen die Wand und hielt ihn dort an der Kehle fest.

»Ich könnte dich zum Stadtbüttel bringen und dich hängen lassen, aber ich bin ein gnädiger Mensch. Ich werde dich nicht übergeben. Ich werde dich die Treppe hinaufbringen und dich auspeitschen, Junge, bis du die Wahrheit zugibst, selbst wenn ich dir die Haut vom

Rücken schälen muss. Sehen wir einmal, ob deine schwanzsaugenden Freunde dich dann immer noch so hübsch finden, oder?«

Jofre hob jäh sein Knie und erwischte Zophiel hart an den Hoden, sodass er rückwärts stolperte und stöhnend vornüber sank. Jofre schoss auf die Treppe zu, während Zophiel durch zusammengebissene Zähne zischte: »Dafür wirst du bezahlen, du kleiner Perversling.«

Jofre wandte sich mit Zornestränen in den Augen um.

»Rührt mich nicht an, Zophiel. Rührt mich niemals wieder an. Ich weiß alles über Euch. Ich weiß, was in Euren kostbaren Kisten ist. Und ich wette, auch andere würden gerne wissen, was Ihr darin versteckt. Ich brauche Euch nicht zu bestehlen, Zophiel. Ich kann einfach mein Wissen verkaufen. Das sollte eine Menge wert sein, nicht wahr?«

Zophiel erstarrte, alle Farbe war jäh aus seinem Gesicht gewichen. Jofre lief mühelos die Treppe hinauf. Wir hörten seine Füße auf dem Boden über uns und dann die Außentür zuschlagen. Das Geräusch schien Zophiel aus seiner Trance zu erwecken, und er taumelte zur Treppe und mühte sich hinauf, den steinernen Handlauf fest umklammernd. Erneut schlug die Tür oben krachend zu.

Bevor irgendjemand von uns ihnen folgen konnte, erklang hinter uns ein scharfer Schrei. Adela lehnte an der Wand und umklammerte ihren Bauch. Ein Platschen war zu hören, als eine Pfütze unter ihren Röcken hervorrann. Ich eilte zu ihr.

»Kommt, helft ihr, sich hinzusetzen«, schrie ich die entgeisterten Gesichter um mich herum an.

Adela schob unsere Hände fort. »Nein, nein.«

»Kommt schon, Adela«, sagte ich beruhigend. »Ihr solltet Euch freuen, dass das Kind endlich kommt.«

»Nicht heute. Es darf nicht an Childermas geboren werden. Das Kind wird verflucht sein.«

»Euer Fruchtwasser ist abgegangen, Adela. Es kommt, ob Ihr es wollt oder nicht. Das Beste, worauf Ihr hoffen könnt, sind lang anhaltende Wehen, so dass es erst nach Mitternacht geboren wird, aber das, mein Mädchen, würde ich niemandem wünschen.«

Ich wandte mich zu den anderen um, die bewegungsunfähig dastanden und schauten. »Osmond, Ihr solltet am besten bei Eurer Frau bleiben. Narigorm, wir werden Wasser brauchen, wenn das Baby kommt. Du solltest es besser jetzt holen. Später habe ich noch weitere Botengänge für dich. Cygnus, Rodrigo, Ihr könnt hier nichts tun. Ihr solltet besser versuchen, etwas Essbares für uns zu finden. Wie lange dies auch immer dauert, werden wir etwas zu essen brauchen, und von Jofre oder Zophiel können wir heute wohl nicht viel Hilfe erwarten.«

Ich trat zu meinem Bündel und nahm ein kleines, in ein Stück weiches Leder gehülltes Päckchen hervor. Ich führte Rodrigo und Cygnus nach oben, wo ich das kleine Bündel vor ihren Augen auswickelte. Darinnen lag ein verschrumpelter, geschwärzter Finger. Der Stumpf, wo der Finger abgetrennt wurde, war mit einer Kappe aus geprägtem Silber bedeckt, die mit kleinen Stückchen Türkis und Granat verziert war. Ich wickelte ihn wieder ein und gab ihn Rodrigo in die Hand.

»Bringt dies zur Stadt und versucht, es zu verkaufen.«

»Aber es muss kostbar sein. Ich kann dem nicht gerecht werden.«

»Ihr habt mir häufig genug beim Verkaufen von Knochen von Heiligen zugesehen, um zu wissen, wie man es macht. Außerdem wird Cygnus eine gute Geschichte dazu erfinden. Dieses Dienstmädchen im *Roten Drachen* wird wissen, wer interessiert sein könnte. Das Geld wird uns die Dienste einer Hebamme erkaufen. Es muss eine Frau in der Stadt geben, die diese Fähigkeit besitzt. Und dann gebraucht, was übrig ist, um alles Mögliche zu kaufen, was unseren Magen füllen wird. Dem Angebot in jenem Bordell nach zu urteilen, gibt es in dieser Stadt noch irgendwo etwas zu essen, und wir werden heute mehr als nur ein paar Stare brauchen. Wenn genug Geld da ist, dann bringt auch noch ein wenig guten, süßen Wein mit, denn Adela wird ihn brauchen, bevor der Tag vorüber ist.«

»Ich muss auch nach Jofre sehen«, sagte Rodrigo. »Wenn Zophiel ihn zuerst findet, wird er ihn töten.«

Cygnus grinste breit. »Dazu hat er keine Gelegenheit. Jofre ist halb so alt wie Zophiel, und er hatte einen Vorsprung. Außerdem hat er Zophiel einen harten Schlag verpasst. Das sollte ihn eine Weile behindern.« Seine Miene wurde besorgt. »Glaubt Ihr, Jofre weiß wirklich, was Zophiel in diesen Kisten aufbewahrt, oder hat er es nur einfach gesagt, um es Zophiel sozusagen heimzuzahlen?«

Ich sah Rodrigo an, und wir schüttelten beide den Kopf.

»Wie dem auch sei, er hat den Nagel auf den Kopf getroffen«, sagte ich. »Aber, Cygnus, wisst Ihr nicht, was darin ist? Neulich in der Furt wolltet Ihr uns gerade erzählen, dass Ihr etwas gesehen hättet.«

»Nicht richtig gesehen. Als ich mich während jenes Tages unterwegs im Wagen verbarg, wagte ich es nicht, mich zu bewegen, falls Ihr mich gehört hättet, und in der Nacht, als ich allein war und Ihr alle in der Hütte wart, war es viel zu dunkel, um etwas zu sehen. Ich gestehe, dass ich einige der Kisten zu öffnen versuchte, aber nur, weil ich etwas zu essen suchte. Ich war ausgehungert. Die meisten Kisten, bei denen ich es versuchte, waren verschlossen. Nur eine nicht, aber sie enthielt nur etwas, was sich wie eine kleine Tafel anfühlte, aber da kam Pleasance heraus, so dass ich keine Gelegenheit hatte, es noch mit den anderen Kisten zu versuchen. Es kam mir erst hinterher, als ich sah, wie besorgt Zophiel um seine Kisten war, seltsam vor. Bei der Meerjungfrau kann ich es verstehen, aber wen kümmert eine kleine Tafel? Ich bezweifele, dass sich ein Bedürftiger die Mühe machen würde, sie zu stehlen.«

Rodrigo runzelte die Stirn. »Aber Ihr sagtet, die Tafel befände sich in einer unverschlossenen Kiste. Das, was ein Mensch in einer verschlossenen Kiste aufbewahrt, ist ...«

Aus der Krypta erklang ein scharfer Schrei von Adela, und Osmond stürmte die Treppe herauf. »Kommt schnell, Camelot. Ich weiß nicht, was ich tun soll.«

»Noch könnt Ihr gar nichts tun. Haltet einfach ihre Hand, wenn die Wehen kommen.«

Rodrigo und Cygnus eilten zur Tür, als fürchteten sie, dass auch sie wieder hinunterbeordert würden. Erwachsene Männer, die kühn in die Schlacht ziehen, fliehen wie erschreckte Kaninchen, wenn sie mit den Gräueln eines Geburtszimmers konfrontiert werden.

Cygnus schloss die Tür hinter sich, öffnete sie dann wieder und streckte den Kopf noch einmal herein.

»Ich habe noch etwas vergessen, Camelot. Welchem Heiligen gehört dieser Finger?«

»Demjenigen, für welchen auch immer sie am meisten zu zahlen bereit sind. Aber übertreibt es nicht, nennt einen unbedeutenderen Heiligen, Cygnus, nicht den heiligen Peter. Das hieße, das Glück herausfordern.«

Es war ein langer Tag. Die Wehen kamen zunächst zögerlich, und Adela wollte sich nicht ausruhen. Sie streifte unruhig durch den Raum, murmelte Gebete und versuchte sogar, ihren Schmerz zu verbergen, als eine Wehe sie packte, als könne sie, indem sie den Schmerz leugnete, erzwingen, dass das Kind erst an einem glückverheißenderen Tag käme. Als die Wehen am Nachmittag rascher und stärker kamen, machten wir es Adela so bequem wie möglich, setzten sie auf die umgedrehte Hälfte eines Fasses, mit Bündeln unter den Armen. Wenn eine Wehe kam, schrie sie, und wenn sie nachließ, weinte sie. Osmond schritt entweder auf und ab oder umfasste fest Adelas Hände, als könne er das Kind aus ihr herauswringen. Er wirkte blasser und beunruhigter als sie, und seine Panik trug nicht gerade zu Adelas Beruhigung bei.

Er half mir widerwillig, sie bis auf ihr Hemd auszuziehen, schrak aber bei dem Vorschlag zurück, das Hemd anzuheben und ihren Rücken und ihr Gesäß zu massieren, um ihre Schmerzen zu lindern.

»Aber sie ist Eure Ehefrau«, belehrte ich ihn. »Ihr habt sie schon früher nackt gesehen.«

»Macht Ihr das«, sagte er und wich zurück.

»Aber sie will keinen alten Mann, sie braucht ihren Ehemann.«

Er schüttelte heftig den Kopf. Ein flüchtiger Ausdruck von Schuld und Abscheu überzog sein Gesicht, und in diesem Augenblick begriff ich, was ich wahrscheinlich tief drinnen schon seit vielen Wochen wusste. Nur der Vater oder der Bruder einer Frau würde so vehement davor zurückschrecken, zu einem solchen Zeitpunkt ihren nackten Körper zu berühren. Als Osmond durch dieses Fenster in Adelas Bett stieg, war er ihr nicht fremd gewesen. Ich wusste jetzt, warum er gefürchtet hatte, dass das Baby verflucht wäre.

Ich hatte keine Wahl. Ich tat, was ich konnte, und eine Weile schien es zu helfen. Aber bald half nicht einmal mehr die Massage. Die Wehen wurden stärker, und Adela bemühte sich zu pressen. Ich tastete zwischen ihre Beine und konnte den Scheitel des Babys fühlen. Adelas Haut war fest darum gespannt. Zumindest hatte das Baby die richtige Lage. Aber es kam bald, und es war noch kein Zeichen von Cygnus und Rodrigo mit der Hebamme zu sehen. Ich wusste, dass ich, wenn dies eine komplizierte Geburt würde, nicht die Fähigkeiten besaß, ihr zu helfen.

Ich versuchte nachzudenken. Es war viele Jahre her, seit ich bei der Geburt eines Kindes geholfen hatte, und ich versuchte mich verzweifelt zu erinnern, was die Hebammen damals getan hatten. Bruchstücke kehrten in meine Erinnerung zurück – ein Schilfrohr, um Mund und Nase des Babys abzusaugen, und etwas, um die Nabelschnur abzubinden. So viel erinnerte ich. Einige Fäden eines neuen, sauberen Tuches würden genügen, aber woher sollten wir neuen Stoff bekommen? Etwas, um das Kind einzuwickeln – das brauchten wir auch. Aber zuerst brauchten wir das Schilfrohr. Ich sagte Narigorm, sie solle zum Fluss hinunterlaufen, um hohle Schilfrohre zu suchen, aber sie schüttelte den Kopf.

»Pleasance hat schon Schilfrohre.«

»Pleasance ist nicht mehr hier, Narigorm«, fauchte ich verzweifelt. »Alles wäre gut, wenn sie hier wäre, aber das ist sie nicht. Nun geh bitte zum Fluss hinunter, wie ich es dir gesagt habe.«

Adela schrie auf, als sich ihr Bauch unter einer weiteren Wehe verkrampfte.

Narigorm sah sie einen Moment teilnahmslos an und sagte dann: »Das Schilfrohr ist in Pleasances Bündel. Sie hat schon vor Wochen alles für Adelas Baby bereitgelegt. Falls es früh käme, sagte sie.«

Ich wusste nicht, ob ich sie küssen oder schlagen sollte, weil sie das nicht schon früher gesagt hatte.

Pleasances Bündel enthielt nicht viel, nur mehrere Päckchen getrocknete Kräuter, einige Tiegel mit Salben, den Schlaftrank aus Mohnsirup, Unterkleidung und ein in Leinen gewickeltes Päckchen. Ich öffnete es und breitete den Inhalt aus: eine Rolle Wickelbänder, roter Faden, um die Nabelschnur abzubinden – rot für ein erstgeborenes Kind –, einige Schilfrohre, wie Narigorm gesagt hatte, und ein wenig Wasserdost, um die Mutter zum Niesen zu bringen. Da war auch ein Messer mit Buchstaben in einer Schrift darauf, die ich nicht kannte, sowie ein kleines Silberamulett in Form einer Hand mit den gleichen, in die geöffnete Handfläche eingravierten Buchstaben.

Der Nachmittag neigte sich dem Ende zu, als wir oben jemanden an die Tür hämmern hörten. Es war Cygnus, und er war allein. Er hievte einen Sack Bohnen von seinem Rücken, band eine Flasche Wein von seiner Taille und streckte erleichtert die Schultern.

»Es tut mir leid, Camelot, wir haben es bei allen Hebammen versucht, die das Dienstmädchen kannte. Sie sagten alle dasselbe. Eine Hebamme, die bei einer Geburt an Childermas hilft, bringt allen Geburten, die sie im kommenden Jahr begleitet, Unglück. Keine wollte mit uns kommen, was auch immer wir ihnen boten.«

Er senkte seine Stimme zu einem Flüstern. »Sie sagten auch, ein Kind, das an Childermas geboren würde, würde entweder sterben oder der Mutter das Leben nehmen. Sie könnten nicht beide überleben.«

»Weil sie nicht bei den Geburten helfen wollen, deshalb«, murrte ich ärgerlich.

Von unten erklang ein weiterer Schrei, und Cygnus zuckte zusammen. »Wie geht es voran?«

Ich schüttelte den Kopf. »Ich kann den Scheitel des Kindes fühlen, aber der Muttermund hat sich schon seit einiger Zeit nicht mehr weiter geöffnet. Ich fürchte, sie ist zu schmal für das Baby. Die Wehen sind stark, aber die Geburt geht nicht voran, und Adela ist erschöpft.«

Osmond stürmte die Treppe herauf. »Ist die Hebamme da?«

»Es kann keine kommen«, sagte ich ihm so ruhig wie möglich.

Er packte Cygnus am Hemd und schüttelte ihn. »Ihr solltet schon vor Stunden eine Hebamme holen. Was habt Ihr gemacht? Wollt Ihr, dass Adela stirbt? Seht Ihr gerne tote Frauen? Ist es das, was Euch erregt?«

»Halt, halt«, rief ich und schob Osmond beiseite. »Rodrigo und Cygnus haben ihr Möglichstes versucht. Keine Hebamme will eine Geburt an Childermas begleiten.«

Osmond wich zurück und kauerte sich an die Wand, den Kopf in die Hände gestützt. »Wie kann ich ihr das sagen? Sie ist bereits davon überzeugt, dass sie sterben wird.«

Ich sah mich hilflos in der Kapelle um, und dann fiel mein Blick auf das Gemälde der Maria Misericordia.

»Erinnert Ihr Euch, wie Adela am Weihnachtstag gesagt hat, sie zöge Trost aus dem Gedanken, dass Maria auf sie herabblicke? Vielleicht wird sie, wenn sie den Mantel Marias über sich sieht, daraus Kraft ziehen. Bringt sie hier herauf. Das Altarpodest hat genau die richtige Höhe als Geburtsstuhl.«

Adela schien tatsächlich ruhiger, als wir es schließlich geschafft hatten, sie die enge Wendeltreppe hinaufzubugsieren, aber sie lag in Wehen, und ihre Kraft schwand rasch. Wir setzten sie auf den Rand des Podests. Ihr Gesicht war bleich und ihr Hemd schweißgetränkt. Ich versuchte alles, woran ich mich erinnern konnte: warme Tücher auf ihren Bauch, sie zum Niesen bringen, um das Kind herauszupressen. Nichts davon half. Ich legte Pleasances Silberamulett in Form der Hand auf ihren Bauch und gab es ihr, als die Wehen erneut kamen, schließlich in die Hände. Sie drückte es so hart, dass es in ihre Hand einschnitt, aber der Muttermund war immer noch nicht weit genug geöffnet, um das Kind hindurchzulassen. Die Haut zwischen ihren Beinen war so angespannt wie eine Trommel.

Als die Dämmerung herniedersank, kehrte Rodrigo zurück. Er wirkte niedergeschlagen. Er hatte überall gesucht, hatte Jofre aber nicht finden können, aber wenn er ihn nicht finden konnte, dann konnte auch Zophiel es nicht. Jofre hielt sich klugerweise irgendwo versteckt, bis Zophiels Wut verraucht wäre. Letztendlich würde er zurückkommen, das tat er immer.

Rodrigo war entsetzt, als er sah, wie elend und schwach Adela war. Er zog mich beiseite. »Wir müssen das Baby holen. Sie kann nicht länger durchhalten.«

»Ich habe alles versucht, was ich wusste. Die Öffnung ist zu schmal, als dass das Kind hindurchgelangen könnte.«

»Dann muss sie geschnitten werden, zwischen den Beinen, um den Durchlass zu erweitern.«

»Habt Ihr das schon einmal gemacht, Rodrigo?«

Er schüttelte den Kopf. »Sie haben es bei meiner Frau gemacht, als sie in Wehen lag. Ich hörte ihre Dienstmädchen darüber reden. Ich habe es natürlich nicht gesehen.«

»Ich habe einmal dabei zugesehen, Rodrigo, aber man braucht eine geschickte Hand. Sie muss, wenn sie überlebt, genäht werden, sonst verblutet sie.«

»Das kann ich tun. Ich habe es schon einmal bei einer Wunde am Bein meines Bruders gemacht, vor langer Zeit. Es ist nicht dasselbe, ich weiß, aber was können wir sonst tun?«

Adela stöhnte erneut zitternd auf und wölbte den Rücken. Schweiß rann ihr Gesicht herab. Sie schrie nicht mehr. Sie hatte keine Kraft mehr dazu. Osmond wich stolpernd von ihr zurück, fuhr sich mit den Fingern durchs Haar.

»Was soll ich tun, Camelot? Dies ist alles meine Schuld. Ich hätte sie bei den Nonnen lassen sollen. Ich hätte nicht versuchen sollen, ihr zu helfen. Dort wäre sie zumindest sicher. Sie hätten ihr das Baby genommen, aber sie hätte überlebt.«

Ich schüttelte ihn. »Das reicht!« Dann fügte ich freundlicher hinzu: »Es nützt nichts, wenn Ihr Euch für Vergangenes die Schuld gebt. Wir müssen überlegen, was wir jetzt für sie tun können.«

Rodrigo sagte drängend: »Ihr müsst sie schneiden, Camelot, sonst verlieren wir sie beide. Ihr habt zumindest schon einmal zugesehen. Wo und wie lang der Schnitt angesetzt werden muss – von diesen Dingen verstehe ich nichts.«

»Sie schneiden!«, schrie Osmond und packte meinen Arm, aber ich schob ihn beiseite.

»Rodrigo wird es Euch erklären. Ich hole Pleasances Messer. Es ist sauber und scharf.«

Meine Hände zitterten, als ich zur Krypta hinunterstieg.

Narigorm saß neben der Kohlenpfanne, ihre Runen in drei in Holzasche auf dem Boden eingezeichneten Kreisen vor ihr ausgebreitet. Ich vermutete, wonach sie fragte, und ich sagte mir, dass ich die Antwort nicht wissen wollte. Ich nahm das Bündel mit den Dingen, die Pleasance bereitgelegt hatte, und ging durch die Krypta auf den Fuß der Treppe zu. Über mir konnte ich Adela stöhnen und die anderen beruhigend auf sie einreden hören.

Ich hielt inne, einen Fuß auf der Treppe, und sprach, ohne mich zu Narigorm umzusehen, leise in die Dunkelheit hinter mir.

»Werden wir bald wieder zu neunt sein?«

Es entstand ein so langes Schweigen, dass ich schon dachte, Narigorm hätte mich nicht gehört, aber als ich mich umwandte, um sie anzusehen, erwiderte sie meinen Blick. Ihre fahlen Augen glitzerten im Schein der Kohlenpfanne.

»Wenn eines hinzukommt, muss eines genommen werden«, sagte sie, als wäre dies schon vor langer Zeit beschlossen worden.

Dann wird Adela dies nicht überleben, dachte ich, und während ich meinen müden, schmerzenden Körper die Treppe hinaufhievte, wurde ich mir bewusst, dass meine Hände nicht mehr zitterten. Vielleicht war es die Gewissheit, dass Adelas Leben nicht mehr in meinen Händen lag, die mich plötzlich gelöst und ruhig machte.

Ich befahl Osmond, sich hinter Adela auf das Altarpodest zu setzen, sodass sie sich an ihn lehnen konnte. Adela hielt seine Hand und umfasste mit der anderen Pleasances kleines Silberamulett. Wir gaben ihr ein wenig Wein, den sie durstig trank, aber ich wollte ihr nicht mehr gestatten. Sie durfte nicht so benommen sein, dass sie nicht mehr pressen konnte. Zwischen ihren Beinen breiteten wir das Stroh aus, das Zophiel aus dem leeren Kasten auf den Boden der Kapelle geschüttet hatte.

Dann hob ich ihr Hemd an. Pleasances Messer war scharf und makellos. Ich schnitt die angespannte Haut schnell und sicher auf, von vorn nach hinten.

Dann schrie Adela. Blut floss über meine Hände und spritzte auf den Kapellenboden.

»Rodrigo, breitet Eure Hände über ihren Bauch aus. Wenn sie presst, drückt Ihr sanft, aber fest nach unten. Adela, jetzt pressen, pressen.«

Der Kopf glitt heraus, purpurfarben und von Adelas rotem Blut bedeckt. Rot für das Erstgeborene. Es gelang mir, einen Finger unter die glitschige Achsel des Kindes zu bugsieren.

»Noch einmal, Adela.«

Sie lehnte sich zurück, die Augen geschlossen. Sie stöhnte durch zusammengebissene Zähne und schüttelte den Kopf.

»Ihr könnt es tun, Adela. Ihr werdet es tun. Denkt an Maria, denkt an ihre Geburt, Ihr könnt es tun.«

Sie beugte sich vor, die Augen vor Schmerz und Konzentration zusammengepresst. Sie schrie, als ich zog und das Baby mit einem Schwall heißer Flüssigkeit, die sich über meine Knie ergoss, herausglitt. Es lag still quer über meinen Beinen, die Haut blau, die Augen geschlossen. Es war ein kleiner Junge. Er war perfekt, aber er bewegte sich nicht. Ich verbrachte das Schilfrohr nacheinander in beide Nasenlöcher und saugte den Schleim heraus, und dann tat ich dasselbe mit dem Mund. Aber das Baby atmete nicht. Ich nahm ein weiteres Schilfrohr und blies in beide Nasenlöcher – nichts. In den Mund – nichts. Adela versuchte sich aufzusetzen, rief nach dem Kind, aber Osmond hielt sie an sich gedrückt, den Kopf über ihren gesenkt, ihr Gesicht verdeckend. Die Übrigen sahen schweigend zu, während ich die purpurfarbene Nabelschnur mit dem roten Faden abband und durchtrennte.

»Massiert ihren Bauch, damit die Nachgeburt kommt«, sagte ich, während ich das Baby an den Knöcheln hochhob und ihm einen scharfen Klaps aufs Gesäß gab. Er schrie noch immer nicht. Das leblose Kind in meinen Armen bergend, trat ich rasch zum gegenüberliegenden Fenster.

Narigorm stand im Eingang und beobachtete mich. Ich wollte den Ausdruck auf ihrem Gesicht nicht sehen. Ohne Vorwarnung schwemmte heftiger Zorn über mich hinweg wie eine Woge. Ich konnte dies nicht akzeptieren, zuerst Pleasance, jetzt dieses Kind. Ich würde nicht zulassen, dass die Runen recht behielten. Ich würde nicht zulassen, dass Narigorm recht behielt. Ich wollte dieses triumphierende Lächeln auf ihrem Gesicht nicht sehen. Der Kopf des Säuglings hing schlaff über meinem Arm. Ich rieb sorgfältig seine Brust und Glieder, als könnte ich bis zu dem Leben, das unter der Haut lag, hindurchdringen und es befreien. Hinter mir konnte ich Adela weinen und immer wieder fragen hören, warum das Baby nicht schrie. Ich rieb noch fester und spürte plötzlich ein Zucken unter meinen Fingern, wie ein leichter Schluckauf, und dann erklang ein dünner, durchdringender Schrei. Ich blickte hinab. Die Brust des Säuglings bewegte sich, hob und senkte sich, und seine kleinen Fäuste schlugen um sich, als wäre er bereit, gegen die Welt anzukämpfen.

Sofort brach im Raum hinter mir Rufen und Lachen aus. Rodrigo schüttelte Osmond die Hand. Adela streckte die Arme aus, und ich legte das Kind auf ihre Brust. Er war von Blut und Schleim bedeckt, aber darunter begann sich die Haut rosa zu färben. Seine kleinen Fäuste öffneten und schlossen sich, als griffe er nach etwas, was wir nicht sehen konnten. Adela legte sich zurück, ein schwaches Lächeln auf den Lippen, aber ihr Gesicht war totenbleich und schweißbedeckt, und ich erkannte, dass sie heftig zitterte. Blut lief zwischen ihren Beinen hervor auf das Altarpodest und tropfte auf den Kapellenboden.

Ich schaute zu Narigorm zurück, die noch immer im Eingang stand. Hatte sie nach allem doch recht damit, dass eines genommen werden musste, wenn eines hinzukam? War Adela gerade dabei, ihr Leben für das ihres Sohnes zu geben? Ich schob Rodrigo beiseite und begann, fest ihren Bauch zu kneten.

»Cygnus, holt Decken. Rodrigo, Ihr müsst sie nähen, sobald die Nachgeburt gekommen ist.«

Ich riss Adelas Hemd vorne auf und legte das Baby an ihre geschwollene Brustwarze an. Man sagt, wenn das Baby saugt, hilft das, die Nachgeburt auszutreiben, aber das Kind war zu schwach, um saugen zu können. Nach einer scheinbaren Ewigkeit kam die Nachgeburt schließlich, aber das letzte Zusammenziehen ihres Bauches erforderte alle ihre verbliebene Kraft, und Adela schloss die Augen und sank in Osmonds Arme zurück. Das Silberamulett entfiel ihrer schlaffen Hand und landete klingend auf dem Boden des Altarbereichs.

Während Rodrigos geschickte Musikantenfinger nähten, nahm ich den Säugling, wusch ihn und wickelte ihn in die Tücher, die Pleasance vorbereitet hatte. Ich segnete sie dafür, und obwohl es zweifellos Blasphemie war, betete ich dafür, dass sie jetzt über Adela wachten, wenn die Toten etwas für die Lebenden tun könnten. Es war viele Jahre her, seit ich einen Säugling gewickelt hatte. Ich hielt das schlafende Kind vor mein Gesicht, nahm den süßen Geruch seines feuchten, dunklen Haars auf, spürte die warmen, kleinen Finger sich wie Rosenblätter um meinen rauen Finger schließen, beobachtete, wie sich der kleine Mund im Schlaf schürzte, als wälze der Säugling große Gedanken. Es war, als hielte ich meine eigenen kleinen Söhne wieder im Arm. Ich spürte ihr Gewicht, das freudige Erschaudern, als sie mir in die Arme gelegt wurden. Jeder so anders, und sich dennoch in die Wärme meiner Haut schmiegend, als wüssten sie, dass ich sie schützen könnte. Ich dachte an meine kleinen Söhne, und ich weinte zum ersten Mal seit Jahren.

Rodrigo berührte meine Schulter. »Ich bin fertig. Ich habe mein Bestes getan.«

Ich legte ihm das Kind in die Arme und trat zu Adela. Sie lag bleich und still in Osmonds Armen. Ihre Haut war kalt und bei Berührung klamm. Noch immer lief Blut zwischen ihren Oberschenkeln hervor. Ich presste ein Tuch zwischen ihre Beine, aber es war rasch durchweicht. Ich wusste nicht, wie ich den Blutfluss stoppen sollte. Ihr Leben zerrann zwischen meinen Fingern.

Cygnus berührte mich leicht an der Schulter. »Wartet, es gibt da etwas. Meine Mutter hat einmal …«

Und bevor ich ihn fragen konnte, was er meinte, war er schon auf die Tür zur Brücke zugelaufen. Es schien Stunden zu dauern, bis er zurückkehrte, aber in Wahrheit waren es wahrscheinlich nur wenige Minuten, lange Minuten, während denen ich das Tuch so fest gegen Adela presste, dass meine Finger schmerzten. Dann kam Cygnus mit einem Haufen hellgrünem, tropfendem Torfmoos zurück. Er wrang es aus und reichte es mir.

»Stopft das in sie hinein. Es wird das Blut stillen.«

Wir taten es. Das klare Wasser des Mooses vermischte sich auf den Steinen mit dem Blut. Als frisches Blut in die Pfütze spritzte, bildeten sich rätselhafte Formen und lösten sich wieder auf, bis schließlich keine Blutstropfen mehr fielen. Wir pressten ihre Beine zusammen, banden Cygnus' Gürtel fest um ihre Oberschenkel, damit sie

sie stillhielt, und drehten sie dann um, bis sie flach auf dem Altarpodest lag, blass und still wie eine marmorne Statue.

Osmond kniete sich neben Adela. Er hatte schließlich ihre Haube abgenommen, und ihr flachsfarbenes Haar klebte, feucht vom Schweiß, an ihrer Stirn. Jetzt erkannte ich, warum sie sich zuvor geweigert hatte, die Haube – nicht einmal im Schlaf – abzunehmen. Denn ihr Haar war darunter radikal gestutzt worden.

Osmond strich zärtlich über die armen, geschorenen Locken. »Sie wird wieder gesund, nicht wahr?«, flehte er, sein Gesicht ebenso gezeichnet wie Adelas.

»Cygnus bereitet ihr gerade heißen Glühwein. Ich habe ihm gesagt, er soll etwas Amaranth hineingeben, um die Blutung zu stoppen. Pleasance hatte ein wenig von den pulverisierten Blüten in ihrem Bündel. Wir werden versuchen, sie so weit aufzuwecken, dass sie ein wenig davon trinken kann, und sie dann eine Weile schlafen lassen. Wir sollten ihr besser hier auf dem Altarpodest ein Bett bereiten. Wenn wir sie zu bald bewegen, könnte die Blutung wieder einsetzen. Lasst mich bei ihr sitzen. Ihr geht und bewundert Euren Sohn. Ihr habt ihn noch nicht gehalten. Wie werdet Ihr ihn nennen?«

Aber Osmond erhob sich und taumelte ohne eine Antwort von dem Podest fort.

Rodrigo, Osmond und ich saßen die ganze Nacht hindurch abwechselnd bei Adela, tupften ihre Stirn ab und flößten ihr schluckweise Brühe und Kräuterwein ein. Wir erwärmten im Aschebehälter der Kohlenpfanne heiße Steine für ihre Füße und rieben ihre Hände, als die Nacht kälter wurde. Ich drückte und rieb ihre vollen Brüste, sammelte die dickflüssige, gelbe Milch in einer Schale und fütterte sie dem Säugling Tropfen für Tropfen von der Spitze meines Fingers.

Ich musste gegen Morgen eingeschlafen sein, denn als ich ruckartig erwachte, saß ich auf dem Kapellenboden neben Adela, den Kopf auf meine auf das Podest gestützten Arme gelegt. Ein perlweiß-rosiges Licht geisterte durch das Fenster. Unten brach ein quäkendes Wimmern die Stille, und als ich meine steifen Beine ausstrecken wollte, erwachte Adela und wandte sich dem Geräusch zu. Sie war blass, aber sogar im trüben Licht der Dämmerung sah ich sofort, dass wieder Leben in ihre Augen getreten war. Sie wollte unbedingt aufzustehen, um zu dem Kind zu gehen, aber ich drückte sie sanft wieder zurück.

»Wartet, ich bringe ihn Euch.«

Als ich mich herabbeugte, um das Kind in ihre Arme zu legen, lächelte Adela und berührte mit einer Fingerspitze seine flaumige Wange. Ich kauerte mich hinter sie und stützte ihre Schultern. Ich drehte das Kind in ihren Armen und half ihm, ihre Brust zu finden. Es schien zunächst nicht zu verstehen, aber als ich ihre Brustwarze sanft an seinen weichen, rosigen Lippen rieb, schloss es schließlich seinen Mund darum und begann zu saugen. Sie sank entspannt gegen mich, und auch ich empfand einige Momente diese unsagbare Freude, als ich wieder in das Gesicht eines saugenden Kindes hinabblickte.

Ich regte mich leicht, um den Schmerz in meinem steifen Rücken zu lindern, als ich etwas Metallenes auf den Steinen des Podests schaben hörte. Ich griff abwärts und hob die kleine Silberhand mit ihrer seltsamen Inschrift auf, Pleasances Amulett. Ich schaute zu der Madonna mit ihrem ausgestreckten Mantel hinauf und fragte mich, was von beidem Adela und ihr Kind beschützt hatte, die christliche Jungfrau oder das uralte jüdische Amulett. War es wichtig, worauf Adela vertraut hatte? Vielleicht hatte auch Maria ein jüdisches Amulett festgehalten, als ihr Sohn geboren wurde. Ich wusste nur mit Sicherheit, dass wir die Runen besiegt hatten. Die Runen, die Omen und die Hebammen hatten alle gelogen. Wir waren wieder zu neunt, und es war niemand genommen worden. Childermas war vorüber, und beide lebten.

Kapitel 19

EINER WIRD GENOMMEN

An der Tür der Kantorei erklang ein zögerliches Klopfen.

Rodrigo sprang sofort auf, pure Erleichterung im Gesicht. »Da ist endlich Jofre.«

Jofre war in der vorangegangenen Nacht nicht in die Kantorei zurückgekehrt. Niemand außer Rodrigo sorgte sich den Tag über wegen seiner Abwesenheit. Wir wussten, dass er, wenn er klug war, fernbleiben würde, bis Zophiels verletzte Hoden wieder etwas weniger empfindlich wären. Zophiel war selbst erst lange nach dem Abendläuten zurückgekehrt, und als er zurückkam, war er immer noch übler Laune.

»Habt Ihr Jofre eingeholt?«, fragte ich arglos.

Er sah mich finster an. »Er hat sich wie das Gesindel, das er ist, versteckt. Aber früher oder später wird er hier auftauchen müssen. Und wenn er das tut, werde ich dafür sorgen, dass er sich wünscht, niemals geboren zu sein.«

Aber unsere Sorge um Adela in dieser Nacht hatte alle anderen Gedanken verdrängt, sodass wir erst am nächsten Morgen erkannten, dass Jofre gar nicht zurückgekehrt war. Sobald die Morgenglocke aus der Stadt erklang, machte sich Rodrigo auf die Suche nach ihm. Ich wusste, woran er dachte. Hatte Jofre die Nacht mit Ralph verbracht, trotz der Warnungen zu Ralphs Vater? Die Jugend versteht Warnungen als Herausforderung, und er hätte leicht als Trotzreaktion Ralph aufsuchen können. Rodrigo suchte alle möglichen Schlupfwinkel ab, aber vergeblich. Selbst das Dienstmädchen im *Roten Drachen* hatte ihn nicht gesehen.

Es klopfte erneut, aber bevor Rodrigo die Tür erreichen konnte, streckte Zophiel eine Hand aus, um ihn aufzuhalten.

»Lasst Euch warnen, Rodrigo, die Angelegenheit mit dem Diebstahl ist noch nicht erledigt. Ihr seid der Meister des Jungen, daher werde ich Euch Zeit geben, die Wahrheit so aus ihm herauszubekommen, wie Ihr es für angemessen haltet, aber meine Geduld hat Grenzen. Wenn Ihr die Wahrheit nicht aufdeckt, werde ich es tun, und«, fügte er noch kälter hinzu, »da ist auch noch die Sache mit dem Angriff auf mich. Ich erwarte von Euch, dass Ihr ihn dafür ausreichend bestraft, oder ich werde von Euch, als seinem Meister, Wiedergutmachung fordern.«

Das Klopfen erklang erneut, dieses Mal drängender, und Rodrigo schob Zophiels Arm beiseite, trat zur Tür und öffnete sie. Aber es war nicht Jofre, der im Eingang stand, es war das Dienstmädchen aus dem *Roten Drachen*. Sie keuchte, und ihr Gesicht war, trotz der Kälte des Tages, gerötet und verschwitzt.

Sie zupfte Rodrigo am Ärmel. »Bitte … Sir«, keuchte sie, »Ihr müsst mitkommen. Euer Junge …« Sie deutete mit einem zitternden Finger in Richtung Stadt. »Sie fanden ihn … drei kleine Jungen fanden ihn … auf ihrem Weg zum Fluss.«

»Ist er verletzt? Ist er in Schwierigkeiten?«

Das Mädchen wandte den Blick ab.

Rodrigo ergriff ihr Handgelenk und wandte sie um. »Sagt es mir!«

»Bitte, Sir, ich … es tut mir leid, Sir, aber er ist tot.«

Rodrigo starrte sie verständnislos an. »Nein, er ist betrunken. Er weiß, dass ich böse sein werde, also bleibt er fort, bis er nüchtern ist. Aber er wird bald zurückkommen.«

Mitleid furchte das Gesicht des Mädchens. »Sir, er kommt nicht zurück. Sie fanden einen Leichnam.«

Rodrigo riss seine Hand fort. »Ihr irrt Euch. Er hat zu viel getrunken, und jetzt schläft er. Wie könnte er tot sein? Ich sprach gestern noch mit ihm. Er sagte, er wäre vor Einbruch der Dunkelheit zurück. Und ich sagte … das Letzte, was ich sagte …«

Rodrigo brach an der Wand zusammen und glitt hinab, bis er auf dem Boden kauerte, den Kopf in den Händen geborgen.

Osmond zog das Mädchen, das nun Tränen in den Augen hatte, herein und schloss die Tür hinter ihr. Er legte einen Arm um sie. »Erzählt uns, was geschehen ist.«

»Ich weiß es nicht genau, Sir. Meine beiden Neffen, sie sind noch kleine Jungen, gingen über die Gemeindewiese zum Fluss. Dann kamen sie zurückgerannt und sagten, sie hätten im Gebüsch einen Leichnam gefunden. Er sei blutbedeckt. Sie sagten, er sei …« Sie schloss die Augen und schüttelte den Kopf, als versuche sie, die Worte herauszubringen. Sie stand einen Moment da, den Mund krampfhaft in Bewegung, aber es kam kein Ton heraus. Dann schluckte sie schwer. »Einige Männer gingen hin, um nachzusehen. Und der Büttel schickte nach dem amtlichen Leichenbeschauer.«

»Habt Ihr den Leichnam gesehen?«, fragte ich.

Sie schüttelte den Kopf.

»Woher wisst Ihr dann, dass es Jofre ist?«

Sie schaute zu Rodrigo hinüber, der den Kopf anhob, einen Ausdruck der Hoffnung in den Augen.

»Einer der Männer erkannte ihn. Sagte, es sei der neue Bursche, der mit Ralph herumlungerte. Sie kennen Ralph alle, Sir.«

»Aber sie kennen Jofre nicht«, sagte Rodrigo. »Es ist irgendein anderer Junge.«

»Wo ist der Leichnam?«, fragte ich.

»Noch immer da, wo sie ihn fanden. Sie können ihn nicht fortbringen, bevor der Leichenbeschauer ihn nicht gesehen hat.«

»Dann werde ich gehen und ihn mir ansehen«, sagte ich. »Wenn er es ist, wird der Leichenbeschauer jemanden brauchen, der ihn kannte, um ihn zu identifizieren.«

»Aber es ist nicht Jofre.« Rodrigo kauerte noch immer auf dem Boden, wie ein in die Enge getriebenes Tier, irgendwo zwischen Hoffnung und Verzweiflung gefangen.

»Ich begleite Euch, Camelot«, sagte Cygnus.

Rodrigo wischte sich mit einer Hand heftig über die Augen und tat dann einen tiefen Atemzug. »Ich gehe. Er ist mein Schüler, meine Verantwortung. Ich werde gehen.«

Es war leicht zu erkennen, wo der Leichnam lag, denn ungefähr ein Dutzend Männer standen darum herum. Ein kleines Stück entfernt standen zwei kleine, zerlumpte Jungen bei einer Frau, die ihre Mutter sein mochte.

Einer der Männer löste sich aus dem Pulk, als wir uns näherten, und streckte die Arme aus, als wären wir Gänse, die verscheucht werden müssten. Das Dienstmädchen lief uns einige Schritte voraus und sprach leise mit dem Mann. Er schaute zu uns herüber, schürzte die Lippen, nickte dann widerwillig und winkte uns vorwärts.

»Eine üble Angelegenheit, eine üble Angelegenheit. Ella hier vermutet, dass er einer Eurer Jungen ist. Er ist kein schöner Anblick, aber Ihr solltet ihn Euch besser ansehen. Der Leichenbeschauer wird für seinen Bericht eine Identifizierung brauchen.«

»Ihr wartet hier, Rodrigo, ich gehe hin«, sagte ich.

»Nein, ich muss es sehen. Wenn er es ist, werde ich es erst glauben, wenn ich es mit eigenen Augen sehe.«

Auf ein Nicken vom Büttel hin teilte sich die Menge der Männer und ließ uns hindurch. Der Leichnam lag in einiger Entfernung von der Hauptstraße, durch Gestrüpp und Farnkraut vor Sicht geschützt. Jemand hatte den Leichnam mit einem alten Tuch abgedeckt, und der Büttel beugte sich nun herab und schlug es vom Gesicht zurück. Jofres dunkles, glänzendes Haar glitt von seiner Stirn und regte sich in der Brise wie von einem menschlichen Atemzug bewegt. Das Gesicht war unter der olivfarbenen Haut bleich und die Lippen blau. Ich dachte zuerst, das Gesicht sei schlammbedeckt, aber dann erkannte ich, dass es getrocknetes Blut war, das aus mehreren langen, tiefen Wunden geflossen war. Seine linke Wange und Schläfe wiesen eine große, purpurfarbene Quetschung auf. Seine Augen waren geöffnet und starr, einen Ausdruck elenden Entsetzens auf seinem Gesicht, was nicht verwunderlich war, denn an seinem Hals befand sich eine große, klaffende Wunde, wie ein zum Schreien geöffneter Mund. Ihm war die Kehle herausgerissen worden.

Rodrigo stieß einen gequälten Schrei aus und sank auf die Knie, seine Hände zu Jofres Haar ausgestreckt, als wolle er ihn trösten. Der Büttel packte ihn.

»Ich kann nicht zulassen, dass Ihr den Leichnam berührt«, sagte er und zog das Tuch wieder über Jofres Gesicht. »Ich muss auf den Leichenbeschauer warten.«

Drei Männer waren nötig, um Rodrigo fortzuziehen, aber plötzlich schien ihn sein Kampfeswille zu verlassen. Er lief taumelnd ins Gestrüpp, sank auf die Knie und erbrach sich. Dann saß er mit über den Kopf geschlungenen Armen da, wiegte sich und schluchzte in einer Sprache, die niemand von uns verstehen konnte.

Die Männer wandten sich verlegen ab.

Der Büttel betrachtete ihn einige Momente, bevor er unnötigerweise fragte: »Ist das dann sein Junge? Armer Tropf. Natürlich muss der Leichenbeschauer das befinden, aber ich vermute, dass es ein Wolf gewesen sein muss. Der Wächter sagte, er hätte während der letzten Nächte einen Wolf heulen hören. Ich hielt ihn für töricht und sagte ihm das auch. Es hat in dieser Gegend seit Jahren keinen Wolf mehr gegeben. Aber es sieht so aus, als könnte er doch recht gehabt haben.«

Er schaute auf, als sich das Dienstmädchen näherte.

»Meine Schwester möchte ihre kleinen Jungen jetzt nach Hause bringen. Sie frieren, und sie haben Hunger. Sie sind schon seit Stunden hier.«

Der Büttel schüttelte den Kopf. »Du kannst nach Hause gehen, wenn du willst, Ella, aber ich habe es deiner Schwester gesagt, und dir sage ich es jetzt auch: Sie haben den Leichnam gefunden, daher sagt das Gesetz, dass sie hierbleiben müssen, bis der Leichenbeschauer sie befragt hat.«

Also warteten wir. Einige der Männer zündeten murrend ein Feuer an, setzten sich darum herum, sprachen leise miteinander und tranken die großzügigen Mengen Ale, die Ella mitgebracht hatte, auf Kosten der Stadtkasse. Die kleinen Jungen, die sich still an ihre Mutter lehnten, lebten auf, als man ihnen ein Stück Käse und eine Zwiebel gab. Rodrigo saß ein Stück von uns entfernt und starrte zu Boden. Cygnus ging zu ihm hinüber. Er versuchte nicht mit ihm zu sprechen, sondern saß nur da, damit Rodrigo wüsste, dass er nicht allein war.

Der Nachmittag schritt voran. Es war bitterkalt. Ein rauer Wind kam auf, und das Tuch über Jofres Körper bauschte sich, als wolle sich der darunter verborgene Leichnam erheben. Zwei Männer gingen hinüber und beschwerten es mit Steinen. Am Himmel zogen zwei Milane auf Futtersuche träge Kreise, ihre Schwingen in der hellen, eisigen Sonne rostrot glänzend. Schließlich, als die Schatten langsam länger wurden, öffneten sich die Stadttore, und ein kleiner Mann auf einer großen, kastanienbraunen Stute ritt heran, gefolgt von einem jungen Burschen, der ohne Sattel auf einem Maultier ritt. Seinem gequälten Gesichtsausdruck nach zu urteilen, war der Ritt lang und hart gewesen. Der Nachtwächter folgte ihnen zu Fuß.

Der Büttel erhob sich taumelnd, seine Beine von der Kälte so steif, dass er fast hinfiel, und humpelte zu dem Reiter hinüber. Er nahm seine Ledermütze ab und verbeugte sich tief, als begrüße er ein Mitglied des Königshauses.

»Der Leichnam ist hier drüben, Leichenbeschauer, Sir.«

Der Leichenbeschauer übergab ihm die Zügel, als wäre er ein Stallbursche. »Dann lasst uns beginnen. Ich möchte vor Einbruch der Dunkelheit fertig sein. Hat keinen Sinn, sich zu lange aufzuhalten. Seid Ihr bereit, Master Thomas?«, brüllte er seinen Schreiber an.

Der Schreiber, der sich seine schmerzende Rückseite rieb, nahm hastig ein Schreibbrett zur Hand, das an einem Band um seinen Hals hing, und kramte dann in der Satteltasche des Maultiers nach Pergament, Feder und einer Flasche Tinte, wobei er von Minute zu Minute nervöser wurde.

Der Leichenbeschauer klopfte mit der Reitgerte ungeduldig seitlich an seine Stiefel. »Nun, wer hat den Leichnam gefunden?«

Der Büttel drückte einem der anderen Männer die Zügel in die Hand und deutete auf die beiden Jungen, die sich erneut an die Röcke ihrer Mutter klammerten.

»Diese beiden Jungen stießen auf den Leichnam, als sie heute Morgen eine Abkürzung zum Fluss nahmen, um ungefähr kurz nach zehn.«

»Haben sie die Obrigkeit informiert?«

»Sozusagen«, antwortete der Büttel vorsichtig. »Sie haben es ihrer Mutter erzählt.«

»Hat jemand den Leichnam schon identifiziert?«

Ich schaute zu Rodrigo, der noch immer ein Stück entfernt im Gestrüpp saß. Er hatte nicht einmal aufgeblickt, als der Leichenbeschauer eintraf.

Ich trat vor. »Es ist der Leichnam Jofres, Musikantenlehrling.«

»Ihr seid der Meister des Jungen?«

»Nein, Sir, ich bin ein Camelot. Jofre und sein Meister gehören zu unserer Gruppe, die der Sicherheit halber zusammen reist. Sein Meister befindet sich dort drüben, aber er ist sehr bekümmert.«

Der Leichenbeschauer blickte zu Rodrigo hinüber. »Das kann ich mir vorstellen, nachdem er so viel Zeit verschwendet hat, um den Jungen auszubilden. Nun muss er vermutlich mit einem anderen von vorn beginnen. Lehrlinge machen immer mehr Probleme, als sie wert sind, arbeitsscheu und undankbar, die Bagage. Seit wann wurde der Junge also vermisst?«

»Jofre hat unsere Behausung gestern Morgen verlassen. Wir logieren außerhalb der Stadt. Wir glauben, dass er vielleicht in die Stadt gekommen ist, aber er ist gestern Abend nicht zurückgekehrt. Eine Frau unserer Gruppe hat letzte Nacht ein Kind bekommen. Es war eine lange und schwierige Geburt. Sie hat uns alle auf Trab gehalten, sodass wir erst bei Tageslicht nach ihm gesucht haben.«

Er nickte. »Gut. Also war der Junge die ganze Nacht in der Stadt.«

»Verzeihung, Sir, aber er war nicht die ganze Nacht hier.« Der Nachtwächter stand nervös neben dem Leichenbeschauer und drehte seine Kopfbedeckung in Händen. Ich hatte den Eindruck, dass er vorangedrängt wurde, denn er schaute ständig hinter sich, während er sprach. »Der Junge verließ die Stadt beim Abendläuten, Sir. Er war allein. Ich habe das Tor selbst hinter ihm verschlossen. Wahrscheinlich wurde er auf dem Heimweg auf der Straße angegriffen. Aber es geschah nicht in der Stadt, Sir, so war es nicht.«

»Gut, das schränkt den Zeitrahmen ein. Sehen wir uns Euren Lehrling an.« Er wandte sich an die Bürger. »Tretet alle näher. Das Gesetz verlangt, dass ihr als Geschworene euch den Leichnam anseht.«

Die Männer bildeten einen weiten Kreis um den Leichnam, und Cygnus und ich stellten uns dazu. Der Büttel zog eine Ecke des Tuches zurück und deckte den Leichnam dieses Mal ganz auf. Keuchen erklang, und mehrere der Männer, einschließlich Cygnus, wandten sich ab. Die Hand des jungen Schreibers zitterte so sehr, dass ein großer Tintenfleck auf das Pergament tropfte und mehrere Zeilen unlesbar machte. Sogar der Leichenbeschauer zögerte einen Moment, schwankte leicht, trat aber dann vor und blickte hinab.

Jofre lag nackt auf dem Rücken. Sein Körper war mit Blut bedeckt, nicht nur von der Wunde an seiner Kehle, sondern von einem Dutzend gezackter Bissmale. Aber das Schlimmste, das, was sogar den Nachtwächter würgen ließ, war die Tatsache, dass Jofres Genitalien fortgerissen worden waren, sodass eine rohe, klaffende Wunde übrig blieb.

Der Leichenbeschauer schluckte schwer. »Nun, Männer, seht Euch die Zahnspuren und Kratzer an seinem Körper und seinen Gliedern an. Die Kehle wurde herausgerissen, und die … die Genitalien. Typisch für den Angriff eines Hundes, an die Kehle zu gehen. Ihr habt gewiss selbst schon Ähnliches gesehen, wenn ein Hund ein Schaf reißt. Dreht den Leichnam bitte um.«

Der Büttel trat vor und winkte einen der Männer heran, aber der wich zurück. Schließlich trat ein anderer vor, und zusammen drehten sie Jofre um.

»Ah ja, wie ihr seht, Männer, weitere Zahn- und Kratzspuren. Dieser Junge wurde vermutlich von einem Hund angegriffen, wahrscheinlicher von einem Rudel Hunde. Hattet ihr hier in der Gegend Probleme mit Hunden, die Schafe reißen?«

Der Büttel erhob das Wort. »Keine Hunde, Leichenbeschauer, aber während der letzten Nächte gab es Berichte über einen heulenden Wolf. Der Wächter hat es gehört, Sir. Auch andere haben es gehört.«

Der Leichenbeschauer wölbte auf eine Art die Augenbrauen, die mich an Zophiel erinnerte. »Ein Wolf? In dieser Gegend?«

Mehrere Männer nickten nachdrücklich.

»Scheint unwahrscheinlich. Aber wenn ihr es sagt, dann ist es ein Wolf.«

Er stieß mit der Stiefelspitze gegen Jofres Bein, als wolle er ihn aufwecken.

»Starr, aber das an sich sagt uns bei diesem kalten Wetter nicht viel, wo es letzte Nacht gefroren hat, aber es passt zu dem, was der Nachtwächter sagte, dass der Junge irgendwann nach dem Abendläuten auf dem Rückweg zu seiner Behausung angegriffen wurde. Nun, Männer, ich muss euch bitten, euch untereinander zu besprechen und mir euer Urteil mitzuteilen, aber ich glaube nicht, dass viel Zweifel darüber besteht, was geschehen ist. Kein Grund, allzu lange darüber zu debattieren. Gewiss wollt ihr diese Sache ebenso rasch abschließen und in die Taverne gelangen wie ich.« Er rieb sich die Hände. »Ich brauche dringend einen heißen Glühwein und eine herzhafte Mahlzeit, wie ihr bestimmt auch.«

»Wartet!« Rodrigo durchbrach den Kreis der Männer. Ich weiß nicht, wie lange er schon dagestanden und Jofres Leichnam betrachtet hatte, aber sein Gesicht war kreidebleich.

Der Leichenbeschauer wandte sich um. »Ah ja, der Meister des Jungen.« Er streckte eine Hand aus. »Mein Beileid, Sir. Wenn das Urteil gefällt ist, könnt Ihr den Leichnam mitnehmen, um ihn zu bestatten.«

Ich sah, wie die Männer um uns herum erstarrten und einander ansahen, aber der Leichenbeschauer schien es nicht zu bemerken.

Rodrigo ignorierte die dargebotene Hand. »Ihr sagt, ein Wolf oder ein Hund hätte das getan, aber das ist unmöglich.«

Der Leichenbeschauer zuckte die Achseln. »Ihr könnt Euch natürlich Euer eigenes Urteil bilden, aber Ihr seht die Bissspuren.«

»Ich sehe auch, dass der Körper nackt ist. Er muss bekleidet gewesen sein, als er die Stadt verließ. Glaubt Ihr, ein Wolf oder ein Hund entkleidet einen Menschen, bevor er ihn angreift?«

Der Leichenbeschauer wirkte ein wenig verblüfft. »Wächter, was habt Ihr dazu zu sagen? War der Junge bekleidet, als er die Stadt verließ?«

Der Mann schlurfte vorwärts und blickte überall hin, nur nicht auf den Leichnam. »Ich denke schon, Sir.«

Der Leichenbeschauer tappte mit seiner Reitgerte erneut ungeduldig gegen seinen Stiefel. »Kommt schon, Mann, Ihr denkt es? Ihr erinnert Euch doch gewiss, ob jemand nackt durch Eure Tore geschritten ist oder nicht.«

Der Wächter blickte erneut nervös hinter sich.

»Es war dunkel, Sir ... er hatte einen Umhang ... er hätte unter dem Umhang nackt sein können.«

»Warum, in Gottes Namen, sollte ein Mann mitten im Winter nackt herumlaufen? Ihr Männer, hat hier irgendjemand seine Kleider entfernt?«

Mehrere der Männer schüttelten den Kopf, aber niemand sah dem Leichenbeschauer in die Augen.

Rodrigo kniete und beugte sich nun vor. »Diese Male auf seinem Gesäß und den Beinen – die Haut wurde abgeschürft. Erde und Steine stecken in den Wunden.« Er schaute auf. »Der Leichnam wurde über den Boden geschleift.«

Ein großer, kräftiger Mann kam heran. Seine Nase war seitwärts gedrückt, als wäre sie einst bei einem Kampf gebrochen worden. Er sah Rodrigo stirnrunzelnd an. »Wölfe zerren ihre Beute zum Fressen davon, das weiß jeder Narr.«

»Ein Schaf oder ein Kind, ja, aber das Gewicht eines Mannes davonzuzerren! Und was geschah mit seiner Kleidung?«

Das Gesicht des Mannes verdüsterte sich. »Vermutlich hat er seine Kleidung selbst ausgezogen. Schaut, wir alle wissen, worin Euer Junge verstrickt war. Vielleicht hatte er vereinbart, jemanden außerhalb der Stadttore zu treffen. Er war so damit beschäftigt, es ihm zu besorgen, dass er den Wolf erst bemerkte, als er ihn ansprang. Eine bloße Kehrseite, im Mondlicht ganz weiß, die sich auf und ab bewegt, muss der Wolf für ein Schwein gehalten haben. Und da lag er nicht so verkehrt, oder? Wie auch immer, Ihr habt Euer Urteil, Leichenbeschauer. Von einem Wolf getötet, wie wir alle übereinkamen.«

Der Leichenbeschauer nickte und rieb sich gegen die Kälte die Hände. »Ausgezeichnet, ausgezeichnet. Habt Ihr das, Schreiber? Ihr müsst auch festhalten, dass der fragliche Wolf, da er den Tod verursacht hat, für *deodand* erklärt wird. Büttel, es ist Eure Pflicht, dafür zu sorgen, dass die Bestie zur Strecke gebracht wird, und da die Stadt unachtsam gehandelt hat, indem sie zuließ, dass ein gefährliches Tier Reisende innerhalb ihrer Grenzen angriff, muss der Preis für seinen Kopf der Krone, nicht dem Jäger zufallen. Die Stadt wird den Preis für den Wolfskopf bei der nächsten Sitzung des Marktgerichts übergeben. Versichert Euch, dass Ihr das festhaltet, Master Thomas.«

Der Büttel und die Männer wirkten aufmüpfig. Dies war nur eine schlecht kaschierte Strafe, und das wussten sie. Leichenbeschauer fanden immer eine Möglichkeit, jemanden für irgendetwas zu bestrafen, gleichgültig wie vorsichtig man war. Der Leichenbeschauer ging nun zu seinem Pferd zurück, aber Rodrigo lief ihm hinterher und ergriff seinen Arm.

»Mehr wollt Ihr nicht tun? Wollt Ihr nicht andere Leute in der Stadt befragen? Wenn er mit jemandem hier draußen war, dann müssen sie gefunden werden, um auszusagen.«

Der Leichenbeschauer schüttelte ihn ungeduldig ab. »Wozu? Wir wissen, was geschehen ist.«

Ich trat vor. »Verzeiht, Sir, aber das wissen wir nicht. Ein einsamer Wolf würde nur töten, wenn er hungrig wäre. Und wenn er getötet hätte, würde er sich zum Mahl niederlassen und nicht davonlaufen. Es sind keine Anzeichen dafür zu sehen, dass an dem Fleisch genagt oder die Eingeweide gefressen wurden. Und ein einzelner Wolf könnte nicht all diese Bissspuren sowohl an der Rückseite als auch an der Vorderseite seiner Beute hinterlassen. Wie Ihr selbst sagtet, Sir, sieht es so aus, als wäre der Junge von einem Rudel Hunden angegriffen worden, und die Hunde könnten absichtlich auf ihn gehetzt worden sein.«

»Kommt schon, wer würde so etwas tun?« Der Leichenbeschauer nahm die Zügel in die Hand und stieg auf sein Pferd. Dann beugte er sich lässig vor. »Wächter, ist dem Jungen jemand mit Hunden hier heraus gefolgt?«

Der Wächter antwortete eilig: »Nein, Sir, nach der Abendglocke hat niemand mehr die Stadt verlassen. Es ist mir verboten, nach der Abendglocke noch jemanden hinein- oder hinauszulassen. So etwas würde ich niemals tun, Sir. Dafür ist mir meine Haut zu wertvoll.« Er warf einen ängstlichen Blick in meine Richtung.

Ich war einen Moment versucht, unseren kürzlichen nächtlichen Besuch offenzulegen, aber der Wächter wirkte so verängstigt, dass ich ihm das nicht antun konnte. Ich hatte das Gefühl, dass er von jemandem zum Lügen gezwungen wurde, den er mehr fürchtete als das Gesetz.

Ich sah zu dem Leichenbeschauer hoch. Sein Pferd tänzelte unruhig. »Sir, gegen den Jungen wurden aufgrund seiner Freundschaft mit einem jungen Mann namens Ralph in der Stadt Drohungen erhoben. Schickt zumindest nach diesem Ralph und fragt ihn, ob er Jofre gestern Abend gesehen hat.«

»Die Mühe kann ich Euch ersparen, Leichenbeschauer.« Ich wandte mich um und sah den Mann mit der gebrochenen Nase unmittelbar hinter mir stehen. »Ralph hat die Stadt früh gestern Morgen verlassen. Er besucht die Familie seiner zukünftigen Frau. Er wird erst nach der Hochzeit zurückkehren.«

»Dann können wir in dieser Angelegenheit nichts weiter tun. Die Geschworenen haben das Urteil gefällt, und ich kann es jetzt nicht mehr ändern.« Der Leichenbeschauer sah Rodrigo an. »Das Beste, was Ihr jetzt tun könnt, ist, den Leichnam zur Bestattung zur Kirche hinaufzubringen und Euch dann nach einem neuen Lehrling umzusehen. Ihr werdet vermutlich viele ähnliche Burschen finden, die …«

Das Stadttor öffnete sich plötzlich, und ein Mann lief heran und rief, noch bevor er die Gruppe erreicht hatte: »Büttel, Ihr werdet gebraucht … kommt rasch … Yeldon ist gefallen … der Pest zum Opfer gefallen.«

Die Augen des Leichenbeschauers weiteten sich erschreckt. »Um Gottes willen, das ist nur drei Meilen westlich von hier.«

Der Büttel und die meisten der übrigen Männer eilten bereits zum Tor zurück. Der Leichenbeschauer sah ihnen nach und wandte dann sein Pferd jäh dem Fluss zu.

»Kommt, Master Thomas, trödelt nicht, wir haben einen harten Ritt vor uns.«

»Aber ich dachte, wir wollten hier zu Abend essen«, jammerte der Schreiber.

»Dort drinnen? Seid kein verdammter Narr, Mann. Wenn jemand ihnen die Nachricht über die Pest überbrachte, dann besteht die Möglichkeit, dass sie auch die Pest selbst mitbrachten.« Er schaute zu Rodrigo. »Und was Euch betrifft, Meister Musikant, wenn Ihr ein wenig Verstand habt, werdet Ihr Euren Lehrling begraben und wieder aufbrechen, so schnell Ihr könnt, sonst wird er nicht der Einzige sein, den Ihr begraben werdet.« Er gab seinem Pferd die Sporen und lenkte es auf die Brücke zu, fort von der Stadt.

Die meisten der Stadtbewohner waren verschwunden, aber der Mann mit der gebrochenen Nase und ein weiterer, ebenso großer Mann blieben zurück. Als Rodrigo und ich uns umwandten, um zu Jofres Leichnam zurückzukehren, traten sie uns in den Weg.

»Denkt nicht einmal daran, Euren Jungen auf dem Friedhof zu begraben«, knurrte der Mann mit der gebrochenen Nase. »Denn Ihr werdet den Leichnam nicht einmal bis zum Kirchentor bringen können.«

Ich sah ihn an. »Verweigert Ihr ihm ein christliches Begräbnis, nach allem, was geschehen ist?«

Der Mann zuckte die Achseln. »Nur eine freundliche Warnung, damit Ihr nicht Eure Zeit verschwendet. Jedermann in der Stadt weiß, dass er von einem Wolf getötet wurde …«

»Ihr wisst ebenso gut wie ich, dass es kein Wolf war, der ihn getötet hat.«

Der Mann grinste. »Der Leichenbeschauer hat niederschreiben lassen, dass es ein Wolf war, und wenn es in seinen Aufzeichnungen steht, muss es stimmen. Die Sache ist die, dass es in dieser Gegend seit Jahren keinen Wolf mehr gab, sodass Gerüchte in der Stadt umgehen, dass dies kein gewöhnlicher Wolf war. Es war ein Werwolf, das sagen sie. Und wenn Euer Freund von einem Werwolf getötet wurde, dann wird er in seinem Grab keine Ruhe finden. Wer vom Werwolf getötet wurde, wird zum Vampire, das sagen die Priester. Die Pest mag Yeldon erreicht haben, aber sie ist nicht hierhergekommen, und das wird sie auch nicht, weil wir hier keine Vampire haben. Und wir werden tun, was auch immer nötig ist, damit es so bleibt. Habt Ihr verstanden?«

Wir stapften schweigend zur Kantorei zurück. Rodrigo trug den starren Körper, wie ein Mann zur Buße eine schwere Last trägt, wankte unter seinem Gewicht, schüttelte uns aber ab, wenn wir versuchten, ihn zu stützen. Hinter uns ging allmählich die Sonne unter, hing als blutrote Scheibe über den dunklen Gebäuden der Stadt.

Osmond kam uns mit einer Laterne in der Hand aus der Kantorei entgegen. Er wollte gerade fragen, was geschehen sei, aber Rodrigo ging an ihm vorbei, ohne zu antworten, und legte den eingehüllten Leichnam sanft auf das Altarpodest, wo Adela nur Stunden zuvor ihren Sohn geboren hatte. Ein Blick in unsere Gesichter genügte, um Osmond keine Fragen mehr stellen zu lassen. Sogar Zophiel schwieg.

Wir konnten nichts tun, bis sich die Leichenstarre löste. Auf Osmonds Drängen hin stiegen wir in die Krypta hinab und aßen etwas, aber dieses eine Mal war niemand von uns hungrig – bis auf Narigorm, die heißhungrig ihre Portion und mehr verschlang. Rodrigo sagte nichts und aß nichts. Er trank nur. Trank für einen gewöhnlichen Mann mit einem leeren Magen zu viel Wein, aber wir versuchten nicht, ihn daran zu hindern.

Adela saß in der Nähe der Kohlenpfanne, ihr Haar wieder unter der festgesteckten Haube verborgen. Sie wiegte den Säugling, der verdrießlich wimmerte und das kleine Gesicht mehrfach verzog. Sie konnte sich nun aufsetzen, aber ihr Gesicht wirkte abgehärmter denn je, als könne man das Gesicht einer alten Frau unmittelbar unter ihrer Haut durchscheinen sehen. Ich wusste, dass ihr die kleinste Bewegung an der Stelle, wo ich sie geschnitten hatte, große Schmerzen bereiten musste, aber sie bemühte sich sehr, es zu verbergen. Sie beobachtete Rodrigo besorgt, als versuche sie vergebens, Worte zu finden.

Wir sagten den anderen nichts von den Nachrichten aus Yeldon. Der Leichenbeschauer hatte recht – wir mussten rasch weiterziehen, aber Adela war noch nicht kräftig genug, um wieder zu reisen. Bald würde sie erfahren, dass der Frost die Pest doch nicht aufgehalten hatte, aber nicht jetzt. Ich konnte mich nicht dazu bringen, es ihr jetzt zu erzählen.

Schließlich, als wir es nicht länger hinausschieben konnten, gingen wir alle nach oben und ließen Adela mit Narigorm und dem Säugling allein in der Krypta zurück. Cygnus holte Wasser, und ich entzündete einige Binsen. Es hatte wenig Sinn, unsere Anwesenheit noch zu verbergen. Dann zog Rodrigo so vorsichtig, als könne es ihm noch wehtun, die Decke von Jofres Körper. Osmond stieß einen erstickten Schrei aus und eilte zur verriegelten Tür. Es gelang ihm nur knapp, sie zu öffnen, bevor er das wenige von sich gab, das er gegessen hatte. Obwohl ich bereits wusste, was unter der Decke lag, musste auch ich schwer schlucken, damit mir die bittere Galle nicht in den Mund stieg.

Ich schaute zu Zophiel. Er stand ein kleines Stück entfernt und sah auf den Leichnam hinab, sein Gesicht eine ausdruckslose Maske. Aber seine rechte Hand bewegte sich zum Heft des Messers in seinem Gürtel, und er umfasste es so fest, dass die Knöchel weiß wurden.

Cygnus, Rodrigo und ich wuschen Jofre. Wir drehten ihn vorsichtig um. Das getrocknete Blut war schwer zu entfernen, und als wir es geschafft hatten, hoben sich die Zahnabdrücke blau und gezackt von der kalten, wächsernen Haut ab. Nun sah ich, dass er wiederholt gebissen worden war, als ob die Tiere immer wieder an ihm hochgesprungen wären, während er lief oder sich wehrte.

Schließlich mussten wir ihn wieder auf den Rücken drehen und uns dem stellen, was wir uns nicht ansehen wollten. Rodrigo wischte ihm sanft das Gesicht ab und wusch das Blut aus seinen Locken, bis sein Haar unter den flackernden Binsenlichtern nass glänzte. Die große, purpurfarbene Quetschung auf Jofres Gesicht wirkte unter dem rauchenden, gelben Licht noch schlimmer als zuvor.

Plötzlich brach Cygnus das Schweigen. »Dies ist ein sauberer Schnitt! Das hat kein Wolf getan. Seht!« Er deutete auf die Stelle, wo Jofres Genitalien vermeintlich fortgerissen wurden. »Seht euch die Ränder der Wunde an. Sie wurde nicht durch einen Biss oder durch Reißen erzeugt, sondern durch einen Schnitt.«

Rodrigo schob ihn beiseite und sah hin. Dann rief er Osmond. »Das Binsenlicht, bringt es hierher.«

Osmond tat, wie ihm geheißen, hielt das Licht tiefer, aber er zitterte, während er den Blick abwandte. Rodrigo riss ihm das Licht ungeduldig aus der Hand. Er führte es zu der Wunde in Jofres Kehle. Hier waren die Bissspuren unverkennbar, das Fleisch um die Wunde zerklüftet und zerrissen, aber Cygnus hatte recht, die Wunde an seinen Lenden war an den Rändern zu glatt. Rundherum waren Bissspuren zu sehen, als hätte dort ein Tier zugeschnappt, vielleicht von dem Blutgeruch angezogen, aber es waren keine Zähne, die diese grauenhafte Verletzung verursacht hatten.

Rodrigo hielt das Binsenlicht nahe an den Leichnam, betrachtete jeden Zentimeter genau und hielt dann inne.

»Seht, Quetschungen an seinen beiden Armen. Jemand hat ihn festgehalten.«

Zophiel regte sich in den Schatten leicht. »Ihr habt seine Arme gestern unten in der Krypta selbst festgehalten, als Ihr ihn wegen des Diebstahls befragt habt, erinnert Ihr Euch?«

»Er ist kein Dieb!« Rodrigo sprang auf Zophiel zu, sodass der Eimer mit dem blutigen Wasser umkippte. Er packte Zophiel an der Kehle, aber Zophiel reagierte ebenso schnell wie er, und plötzlich kitzelte ein Messer Rodrigos Rippen. Osmond zog Rodrigo fort, aber das geschah nicht ohne Kampf.

»Dies ist Eure Schuld«, würgte Rodrigo hervor. »Hättet Ihr ihn nicht fälschlich beschuldigt, wäre er nicht davongelaufen.«

»Ihr habt dem Jungen ebenso wenig geglaubt wie ich, Rodrigo, und das wusste er. Eure Meinung war ihm wesentlich wichtiger als meine. Wenn einer von uns den Jungen veranlasst hat davonzulaufen …« Er ließ den Rest des Satzes offen.

Rodrigos Schultern sanken herab. Ich dachte einen Moment, er würde stürzen, aber er blieb schwankend stehen, die Arme kraftlos an den Seiten.

Zophiel, der noch immer schwer atmete, senkte sein Messer. »Ich habe nur sagen wollen, dass Ihr selbst den Jungen gestern hart genug angepackt habt, um Quetschungen zu verursachen. Niemand wirft Euch das vor. Ich habe ihn auch festgehalten, als ich ihn befragte, und wer weiß, vielleicht habe ich auch selbst Spuren hinterlassen. Nur weil er Quetschungen an den Armen hat, bedeutet das noch nicht, dass er gestern Abend festgehalten wurde.«

»Er hat recht, Rodrigo«, sagte Osmond beruhigend. »Die Quetschungen bedeuten nichts.«

»Und dass seine Genitalien abgeschnitten wurden – bedeutet das auch nichts?«, schrie Rodrigo. »Jofre wurde ermordet. Wer auch immer dies getan hat, hat ihn verstümmelt und Hunde auf ihn gehetzt oder ihn dem Wolf überlassen. Es war auf jeden Fall Mord. Und ich werde denjenigen, wer auch immer das getan hat, töten, das schwöre ich.«

Ich ergriff seinen Arm. »Rodrigo, wir wissen alle ebenso gut wie Ihr, dass Jofre ermordet wurde, aber Ihr könnt nicht hoffen, seinen Mörder zu finden. Die Städter werden ihresgleichen verteidigen. Niemand wird mit uns reden, wir sind Reisende, Gaukler, Fremde.«

Osmond nickte. »Camelot hat recht. Ihr werdet Ärger heraufbeschwören, und dann werden sie sich gegen uns alle wenden. Wir könnten uns hier nicht gegen eine Meute verteidigen. Denkt an Adela und das Baby, Rodrigo. Ihr wollt ihnen doch keinen Schaden zufügen.«

»Ihr begreift nicht«, erwiderte Rodrigo leise. Er trat zu Jofres Leichnam und kniete sich in die Pfütze aus Blut und Wasser. Er legte eine Hand auf die Brust des Jungen und beugte den Kopf. Seine Faust schloss sich um das Heft seines Messer.

»*Giuro dinanzi a le tue ferite ti vendicerò!*«

Ich verstand die Worte nicht, aber der Tonfall war unmissverständlich. Ich erschauderte.

Wir bedeckten den Leichnam wieder und zündeten an seinem Kopf und zu seinen Füßen Kerzen an. Rodrigo hielt die ganze Nacht bei Jofre Wache. Osmond schlief bei Adela, dem Baby und Narigorm unten, aber wir anderen blieben in der Kapelle, Stöcke und Messer in Händen, nur für den Fall, dass die Stadtbewohner kamen, um sicherzustellen, dass der Leichnam sich nicht erheben und umgehen könnte.

Ich lag in der Dunkelheit, mir schmerzten die Glieder vom wenigen Schlaf in der Nacht zuvor, aber ich fand keine Ruhe. In dem trüben Licht der Kerzen konnte ich Rodrigos Umriss gerade so ausmachen. Er kniete vor dem Gemälde der Maria, die Arme ausgestreckt, wie an einem Kreuz. So verharrte er, leicht wankend, hielt die

Arme aber erhoben, als hätte er sich eine Buße auferlegt oder bereite sich darauf vor, einen geheimen Eid zu leisten. Cygnus saß im Schneidersitz zu Füßen von Jofres Leichnam, den Kopf gesenkt. Die Schwinge unter seinem Hemd bewegte sich ruhelos, flatterte, als wollte sie der Einengung entkommen. Dann erklang von draußen der Laut, den wir alle gefürchtet hatten, das Heulen eines Wolfes.

»Löscht diese Kerzen!« Zophiel sprang auf, sein Messer in Händen, und dieses Mal konnte er seine Angst nicht verbergen.

Er lief von Fenster zu Fenster und spähte hinaus. Die gelben Kerzenflammen flackerten über die stille Gestalt von Jofres Leichnam, sodass es wirkte, als rege er sich unter dem Tuch. Cygnus hob den Kopf und sah sich um, aber Rodrigo löste sich nicht aus seiner Position unter dem Gemälde. Ein weiteres Heulen. Es schien in dieser Nacht eine neue Qualität zu haben, kräftiger, triumphierender, wie der Laut einer Bestie, die getötet hat und andere herbeiruft, um sich ihr anzuschließen.

»Löscht die Kerzen!«, schrie Zophiel.

Ich erhob mich. »Es macht jetzt keinen Unterschied mehr, ob wir Licht brennen lassen oder nicht, Zophiel. Was auch immer dort draußen ist, weiß, dass wir hier sind, und ich glaube allmählich, dass es schon immer gewusst hat, wo wir sind.«

Kapitel 20

ALCHEMIE

Am nächsten Morgen konnte sich niemand überwinden, die Frage aufzubringen, die unausgesprochen zwischen uns stand. Wo sollte Jofre begraben werden? Wir durften diese Entscheidung nicht hinauszögern. Wenn die Pest die Stadt erreicht hatte, und die Menschen zu fliehen begannen, würden sie hier entlangkommen, Menschen, welche die Krankheit bereits in sich tragen mochten. Aber Rodrigo bestand hartnäckig darauf, dass Jofre nicht in ungeweihtem Boden bestattet werden sollte. Zuerst wollte er, dass wir ihn zur nächsten Kirche mitnähmen, aber wir überzeugten ihn davon, dass Fragen gestellt werden würden, wenn wir mit einem verstümmelten Leichnam auftauchten. Ein Blick auf den Leichnam, und die nächste Pfarrei würde ihn kaum bereitwilliger aufnehmen als die hiesigen Stadtbewohner.

»Begrabt ihn hier«, sagte Cygnus. »Auch wenn die Kapelle noch nicht geweiht ist, wird sie es eines Tages sein, und so lange ist da das Gemälde der Jungfr …« Er brach unbeholfen ab.

»Und wo genau wollt Ihr den Leichnam begraben?«, fauchte Zophiel. »Wäre die Kapelle auf festem Boden erbaut, könntet Ihr den Boden aufgraben, aber grabt hier, und ihr stürzt direkt in den Fluss hinunter. Wollt Ihr vorschlagen, den Leichnam einfach in der Kapelle liegen zu lassen?«

Osmond, der auf und ab gegangen war, blieb stehen und deutete aufwärts. »Unter dem Altar. Er muss hohl sein, denn ein massiver Block dieser Größe würde ein zu großes Gewicht für das darunter liegende Gewölbe bedeuten. Es ist wie ein vorgefertigtes Grabmal. Wenn wir eine Platte lösen können, oder auch die Abdeckung, dann können wir ihn dort hineinlegen. Dann können wir die Steinplatte wieder an ihrem Platz befestigen, und ich werde es übermalen.«

Rodrigo drückte ihm dankbar die Hand. »Ihr seid ein guter Mensch, Osmond.«

Osmond errötete vor Verlegenheit. »Rodrigo, ich wollte Jofre niemals vertreiben. Es war nur der Schock, als Zophiel sagte … Ich habe es nie bemerkt, versteht Ihr. Wenn ich ihn nicht daran gehindert hätte, mit zur Vogeljagd zu gehen, wäre er niemals in die Stadt gegangen. Er könnte vielleicht noch leben … Was sie getan haben, war … Das hat er nicht verdient.«

Rodrigo drückte Osmonds Schulter. »Ihr müsst Euch keine Vorwürfe machen. Ihr habt ihm dies nicht angetan.«

Osmond legte, was für ihn uncharakteristisch war, die Arme um Rodrigo und drückte ihn. »Es tut mir so leid, Rodrigo, ich weiß, er war wie ein Sohn für Euch.«

Rodrigo erwiderte die Umarmung und schob Osmond dann fort, Tränen in seinen Augen. »Kommt, zeigt mir den Altar, vielleicht können wir die Abdeckung zusammen bewegen.«

Dieses eine Mal besaß Zophiel den Anstand zu warten, bis wir sie über uns umherlaufen hören konnten, bevor er sprach.

»Sie verschwenden ihre Zeit. Osmond hat anscheinend vergessen, dass wir keinen Bleisarg haben, um den Leichnam einzuschließen. Er kann den Altar bemalen, so viel er will, aber das wird den Gestank nicht aufhalten. Wenn sie kommen, um die Kantorei fertigzustellen, und ihn riechen, werden sie den Altar öffnen. Es wird nicht lange dauern, bis die Leute hier in dieser Gegend herausfinden, wer er ist. Dann wird der Leichnam in den Fluss geworfen. Rodrigo täte besser daran, den Leichnam in einem unbezeichneten Grab in den Wäldern zu bestatten. Wenn sie ihn nicht finden können, können sie ihn nicht wieder ausgraben.«

»Aber sie werden es nicht wagen, die Knochen zu beseitigen, wenn sie denken, dass hier ein Mönch bestattet wurde«, sagte Cygnus und sah mich an.

»Und warum, bitte, sollten sie das denken?«, fragte Zophiel kalt.

»Camelot hat einige Mönchsgewänder in seinem Bündel. Erinnert Ihr Euch, Camelot, diejenigen, die Ihr im Kloster eingetauscht habt? Stoff bleibt erhalten, noch lange nachdem der Körper zerfällt, sodass sie nur das Mönchsgewand sehen werden.«

»Ihr seid entschlossen, Gott in allem zu verspotten, Cygnus, aber seid gewarnt. Gott lässt sich nicht verspotten.« Zophiel ging hinaus, einen angewiderten Ausdruck auf dem Gesicht.

Der Säugling, von Zophiels erhobener Stimme geweckt, begann zu weinen.

Cygnus kniete sich neben mich, während ich mein Bündel nach den Gewändern durchsuchte. Er schaute zu Adela hinüber, die mit dem Kind beschäftigt war, und flüsterte dann: »Ist Euch schon aufgefallen, Camelot, dass Zophiel zu dem Zeitpunkt, als Jofre getötet wurde, auch nicht hier war? Er kehrte erst weit nach dem Abendläuten zurück. Er muss auf dem Rückweg auf derselben Straße gewesen sein. Er müsste doch gewiss etwas gesehen oder gehört haben, es sei denn, er war derjenige, der …«

»Sagt es nicht. Ich weiß, was Ihr denkt. Betet einfach dafür, dass Rodrigo dieser Gedanke nicht kommt. Falls Rodrigo Zophiel beschuldigen sollte, fürchte ich um beider Leben.«

Wir bestatteten Jofres Leichnam im Altar. Osmond schnitzte ihm ein großes, hölzernes Kreuz, eines, wie es die Mönche trugen, und gab es ihm in die Hände. Die Mönchskleidung schien wie für Jofre gemacht. Vielleicht wäre er letztendlich dorthin gelangt oder hätte dorthin gehen sollen, unter die reinen, klaren Stimmen, die von einer höheren Liebe als von der Liebe der Frauen sangen. Wir schlossen ihm die Augen, und nun, da die Starre nachgelassen hatte, war auch der Ausdruck des Entsetzens aus seinem Gesicht gewichen. Die Kapuze über seinem Kopf und die hochgeschlossene Robe verbargen seine Wunden, sodass er eigentlich wie ein schlafender Junge wirkte.

Rodrigo kniete sich hin, küsste sanft die kalten, blauen Lippen und strich mit der Hand über die flaumige Wange, als hätte er einen Sohn in eine Krippe gelegt. Er weinte nicht. Sein Kummer war zu tief, um weinen zu können. Und ich dachte an Jofres Mutter. Jofre war gestorben, ohne jemals zu erfahren, ob sie überlebt hatte. Lebte sie, ohne zu wissen, dass ihr Sohn tot war? Es ist schwer, seine eigenen Kinder zu begraben. Es bricht einem auf eine Art das Herz, wie kein anderer Tod es jemals vermag, denn man bestattet in einem solchen Grab auch einen Teil von sich selbst. Rodrigo hatte Jofre zu ihr nach Hause bringen wollen. Nun war es zu spät. Warum warten wir nur immer zu lange?

Die Abdeckung des Altars knirschte, als wir sie wieder zurechtrückten – ein trauriger, hohler Klang. Ich schaute auf und sah Narigorm an der Treppe stehen. Sie hielt etwas fest, das in ihrer Hand glitzerte. Als ich mich ihr zuwandte, hielt sie es in einen Strahl wässrigen Sonnenscheins, der durch das Kantoreifenster schien. Ich sah erneut das mit goldenen Flecken geriffelte Blau und Purpur, die Glasträne, die das Licht von Venedig enthielt.

Rodrigo sah sie im gleichen Moment wie ich. Er nahm sie ihr ab und barg sie in seiner Handfläche.

Schließlich sagte Cygnus leise: »Sollen wir die Abdeckung wieder öffnen und sie ihm in die Hand legen?«

Rodrigo zögerte, aber dann schüttelte er den Kopf. »Sie wurde für die Lebenden gemacht, damit sie sich an das erinnern, was verloren ging. Die Toten können sich nicht erinnern. Ich werde sie eines Tages Adelas Sohn geben, denn er wurde in derselben Stunde geboren, in der Jofre ermordet wurde.« Er wandte sich wieder um und betrachtete den Altar. »Aber noch nicht, ich muss erst noch etwas tun, bevor ich mich hiervon trennen kann.«

Die Worte hallten in meinem Kopf wider wie die Pestglocke. *In derselben Stunde geboren, in der Jofre ermordet wurde.* Die Worte gingen mir schon die ganze Zeit durch den Kopf, aber ich hatte mich geweigert, sie Gestalt annehmen zu lassen. Ich wandte mich um und sah Narigorm noch immer dort stehen, den Blick auf das Altarpodest gerichtet, wo das Kind geboren worden war und wo nun der tote Jofre lag. Ich konnte ihre Miene nicht erkennen, aber ich konnte ihre Zufriedenheit spüren. Die Dunkelheit der steilen Treppe hinter ihr quoll um sie herum auf, als wäre deren Dunkelheit ihr Schatten. *Wenn eines hinzukommt, muss eines genommen werden.* Die Runen hatten letztendlich nicht gelogen.

Auch wenn kein verzweifeltes Glockengeläut aus dem Dorf erklingt, auch wenn kein dichter, schwefelhaltiger Rauch wie ein Sargtuch darüber liegt, lernt man, die Anzeichen zu erkennen. Die Mühlen, die wie Wachtürme dastehen, schweigen, ihre Türme sind still und verschlossen, es gibt kein Rumpeln der Mahlsteine, keine Reihe plappernder Frauen, die mit dem Mehl ihrer Familie hin und zurück laufen.

Erschreckender sind die Mühlen, die nicht schweigen, wo sich die Flügel unkontrolliert drehen und man die Vibration der Mühlsteine unter den Füßen spüren kann. Die Geistermühlen, in denen die Steine mahlen und mahlen, aber kein Mehl hervorrieselt. Wo sich die Flügel drehen, bis sie zersplittern, weil niemand mehr da ist, der sie anhalten könnte. Man sieht Schafe tot auf dem Feld liegen und Hunde in den Gräben verwesen. Und dann wendet man sich rasch ab und nimmt die nächste Straße, die einen von dem Dorf fortbringt.

Immer mehr der Städte und Dörfer fielen der Pest zum Opfer. Sie kam ohne Vorwarnung. In der Morgendämmerung gingen die Menschen ihrer Arbeit nach, ohne ein Zeichen von Krankheit unter ihnen. Bei Sonnenuntergang waren ein Dutzend tot, und dann lief sie durch die Straßen wie Feuer, und man konnte nicht vorhersagen, wen sie traf. Gesunde junge Männer fielen ihr ebenso rasch zum Opfer wie kränkelnde, alte Frauen, ohne Regel oder Grund. Also fürchteten wir uns allmählich sogar, ein gesundes Dorf zu betreten, falls es betroffen würde, während wir dort weilten. Und es hatte keinen Sinn, für Lebensmittel den Tod zu riskieren, weil keiner mehr etwas zu verkaufen hatte. Die meisten der Dorfbewohner litten selbst Hunger, und jeder, der noch etwas zu essen hatte, behielt es für sich selbst, und wer könnte es ihm vorwerfen?

Und so zogen wir weiterhin ostwärts. Wir wanden und drehten uns wie auf eine Falle zugetriebene Aale, aber wir erlebten noch immer die aufgehende Sonne. Jedes Mal, wenn ich uns nach Norden dirigieren wollte, war unser Weg von fortgespülten Brücken und von unpassierbaren Straßen versperrt. Diese Hindernisse waren natürlich zu erwarten, und dennoch nagte in mir eine Unruhe, als wäre da etwas, irgendeine Macht, die ich nicht benennen konnte, die uns nach Osten zwang. Warum hatte Narigorm jene Worte geflüstert: »Wir ziehen nach Osten, Ihr werdet sehen.« Sagte sie nur, was die Runen voraussahen, oder war sie mehr als nur deren Botin?

Die Übrigen schienen kaum zu bemerken, in welche Richtung wir zogen, denn auch wenn unsere Tage von der Angst geprägt waren, auf die Pest zu treffen, suchte unsere Nächte ein noch größerer Schrecken heim. Der Wolf war noch immer bei uns.

In jenen ersten beiden Nächten, nachdem wir die Kantorei verlassen hatten, war es still, aber in der dritten Nacht, hörten wir ihn erneut, genauso wie zuvor, und dieses Mal wussten wir alle, es war dasselbe Tier. So wie wir weiterzogen, so folgte es uns, das Heulen niemals näher, aber auch niemals weiter entfernt. Er rief nicht jede Nacht, und das war in gewisser Weise schlimmer, denn wir lagen wie erstarrt wach in der Dunkelheit und lauschten auf den Klang. Manchmal, wenn wir ihn mehrere Nächte lang nicht hörten, sagten wir uns, er sei gewichen, und dann zerriss das Heulen die Nacht ohne Vorwarnung erneut.

Wir sahen nie den kleinsten Hauch von ihm, keinen Umriss im Mondlicht auf einem Hügel, kein Paar gelber Augen, die im Wald leuchteten, keine Pfotenabdrücke im Schlamm und nicht einmal die Überreste einer Jagdbeute. Aber jedes Mal, wenn ich das Heulen in der Dunkelheit hörte, dachte ich an die heftigen Bisse an Jofres Körper, die gähnende Öffnung in seiner Kehle und den Ausdruck des Entsetzens auf seinem Gesicht, und ich erschauderte.

Wir hatten einige Zeit gebraucht, um die Hütte der Heilerin zu erreichen. Die Straße, die in die niedrigen, langgestreckten Hügel führte, wurde nur von Bauernkarren benutzt. Sie war voller Vertiefungen und scharfer Steine, und wir mussten noch langsamer fahren als gewöhnlich, um nicht zu riskieren, dass eine Achse brach oder Xanthus lahmte.

Die Hütte lag auf einem Hügel am Ende einer schmalen Schlucht, nahe eines Wasserfalls, der über Felsen hinabstürzte. Ein Fluss wand sich parallel zur Straße um den Fuß des kleinen Hügels. Nur ein schmaler, zwischen riesigen Felsen verlaufender Pfad führte zu der Hütte hinauf. Wir sahen einen dünnen Rauchfaden, der sich aus der Öffnung im Dach in die frostige Morgenluft schlängelte. Aber ein Herdfeuer war ein gutes Zeichen. Die Hausbesitzerin war zumindest wohl genug, eines zu schüren.

Osmond half Adela vom Wagen herab. Ihr Gesicht wirkte blass und müde. Der Säugling lag in einem geflochtenen Korb in ihren Armen und sah apathisch zu ihr hoch. Er verzog das Gesicht, als wollte er schreien, aber kein Laut drang hervor. Adela erschauderte. Seit sie Jofres Leichnam gesehen hatte, fröstelte sie. Gleichgültig wie nahe am Feuer sie saß, oder wie viele Decken über sie gehäuft wurden, wurde ihr nicht warm, als hätte die Kälte ihre Knochen durchdrungen wie ein Wolfsbiss. Die Geburt lag über einen Monat zurück, aber ihre Kraft kehrte nicht wieder, und ihr Zustand verschlimmerte sich noch, weil sie sich um ihren Sohn sorgte. Der Säugling wurde nun, obwohl er zuerst gut getrunken hatte, täglich schwächer.

Diese Sorge um ihren Sohn wurde zu Angst, als Narigorm eines Abends, als wir lagerten, plötzlich aufschrie: »Seht, das ist das Omen des Todes«, und auf eine weiße Taube deutete, die über dem Wagen kreiste, in dem das Baby schlief. Adela hatte das Kind aus dem Wagen gerissen, und Osmond hatte die Taube verjagt, aber der Schaden war bereits entstanden. Adela war überzeugt davon, dass das Zeichen ihrem Kind gegolten habe, und mich verfolgte zunehmend die Angst, dass wir zwei weitere Mitglieder unserer Gruppe begraben müssten, bevor der Monat vorüber war, wenn sie sich weiterhin so quälte.

Wir brauchten einen erfahrenen Heiler. Pleasance hätte Rat gewusst, und wir empfanden ihren Verlust schmerzlicher denn je. Sie hatte stets still gehandelt, ruhig und bescheiden, hatte sich dort um eine Pustel oder hier um einen Bauchschmerz gekümmert. Wir hatten es als selbstverständlich hingenommen, bis sie nicht mehr da war.

Wir fragten diejenigen, die auf der Straße an uns vorüberkamen, nach jemandem, der sich mit Kräutern auskenne, aber die meisten waren wie wir fremd in dieser Gegend. Sie schüttelten nur die Köpfe und schleppten sich weiter. Schließlich erzählte uns eine Gänsemagd von dieser Hütte.

»Alle in dieser Gegend gehen zu ihr«, sagte sie. Dann wandte sie sich, während sie ihre Herde weitertrieb, noch einmal um und rief uns nach: »Sie besitzt eine scharfe Zunge. Verärgert sie nicht, sonst werdet Ihr bei ihr kein Glück haben.«

Ihre Worte hallten in meinen Ohren wider, als wir nun dastanden und zu der Hütte hinaufblickten. Es hatte keinen Sinn, Adela dort hinaufzubringen, wenn die Frau ihr nicht helfen wollte.

»Ihr wartet hier«, sagte ich. »Ich werde allein hinaufgehen. Ein einzelner alter Mann wird ihr nicht bedrohlich erscheinen.«

Die Hütte war klein, rund und fensterlos mit einem Strohdach versehen. Ein Ledervorhang diente als Tür. Einige wenige Hennen kratzten zwischen den Kräutern in dem abschüssigen Garten, der von einer Schlehdornhecke gesäumt war. Ein alter Vogelbeerbaum wuchs nahe der Hüttentür. Seine hellroten Beeren waren schon lange weg, aber irgendeine Art Früchte hingen in seinen Zweigen, hellbraun, wie Pergament, einige nicht größer als ein Daumen, andere so groß wie die Faust eines Mannes, aber ich konnte nicht erkennen, was sie waren.

Als ich das Tor aus Weidenholz erreichte, blieb ich stehen, weil ich mich bemerkbar machen wollte, um die alte Frau nicht zu erschrecken, aber bevor ich dazu kam, erklang aus der Hütte eine Stimme.

»Kommt herein. Ich beiße nicht.« Der Ledervorhang an der Tür wurde beiseitegezogen, und eine Frau trat hervor. Sie war groß und gertenschlank mit langem, eisengrauem Haar, das sie wie ein junges Mädchen zu zwei Zöpfen geflochten trug. »Hab Euren Wagen den Weg entlangkommen hören. Der Klang wird hier heraufgetragen. Nicht viele benutzen den Weg, und noch weniger, seit uns die Pest befallen hat.«

»Wir haben die Pest nicht«, sagte ich hastig.

»Ich weiß. Wenn Ihr sie hättet, würde ich es riechen. Kommt Ihr also herein?«

Ich öffnete das Tor und ging einige Schritte den Pfad entlang. Die Frau wandte ihr Gesicht in die Richtung des Geräuschs, und ich sah, dass ihre grünen Augen von einem milchig-weißen Film bedeckt waren.

»Ihr kommt, um meine Hilfe zu erbitten«, sagte sie. Es war eine Feststellung, keine Frage.

Ich deutete in Richtung unseres Wagens und hielt dann inne, fühlte mich töricht. Obwohl ich ein blindes Auge habe, verlasse ich mich dennoch eher auf mein gesundes Auge anstatt auf meine anderen Sinne. Der Klang der Stimmen der übrigen Gruppe schwebte die Schlucht herauf, während sie das Lager errichteten.

»Eine junge Frau reist mit uns. Sie hat vor wenigen Wochen einen Jungen geboren, aber ihre Milch versiegt, und das Baby wird schwächer.«

»Es gibt viele Gründe, warum die Milch einer Frau vorzeitig versiegt. Aber bevor ich sagen kann, welche Kräuter ihr helfen werden, muss ich ihre Brüste fühlen, um zu sehen, ob sie leer oder angeschwollen, kalt oder heiß sind. Bringt sie her. Inzwischen werde ich Euch etwas geben, um dem Kind zu helfen. Kommt.«

Sie verschwand in der Hütte, ohne auf mich zu warten. Ich folgte ihr, aber meine Schritte stockten, als ich mich dem Vogelbeerbaum näherte und sah, was von den Zweigen hing. Dutzende getrockneter Föten baumelten im Wind – Lämmer, Kälber und menschliche Säuglinge. Einige waren so klein, dass man unmöglich sagen konnte, ob es menschliche oder tierische Föten waren, andere waren vollkommen ausgebildete Säuglinge, aber nicht größer als eine Männerhand. Die getrockneten Körper klapperten leise, wenn sie im Wind gegeneinanderschlugen.

Als könne sie sehen, was ich betrachtete, sprach die Frau aus der Dunkelheit der Hütte. »Während der vergangenen Jahre hatten immer mehr Frauen Fehlgeburten. Auch Vieh und Schafe verlieren ihre Jungen. Böse Geister gelangen in den Leib, und die Frau wird schwanger, aber das Junge wird vorzeitig geboren. Wenn ihre Körper begraben werden, werden die Geister freigesetzt, um immer wieder in den Leib zu gelangen, was die Frau daran hindert, ein menschliches Kind zu tragen.«

Sie kam mit einer Holzschale mit einer dicken, weißen Flüssigkeit wieder hervor, während sie weiterhin sprach. »Der Vogelbeerbaum fängt die bösen Geister ein und bindet sie. Das Holz des Vogelbeerbaums wirkt kraftvoll gegen Flüche und böse Geister und noch kraftvoller, wenn es lebt.« Sie hielt mir die Schale hin. »Füttert dem Säugling so viel wie möglich hiervon, nur ein wenig auf einmal, aber häufig.«

Ich roch daran.

Sie hörte mich und lachte. »Es sind nur Eier, Muscheln und so was, in Branntwein aus Engelwurz aufgelöst und mit ein wenig Honig versetzt. Es wird den Säugling nähren. Je kräftiger er wird, desto kräftiger wird er saugen, und das wird helfen, den Milchfluss wieder anzuregen. Nun, Mistress, schickt die Mutter zu mir, und ich sehe, was ich für sie tun kann.«

»*Master*«, korrigierte ich sie. »Aber vielen Dank, ich werde sie herschicken.«

Sie runzelte die Stirn. »Master? Aber ich hätte schwören können …«

Sie streckte eine Hand aus, um mein Gesicht zu berühren, aber ich zuckte zurück und eilte davon.

Später half Osmond Adela den Pfad hinauf und blieb vor der Hütte stehen, während die Frau Adela untersuchte. Sie kehrten mit Kräuterbündeln zum Lager zurück, die den Milchfluss anregen würden. Adela wirkte, obwohl sie noch immer erschöpft war, glücklicher als seit Tagen. Aber Osmond war nicht beruhigt. Die Heilerin hatte ihn gewarnt, dass Kräuter allein Adela nicht lange helfen würden. Wenn sie nicht mehr Nahrung zu sich nähme, um beim Kräfteaufbau nach der Geburt zu helfen, würde die Milch vollständig versiegen. Sie brauchte mehr als eine Diät aus dürren, wilden Vögeln und Kräutern. Sie brauchte rotes Fleisch und roten Wein für ihr Blut, wenn sie gute Milch für das Kind bilden sollte. Aber die Heilerin wusste niemanden, der noch Fleisch oder Wein verkaufte.

»Wie ich hörte, gibt es auf Voluptas noch viel Essen und Wein«, erzählte sie ihm. »Aber es brauchte eine geschickte Zunge, um sie dazu zu überreden, etwas davon zu verkaufen. Einige haben es versucht, aber niemand hatte Erfolg damit.«

Es war, als hätte sie eine Herausforderung ausgesprochen, und zwar eine, der Zophiel, als er davon hörte, nicht widerstehen könnte.

Der Mönch kam näher an das Gitter im Tor heran und betrachtete zuerst Zophiel und dann mich.

»Ihr könnt Blei in Gold verwandeln?«, fragte er ungläubig.

»Ihr glaubt nicht, dass das möglich ist?« Zophiel wölbte auf seine nur allzu vertraute Art die Augenbrauen, ein sicheres Zeichen dafür, dass er eine Falle auslegte, in die ein Argloser hineintappen sollte, aber dieses eine Mal hoffte ich, dass es gelingen möge.

Das Landgut, das »Voluptas« oder »Freude« genannt wurde, war ebenso abgelegen wie die Hütte der Heilerin. Der ideale Ort für jene, die sich vor den Problemen der Welt verbergen wollten. Der Heilerin nach, kamen sie überwiegend aus London, ungefähr zwanzig Männer und Frauen, reich, gut aussehend und in der Mehrzahl jung, geflohen, als die Pest die Stadt traf. Aber es hieß, der Mann, der sich zum Anführer ernannt hatte, sei nicht reich, gut aussehend oder jung, sondern ein armer Mönch, der aber eine große Gabe besäße, denn er wüsste, wie man die Pest aufhalten könne.

Er trug das Gewand der weißen Mönche, aber dieses war nicht aus grobem Tuch gemacht, welches die Mönche üblicherweise bevorzugten, um das Fleisch zu bescheiden, sondern bestand aus weicher Wolle, gegen die beißende Kälte dick und warm. Auch sein Fleisch war weich und wohlgerundet, seine kurzen, dicken Finger feist und mit Grübchen an den Knöcheln. Er hielt einen Strauß duftender Kräuter an seine Nase, während er mit uns sprach.

»Viele glauben, dass es möglich sei, Blei in Gold zu verwandeln«, sagte er vorsichtig.

Zophiel lächelte. Ich hatte keine Ahnung, wo dies hinführte, aber durch die Heilerin wusste ich bereits, dass meine Reliquien hier nichts ausrichten würden. Die Leute auf dem Landgut setzten ihr Vertrauen nicht in Heilige, sondern in diesen Mönch, und er vertraute weder Gott noch dem Teufel.

»Woher kommt die Pest?«, fragte Zophiel.

Der Mönch wirkte über diesen Themenwechsel verwirrt. »Vom

Überdruss der Melancholie, einer Unausgewogenheit der Stimmungen«, sagte er jäh. Er wollte eindeutig zum Thema Gold zurückkehren.

Aber Zophiel war noch nicht fertig. »Und wie kann diese Unausgewogenheit behoben und die Pest abgewendet werden?«

Der Mönch seufzte ungeduldig. »Wie wir es hier tun, indem man sich bei Tag und Nacht mit den schönen Künsten beschäftigt, indem man gut isst, tanzt, liebliche Musik spielt, angenehme Düfte riecht, den Freuden des Fleisches in all ihren Formen freien Lauf lässt, dem Körper nichts verwehrt, wonach er lechzt. Die Menschen werden krank, wenn sie unerfreuliche Gedanken und Ängste hegen, wenn sie dem Körper versagen, was er will, und dem Fleisch das Leben schwer machen. Darum sind so viele dem großen Sterben zum Opfer gefallen. Ich lasse nicht zu, dass es innerhalb unserer Mauern Erwähnung findet. Wir denken hier nur an Schönheit und Vergnügen. Aber das ist unwichtig«, er wedelte ungeduldig mit seinen beringten Fingern, »Ihr spracht davon, Blei in Gold verwandeln zu können. Was hat Krankheit mit dem Gold zu tun?«

Zophiel lächelte. »Ihr wisst, mein Freund, dass alle Dinge aus den vier Elementen Erde, Wasser, Feuer und Luft gemacht sind sowie aus den drei Grundbestandteilen Salz, Schwefel und Quecksilber. Blei unterscheidet sich nur in den Anteilen der Dinge, aus denen es gemacht ist, von Gold.«

»Ja, ja, das ist wohl bekannt.«

Aber Zophiel ließ sich nicht antreiben. »Krankheit kommt, wie Ihr so klug bemerktet, von der Unausgewogenheit der Stimmungen des Körpers. Wenn man Körper und Geist im Gleichgewicht hält, kann der Körper nicht krank werden, und wenn der Körper krank wird, kann er durch Korrektur der Stimmungen des Körpers wieder in einen gesunden Körper verwandelt werden. Und so, mein Freund, ist es mit allen Dingen im Universum. Ergo muss man nur die richtige Ausgewogenheit der Elemente und Grundbestandteile finden, um ein Grundmetall in Gold zu verwandeln. Genau wie Ihr, mein Freund, durch Eure Weisheit entdeckt habt, dass Schönheit und Vergnügen zusammen die alchemische Substanz sind, die eine Grundkrankheit in reine Gesundheit verwandeln, so haben andere die Substanz gefunden, die Metalle von vergänglichem Blei in reines Gold verwandelt.«

»Ihr habt den Alchemistenstein gefunden?« Die Augen des Mannes leuchteten gierig auf. »Aber danach suchen Alchemisten schon seit Jahren.«

»Kein Stein, mein Freund. Wie Ihr erkannt habt, stellt nicht das Entnehmen von Blut *aus* dem Körper die Ausgewogenheit der Stimmungen wieder her, wie Ärzte so lange irrtümlich glaubten, sondern, dem Körper Schönheit und Vergnügen *hinzu*zufügen. Daher begriffen die Alchemisten zuerst nicht, wonach sie suchten. Es ist nicht ein Stein, der verwandeln wird, sondern eine Flüssigkeit, ein Elixir.«

Die Augen des Mönches glänzten. »Und Ihr habt entdeckt, wie man diese Flüssigkeit herstellt? Ihr müsst in der Tat ein reicher Mann sein.«

Zophiel schüttelte kummervoll den Kopf. »Leider nicht, ich habe es nicht entdeckt, obwohl ich hoffe, mein Freund, aber ich habe auf meinen Reisen jemanden gefunden, der es entdeckt hat. Und als Dank für einen Dienst, den ich ihm erwiesen habe, gab er mir einige wenige Tropfen dieses kostbaren Elixirs.«

Hier presste Zophiel eine Hand auf seine Brust und verbeugte sich bescheiden, womit er andeutete, dass der fragliche Dienst alles andere als bescheiden war.

»Leider habe ich bereits das meiste verbraucht, um Körper und Seele in diesen harten Zeiten zusammenzuhalten. Aber als ich von der Verwandlung hörte, die Ihr am Körper vollbracht habt, wollte ich hierherkommen, um Euch zu zeigen, was möglich wäre. Ich weiß, dass nur ein Mann wie Ihr wahrlich verstehen würde, wessen er Zeuge würde. Ich wäre bereit, mit den letzten verbliebenen Tropfen das Wunder zu Eurer Erbauung zu demonstrieren.«

Der Mönch zögerte. Er sprach mit jemandem, der in seiner Nähe stand, und wir hörten, wie sich jemand vom Tor entfernte. Schließlich erklang das Rasseln der Ketten und Schlösser.

»Ihr dürft hereinkommen, aber nur bis zum Pförtnerhaus. Ich

möchte nicht, dass die Frauen sehen ...« Er zögerte, meine Narbe betrachtend.

Ich lächelte schief. Er glaubte zweifellos, dass meine purpurfarbene Narbe und die leere Augenhöhle weder schön noch vergnüglich waren.

Als wir erst hineingelangt waren, war ich derjenige, der dastand und starrte. Nach all den elenden Dörfern und Städten, den kahl geschlagenen Gärten, den auf den Feldern verrottenden Ernten, schien Voluptas wie eine durch Hunger bewirkte Halluzination. Hier gab es gepflegte Obst- und Kräutergärten, gestutzt und ordentlich, bereit für die ersten Knospen. Rasenflächen schmiegten sich zwischen Reihen Thymian und Kamille, bereit für Liebende, wenn die Tage wieder warm wären. Klares Wasser lief Berieselungskanäle entlang und strotzte zweifellos vor Fischen, während weiße Tauben in den Kräutern pickten, was vermuten ließ, dass es irgendwo auch einen gut ausgestatteten Taubenschlag gab. Nichts lenkte den Blick von diesem Genuss ab. Es war eine Welt, die aus der Zeit gefallen war.

Der Mönch drängte uns eilig in einen kleinen, steinernen Raum zu einer Seite des Tores. Wenige Minuten später kamen einige Männer herbei. Sie trugen keine Mönchskleidung. Das edle Tuch, die üppigen Farben und die warmen Pelze, die sie stolz zur Schau trugen, waren ein Beweis dafür, dass nur die Reichen hierherkamen, um ihre wundervollen Gedanken zu hegen. Der Mönch wusste, was er wollte. Predige den Reichen von Behaglichkeit, und du wirst fett werden. Predige den Armen von der Hölle, und du wirst mit ihnen verhungern.

Zophiel bat darum, eine kleine Messingkohlenpfanne sowie etwas Holzkohle bringen zu lassen, und prüfte deren Hitze mit Holzstücken und der Klinge seines Messers, bis er mit der Temperatur zufrieden war. Dann nahm er einen kleinen Schmelztiegel hervor, hielt ihn über die Kohlenpfanne und goss schwungvoll drei Tropfen einer klaren, gelartigen Flüssigkeit hinein. Sie verdampfte zu einer dichten, weißen Rauchwolke. Dann hielt er einen kleinen, grauen, stumpfen Klumpen Blei hoch.

»Seht genau her«, befahl er.

Alle beugten sich ein wenig näher. Sie sahen das Blei in den Tiegel fallen. Sie sahen den Rauch von Weiß zu Purpur zu Schwarz werden. Sie hielten den Atem an, und dann klärte sich der Rauch.

»Aufgepasst.«

Ein Keuchen erklang, als sie im fahlen Sonnenschein des Nachmittags das Glitzern sahen. Zophiel bat den Mönch, seine Hand auszustrecken, und als er den Tiegel über die weiche, fette Handfläche neigte, rollte ein kleiner Klumpen Gold hinein, genauso geformt und so groß wie der Bleiklumpen.

Ich wartete, bis wir wieder draußen waren und ich neben Zophiel im Wagen saß. Nicht einmal ein Goldklumpen konnte dem Mönch ein Fass Mehl entringen, aber wir fuhren mit einem großen Fass Wein und einem lebenden Schaf, das am hinteren Teil des Wagens angebunden war, zum Lager zurück, was mehr war, als ich mir hätte träumen lassen.

Ich sah Zophiel von der Seite an. Sein schmales, bleiches Gesicht zeigte einen Ausdruck selbstgefälliger Zufriedenheit, und seine Augen hatten diesen gejagten Ausdruck verloren, der seit dem Tag von Jofres Ermordung darin gestanden hatte. Es war Monate her, seit Zophiel die Gelegenheit hatte, vor Menschen zu agieren, und sein Erfolg hatte seine alte Anmaßung wiederhergestellt. Er hatte es gut gemacht, und er wusste es.

»Vermutlich von grauem Wachs bedecktes Gold, Zophiel. Erhitzt es, und der Wachs verbrennt unter dem Deckmantel des Rauchs. Und siehe da, das Gold darunter wird offenbar. Klug.«

Er neigte zur Bestätigung anmutig den Kopf und ließ dann seine Peitsche auf Xanthus' Rücken knallen, um sie anzutreiben. Sie ignorierte ihn.

»Aber wenn Ihr das Gold bereits hattet, warum habt Ihr dann nicht einfach das im Austausch für die Vorräte angeboten, die wir brauchten? Warum dieser Mummenschanz, der sehr leicht hätte durchschaut werden können?«

Ein Lächeln zuckte über seine dünnen Lippen. »Ihr versteht nicht, Camelot. Dies waren reiche Männer. Sie wollten kein Gold. Was nützt ihnen Gold? Sie können nichts dafür kaufen. Sie wollten einen Beweis dafür, dass sie recht hatten.«

»Gebt Ihr endlich zu, dass man einem Menschen Hoffnung verkaufen kann? Hatte ich letztendlich Erfolg damit, Euch das zu lehren?«

Er lachte und knallte erneut, fester, mit der Peitsche. Er war besserer Stimmung, als ich es seit Wochen bei ihm erlebt hatte.

»Nein, Camelot, nicht Hoffnung. Hoffnung ist für die Schwachen. Hatte ich keinen Erfolg damit, Euch das zu lehren? Zu hoffen bedeutet, sein Vertrauen in andere und in Dinge außerhalb des eigenen Selbst zu setzen. Das bedeutet Verrat und Enttäuschung. Sie wollten keine Hoffnung, Camelot, sie wollten Gewissheit. Was ein Mann braucht, ist die Gewissheit, dass er recht hat, keinen Selbstzweifel, keinen flüchtigen Gedanken daran, dass er sich irren könnte oder getäuscht wurde. Absolute Gewissheit, dass er recht hat, das gibt einem Mann die Zuversicht und Macht zu tun, was auch immer er will, und sich von dieser und der nächsten Welt zu nehmen, was auch immer er will.«

Wir lagerten in dieser Nacht nahe der Schlucht der Heilerin. Wir zündeten Feuer an, und Zophiel schlachtete das Schaf. Sein Hände waren geschickt. Ein Aufblitzen seines Messers quer über der Kehle des Tieres, und es sank ohne Kampf oder Schrei wie ein Stein zu Boden. Zophiel fing das Blut in einer Schale auf und stellte sie beiseite, und dann häuteten er und Osmond das Tier und weideten es aus. Narigorm half ihnen, hockte auf ihren Fersen, während sie die dampfenden, purpurfarbenen Eingeweide in einen Eimer zog.

Die Heilerin hatte uns gesagt, dass Adela die Leber und das Herz essen sollte, sodass ich diese zusammen mit den Nieren und dem Geschlinge in den Pansen stopfte und sie mit dem Kopf und den Füßen des Schafes in dem Blut kochte. Zwei Beine steckten wir zum Braten auf Spieße. Den übrigen Kadaver hüllten wir ein und hängten ihn an die Wagendecke, außer Reichweite aasfressender Hunde oder Füchse. Er würde sich bei diesem kalten Wetter mehrere Tage halten.

Wir schickten etwas gebratenes Fleisch, einen Schafsschlegel und ein wenig Wein als Bezahlung für die Kräuter zu der Heilerin hinauf.

Die Dunkelheit sank rasch herab, und die Luft wurde noch kälter. Der klare, indigoblaue Himmel war von Sternen übersät. Wir errichteten die Feuer im Halbkreis, sodass wir zwischen dem Fluss und den Feuern schlafen konnten. Dann saßen wir unter den Sternen, wärmten unsere Bäuche mit dem zarten, gebratenen Fleisch und knabberten auch an den in dicker Blutsoße getränkten Schlegeln. Noch nie hatte Fleisch so deftig und befriedigend geschmeckt. Wir stopften uns voll, bis unsere Bäuche angeschwollen waren, und hatten dann immer noch genug Appetit, um die Knochen zu knacken und das geschmolzene, gelbe Markfett herauszusaugen.

Adela wirkte nun heiterer, obwohl sie noch immer erschöpft war. Ich hoffte, dass die Heilerin recht behielt und die Milch bald reichlich fließen würde. Der Säugling lag schlafend in ihren Armen. Er hatte mehrere Löffel von dem Ei gegessen, und seine Augen schienen bereits weniger hohl und seine Haut glatter.

Er hatte den Namen Carwyn erhalten, was *gesegnete Liebe* bedeutet. Er war, trotz seiner Schwäche, erst nach mehreren Tagen benannt worden. Denn auch wenn wir an etwas anderes als an Jofres verstümmelten Körper gedacht hätten, hätten wir an dem Tag, an dem wir Jofre beerdigten, niemals ein unschuldiges Kind benennen können, da wir es sonst für immer mit dem Namen des Todes in Verbindung gebracht hätten.

Adela gab ihm seinen Namen. Osmond lächelte bei ihrer Wahl matt, aber er benutzte den Namen niemals. Er hielt Carwyn nie und kümmerte sich auch nicht um ihn, selbst wenn er schrie. Er saß nicht mehr da, die Arme um Adela gelegt, wie er es manchen Abend zu tun pflegte, sondern hielt sich abseits, wie Joseph auf den Gemälden der Geburt Christi. Behütend, beschützend, ja, aber abseits, nicht mehr zu Mutter und Kind gehörig.

Ich hatte Adela und Osmond nicht gesagt, was ich vermutete, und ich wollte sie dem Rest der Gruppe nicht verraten. Ich wollte nicht den Abscheu in Rodrigos und Cygnus' oder den Schmerz in Adelas und Osmonds Augen sehen. Und welches Recht hatten wir, sie zu verdammen, weil sie sich liebten? »Knochen aus meinem Knochen«, sagte Adam das nicht über Eva?

Außerdem war der kleine Carwyn der Einzige, der eine Spur von einem Lächeln auf Rodrigos Gesicht zaubern konnte. Rodrigo war vernarrt in ihn und barg ihn oft in seinen Armen, wenn Adela sich ausruhte. Sein Blick wurde sanfter, wenn er in Carwyns dunkelblaue Augen schaute, und er wirkte ein paar Minuten lang wieder wie der Rodrigo, den ich vor all diesen Monaten in dem Gasthaus kennengelernt hatte.

Seit Jofres Tod hatte er sich in sich zurückgezogen. Sein Gesicht war abgehärmt, und das nicht nur durch die karge Verpflegung. Zuvor hatte ich selten einen Tag vergehen sehen, ohne dass er seine Musik gespielt hätte. Er sagte, es sei lebenswichtig, seine Finger geschmeidig zu halten. Aber seit jenem Tag, an dem er Jofres Leichnam nach Hause trug, hatte er keine einzige Note mehr gespielt. Ich denke, er bestrafte sich, indem er sich die größte Freude versagte, weil er sich die Schuld für Jofres Tod gab. Mein Herz litt mit ihm, aber ich fand keine Worte, um ihn zu trösten.

Die Einzige von uns, die von Jofres Tod unberührt blieb, war Narigorm. Sie änderte sich nicht; die Dinge um sie herum änderten sich. Anders als die meisten Mädchen in ihrem Alter zeigte sie nicht das geringste Interesse an dem kleinen Säugling, fast als hielte sie ihn bereits für tot. Ich bemühte mich, diesen Gedanken abzuschütteln, aber ihre Art, unmittelbar durch Carwyn hindurchzublicken, als wäre er nicht da, ängstigte mich. Osmond nahm sie noch immer mit zur Jagd. Er verbrachte mehr Zeit mit ihr als mit Carwyn. Und doch kam auch er besorgt von diesen Ausflügen zurück, weil sie so viel Freude daran empfand, kleine Tiere zu töten. Aber wie Zophiel sagte, genießen Kinder den Triumph, einen Vogel oder einen Fisch zu fangen. Es ist für sie ein Spiel.

Zophiel war heiterer Stimmung, seit wir mit dem Wein und dem Schaf zurückgekehrt waren. Aber als der Mond aufstieg und die Schlucht mit fahlem Licht und langen Schatten erfüllte, kehrte sein Unbehagen zurück, und er warf bange Blicke um sich, eine Hand zu dem Messer an seinem Gürtel abirrend. Die Nacht war die Domäne des Wolfes.

Ich blickte zu dem Hügelkamm oberhalb der Schlucht hinauf. Das Mondlicht streifte ihn mit silbernem Glanz, aber dort oben regte sich nichts. Ich konnte nichts außer dem Knistern des Feuers und dem Wasser des Flusses hören, das über die Steine und Felsen rauschte. Während ich in der Stille des Tales dasaß und dem Rauschen des Wassers lauschte, hatte ich plötzlich das Gefühl, wieder in den Hügeln meiner Heimat zu sein. Ich konnte fast die geschmeidigen Otter sehen, die in den Flüssen jagten, das Wasser so kalt und klar, dass es die Finger betäubte. Ich konnte fast die süßen, purpurfarbenen Heidelbeeren in meinem Mund schmecken, die meine Lippen und meine Finger blau färbten. Und den Wind, den reinen, unverfälschten Wind spüren, der einem im Winter den Atem nahm und im Sommer wie Weißwein schmeckte. Ich wusste, dass es unmöglich war, aber in dieser Nacht hätte ich alles dafür gegeben, nur noch ein letztes Mal einfach dort zu stehen und den abgelegenen Frieden dort zu spüren.

Ich zuckte zusammen, als etwas Großes und Helles lautlos die Schlucht hinabglitt, unmittelbar jenseits des Lichts unserer Feuer. Da ich es nur aus dem Augenwinkel sah, konnte ich nicht erkennen, was es war. Dann hörte ich ein tiefes, sonores »oohu-oohu-oohu« – ein Uhu auf der Jagd nach seinem Abendessen.

Cygnus erschauderte bei dem unheimlichen Klang und zog den Umhang fester um sich. »Was ist, wenn der Wolf den Schafskadaver im Wagen riecht?«

»Es wird ihn zu der Stelle ziehen, wo wir das Schaf geschlachtet und gehäutet haben«, sagte Osmond. »Der Geruch des Blutes wird stärker sein.«

Sie hatten das Tier bewusst ein gutes Stück vom Lager entfernt geschlachtet, um keine Aasfresser anzuziehen, aber nun, bei Nacht, schien es doch unbehaglich nahe. Cygnus blickte in Richtung der Stelle, aber sie lag im Schatten des Hügels, zu dunkel, um dort etwas zu sehen.

»Aber was ist, wenn er dem Geruch bis zum Lager zurück folgt?«

»Das wird er nicht«, antwortete Zophiel. »Er wird dort alles finden, was er braucht.«

»Aber dort ist nur ein wenig blutgetränktes Gras. Das wird ihm nur das Maul wässerig machen.« Cygnus' Stimme zitterte leicht.

»Dort ist Fleisch. Ich bin zu der Stelle zurückgekehrt und habe etwas dagelassen.«

Ich zog meinen Stock näher heran. »Das wird ihn für heute Nacht ablenken, wofür ich zutiefst dankbar bin, Zophiel«, fügte ich hastig hinzu. »Aber laufen wir nicht Gefahr, ihn dazu zu ermutigen, uns wegen weiterer Nahrung zu folgen?«

»Ich versichere Euch, Camelot, dass es seine letzte Mahlzeit sein wird, wenn er das Fleisch heute Nacht verschlingt. Es ist mit Bergeisenhut versetzt. Kommt schon, denkt Ihr, ich würde es einfach als Geschenk dalassen? Was auch immer oder wer auch immer dieses Fleisch nimmt, wird die Dämmerung nicht mehr erleben, und dann werden wir ihn für immer los sein.«

»Wer auch immer?«

»Wart Ihr es nicht, Camelot, der uns zuerst die Geschichte von dem Werwolf erzählte? Ihr tut den Gedanken doch gewiss nicht ab, denn Eure Narbe beweist es immerhin.«

Rodrigo schaltete sich ein, als registriere er Zophiels Worte jetzt erst. »Bergeisenhut? Ihr tragt dieses Gift bei Euch?«

Zophiel lachte leise. »Ihr haltet mich für einen Mörder? Nein, ich dachte mir, dass die Heilerin welchen haben würde. Er wächst ganz in der Nähe von Wasser und ist, wie man mir sagte, wirkungsvoll, wenn er auf die Bisse bösartiger Tiere aufgetragen wird, sogar auf die Bisse eines Werwolfs.«

»Die Heilerin hat ihn Euch gegeben?« Ich konnte mir nicht vorstellen, dass sie jemandem tödliches Gift aushändigen würde, besonders nicht einem Mann wie Zophiel.

»Sagen wir, sie wurde dazu überredet, es zu tun.«

Osmond sprang sofort auf. »Was habt Ihr ihr angetan, Zophiel?«

Zophiel zuckte zurück, fing sich aber rasch wieder. »Nichts, mein Freund, es war ein kleiner Handel, nicht mehr.«

»Was könntet Ihr denn anbieten?«, fragte Osmond misstrauisch.

»Es ging eher darum, was sie hat. Es ist wohlbekannt, dass Hexen Schwarzdornwurzeln dazu benutzen, Abtreibungen durchzuführen. Wenn sie mit einer solchen Wurzel erwischt werden, besteht die Strafe, glaube ich, darin, dass sie auf einem Scheiterhaufen aus Schwarzdorn verbrannt werden. Sie hat eine Schwarzdornhecke, die lang genug ist, um einen ganzen Hexensabbat zu verbrennen.«

»Ihr habt ihr gedroht, nach allem, was sie für uns getan hat?«, schrie Osmond.

Auch Rodrigo war aufgesprungen. Angesichts von seinem und Osmonds Zorn versuchte Zophiel, sich herauszuwinden, aber alle drei erstarrten, als der unmissverständliche Klang des Wolfsheulens die Schlucht entlang erschallte und durch die Dunkelheit widerhallte. Wir sahen uns panisch um, aber niemand von uns konnte sagen, woher der Klang kam. Der Wolf heulte immer wieder, und mit jedem Mal schien uns der Klang einzukreisen. Zuerst hörten wir ihn auf einer Seite, dann auf der anderen. Osmond und Cygnus liefen zu den Feuern, schürten sie und stapelten mehr Holz darauf, bis die Flammen aufloderten und goldene Funken in die Dunkelheit stoben. Rodrigo, seinen Stock fest in beiden Händen, blickte hierhin und dorthin und versuchte zu erkennen, woher der Angriff kommen könnte. Adela kauerte am Boden, beugte sich über den Säugling in ihren Armen, versuchte, ihn mit ihrem Körper abzuschirmen. Zophiel fuhr heftig herum, sein Messer erhoben. Seine Lippen bewegten sich lautlos, als bete er. Die Einzige, die die Gefahr nicht zu begreifen schien, war Narigorm. Sie stand reglos da, vor dem Feuer schemenhaft, eine Hand ausgestreckt, als wolle sie den Klang berühren. Dann war er fort, und Stille wogte von den Hügeln zurück, eine Stille, die das Knistern des Feuers und das dunkle, rauschende Wasser auslöschte, eine Stille, die nervenzermürbender war als das Heulen. Wir hielten den Atem an und lauschten.

Ich weiß nicht, ob die anderen in dieser Nacht Schlaf fanden. Wir hielten abwechselnd Wache und ließen die Feuer geschürt, aber obwohl ich wusste, dass andere wachten, konnte ich nicht schlafen. Schließlich sah ich erleichtert, wie ein schmaler Streifen Licht über den fernen Hügel kroch. Dann musste ich eingeschlafen sein, denn als ich erwachte, war die Sonne schon aufgegangen, und Adela rührte in einem Topf über der Glut eines der Feuer. Mein Umhang war vor Frost so starr, dass er knisterte, als ich mich zu erheben versuchte.

Ich schaute zur Hütte der Heilerin hinauf. Kein Rauch stieg von ihrem Herdfeuer auf. Vielleicht war sie noch nicht aufgestanden. Hätte ich die Nacht in einem warmen Bett verbracht, hätte ich es auch nicht eilig, daraus aufzustehen.

Ich trank gerade meine zweite Schale Brühe aus, als ich Cygnus und Osmond vom Holzsammeln ins Lager zurückkehren sah, ihr Atem weiß in der Luft. Beide hatten Bündel über den Rücken geschlungen. Aber als Cygnus an mir vorbeiging, sah ich, dass etwas nicht stimmte. Zophiel war gerade aufgestanden, kauerte am Fluss und spritzte sich Wasser ins Gesicht. Cygnus schritt zu ihm hin, zog an dem Knoten im Riemen um seinen Hals und ließ das Bündel mit dumpfem Aufschlag auf den gefrorenen Boden fallen. Es war kein Feuerholz, das er trug, sondern der leblose Körper einer Eule, einer großen Eule. Der schwarze Schnabel war weit geöffnet, als hätte sie nach Luft gerungen.

»Dies habt Ihr gestern Abend mit Eurem Bergeisenhut getötet, Zophiel. Keinen Wolf, nur dieses arme Tier.«

Zophiel richtete sich auf, wandte sich um und schüttelte funkelnde Wassertropfen von seinen Fingerspitzen. Er sah die auf dem Boden zu seinen Füßen liegende Eule kaum an.

»Irgendwelche Anzeichen, dass das Fleisch angefressen war?«

»Es wurden ein paar Streifen abgerissen, aber die hat wahrscheinlich die Eule genommen.«

Zophiel stieß mit der Stiefelspitze gegen die Federn. »Uhu. Nützlicher Jagdvogel. Vielleicht ist es ein Wildtier, aber höchstwahrscheinlich hat ihn ein unachtsamer Falkner verloren. Ich möchte nicht in seiner Haut stecken. Sie werden ihm den Preis dafür abziehen. Dennoch ist der Vogel jetzt wertlos. Ihr könnt ihn genauso gut wegwerfen.«

Cygnus versuchte sich zu beherrschen, aber er verlor den Kampf. »Vergesst den Wert des Vogels, Zophiel«, grollte er. »Was ist mi dem Fleisch, das Ihr draußen ausgelegt habt. Wenige Stücke rohes, mit Gift versetztes Fleisch hätten genügt, um einen hungrigen Wolf zu töten. Aber Ihr habt ein ganzes Bein und noch einen Teil der Flanke ausgelegt. Adela und das Baby brauchen das Fleisch. Es hätte uns alle mindestens einen Tag lang ernährt. Ihr nahmt es, ohne uns auch nur zu fragen. Weil Ihr es nun vergiftet habt, können wir nicht einmal mehr den Knochen für eine Brühe verwenden. Ich weiß, Ihr habt Angst vor dem Wolf, Zophiel, aber dies war törichte und unnütze Verschwendung.«

Zophiels Gesichtsausdruck war während Cygnus' Worten zunehmend boshaft geworden. Bei der Erwähnung seiner Angst vor dem Wolf blitzten seine Augen gefährlich auf, aber seine Stimme klang, anders als bei Cygnus, kontrolliert und ruhig.

»Darf ich Euch daran erinnern, dass mein Geschick und mein Gold dieses Schaf und den Wein erkauft haben, weshalb das Schaf und der Wein mir gehörten. Die Tatsache, dass ich sie mit Euch teile, wie ich auch meinen Wagen und meine Vorräte geteilt habe, ist etwas, wofür Ihr mir auf Knien danken solltet. Wäre ich nicht so großzügig, hättet Ihr, wie auch Adela, gestern gehungert. Es war vollkommen meine Sache, was ich mit den Überresten des Kadavers machte.«

»Wir alle teilen, was wir haben, Zophiel«, protestierte Osmond. »Ihr habt so manchen Abend von dem gegessen, was ich erjagt habe oder was Camelot für eines seiner Reliquien eingetauscht hat.«

Zophiel ignorierte die Unterbrechung und sah Cygnus weiterhin boshaft an.

»Ich habe das Fleisch, Fleisch, das ich auch hätte essen können, in dem Versuch geopfert, uns alle vor dem Schicksal unseres eigensinnigen jungen Freundes zu bewahren. Gewiss werdet Ihr anerkennen, dass es das Opfer einer Tagesration wert war. Ich hoffe, Ihr habt nicht vergessen, wie Jofres Leichnam aussah, als er geborgen wurde. Es ist schwer, ohne Kehle auch nur ein Stück Schaffleisch zu essen. Ich schlage vor, dass Ihr das in Erinnerung behaltet, bevor Ihr es erneut wagt, mich zu kritisieren. Und was die Verschwendung des Fleisches betrifft, so werden wir es morgen Abend wieder auslegen, und den

Abend darauf ebenso, wenn es sein muss. Wer weiß – wenn wir Glück haben, können wir die Welt vielleicht von einem weiteren Eurer gefiederten Vettern befreien.«

Er trat den Körper der Eule mit dem Fuß aus dem Weg und entfernte sich vom Ufer des Flusses. Als er an Cygnus vorbeistrich, stieß er ihn mit der Schulter hart an. Cygnus glitt auf dem gefrorenen Gras aus, stolperte rückwärts und wankte am Rande des Ufers. Er konnte das Gleichgewicht nicht halten und fiel rückwärts ins Wasser. Der Fluss war nicht tief, aber er war eiskalt. Der Schock ließ ihn keuchen, gerade als die Welle, die er durch seinen Sturz verursacht hatte, über sein Gesicht schwappte. Er würgte, als das Wasser seinen Mund und seine Lungen erfüllte. Da er auf den glitschigen Felsen keinen Halt finden konnte und von seiner schweren, wassergetränkten Kleidung herabgezogen wurde, geriet er in Panik und schlug mit seinem einen Arm wild um sich.

Rodrigo lief über das Gras und tauchte platschend in den Fluss. Er packte Cygnus, gerade als sein Kopf wieder untertauchen wollte. Er zog ihn hoch, hievte ihn heraus und schleppte ihn ans Ufer.

Cygnus sank auf dem Gras auf die Knie, hustete und prustete. Rodrigo schlug ihm auf den Rücken, während er nach Luft rang. Er blieb am Boden, tat schmerzvoll flache Atemzüge und zitterte unkontrolliert.

Rodrigo legte eine Hand auf seine Schulter. »Zieht Eure nasse Kleidung aus und kommt zum Feuer. Narigorm, hol eine Decke.«

Aber Cygnus konnte sich nicht rühren. Rodrigo kauerte sich hin und schälte ihm den durchtränkten Umhang vom Rücken. Während er dem zitternden Jungen aus seinen nassen Kleidern half, schaute Rodrigo zu Zophiel hoch, der die Geschehnisse belustigt beobachtete.

»Ihr habt ihn absichtlich hineingestoßen, Zophiel. Ich habe es gesehen.«

»Sein Temperament brauchte eine Abkühlung.«

»Ihr wisst, dass er nicht schwimmen kann.«

»Dann ist es an der Zeit, dass er es lernt. Ist das nicht das, was Schwäne tun – schwimmen? Das ist doch gewiss der Sinn, ein Schwan zu sein, das und einen feinen Braten für den Tisch abzugeben. Immerhin sind sie zu nichts sonst nütze.«

Er hielte inne, schaute und warf plötzlich, brüllend vor Lachen, den Kopf zurück.

»Aber was haben wir denn da? Ich habe mich wohl geirrt. Unser kleiner Prinz ist nach allem doch kein Schwan.«

Wir wandten uns um und folgten Zophiels spöttischem Blick. Cygnus kniete noch immer auf dem Gras. Aber er war jetzt bis zur Taille nackt, und wir sahen sofort, was Zophiel meinte. Da war keine Schwinge, da waren keine Federn mehr, nur ein weicher, rötlicher, fleischiger Stumpf, ungefähr von der Länge seines Fußes, mit sechs kleinen, an der Unterseite aufgereihten Wulsten, fleischige Knoten, nicht größer als die Brustwarzen einer Frau.

Zophiel grinste breit. »Wenn ich natürlich gewusst hätte, dass er nur ein armer Krüppel ist, hätte ich niemals …«

Cygnus zuckte bei dem Wort *Krüppel* zusammen, aber Zophiel bekam keine Gelegenheit, seinen Satz zu beenden. Rodrigo war mit einer schnellen Bewegung zu ihm getreten und schlug ihm mit dem Handrücken hart auf den Mund. Zophiel fiel rückwärts aufs Gras, erholte sich aber rasch wieder. Die linke Hand an seinen Mund haltend, rappelte er sich hoch. Ich sah aus dem Augenwinkel, dass das Sonnenlicht blitzartig von etwas in Zophiels rechter Hand reflektiert wurde. Ich wollte einen Warnruf ausstoßen, aber Osmond erreichte Zophiel vorher. Er packte sein Handgelenk und drehte es um. Das Messer fiel auf den gefrorenen Boden.

Osmond trat es fort. »O nein, tut das nicht, Zophiel, Ihr habt es herausgefordert.«

Zophiel stand einen Moment da und starrte Rodrigo finster an, dann wischte er sich das von einer rasch anschwellenden Lippe hinabrieselnde Blut ab.

»Seht Euch vor, Rodrigo«, sagte er ruhig. »Dies war das zweite Mal, dass Ihr die Hand gegen mich erhoben habt. Ich werde kein drittes Mal dulden.«

Kapitel 21

DIE STEHENDEN STEINE

Am späten Vormittag, als wir unsere Sachen zusammenpackten, stieg noch immer kein Rauch vom Herdfeuer der Heilerin auf. Ich machte mir Sorgen, aber die Übrigen waren zu sehr mit dem Streit zwischen Rodrigo und Zophiel beschäftigt, um es zu bemerken.

Eigentlich wollte ich nie wieder zur Hütte der Heilerin, aber ich wusste, dass ich nicht aufbrechen konnte, ohne herauszufinden, ob vielleicht etwas nicht stimmte. Ich fühlte mich erneut verantwortlich. Hätte ich und nicht Zophiel ihr am Vortag das gebratene Fleisch und den Wein gebracht, hätte er keine Chance gehabt, sie zu bedrohen. Was wäre, wenn er mehr getan hätte als nur zu drohen?

Es war in diesen Zeiten Wahnsinn, sich einer Behausung zu nähern, in der kein Herdfeuer brannte. Ich wusste das, und dennoch stieg ich den Pfad hinauf. Ich rief, als ich das Tor erreichte, aber es erfolgte keine Antwort. Der Garten war so, wie ich ihn am Vortag gesehen hatte. Die Hennen gackerten und gluckten noch immer zwischen den Kräutern. Die seltsamen Früchte an dem Vogelbeerbaum hingen vom Frost schwer herab.

Als ich die Hütte erreichte und auf meine Rufe immer noch keine Antwort erhielt, schob ich den schweren Ledervorhang beiseite. Felsen, die zum Hang gehörten, ragten als natürliche Simse und Regale in den Raum hinein, auf denen sich Töpfe und Tongefäße stapelten. Bündel getrockneter Kräuter hingen von den Dachbalken. Der schwarze Eisentopf, der in der Mitte des Raumes über dem Feuer hing, war leer, und das Feuer darunter war weit heruntergebrannt.

Nur einige wenige blutrote Streifen in der grauen Asche, die wie kleine Adern wirkten, zeigten, dass darunter noch Glut war. Die Möbel in dem Raum waren schlicht: eine hölzerne Kleiderkiste, zwei niedrige Stühle und ein schmales Bett, auf den sich eine schmächtige, graue Katze zusammengerollt hatte und mich mit großen, grünen Augen gelassen betrachtete.

»Na, wo ist dein Frauchen?«

Die Katze blinzelte und leckte sich eine Pfote.

Ich ging wieder hinaus und spähte hinter Büsche, um nachzusehen, ob die Heilerin bewusstlos irgendwo lag, aber es war keine Spur von ihr zu sehen. Vielleicht hatte Zophiel sie so geängstigt, dass sie geflohen war. Ich schaute prüfend über die Schlucht, aber auch dort war niemand zu sehen. Der Wasserfall rauschte tosend über die Felsen in den darunter liegenden, dunklen Teich.

Ich wandte mich zum Gehen und stellte eine kleine Flasche von Zophiels Wein an der Tür ab. Zophiel wusste nicht, dass er ihr dieses Geschenk machte, aber ich fand, es sei das Mindeste, was er tun könnte.

Ich befand mich schon auf dem Weg nach unten, als die Stimme hinter mir rief: »Wenn das Wein ist, den Ihr an meiner Tür zurückgelassen habt, dann danke ich Euch.«

Ich wandte mich um. Das Tor war wieder offen, und die Heilerin stand da, eine Hand darauf gestützt, aber ob sie es von innen oder außen geöffnet hatte, konnte ich nicht erkennen.

Ich lief einige Schritte zurück, nahe genug, um reden zu können, ohne schreien zu müssen, aber nicht so nahe, dass sie mich hätte berühren können.

»Ich bin gekommen, um mich für Zophiel zu entschuldigen, den Mann, der gestern Abend zu Euch kam … und um Euch zu versichern, dass ich, was immer er auch gesagt hat, nicht zulassen werde, dass er seine Drohungen wahr macht.«

»Euer Freund ist ein Mann, der große Angst hat, und das aus gutem Grund, dem Heulen nach zu urteilen, das ich letzte Nacht gehört habe. Er tut mir leid. Darum gab ich ihm, was er wollte, nicht weil er mich bedroht hätte.«

»Dann habt Ihr den Wolf gehört.«

»Ich habe ihn gehört. Es ist Eurem Freund nicht gelungen, ihn zu töten.«

Dies war eine Feststellung, keine Frage. Ich wunderte mich, wie gut sie hörte. »Er hat den Köder nicht angenommen. Aber wir ziehen weiter. Ich denke, er wird uns folgen, sodass Ihr keine Furcht vor ihm haben müsst.«

»Ich fürchte Priester und andere, die glauben, man sollte den barmherzigen Gott am besten mit Fegefeuern und Folterbänken verehren, aber nicht diesen Wolf. Ich weiß, dass er nicht mich jagt.«

Ich blickte auf das Lager hinab. Ich konnte erkennen, wie Cygnus Xanthus rückwärts zwischen die Wagendeichseln dirigierte. »Ich muss gehen, aber vielen Dank für Eure Hilfe. Der Frau und dem Kind geht es bereits besser.«

»Das freut mich.«

Ich wandte mich ab und tat erneut ein paar Schritte den Weg hinab, bevor ich mich noch einmal umwandte. Die Heilerin stand noch immer dort, eine Hand auf dem Tor, als erwarte sie, dass ich noch etwas sagen würde.

»Verzeiht, aber ich bin neugierig. Wo wart Ihr, gerade eben? Ich konnte Euch nirgends finden. Habt Ihr gehört, wie ich Euch gerufen habe?«

Sie lächelte. »Ich hörte Euch. Ich war da.«

Ein Bild von grauem Fell und grünen Augen tauchte blitzartig in meinem Geist auf, und bevor ich mich beherrschen konnte, platzte ich heraus: »Die Katze?«

Sie lachte. »Ihr denkt auch, dass ich eine Hexe bin? Nein, nicht die Katze, der Wasserfall. Wasser ist glasklar, und doch kann es einen besser verbergen als eine solide Tür. Hinter dem Wasserfall befindet sich eine Höhle. Ich entdeckte sie vor langer Zeit, und meine Mutter kannte sie schon davor. Würden die Menschen richtig hinschauen, würden sie sie sehen, aber sie tun es nicht. Wenn Ihr Euch verstecken wollt, ist der beste Platz häufig frei einsehbar. Aber das habt Ihr wohl auch schon selbst erkannt.«

Die Reise an jenem Tag war nervenaufreibender als gewöhnlich.

Der Boden war hart gefroren, was Xanthus ihre Aufgabe erleichterte und wodurch wir schneller vorankamen, aber trotz des Wintersonnenscheins lag eine Sturmwolke über der Gruppe. Adela bemühte sich, weiterhin fröhlich zu plaudern, aber es wirkte nicht. Zophiels angeschwollene und offensichtlich schmerzende Lippe erinnerte ihn ständig an die Demütigung, die er erlitten hatte, und so etwas konnte er noch nie gut ertragen. Nur Narigorm blieb von Zophiels Sticheleien verschont. Er ließ seine Wut zuerst an Rodrigo aus, dann an Cygnus und schließlich an Adela, reizte sie bei jeder Gelegenheit, bis Osmond nahe daran war, ihm ein zu seiner Lippe passendes blaues Auge zu verpassen. Rodrigo, der Zophiel ignorierte, versuchte verzweifelt, Cygnus im Gespräch zu ermutigen, aber Cygnus, der nur einsilbig antwortete, machte deutlich, dass er in Ruhe gelassen werden wollte.

Um die Dinge noch zu verschlimmern, verlief die Straße nun am Rande eines uralten Waldes entlang. Obwohl die Sonne auf dem Frost der kahlen, schwarzen Äste der Bäume funkelte, bereitete der Wald uns allen Unbehagen. Es waren keine Blätter an den Bäumen und Büschen, aber die dicken Stämme und das Gewirr der Brombeerranken erschwerten den Blick in den Wald hinein. Nach den Ängsten der Nacht zuvor waren wir alle nervös. Alles Mögliche konnte in den Schatten mit uns Schritt halten, hinter den Bäumen entlangschleichen. Und es waren nicht nur Tiere, um die wir uns Sorgen machen mussten, es gab auch menschliche Räuber. Eine Bande von Mördern könnte sich mühelos hinter der nächsten Biegung verbergen, und jeder Vogelruf, jedes Rascheln könnte ihr Signal sein.

Schließlich kamen wir zu einer Weggabelung. Die Hauptstraße verlief weiter durch den Wald, aber ein kleiner, rauerer Weg schien von den Bäumen fort wieder in offenes Gelände zu führen. Niemand von uns wollte die Nacht im Wald verbringen, sodass wir einstimmig beschlossen, Xanthus auf denraueren Weg zu führen.

Die Sonne stand tief, und der Nachtfrost senkte sich bereits herab. Abgesehen von dem dunklen Band des Waldes hinter uns sah man nichts außer einem fernen Kreis aufrecht stehender, dunkler Steine. Sie hoben sich deutlich von der unendlichen Weite des sich rötenden

Himmels ab. Es war ein trostloser, karger Ort. Ich erschauderte, wenn ich daran dachte, welche Art Götter hier vielleicht früher verehrt wurden.

Bald wurde deutlich, dass der Weg direkt zu den Steinen hinführte. Nach all diesen Mühen waren wir einer Sackgasse gefolgt, aber es war zu spät, um vor Einbruch der Nacht umzukehren, sodass wir den Wagen weiterhin auf den Steinkreis zu lenkten.

Die Steine in dem Kreis hatten ungefähr die Größe eines Mannes, und es waren zwölf. Ein größerer Stein, wie eine uralte Kriegerkönigin wirkend, stand etwas außerhalb des Kreises, und zwischen diesem und dem Kreis selbst lagen mehrere kleinere Steine umgestürzt in zwei Reihen, als hätten sie sich vor ihr niedergeworfen. Es war selbst aus der Nähe ein unheimlicher Ort, aber er war auch tröstlich, denn die Steine hatten Jahrhunderten der Stürme, Invasionen und Katastrophen getrotzt und unveränderlich überlebt.

Am Fuße des Königinnen-Steins fanden wir ein tiefes, gewölbtes Steinbecken vor, wie eine Austernschale, aber groß genug, dass ein Mensch darin sitzen konnte. Die steinerne Oberfläche des Beckens war grün vor Schlamm, aber nachdem wir erst die dünne Eisschicht durchbrochen hatten, war das Wasser darunter sauber und klar. Endlich hatten wir genug Wasser, damit Xanthus trinken und wir damit kochen konnten.

Die Sonne sank rasch, und schon fast, bevor sie untergegangen war, erschienen die ersten Sterne, dem Wind einen eisigen Hauch verleihend. Wir bereiteten unser Abendessen zu. Zophiel hatte den vergifteten Köder in einiger Entfernung von unserem Lager erneut ausgelegt, aber keiner von uns glaubte wohl, dass es funktionieren würde. Es war wie ein Amulett, ein Talisman, etwas, das Unheil abwenden soll, wenn man nicht die Macht hat, es zu verhindern. Zophiel brauchte trotz seiner Worte die Hoffnung, ebenso sehr wie wir Übrigen. Als der Himmel dunkler wurde, lief er ruhelos auf und ab und spähte durch die Lücken zwischen den Steinen in alle Richtungen, aber er verließ ihren Schutzkreis nicht.

»Willst du nichts essen, Narigorm?«, rief Adela über die Schulter, während sie Schaffleisch in meine Schale füllte.

Narigorm kauerte im Schatten eines der Steine. Sie saß vornübergebeugt und betrachtete etwas auf dem Boden vor sich, was in dem vom Feuer verbreiteten Licht lag. Meine Brust zog sich mit einem dumpfen Schmerz zusammen, als ich beobachtete, wie ihre Hände in der vertrauten Art über dem Boden schwebten.

»Narigorm, hast du gehört, was Adela gesagt hat? Komm jetzt und iss!«

Adela sah sich bei der Schärfe in meiner Stimme überrascht um, aber Narigorm regte sich nicht.

»Ich hatte es nicht bemerkt«, sagte Adela mit besorgter Stimme. »Man sollte sie besser nicht stören, wenn sie die Runen liest, Camelot. Es könnte … Unglück bringen. Ich werde ihre Portion für sie aufheben.«

Die uralten Steine wirkten in der Dunkelheit höher. Seltsame Umrisse tanzten in dem vom Feuer geworfenen Licht darüber, als würde uns eine Heerschar von Menschen unmittelbar außerhalb unserer Sicht umkreisen und wir nähmen nur ihre Schatten wahr.

Ich nahm eine Schale mit Schaffleisch und ging zu Narigorm hinüber, stellte mich bewusst zwischen sie und das Feuer, um das Licht zu verdecken. Ich streckte die Schale aus und hoffte, dass der daraus aufsteigende üppige, heiße Dampf sie ablenken würde.

»Bitte, Narigorm«, sagte ich schwach, »warum lässt du das nicht sein und kommst essen. Heute Abend keine Runen, sei ein gutes Mädchen, nicht an diesem Ort.«

»Was kann es schaden?«, fragte Osmond. »Vielleicht wird sie uns erzählen, wie wir diesen Wolf loswerden können. Mir wäre schon wohler, wenn wir überhaupt wüssten, warum er uns folgt.«

Was kann es schaden? Ich hatte keinem aus unserer Gruppe je gesagt, was Narigorm in der Nacht, in der Carwyn geboren wurde und Jofre starb, in den Runen gelesen hatte. Seitdem redete ich mir ein, dass ihre Worte nichts bedeutet hatten. Wir waren in jener Nacht alle um Adela und das Baby besorgt. Narigorm hatte nur laut ausgesprochen, was wir insgeheim alle fürchteten. Jofres Tod war Zufall gewesen, nicht mehr. Man kann aus den Prophezeiungen eines Wahrsagers alles herauslesen. Sie formulieren sie bewusst ausreichend vage, damit sie stets wahr zu werden scheinen. Vielleicht hatte sie von Pleasances Tod auch nicht wirklich aus den Runen erfahren. Sie hätte ihr gefolgt sein und gesehen haben können, wie sie dort hing. Es war nichts Mystisches daran, das versuchte ich mir zumindest einzureden.

Narigorm nahm eine Rune hoch und hielt sie in den Feuerschein. Das Symbol darauf ähnelte einem auf der Seite liegenden Topf.

»Ein umgekehrter *Peorth*.«

Osmond betrachtete das Symbol und wandte dann schnell den Blick ab. »Hat das mit dem Wolf zu tun?«

»*Peorth* bezeichnet ein Geheimnis, das jemand nicht erzählt hat.«

Er lachte unbehaglich. »Wir haben alle Geheimnisse. Lass mich nachdenken. Als Junge war ich unsterblich in das Dienstmädchen meiner Mutter verliebt, aber ich war zu schüchtern, um es ihr jemals zu sagen. Da, ist das das Geheimnis?«

Narigorm schüttelte den Kopf. »Umgekehrt bedeutet *Peorth* ein dunkles Geheimnis, ein dunkles Geheimnis, das bald offenbart werden wird.«

Ich hörte irgendwo hinter mir jemanden scharf einatmen, und dann sagte Osmond ruhig: »Camelot hat recht. Du solltest jetzt essen.«

Aber Narigorm hielt eine zweite Rune mit zwei hineingeritzten, v-förmigen Symbolen hoch, die, einander gegenüberliegend, ineinandergriffen.

»*Jara*. Der Herbst. Die Zeit der Ernte.« Ihr weißes Haar leuchtete im Feuerschein wie rote und orangefarbene Flammen. Sie blickte zu Osmond hoch. »Wenn *Jara* bei *Poerth* liegt, bedeutet das, dass jemand bald die Strafe für sein dunkles Geheimnis erhalten wird.«

Ein Ausdruck panischer Angst überzog Osmonds Gesicht, und er schaute zu Adela, deren Augen gleichermaßen schreckgeweitet waren, ihre Schöpfkelle schien mitten in der Luft erstarrt.

»Das genügt, Narigorm«, sagte ich scharf.

Ich wollte noch mehr sagen, aber dann sprach Zophiel aus den Schatten.

Seine Stimme klang seltsam angespannt, fast flehend. »Die Runen zeigen nur, was sein könnte. Wir besitzen die Macht, die Dinge zu ändern. Die Runen warnen nur vor etwas, was geschehen wird, wenn wir nichts unternehmen, um es zu verhindern.«

Narigorm hob den Kopf und sah ihn an. Das Licht der Flammen tanzte über ihr blasses Gesicht, als würden sich Giftschlangen auf ihrer Haut winden. Dann nahm sie, ohne zu antworten, eine dritte Rune auf und hielt sie hoch. Dieses Symbol sah wie ein gewinkeltes Kreuz aus.

»*Nyd*«, sagte sie. »Das ist die Schicksalsrune, die bedeutet, dass man nichts tun kann, um die beiden anderen zu ändern. Das in ihnen festgeschriebene Schicksal ist unveränderlich. Das dunkle Geheimnis wird offenbart und bestraft werden.«

In dem darauffolgenden Schweigen regte sich niemand. Die einzigen Geräusche waren das prasselnde Feuer und das schrille Wehklagen des Windes, wenn er sich zwischen den Steinen hindurchzwängte.

Schließlich war es Rodrigo, der das Schweigen brach. »Wem gelten diese Warnungen, Narigorm? Weißt du das?«

Sie griff abwärts, nahm etwas anderes vom Boden vor sich hoch und hielt es in den Feuerschein. Es war dieses Mal keine Rune, sondern eine kleine Kugel aus schwarzem Marmor.

»Wer auch immer sie fallen gelassen hat«, sagte sie.

Wir schauten erstaunt von einem zum anderen, und dann platzte Adela heraus: »Zophiel, ist das nicht die Kugel, die Ihr bei dem Bechertrick an Weihn …«

Sie brach ab. Zophiel stand dicht an einen der Steine gepresst, seine Augen vor Entsetzen geweitet. Wir konnten selbst im trüben Feuerschein erkennen, dass er heftig zitterte. Er schlug die Hände vors Gesicht und glitt langsam, wie von einem Dolch durchbohrt, den Stein hinab, bis er auf dem Boden kauerte.

»Ihr müsst mir helfen … Ihr müsst ihn aufhalten … Ihr dürft nicht zulassen, dass er mich tötet.«

Niemand regte sich. Wir waren alle zu benommen. Wir hatten Zophiel schon früher verstört erlebt, aber da war er zornig gewesen und hatte Befehle gebrüllt, aber ihn als ein zitterndes Wrack zu sehen, war weitaus erschreckender. Ich trat zu ihm und legte eine Hand auf seinen Arm. Er zuckte zusammen, schüttelte sie aber nicht ab.

»Zophiel«, sagte ich so freundlich wie möglich. »Von wem redet Ihr? Wer wird Euch töten?«

»Der Wolf«, flüsterte er.

»Kommt schon, Zophiel, dieses Heulen Nacht für Nacht quält uns alle. Ich weiß, es ist nicht natürlich für einen Wolf, uns so zu folgen, aber dies sind seltsame Zeiten. Menschen und Tiere sind gleichermaßen hungrig. Solange wir dicht beieinanderbleiben, wird uns ein einzelner Wolf nicht angreifen.«

Zophiel stöhnte, das Gesicht noch immer in den Händen vergraben.

»Wurdet Ihr früher schon einmal von einem Wolf angegriffen? Ist das der Grund, warum Ihr stets …?«

Er schüttelte den Kopf, hob ihn aber immer noch nicht an, um mich anzusehen.

Dann kam mir jäh ein Gedanke. »Zophiel, als wir in der Höhle waren, in der Nacht, als wir zum ersten Mal ein Wolfsheulen hörten, sagtet Ihr, dass das Feuer den Wolf abschrecken würde, wenn er ein Tier wäre, dass es ihn aber anziehen würde, wenn er ein Mensch wäre. Denkt Ihr, das ist dort draußen – eine Art menschlicher Wolf?«

Er zuckte zusammen.

»Zophiel«, sagte ich drängend, »wenn Ihr wisst, was dieses Lebewesen ist, müsst Ihr es uns sagen. Wir müssen wissen, womit wir es zu tun haben.«

Ein Zischen erklang, als Osmond einen glühenden Stock in einen Becher steckte. Er trat zu der Stelle, wo Zophiel kauerte.

»Heißer Wein«, sagte er unbeholfen und hielt Zophiel den Becher hin. In seinem Gesicht standen sowohl Verlegenheit als auch Mitleid.

Zophiel nahm den Becher, obwohl seine Hände so sehr zitterten, dass ich ihm schließlich helfen musste. Er zuckte zusammen, als der heiße Wein auf seine aufgeplatzte Lippe traf, aber er trank ihn gierig aus.

Ich reichte Osmond den leeren Becher zurück. Er stand da und sah auf die an den Stein gekauerte, zitternde Gestalt hinab.

»Camelot hat recht. Ihr müsst es uns sagen. Wir müssen vorbereitet sein.«

Zophiel presste eine Hand auf seine geschwollene Lippe und blickte zu Boden. Dann nickte er schließlich.

»Eine Wolfsgeschichte«, sagte er mit zittrigem Lachen. »Wir haben Camelots und Pleasances Geschichte gehört, und nun wollt Ihr meine hören. Warum nicht? Wenn man den Runen glauben darf, werdet Ihr es ohnehin nur allzu bald herausfinden. Wenn ich es Euch erzähle, wird es zumindest die Wahrheit sein, nicht die Lügen, die andere über mich erzählen.«

Zophiel schwieg lange Zeit und begann dann, mit noch immer zitternder Stimme, die aber allmählich ihre übliche Beherrschtheit zurückerlangte.

»Es war einmal ein Junge aus einer armen Familie, fängst du nicht so eine Geschichte an, Cygnus? Er war einer von fünf Brüdern, aber dieser Junge war anders als die anderen, lernte rasch und war klug. Er war auch fromm, und seine Brüder hassten ihn dafür. Sie hänselten und quälten ihn, aber das machte ihn nur noch gottesfürchtiger. Der örtliche Priester drängte seinen Vater, den Jungen im Alter von erst sieben Jahren in einen Orden für Minderjährige zu geben, damit er eine Armenschule besuchen könne. Dort bekam er eine solide und harte Ausbildung. Sie lehrten ihre Schüler gründlich, und sie schlugen sie auch gründlich, ließen sie niemals vergessen, dass sie als Almosenempfänger dort waren. Aber Disziplin stärkt die Entschlossenheit und reinigt die Seele. Der Junge wurde zum Messdiener, ging aus seiner Ausbildung mit dem Wissen hervor, dass er fähig war, Gott zu dienen, und glaubte naiverweise, dass Gott die Ernsthaftigkeit in seinem Herzen erkennen und ihn für seinen treuen Dienst belohnen würde.

Er bekam als stellvertretender Diakon die höheren Weihen und stieg schließlich zum Kaplan auf, aber es ist nicht leicht für einen jungen Mann ohne reichen Förderer, eine Pfründe zu finden. Er diente Pfarrern, die ungebildete Narren und deren Lateinkenntnisse so armselig waren, dass sie die Messe auswendig gelernt daherplapperten, ohne zu wissen, was sie sagten. Oft machten sie sich monatelang nicht die Mühe, zu den Gottesdiensten zu erscheinen, sondern überließen dem jungen Kaplan die Seelsorge.

Schließlich erlangte der junge Mann in der Stadt Lincoln eine Pfarrei, aber auch wenn diese große Stadt reich ist, war seine Pfarrei es nicht. Sie lag im ärmsten Viertel. Keine reichen Gilden stifteten der Kirche Kapellen oder silberne Abendmahlskelche oder auch nur genug, um das undichte Dach zu flicken. Die Kirche lag nicht am Pilgerweg zum Schrein des heiligen Hugh in der großen Kathedrale. Sie lag am Fuße des Hügels an der stinkenden Uferstraße. Nur die ärmsten Menschen, Trinker, Huren und gewöhnliche Seeleute kamen dorthin. Die reichen Händler und Schiffskapitäne beteten in den angeseheneren Kirchen.

Dennoch arbeitete der Priester hart und ging täglich zur Kathedrale – um wahrgenommen zu werden und in der Hoffnung auf Verbesserungen. Er rottete unermüdlich die Sünde aus, wo immer er sie fand, kümmerte sich um die übelriechenden Armen auf ihren Totenbetten und machte Betrunkenen und Huren Vorhaltungen, ohne an seine eigene Gesundheit zu denken. Er hatte damals noch immer seinen Glauben, unser junger Priester, den Glauben, dass Gott und der Bischof ihn, wenn er eifrig seinen Pflichten nachkam, mit einer Pfarrei belohnen würden, in der sein Wissen und seine Talente mehr geschätzt würden.«

Zophiel zuckte zusammen, als hätte er etwas gehört. Er blickte in die Dunkelheit hinaus, den Rücken an den harten Granit gepresst, dessen Schatten über ihm lag wie eine Decke, als könne er darin untertauchen, verschwinden, wie eine Kugel bei einem seiner Zaubertricks. Aber wie dunkel ein Ort auch sein mag, an dem sich ein Mensch versteckt, so wird doch der kleinste Lichtschimmer das Weiße seiner Augen offenbaren, und das sahen wir jetzt, vor Angst geweitet, im Mondlicht wie bleiche Knochen schimmernd.

Osmond holte ihm noch einen Becher Wein, und er nahm einen großen Schluck, bevor er seine Geschichte wieder aufnahm.

»Dann geschah eines Tages ein Wunder. Es war mitten im Winter, es war viel Schnee gefallen, und die Schiffe mussten eine Fahrrinne durch das Eis brechen, um zur Uferstraße zu kommen. Der Priester las gerade das dritte Offizium des Tages. Es waren nur eine Handvoll Leute in der Kirche, überwiegend Alte oder Bettler, die hereingekommen waren, um vor der Kälte zu flüchten – nicht dass die Kirche viel wärmer war als die Straße. Plötzlich wurde die Tür aufgestoßen, und eine Frau taumelte herein, einen kleinen Jungen leblos und still in den Armen. Er hatte auf dem Eis gespielt und war eingebrochen. Sie hatten ihn herausgefischt, aber es war zu spät, der Junge war tot. Die Mutter bat den Priester, für ihn zu beten. Man konnte nichts mehr tun, aber die Frau war so verzweifelt, dass der Priester ihr den Jungen abnahm und ihn in die Sakristei trug, aber in seiner Eile stolperte er und fiel auf das Kind. Dieser ruckartige Sturz oder das Gewicht des Priesters musste das Wasser aus den Lungen des Jungen gepresst haben, denn als sich der Priester herabbeugte, um ihn wieder hochzunehmen, hustete das Kind und begann zu atmen. Er trug den Jungen in die Kirche zurück, und seine Mutter war überglücklich, als sie erkannte, dass der Junge lebte. Niemand hatte gesehen, dass der Priester den Jungen fallen gelassen hatte, und bevor er die Gelegenheit hatte, es zu erklären, sprachen alle davon, wie der Priester über einem toten Kind gebetet und es ins Leben zurückgeholt hatte.

Die Nachricht über das Wunder verbreitete sich, und die Menschen kamen bald in Scharen zu dem Priester, um Hilfe zu erbitten, die Armen zuerst, aber dann auch die Reichen, die Geld und schöne Geschenke in der Kirche hinterließen. Sie schickten nach ihm, damit er in ihre Häuser kommen und ihren Kranken die Hand auflegen sollte, und sie waren in ihrer Dankbarkeit großzügig.«

»Der Priester heilte andere?«, unterbrach Adela ihn.

Zophiel lachte verbittert. »Wunder sind wie Morde. Nach dem Ersten wird jedes weitere leichter als das vorige, und mit jedem Erfolg wächst die Selbstsicherheit des Wundertäters. Aber die Kranken zu heilen und die Toten wiederzuerwecken, genügt nicht. Die Menschen wollen ein Schauspiel sehen. Sie wollen die große Geste, genauso wie das ungebildete Volk den Prunk und das Spektakel braucht, um die Macht und die Herrlichkeit Gottes würdigen zu können. Bietet ihnen ein stilles Gebet und ein einfaches Handauflegen, und sie glauben, dass nichts Wichtiges geschehen sei. Also muss man ihnen Schweiß und Blut geben. Führt Eure Hände über den Kopf eines Menschen, ringt und stöhnt und zieht einen Stein hervor und sagt ihm, dies habe seine Kopfschmerzen verursacht. Schreit mit gequälten Worten laut auf, lasst sie die Mühe erkennen, die es kostet, dann haltet einen blutigen Knorpel hoch und sagt: ›Dies habe ich Eurem Bauch entrungen.‹«

Rodrigo schüttelte angewidert den Kopf. »Ihr habt Camelot einen Lügner genannt, weil er Menschen Religionen verkauft, und nun erzählt Ihr uns dies.«

»Ich habe ihnen nicht die falschen Knochen von Heiligen verkauft oder ihnen gesagt, sie sollten ihr Vertrauen in Lügen setzen. Versteht Ihr nicht? Ich habe sie tatsächlich geheilt. Ich zeigte ihnen die Steine nur, damit sie anerkannten, was ich für sie tat, aber es waren meine Hände, die sie geheilt haben. Ich besaß die Macht zu heilen. Gott wirkte durch mich. Er zeigte mir das, als ich das Kind von den Toten wiedererweckte. Er erwählte mich, weil meine Seele rein war, weil ich daran gearbeitet hatte, sie rein zu erhalten.« Zophiel atmete schwer, bemüht, wieder Kontrolle über sich zu erlangen.

»Also, was ging schief, Zophiel?«, fragte ich ruhig.

»Ein Mädchen. Eine dumme, kleine Hure und ihre Mutter. Sie war die jüngste Tochter reicher Eltern, ein Mädchen von ungefähr vierzehn Jahren. Sie war verwöhnt und verdorben. Sie wollte nicht essen, und als sie dazu gezwungen wurde, brachte sie sich dazu zu erbrechen, was sie gegessen hatte. Sie lag tagelang da, redete nicht, starrte nur an die Decke. Sie hatte auch Anfälle, Krämpfe, nicht häufig, aber so, dass sich ihre Eltern Sorgen um ihre Heiratsaussichten machten. Die Ärzte konnten ihr nicht helfen, sodass sie mich riefen, wie es so viele in jener Zeit taten. Ich legte ihr die Hände auf und verkündete, sie sei geheilt, aber in genau der Nacht bekam sie einen weiteren Krampf, dieses Mal schlimmer als zuvor.

Da sie sich weigerte zu akzeptieren, dass sie geheilt war, erkannte ich, dass sie irgendeine schlimme Sünde beging. Ich untersuchte sie allein, und schließlich gab sie zu, dass sie sich an ihren intimen Stellen selbst berührte und sich erregte. Ich befahl ihr, damit aufzuhören, aber obwohl sie schwor, das getan zu haben, wusste ich, dass es nicht stimmte, denn die Krankheit blieb. Danach sah ich sie täglich allein, um ihr die Beichte abzunehmen. Ich belegte sie mit Strafen, aber sie verharrte dennoch in ihrer Krankheit. Ich zog sie aus und peitschte sie mit einer Birkenrute, um ihr zu helfen, die Fleischeslust auszutreiben. Aber sie war so von Verderbtheit durchdrungen, dass sich ihre frevelhafte Begierde auch auf mich erstreckte. Ich begann, von ihrem nackten Körper zu träumen. Als ich versuchte, die Messe zu lesen, drang sie in meine Gebete ein. Ich erkannte, dass sie mich zu behexen versuchte. Ich peitschte sie härter aus, und mich peitschte ich noch härter aus. Ich peitschte mich aus, bis ich blutete. Ich bestrafte mein Fleisch auf jede vorstellbare Art, indem ich fastete, indem ich mir Schlaf versagte, indem ich Eisendornen an einem Gürtel trug, die sich in meine Haut bohrten, aber nichts konnte sich gegen sie behaupten.

Da ihre Krankheit anhielt, begannen sich in der Stadt Gerüchte zu verbreiten, dass ich meine Heilkräfte verloren hätte. Andere Geistliche, die eifersüchtig auf meine Wunder waren, behaupteten, ich hätte meine Heilkräfte aufgrund einer schlimmen Sünde verloren. Und dann kam die Mutter des Mädchens in meine Kirche. Sie griff mich an, beschuldigte mich, mit ihrer Tochter geschlafen zu haben, behauptete, ihre Tochter hätte ihr das gesagt. Sagte, sie würde es ihrem Ehemann erzählen.«

Zophiels Hand, die Knöchel im Mondlicht weiß schimmernd, tauchte aus der Dunkelheit seines Umhangs auf, und ich sah im Mondschein das Silber des Messers glitzern, das er in der Hand hielt.

»Ich schwöre bei Gottes heiligem Blut, das ich das Mädchen nicht leiblich erkannt habe. Wie sehr sie mich auch versucht hat, blieb ich meinen Schwüren treu. Ich blieb rein. Aber an jenem Tag, als ihre Mutter mich in meiner eigenen Kirche anschrie, begriff ich, dass Gott mich verlassen hatte und ich mich nicht gegen ihre Lügen wehren könnte. Ich wusste, was geschehen würde. Die Demütigung eines Arrests würde folgen, und obwohl ich auf einer Verhandlung vor einem Kirchengericht bestehen könnte, würde man die Anschuldigung, die Tochter eines reichen und mächtigen Mannes geschändet zu haben, nicht leichtfertig behandeln. Mein Wort stand gegen das des Mädchens, und die Strafe wäre massiv. Ich verfluchte mich dafür, jemals mit ihr allein gewesen zu sein.

Selbst wenn man mich für unschuldig befunden hätte, selbst wenn dieses erbärmliche Mädchen dazu hätte gebracht werden können, ihre Lügen zuzugeben, erkannte ich, dass niemand mehr an meine Wunder glauben würde, dass niemand mehr zum Heilen zu mir käme. Ich würde alles verlieren, wofür ich gearbeitet hatte, das Geld, den Respekt. All meine Bemühungen wären umsonst gewesen. Nach allem, was ich für Gott getan hatte, verdiente ich das nicht.

Ich konnte nicht dasitzen und darauf warten, dass sie mich holten. Also legte ich meine Priesterrobe ab, packte das Nötigste zusammen und brach bei Einbruch der Nacht auf.«

Ein langes Schweigen entstand, als Zophiel seine Geschichte beendet hatte. Er saß erneut mit dem Kopf in den Händen da, als wollte er die Erinnerung an jenen Tag ausblenden. Traurigkeit wallte in mir auf, nicht wegen des Mannes, der an dem Stein kauerte, sondern wegen des lange verlorenen Jungen, der sich einst so bemüht hatte, der so viel Vertrauen hatte.

Schließlich brach Adela das Schweigen. Sie sah ihn ungläubig an. »Ihr wart ein Priester?«, fragte sie, als hätte sie gerade erst begriffen, was er erzählt hatte. »Aber wie konntet Ihr das sein? Ihr seid ein Magier, ein Zauberer.«

Zophiel hob den Kopf und lachte verbittert. »Denkt Ihr, das sei ein Unterschied? Wenn ein Zauberer etwas vorführt, sehen die Menschen, was sie sehen wollen. Der Zauberer hält seinen Becher hoch, sagt sein Abrakadabra und seht, eine weiße Kugel wird schwarz, eine Kröte wird zu einer Taube, Blei verwandelt sich in Gold. Wenn ein Priester seinen Becher hochhält und seine lateinischen Gesänge intoniert, sagen die Leute, seht, der Wein wird zu Blut, das Brot wird zu Fleisch.«

»Das ist Blasphemie!« Osmond klang schockierter, als ich ihn jemals zuvor gehört hatte. »Rodrigo hat recht, Ihr seid ein Heuchler. Ihr habt Cygnus des Sakrilegs bezichtigt, als er vorschlug, Adela solle in der Kapelle gebären. Und dass Ihr als ein Priester sagt …«

»Wisst Ihr, was Blasphemie in Wahrheit ist, Osmond? Blasphemie ist eine Frau. Das ist es, was Gott ein Gräuel ist. Sie sind die Succubi, welche die Seele des Mannes aussaugen. Sie reißen alles nieder, was er aufgebaut hat, und vernichten ihn. Sie führen ihn von Gott in die Fallen des Teufels, und kein Mann ist vor ihnen sicher, denn auch wenn er ihren Verführungskünsten widersteht, werden sie einen Weg finden, um ihn zu Fall zu bringen. Und das werdet Ihr eines Tages selbst entdecken, Osmond. Eines Tages wird sie Euch antun, was Frauen Männern stets antun. Sie wird Eure Seele vernichten.«

Adela, die die Hände vors Gesicht geschlagen hatte, erhob sich und floh auf den Wagen zu. Osmond warf Zophiel zornige Blicke zu und ging ihr nach.

Cygnus erhob sich, sein Gesicht vor Wut verzerrt. »Wie könnt Ihr es wagen, so über Frauen zu sprechen, besonders über Adela. Sie war stets freundlich zu Euch. Und habt Ihr vergessen, dass es eine Frau war, die Euch geboren hat?«

Aber nun schaltete sich Narigorm ein. »In dieser Geschichte gab es keinen Wolf. Ihr sagtet, es wäre eine Wolfsgeschichte.«

»Narigorm hat recht«, sagte ich. »Was hat diese Geschichte mit dem Wolf zu tun?«

Zophiel leerte die letzten Tropfen Wein aus seinem Becher.

»Alles hat mit dem Wolf zu tun. Der Wolf, der uns gefolgt ist, ist ein menschlicher Wolf, wie Ihr bereits vermutet habt, Camelot. Ich wusste schon in der Nacht, in der wir ihn hörten, als wir in der Höhle waren, dass er mich gefunden hatte. Seitdem verfolgt er mich.«

»Wegen des Mädchens?«, fragte ich.

»Nein, nicht wegen des Mädchens, sie ist niemandem mehr wichtig. Wäre es das Mädchen gewesen, hätten sie die Männer des Schultheiß hinter mir her geschickt. Aber es sind nicht die Männer des Schultheiß, die uns von irgendwo dort draußen beobachten. Es ist der Wolf des Bischofs. Die Wölfe sind die Männer der Kirche, die dafür bezahlt werden, das wiederzuholen, was ihnen genommen wurde. Sie bezahlen sie gut, aber nur, wenn sie Verlorenes wiederbeschaffen. Sie arbeiten allein, verfolgen ihre Beute monatelang, manchmal jahrelang, um irgendeine gestohlene Reliquie oder ein Kleinod wiederzubeschaffen. Sie stehen außerhalb des Gesetzes. Es gibt zu viele kostbare Gegenstände in Kirchen und Abteien, deren Herkunft einer genaueren Betrachtung vor Gericht nicht standhalten würde. Welcher Bischof oder Abt kann schwören, dass seine Reliquien und Schätze nicht einst jemand anderem gehörten, jemandem, der sie zurückfordern könnte? Die Kirchenwölfe verhaften Menschen nicht und stellen sie nicht vor Gericht. Das kann die Kirche nicht riskieren. Die Wölfe bilden ihre eigene Art Gericht, und sie sind der Richter, die Geschworenen und der Henker dieses Gerichts.«

»Aber ich verstehe nicht, Ihr habt keinen Diebstahl erwähnt. Was habt Ihr gestohlen?«

»Ich habe nichts gestohlen. Ich nahm nur, was mir gehörte. Ich habe sie verdient. Sie wurden mir aus Dankbarkeit von denjenigen geschenkt, die ich geheilt habe. Es war die Macht meiner Hände, die sie heilte, nicht die Kirche. Sie standen mir zu.«

Ich schüttelte ungläubig den Kopf. »Ihr nahmt die Geschenke, die Eurer Kirche als Dankopfer gebracht wurden.«

»Diese kleine Metallplatte, die ich in der unverschlossenen Kiste ertastete, in der Nacht, als ich mich im Wagen verbarg. Ich habe gerade erkannt, was es war«, sagte Cygnus plötzlich. »Es war ein Hostienteller für geweihtes Brot, nicht wahr? Niemand würde für etwas anderes eine solch kleine Platte gestalten.«

»Das Stück hat wenig Wert, aber es gehört mir.«

Begreifen malte sich auf Cygnus' Gesicht. »Aber wenn Jofre neugierig wurde und Eure Kisten durchsuchte und sie sah, muss er erkannt haben, dass an einem Magier etwas seltsam war, der mit einem Gegenstand reist, den nur geweihte Priester berühren sollten. Das meinte er in der Kantorei, als er damit drohte, über den Inhalt Eurer Kisten zu sprechen. Er hat nicht gewusst, wer Ihr wart, aber er wusste, dass kein Laie solch einen Gegenstand auf ehrliche Art erworben haben könnte.«

»Also«, sagte Rodrigo zornig, »hatte ich recht. Ihr habt gedroht, Cygnus den Männern des Schultheiß zu übergeben, aber Ihr hattet nie vor, es zu tun. Ihr wart selbst ein Flüchtender. Ihr konntet es nicht riskieren, vor Gericht als Zeuge gegen ihn auszusagen. Ihr habt ihn mit Euren Drohungen gequält, weil es Euch amüsierte. Und Ihr habt Jofre beschuldigt, ein Dieb zu sein, obwohl Ihr …«

»Sie standen mir zu«, wiederholte Zophiel eigensinnig und ignorierte Rodrigo, dessen Augen vor Zorn flammten.

»Was ich nicht verstehe«, sagte ich, »ist dies: Warum hat dieser Wolf die Gegenstände nicht geholt, sobald er Euch gefunden hatte, wenn sie doch wissen, dass Ihr sie genommen habt?«

»Er wusste nicht sicher, dass ich sie genommen habe. Ihr denkt doch nicht, dass ich einfach damit hinausspaziert wäre. So dumm bin ich nicht. Ich habe es so erscheinen lassen, als wäre in der Kirche eingebrochen worden. Die Kirche war von Dieben und Fremden umgeben. Sie brachen ein und stahlen alles, nur um das Geld für ein Getränk oder eine Hure zu bekommen. Es war leicht, den Verdacht auf andere zu lenken. Der Wolf hatte keinen Beweis, sodass er auf eine Gelegenheit warten musste, in den Wagen zu schauen. Oder vielleicht hoffte er, ich wäre töricht genug zu versuchen, eines der Stücke zu verkaufen.«

»Und wir haben Euch unwissentlich geschützt, weil immer jemand von uns in der Nähe war«, sagte ich.

»Bis zu jenem Tag in der Kantorei, als dieser nutzlose Krüppel die Tür unverriegelt ließ, der Tag, an dem ein silberner Abendmahlskelch aus meinen Kisten gestohlen wurde.«

»Und Ihr habt Jofre beschuldigt, ihn gestohlen zu haben.«

»Der Wolf nahm den Abendmahlsbecher. Es war eine Warnung.«

Rodrigo ballte zornig die Fäuste. »Dann wusstet Ihr, dass Jofre ihn nicht gestohlen hatte.«

Ich ergriff, eingedenk des Messers in Zophiels Hand, seinen Arm.

»An jenem Morgen wusste ich es nicht, das schwöre ich. Ich glaubte, dass es Jofre war. Ich dachte, er hätte ihn genommen und in der Stadt verkauft. Ich versuchte an jenem Morgen, ihn zurückzuerlangen, aber ich konnte keine Spur davon entdecken. Da erkannte ich, dass der Wolf ihn als Warnung an mich genommen hatte.«

Rodrigo atmete schwer und mühsam. Ich konnte die Anspannung in seinem Körper spüren. Ich betete darum, dass er sein Temperament zügeln würde, denn weder Cygnus noch ich konnten ihn aufhalten, wenn uns das nicht gelänge.

»Und was geschah mit Jofre … war das auch eine Warnung?«, fragte er, seine Stimme vor unterdrückten Tränen brechend.

Zophiel antwortete nicht.

Ich zitterte. Der Wind frischte auf, und die Flammen des Feuers tanzten in den Windstößen. Rodrigo saß da, die Fäuste vor den Mund gepresst, als wagte er es nicht zu sprechen.

Mir kam ein Gedanke. »Aber wenn Ihr wisst, dass der Wolf menschlich ist, warum habt Ihr dann vergiftetes Fleisch ausgelegt? Ein Mensch würde auf eine solche List nicht hereinfallen.«

»Er muss Hunde dazu benutzen, uns unter dem Deckmantel der Dunkelheit aufzuspüren. Er kann es nicht riskieren, uns in freiem Gelände zu dichtauf zu folgen. Wir würden ihn sehen. Wenn wir die Hunde loswerden könnten, würden wir auch ihn loswerden. Außerdem könnte er, wenn er denkt, dass das Fleisch versehentlich fallengelassen oder von den Hunden gestohlen wurde, versucht sein, es mit ihnen zu teilen. Während all der Wochen dort draußen kann es ihm nicht leichtergefallen sein als uns, Nahrung zu finden.«

»Ihr habt mit Bergeisenhut vergiftetes Fleisch für einen Menschen zurückgelassen!«, schrie Cygnus. »Wisst Ihr nicht, ein wie grausamer und quälender Tod das ist?«

Zophiels Gesicht war nun zu einer Maske der Angst und des Hasses verzogen. »Ja, natürlich weiß ich das. Quälend, aber schnell, was eine größere Gnade ist, als der Wolf sie mir erwiesen hat.«

Ich empfand jäh Mitleid mit ihm, trotz allem, was er getan hatte. Auch wenn ich den Mann nicht besonders mochte, hätte ich meinem schlimmsten Feind nicht gewünscht, sich so zu martern.

»Zophiel«, sagte ich, so freundlich wie möglich. »Es ist über einen Monat her, seit der Abendmahlskelch gestohlen wurde. Wenn der Wolf auf der Jagd nach Euch wäre, hätte er inzwischen doch gewiss gehandelt. Welchen Sinn hätte es, das aufzuschieben? Er hätte Euch schon vor Wochen verhaftet, wenn er einen Beweis hätte.«

»Warum seid Ihr alle so dumm?«, schrie Zophiel. »Habt ihr mir überhaupt nicht zugehört? Versteht Ihr nicht – es wird keine Verhaftung geben. Es wird keine Gerichtsverhandlung geben. Diese Männer genießen ihre Arbeit. Für sie ist das Morden eine Kunst. Sie wollen, dass man weiß, dass sie einen beobachten und dass sie einen jederzeit erwischen können. Sie genießen es, ihre Opfer erst zu quälen. Wie kann man gegen einen Mann kämpfen, den man nicht einmal sieht? Ich betrachte Gesichter in einer Menge, und ich weiß, dass jeder von ihnen er sein könnte. Ich könnte auf einer bevölkerten Straße an ihm vorbeieilen, und ich würde es nicht einmal merken. Er ist dort draußen, wartet den rechten Augenblick ab, wartet, bis es keine Zeugen gibt. Dann wird er mich töten … er wird mich töten, und ich kann nichts tun, um ihn davon abzuhalten.«

Als hätte er diesen Worten gelauscht, erklang über den Wind hinweg plötzlich ein Wolfsheulen. Zophiel fuhr so heftig zusammen, dass das Messer seinen zitternden Fingern entglitt und geräuschlos aufs Gras fiel. Er sank auf Hände und Knie, suchte in der Dunkelheit verzweifelt danach, als das zweite Heulen von den Steinen rundum widerhallte. Er brach auf dem Gras zusammen, presste sich die Hände auf die Ohren und schluchzte.

Kapitel 22

FLECKEN IM SCHNEE

Wir hörten das Singen, lange bevor wir die Prozession sahen. Es war noch immer dunkel, nur die Sterne leuchteten hell, aber ein schwacher, perlmuttartiger Schimmer am östlichen Horizont kündete davon, dass die Dämmerung nicht weit war. Wir waren bereits wach. Niemand von uns hatte bei dem Gedanken an den Wolf des Bischofs, der uns von irgendwo dort draußen beobachtete, viel geschlafen.

Dann sahen wir ferne Lichtpunkte tanzen und sich durch die Dunkelheit winden. Wir standen alle da, unsere Messer und Stöcke umklammernd, während die Lichter langsam auf uns zu kamen und wir schließlich Menschen mit brennenden Fackeln erkannten, die Feuer- und Rauchfahnen hinter sich herzogen wie Stander im Wind. Osmond drängte Adela und das Baby zum Wagen und schob sie darunter. Dann reichte er ihr eine Decke und wies sie an, sich zuzudecken und sich ruhig zu verhalten. Dasselbe sagte er Narigorm.

Ungefähr zwanzig Männer und Frauen kamen in einer langen Reihe auf uns zu. Sie sahen trotz der Fackeln nicht aus wie eine mordlustige Meute. Wir standen nervös zwischen den Steinen und warteten. Unser Feuer war weit heruntergebrannt, und die Steine waren noch immer in Dunkelheit gehüllt, sodass sie uns zunächst nicht zu bemerken schienen, aber dann mussten sie den Wagen gesehen haben, denn der Anführer hob plötzlich einen Arm, und alle hielten an.

Sie standen da und beobachteten uns genauso, wie wir dastanden und sie beobachteten. Wir waren noch immer auf vier Seiten von Dunkelheit umgeben, denn auch wenn ihre Fackeln reichlich Licht spendeten, waren wir zwischen den Steinen verborgen, und sie konnten kaum erraten, wie viele wir waren. Schließlich gelangten sie zu einer Art Entscheidung und kamen näher. Das Singen wurde lauter, und schließlich konnten wir die Worte verstehen.

»*Ave Maria, gratia plena, Dominus tecum*. Heil Maria, du Gnadenvolle, der Herr ist mit dir.«

Als sie auf Höhe des Steinkreises gelangten, sahen wir, wie sie uns ihre Gesichter zuwandten, besorgt die Dunkelheit absuchten, aber sie betraten den Steinkreis nicht. Stattdessen liefen sie darum herum, bis sie zu den Reihen umgestürzter Steine kamen, die zu dem hohen Abschlussstein am Ende führten. Noch immer singend, zogen sie durch die Reihen liegender Steine dorthin und hielten dann inne, um ihre Fackeln in den Boden zu stecken. Dann, während wir schweigend dastanden und zusahen, legten sie ihre Kleidung ab, bis sie alle nackt waren.

»*Benedicta tu in mulieribus, et benedictus fructus ventris tui, Jesus.* Gesegnet seist du unter den Frauen, und gesegnet ist die Frucht deines Leibes, Jesus.«

Sie standen nach Osten gewandt da, die Arme um sich geschlungen, im bitterkalten Wind zitternd. Ihr Anführer stellte sich unmittelbar vor den Abschlussstein. Er war ein kleiner, an einen Frosch erinnernder Mann ohne Hals und mit einem rundlichen, eingesunkenen Körper, während seine Beine und Arme im Gegensatz dazu lang und dürr waren. Seine Gefolgsleute sangen noch immer, aber der Klang war nun durch zusammengepresste Kiefer und klappernde Zähne gedämpft.

»*Salve, regina, mater misericordiae, Vita, dulcedo et nostra, salve!* Heil, geweihte Königin, Mutter der Gnade, Segen unseres Lebens, unsere Anmut, unsere Hoffnung.«

Als die fahle Sonnenscheibe gerade so über den Horizont stieg, zerschlug der Anführer das Eis in dem Becken unter dem Abschlussstein und stieg hinein. Dann bückte er sich rasch und goss sich das eisig kalte Wasser dreimal über Kopf und Schultern, bevor er hastig wieder herausstieg. Kaum war er draußen, als schon der Nächste hineinstieg, Männer und Frauen, einer nach dem anderen, die ersten Strahlen der Sonne auf den Wassertropfen funkelnd, während sie ihre zitternden Körper übergossen. Als die Prüfung vorüber war, zogen sich alle so schnell an, wie es ihre tauben Finger und nassen Körper zuließen. Sie trockneten sich nicht ab, sondern zogen ihre Unterhemden und Hemden über ihre kalte Haut und zwängten nasse Füße wieder in Wollstrümpfe. Während dieses ganzen Bade- und Ankleiderituals wurden *Aves* gesungen, zitternd, aber unvermindert.

Erst als die Frauen kleine Büschel Schneeglöckchen um den Fuß des Steines legten, fiel mir ein, dass Mariä Lichtmess war, die Läuterung der Jungfrau, aber welcher Jungfrau, fragte ich mich, denn dies war, trotz ihrer *Aves*, wohl kaum eine christliche Stätte.

Der Anführer kam zu uns herüber und nickte ernst.

»Verzeiht, Brüder, dass wir in Euer Lager eingedrungen sind, aber wir hatten nicht erwartet, jemanden vorzufinden. Außer uns kommt niemand regelmäßig hierher.« Er klang ein wenig verärgert.

»Für eine Buße, um die Seele zu reinigen?«, fragte Zophiel. »Dies ist dafür ein recht heidnischer Ort.«

Der Mann richtete sich auf.

»Heidnisch«, sagte er entrüstet. »Habt Ihr uns nicht zu der Heiligen Jungfrau singen hören? Die Menschen kommen schon seit Generationen hier herauf. Das Wasser, welches diesen Stein hinabläuft, hat Heilkräfte. Krüppel, die keinen Schritt gehen konnten, wurden zu diesem Becken gebracht, und sie sind diesen Weg auf ihren eigenen zwei Beinen hinuntergegangen.«

Zophiel schnaubte. »Wir haben einen Krüppel in unserer Gruppe. Mit nur einem Arm geboren. Glaubt Ihr, Eure Wasserquelle wird ihm einen neuen wachsen lassen?«

»Ihr habt leicht spotten, mein guter Mann, aber Euch wird das Lachen vergehen, wenn Ihr an der Pest erkrankt und wir nicht.«

Ich schaltete mich rasch ein. »Verzeiht meinem Freund, guter Herr, er ist reizbarer Stimmung.«

»Dann sollte er das Wasser vielleicht versuchen«, sagte der Mann verärgert.

»Ich werde dafür sorgen, dass er es tut. Ihr kennt diese Gegend vermutlich gut? Sagt mir, die Hauptstraße dort drüben – führt sie noch viele Meilen durch den Wald?«

Der Mann dachte lange Zeit darüber nach, bevor er schließlich sagte: »Das tut sie.«

»Gibt es eine Kreuzung oder eine Straße, die davon abzweigt?«

Er dachte erneut über die Angelegenheit nach. »Die gibt es.«

Ich bemühte mich, nicht ungeduldig zu werden, aber zu versuchen, von diesem Burschen irgendwelche Informationen zu bekommen, war so, als wollte man einen Floh melken. »Wie weit verläuft die Straße noch durch den Wald, bevor man eine Abzweigung erreicht?«

»Ungefähr eine Meile.«

»Und führt diese Abzweigung irgendwo hin?«

»In die gleiche Richtung wie diese. Quert das Heideland, aber weiter unten.«

»Verzeiht, Sir, aber ich meinte, ob sie im Nichts endet wie diese, oder ob sie irgendwo hinführt – vielleicht zu einem Dorf oder einer Stadt?« Ich konnte Osmond hinter dem Rücken des Mannes grinsen sehen und bemühte mich, seinem Blick nicht zu begegnen.

»Sie führt zum Meer. Aber Ihr braucht zwei Wochen oder länger, um dorthin zu gelangen.« Dann machte er einen verwegenen Vorstoß und fügte hinzu: »Aber wenn Ihr diese Straße nehmt, werdet Ihr vor Einbruch der Nacht nirgendwohin gelangen, und Ihr wollt bis dahin irgendwo sein.« Er schaute in den Himmel hinauf. Schwere Wolken wogten von Norden heran. »Der Wind dreht sich. Wir werden es bald alle schneien sehen.«

Er wandte sich zum Gehen, hielt aber dann noch einmal inne, als ihm ein neuer Gedanke kam. »In der Nähe einer Einfriedung an diesem Heideweg steht die Hütte eines Viehtreibers. Ihr könntet es dahin schaffen, bis der Schnee kommt. Da habt Ihr wenigstens ein kleines Dach über dem Kopf. Und es gibt dort eine Quelle, um das Pferd zu tränken. Aber«, fügte er hinzu und sah Zophiel erneut finster an, »es ist keine Heilquelle, sodass ich Eurem Freund, wenn ich Ihr wäre, zuerst ein gründliches Bad verpassen würde, wenn Ihr seinen Zorn loswerden wollt.«

Mit diesen Worten machte er auf dem Absatz kehrt und führte seine Gruppe frierender Büßer den Pfad wieder hinunter.

»Gut gemacht, Zophiel«, sagte Osmond. »Ihr habt dafür gesorgt, dass wir sie nicht nach einer Unterkunft fragen können. Sie werden mit Mistgabeln und Brandeisen auf uns warten, wenn sich die Nachricht erst verbreitet.« Er wandte sich zu Rodrigo und mir um. »Ziehen wir zu der Hütte des Viehtreibers? Wenn es schneit, brauchen wir mehr Schutz, als ihn uns diese Steine bieten.«

Wir nickten alle.

»Dann brecht rasch das Lager ab«, sagte Zophiel. »Unser hilfreicher kleiner Freund hat es versäumt, uns zu sagen, wie weit die Hütte des Viehtreibers entfernt ist, und wenn der Weg auch nur annähernd diesem ähnelt, möchte ich nicht im Schnee vorangehen müssen. Cygnus, sorg dafür, dass Xanthus genug trinkt, bevor wir aufbrechen, es sei denn natürlich, du willst das Wasser zuerst selbst probieren. Wer weiß, wenn unser kleiner Freund recht hat, dann bete hübsch – und dir wächst vielleicht eine weitere Schwinge.«

Menschen sagen unter dem Deckmantel der Dunkelheit viele Dinge, die sie dann im kalten Licht der Dämmerung bitter bereuen, und Zophiel war da keine Ausnahme. Er war eindeutig wütend darüber, dass er sich uns in der Nacht zuvor anvertraut hatte. Und wie es bei Menschen wie Zophiel üblich ist, geben sie nicht sich selbst, sondern denjenigen die Schuld, die ihren schwachen Moment bezeugt haben. Er würde es keinem von uns verzeihen, dass wir ihn in so erbärmlichem Zustand erlebt hatten, und er war offensichtlich entschlossen, seiner Angst nicht noch einmal nachzugeben. Aber andererseits ist es immer leicht, die Schrecken der Nacht bei Tage zu vergessen, aber es ist nicht mehr so leicht, wenn die Dunkelheit wieder herabsinkt.

Wir stießen ungefähr zur Mittagszeit auf die Hütte des Viehtreibers. Sie war lang und schmal, aus Flechtwerk und Lehm gemacht. Gut als Schutz vor Sommerstürmen, aber nicht vor der Kälte des Winters. Das Dach war gleichermaßen unsolide, mit überlappenden Holzschindeln gedeckt, aber es wirkte intakt und war steil, was ein Segen wäre, wenn Schnee fiele. Das Wesentlichste an der Hütte war jedoch ein grob gearbeiteter Steinkamin an einem Ende.

Die der Hütte am nächsten gelegene Einfriedung war groß genug, um eine Herde Schafe aufzunehmen. Im Inneren gab es einen steinernen Wassertrog, sodass es Xanthus gut gehen würde. Die Hütte selbst war bis auf einen Stapel Baumwollsäcke, die den Treibern, Schafhirten und Zuchtgehilfen, welche die Hütte benutzten, als Betten dienten, innen leer. In einer Ecke lag ein kleiner Sack mit vertrockneten Rüben. Ich war mir nicht sicher, ob Xanthus jemals zuvor solche Nahrung geboten bekam, aber wenn wir kein Futter finden könnten, wäre sie vielleicht dankbar dafür, ebenso wie wir selbst.

Wir setzten das letzte Schaffleisch aufs Feuer. Es ergäbe ein karges Abendessen, aber das Wasser würde das Fett und den Geschmack aufnehmen und noch eine dünne Brühe fürs Frühstück ergeben. Ich ließ Narigorm die Säcke mit den Rüben durchsehen und einige der Besseren in den Topf geben. Sie waren holzig und verschrumpelt, aber sie würden vielleicht genießbar, wenn wir sie lange genug kochten.

Während ich in dem Topf rührte, saß Adela da und stillte den kleinen Carwyn. Ihre Milch floss nun ein wenig besser, und das Baby war kräftiger, aber das würde nicht so bleiben, wenn wir nicht bald weitere Verpflegung fänden.

Als hätte sie meine Gedanken gelesen, schaute Narigorm auf. »Hiernach ist kein Fleisch mehr übrig, oder? Wenn Adela kein Fleisch isst, wird das Baby sterben, nicht wahr?«

Ich sah den betroffenen Ausdruck auf Adelas Gesicht und sagte hastig: »Sag nicht solch dumme Dinge, Narigorm. Wir haben noch immer die Kräuter, welche die Heilerin uns gab. Carwyn ist nicht in Gefahr.«

»Das Fleisch hätte mindestens noch einen Tag gereicht, wenn es nicht für nutzlose Köder verschwendet worden wäre«, sagte Osmond und sah Zophiel, der Kisten aus dem Wagen holte, durch die geöffnete Tür finster an.

»Schuldzuweisungen werden das Fleisch nicht zurückbringen«, sagte ich. »Legen wir ein Stück hiervon beiseite, damit Adela es morgen früh essen kann. Wir Übrigen können morgen ohne Fleisch auskommen.«

Zophiel kam mit der letzten seiner Kisten herein, die er so ordentlich wie immer in einer Ecke aufstapelte.

»Müssen die hier drinnen stehen?«, grollte Osmond. »Es ist so schon kaum Platz genug für uns sieben.«

»Es wären nur sechs, wenn Eure Frau gelernt hätte, die Beine zusammenzukneifen. Ich muss es ertragen, die halbe Nacht von Eurem wimmernden Balg wach gehalten zu werden.«

»Und wir müssen es ertragen, die ganze Nacht von Eurem heulenden Wolf wach gehalten zu werden«, fauchte Osmond mit geballten Fäusten, aber Rodrigo legte ihm eine Hand auf die Schulter.

»Zophiel«, sagte ich, »warum überlasst Ihr die Kirchenschätze nicht einfach dem Wolf? Ich weiß, ich weiß«, fügte ich hastig hinzu, als ich seine zornige Miene sah, »Ihr habt sie Euch verdient, aber Euer Leben ist doch gewiss mehr wert als ein paar Gegenstände aus Silber. Sie nützen Euch nichts, wenn Ihr tot seid.«

»Glaubt Ihr wirklich, dann würde er mich in Ruhe lassen? Der Bischof will vielleicht seine Schätze zurückhaben, aber die Wölfe nähren sich von Angst und Blut. Es geht darum, ihre Opfer zu bestrafen.«

»Aber Ihr sagtet selbst, der Bischof würde ihn gut bezahlen, wenn er die Gegenstände zurückbrächte. Wenn er sie also nimmt, wird er eilig nach Lincoln zurückkehren wollen, um seine Belohnung einzufordern. Er wird keine Zeit damit verschwenden, auf eine Gelegenheit zu warten, Euch allein zu erwischen.«

»Wenn Lincoln von der Pest befallen wurde, wird der Bischof seinen fetten Hintern retten wollen und die Stadt verlassen haben. Wenn der Bischof überlebt, kann der Wolf nach Lincoln zurückkehren, wenn die Pest vorüber ist, oder er könnte einfach verschwinden und die Schätze für sich behalten. Was man ihm zahlt, wird immerhin nur ein Bruchteil dessen sein, was sie wert sind. Wer soll wissen, ob er nicht während der Pest umgekommen ist? Ein weiterer guter Grund, mich zu töten, ist, dass ich es mir nach allem doch in den Kopf setzen könnte, mich der Gnade der Kirche auszuliefern und alles zu gestehen, einschließlich dessen, dass er nun die Gegenstände hätte. Nein, Camelot, ich werde mein Eigentum nicht einfach einem gedungenen Mörder übergeben. Ich kann auch warten. Er verfolgt mich vielleicht, aber etwas anderes verfolgt uns alle, auch den Wolf. Auch wenn er geschickt töten kann – die Pest oder den Hunger kann er nicht bekämpfen.

Außerdem«, fügte er mit kaltem Lächeln hinzu, »sagte unser kleiner Freund bei den aufrecht stehenden Steinen, dass diese Straße zum Meer führt, und so werde ich schließlich doch meine Überfahrt nach Irland bekommen. Die Arme des Bischofs von Lincoln reichen weit, aber nicht so weit. In Irland werde ich sicher sein, sicher vor der Pest, sicher vor dem Wolf.«

Es war sinnlos, mit ihm zu streiten, aber ich fragte mich, ob Zophiel noch immer so leichthin vom Warten sprechen würde, wenn die Nacht hereinbrach und das Wolfsheulen erneut begann.

Zophiel spähte aus der Tür zu den dichten Wolken. »Wenn es heute schneit, wird er uns zumindest in der Nacht nicht stören. Er wird keine Spuren hinterlassen wollen, weder seine noch die seiner Hunde, die man zu ihm zurückverfolgen könnte.«

Er schwang sich seinen Umhang über die Schultern. »Ich suche Futter für Xanthus. Wir werden so viel wie möglich brauchen, wenn es schneien sollte. Ich kann es mir nicht leisten, mich mit einem toten Pferd zu belasten.«

»Aber wenn Euch der Wolf folgt, solltet Ihr nicht allein dort hinausgehen«, sagte ich.

»Lasst ihn gehen, Camelot«, sagte Osmond. »Geschieht ihm recht, wenn der Wolf ihn erwischt.«

Zophiel verbeugte sich spöttisch. »Eure Sorge ist rührend, mein Freund, aber er wird es nicht riskieren, im Hellen offen anzugreifen.« Er schritt davon, ohne sich noch einmal umzusehen.

Osmonds Gesicht war vor Zorn gerötet. »Ich weiß, es wäre zu viel von ihm verlangt, freundlich zu sein, aber wenn man bedenkt, dass diese kleine Ratte letzte Nacht um unsere Hilfe gebeten hat, sollte man meinen, dass er sich die Zunge verbiegen würde, damit wir uns alle zwischen ihn und den Wolf des Bischofs stellten.«

Cygnus murmelte etwas darüber, nach Xanthus sehen zu müssen, und stürmte in die Kälte hinaus.

»Wenn Zophiel Adela und Cygnus nicht in Ruhe lässt, schwöre ich, dass ich ihn töten werde«, murrte Osmond durch zusammengepresste Zähne. Er legte sich seinen Umhang um. »Ich werde sehen, ob ich etwas zu essen finden kann. Wenn ich meinen Unmut an ein paar Vögeln oder Kaninchen auslassen kann, brauche ich vielleicht Zophiel nicht mehr anzugehen.«

Adela wartete, bis er außer Hörweite war. Dann wandte sie sich besorgt an Rodrigo. »Geht ihm nach, Rodrigo, bitte. Ich habe Angst, dass Osmond wirklich die Beherrschung verliert und Zophiel schlägt. Zophiel greift stets nach seinem Messer, und Osmond kann sich nicht so gut verteidigen, wie er gerne glaubt.«

Rodrigo nahm ihre Hand. »Ich schwöre, ich werde nicht zulassen, dass ihm etwas geschieht, Adela.«

Sie sah lächelnd zu ihm hoch. »Ihr seid ein guter Mensch, Rodrigo.«

Rodrigo drückte ihre Hand, aber er erwiderte ihr Lächeln nicht. Er folgte Osmond nach draußen.

Unser Freund bei den stehenden Steinen hatte recht gehabt mit dem Schnee. Am späten Nachmittag fielen die ersten Flocken, und bald wirbelten sie im treibenden Wind rasch umher. Rodrigo und Osmond kamen wenige Minuten nacheinander eilig zurück, schlugen die Tür hinter sich zu und ließen Rauch in die Hütte zurückwabern. Osmond legte zwei Schnepfen auf dem Boden ab.

»Mehr konnte ich nicht erwischen. Ich habe mehr verfehlt als getroffen, und es gab ohnehin nicht viel zu treffen.« Er kauerte sich zu Adelas Füßen nieder und sah besorgt zu ihr hoch. »Es tut mir leid. Ich werde es morgen wieder versuchen. Wenn dieser Schnee aufhört, kann ich vielleicht einen oder zwei Hasen bis zu ihrem Bau verfolgen.«

Sie wischte den Schnee von seinen Schultern und lächelte liebevoll. »Gut, dass du überhaupt etwas gefangen hast. Ist es schlimm dort draußen?«

»Der Schnee peitscht einem so hart ins Gesicht, dass man nichts sehen kann.«

Dann wurde die Tür ein drittes Mal aufgerissen. Cygnus stand im Eingang. Adela schaute bei dem jähen kalten Luftzug auf und schrie. Wir alle sahen bestürzt hin. Cygnus' Hand war mit hellrotem Blut beschmiert.

Osmond, der sich von seinem Schreck erholte, stürzte vorwärts. »Was ist passiert, Cygnus? Seid Ihr verletzt?«

Cygnus wirkte verwirrt, als wüsste er nicht, warum Osmond ihm diese Frage stellte.

»Das Blut an Eurer Hand!«

Er blickte auf seine Hand hinab, als sähe er sie zum ersten Mal. »Blut … ja, da war viel Blut … ich musste mich beeilen.«

Er schwang einen Sack von seiner Schulter, und als er seinen Umhang ablegte, sahen wir, dass auch die Vorderseite seines Wamses blutgetränkt war. Er öffnete den Sack und zeigte das frisch gehäutete Bein eines Schafes.

»Adela braucht Fleisch. Wenn der Schnee anhält, bekommen wir vielleicht nichts mehr zu essen. Das Schaf war alt. Es wird zäh sein, aber wenn wir es kochen …«

»Ihr habt ein Schaf geschlachtet?« Erleichterung breitete sich auf Osmonds Gesicht aus. »Aber von wem, um alles auf der Welt, habt Ihr es gekauft? Ich bin endlos gelaufen, aber ich konnte keine Hütte entdecken.«

Cygnus blickte erneut auf das Blut an seinen Händen herab. »Ich habe es nicht gekauft.«

Adela keuchte. »Ihr habt es gestohlen? Darauf steht die Todesstrafe. Sagt mir, dass Ihr das nicht riskiert habt, um Fleisch für mich zu besorgen.«

Schockiertes Schweigen erfüllte den Raum. Einen Moment lang konnte man nur das Knistern des Holzes auf dem Feuer hören.

Cygnus zuckte die Achseln, mied Adelas entsetzten Gesichtsausdruck. »Ich habe das markierte Fell unter ein paar Steinen versteckt. Niemand wird im Schnee hierherkommen, und wenn sie es tun –

woher sollen sie dann wissen, dass es nicht dasselbe Schaf ist, das Zophiel und Camelot gekauft haben.«

Ich schluckte schwer. »Wenn sie Euch blutbedeckt sehen, wie Ihr in einer Treiberhütte frisches Schaffleisch esst, dann werden sie Fragen stellen, das könnt Ihr mir glauben.« Ich war ebenso entsetzt wie Adela. Die Strafen für Schafsdiebstahl waren gnadenlos. Ich konnte nicht glauben, dass ausgerechnet Cygnus solch ein Risiko auf sich nehmen sollte.

»Camelot hat recht, Ihr müsst rasch das Blut abwaschen«, sagte Adela. »Gebt mir Euren Wams und Euer Hemd. Wenn ich sie in kaltem Wasser wasche, bevor das Blut trocknen kann, werden wir die Flecken herausbekommen.«

»Nein!«, fauchte Cygnus und fügte dann, als er Adelas verletzte Miene bemerkte, freundlicher hinzu: »Nein, danke. Ich kann sie selbst waschen. Ich möchte nicht, dass Ihr Eure Kleidung mit Blut beschmiert.«

Wir konnten das Schaf nicht wieder zum Leben erwecken, sodass uns nichts anderes übrig blieb, als den Beweis aufzuessen. Wir setzten den Kopf, die Füße und die Innereien sofort zum Kochen auf und hingen den restlichen Kadaver in dem Sack nach draußen, wo der Schnee ihn frisch halten würde. Der Wind hatte vorübergehend nachgelassen, und nun fiel dichterer Schnee. Er blieb liegen, sodass der Boden der Einfriedung bereits weiß war. Als Cygnus, nur mit Umhang und Hose bekleidet, von der Quelle zurückkam, zitterte er heftig und war schneebedeckt. Wir hängten seine nassen Kleider zum Trocknen in die Nähe des Feuers, wo sie dampften. Aber Cygnus wagte sich erneut in den Schnee hinaus, um Xanthus im Windschatten der Hütte anzuflocken, wo sie die Wärme der Kaminsteine spüren könnte.

Schnee trieb durch das geöffnete Fenster herein. Es gab keinen Fensterladen. Die Schafhirten und Treiber, welche die Hütte benutzten, mussten ein Auge auf ihre Schützlinge haben. Ich bot an, zum Wagen hinauszugehen, um etwas zu suchen, womit man einen der Säcke vor dem Fenster befestigen konnte, um den Schnee und die Kälte abzuhalten.

Xanthus lehnte dankbar und mit gesenktem Kopf an der warmen Rückseite des Kamins. Ihre Mähne war bereits weiß vor Schnee. Cygnus hatte einige alte Schaffelle über ihren breiten Rücken gelegt. Am besten holte ich auch einen Spaten vom Wagen. Wenn es die ganze Nacht so weiter schneite, müssten wir uns am Morgen vielleicht freischaufeln.

Zumindest hätten wir Nahrung, um unseren Hunger während der nächsten paar Tage zu stillen. Obwohl ich dafür dankbar war, verfluchte ich Cygnus gleichzeitig mit jedem Ausdruck, der mir einfiel, weil er solch ein törichtes Risiko eingegangen war. Ich dachte an den Tag, an dem wir Cygnus zum ersten Mal seine Geschichten auf dem Marktplatz erzählen hörten, und an die purpurfarbenen, angeschwollenen Gesichter der Menschen, die auf demselben Platz am Strang langsam erstickten. Cygnus wusste nur zu gut, was sie Menschen antaten, die Schafe stahlen. Osmond hatte mich an jenem Tag gefragt, was einen Menschen wohl dazu treiben könnte, eine solche Strafe zu riskieren. Hatten Zophiels Sticheleien Cygnus dazu getrieben, oder war das, was er einst zu mir gesagt hatte, der Grund – dass niemandem, der zulässt, dass ein Kind zu Schaden kommt, jemals vergeben werden könnte? Hatte er den Strang für Adela und den kleinen Carwyn riskiert?

Aber vielleicht ging es ja gut. Wenn die Schafe auf der Heide derart sich selbst überlassen waren, dann waren sie Streuner oder hatten keinen Hirten mehr, der sich um sie kümmerte. Warum sollten wir verhungern und zusehen, wie ein Säugling starb, wenn Nahrung zu bekommen war? Es fiel schwer, es zu glauben, aber die alten Gesetze und die alte Ordnung brachen um uns herum zusammen. Ein neuer König herrschte, und sein Name war Pest. Und er hatte ein neues Gesetz geschaffen – du sollst alles tun, um zu überleben.

Ich kehrte zur Hütte zurück und schüttelte den Schnee von meinem Umhang. Während Osmond den Baumwollsack vor das Fenster nagelte, kam mir plötzlich ein Gedanke.

»Wo ist Zophiel? Er kann doch bei diesem Wetter nicht immer noch nach Futter suchen? Habt Ihr ihn gesehen, als Ihr draußen wart?«

Osmond schüttelte den Kopf. »Es ist besser, dass ich ihn nicht gesehen habe.«

»Cygnus? Rodrigo?«

Rodrigo kauerte am Feuer. Er sah sich nicht um. »Ich habe ihn früher am Nachmittag gesehen.«

»Es wird bald dunkel sein. Vielleicht sollten wir ihn suchen. Er könnte sich verirrt haben.«

»Es ist noch eine Stunde hell«, sagte Osmond. »Vielleicht ist er weit gegangen. Von mir aus braucht er nicht so bald wiederzukommen.«

Wir warteten, aber Zophiel blieb aus. Das Licht schwand schnell. Schließlich musste sogar Osmond zustimmen, dass wir ihn suchen müssten. Wenn Zophiel ausgeglitten wäre und sich ein Bein gebrochen hätte, könnte er hilflos dort draußen liegen, obwohl ich den Gedanken fürchtete, was für einen Patienten er wohl abgäbe.

Adela umklammerte Osmonds Umhang. »Was ist, wenn der Wolf dort draußen ist?«

»Wenn Ihr den Wolf des Bischofs meint«, sagte ich, »dann hat Zophiel recht, er wird es nicht riskieren, sich im Schnee zu nähern und Spuren zu hinterlassen. Außerdem gibt es keinen Grund, warum er uns etwas tun sollte«, versicherte ich ihr, während ich versuchte, das Bild von Jofres verstümmeltem Körper aus meinem Kopf zu verdrängen.

»Dennoch«, sagte Osmond. »Da seine verdammten Kisten in der Hütte sind, denke ich, dass Rodrigo hier bei Adela, Narigorm und dem Baby bleiben sollte. Rodrigo kann am besten von uns mit dem Stock umgehen, wenn es zu einem Kampf kommen sollte.«

Rodrigo sagte, er habe Zophiel zuletzt in Richtung der fernen Einfriedungen gehen sehen. Cygnus, Osmond und ich zogen unsere Umhänge gegen den stechenden Wind fest um uns und gingen los. Der Schnee lag knöcheltief und da, wo der Wind ihn an Mauern und Büschen aufgehäuft hatte, noch tiefer. Wir trugen Fackeln bei uns, schwenkten sie und riefen, in der Hoffnung, dass Zophiel, wenn er sich verirrt hätte, wenigstens die Lichter sehen oder die Rufe hören würde.

Es war mühsam, durch den Schnee zu stapfen. Ich wäre mehrmals beinahe selbst ausgeglitten. Obwohl der Wind ein wenig nachgelassen hatte, schneite es noch immer stark, und meine spuckende Fackel konnte kaum mehr ausrichten, als die Millionen weicher, weißer, um uns herabschwebender Federn zu beleuchten. In der Ferne konnte ich gerade so die tanzenden Fackeln von Cygnus und Osmond ausmachen. Ich blieb stehen, um zu Atem zu kommen. Der Klang von Osmonds und Cygnus' Rufen schallte zu mir zurück, aber ansonsten herrschte bedrückende Stille.

Wir suchten, bis es vollkommen dunkel war und meine Hände und Füße so kalt waren, dass sie schmerzten. Dann sah ich die beiden Fackeln wieder auf mich zu kommen. Osmond und Cygnus hatten offensichtlich beschlossen, dass es sinnlos war weiterzusuchen. Ich kehrte auch um. Zophiel könnte überall dort draußen auf der Heide sein. Es bestand keine Hoffnung, ihn zu finden.

Als ich mich der am weitesten von der Hütte entfernten Einfriedung näherte, sah ich, wie sich auf der anderen Seite etwas bewegte. Ich blieb stehen, hielt den Atem an, unfähig zu erkennen, was es war. Ich konnte mein Herz gegen die Rippen hämmern spüren, aber dann bewegte es sich erneut, und ich erkannte mit jähem Ärger und Erleichterung, dass es Narigorm war. Sie hatte offensichtlich schon einige Zeit dort gestanden, denn ihre Kleider waren schneebedeckt. Sie schaute in den Himmel hinauf, ließ die weißen Flocken still auf ihr weißes Haar und die Wimpern fallen.

»Was, um alles in der Welt, tust du hier, Narigorm?«, rief ich. »Bist du nicht bei Trost?«

Sie wandte sich um, als hätte sie nur geduldig darauf gewartet, dass ich käme. Dann deutete sie auf den Boden der Einfriedung. Der Schnee darinnen war glatt und weiß und glitzerte im Fackellicht. Aber dort, in der Nähe einer der Mauern, befanden sich drei Flecke. Ich beugte mich so weit über die Mauer wie möglich. Dunkle Steine vielleicht, die aus der Schneeverwehung hervorsahen. Ich bewegte die Fackel und erkannte, dass es nichts war, was aus dem Schnee herausragte. Der Schnee selbst war fleckig.

Ich ging an der Mauer entlang, bis ich zu der Öffnung kam. Nun konnte ich sehen, dass ein Umriss unter dem Schnee lag. Aus der Ferne sah es wie eine Verwehung aus, aber aus der Nähe war es unmissverständlich der undeutliche Umriss eines Menschen. Mein Herz hämmerte, ich kniete mich hin und schaufelte den Schnee beiseite, bis ich den Stoff einer Kapuze sah. Ich zog sie zurück. Zophiel lag mit dem Gesicht nach unten auf dem Boden. Er war zweifellos tot. Ich blickte auf die drei dunkelroten Flecken hinab, die den Schnee beschmutzten und ihn langsam schmolzen. Ich wischte den Schnee mit tauben Fingern fort.

Eine Blutlache war aus einer Wunde zwischen den Schulterblättern gesickert, die Art Wunde, die ein Dolch hinterlassen würde, der hart hineingestoßen und dann wieder herausgerissen wurde. Wahrscheinlich hatte Zophiel seinen Mörder nicht gesehen, bis er das Messer eindringen spürte. Ich wischte den Schnee von der Seite, wo ein zweiter, größerer Fleck dunklen Blutes das Weiß beschmutzte. Meine Finger trafen auf etwas, was sowohl schwammig als auch hart war. Ich musste den Drang bekämpfen, mich zu übergeben. Ich schluckte schwer und packte zähneknirschend den Stoff an Zophiels Schulter, zog den Leichnam auf einer Seite hoch.

Der Mörder war nicht zufrieden damit gewesen, es bei einem einfachen Mord zu belassen. Zophiels Arm war zwischen Schulter und Ellenbogen abgetrennt worden. Vom Ende der rohen, blutigen Masse ragte weiß und gezackt der Knochen hervor. Den Flecken auf der anderen Seite nach zu urteilen, hatte der Mörder mit seinem anderen Arm vermutlich dasselbe getan. Als ich den Leichnam umwandte, fiel etwas daraus auf den Schnee. Narigorm beugte sich rasch hinab und hob es auf. Es war Zophiels Messer. Es war blutbedeckt. Wenn es Zophiel nicht gelungen war, seinen Angreifer zu verletzen, was unwahrscheinlich war, dann hatte, wer auch immer ihm die Arme abgetrennt hatte, vermutlich Zophiels eigenes Messer dazu benutzt.

Also hatte der Wolf des Bischofs ihn doch noch erwischt. Zophiel hatte gesagt, er würde nicht bei Schnee angreifen, weil das Risiko zu hoch wäre, Spuren zu hinterlassen. Aber er hatte vergessen, dass fallender Schnee Spuren, und sogar Leichname, auch rasch bedeckt. Der

Wolf hatte den Zeitpunkt gut gewählt. Er musste gerade zu Beginn des Schneefalls angegriffen haben, und der fallende Schnee hatte ihn, seine Spuren und seine Tat verborgen.

Kapitel 23

EIN LEICHNAM LIEGT BLUTEND DA

Osmond und Cygnus standen in der Einfriedung und blickten auf Zophiels Leichnam hinab, während der Schnee ihn weiter zudeckte.

»Wir sollten es melden«, sagte Osmond mit zitternder Stimme.

»Und nach dem Leichenbeschauer schicken?«, fragte ich. »Was ist, wenn es zufällig derselbe ist, der Jofres Tod untersucht hat? Zwei gewaltsame Tode von Mitgliedern unserer Gruppe innerhalb eines Monats. Das würden wir nur schwer erklären können. Ich zweifle nicht, dass der Leichenbeschauer Geschichten über den Wolf des Bischofs glauben würde. Wir könnten ihn nicht einmal beschreiben. Und vergesst nicht, dass wir ein gestohlenes Schaf in unserer Hütte haben, falls Ihr daran dachtet, ihn zum Essen einzuladen. Nein, wenn wir nicht alle gehängt werden wollen, denke ich, wir sollten ihn begraben, bevor sonst jemand zufällig darauf stößt.«

»Aber der Boden ist fest gefroren«, protestierte Osmond. »Wir könnten niemals auch nur ein flaches Grab ausheben.«

»Der Erdboden in der Treiberhütte wird nicht gefroren sein«, erklärte ich.

Die Fackel in Osmonds Hand zitterte. »Wollt Ihr allen Ernstes vorschlagen, dass wir ihn in der Hütte begraben und dann auf seinem Grab sitzen und unsere Suppe essen sollen?«

»Seit den schlechten Ernten haben viele Leute ihre Verwandten unter den Schwellen ihrer Häuser begraben, wenn sie die Seelengabe nicht bezahlen können.«

»Aber nicht, wenn sie ermordet und verstümmelt wurden«, sagte

Cygnus, blickte auf den Leichnam hinab und rasch wieder fort. »Es ist nicht so, als stürbe man in seinem eigenen Bett. Sein Geist wird nicht zur Ruhe kommen. Er wird Rache nehmen wollen.«

Es schneite noch immer heftig. Die Gesichter der anderen waren starr vor Kälte und auch meines konnte ich kaum noch spüren. »Wir sollten ihn im Moment mit den aus der Mauer gefallenen Steinen bedecken. Diese und der Schnee werden ihn verbergen, falls jemand zufällig hier entlangkommt. Und wir haben Zeit zu entscheiden, was zu tun ist.«

Selbst das war nicht so leicht, wie es klingt. Wir mussten den Leichnam zu dem eingestürzten Teil der Mauer ziehen. Dann mussten wir mit tauben und schmerzenden Fingern die Steine auf den Toten heben. Es sind mehr Steine nötig, als man denkt, um einen Menschen zu verbergen.

Als wir zur Hütte zurückkehrten, hatte Narigorm Adela und Rodrigo bereits von dem Leichnam erzählt, zweifellos in blutrünstigen Einzelheiten. Sie sprangen auf, als wir zurückkehrten, forschten in unseren Gesichtern ängstlich nach der Wahrheit. Osmond drückte Adela an sich, obwohl ich denke, dass er ebenso sehr selbst Trost in der Umarmung suchte.

Rodrigo umfasste mit beiden Händen den Kopf. Schließlich sagte er: »Ihr habt den Leichnam dort gelassen, wo er war?«

»Wir haben ihn für den Moment mit Steinen bedeckt«, berichtete ich ihm. »Aber er kann nicht dort bleiben. Wenn ein Schafhirte oder Treiber die Steine bewegt, um die Mauer zu reparieren, werden sie ihn sofort finden.«

»Aber bei dem Schnee wird vielleicht niemand kommen.«

»Der Schnee wird nicht ewig liegen bleiben. Es könnten innerhalb weniger Wochen, sogar Tage, Schafe hier entlanggetrieben werden. Wenn jemand den Leichnam findet und die Nachricht verbreitet, wird sich der Mann bei den stehenden Steinen bestimmt daran erinnern, dass er uns hierher gewiesen hat. Er wird Zophiel wohl kaum vergessen haben. Wir haben zwei Möglichkeiten: Entweder melden wir es selbst und vertrauen darauf, dass der Leichenbeschauer die Geschichte über den Wolf des Bischofs glauben wird, oder wir verstecken den Leichnam so, dass er nicht gefunden wird. Ich denke, den Leichnam zu verstecken, ist unsere einzige Chance.«

Rodrigo nickte und wandte sich ab, kauerte sich ans Feuer und blickte in die Flammen.

»Was ist mit Zophiels Kisten?«, fragte Adela bange. »Der Wolf des Bischofs könnte heute Nacht hier hereinkommen, um sie zu holen.«

Ich schüttelte den Kopf. »Er hat gerade einen Menschen getötet. Er wird das Risiko nicht eingehen, von uns allen gesehen zu werden. Wir sollten sie dennoch in den Wagen zurückbringen. Es ihm erleichtern, sie zu nehmen, dann wären wir ihn wenigstens los. Obwohl es zu spät ist, um dem armen Zophiel zu helfen.«

»Nun, ich für mein Teil werde nicht so tun, als bedauere ich Zophiels Tod«, platzte Osmond plötzlich heraus und sah uns alle finster an. »Denkt nur daran, wie er Cygnus und Adela behandelt hat. Oder denkt, Rodrigo, wie er Jofre gequält hat.«

Beide mieden seinen Blick.

»Osmond, nicht«, bat Adela.

»Was hat es für einen Sinn, etwas vorzugeben? Warum können wir nicht ehrlich sein? Er war ein boshafter, rachsüchtiger, heimtückischer Mann.«

»Osmond, rede nicht so über ihn«, klagte Adela und bekreuzigte sich. »Er wurde ermordet. Er starb, ohne dass ihm jemand die Beichte abgenommen hat. Sein Geist ist noch hier. Er wird dich hören.«

Wir aßen. Wir hatten seit dem Morgen nichts mehr gegessen, aber ich glaube nicht, dass es jemandem schmeckte, außer Narigorm, die ihre Portion mit mehr als dem üblichen Genuss verzehrte. Wir kauten und schluckten, um unsere Bäuche zu füllen, genossen es aber nicht. Wir wichen einander unbeholfen und unbehaglich schweigend aus, aber vermutlich weilten die Gedanken aller bei dem verstümmelten Leichnam. Schließlich deckten wir uns mit Umhängen und Decken zu und schliefen oder taten so, denn das war eine Entschuldigung dafür, nicht reden zu müssen.

Niemand von uns war überrascht, in jener Nacht den Wolf heulen zu hören. Wir stützten uns auf unsere Ellenbogen auf und lauschten. Der Klang kam aus Richtung der fernen Einfriedung, als stünde, wer oder was auch immer es war, auf dem Haufen Steine und heulte seinen Triumph in die Nacht. Er hatte seine Tötung vollzogen. Der Gerechtigkeit war Genüge getan.

Als das Heulen erstarb, wurde ich mir eines anderen Lautes bewusst. Jemand in der Hütte weinte. Ich sah Rodrigo aufstehen und zu Cygnus treten. Er schlang seinen Umhang um die Schultern des Jungen, hielt ihn in seinen Armen und wiegte ihn hin und her, als tröste er ein verängstigtes Kind.

»Dies ist das letzte Mal, dass wir ihn hören werden«, sagte er. »Er wird uns nun in Ruhe lassen. Jetzt, wo Zophiel tot ist, sind wir sicher. Wir sind alle sicher.«

»Ich habe die Schwäne wieder gehört«, schluchzte Cygnus.

»Nein, nein, *Ragazzo*, es war der Wolf, den du gehört hast, aber es war das letzte Mal.«

»Habt Ihr die Schwäne nicht gehört? Habt Ihr ihre Flügel nicht gehört, als sie über uns hinwegflogen? Die Federn groß und weiß, die herabfallen und alles bedecken. Ich konnte nicht atmen. Es war so kalt, und ihre Flügel wirkten bedrückend … der Klang ihrer Flügel. Ihr müsst sie gehört haben.«

»Hier sind keine Schwäne. Hier ist kein Wasser. Es war der Schnee, der dich an weiße Federn erinnert hat.«

Er saß mit Cygnus im Arm da, strich ihm übers Haar, wartete, bis sein Atem wieder gleichmäßiger wurde. Dann legte er sich nieder, seinen Arm noch um den Jungen, aber ich glaube nicht, dass er schlief.

Am nächsten Morgen ging ich früh hinaus. Es hatte aufgehört zu schneien, obwohl der Himmel tief hing. Die Kisten befanden sich noch im Wagen, wo wir sie zurückgelassen hatten. Ich ging auf die Einfriedung zu, in der Zophiels Leichnam lag. Der Boden war mit einer frischen Schicht Schnee bedeckt, die unsere vielen Fußspuren verbarg und auch das blutbefleckte Gras an der Stelle bedeckte, wo Zophiels Leichnam gelegen hatte. Es waren keine Anzeichen irgendwelcher neuen Spuren zu sehen, weder menschlicher noch tierischer. Wenn er auf diesem Steinhaufen gestanden und die Nachricht seiner

Tötung in die Nacht hinausgeheult hatte, hatte der Schnee alle Spuren bereits bedeckt.

Ich sah mich unbehaglich um. War er dort draußen und beobachtete uns noch immer? Zophiel hatte recht gehabt. Der Wolf des Bischofs war ein Mensch, der Vergnügen daraus zog zu morden und Rache zu üben. Der Tod allein hatte nicht genügt, um ihn zufriedenzustellen. Das Abtrennen der Hände war eine übliche Bestrafung für einen Dieb, aber warum nicht einfach die Hände an den Handgelenken abschneiden? Das wäre leichter gewesen, als einen Oberarm zu durchtrennen. Hatte der Wolf die Arme als Beweis dafür mitgenommen, dass er seinen Flüchtenden der Gerechtigkeit zugeführt hatte? Ich dachte an die Verstümmelung von Jofres Leichnam. War der Wolf auch dafür verantwortlich gewesen? Ich erkannte mit plötzlichem Schrecken, dass keiner von uns vor einem solchen Mann sicher wäre.

Der Frost hielt während des nächsten Tages und der Nacht an. Wir blieben weitgehend in der Hütte, aßen das gestohlene Schaf und warteten darauf, dass sich das Wetter ändern würde. Dann, am dritten Tag, erwachten wir bei klarem Himmel und hellem Sonnenschein, und am späten Vormittag begann der Schnee vom Dach zu tropfen und in unseren Fußstapfen zu schmelzen. Wenn dieses Tauwetter anhielte, könnten wir am nächsten Morgen aufbrechen, aber andere ebenfalls.

Wir konnten die Frage nicht länger vermeiden, der sich bisher niemand von uns hatte stellen wollen. Was sollte mit Zophiels Leichnam geschehen? Nahmen wir ihn mit uns und hofften, einen Begräbnisplatz zu finden, wie wir es mit Pleasance gemacht hatten, oder ließen wir ihn zurück? Wir hatten keine Wahl. Die offene Heide war kein Ort, um im gefrorenen Boden stundenlang ein Grab auszuheben, nicht wenn man es unbeobachtet tun wollte.

Rodrigo, Osmond und ich gruben abwechselnd in der dunkelsten Ecke der Hütte und hofften, dass die aufgeworfene Erde dort am wenigsten auffallen würde. Glücklicherweise hatten sich die Erbauer, weil die Hütte nur als Übernachtungsschutz gedacht war, nicht die Mühe gemacht, die Erde mit Stroh und Lehm zu mischen, um sie zu härten, obwohl sie von den vielen Füßen derjenigen, welche die Hütte benutzt hatten, festgetreten war. Wir arbeiteten schweigend. Adela hielt das Gesicht abgewandt und barg Carwyn fest in ihren Armen, als befürchte sie, das Grab könne ihn verschlingen.

Es dauerte ebenso lange, die Steine von Zophiels Leichnam zu entfernen, wie es in jener ersten Nacht gedauert hatte, sie daraufzulegen. Der Leichnam war gefroren und starr. Wir rollten ihn in eine Decke und trugen ihn zur Hütte zurück, wo wir ihn, noch immer zugedeckt, mitten auf den Boden legten.

»Wir sollten beten«, sagte Adela. »Er war ein Priester.«

»Wenn er ein Priester war, hätte er die Gebete für Jofre sprechen können. Er hätte ihm ein christliches Begräbnis gewähren können«, sagte Rodrigo verbittert.

Ich legte eine Hand auf seinen Arm. »Jofre hat ein gutes Begräbnis bekommen, ein besseres, als Zophiel es haben wird. Jofre liegt unter einem Altar, und das Bild der Jungfrau wacht über ihm.«

Letztendlich standen wir um den abgedeckten Leichnam und murmelten das *Placebo* und das *Dirige*, die Vesper und die Matutin, so weit wir uns noch daran erinnern konnten. Ohne Priester, der uns anleitete, brachten wir nur die ersten wenigen Verse der Psalmen zustande, aber es war in gewisser Weise ein Gottesdienst, was seine Zeit im Fegefeuer vielleicht verkürzen würde.

Osmond und Rodrigo beugten sich herab, um die Deckenrolle mit dem Leichnam darin hochzuheben, aber ich hielt sie auf.

»Wir sollten ihn auskleiden und ohne Bedeckung ins Grab legen, sodass er schneller verwest. Es wird weniger Gestank durch den Boden dringen. Und falls man ihn ausgräbt, besteht eine geringere Chance, dass er identifiziert werden kann. Jemand, der ihn oben bei den stehenden Steinen gesehen hat, könnte seine Kleidung wiedererkennen. Und wir werden auch die Schafsknochen mit ihm begraben«, fügte ich hinzu, wobei ich Cygnus' Blick sorgfältig mied. »Wenn er gefunden wird, wird man vielleicht glauben, Schafzüchter hätten ihn beim Stehlen eines Schafes erwischt und die Angelegenheit selbst in die Hand genommen. Niemand wird ihnen das in diesen Zeiten vorwerfen, und es könnte sie davon abhalten, weiter nachzuforschen.«

Niemand regte sich. Ich wusste, dass keiner von ihnen den Leichnam berühren wollte. Da der Vorschlag von mir kam, hatte ich keine Wahl.

Osmond legte seine Arme um Adela und wandte sie ab.

Ich schlug die Decke zurück. Zophiels Gesicht starrte zu mir hoch. Die Haut war bleich und wächsern, aber die Nase war fast schwarz. Seine Augen waren geöffnet und die Lippen zurückgezogen, sodass es wirkte, als wolle er gerade eine höhnische Bemerkung machen.

Ich arbeitete so schnell ich konnte, versuchte, nicht auf seine Arme hinabzusehen. Obwohl die Haut zu tauen und in der Wärme der Hütte weich zu werden begann, war er noch immer zu gefroren, als dass ich seine Glieder hätte bewegen können. Also schnitt ich mit meinem Messer, Stück für Stück, die Kleidung fort. Wir mussten sie auf jeden Fall verbrennen. Als er schließlich nackt war, bat ich die Übrigen, mir beim Hochheben zu helfen.

Cygnus und ich ergriffen jeder einen Knöchel. Rodrigo stand hinter dem Kopf und ließ seine Finger unter Zophiels Schultern gleiten, während Osmond, zähneknirschend, seine Hände unter das kalte, nackte Gesäß schob, aber wir hatten den Leichnam erst wenige Zoll vom Boden angehoben, als plötzlich ein Schrei von Narigorm erklang und wir den Körper dumpf auf die harte Erde zurückfallen ließen.

»Seht«, sagte sie und deutete. »Die Wunden bluten wieder.«

Eine wässerige, rote Flüssigkeit tropfte von den Enden seiner abgetrennten Arme. Osmond wich jäh zurück und prallte gegen die Wand hinter ihm.

Narigorm trat einen Schritt näher. »Wenn ein Mörder den Leichnam seines Opfers berührt, öffnen sich dessen Wunden und bluten wieder, um jedermann zu zeigen, wer der Mörder ist. Das bedeutet«, fügte sie triumphierend hinzu, »dass jemand von Euch ihn ermordet haben muss, nicht wahr?«

Wir sahen einander an. Auf jedem Gesicht außer Narigorms stand Entsetzen. Niemand regte sich oder sprach, und zu unseren Füßen sonderten die abgetrennten Stümpfe weiterhin ihr anklagendes Blut ab.

Kapitel 24

DER SCHWANENRITTER

Als die Dämmerung den Horizont erhellte, verließen wir die Treiberhütte. Schneewehen lagen noch immer an den Wänden der Hütte, aber die Straße verwandelte sich rasch in dicken, schlammigen Schneematsch, den die Räder und Xanthus' Hufe über uns versprühten, während wir neben dem Wagen dahinstapften. Jeder Reisende weiß, dass es Wahnsinn ist, bei Tauwetter zu reisen, aber niemand von uns wollte auch nur noch eine Stunde länger in dieser Hütte verbringen.

Osmond hatte Adela und Carwyn in der Nacht zuvor zum Schlafen in den Wagen gebracht, denn Adela fürchtete, Zophiels rachsüchtiger Geist käme in die Hütte, wo sein Körper nun begraben lag.

Rodrigo, Cygnus, Narigorm und ich blieben in der Hütte. Wir hatten das Grab mit Salz bestreut, vier Kerzen darum herum postiert und die ganze Nacht Wache gehalten. Wir hatten die ausgehobene Erde, die nicht mehr in das Grab passte, über den restlichen Boden verteilt und sie festgetreten. Wenn wir Glück hatten, würde niemals jemand erfahren, dass sie sich auf einem Leichnam zum Schlafen niederlegten. Vielleicht schlafen wir jede Nacht auf Leichnamen und wissen es nur nicht.

Diese ganze lange Nacht hindurch sprachen wir nicht, wagten es nicht zu schlafen und warfen einander im Kerzenschein verstohlene Blicke zu. Könnte er Zophiel ermordet haben? Oder er? Aber es war unmöglich zu glauben, dass jemand anderer als der Wolf des Bischofs es getan haben könnte.

Osmond hatte gedroht, Zophiel zu töten, und war hitzköpfig genug, ihn zu schlagen, ihn vielleicht sogar bei einem Kampf zu erstechen, aber Osmond hätte von Angesicht zu Angesicht gekämpft. Er hätte ihn niemals in den Rücken gestochen oder seinen Körper auf so furchtbare Art verstümmelt.

Was Rodrigo betraf, so war es undenkbar. Ich kannte ihn und vertraute ihm von allen am meisten. Gewiss hatte er Zophiel zweimal angegriffen, und ich hatte an dem Tag, an dem er Jofre ausgepeitscht hatte, gesehen, dass er mit eiserner Entschlossenheit durchzog, was er einmal entschieden hatte. Aber warum es jetzt tun? Wenn er wirklich glaubte, dass Zophiel Jofre ermordet hätte, dann hätte er schon lange vorher Rache genommen.

Nein, wenn jemand unter uns Grund hatte, Zophiel jetzt zu töten, dann war es Cygnus. Rache schwelt lange in einem Menschen, der wiederholt gedemütigt wird, und baut einen starken Zorn in ihm auf, sodass der Angriff, wenn es so weit kommt, heftig wird. Stammte all das Blut an seiner Hand und seiner Kleidung wirklich von dem Schaf? Und es hing noch immer der Schatten der Tode von Pleasance und dem kleinen Mädchen über ihm. Gerichte hatten Menschen schon für weitaus weniger verurteilt. Aber welcher Beweis auch immer bestand – ich konnte nicht glauben, dass der sanfte Cygnus sie oder Zophiel ermordet hatte.

Der Wolf hatte Zophiel getötet, dessen war ich mir sicher, und wie um das zu bestätigen, erschütterte der Klang, den wir am meisten fürchteten, die Nacht erneut – das langgezogene Heulen des Wolfes. Cygnus fuhr zusammen, blickte erschreckt zum Grab und rappelte sich so eilig hoch, dass er gegen die Wand hinter ihm prallte. Die vier Kerzen waren heruntergebrannt. Sie spuckten und rauchten in Wachsteichen, aber nicht diese Flammen hielten Cygnus' entsetzten Blick fest. Eine kleine, blaue Flammenkugel schwebte über der Mitte des Grabes.

»Ein … Leichenlicht«, stammelte Cygnus. »Zophiel … sein Geist.«

Er stürzte zur Tür, und als er sie öffnete, schwand das Licht, und die vier Kerzen erloschen, als ein kalter Windstoß in den Raum wehte.

Unwillkürlich drehte ich mich um, um zu Narigorm zu schauen.

Ich konnte ihre weiße Haut beim Licht des durch die geöffnete Tür hereinscheinenden Mondes gerade so ausmachen. Sie kauerte da und starrte auf den Fleck, wo das Licht gewesen war. Sie streckte eine Hand zu dem Grab aus, die Handfläche nach außen, die Finger weit gespreizt, als versuche sie, das Licht zu ergreifen. Es war dieselbe Geste, die ich sie in jener Nacht in der Nähe der Hütte der Heilerin hatte vollführen sehen, als wir das Heulen des Wolfes hörten.

Die Reise entlang des Weges durch die Heide war nicht leicht. Wir waren es gewohnt, durch Schlamm zu stapfen, aber Schneematsch ist schlimmer, kälter und trügerischer. Cygnus führte Xanthus, und obwohl Xanthus es gewohnt war, dass Cygnus sie fütterte, striegelte und anschirrte, merkte sie sofort, dass etwas nicht stimmte. Immer hatte Zophiel sie geführt, wenn sie den Wagen zog. Sie legte die Ohren an, verdrehte die Augen und stemmte die Hufe in den Boden. Cygnus versuchte, sie zu locken, aber umsonst. Seine Nerven waren nach der schlaflosen Nacht zum Zerreißen gespannt, und Xanthus' Weigerung zu laufen, trieb ihm die Tränen in die Augen. Er war nicht böse auf das Pferd, im Gegenteil – er schien bestürzt darüber, dass Xanthus Zophiel vermisste. Er hatte sich weitaus mehr um sie gekümmert, als Zophiel es jemals getan hatte, und doch war es Zophiel, den das Pferd wollte.

Letztendlich war Osmond gezwungen zu tun, was Cygnus nicht tun wollte, und gebrauchte die Peitsche. Schließlich lief sie tatsächlich voran, aber sie warf ständig zornig den Kopf auf und versuchte, Cygnus den Zügel aus der Hand zu reißen. Cygnus musste sie gut festhalten, damit sie weder ihn noch sonst jemanden biss, der in Reichweite ihrer Zähne gelangte.

Zophiels Kisten befanden sich noch auf dem Wagen. Der Wolf hatte seine Prämie nicht eingefordert. Vielleicht wollte er es, wie Zophiel gesagt hatte, wirklich nicht riskieren, Spuren im Schnee zu hinterlassen. Die anderen wollten die Kisten in der Hütte zurücklassen. Und glaubt mir, ich hätte sie auch gerne zurückgelassen, aber ich erkannte, dass wir das nicht tun konnten. Es gab in der Nähe der Hütte keinen Schutz, wo sich der Wolf hätte verbergen können, also musste er sich vor Tagesanbruch ein gutes Stück entfernt haben. Wenn ein Treiber oder ein Reisender in der Hütte Kisten voller Kirchenschätze fände, bevor der Wolf daran käme, würden sie sofort wissen, dass sie gestohlen waren. Wir konnten nichts anderes tun, als sie mitzunehmen – wohl wissend, dass der Wolf uns folgen würde – und sie dort zu lassen, wo nur er sie finden könnte.

Wir strebten voran, so schnell Xanthus es zuließ, denn aus den Hütten entfernter Weiler stieg kaum Rauch auf, und die Felder rund um die Weiler waren verwahrlost.

Man kann erkennen, wer an Hunger und wer an der Pest starb, bevor man sich einem Leichnam auch nur annähert. Das ist hilfreich, wenn man am Leben bleiben will. Das Geheimnis besteht darin, die Vögel zu beobachten. Man wird sie sich über einem Leichnam sammeln sehen, der verhungert ist. Die Raben kommen zuerst, hüpfen auf dem Boden umher oder schreiten wie Mönche dahin, betrachten den Leichnam von der Seite und hacken dann das erste Mal zu. Über ihnen kreisen wartend die Milane, ihre Federn in der Sonne wie Ochsenblut glänzend. Wenn die Raben den Leichnam erst geöffnet haben, fliegen sie herbei und ziehen ihre Schwingen erst im letzten Moment ein, um sich seitwärts zu wenden und mit ihren Klauen ein Stück Fleisch zu packen, bevor sie wieder aufsteigen und es im Fluge verschlingen.

Aber weder Raben noch Milane werden sich einem Pestopfer nähern. Kein Tier wird sich ihm nähern, wie hungrig sie auch sein mögen. Der Leichnam liegt unangetastet da und verwest ohne Hilfe irgendeines Aasfressers. Darum muss man wachsam sein. Den Blick auf den Boden richten, die Schneewehen gründlich prüfen, den Schlamm sorgfältig absuchen, denn sonst kann man direkt in sie hineinstolpern.

Der Gedanke allein konnte uns nun nicht mehr als Warnung dienen, denn er hing in der Luft, wo wir auch hingingen. Er wurde meilenweit getragen und erfüllte unsere Nasen, bis sogar das Essen, das wir aßen, verdorben schmeckte. Der Gestank war überall. Ganz England verrottete.

In dieser Nacht lagerten wir draußen im Freien, in der Nähe eines eingestürzten Rundturms, wo es Futter für Xanthus gab. Adela, Osmond und Carwyn schliefen im Wagen, und wir Übrigen schliefen darunter. Es sollte das letze Mal sein, dass wir unsere kleine Arche als Schutz benutzten. Denn am nächsten Morgen ließen wir den Wagen dort für den Wolf zurück, von der Straße aus hinter dem Turm verborgen. Wir wussten, dass er ihn finden würde. Er hatte uns gefunden. Wir hatten sein Heulen in der Nacht wieder gehört. Er war selbst auf freiem Gelände noch in der Lage, uns ungesehen zu folgen. Und er gab nicht auf.

Osmond war dafür, die Kisten auszuladen und den Wagen weiterhin mit uns zu nehmen, aber ich wollte dem Wolf sicher signalisieren, dass wir alles zurückgelassen hatten, sodass er von uns abließ. Außerdem konnten wir ohne den Wagen auf kleinere Wege ausweichen, auf die kleinen Pfade, die nicht durch Städte oder Dörfer, sondern zu entlegeneren Orten führten, wo die Pest vielleicht noch nicht hingekommen war. Ohne den Wagen konnten wir uns endlich nach Norden wenden, denn wir brauchten keine Straße, wenn wir zu Fuß wären.

Aber Xanthus ließen wir nicht zurück. Wie der Wolf seine Beute fortschaffen würde, war seine Sache. Nach allem, was wir wussten, war er beritten, aber Xanthus würden wir ihm nicht überlassen.

Es gab noch etwas, was ich nicht zurücklassen wollte – die Meerjungfrau. Zophiel konnte sie nicht der Kirche gestohlen haben. Wenn wir sie für den Wolf zurückließen, würde sie bestimmt fortgeworfen. Die übrige Gruppe hielt mich für verrückt, weil ich darauf bestand, ein solch nutzloses und sperriges Ding mitzunehmen, und ich konnte ihnen nicht erklären, warum ich sie nicht zurücklassen wollte. Aber jedes Mal, wenn ich die Myrrhe und die Aloe roch, dachte ich an den Kopf meines Bruders in den Händen meines Vaters. Ich dachte an seinen irgendwo in Accra liegenden Leichnam, in Stücke gehackt, sein Kopf von einem Sarazenenschwert abgetrennt und aufgespießt, damit die Menge ihn anstarren konnte. Ich dachte an seinen Diener, der sein Leben riskiert hatte, um seinen Kopf in der Nacht herunterzunehmen und über Berge und Meere nach Hause zu bringen. Den einzigen Teil meines Bruders, den er uns zurückbringen konnte, der einzige Teil, den wir zur letzten Ruhe betten konnten. Letztendlich war es Rodrigo, der mir die Kiste sanft abnahm und auf Xanthus' Rücken band. Er allein fragte nicht, warum.

Wir befestigten unsere Bündel auf Xanthus, brachen wieder auf und beteten dafür, dass uns der Wolf dieses Mal nicht folgen würde. Es war für uns alle leichter, ohne den Wagen zu reisen, außer für Adela, die jetzt laufen musste. Aber nun, wo sie nicht mehr schwanger war, schien sie die Freiheit zu genießen. Sie band sich Carwyn auf den Rücken und tat ihr Bestes, stetig voranzugehen, obwohl sie noch immer schwach war.

Narigorm musste auch laufen. Sie war zwar auch zuvor schon neben dem Wagen hergegangen, aber nur, wenn sie wollte. Obwohl sie mühelos mit Osmond Schritt halten konnte, wenn sie auf die Jagd gingen, trödelte sie nun, wo sie ihres kleinen Nestes in der Vertiefung des Wagens beraubt war, einige Schritte hinter uns her, beobachtete, lauschte, sagte aber selten ein Wort. Ihr Gesicht gab nicht preis, was sie dachte.

Ohne den Wagen schwand die Lücke, die Zophiels Tod gerissen hatte. Es gelang uns allmählich, eine oder zwei Stunden zu laufen, ohne ihn im blutbefleckten Schnee liegen zu sehen und ohne an den Wolf zu denken. Und Rodrigos, Cygnus', Osmonds und Adelas Stimmung schien sich zu bessern, je weiter wir uns von jenem Turm entfernten. Nun, wo sie nicht mehr den Wagen durch rutschigen Schlamm schieben und ziehen mussten, erkannten sie, dass sie überall hingehen könnten, ob es dort eine Straße gäbe oder nicht. Es war so, als hätten sie wie Sisyphus einen großen Felsbrocken auf einen Berg gerollt und wären nun von den Ketten befreit. Der Wolf hatte alles bekommen, was er wollte, und so waren sie auch von ihm befreit.

Wie um unsere Befreiung zu unterstreichen, kamen wir an diesem Nachmittag zu einem breiten, rasch fließenden Fluss. Die Brücke war fortgespült worden, sodass wir von dem Weg abbogen und dem Fluss abwärts folgten, uns von seinem Mäandern leiten ließen, bis sich die Dunkelheit herabzusenken begann. Dann lagerten wir wenige Meter vom Ufer entfernt im Schutz eines kleinen Birken- und Weidenhains. Osmond und Narigorm hatten ein paar Enten gefangen, die nun in dem Topf über dem Feuer brodelten, und wir versammelten uns hungrig darum, während die Dämmerung herabsank, schaufelten den Vogeleintopf genauso schnell in uns hinein, wie Adela ihn in die Schalen füllte.

Irgendwann hielt ich inne und betrachtete die anderen. Alle außer Narigorm schienen unnatürlich heiter, wie Jungen, die vorzeitig aus der Schulstube entlassen wurden. Sie waren davon überzeugt, dass unsere Schwierigkeiten nun hinter uns lagen. Aber ich wurde verdrehterweise immer panischer, je weiter wir uns von dem Wagen entfernten. Ich hatte ihn zurücklassen wollen, aber ohne es zu erkennen, hatte ich ihn längst als Zuhause angesehen, als den Ort, zu dem man jeden Abend zurückkehrte, das einzig Feste und Beständige in dieser Welt, die um uns herum zusammenbrach. Nun, nachdem ich all diese Jahre allein umhergezogen war, fühlte ich mich ohne den Wagen plötzlich nackt und ausgeliefert, als sollte ich davongeschwemmt werden und könnte mich nirgendwo festhalten.

Seitdem uns das Hochwasser nach Osten gezwungen hatte, konnten wir unseren Weg nicht mehr bestimmen, und das beängstigte mich. Wie ein Tier, das eine Falle spürt, die es nicht sehen kann, spürte ich, dass wir von etwas getrieben wurden, das ich nur als Schatten wahrnehmen konnte. Drei von uns waren gewaltsam gestorben, seit wir uns nach Osten gewandt hatten. Es gab keine erkennbare Verbindung, und doch wird ein Schatten, obwohl er keine eigene Substanz hat, immer von etwas Substanziellem geworfen.

Ich blickte zu Narigorm hinüber. Sie saß ein kleines Stück entfernt, in ihre Mahlzeit vertieft, riss Streifen Fleisch von einem Entenbein. Dieses Mal nicht, dieses Mal würde es nicht nach ihrem Willen gehen. Ich würde nicht zulassen, dass uns die Runen wieder antrieben. Wir mussten unser Schicksal selbst in die Hand nehmen. Dieses Mal würden wir nach Norden ziehen, und ich würde nicht zulassen, dass ihre Runen uns aufhielten. Es war die einzige Richtung, die uns noch von der Pest fortführen konnte. Es war nur eine kleine Hoffnung, das wusste ich, aber besser als die Sicherheit, in den Tod zu schreiten. Ich rückte näher an die anderen heran und senkte meine Stimme so weit, dass Narigorm mich nicht hören konnte.

»Nun, da uns der Wolf nicht mehr verfolgt, müssen wir einige Entscheidungen treffen. Wir werden Verpflegung, Brennmaterial und Schutz brauchen. Heute Nacht ist es nicht so kalt, aber es ist erst Anfang Februar. Es könnte noch mehr Schnee kommen. Niemand von uns weiß, wie lange die Pest anhalten wird. Daher sollten wir uns wieder nach Norden wenden und versuchen, einen von der Seuche unberührten, abgeschiedenen Ort zu finden, fern von den Dörfern oder Landstraßen, wo wir uns aufhalten können, bis das Schlimmste vorüber ist.«

Osmond schaute auf, sein Löffel auf halbem Weg zum Mund. »Aber warum nicht weiter zum Meer ziehen? An der Küste könnten wir sowohl Fische als auch Vögel fangen. Es heißt, einige Menschen lebten allein von dem, was das Meer zur Verfügung stellt, und das Meer kann nicht von der Pest betroffen werden.«

»Aber die Häfen und Fischerdörfer werden davon betroffen sein, und es gibt zu viele Dörfer entlang der Küste. Wenn wir nach Norden und ins Binnenland ziehen, können wir ihr entkommen …«

»Nein, das kannst du nicht benutzen«, unterbrach Rodrigos Stimme mich scharf.

Narigorm war wieder zu dem Topf auf dem Feuer getreten und hatte mit einem Messer ein Stück Entenfleisch aufgespießt. Nun wandte sie sich um und sah Rodrigo an.

»Das ist Zophiels Messer«, sagte er. »Was tust du damit?«

»Ich habe es gefunden. Er braucht es nicht mehr, und es ist schärfer als meines.«

»Wirf es weg.«

»Warum sollte ich? Es ist ein gutes Messer.« Sie tauchte es erneut in den Topf.

»Nein, wirf es weg!«, rief Rodrigo. »Zophiels Blut klebt daran.«

Narigorm tauchte das Messer mit übertriebener Geste erneut in den Eintopf. »Ich habe es gesäubert. Es ist kein Blut mehr daran.«

Cygnus erhob sich und nahm Narigorm das Messer mit einer geschickten Bewegung aus der Hand. »Rodrigo hat recht«, sagte er ruhig. »Du solltest es nicht benutzen.«

Er warf das Messer in weitem Bogen über das Gestrüpp hinweg

auf den Fluss zu, und wir hörten ein Platschen. Cygnus sah Rodrigo einen langen Moment an, wandte sich dann ab und blickte in die Dunkelheit hinaus in Richtung Fluss.

Adela nahm geschäftig den Topf vom Feuer.

»Du weißt, dass es Unglück bringt, das Messer eines toten Mannes zu benutzen«, schalt sie. »Meinst du nicht, wir hätten bereits genug Ungemach gehabt, ohne noch mehr auf uns zu laden?«

Sie schob Narigorm mit einem ungeduldigen kleinen Klaps auf ihr Gesäß wieder zu ihrem Platz, als wäre sie ein ungezogenes Kleinkind. Narigorm setzte sich hin, aber sie wirkte nicht mürrisch oder verärgert, wie ich erwartet hätte. Sie wirkte fast zufrieden mit sich, und aus Gründen, die ich nicht erklären konnte, beunruhigte mich das.

Als der Abend voranschritt, drängten wir uns alle näher ans Feuer. Die Bäume und das Schilf raschelten im Wind, und dunkles Wasser schwappte gegen die Ufer. Gelegentlich drang das Piepsen oder der Schrei eines Vogels oder Tieres an unsere Ohren, aber ansonsten war alles still. Eine Wolkendecke verschleierte die Sterne. Es war dunkel, viel dunkler als in den Nächten seit Weihnachten. Nur das Licht des knisternden Feuers in der Feuergrube beleuchtete unsere Gesichter. Auch wenn wir uns sagten, dass der Wolf uns nicht wieder belästigen würde, war die alte Anspannung mit dem Herannahen der Dunkelheit zurückgekehrt, und wir saßen da und lauschten auf etwas dort draußen in der Nacht, etwas, das nicht hierher gehörte.

»Rodrigo, könntet Ihr nicht für uns spielen oder singen?«, platzte Osmond schließlich heraus. »Es wird eine lange Nacht werden. Wir sollten wenigstens etwas haben, um uns den Abend zu vertreiben.«

»Ich werde eine Geschichte erzählen, wenn Ihr wollt«, sagte Cygnus.

Wir sahen ihn überrascht an. Er hatte seit Weihnachten keine Geschichte mehr erzählt. Es war ein gutes Zeichen. Vielleicht hob sich seine Stimmung, da er nicht länger unter Zophiels beständigen Sticheleien über seinen Arm leiden musste.

»Nur solange sie nicht von Wölfen handelt«, sagte Osmond mit halbherzigem Lachen.

»Keine Wölfe, nur Schwäne.«

»Keine Schwäne«, wandte ich rasch ein. »Ihr solltet nicht dauernd …«

Er lächelte. »Dies sind nicht meine Schwäne, Camelot. Es ist die Geschichte vom Schwanenritter, dem Großvater des großen Godfrey de Bouillon, Ritter der Kreuzzüge. Sie entstammt einem Lied, das Barden singen, ein Minnesang. Rodrigo wird ihn vielleicht kennen.«

Rodrigo runzelte die Stirn, antwortete aber nicht. Cygnus zog seinen Umhang fester um sich und begann.

»König Oriant von Lillefort war ein gut aussehender, junger Mann und in allen erlauchten Künsten geschult, aber seine größte Freude waren Pfeil und Bogen, und häufig, wenn er ruhelos war, ging er des Nachts bei Mondlicht auf die Jagd. In einer Winternacht, als er allein unten am See jagte, hörte er Federn in der frostigen Luft schwirren. Als er aufschaute, sah er eine Schwänin über den sich verdunkelnden Himmel ziehen. Sie glitt auf Schwingen so stark wie die Freiheit durch die kobaltblaue Nacht und ließ sich schließlich auf dem silbrigen Wasser des Sees nieder. Sie war ein herrliches Wesen, und König Oriant wollte sie dringender erlegen als jedes andere Tier oder jeden anderen Vogel, die er je gejagt hatte. Er spannte seine Bogensehne an und zielte, aber gerade als er den Pfeil abschießen wollte, schrie sie mit menschlicher Stimme auf, und als er wieder hinblickte, sah er aus dem Wasser keinen Schwan auf sich zukommen, sondern eine wunderschöne Frau mit Augen so dunkel wie der Mitternachtshimmel und Haar von der Farbe des Mondlichts. Und in ihrem Haar hatte sich eine einzelne, weiße Schwanenfeder verfangen. Der König verliebte sich sofort in sie. Er nahm sie in seine Arme und küsste sie, und während er dies tat, zupfte er ihr die Feder aus dem Haar. Als sie spürte, dass ihre Feder fort war, bat sie ihn, sie ihr zurückzugeben, denn ohne sie würde sie in menschlicher Gestalt verharren müssen, aber der König weigerte sich und sagte, er würde ihr die Feder nur zurückgeben, wenn sie seine Frau würde.

König Oriant trug seine Schwanenfrau zum Schloss zurück. Er verbarg die Feder in einer Kiste, in einem Turm, in einem Wald, auf einer Insel, wo sie sie niemals finden würde. Und als sie in der Hochzeitsnacht um ihre Feder bat, verweigerte er sie ihr und sagte, er würde sie ihr erst zurückgeben, wenn sie ihm einen Sohn geboren hätte. Also war die Sylphe gezwungen, bei ihm zu bleiben, und sie gebar ihm fünf Söhne. Jedes Mal, wenn ein Sohn geboren war, bat sie den König, ihr die Feder zurückzugeben, aber er verweigerte es ihr jedes Mal und sagte, wenn du mir einen weiteren Sohn geboren hast, dann werde ich sie dir zurückgeben.

Aber die Kinder eines Königs und einer Sylphe sind keine sterblichen Kinder, und ohne dass ihr Vater es wusste, konnten sich alle seine Söhne, wie ihre Mutter, in die Gestalt eines Schwans verwandeln. Ihre Mutter legte ihnen goldene Ketten um den Hals, an denen Silbermonde hingen. Solange sie die Ketten trugen, verblieben sie in menschlicher Gestalt, aber bei Nacht legten sie ihre Ketten ab, verwandelten sich in Schwäne und flogen in den Sternenhimmel hinaus. Ihre Mutter ermahnte sie, die goldenen Ketten niemals zu verlieren, denn wenn sie sie verlören, würden sie für immer Schwäne bleiben müssen. Dann bat sie ihre Söhne, sich in Schwäne zu verwandeln und nach ihrer Feder zu suchen, und nach langem Suchen fanden sie die Insel, und auf der Insel fanden sie den Wald, und in dem Wald fanden sie den Turm, und in dem Turm fanden sie die Kiste, und in der Kiste fanden sie die Feder ihrer Mutter. Sie brachten sie ihr, die sie in ihr Haar steckte, ihre Söhne küsste und für immer davonflog.

König Oriant brach das Herz, weil seine Frau ihn verlassen hatte, aber es dauerte nicht lange, bis seine Berater ihn beschworen, wieder zu heiraten, und er nahm sich eine neue Braut. Aber obwohl seine junge Frau wunderschön war, war sie doch sterblich, und wie kann man menschliche Schönheit mit der Schönheit einer Sylphe vergleichen? Jedes Mal, wenn der König seine Söhne ansah, mit ihren Augen von der Farbe des Mitternachtshimmels und ihrem Haar von der Farbe des Mondlichts, seufzte er. Seine neue Frau wurde eifersüchtig und suchte nach einer Möglichkeit, seine Söhne zu vernichten, denn sie wusste, dass er seine Schwanenbraut niemals vergessen würde, solange er diese betrachtete. Also spionierte sie ihnen nach und entdeckte bald das Geheimnis der Ketten. Eines Nachts, als sich die jungen Männer in Schwäne verwandelt hatten, stahl sie die Ketten aus ihrem Zimmer, alle bis auf eine, die dem ältesten Sohn Helyas gehörte, denn er hatte seine Kette in einem Mauseloch versteckt, und eine Spinne hatte ein Netz darüber gewoben, sodass sie sie nicht finden konnte. Die Schwäne kehrten vor der Dämmerung zurück und flogen in ihr Zimmer. Helyas nahm sofort seine menschliche Gestalt wieder an, aber die anderen konnten ihre Ketten nicht finden, und als die Dämmerung hereinbrach, waren sie gezwungen davonzufliegen.

Sieben Jahre lang suchte Helyas das Schloss nach den Ketten ab, und sieben Jahre lang kehrten die Schwäne jede Nacht zurück und flogen bei der Dämmerung wieder davon. Dann, am siebten Tag des siebten Monats des siebten Jahres, fand Helyas die Ketten schließlich. Er eilte hinaus, um seine Brüder zu begrüßen, und als die Schwäne auf dem Wasser landeten, warf er ihnen die Ketten um den Hals, und sie nahmen ihre menschliche Gestalt wieder an. Aber Helyas bemerkte in seiner Freude nicht, dass die Kette des jüngsten Schwans gerissen war, und als Helyas sie warf, fiel sie vom Hals des Schwans auf den Grund des tiefen Sees, und der jüngste Bruder blieb für immer ein Schwan, dazu verpflichtet, seinen Brüdern in dieser Gestalt zu dienen.

Viele Meilen entfernt hielt Kaiser Otto in Nimwegen Hof. Die Herzogin von Bouillon bat ihn eindringlich darum, Gerechtigkeit gegen den sächsischen Herzog Renier walten zu lassen, der sie bezichtigte, Ehebruch begangen zu haben, als ihr verstorbener Mann noch lebte. Als Bruder ihres Ehemannes erklärte er, dass ihre Ländereien darum an ihn fallen sollten. Ehebruch war bei einer solch hochgeborenen Dame eine ernste Anschuldigung, und der Kaiser befahl, dass sie ihre Unschuld durch einen Ritterkampf beweisen sollte. Wenn ihr Kämpe den Kampf verlöre, würde sie zum Tode verurteilt und ihre Ländereien an Renier fallen. Aber Renier war ein so mächtiger Krieger, so geschickt mit dem Schwert und bei jenen, die ihm gegenübertraten, so gnadenlos, dass kein Kämpe vortreten würde, um für sie einzustehen.

Nach drei Tagen Suche konnte noch immer kein Ritter gefunden werden, sodass der Kaiser seinen Soldaten befahl, die Herzogin zu ergreifen und hinzurichten. Aber gerade als sie Hand an die weinende Frau legen wollten, erklang vom Fluss her ein Schrei, und die Menschen wandten sich um und sahen einen unbekannten Ritter in einem Boot den Fluss hinab auf sie zu gleiten, das von einem Schwan gezogen wurde. Helyas, der älteste der Schwanenbrüder, trat an Land und bot sich als Kämpe gegen Renier an. Es war ein langer und blutiger Kampf, denn beide Männer waren geschickt und mutig, aber das Recht war aufseiten der unschuldigen Herzogin, sodass Helyas Renier besiegen konnte.

Als Belohnung für seine Dienste bot die Herzogin ihm die Hand ihrer wunderschönen Tochter Beatrix an und wollte ihnen alle ihre Ländereien und ihren Reichtum übertragen. Helyas stimmte unter einer Bedingung zu – dass weder Beatrix noch ihre Mutter ihn jemals nach seinem Namen oder seiner Herkunft fragen sollten. Sie stimmten beide bereitwillig zu, und so fand die Hochzeit statt.

Helyas und Beatrix verbrachten sieben freudvolle und glückliche Jahre miteinander, und ihre Verbindung wurde mit einer wunderschönen Tochter, Ida, gesegnet, welche die dunklen Augen ihres Vaters hatte. Jeden Tag in der Morgendämmerung und bei Sonnenuntergang ging Helyas zum Fluss hinunter, um mit seinem Bruder dem Schwan zu reden, und jedes Mal, wenn Beatrix ihn den Vogel persönlich füttern sah, wunderte sie sich über ihren geheimnisvollen Ritter, aber sie hielt ihren Schwur und fragte ihn nicht, wer er war.

Aber viele andere Adlige im Land waren eifersüchtig auf den Reichtum und das Glück von Helyas und Beatrix. ›Wer ist dieser Ritter?‹, fragten sie. ›Warum sollte ein Mann von adliger Geburt seine Herkunft verbergen wollen, es sei denn, er hätte den Namen seiner Familie entehrt?‹ Die Gerüchte drangen an Beatrix' Ohren. Sogar ihre eigenen Dienstmädchen flüsterten untereinander, dass dieser Schwanenprinz, den sie geheiratet hatte, vielleicht überhaupt kein Ritter sei, dass er gewöhnlicher oder sogar unwürdiger Abstammung sei. Schließlich konnte Beatrix das Flüstern nicht länger ertragen und fragte Helyas eines Nachts, als er vom See zurückkam, was niemals zu fragen sie geschworen hatte.

Helyas war ein Ritter, und das Gesetz der Ritterlichkeit verlangte es, dass er ihr wahrheitsgemäß antwortete. Aber sobald er die Wahrheit ausgesprochen hatte, sah er seinen Schwanenbruder auf dem

Fluss erscheinen, der ein kleines Boot zog. Helyas stieg in das Boot und segelte davon.

Ihre dunkeläugige Tochter, Ida, wurde erwachsen und heiratete Eustace, Graf von Boulogne, und Idas Sohn, Godfrey von Bouillon, wurde der berühmte Anführer des ersten Kreuzzugs, Verteidiger des Heiligen Grabes, den einige nun als den ersten König von Jerusalem bezeichnen.

Und was Beatrix betrifft, so sah sie ihren geliebten Ehemann niemals wieder. Der Schwanenritter war verschwunden. Sie suchte den Rest ihres Lebens nach ihm, aber sie fand ihn nicht, und als ihr schließlich bewusst wurde, dass sie ihn niemals finden würde, starb sie vor Schuld und Kummer, denn sie hatte den furchtlosesten Ritter der Christenheit im Stich gelassen. Sie hatte die Wahrheit erfahren, aber die Wahrheit hatte sie beide vernichtet.«

Es herrschte Schweigen, als Cygnus seine Geschichte beendet hatte. Dann seufzte Adela höchst zufrieden auf und berührte Cygnus' Arm. »Das war wunderschön, Cygnus.«

Aber er sah sie nicht an. Stattdessen schaute er angespannt zu Rodrigo. Sie betrachteten einander lange Zeit, Begreifen blitzte in Rodrigos Augen auf. Er wirkte entsetzt, wandte sich dann ab und barg das Gesicht in den Händen. Schließlich hob er den Kopf wieder und öffnete den Mund, als wollte er sprechen, aber Cygnus schüttelte den Kopf.

»Nein, Rodrigo, sagt es nicht. Die Schuld liegt bei mir. Ich bin ein Feigling. Zophiel hatte recht. Ich bin weder Mensch noch Vogel. Ich habe weder eine unsterbliche Seele im nächsten Leben noch einen Nutzen in diesem. Ich hatte nichts zu verlieren. Ich hätte es tun sollen. Vergebt mir, Rodrigo, vergebt mir.«

Er richtete den schweren, purpurfarbenen Umhang um seine Schultern und schritt rasch in die Dunkelheit davon. Wir hörten über uns ein Singen in der Luft, drei Schwäne, die auf den Fluss zu flogen. Sie breiteten ihre starken, weißen Schwingen aus, glitten hinab und entschwanden unseren Blicken.

Kapitel 25

DIE MEERJUNGFRAU UND DER SPIEGEL

Wir suchten Cygnus die halbe Nacht lang und fanden ihn in der Dämmerung, ungefähr eine halbe Meile flussabwärts. Sein Körper trieb mit dem Gesicht nach unten im Fluss. Sein Hemdsärmel hatte sich an den scharfen, abgebrochenen Enden eines Schilfbüschels verfangen und ihn am Ufer festgehalten, sonst wäre er fortgeschwemmt worden. Der purpurfarbene Umhang hatte sich auf dem Wasser ausgebreitet und bedeckte seinen Kopf. Wir erkannten an der Art, wie der Körper leblos in der Strömung trieb, dass keine Hoffnung bestand, aber Rodrigo sprang dennoch ins Wasser, als könne er ihn noch retten, wenn er nur rasch genug zu ihm käme. Osmond und ich halfen, den Leichnam ans Ufer zu hieven. Sobald Rodrigo selbst an Land gestiegen war, sank er auf Cygnus' Körper und drückte und presste ihn, als könne er ihn, indem er ihn schüttelte, wieder zum Atmen bringen. Schließlich musste Osmond ihn aufhalten.

»Es hat keinen Sinn, Rodrigo. Er ist tot. Er war schon seit Stunden tot. Er muss letzte Nacht hineingefallen sein, und der Umhang hat ihn hinuntergezogen.«

Rodrigo zog Cygnus zu sich, saß dann da und barg ihn in den Armen, als wäre er ein schlafendes Kind.

»Was ich nicht verstehen kann, ist, warum wir kein Platschen oder einen Schrei gehört haben«, fuhr Osmond fort. »Es sei denn, er wäre bereits zu weit vom Lager entfernt gewesen.«

Rodrigo schaute mit verhärmtem Gesicht zu uns hoch. »Er wollte nicht, dass wir ihn hören.«

Osmonds Augen weiteten sich. »Ihr wollt doch nicht sagen, dass er freiwillig in den Fluss gegangen ist, um sich zu … zu ertränken. Aber er saß letzte Nacht noch hier bei uns allen und erzählte uns ruhig eine Geschichte. Warum sollte ein Mensch das tun und dann hinausgehen und sich umbringen? Warum sollte er uns das antun? Wir waren seine Freunde. Niemand von uns hat jemals etwas Grausames zu ihm gesagt. Der Einzige, der ihn gequält hat, war Zophiel, und er ist tot.«

Ich dachte an das, was Osmond zu Cygnus gesagt hatte, als er keine Hebamme für Adela hatte finden können. Wie schnell wir unsere eigene Grausamkeit vergessen.

»Er hat es getan, weil Zophiel tot ist.« Nun rollten Tränen Rodrigos Wangen hinab.

»Was meint Ihr damit – *weil* Zophiel tot ist?«

»Ich denke, Rodrigo meint damit, dass er … dass er sich aus Schuldgefühlen umgebracht hat«, sagte ich.

Osmond sank aufs Gras und schüttelte ungläubig den Kopf. »Also wollt Ihr mir erzählen, dass Narigorm die ganze Zeit recht hatte, dass es nicht der Wolf war, der Zophiel getötet hat, sondern Cygnus … nicht dass ich es ihm vorwerfen könnte. Aber warum hat er sich umgebracht? Dachte er, wir würden ihn ausliefern?«

»Nein!«, rief Rodrigo. »Nein, er hat Zophiel nicht ermordet. *Il sangue di Dio!* Habt Ihr nicht gehört, was er gestern Abend sagte, das Letzte, was er gesagt hat? Er sagte, er hätte derjenige sein sollen. Er dachte, er hätte mich gezwungen, zum Mörder zu werden, weil er zu feige war, es selbst zu tun. Zophiel hat ihn beschuldigt, sich nicht einmal verteidigen zu können, und er dachte, ich glaubte das ebenfalls.«

Osmonds Miene wurde von Minute zu Minute verwirrter.

Ich kauerte mich hin und legte einen Arm um Rodrigos nasse Schultern. »Aber Cygnus hat sich geirrt, oder? Ihr habt Zophiel nicht getötet. Es war der Wolf.« Ich wollte unbedingt daran glauben.

Rodrigo blickte auf Cygnus' Leichnam hinab. Die Augen waren geschlossen, das Gesicht friedlich und ruhig, alle Angst der letzten Wochen gewichen. »Ich habe ihn getötet.«

Man konnte unmöglich sagen, ob er von Cygnus oder von Zophiel sprach.

»Nein, Rodrigo, hört mir zu. Ihr habt niemanden getötet. Ihr tragt für keinen der beiden Tode die Schuld.«

Rodrigo sprach leise und monoton, sein Blick auf Cygnus' Gesicht gerichtet. »Als Zophiel die Schäferhütte verließ, bin ich ihm gefolgt. Ich bat ihn, Cygnus in Ruhe zu lassen, bevor er ihn in den Tod triebe, wie er auch Pleasance und Jofre in den Tod getrieben hatte. Er sagte, sie hätten ihre Tode selbst bewirkt. Es hätte nichts damit zu tun gehabt. Sodomiten wie Jofre, sagte er, seien in diesem und im nächsten Leben verdammt. Sein Tod sei Gottes Urteil für seine Perversionen gewesen. Dann wandte er sich um und ging davon. Ich warf das Messer, als er sich von mir entfernte.«

Plötzlich erinnerte ich mich an die beiden Aussätzigen auf der Straße in der Schlucht, die den Reisenden totgeschlagen hatten, dachte daran, wie sie sich Osmond zugewandt hatten. Und ein Bild von Rodrigo blitzte in meinem Geist auf, wie er das Messer warf, wie der Aussätzige schrie und dann tot umfiel. Ich erkannte mit einem Schlag, dass er die Wahrheit sagte. Rodrigo hatte Zophiel ermordet.

»Und die Arme?«, fragte Osmond erschüttert. »Ihr … habt ihm die Arme abgeschnitten?«

»Mit seinem eigenen Messer. Ich wollte, dass es so aussähe, als hätte der Wolf ihn wegen Diebstahls bestraft, das sagte ich mir, aber vielleicht wollte ich ihn im tiefsten Inneren den Menschen angleichen, die er so sehr verachtete.«

Ich starrte ins rauschende Wasser, das in der frühen Morgensonne wie eine Rüstung glitzerte. Irgendwo dort drinnen lag Zophiels Messer.

Ich sprach, ohne Rodrigo anzusehen. »Als Narigorm gestern Abend Zophiels Messer benutzte, sagtet Ihr Narigorm, Zophiels Blut klebe daran. Aber Ihr wart nicht da, als wir den Leichnam fanden. Also konntet Ihr nicht wissen, dass Zophiel mit seinem eigenen Messer verstümmelt wurde, es sei denn, Ihr hattet es getan. Das hat Cygnus gestern Abend erkannt. Da wusste er, dass Ihr ihn getötet habt, und er dachte, Ihr hättet es für ihn getan. Wie Beatrix, erfuhr er die Wahrheit, und die Wahrheit …«

Rodrigo schloss die Augen, als hätte er schreckliche Schmerzen.

Wir wickelten Cygnus' Leichnam in seinen Umhang und banden ihn auf Xanthus' Rücken. Wir hatten keine Ahnung, was wir damit tun sollten. Wir brachen unser Lager ab und zogen weiter, wandten uns vom Fluss ab, sobald wir konnten, denn keiner von uns wollte ihn noch sehen oder hören. Wir sprachen nicht darüber, wo wir hingehen würden. Es schien kaum noch wichtig. Ich lief neben Rodrigo, der wie benommen dahinging, hinter den anderen her. Selbst Xanthus schien zu spüren, was sie trug, und schritt würdevoll dahin, während Osmond sie führte. Wir hatten Adela in dem Glauben gelassen, dass es ein Unfall gewesen sei, aber ich konnte an dem Ausdruck auf Narigorms Gesicht erkennen, dass sie es nicht glaubte. Sie wusste, dass Cygnus sich umgebracht hatte, genauso wie sie wusste, dass Rodrigo Zophiel getötet hatte, und das hatten wir ihr auch nicht gesagt.

Wir sahen den Mann und den Jungen schon lange, bevor wir sie erreichten, in der Heidelandschaft Torf stechen. Es war ein einsamer, abgeschiedener Fleck, und der Mann musste verzweifelt Brennstoff brauchen, wenn er ihn halb gefroren und nass stach. Mehrere Stapel Torfstücke standen um die lange Rinne, die er ausgehoben hatte, und weitere waren auf einem kleinen Schlitten aufgestapelt. Es war keine Behausung in der Nähe zu sehen, sodass sie einen langen Weg zu dieser Stelle gelaufen sein mussten, aber ohne Brennstoff kann eine Familie an Kälte und Hunger sterben, wenn sie das wenige, was sie fangen, nicht kochen können.

Der barfüßige Junge erblickte uns vor seinem Vater und warnte ihn. Beide standen da, die Spaten in Händen, und beobachteten misstrauisch, wie wir herankamen. Rund um sie herum waren große Wasseransammlungen zu sehen, wo Menschen seit Jahren Torf stachen, und der Graben, an dem sie arbeiteten, füllte sich ebenfalls rasch. Selbst wenn es von jetzt an bis zum Mittsommer nicht wieder regnete, würde es Monate dauern, bis der ganze Regen auf dem Land versickert wäre.

Als wir näher kamen, richtete der Mann seinen Blick auf die unmissverständliche Form des über Xanthus' Rücken liegenden Leichnams. Er bekreuzigte sich dreimal, trat mehrere hastige Schritte zurück und zog den Jungen mit sich. Ich brauchte keine Runen, um zu erkennen, was er dachte. Ich versuchte, ihn zu beruhigen.

»Habt keine Angst, Herr, er ist nicht an der Seuche gestorben. Es war ein Unfall. Er ist ertrunken.«

Der Torfstecher bekreuzigte sich erneut, wirkte betreten. »Gott hab ihn selig.« Dann trat er zwei Schritte auf uns zu. »Der Leichenweg liegt dort drüben.« Er deutete hin. »Ihr könnt die ihn bezeichnenden Kreuze gerade so sehen.«

In der Ferne waren Umrisse zu erkennen, die ich für Büsche gehalten hatte, aber nun konnte ich sehen, dass es dunkle Steinkreuze waren. Er dachte eindeutig, dass wir dorthin wollten, was nicht überraschend war, da wir einen Leichnam bei uns trugen.

»Dann liegt am Ende des Weges eine Pfarrkirche?«

»St. Nicholas in Gasthorpe. Aber es gibt keinen Pfarrer mehr, der die Beerdigung für Euch durchführen könnte.«

»Die Pest?«

Er bekreuzigte sich erneut, als könne die bloße Erwähnung des Wortes sie auf ihn herabbeschwören. »Der Pfarrer ist schon davor gegangen. Es waren schwere Zeiten mit den schlechten Ernten und dann der Schafseuche. Viele Familien verhungerten. Konnten auf ihren kleinen Stücken Land nicht genug anbauen, um sich zu ernähren, und was sie anbauten, verkam meist. Konnten keine Kirchengabe oder den Zehnten bezahlen, was dem Pfarrer nicht gefiel. Aber wenn ein Brunnen austrocknet, kann man ihm bis zum Sankt-Nimmerleins-Tag mit Hölle und Verdammnis drohen und wird dennoch keinen Tropfen Wasser daraus bekommen. Darum ging der Pfarrer. Niemand hat seitdem noch etwas von ihm gesehen. Dann, als die … als sie kam, gab das dem übrigen Dorf den Rest.« Er bekreuzigte sich erneut. Auch die Vermeidung des Wortes genügte nicht, um dessen Übel abzuwehren.

Er blickte erneut zu Cygnus' Leichnam. »Ihr werdet es schwer haben, in dieser Gegend überhaupt einen Priester zu finden.« Er trat ein wenig näher und senkte seine Stimme, als fürchte er, wir könnten hier mitten im Nichts belauscht werden. »Jemand erzählte mir, der Bischof von Norwich habe gesagt, dass jetzt jedermann einem Sterbenden die Beichte abnehmen könne, wenn kein Kirchenmann zur Stelle sei, der das tun könnte, und dass ihn auch jedermann begraben kann. Ich hab selbst zwei meiner Kleinen auf dem Kirchhof begraben. Es war niemand da, der die Worte sprechen konnte, aber sie waren zumindest sicher in geweihtem Boden. Nichts kann Euch daran hindern, dasselbe zu tun.« Er zwinkerte uns vertraulich zu. »Wer soll es denn erfahren, außer denen, die bereits sechs Fuß unter der Erde liegen, und die haben keinen Grund, sich zu beschweren, oder?«

Er schüttelte verwundert den Kopf. »Wer hätte das gedacht? Letztes Jahr um diese Zeit konnte man nicht mal ohne den Segen eines Priesters pinkeln, und jetzt kann jeder Tom, Dick oder Harry und sogar eine Frau Euch taufen, Euch verheiraten, Euch die Beichte abnehmen und Euch begraben. Und der Bischof sagt: ›Kommt schon, macht es selbst, ihr braucht keinen Priester.‹ Da fragt man sich, warum man den Priestern all diese Jahre diese Kirchengaben und den Zehnten bezahlt hat, oder?«

Der Leichenweg war kein richtiger Pfad, nur eine Reihe schmaler Granitkreuze, die in Abständen aufgestellt waren, um den Weg für diejenigen zu kennzeichnen, die ihre Toten die vielen Meilen von den Weilern und Dörfern, die keine Pfarrkirche mit Friedhof hatten, hierher tragen mussten. Wir folgten ihnen, bis wir das verwaiste Dorf sahen. Die Hütten wirkten, als wären sie seit Monaten verlassen, und die Felder waren von Unkraut überwuchert.

Osmond band Xanthus an einen Baum, bevor er sich zu uns umwandte.

»Adela und Narigorm sollten mit dem Baby hierbleiben. Es könnten dort Leichen liegen.«

»Aber was ist mit dir, Osmond?«, jammerte Adela. »Du darfst dein Leben nicht riskieren.«

Rodrigo band Cygnus' Leichnam los. »Sie hat recht, Osmond, Ihr bleibt auch. Ich kann ihn tragen. Ich kann das Grab ausheben. Es braucht niemand sonst mitzukommen.«

»Ich muss mitkommen«, erwiderte Osmond und errötete leicht. »Ich habe Dinge zu ihm gesagt, die ich nicht so gemeint habe, und kam nie dazu, mich zu entschuldigen. Diese Geschichte, die er uns erzählt hat, in der Nacht, in der wir ihn im Wagen versteckt gefunden haben, darüber dass der Schuhmacher jenes Kind getötet hätte, glaubte ich damals nicht, aber jetzt glaube ich sie, schon seit langer Zeit, aber ich kam nie dazu, es ihm zu sagen. Ich schulde ihm dies, besonders nach dem, was Ihr beide für Adela und das Baby getan habt.«

Rodrigo nickte und berührte kurz Osmonds Schulter. Ich erkannte verbittert, dass niemand von uns jemals dazu gekommen war, Cygnus zu sagen, dass wir ihm in Bezug auf das Kind glaubten. Osmond holte den Spaten, und Rodrigo hievte Cygnus' Körper auf seine Schulter.

»Wartet.« Spontan löste ich die Kiste mit der Meerjungfrau von Xanthus' Rücken. »Wir werden sie auch auf dem Kirchhof begraben. Das ist ein guter Ort, um sie zur letzten Ruhe zu betten.«

Osmond sah mich an. »Das könnt Ihr nicht tun, sie war kein Mensch. Ihr könnt so etwas nicht in geweihtem Boden begraben. Sie war nur eine …«

»Eine Missgeburt, eine Bestie? Ist das nicht genau, was Zophiel über Cygnus zu sagen pflegte?«

Er errötete und wandte sich ab.

Und so betraten wir, nach dem wir wochenlang Pestdörfer gemieden hatten, letztendlich doch eine Siedlung, nicht um Nahrung zum Leben, sondern um ein Grab für einen Toten zu finden. Unkraut wuchs bereits entlang der Hauptstraße. Einige der Türen und Fensterläden der Hütten waren weit geöffnet und die Hütten zweifellos für Holz oder sonst etwas Brauchbares geplündert worden, nachdem die Besitzer sie verließen. Noch düsterer und unheimlicher wirkten diejenigen, die von außen zugenagelt waren, große, schwarze Kreuze auf die Türen und Fenster gemalt. Ich fragte mich, wie viele Tote darin lagen. So nahe bei der Pfarrkirche, und doch gäbe es für sie keinen geweihten Boden, in dem sie liegen könnten.

Ich hatte das Gefühl, dass wir beobachtet wurden, und wandte mich um. Ich glaubte, etwas in die Schatten eines Kuhstalls huschen zu sehen, aber als ich die Stelle genau betrachtete, konnte ich nichts erkennen. Rodrigo und Osmond wandten ständig die Köpfe, als könnten auch sie etwas spüren. Die unnatürliche Stille in dem Dorf war nervenzermürbend. Es war fast eine Erleichterung, als ein dürrer Hund hinter einer der Hütten hervorsprang und zu knurren und zu bellen begann, sein Gehöft noch immer beschützte, obwohl dessen Besitzer schon lange tot waren.

Als wir an einer der verbarrikadierten Hütten vorüberkamen, bemerkte ich, dass eine Ecke der Tür von innen herausgebrochen worden war, als wenn noch jemand gelebt hätte, als die Tür zugenagelt wurde, und verzweifelt zu entkommen versucht hätte. Wer auch immer es war, hatte keinen Erfolg damit gehabt, denn die Bretter an der Außenseite der Tür waren fest an ihrem Platz geblieben. Ich erschauderte, wenn ich mir das Entsetzen ihrer letzten Stunden vorstellte. Waren sie der Krankheit der Toten erlegen, die mit ihnen eingekerkert waren, oder waren sie grausam verhungert?

Die Kirche war verschlossen. Zweifellos hatte der Pfarrer diese Vorsichtsmaßnahme ergriffen, bevor er ging. Der Kirchhof war länger nicht gemäht worden, sodass langes, nasses Gras über die kleinen Holzkreuze wuchs. Es gab mehrere Steingräber, in denen die Reicheren und Würdigeren bestattet worden waren, aber neben einem dieser Gräber hatte ein Fuchs seinen Bau gegraben, und gelbe Knochen und Schädelteile lagen darum verstreut. Ich merkte mir vor, sie einzusammeln, bevor wir gingen, denn es wäre für ihren Besitzer besser, wenn seine Knochen wundersamerweise zu Reliquien würden, als wenn sie von Aasfressern verstreut würden. Wir fanden eine Stelle nahe der Mauer, wo die Kreuze, wenn es welche gegeben hatte, schon lange verrottet waren. Osmond und Rodrigo gruben abwechselnd.

Ich grub wenige Meter entfernt zwischen zwei verrottenden Holzkreuzen ein Grab für die kleine Meerjungfrau. Mein Grab musste nicht breit oder lang sein. Es musste nur ein kleiner Körper hineinpassen. Dann wickelte ich vorsichtig den Käfig aus, und der vertraute Geruch von Myrrhe und Aloe, vermischt mit getrocknetem Tang, überwältigte mich. Sie zu begraben, war fast, als würde ich meinen Bruder ein zweites Mal bestatten. Ich erinnerte mich, wie ich an der Gruft in der Kirche stand, als sie sie öffneten, um seinen Kopf hineinzulegen, und der kalte, feuchte Geruch des Verfalls herausströmte, vom Weihrauch und den Kerzen, die um uns herum brannten, nicht überdeckt. Ich erinnerte mich an das Schluchzen meiner Mutter und den angespannten Kiefer meines Vaters, aber ich weinte nicht. Ich hatte an jenem Tag geweint, als mein Vater die Worte äußerte: »Es wäre mir lieber, wenn mein Sohn auf einem Schild nach Hause käme denn als Feigling.« Ich hatte an jenem Tag erkannt, dass er nicht lebend zurückkehren würde, und da hatte ich geweint, bis ich keine Tränen mehr hatte. An dem Tag, an dem wir letztendlich seinen abgetrennten Kopf begruben, waren meine Augen so trocken, dass meine Lider daran schabten. Mehr konnte ich nicht empfinden.

Ich versuchte, das Schloss des Käfigs der Meerjungfrau mit einem scharfen Steinspan aufzubrechen. Es waren mehrere Versuche nötig, aber schließlich öffnete ich die Tür und griff hinein. Der kleine Körper war steif, wie eine Lederpuppe. Ich fragte mich, wie lange sie schon tot war – Monate, Jahre? Ich hatte vergessen, etwas mitzubringen, wo ich sie hineinwickeln konnte, sodass ich sie unmittelbar in die kalte Erde legte und die kleine Meerjungfrau-Puppe neben sie platzierte.

Dann nahm ich den kleinen, silbernen Handspiegel hoch, um ihn mit dem Meerjungfrauen-Kind ins Grab zu legen. Ich rieb über die angelaufene Oberfläche. Es ist viele Jahre her, seit ich in einen Spiegel schaute, und ich ließ ihn vor Schreck beim Anblick des Gesichts beinahe fallen, das mich ansah. Es heißt, Spiegel könnten nicht lügen, aber sie sprechen eine grausame und boshafte Wahrheit aus. Es war, als betrachtete ich einen in dem Spiegel gefangenen Dämon. Obwohl ich viele Male am Tag mit den Fingern über meine knotige Narbe und die leere Augenhöhle strich, hatte ich das Entsetzen vergessen, das ihr Anblick bot. Jetzt drang mir diese Tatsache wieder so scharf ins Bewusstsein wie an dem Tag damals, an dem ich befohlen hatte, mir einen Spiegel zu bringen. Sie hatten mich gebeten, es nicht zu tun, aber ich hatte darauf bestanden, und dann erkannte ich, warum die Dienstboten es vermieden, mich anzusehen, wenn sie mit mir sprachen, und warum meine Söhne mich ansahen und rasch wieder fortblickten. Wer könnte es ihnen vorwerfen?

Und doch bin ich, selbst nach all diesen Jahren, in meinem Kopf unversehrt, nicht gekennzeichnet. Ich bin immer noch so, wie ich war, als ich jung war. Nun musste ich mich der Tatsache stellen, dass ich nicht nur narbig war – ich war alt. Mein Gesicht war verwittert wie die Gesichter der Johannnisapfel-Puppen, die für Kinder gemacht werden. Mein Haar war silbern, und das Blau meines gesunden Auges war zum Grau eines Winterhimmels verblasst. Meine Lippen, die einst so leidenschaftlich geküsst hatten, waren dünn und blass, und meine runzelige Haut, einst blass und glatt, war nun von Wind und Sonne fast so dunkel gebräunt wie die der Meerjungfrau. Es heißt, wenn man in einen Spiegel schaut, sähe man seine Seele, und meine Seele war abscheulich und uralt.

Ich erschauderte und drehte den Spiegel rasch um. Er war viel dicker und schwerer, als ich angenommen hatte. Etwas war in den runden Rahmen auf der Rückseite des Spiegels eingelassen, ein glänzender Kristall, von einem breiten Silberring umgeben, der mit Symbolen beschriftet und mit Perlen besetzt war. Unter dem Kristall, und dadurch vergrößert, befand sich ein kleines Knochenstück. Es war eine Reliquie, und zwar eine wertvolle, der Fassung nach zu urteilen. Ich musste überrascht ausgesehen haben, denn Osmond kam zu mir herüber.

»Ein Reliquiar«, sagte ich und hielt es ihm hin, damit er es sehen konnte. »Es war die ganze Zeit im Käfig der Meerjungfrau.«

Osmond betrachtete es. »Ich dachte, es wäre nur ein Spiegel.«

»Er lag immer mit der Spiegelseite nach oben, die Rückseite war verdeckt.«

Was hatte die blinde Heilerin gesagt – der beste Ort, um etwas zu verstecken, ist oft frei einsehbar.

»Wessen Reliquie ist das?«, fragte Osmond.

Ich drehte das Reliquiar um und betrachtete die um den Rahmen eingravierten Symbole.

»Ein zerbrochener Abendmahlskelch und eine Schlange. Und wenn dieser Vogel ein Rabe sein soll, dann könnte dies eine Reliquie des heiligen Benedikt sein. Es heißt, ein eifersüchtiger Priester habe einst den heiligen Wein und das Brot vergiftet und sie Benedikt gegeben. Die Schlange in dem Abendmahlskelch steht für das Gift, und als Benedikt den vergifteten Abendmahlskelch segnete, zerbrach der

Kelch. Dann rief er einen Raben herbei, um die vergiftete Hostie davonzutragen. Der Bischofsstab ist das Symbol der Amtsbefugnis als Abt, und seht Ihr dies, ein Buch? Das könnte das Regelwerk repräsentieren, das er für Mönche und Nonnen begründete.«

»Und das, was ist das, irgendeine Pflanze?«

»Ein Dornenbusch. Er pflegte sich in Dornen und Nesseln zu werfen, um sein Fleisch zu kasteien und sich von der Sinneslust zu befreien. Und dieses Symbol ist vermutlich die Rute der Disziplin, die er handhabte, um Korruption und Zügellosigkeit auszumerzen.«

»Dann ist es kein Wunder, dass Zophiel eine solche Reliquie besaß.«

»Perlen für die Keuschheit und die Reinheit, ja, ich bin mir sicher, dass dies ein Relikt des heiligen Benedikt ist. Aus welcher Kirche auch immer dies entwendet wurde, hat sie einen großen Verlust erlitten. Er ist der Heilige, zu dem viele für einen glücklichen und friedlichen Tod beten, sodass diese Reliquie viele Pilger angezogen haben muss.«

»Dann ist dies noch etwas, was Zophiel aus Lincoln gestohlen hat.«

»Es ist zweifellos gestohlen. Niemand würde eine heilige Reliquie in einem Meerjungfrauen-Käfig verstecken, wenn er nicht versuchen würde, es seinem rechtmäßigen Besitzer zu entwenden. Aber ob Zophiel es gestohlen hat, ist eine andere Sache. Das hängt davon ab, ob er die Meerjungfrau selbst präpariert und in den Käfig getan oder ob er das Ganze komplett von jemand anderem gekauft hat. Drei Äbte in Frankreich streiten darüber, wer von ihnen die Knochen des heiligen Benedikt besitzt, und für welche Abtei das auch zutrifft, so hat sie sie von der Abtei in Monte Cassino entwendet. Wenn Zophiel einem aus Frankreich zurückkehrenden Händler oder Ritter diesen verschlossen Käfig mit der bereits darin befindlichen Meerjungfrau abgekauft hat, hat er vielleicht ebenso wenig erkannt wie wir, was sich hinter dem Spiegel verbirgt. Wir haben bei Zophiel keine Schlüssel zu irgendeiner seiner Kisten gefunden. Wir wissen nicht, ob er einen Schlüssel hierzu hatte, es sei denn, er sei irgendwo im Wagen versteckt gewesen.«

Osmond runzelte die Stirn. »Die Jungfrau Maria wird ›Spiegel ohne Makel‹ genannt. Benedikt hätte es vielleicht gutgeheißen, dass sein Knochen in einem Spiegel aufbewahrt wird. Und der Spiegel nimmt die Heiligkeit der Reliquie auf, bewahrt sie und spiegelt das Böse auf Dämonen zurück, die hineinsehen.«

Ich zuckte zusammen, als er das sagte, da ich an mein eigenes Spiegelbild dachte.

»Aber Zophiel hätte einer Meerjungfrau niemals eine heilige Reliquie in die Hände gegeben, das wäre für ihn äußerste Blasphemie gewesen«, protestierte Osmond.

»Vielleicht hat er es nicht so gesehen. Es gab eine Meerjungfrau, die eine Heilige wurde. Die heilige Murgen, eine sterbliche Frau, die den Körper eines Lachses erhielt, um sie vor dem Ertrinken zu retten. Der heilige Comgall in Bangor taufte sie, weil er im gleichen Sarg mit ihr bestattet werden wollte. Es heißt, ihr wären nach ihrem Tod so viele Wunder zugeschrieben worden, dass sie als eine der heiligen Jungfrauen gilt. Zophiel hat es vielleicht als das perfekte Versteck für die Reliquie eines Mannes angesehen, der so sehr auf Keuschheit bedacht war. Es könnte Zophiels ultimativer Zaubertrick gewesen sein, der Gegenstand offen sichtbar, ohne dass jemand ihn sieht, weil die Aufmerksamkeit durch die Meerjungfrau abgelenkt wurde.«

Osmond blickte auf den Leichnam hinab. »Wenn Zophiel die Reliquie also aus Lincoln gestohlen hat, hätte er es mit dem Gedanken im Käfig der Meerjungfrau versteckt, dass sich der Wolf um die Meerjungfrau nicht kümmern würde, wenn er ihm die anderen Gegenstände wieder abnahm.«

»Andererseits«, sagte ich, »war dies vielleicht der eine Taschenspielertrick, der sogar den armen Zophiel genarrt hat. Er hat seinen kostbarsten Schatz vielleicht die ganze Zeit bei sich getragen und nicht einmal erkannt, dass dem so war.«

»*Armer* Zophiel«, sagte Osmond aufgebracht. »Ihr bemitleidet diesen Schuft tatsächlich?«

»Ich bemitleide jeden Menschen, der nicht erkennt, dass er das, was er am verzweifeltsten sucht, bereits besitzt. Dies hätte Zophiel alles eingebracht, was er wollte – Ruhm, Geld und Respekt. Hiermit hätte er sich in jedem Kloster oder jeder Kirche, die er wollte, eine Position mit Macht und Einfluss erkaufen können.«

»Vielleicht ist das genau das, was er in Irland vorhatte, nachdem er den Wolf abgeschüttelt hätte.« Osmonds Stirnrunzeln vertiefte sich, und er schaute zu Rodrigo hinüber, der methodisch Cygnus' Grab auffüllte. »Und wenn dies eines der Stücke ist, die in Lincoln gestohlen wurden, und der Wolf entdeckt, dass es nicht unter den Schätzen ist, die er zurückerlangt hat, wird er uns wieder verfolgen, oder? Der Bischof wird ihm genau gesagt haben, was gestohlen wurde.«

Ich zögerte und blickte auf den Kristall hinab, unter dem der kleine Knochensplitter lag – der Knochen eines Mannes, dessen Regelwerk sich im ganzen Christentum verbreitet hatte und das nun die Leben Tausender von Mönchen und Nonnen in den in seinem Namen erbauten herrlichen Abteien und Klöstern bestimmte. Wenn dies eine echte Reliquie war, dann war es das einzige Echte, dass ich jemals in meinem Besitz hatte. Aber konnte es echt sein? Konnte es, nach all diesen Jahren, das Eine sein?

Die Menschen sagen, sie spürten von echten Reliquien Macht ausstrahlen. Einige sagen, es sei wie eine Woge warmen Wassers, die über sie hinwegschwemmt, ein heißes Glühen, das durch die Finger aufsteigt, bis der ganze Körper prickelt. Andere sagen, es sei ein vielfarbiges Licht, das vor den Augen tanzt, oder wie das Kribbeln der Haut, das man empfindet, wenn man Brennnesseln gestreift hat. Aber andererseits haben Menschen das auch von Reliquien behauptet, die ich ihnen verkauft habe, weil sie daran glauben wollten. Wollte ich hieran glauben? Mein Finger schwebte über der Stelle, an der der Knochen lag, aber ich zog ihn zurück. Ich wollte nicht – nichts spüren.

»Osmond – ich glaube nicht, dass der Wolf des Bischofs uns jemals gefolgt ist.«

Er wirkte bestürzt. »Wir wissen, dass er Zophiel nicht getötet hat.« Er schaute erneut in Rodrigos Richtung. »Aber Zophiel war sich sicher, dass er dort draußen war.«

»Aber wie Zophiel selbst sagte – bedenkt, wie schwer es für einen einzelnen Menschen wäre, in diesen Zeiten Nahrung zu finden, selbst mit Hunden. Warum all diese unnützen Mühen auf sich nehmen und die Pest riskieren, um Zophiel so lange zu verfolgen? Er hätte bestimmt viel eher zugeschlagen. Er hätte es in der Nacht tun können, in der Jofre getötet wurde, denn da war Zophiel auch allein draußen.«

»Aber Ihr habt das Heulen gehört, Camelot, wir haben es alle gehört. Etwas hat uns nachgestellt, und wenn es nicht der Wolf des Bischofs war, was dann? Ein wirklicher Wolf?«

Ich schüttelte den Kopf. »Warum sollte ein Wolf das tun? Selbst wenn es eine Kreuzung wäre, halb Wolf, halb Hund, der sich an unsere Fersen geheftet hätte, hätten wir ihn gewiss ums Lager herumschleichen sehen.«

»Aber wenn es kein Mensch oder Tier ist, Camelot, was, um alles auf der Welt, ist es dann?«

Hinter uns erklang ein Schrei, und wir fuhren herum. Eine Frau kauerte wenige Meter von einem der Gräber entfernt, die Knie gespreizt, die Hände klauenartig vor sich ausgestreckt, als wolle sie uns angreifen. Sie war nicht alt, vielleicht Mitte zwanzig, aber sie war nackt, ihr Haar stumpf und ihre Haut so schmutzverkrustet, dass schwer erkennbar war, welche Farbe sich darunter befand. Flache Brüste hingen über so schmerzlich dünnen Rippen, dass man jede einzelne zählen konnte, aber im Gegensatz zu ihren stockdünnen Beinen war ihr Bauch angeschwollen und hart. Bei Gottes Blut, dachte ich, lass sie Würmer haben und nicht schwanger sein.

Sie deutete auf mich. »Ich kenne Euch. Ihr seid der Tod, der gekommen ist, um mich zu quälen.« Sie schlug sich heftig seitlich an den Kopf, als versuche sie, etwas daraus loszuwerden.

Ich steckte hastig den Spiegel unter mein Hemd und zischte Osmond zu: »Füllt das Grab der Meerjungfrau auf, bevor sie sieht, was darin liegt. Ich werde mich um sie kümmern.«

Ich trat einen Schritt auf die Frau zu, die sofort wieder auf alle viere sank.

»Ich kenne Euch. Holt mich nicht! Holt mich nicht!«, kreischte sie.

»Ich bin nicht wegen Euch gekommen«, sagte ich so freundlich wie möglich. »Wollt Ihr mir nicht Euren Namen sagen?«

Sie setzte eine verschlagene Miene auf. »Nenn ihnen niemals deinen Namen. Sie haben Macht über dich, wenn sie deinen Namen kennen. Wenn der Tod deinen Namen nicht kennt, kann er dich nicht rufen. Er fragt mich immer nach meinem Namen, aber ich nenne ihn ihm nicht.« Sie presste die schmutzigen Hände auf ihren Mund, als fürchte sie, der Name könne ihr versehentlich entschlüpfen.

»Ihr habt schon früher mit dem Tod gesprochen?« Die Frau hob den Kopf, von einem Schwarm Saatkrähen aufgeschreckt, die über uns kreisten und krächzten. »Er will mich überlisten. Er benutzt unterschiedliche Stimmen, manchmal wie Vögel und manchmal wie Regen.«

»Wie groß ist der Tod?«

Die Frau begann sich erneut zu schlagen. Dann hielt sie plötzlich inne und hielt die Hände mit den Handflächen nach außen vor ihr Gesicht, Daumen und Zeigefinger jeder Hand einander berührend, um eine mutterleibförmige Öffnung zu schaffen, durch die sie spähte. »Winzig, winzig is' er, wie das Arschloch eines Mannes.«

Ich hob den Käfig auf, der die Meerjungfrau enthalten hatte. »Wenn er das nächste Mal kommt, könnt Ihr ihn hiermit einfangen.«

Die Frau legte den Kopf auf eine Seite und kroch dann, noch immer kauernd, näher. Sie rümpfte die Nase, erschnupperte den fremdartigen Geruch.

»Wie?«

»Riecht Ihr das? Der Tod kann diesem Geruch nicht widerstehen. Er wird hineinkriechen, und wenn er das tut, schlagt Ihr die Tür zu und hindert ihn so daran, Euch zu holen.«

Ich stellte den Käfig voller Muscheln vor mir ab und wich einige Schritte zurück, damit die Frau vorwärtskriechen und ihn ergreifen konnte. Dann zog sie sich in sichere Entfernung zurück, saß da und summte darüber gebeugt, als sei er ein großer Schatz. Ich spürte eine Hand auf meiner Schulter und zuckte zusammen.

Rodrigo stand hinter mir. »Ihr solltet nicht über den Tod lästern, Camelot, er ist uns zu nahe.«

»Der Käfig wird ihr Sicherheit verleihen. Es ist gewiss gut, den verwirrten Geist der armen Frau zu beruhigen.«

Früher hätte er darüber gelächelt. Ich fragte mich, ob er jemals wieder lächeln würde. Wir ließen die Frau mit ihrem Käfig auf dem Friedhof allein und gingen den Weg zurück, den wir gekommen waren.

Als ich jene blinden Fenster betrachtete, die Trostlosigkeit dieser Straße, wo einst Kinder fröhlich gespielt und gelacht hatten, ergriff mich eine verzweifelte Sehnsucht zu erfahren, ob meine eigenen Kinder noch lebten. Sie wären inzwischen erwachsene Männer und würden eigene Kinder haben. Ich könnte auf der Straße an ihnen vorübergehen und sie nicht einmal erkennen. Hatten sie dies überlebt? Ich hatte mein Bestes gegeben, um sie vor Schaden zu bewahren. War das alles umsonst gewesen? Ich betrachtete die verlassenen Hütten und sah mein eigenes Haus mit vernagelten Fenstern, ein schwarzes Kreuz an seine Tür geschlagen. Gab es irgendwo ein Grab, in dem meine Söhne lagen, oder schlimmer noch, überhaupt kein Grab?

Kapitel 26

DER ORT DER MULDEN

In der Rückschau erkenne ich, dass es Narigorm war, die uns zum Ort der Mulden führte. Ich hatte schließlich durchgesetzt, dass wir nach Norden zogen, und sie hatte es zugelassen. Ich dachte, ich hätte gesiegt, aber ich hätte es besser wissen müssen. Sie wusste genau, wo wir hineingerieten, dessen bin ich mir sicher.

Die Mulden befanden sich zwischen Bäumen, breit und flach, wie Teiche, aber ohne jegliches Wasser. Weder Bäume noch Strauch wuchs darin, nichts anderes als seltsame, dornenbewehrte Pflanzen mit roten, fleischigen Blättern, sodass sie aus der Ferne wie Blutteiche wirkten. Aber wenn man hindurchlief, sah man noch etwas anderes. Die Mulden waren mit den Skeletten kleiner Tiere übersät, mit gebleichten Knochen und kleinen Schädeln von Kaninchen, Wühlmäusen, Mäusen, Füchsen und sogar Vögeln. Es waren so viele, dass man gar nicht anders konnte, als sie zu zertreten. Einige waren noch nicht lange tot, da noch Reste von getrocknetem Fleisch und Fell daran klebten, andere waren sauber abgenagt und von der Sonne mehrerer Sommer gebleicht. In einer Mulde lagen die Skelette eines Schafs und eines Lamms nebeneinander. Darunter befanden sich Hunderte von leeren, durchscheinenden Schneckenhäusern, die wie Blütenblätter im Wind verstreut lagen. Die Mulden übten eine seltsame Faszination auf Narigorm aus. Sie verbrachte Stunden damit, am Rande des Hains zu sitzen und sie zu betrachten, wobei sie zweifellos zu sehen hoffte, wie dort ein Lebewesen getötet würde.

Es waren fast zwei Wochen vergangen, seit wir Cygnus begraben hatten, und mit jedem vergehenden Tag zog sich Rodrigo weiter in sich selbst zurück. Es kümmerte ihn nicht mehr, wohin er ging oder was er tat, und es bedurfte der vereinten Bemühungen von Adela, Osmond und mir, ihn dazu zu bringen, die einfachsten Aufgaben auszuführen. Er wollte jetzt nicht einmal mehr den kleinen Carwyn ansehen, als fürchte er sich, wieder jemanden oder etwas zu lieben, falls er sie damit vernichtete.

Etwas veränderte sich an dem Tag, an dem wir Cygnus begruben, auch in Osmond. Er hatte bereits beschlossen, dass unsere größte Hoffnung, Nahrung zu finden, die Küste war, aber nun war er davon überzeugt, dass Zophiel recht gehabt hatte, dass an der Küste Schiffe wären, ein Boot, dass uns alle in Sicherheit nach Irland bringen könnte. Wir könnten Xanthus verkaufen, sagte er, um die Überfahrt zu bezahlen, und wenn das nicht genügte, könnten wir die Summe abarbeiten. Ich versuchte ihm klarzumachen, dass kaum eine Chance bestünde, dass Irland der Pest entkommen wäre. Es war ihr wahrscheinlich bereits zum Opfer gefallen, aber er wollte nicht hören, denn der Wolf war uns erneut auf der Spur, und Osmond hatte wie Zophiel den Wolf noch mehr zu fürchten gelernt als die Pest. Er klammerte sich an den Glauben, dass nur das Meer uns vor ihm schützen könnte.

Alle Sinne vermittelten mir, dass ich mich von der Gruppe trennen und allein weiterziehen sollte. Aber ich brachte es nicht über mich, Rodrigo zu verlassen, nicht in dem Zustand, in dem er sich befand, und in Wahrheit hatte ich auch Angst, allein zu sein. Aber schließlich überredete ich Osmond, nach Norden zu ziehen und weiter oben an die Küste zu gelangen. Und das beruhigte mich törichterweise.

Aber wir gelangten niemals ans Meer. Zwischen Land und Meer lag unter einem weiten, grauen Himmel ein riesiges Moorgebiet, die Moore, die die große Bucht, den Wash bewachten. Tümpel und Wasserwege mäanderten zwischen den Moorflächen und dem Schilf dahin und glitzerten in der Wintersonne. Man konnte das Moor nur durchqueren, wenn man ein Boot hatte, und selbst dann hätte man hier geboren sein müssen, um seinen Weg hindurch zu finden, denn es gab ein Gewirr von Wasserwegen, von denen die meisten nirgendwo anders hin als in den sicheren Tod im sickernden Schlamm führten. Hier und da konnten wir in der Ferne kleine Inseln wenige Fuß aus dem umgebenden Moor herausragen sehen, einige groß genug für ein kleines Hüttendorf und Kuhställe, andere nur für ein paar Schafe. Der scharfe Geruch der Salzpflanzen, des Moores, der üppigen Vegetation erfüllte die Luft, nach dem Gestank verwesender Körper stechend und reinigend.

Wir zogen am Rande des Moores weiter, hielten uns auf höher gelegenem Gelände, bis wir aus den Bäumen herausgelangten und eine Landzunge ins Moor hinausragen sahen. Die Landzunge war fast eine Insel, bis auf einen schmalen, mit dem Festland verbundenen Streifen. Verkrüppelte Bäume bedeckten den größten Teil, und am entgegengesetzten Ende stand die verlassene, aus Stein gebaute und wie ein Bienenkorb geformte Behausung eines Eremiten. Dahinter, an der Spitze der Landzunge, sahen wir ein roh gefertigtes Steinkreuz, das zwischen der Behausung und dem Moor aufragte, als sollte es abwehren, welche Kreaturen auch immer in den dunklen Tiefen des saugenden und blubbernden Schlamms umherschwärmten und brüteten. Wir beschlossen, eine oder zwei Nächte auf dieser Beinahe-Insel zu lagern, und dann würden wir unsere Reise um das Moor fortsetzen, denn es musste gewiss ein Ende kommen, und wir würden einen Weg zum Meer finden.

Die Landzunge war gut zu verteidigen. Das war der Grund, warum wir diesen Ort wählten, denn das war es, was wir brauchten, ein Bollwerk, in dem wir uns gegen den Wolf verteidigen könnten. Wir hatten den Wolf in der Nacht gehört, in der wir Cygnus begruben, und wir hatten ihn seitdem in jeder Nacht auf unserer Reise wieder gehört. Adela war ängstlicher geworden, während sie, Nacht für Nacht, Carwyn an sich drückte und das Heulen durch die Dunkelheit widerhallte. Sie war damit nicht allein – wir waren alle so erschöpft und gereizt, dass uns Aufgaben Mühe bereiteten, die wir seit unserer Kindheit beherrschten, und beim Gehen über unsere eigenen Füße stolperten.

Osmond blieb, trotz meiner Worte auf dem Kirchhof, hartnäckig dabei, dass uns der Wolf des Bischofs nachstellte, um die Reliquie des heiligen Benedikt zurückzuholen. Er musste das verzweifelt glauben. Ein Mensch, wie mächtig auch immer er sein mochte, ist sterblich. Er hat Schwächen. Einen Menschen kann man bekämpfen. Und wie Osmond stur immer wieder fragte – wenn es kein Mensch und kein Tier war, was, in Gottes Namen, war es dann?

Aber selbst Osmond räumte ein, dass es keinen Sinn hatte, die Reliquie einfach zurückzulassen. Wenn der Wolf des Bischofs nicht erkannte, dass wir das getan hätten, würde er uns weiterhin folgen, und wir wären in einer noch schlechteren Position, wenn wir nichts hätten, um ihn zu besänftigen.

Ich hatte auf keinen Fall die Absicht, die Reliquie auszuhändigen. Sie war mein Talisman geworden, unser Schutz gegen das, was auch immer dort draußen war. Man mochte darüber lachen, dass ich mein Vertrauen nach all diesen Jahren letztendlich an einen Knochensplitter hängte. Es ist leicht, über solche Dinge zu spotten, wenn die Sonne scheint, aber wenn die Sonne untergeht, die Schatten aus den Bäumen auf einen zu schleichen und man zitternd, wartend in der Dunkelheit sitzt, dann wird man sich an alles klammern, was einen vor dem beschützt, was man am meisten fürchtet.

In jener ersten Nacht auf der Landzunge kroch der Nebel, während der Mond aufstieg, langsam über die Moore, zog in weißen Bändern über die Tümpel und Wasserarme, bis es schien, als wären wir auf einer Insel, die auf einem Wolkenmeer am dunklen Himmel trieb. Die Geräusche wurden in der stillen Nacht verstärkt – das Saugen und Gurgeln des Wassers, das Quaken der Frösche, die Rufe der Nachtvögel und die schrillen Schreie von um ihr Leben kämpfenden Beutetieren. Osmond errichtete Feuer und stellte an der schmalsten Stelle der Landzunge Fackeln auf.

Rodrigo hielt gerade Wache, als das Heulen begann. Wir Übrigen, erschöpft wie wir waren, schliefen bereits, aber das Heulen weckte uns, das und der Angstschrei Rodrigos. Osmond war schneller auf den Beinen als ich, aber ich sagte ihm, er solle bei Adela bleiben, und eilte los. Rodrigo kniete da und starrte auf etwas oben in den Wäldern auf dem Festland. Ich legte eine Hand auf seine Schulter, und er zuckte heftig zusammen.

»Der Wolf, habt Ihr ihn gesehen?«

Er deutete in eine Richtung. Ich spähte in die dunkle Masse der Bäume. Ein flackerndes Licht erschien und verschwand wieder zwischen den Baumstämmen. Es schimmerte in der Dunkelheit geisterhaft weiß, zu weiß, als dass es eine Fackel oder eine Laterne hätte sein können.

»Leichenlicht«, flüsterte er. Er erhob sich, als wollte er dem Licht folgen, aber ich ergriff seinen Arm.

»Seid kein Narr, Rodrigo. Was auch immer oder wer auch immer das ist, könnt Ihr es oder ihn in der Dunkelheit nicht stellen.«

Er blickte auf mich herab wie ein Betrunkener, der sich nicht erinnern kann, wo er ist. »Er will, dass ich ihm folge. Er winkt mich zu sich.«

»Das Licht flackert, das ist alles. Wie lange ist es schon dort?«

Er fuhr sich mit einer Hand abwesend durch sein Haar, aber bevor er antworten konnte, erklang weiteres Wolfsgeheul über das Moor. Es schien aus dem Wald zu kommen, aber man konnte es schwer sagen. Das Heulen wirbelte um uns herum wie der Nebel. Ich konnte Rodrigo zittern spüren.

Osmond eilte heran, mit beiden Händen fest seinen Stock umklammernd.

»Seht Ihr etwas?«

»Nur dieses Licht.« Ich deutete in die Richtung, aber als ich hinsah, war da nichts mehr.

Osmond stieß das Ende seines Stockes gereizt in den Boden. »Bei Gottes Blut, ich kann das nicht mehr lange ertragen. Er will das Reliquiar. Wir müssen einen Weg finden, es ihm zu geben. Warum musstet Ihr diesen Käfig öffnen, Camelot? Warum konntet Ihr das verdammte Ding nicht in Ruhe lassen?«

Rodrigo konnte die Wache in seinem Zustand nicht fortsetzen, sodass ich ihn mit Osmond zurückschickte und die Wache selbst übernahm.

Das Moor ist ein Ort wie kein anderer. Er fordert einen bei Tag und bei Nacht heraus. Bei Tage ist seine Stimme der Ruf der kreischenden und auf dem Wind schluchzenden Vögel, und bei Nacht beschwört das wispernde Schilf ein großes Gleiten und Zischen herauf, als kröchen riesige Schlangen durch den Schlamm auf einen zu. Wenn der Mond durch die Wolken bricht, sieht man, wie sie sich winden, das Sternenlicht auf ihren Schuppen glänzend. Fahle Lichter gleiten in der Dunkelheit über die Moore, als würden unsichtbare Menschen an Stellen über den Schlamm laufen, wo man bei Tage weiß, dass dort kein Mensch gehen kann – Elfenfeuer, die Menschen in den Tod führen. Das Moor ist stets hungrig, und es kennt tausend Arten, einen in seinen Schlund zu locken. An diesem Ort werden die Gedanken nicht zu Gott geführt, sondern zu den abscheulichen Wesen, die diese zwielichtige Welt bevölkern, die weder Meer noch Land, weder Wasser noch Erde ist.

Der kalte, feuchte Nebel näherte sich mir von allen Seiten. Ich konnte das Schilf nicht mehr wispern hören. Eine erstickende Stille wogte heran, schwer und greifbar, wie die Stille, die dem Wolfsheulen in jener Nacht in der Schlucht gefolgt war. Schatten formten sich aus dem Nebel, lösten sich aber wieder auf, bevor ich sie erreichen konnte. Ich hatte mich noch nie so allein gefühlt. Ich befand mich im Nirgendwo, in der Vorhölle, in der Seelen namen- und gestaltlos umherwandern, nicht sprechen und nicht berühren können. Und in dieser blinden Stille erkannte ich, dass mich nicht die Beschaffenheit des Todes ängstigte, sondern das, was jenseits lag, nicht der Himmel, nicht die Hölle, sondern das Bewusstsein ohne Gestalt, ohne Heimat. Ich wäre nirgendwo. Ich wäre nichts.

An dem Tag, an dem ich mein Zuhause verließ, hatte ich dafür gebetet, dass mich meine Kinder vergessen würden. Ich wollte ihnen den Schmerz der Erinnerung ersparen. Aber in dieser Nacht, als ich in dem weißen Nebel kauerte und wartete, erkannte ich mit absoluter Gewissheit, dass ich wollte, dass sie sich erinnerten. Ich wollte in der Erinnerung irgendeines Menschen weiterleben. Wenn sich niemand an uns erinnert, sind wir mehr als tot, denn dann ist es, als hätten wir niemals gelebt.

Ich hatte Rodrigo einmal gesagt, dass wir alle Flüchtlinge der Vergangenheit seien. Ich dachte, ich bräuchte keine Vergangenheit. Ich dachte, wenn man seine Vergangenheit abtrenne, könne man sich neu erschaffen. Aber sich von seiner Vergangenheit zu lösen heißt, die einzige Verbindung zu dieser Welt und seinem Sein zu kappen. Wenn man seine Vergangenheit abtrennt, trennt man sich selbst ab. Zu was war ich geworden?

Schließlich kam die Dämmerung, und als die Sonne den Nebel fortbrannte, erwachten die Morgengeräusche wieder knisternd zum Leben – Carwyns Wimmern, Osmonds Fluchen, als er sich den Zeh stieß, und Adela, wie sie das Feuer schürte und Narigorm und Rodrigo zurief, essen zu kommen. Es waren schlicht die normalen Geräusche von Menschen, die ihren Tag beginnen, lärmend und disharmonisch, aber es waren die wundervollsten Geräusche der Welt, die Geräusche lebender Menschen.

Später an jenem Morgen, als ich mich in der Nähe des Steinkreuzes ums Feuer kümmerte, hörte ich ein Platschen und sah, wie ein kleines, ovales Ruderboot aus lederbezogenem Flechtwerk auf die Landzunge zuhielt. Osmond hatte Rodrigo mit zur Vogeljagd genommen. Ich hatte Narigorm zu einem Fluss im Wald auf dem Festland zurückgeschickt, um Wasser zu holen, und Adela saß im Schutz der Behausung des Eremiten und stillte den Säugling. Also begrüßte ich den Mann, der ein Stück entfernt saß und mich beobachtete, allein.

»Jemand krank?«, rief er. Das war inzwischen die übliche Begrüßung.

Als ich ihm versicherte, dass dem nicht so sei, ruderte er näher heran.

Er hielt drei lange, dicke, sich windende Aale hoch. »Wollt Ihr sie?«

Ich nickte dankbar. Wir verhandelten, bis er schließlich zustimmte, einen Gürtel und eine Umhangspange, die Cygnus gehörte, dafür anzunehmen. Er band die Aale in etwas Sackleinwand und hielt sie mir am Ende eines seiner Ruderblätter hin, und ich ließ ihm den Gürtel und die Spange auf die gleiche Art zukommen.

»Zwei Männer mit Netzen auf der Jagd. Hell un' dunkel. Gehören zu Euch?«

Ich nickte.

»Sie sollten sich an die höheren Stellen halten. Trügerischer Bastard dieses Moor. So mancher tritt auf etwas, was fest aussieht, und steckt dann bis zur Taille darin, bevor er schreien kann. Und wenn er einmal darin ist, kann ihn niemand mehr rausholen.« Er spie einen großen Klumpen gelben Schleim ins Wasser. »Fremde seh'n dort draußen Moorleute, denken, es is' ungefährlich, aber Moorleute wissen, wo sie hingehen müssen, un' selbst sie erwischt das Moor, wenn der Nebel aufkommt.«

»Kommt Ihr aus einem der Moore?« Ich blickte zu den Inseldörfern hinter ihm.

Er spie als Verneinung erneut aus. »Komm von den Höhen. Dorf hinter den Bäumen.« Er deutete mit dem Kinn in eine Richtung nördlich der Landzunge.

»Ist Euer Dorf der Pest entkommen?«

Er schüttelte den Kopf. »Kam eine oder zwei Wochen vor Allerheiligen. Haben fast das halbe Dorf verloren, aber seit dem Tag des heiligen Thomas ist nun niemand mehr krank geworden. Ist vermutlich weitergezogen, um andere arme Bastarde zu suchen. Habt Ihr ...«

Er erstarrte jäh und blickte über meine Schulter hinweg, einen Ausdruck der Panik auf dem Gesicht. Ich fuhr beunruhigt herum, sah aber nur Narigorm auf uns zukommen, mit Wassereimern in den Händen.

Der Mann tastete in seinem Hemd nach etwas und brachte einen Haselzweig zum Vorschein, den er vor sich hielt, als wehre er sie ab.

»Das ist nur Narigorm, ein Kind, das mit uns reist«, versicherte ich ihm.

Er wirkte erleichtert und senkte den Zweig kleinlaut wieder, wandte den Blick aber nicht von ihr ab. »Ich dachte, sie wär' eine Nixie oder ein Geist, so blass ist sie. Das ist nicht natürlich.«

Er blickte weiterhin zu ihr, und Narigorm, die sich bewusst war, dass sie beobachtet wurde, erwiderte den Blick unverwandt. Da wandte der Mann den Blick rasch ab, nahm sein Ruderblatt auf und brachte sein kleines Boot geschickt wieder in die Fahrrinne.

Ohne zurückzublicken, rief er aus: »Passt auf, dass sie hier in der Gegend nicht ihr Haar kämmt. Sie würde die Gischt auf den Wellenkämmen aufpeitschen und einen Sturm heraufbeschwören. Wir haben hier in der Gegend genug Tote gesehen.«

Während ich ihn davonrudern sah, hoffte ich um Narigorms willen, dass kein Sturm aufkäme. Wenn einer käme, hatte ich das Gefühl, dass er zurückkommen würde, und zwar nicht allein.

Zum Glück für uns alle waren die nächsten Tage ruhig, wenn auch kalt. Wir waren froh, dass die Hütte des Eremiten Adela und dem Säugling Schutz gewährte. Der Boden der Hütte war bis tief unter den Grundwasserspiegel ausgehoben worden, sodass ein Mensch aufrecht stehen konnte, aber sie war nicht breit genug, dass sich jemand vollkommen hätte ausstrecken können, wenn er sich hinlegte. Wir übrigen schliefen weitgehend draußen um die Feuergrube verteilt. Zumindest gab es in diesen Mooren Brennmaterial und auch Nahrung, wenn man sie fangen konnte. Wir fingen an den höher gelegenen Stellen ein paar Vögel. Osmond war vor Erschöpfung durch die schlaflosen Nächte so benommen, dass er mit seiner Schleuder kaum mehr Vögel traf, und die Arbeit mit dem Netz wurde am besten auf dem Wasser erledigt, aber wie der Aalmann gesagt hatte, war es zu gefährlich, sich ins Moor zu wagen, sodass wir von den Männern in den kleinen Ruderbooten, die zu uns herüberruderten, alles Mögliche gegen Fische und Geflügel eintauschten. Sie kamen ebenso sehr aus Neugier wie aus dem Wunsch heraus, Handel zu betreiben, aber sie versorgten uns mit Essen, obwohl wir neidvolle Blicke zu den fernen Inseln warfen, auf denen Schafe grasten. Gesalzenes Hammelfleisch soll das beste Hammelfleisch im ganzen Land sein, aber kein Farmer schlachtet seine Schafe, bevor sie gelammt haben, und wenn irgendjemand, wie wir, versucht war, eines zu stehlen, so befanden sie sich weit außerhalb unserer Reichweite.

Wir hätten nach einem oder zwei Tagen weiterziehen sollen. Wir wussten, dass wir bald gehen müssten, denn uns gingen die Handelswaren aus, und wir mussten uns irgendwo aufhalten, wo wir uns ernähren konnten. Aber die Wahrheit war, dass wir Angst hatten, die Sicherheit der Landzunge zu verlassen. Osmond war davon überzeugt, dass der Wolf, wenn er käme, über die höher gelegenen Stellen käme, nicht durch das Moor, und hier konnten wir wenigstens den Zugang zu der Landzunge im Auge behalten. Und obwohl ich mir, im Gegensatz zu den anderen, sicher war, dass der Wolf nicht menschlich war, hegte auch ich keinerlei Wunsch, dort draußen in den Wäldern zu schlafen, ohne etwas zu haben, was meinen Rücken schützte.

Jedoch konnte uns das Moor nicht vor dem Heulen schützen. Wir zündeten jede Nacht die Feuer und Fackeln quer über dem Zugang an und warteten mit steigender Anspannung, bis wir das Wolfsheulen hörten, und dann blickten wir angestrengt in die Dunkelheit und suchten fieberhaft nach jeglichem Schimmer, jeglichem Anzeichen von Bewegung. Auch wenn wir abwechselnd Wache hielten, schliefen diejenigen, die nicht wachten, nur kurz, beständig auf neue Geräusche lauschend. Rodrigo traf dies von uns allen am meisten. Er schlief des Nachts fast gar nicht mehr, und wir konnten ihn nicht die Wache übernehmen lassen, weil er so angespannt war, dass wir befürchteten, er würde ins Moor hinausstürzen, wenn er dächte, dass das Heulen von dort käme. Ohne dass wir es erkannten, war die Landzunge zu unserem Gefängnis geworden. Wir machten uns vor, dass wir den Wolf fernhielten, aber in Wahrheit hielt er uns gefangen.

Schließlich, spät eines Nachmittags, als wir um das Feuer saßen, spitzten sich die Dinge zu. Carwyn war quengelig, und Adela, durch Schlaflosigkeit und Anspannung erschöpft, brach in Tränen aus und rief, sie könne keine weitere Nacht Wolfsheulen ertragen.

»Ich würde lieber Carwyn nehmen und mit ihm ins Moor gehen, dann wäre es wenigstens vorüber«, schluchzte sie.

Osmond griff mich an. »Das ist alles Eure Schuld, Camelot. Wenn Ihr diese verfluchte Meerjungfrau bei den anderen Kisten im Wagen gelassen hättet, hätte uns der Wolf schon vor Wochen in Ruhe gelassen. Wir müssen das Reliquiar heute Nacht dort draußen für ihn auslegen. Er weiß, dass wir hier sind. Er weiß, dass wir das Reliquiar haben. Er wird uns niemals in Ruhe lassen, bis er es hat.«

»Aber wir wissen nicht, ob es zu den Dingen gehörte, die Zophiel gestohlen hat. Und ich sagte Euch bereits – ich glaube nicht, dass der Wolf des Bischofs uns folgt, beziehungsweise uns jemals gefolgt ist.«

»Seid Ihr ebenso taub wie blind? Habt Ihr das Heulen nicht gehört? Gott im Himmel, Camelot, nehmt Vernunft an, Ihr wisst, dass uns etwas folgt. Was kann es sonst sein?«

»Bitte, Camelot«, bat Adela, »wir müssen es ihm überlassen.«

»Wir waren uns einig, dass wir eine Kirche finden würden …«

Osmond ballte die Fäuste. »Nein, Camelot, wir werden es jetzt tun. Ihr habt Adela gehört, sie kann keine weitere solche Nacht ertragen. Niemand von uns kann das.« Er atmete tief ein, versuchte, sich wieder zu beherrschen. »Wir werden das Reliquiar dort lassen, wo sich die Landzunge mit dem Festland verbindet, und es mit etwas kennzeichnen, was im Dunkeln zu sehen ist, ein weißes Tuch oder Steine, was der Wolf des Bischofs finden wird. Dann wird es vorbei sein.«

Adela sah mich flehentlich an. »Bitte, Camelot. Wenn der Wolf des Wartens müde wird und eines Nachts in unser Lager kommt, könnte er uns die Kehlen durchschneiden oder sogar aus Rache den kleinen Carwyn mitnehmen. Er kam auch in die Kantorei, ohne dass wir es gehört haben, erinnert Euch.«

»Das glaubte Zophiel nur«, sagte ich, ohne nachzudenken.

Rodrigo zuckte zusammen, und ich wünschte, ich hätte den Mund gehalten, denn wenn der Wolf des Bischofs den Abendmahlskelch nicht genommen hatte, dann hatte aller Wahrscheinlichkeit nach Jofre es getan.

Ich hatte keine Wahl. Osmond stand kurz vor dem Zusammenbruch. Ich erkannte, dass er die Reliquie gewaltsam an sich nehmen würde, wenn ich nicht zustimmte, und ich war ihm nicht gewachsen. Zumindest wäre er, wenn die Reliquie am Morgen immer noch da wäre, letztendlich vielleicht davon überzeugt, dass das, was uns nachstellte, kein Wolf war. Ich hob ergeben die Hände. »Ihr habt recht, natürlich habt Ihr recht. Ich werde es jetzt tun.« Ich erhob mich mühsam.

»Der Wolf will die Reliquie nicht.«

Ich sah mich um. Narigorm kauerte auf dem Boden und betrachtete angestrengt die vor ihr ausgebreiteten Runen. Einen Moment herrschte Schweigen, während wir dies verdauten.

»Dann … warum folgt er uns dann noch?«, fragte Osmond.

»Der Wolf will Tod«, sagte Narigorm ohne Gefühlsregung.

Adela barg das Gesicht in den Händen und stöhnte.

»Das reicht, Narigorm«, sagte ich scharf. Meine Eingeweide fühlten sich an, als wären sie zu Eis geworden, aber ich bemühte mich, es nicht zu zeigen. »Wenn er meinen Tod will, braucht der Wolf sich keine Mühe zu geben. In meinem hohen Alter muss er nur eine Weile warten, und sein Wunsch wird erfüllt, ohne dass er einen Finger rührt.«

Narigorm hielt eine Rune hoch, die wie ein auf der Seite liegendes V geformt war. »*Kaunaz* symbolisiert, wie einige sagen, eine flammende Fackel. Andere sagen, es bedeute eine Schwäre, einen Ort des Todes.«

Adela wirkte entsetzt. »Eine Schwäre! Du meinst die Pest?«

Narigorm schüttelte den Kopf. »Wenn es allein steht, sagt es vorher, dass ein Geschenk übergeben werden wird, ein neues Leben. Aber es steht nicht allein.« Sie hielt eine weitere Rune mit einer einzelnen geraden Linie darauf hoch. »*Isa* bedeutet Eis. Man sieht erst, dass sich Eis auf Wasser bildet, wenn es zu spät ist, aber es ist stark genug, alles auf seinem Weg zu zerstören. *Isa* steht auch für die Neun, und die Neun gehört zu Hati, dem Wolf, der den Mond verschlingt. Aber seht Ihr jetzt?« Sie hielt die beiden Runen zusammen hoch. »Seht die Form der dazwischen liegenden Lücke.«

Wir betrachteten die Stelle, wo ihr Finger wiederholt die Form nachzog, welche die beiden Zeichen zusammen bildeten, eine Linie mit einem Dreieck auf halber Höhe.

»*Thurisaz*, der Dorn, die Trollrune, die Fluchrune. Sie verändert die Bedeutung der beiden anderen. Nun bedeutet *Kaunaz* Schmutz, und *Isa* ist Verrat. Es bedeutet, dass ein Geschenk nicht übergeben, sondern genommen werden wird. Ein Leben wird nicht gegeben, es wird für seinen Verrat an jenen, die er liebte, genommen.«

Plötzlich erinnerte ich mich, wo ich sie schon einmal von Trollrunen hatte sprechen hören. Es war der Tag, an dem wir in der Stadt gefangen waren, während der flüchtende Cygnus gesucht wurde. Narigorm hatte Rodrigo, Osmond und Jofra gemeinsam davongehen sehen und sang dann eine Liedzeile: »Trollrunen schneide ich und schneide drei mehr. Wahnsinn, Schmutz und Gier.« Dann hatte sie gesagt: »Ich konnte nicht sagen, für wen die Runen gedacht waren, aber jetzt weiß ich es.«

Damals hatten wir es nicht erkannt, aber es war der erste Tag, an dem wir zu neunt waren. Meinte sie, dass die Trollrunen für einen jener drei gedacht waren – Jofre, Osmond und Rodrigo? Aber Jofre war tot, und nun sprach sie erneut von Trollrunen, sodass nur Osmond und Rodrigo übrig blieben. Ich blickte zu Rodrigo hinüber, dessen Gesicht bleich und hager war und dessen Augen Narigorm angstvoll ansahen.

Ich wandte mich zornig an Narigorm. »Hör auf damit, hör sofort auf damit. Es ist schon weit genug gegangen.«

»Lasst sie!«, rief Rodrigo und fügte dann sanfter hinzu: »Lasst sie es beenden. Ich möchte wissen, was sie noch liest.«

Die Sonne hing tief am Himmel. Narigorm hob eine Hand, die Handfläche nach außen, sodass ihre Hand sie bedeckte, und dann schloss sie ihre Faust und führte die Hand langsam abwärts, als zöge sie die Sonnenstrahlen auf die Runen hinab. Sie nahm die dritte und letzte der Runen auf, die vor ihr lagen. Sie war wie ein Pfeil geformt.

»*Teiwaz*, die Rune des Tyr, der eine Hand ins Maul des Wolfes Fenrir legte und einen falschen Schwur leistete. Seine Hand wurde abgebissen. Er ergab sich dem Wolf, um seine Freunde zu retten. Das besiegelt das Schicksal der anderen, denn seine Trollrune bedeutet Niederlage. Derjenige, dem diese Prophezeiung gilt, kann gegen den Wolf nicht gewinnen. Er wird von ihm vernichtet.«

Adela umklammerte Osmonds Hand so fest, dass ich sehen konnte, wie ihre Nägel in seine Haut einschnitten. »Aber Narigorm, ich verstehe nicht, wem *gilt* dies? Wenn Camelot das Reliquiar zurückgibt, wird der Wolf ihn doch gewiss nicht töten? Er hat es nicht gestohlen. Er hat niemanden verraten, den er liebte.«

»Aber ich«, flüsterte Rodrigo. Er erhob sich und lief rasch die Landzunge entlang auf die Hügel zu.

Osmond löste sich aus Adelas Griff und eilte ihm nach. Er wollte ihn festhalten, aber Rodrigo stieß ihn heftig von sich. Osmond war nicht töricht genug, es noch einmal zu versuchen. Er wandte sich zu uns anderen um und zuckte hilflos die Achseln. Wir konnten nichts tun, außer Rodrigo nachzublicken, bis er zwischen den Bäumen verschwand.

Osmond und ich legten das Reliquiar auf der anderen Seite der Nachtfeuer aus. Wir kennzeichneten den Platz mit einem Streifen Leinen um einen Baumstamm und einem Kreis weißer Steine um das Reliquiar, die im Mondlicht deutlich zu sehen wären, wenn der Mond schiene. Die Sonne ging bereits unter, und die Luft wurde kalt und feucht. Rodrigo war nicht auf die Landzunge zurückgekehrt.

Osmond blickte unbehaglich in Richtung der dunklen Bäume. »Ihr denkt doch nicht, dass er nach dem, was Narigorm gesagt hat, auf den Hügeln bleiben und den Wolf stellen will, oder?«

»Ich fürchte, dass er genau das tun könnte. Zündet Ihr die Feuer an und übernehmt die erste Wache. Ich werde ihn suchen.«

»Aber was ist, wenn Ihr nach Einbruch der Dunkelheit allein dort draußen seid und der Wolf kommt? Ihr seid ihm nicht gewachsen … ich sollte auch mitkommen.«

»Und wollt Adela und Carwyn ungeschützt zurücklassen? Ihr bleibt hier. Wenn der Wolf Blut will, dann soll er besser einen nutzlosen Greis wie mich nehmen.« Ich dachte an Jofre und fühlte mich plötzlich elend.

Rodrigo saß auf einem Felsvorsprung und blickte über das Moor hinweg, während sich der Himmel verdunkelte und die Sonne blutrot hinter den Hügeln versank. Er regte sich nicht, als ich mich neben ihn setzte. Unter uns konnten wir die gelben, sich in den fernen Hütten im Moor vervielfältigenden Punkte sehen, als die Dorfbewohner Laternen und Binsen anzündeten, um die Dunkelheit in Schach zu halten. Auch in einem kleinen Ruderboot war eine Laterne zu sehen, ein Mann, der in der aufziehenden Nacht auf Aalfang ging. Über uns erfüllten die Vögel den rötlichen Himmel mit ihren Schreien. Tausende von Staren stiegen gleichzeitig in den Himmel auf und drehten und wendeten sich, bis sie an riesige Säulen spiralförmigen Rauchs erinnerten, das Geräusch ihrer Flügel wie sich an einem Kieselstrand brechende Wogen. Rodrigo sah sich um, als sähe er alles zum ersten

Mal, oder zum letzten Mal. Schließlich sprach er, seine Stimme kaum mehr als ein Flüstern.

»Geht auf die Landzunge zurück, Camelot. Die Runen sind für mich bestimmt, nicht für Euch. Meinetwegen wird der Wolf kommen. Ich werde der Nächste sein, der stirbt, und ich verdiene es. Ich werde nicht davor davonlaufen.«

»Hört nicht auf Narigorm, Rodrigo. Sie ist ein Kind. Sie jagt Menschen gerne Angst ein. Und sie ist noch schlimmer, seit Carwyn auf der Welt ist und Adela kein Aufhebens mehr um sie macht. Ihr werdet nicht sterben, und Ihr verdient es auch ganz sicher nicht. Ihr seid der sanfteste und freundlichste Mensch, den ich je kennengelernt habe.«

Noch während ich Rodrigo beschwichtigte, zischte eine Stimme in mir: »Narigorm hat sich bis jetzt noch nie geirrt.« Aber wenn das so war, galt die Prophezeiung mir, nicht Rodrigo. Sie durfte nicht Rodrigo gelten.

Rodrigo wandte sich um und sah mich an, Kälte in seinen Augen. »Habt Ihr nicht verstanden, Camelot? Ich habe einen Menschen ermordet. Ich habe ihm die Arme abgeschnitten, damit er als der Krüppel ins nächste Leben eingeht, den er verachtete. Aber ich schäme mich dessen nicht einmal jetzt. Es war nicht das Schlimmste, was ich getan habe. Ich ließ zwei unschuldige, junge Menschen sterben, einer von ihnen derjenige, den ich am meisten auf der Welt liebte. Ich hätte sie beschützen sollen, und ich habe versagt. Es ist meine Schuld, dass sie tot sind. Narigorm hat die Wahrheit gesagt. Ich habe sie verraten.«

»Rodrigo, hört mir zu. Ihr dürft Euch für ihren Tod nicht die Schuld geben. Jofre wurde von den Handlangern von Ralphs Vater getötet. Es war nicht Eure Schuld.«

»Er wäre niemals in die Stadt zurückgegangen, wenn ich ihn gegen Zophiel verteidigt hätte. Als Zophiel drohte, ihn auszupeitschen, bat er mich um Hilfe, und ich habe mich abgewandt. Er wusste, dass ich ihm nicht glaubte.«

»Er würde es Euch nicht vorwerfen.« Ich zögerte. Ich hatte ihn noch niemals zuvor gefragt, aber jetzt schien es wichtig, dass er weitersprach, auch wenn es ihn erzürnte.

»Rodrigo, als wir uns zum ersten Mal begegneten, erzähltet Ihr mir, Euer Herr sei zu alt geworden, um seine Güter weiterzuführen, und sein Sohn habe sie übernommen und seine eigenen Musikanten mitgebracht. War das wirklich der Grund, warum Ihr die Beschäftigung bei Eurem Herrn aufgegeben habt?«

Rodrigo verzog das Gesicht. »Ihr wart ein Fremder und ...«

»Und Ehrlichkeit hält eine Unterhaltung nicht in Gang«, beendete ich seinen Satz.

Er nickte. »Wer außer einem Priester bei der Beichte will wirklich die Wahrheit hören, und er wird dafür bezahlt, diese Bürde zu ertragen.«

»Ich habe niemals ein geistliches Amt übernommen, aber wie der Torfstecher sagte, sind wir jetzt alle Priester.«

Rodrigo saß schweigend da. Er öffnete langsam seine zusammengepresste Faust und betrachtete den Gegenstand, der in seiner Handfläche lag. Es war die kleine Glasträne, die Michelotto Jofre geschenkt hatte. Er rollte sie in seiner Hand umher und beobachtete, wie die Farben von Blau zu Purpur wechselten. Dann hielt er sie hoch, sodass die goldenen Flecke in den ersterbenden Sonnenstrahlen glitzerten.

»Jofre war der Sohn einer meiner Vettern, aber ich habe ihn erst kennengelernt, als sein Vater ihn als meinen Schüler nach England schickte, als er noch ein Junge war. Sein Vater hatte bereits vermutet, dass Jofre anders werden würde. Es empörte und beschämte ihn, und Jofre wusste das. Darum schickte er Jofre zu mir. Der Mann hatte selbst keine Liebe zur Musik, aber ich war in England, und das war für ihn weit genug weg, dass er seinen Sohn niemals wiedersehen müsste. Jofre brach es das Herz, seine Mutter verlassen zu müssen. Er verachtete sich, weil sein Vater ihn verachtete. Vielleicht dachte er auch, dass seine Mutter sich für ihn schämte, aber ich kannte sie, und ich glaube nicht, dass sie je etwas anderes als Liebe für ihren Sohn empfand.

Jofre zeigte bald sein wahres Talent für die Musik. Er lernte mühelos, vielleicht zu mühelos. Es gab am Hof meines Herrn viele Ablenkungen, aber da ich wusste, welches Heimweh Jofre hatte, konnte ich mich nicht dazu überwinden, so streng mit ihm zu sein, wie ein

Meister es sein sollte. Dann traf der Erbe meines Herrn, sein Enkel, ein, um die Führung der Güter zu erlernen. Er war ein oder zwei Jahre älter als Jofre, aber die beiden schienen einander sofort zu mögen. Zunächst hatte der alte Herr nichts dagegen. Sein Enkel war still und fleißig, mehr für die Kirche geeignet als für den Hof. Er hatte noch nicht viel Kontakt zu Jungen seines Alters gehabt, und der alte Mann schien sich über ihre Freundschaft zu freuen, ermutigte sie sogar, so dass die beiden jungen Männer zusammen auf die Falkenjagd und auf die Jagd gingen. Er dachte, es würde seinem Enkel guttun. Dann kamen dem alten Mann allmählich Gerüchte zu Ohren, Gerüchte darüber, dass das, was zwischen den jungen Männern vorging, mehr als Freundschaft sei. Wie Ihr in der Stadt gesehen habt, beunruhigen Gerüchte dieser Art die Menschen sehr, wenn es ihre Erben betrifft.«

Ich lächelte schief. »Wenn man mehrere Söhne hat, sind die Vorlieben jüngerer Söhne kaum wichtig, man kann sie in die Kirche oder in den Krieg schicken. Es ist bei beiden Berufen von Vorteil, wenn es sie nicht nach der Gesellschaft von Frauen verlangt. Aber Erben müssen heiraten.«

Rodrigo nickte. »Dennoch glaube ich nicht, dass der alte Mann allein dadurch beunruhigt gewesen wäre. Wahrscheinlich hatte auch er in seiner Jugend hübsche, junge Männer als Liebhaber genommen, bevor er ins Ehebett stieg. Wenn die Tugend hochwohlgeborener Mädchen wie Edelsteine gehütet wird – wo sonst soll ein junger Herr dann sein Vergnügen finden, wenn nicht unter wunderschönen, jungen Männern, oder unter von Pocken befallenen Mädchen in den Küchen der Landgüter oder den Stadtbordellen. Aber Diskretion ist alles, und das ist es, was Jofre und dem jungen Mann fehlte. Als der alte Herr seinem Enkel riet, weniger Zeit mit Jofre zu verbringen, betäubte Jofre seinen Groll mit Glücksspiel und Trinken, wie er es immer tat, und der fleißige Enkel folgte seinem Beispiel.

Ich konnte absehen, wo dies hinführte. Nur eines beunruhigt einen reichen Mann mehr als die Angst davor, dass sein Erbe keine Söhne hervorbringen wird, und das ist die Angst davor, dass sein Erbe sein Geld und seine Ländereien verspielen wird.

Mein Herr rief mich und sagte mir, ich müsse meinen Schüler fortschicken. Aber ich hatte Jofre lieben gelernt. Ich meine nicht auf die Art, wie Jofre Männer liebte. Meine Liebe zu Jofre ging tiefer. Es war die reine Liebe eines älteren Mannes zu einem Jüngeren. Er war wunderschön. Er war so lebendig, hatte so viel Talent, so viel Jugend. Er hatte alles noch vor sich. Ich wurde älter, mein Körper alterte. Ich wusste, dass mein Talent, das nie so groß wie seines war, schwinden würde, wenn meine Finger versteiften und meine Stimme versagte. Ich konnte ihm helfen, ein großer Musikant zu werden. Ich wollte ihn beschützen, ihm den Schmerz und den Abscheu vor sich selbst nehmen und ihn lehren, wie wunderschön er war.«

Er sah mich an, verzweifeltes Flehen auf dem Gesicht.

»Camelot, Ihr müsst verstehen, dass ich ihn ebenso wenig fortschicken konnte, wie ich mir meine eigene Hand hätte abschneiden können. Ich bat meinen Herrn um eine zweite Chance für Jofre. Ich versprach, dass ich ihn unter Kontrolle halten, ihn von seinem Enkel fernhalten würde, aber der alte Mann wusste ebenso gut wie ich, dass es so wäre, als wolle man eine Woge daran hindern, sich auf dem Strand zu brechen. Die beiden mussten getrennt werden, und da der Enkel nicht fortgeschickt werden konnte, musste es Jofre sein. Er ließ mir die Wahl – entweder würde ich Jofre fortschicken oder mein Herr würde mich fortschicken.«

»Also gingt Ihr und nahmt Jofre mit Euch.«

»Es befanden sich zu viele müßige Menschen im Dienste meines Herrn, die sich ihre Zeit mit Glücksspiel und Trinken vertrieben. Ich dachte, dass es fern von ihnen aufhören würde. Aber wie Ihr wisst, hat es nicht aufgehört. Er fühlte sich elend, und das war sein Heilmittel gegen das Elend. Ich wusste nicht, wie ich ihn davon abhalten sollte. Ich habe alles versucht. Ich habe ihn sogar … geschlagen, in jener Nacht im Gasthaus der Witwe, wie Ihr vermutet habt.«

Ich nickte grimmig. Ich konnte ihm selbst jetzt nicht erzählen, dass ich dies und alles Folgende gesehen hatte. Das hätte nur noch zu seinem Schmerz beigetragen.

»Ihr hattet keine andere Wahl, und es schien ihn eine Weile zur Vernunft gebracht zu haben.«

»Bis Zophiel ihn zu verspotten begann.«

»Ist das wirklich der Grund dafür, dass Ihr Zophiel getötet habt?«

Er blickte eine lange Zeit über die dunkler werdenden Moore hinweg. Ich dachte schon, er würde nicht antworten, aber dann sagte er schließlich: »Es war die Wahrheit, als ich sagte, dass ich ihn aufhalten wollte, ehe er mit Cygnus das tat, was er mit Jofre getan hatte, aber Ihr habt recht, Camelot, ich hätte ihn nicht ermordet, um ihn aufzuhalten. Ich hätte ihn nicht einmal für das getötet, was er Jofre angetan hatte, wenn ich geglaubt hätte, dass er nur ein Mensch war. Aber als ich erfuhr, dass er ein Priester war …«

Rodrigos Stimme nahm einen bitteren Unterton an. »Ich habe ihn getötet, weil er ein Priester war, weil es die Priester und die Ablassprediger und ihresgleichen sind, die die Jungen und Schönen, die Unschuldigen und die Hilflosen zerstören. Jesus lehrte uns Barmherzigkeit. Er zeigte uns Gottes Gnade, aber sie benutzen seinen Namen, um jene zu quälen, um die sie sich kümmern sollten. Sie flößen ihnen Scham für das ein, was wunderschön ist. Sie bringen sie dazu, ihr Wesen und ihren eigenen Körper zu verachten.

Es gibt viele grausame Menschen auf dieser Welt, Camelot. Menschen, die rauben und töten und die Schwachen verfolgen, aber sie sind zumindest ehrlich. Sie behaupten nicht, dass es Gottes Wille sei. Sie treiben einen Menschen nicht in die Verzweiflung und sagen, sie täten es aus Liebe zu ihm. Wenn sie jemanden martern, geschieht es nur in dieser Welt. Sie drohen nicht mit der ewigen Hölle. Das tun nur die Priester und Bischöfe.«

Ein grauenvoller Ausdruck lag nun auf Rodrigos Gesicht. »Die Priester erzählen uns, dass ein Mensch so geboren wird, wie er ist, weil es Gottes Wille ist, und dann bestrafen sie ihn dafür, dass er ein solcher Mensch ist. Sie sagen uns, wir wären nach Gottes Bild geschaffen, aber was ist Gottes Bild? Man denkt, Gott sei wie Jofre mit der Stimme eines Engels, ein Mensch, der Menschen liebt. Man denkt, Gott sei wie Cygnus, der einst genug Liebe und Vertrauen besaß, dass ihm die wunderschöne Schwinge eines Schwanes wuchs. Oder ist Zophiel, der Priester, das Bild Gottes? Zophiel – das bedeutet Gottes Spion, oder? Ich weiß über Zophiel Bescheid. Die Juden haben mir von ihm erzählt. Er war der Engel, der Gott sagte, dass Adam und Eva von der verbotenen Frucht gegessen hatten. Er ist derjenige, der den Baum des Lebens mit einem Feuerschwert bewacht, um jedermann zu vertreiben, der den Garten Eden zu betreten versucht. Wenn Zophiel das Bild Gottes ist, dann erwähle ich nicht den Himmel. Ich erwähle die Hölle.«

Ich hatte diesen grauenvollen Ausdruck schon früher auf dem Gesicht von Menschen gesehen, bei denen, die zu den Galgen gezerrt wurden. Einige schreien und flehen, einige schimpfen und fluchen, und einige werden ruhig, überzeugt davon, dass die offenen Tore des Paradieses sie erwarten. Aber die Schlimmsten, die Erschreckendsten, sind diejenigen, die weder kämpfen noch das Hängen willkommen heißen, sondern es einfach annehmen, ihre Gesichter mit einem starren Ausdruck der Hoffnungslosigkeit und Verzweiflung. Die Augen sehen einen an, als wären es bereits die Augen eines Toten, und zwar keines Toten im Paradies, sondern eines Toten, der sich im Fegefeuer oder an einem schlimmeren Ort, einem viel schlimmeren Ort befindet.

Als sich Rodrigo von dem Felsen erhob und davonging, erkannte ich, dass er nicht zurückkommen würde. Er wusste, dass er sterben würde, und nichts, was ich sagte, konnte das ändern. Meine Gauklerkunst war es, Hoffnung zu erzeugen. Das war die größte aller Künste, die erhabenste aller Lügen, und doch konnte ich sie für ihn nicht heraufbeschwören. Sein Glaube an Narigorms Runen und an sein eigenes Schicksal waren stärker als jede Hoffnung, die ich für ihn ersinnen konnte, denn er glaubte, wie jene Menschen, die sich am Galgen der Verzweiflung ergeben, dass er es verdiente zu sterben.

Ich konnte ihn nicht allein gehen lassen. Ich hatte keine Ahnung, was er vorhatte oder was ihn erwartete. Ich wusste nicht, was ich tun konnte, um es zu verhindern, aber ich musste da sein. Wenn der Wolf dort draußen auf ihn wartete, würde ich ihn sehen, und wenn ich ihn nicht töten konnte, würde ich zumindest letztendlich wissen, was er war.

Inzwischen war es dunkel. Die Wolken hingen schwer am Himmel, verdeckten Mond und Sterne. Aber es war selbst ohne Licht nicht schwer, Rodrigo zu folgen. Er taumelte vorwärts, durchbrach Büsche und stolperte über Baumwurzeln, als würde er an einem unsichtbaren Seil vorangezogen. Zumindest entfernte er sich vom Moor, das war schon etwas. Dann hörte das Getöse auf. Ich dachte, ich hätte ihn verloren, aber als ich den Rand des Waldes erreichte, sah ich seine dunkle Gestalt über eine Lichtung auf die größte der Mulden zugehen.

Der Mond glitt hinter den Wolken hervor, und im Mondlicht sah ich, was ich bei Tageslicht niemals gesehen hatte. Ein perlweißer Nebel lag über dem Boden der Mulde. Er reichte nur bis zum Knie eines Mannes, und als Rodrigo hineinlief, wirbelte er um seine Beine, aber sein Körper und Kopf ragten darüber hinaus, als wate er in flachem, leuchtendem Wasser. Ich sah mich nach den anderen Mulden um. Auch sie wiesen denselben flachen Nebelteich auf, aber zwischen den Bäumen war kein Nebel zu sehen.

Dann hörte ich ihn, schwach und fern, den Klang, den ich am meisten fürchtete – das Heulen eines Wolfes. Die Haare an meinem Nacken kribbelten, und ich ergriff meinen Stock so fest, dass es schmerzte. Das Heulen kam näher, aber zu rasch, selbst für einen laufenden Wolf zu schnell. Ich sah mich um, aber das Heulen schien aus allen Richtungen zu kommen, wie in jener Nacht in der Schlucht. Ich suchte in der Dunkelheit verzweifelt nach einem Paar Augen, nach dem Schatten einer Bewegung, aber da war nichts. Auch Rodrigo wandte sich hektisch hierhin und dorthin, aber er schien in der Mitte der Mulde am Fleck festgewachsen, wie eine Ziege, die als lebender Köder angebunden wird. Er streckte schützend einen Arm aus, als erwarte er, dass der Wolf ihn anspränge, wenn er sich umwandte, versuchte zu erkennen, aus welcher Richtung er käme.

Dann veränderte sich der Klang. Nun war es ein Sirren von Flügeln, als würden tausend Schwäne auf uns zuhalten. Aber am mondbeleuchteten Himmel war nichts zu sehen. Rodrigo war auf die Knie gesunken, bedeckte den Kopf mit den Armen und kauerte sich so tief in den Nebel, dass ich nur die über seinem Kopf geballten Fäuste sehen konnte. Der Lärm wurde lauter und lauter. Ich konnte es nicht länger ertragen. Ich lief auf die Mulde zu, versuchte Rodrigo zu erreichen, aber als ich aus den Bäumen hervortrat, fiel mein Blick auf etwas Weißes, das nur wenige Meter entfernt war. Ich hatte es zuvor nicht gesehen, weil die Baumstämme und das Gestrüpp um mich herum meine Sicht blockiert hatten. Narigorm kauerte zwischen den Bäumen auf dem Boden, ihr weißes Haar im Mondlicht schimmernd. Sie hielt eine Hand über die vor ihr liegenden Runen und hatte die andere, mit der Handfläche nach oben, zu der Mulde ausgestreckt. Ihre Augen waren geschlossen, und ein Ausdruck angespannter Konzentration lag auf ihrem Gesicht.

Ich trat einen Schritt auf sie zu. Der Klang der Flügel schien von ihr auszuströmen, aber das war unmöglich. Der Klang änderte sich erneut, wurde wieder zum Heulen eines Wolfes, und dieses Mal erkannte ich jenseits allen Zweifels, dass das Heulen von ihr kam. Sie war in seinem Zentrum. Sie erschuf es. Aber sie heulte nicht.

Ihre Lippen bewegten sich. »Morrigan, Morrigan, Morrigan.«

Je schneller sie murmelte, desto lauter wurde der Klang, der ihrer ausgestreckten Hand zu entströmen schien. Sie musste mich gespürt haben, als ich auf sie zuging, denn sie öffnete in dem Moment die Augen, als ich meinen Stock erhob und die Runen in alle Richtungen fliegen ließ. Das Heulen verklang augenblicklich, als wäre es mit einer Axt abgetrennt worden.

Narigorm sprang auf, ihre Finger wollten sich zornig in mein Gesicht krallen, aber ich schlug sie mit meinem Stock beiseite. Ich war zu verärgert, um den Schlag zu mildern, und sie schrie vor Schmerz und Überraschung auf und taumelte rückwärts zu Boden, wo sie sich wie eine Katze hinkauerte, ihre verletzten Hände fest unter ihre Achselhöhlen geklemmt. Jedes andere Kind hätte bei einem solchen Schlag geweint, aber Narigorms Augen waren voller Groll, nicht voller Tränen.

»Du warst es«, schrie ich sie an. »Du hast uns die ganze Zeit glauben gemacht, wir würden von einem Wolf verfolgt, aber da war nie ein Wolf, oder, weder menschlich noch tierisch?«

»Ihr habt einen Wolf gehört.«

»Du hast ihn uns vorgegaukelt.«

»Morrigan hat ihn Euch vorgegaukelt.«

»Wer ist Morrigan?«

»Der Gestaltwandler, der Wolf, der Schwan, der Überbringer von Chaos und Tod, der Vernichter der Lügner. Ihr habt den Wolf nur gehört, weil Ihr gelogen habt. Ihr habt alle gelogen.«

Ich erinnerte mich plötzlich daran, wo ich sie diesen Namen zum ersten Mal hatte nennen hören. Es war am Mittsommertag, an dem Tag, an dem wir uns zum ersten Mal begegneten. »Wenn man lügt, verliert man die Gabe«, belehrte sie mich. »Morrigan vernichtet Lügner.«

»Aber du hast den Wolf auch gehört, Narigorm.«

»Ich habe ihn gemacht. Ich leite ihn an.«

»Und du hast ihn dazu angeleitet, die Hälfte unserer Gruppe in Selbstmord und Mord zu treiben. Du böses, heimtückisches kleines Balg. Wie konntest du uns das antun, wo wir dich ernährt und für dich gesorgt haben? Du beschuldigst uns der Heimtücke und des Betruges, aber du bist es, die uns betrogen hat.«

»Ihr habt es getan. Ihr habt gelogen. Ich lüge nie. Ich lese nur, was in den Runen steht. Ich sage nur die Wahrheit.«

»Als ich dich zum ersten Mal sah, hat dein Herr dich dafür geschlagen, dass du *deine* Wahrheit gesagt hast, aber wenn du denkst, das wäre eine Strafe gewesen, dann warte, bis die Übrigen herausfinden, was du getan hast. Du wirst dir wünschen, nie geboren worden zu sein, mein Mädchen. Dein grausames kleines Spiel ist vorüber. Du hast versucht, Rodrigo zu töten, aber es ist dir misslungen.«

»Aber Ihr irrt Euch, Camelot. Es ist mir nicht misslungen. Die ganze Zeit, während Ihr geredet habt, ist Rodrigo gestorben. Morrigan hat auch ihn vernichtet.«

Ich fuhr herum. Rodrigo war nirgendwo zu sehen.

Narigorm lächelte triumphierend. »Der Nebel, der vom Boden in den Mulden aufsteigt, ist Gift. Habt Ihr nicht all die toten Tiere gesehen? Habt Ihr es nicht vermutet? Nun ist auch Rodrigo tot. Und Ihr habt ihn geliebt, nicht wahr?«

Ich sah sie fassungslos an, und dann wandte ich mich um, ohne nachzudenken, und lief in die Mulde. Ich versuchte mich verzweifelt daran zu erinnern, wo ich Rodrigo zuletzt gesehen hatte. Aber meine

Füße ließen den weißen Nebel um meine Beine wirbeln, sodass es war, als blicke man in einen Mühlgraben. Mein Herz hämmerte, und meine Brust fühlte sich so eng an, dass ich dachte, sie würde zerdrückt. Nun, wo ich mich darin befand, schien die Mulde gewaltig. Der Mond glitt erneut hinter die Wolken, und ich war sofort in Dunkelheit getaucht. Nur der Nebel schimmerte noch weiß. Ich beugte mich herab und versuchte, darunter nach Rodrigos Körper zu tasten. Meine Sinne schwankten. Mein Kopf schmerzte. Ich konnte nicht darüber nachdenken, was ich dort tat. Ich war erschöpft. All jene Nächte ohne richtigen Schlaf holten mich ein, meine Glieder fühlten sich steif und benommen an, als wäre ich stundenlang gelaufen. Ich wollte mich nur noch in dem weichen, weißen Nebel niederlegen und schlafen, nur ein paar Minuten, mich ihm ergeben und schlafen. Ein paar Minuten würden nichts ausmachen, dann könnte ich wieder denken, dann würde ich wissen, was zu tun wäre. Ich konnte mich auf die Knie sinken spüren, und es stand nicht in meiner Macht, es aufzuhalten.

Kapitel 27

DER RUNENZAUBER

Ich hörte Narigorm lachen. Der Klang war wie ein brennender Schlag. Ich stützte mich schwer auf meinen Stock und zwang mich, mich wieder aufzurichten. Ich atmete tief ein. Mein Kopf dröhnte noch immer, aber meine Gedanken klärten sich jäh. Der Nebel lag dicht am Boden, darum hatten wir während des Tages ohne Schaden hindurchgehen können. Nur wenn man mit dem Kopf darunter geriet, konnte sein Gift wirken. Wenn man darüber stand, konnte man überleben. Ich ging wieder voran, meinen Stock rasch schwingend, der dann auf etwas traf. Ich tastete und spürte, wie mein Stock den Umriss eines menschlichen Körpers nachzeichnete. Ich hielt den Atem an, sank auf die Knie, legte seinen Arm um meinen Hals und hielt ihn am Handgelenk fest, während ich mich wieder hochmühte und ihn mit mir zog.

Ich wusste nicht, ob er tot oder lebendig war, ich wusste nur, dass ich die wenigen Meter bis zu den Bäumen bewältigen musste, bevor ich ihn loslassen durfte. Ich zog, aber er war größer und schwerer als ich, und ich hätte ihn selbst in meiner Jugend nur mit Mühe bewegen können. Ich konnte seinen schlaffen Körper nur aufrecht halten, ohne zu versuchen voranzugehen. Ich wagte es nicht, ihn hinzulegen und ihn zu ziehen, weil ich wusste, dass ich seinen Kopf über den Giftteich halten musste. So schleppte ich ihn Schritt für schmerzhaften Schritt vorwärts. Meine Lungen fühlten sich an, als stünden sie in Flammen, und mein Kopf dröhnte. Nur noch ein paar Meter, aber ich erkannte, dass ich es niemals schaffen würde. Ich hatte zu viel Nebel eingeatmet, und nun gaben meine Beine allmählich nach. Ich konnte keinen Schritt mehr gehen. Ich stand dort in der Dunkelheit, das Gewicht von Rodrigos Körper drückte mich nieder, der weiße Nebel wirbelte um mich herum. Ich war so benommen, dass ich die Augen schließen musste, um nicht zu stürzen. Ich konnte die Welt sich drehen spüren, der Boden glitt seitlich weg, schwankte unter meinen Füßen. Ich stürzte in das Dunkel.

Dann spürte ich Rodrigos Gewicht leichter werden.

»Lasst los, Camelot, ich habe ihn.«

Osmond hievte sich Rodrigos Körper über die Schulter.

»Nebel … giftig … bringt ihn hinaus«, murmelte ich, aber er schritt bereits davon. Ich sank auf die Knie, fühlte mich aber fast augenblicklich wieder hochgehoben, als Osmond mich zu den Bäumen drängte. Ich glitt abwärts, lehnte mich Halt suchend an einen Baumstamm, während sich die Bäume um mich drehten.

Ich hörte, wie Osmond Rodrigo hart schlug. »Kommt schon, Rodrigo. Kommt schon, wacht auf. Heilige Maria, Mutter Gottes, lass ihn aufwachen.«

Ich spürte etwas gegen mein Bein rollen. Meine Finger schlossen sich darum, und ich erkannte, was es war, ohne die Augen zu öffnen. Ich ergriff das kalte, glatte Glas von Michelottos Träne und betete.

Ich atmete mehrere Male tief durch und öffnete die Augen. Der Boden glitt noch immer beiseite und schwankte, aber nicht mehr so schlimm wie zuvor. Osmond hielt Rodrigo an den Schultern und versuchte, ihm Luft ins Gesicht zu wedeln. Rodrigos Gesicht war im Mondlicht bleich, und seine Augen waren geschlossen. Ich wusste, dass ich stürzen würde, wenn ich aufrecht zu stehen versuchte. Ich ließ die Träne in mein Hemd gleiten und kroch auf Händen und Knien hinüber.

Osmond schüttelte den Kopf. »Es sieht nicht gut aus. Ich glaube, er ist tot. Ich kam, sobald Narigorm Hilfe holte, aber wenn ich früher zu ihm gelangt wäre …«

»Narigorm?«

»Ja, sie sagte, er hätte versucht, die Mulde zu durchqueren, wäre aber gestürzt. Sie sagte, der Nebel in der Mulde sei giftig. Ich glaubte ihr zuerst nicht, bis sie die Tiere erwähnte, dann ergab es Sinn. Armes, kleines Ding. Sie hatte Angst.«

Das stimmte nicht, aber mein Kopf war zu benommen, um geradeaus zu denken. »Nein, nein, Narigorm war es, die …«

Ein Husten erklang, wir blickten hinab und sahen Rodrigos Brust sich leicht heben. Osmond zog ihn in eine sitzende Position hoch, lehnte ihn an seine Brust. Ich legte seinen Kopf zurück, um seinen Mund zu öffnen, und wir fächelten ihm hektisch Luft ins Gesicht. Dann sahen wir zu unserer Erleichterung, wie sich seine Brust schneller zu heben und zu senken begann, und schließlich flatterten seine Augenlider. Er rollte sich herum und hustete heftig. Dann lehnte er sich erschöpft in Osmonds Arme zurück, seine Brust sich weiterhin schmerzhaft hebend und senkend. Er lebte. Rodrigo lebte.

Es dauerte lange Zeit, bis er sich weit genug erholt hatte, um aufstehen zu können, aber wir mussten ihn dennoch auf dem kurzen Weg zum Lager zurück beide stützen. Adela lief uns entgegen und nahm Rodrigo wieder halbwegs den Atem, als sie versuchte, sowohl ihn als auch Osmond gleichzeitig zu umarmen. Wir ließen Rodrigo in halb sitzender Position auf einem Stapel unserer Bündel nieder, und er lag hustend und keuchend da, zu schwach, um sich zu bewegen.

Niemand von uns schlief in dieser Nacht, obwohl wir alle erschöpft waren. Adela und Osmond beschlossen, dass es zu gefährlich wäre, uns schlafen zu lassen, falls das Gift uns erneut forderte. Also verbrachten sie die ganze Nacht damit, uns zu helfen, aufrecht zu sitzen, und uns zu zwingen, heiße Brühe zu trinken, wann immer wir einzuschlafen drohten. Meine Glieder schmerzten, als hätte ich Fieber. Ich konnte an Rodrigos Stöhnen erkennen, dass er sich auch nicht besser fühlte als ich. Aber wir lebten.

Während Adela und Osmond uns besorgt beobachteten, beobachtete auch jemand anderer uns sorgfältig, aber ihr Gesicht war ausdruckslos. Die Ereignisse der Nacht drangen blitzartig in meine Gedanken, aber mein Kopf schmerzte so sehr, dass ich keinen Sinn darin erkennen konnte. Ich wollte nicht darüber nachdenken. Ich wollte nur schlafen.

Niemals war eine Dämmerung so willkommen gewesen. Die langsame, helle Färbung kroch über den fernen Rand des Moores und brachte die Schreie von Möwen und Regenpfeifern mit sich, während die Nacht zurückglitt wie eine Ebbe. Bei zunehmendem Tageslicht beschloss Adela letztendlich, dass es sicher wäre, uns schlafen zu lassen, und sie musste uns nicht dazu überreden.

Als ich wieder erwachte, sank die Sonne bereits über die Höhen. Ich setzte mich auf und schlang meinen Umhang um mich. Der Wind wurde schärfer, und es war bitterkalt. Rodrigo war bereits wach. Er saß beim Feuer und rieb sich die geschwollenen Augen, während Adela ihm eine Schale mit etwas Heißem und Dampfendem reichte.

Er lächelte mir kläglich zu, als ich zu ihnen hinübertaumelte.

»Wie fühlt Ihr Euch, Camelot?«, fragte Adela besorgt.

»Das ist der schlimmste Kater, den ich je hatte, nur dass ich nicht getrunken habe. Was ist mit Euch, Rodrigo?«

»Vom Pferd geworfen und dann von ihm gegen den Kopf getreten, nur dass ich nicht geritten bin. Osmond erzählt mir, dass Ihr Euer Leben bei dem Versuch riskiert habt, mich gestern Abend herauszuziehen, Camelot. Ich stehe erneut in Eurer Schuld, alter Freund.«

»Wir verdanken unser Leben beide Osmond, er war es, der uns herausgebracht hat.«

»Und auch Narigorm«, fügte Rodrigo hinzu. »Wenn sie die Art der Mulde nicht erkannt und Hilfe geholt hätte … Ich bin so dumm. Ich habe die Gefahr nicht gesehen.«

Bei der Erwähnung Narigorms runzelte ich die Stirn. »Wo ist sie?«

Adela antwortete. »Sie ist mit Osmond auf Vogelfang gegangen. Das arme Kind hat sich solche Sorgen um Euch beide gemacht, dass Osmond dachte, das würde sie aufheitern.«

Ich schaute in den Himmel hinauf. Sie würden bald zurück sein. »Rodrigo«, sagte ich drängend, »was fällt Euch von letzter Nacht noch ein?«

Er massierte seine Schläfen. »Nicht viel. Ich glaube, ich habe mit Euch gesprochen, aber ich kann mich nicht mehr erinnern, worüber wir sprachen … Dann weiß ich, dass ich durch den Wald gegangen bin. Es war dunkel, aber mir ist nicht mehr klar, wohin ich ging. Vermutlich zum Lager zurück. Dann … dann lag ich am Boden, und Osmond schlug mich.« Er rieb sich die Wange und lächelte kläglich. »Er hat eine harte Hand, Euer Ehemann, Adela. Erinnert mich daran, dass ich ihn nicht beleidige.«

»Erinnert Ihr Euch an nichts anderes?«, fragte ich. »Wie es kam, dass Ihr in der Mulde wart? Versucht es, es ist wichtig. Habt Ihr den Wolf gehört?«

Er zuckte zusammen und griff sich an den Kopf. »Daran erinnere ich mich. Als ich im Wald war, hörte ich ihn. Ich konnte nicht sagen, woher der Klang kam. Ich wollte ihn kommen sehen, also ging ich in die Mulde hinaus, wo keine Bäume waren. Dann … dann flogen die Schwäne, ein riesiger Schwarm Schwäne auf mich zu. Ich versuchte, mich zu schützen. Der Lärm war ohrenbetäubend. Ich konnte nicht atmen.« Er bedeckte das Gesicht mit den Händen und zitterte heftig, als die Erinnerung ihn überfiel.

»Das kam, weil Ihr Euch in dem Nebel hingekauert habt, um Euch vor den Schwänen zu schützen. Aber da waren keine Schwäne und kein Wolf. Es war Narigorm, die jene Geräusche heraufbeschwor. Ich habe sie gesehen. Sie war im Wald und beobachtete Euch. Die Geräusche kamen von ihr. Sie war es die ganze Zeit, die das Wolfsheulen hervorbrachte.«

Sie starrten mich beide an, als wären mir zwei Köpfe gewachsen.

Adela sagte sanft: »Wie könnte ein kleines Mädchen diese Geräusche verursachen? Als wir den Wolf zuvor hörten, war sie bei uns. Sie hat nicht geheult. Es ist das Gift des weißen Nebels. Er hat bewirkt, dass Ihr Euch Dinge eingebildet habt.«

»Nein, es ist nicht der Nebel. Es gab niemals einen Wolf. Narigorm hat einen Runenzauber heraufbeschworen, hat die Macht der Runen in Form eines Wolfes oder manchmal eines Schwanes ausgesendet. Ich habe sie letzte Nacht dabei gesehen. Sie hat den Runenzauber benutzt, um uns alle in den Tod zu treiben, und sie hat bei Euch letzte Nacht beinahe wieder Erfolg gehabt, Rodrigo, und bei mir auch. Das war keine Prophezeiung, die Narigorm gestern in den Runen gelesen hat, es war ein Fluch, ein Fluch, den sie ausgesandt hat. Sie zog den Umriss der Trollrune mit dem Finger nach und erweckte ihre Macht zum Leben.«

Rodrigo sah mich an. »Das ist Wahnsinn. Adela hat recht, der weiße Nebel hat Euch vergiftet, hat Euch Teufel und Dämonen sehen lassen. Narigorm kam, um Hilfe zu holen, ist es nicht so, Adela? Sie hat uns das Leben gerettet.«

»Nein, hört zu. Ich habe ihre Runen zerstreut, ich habe ihren Zauber gebrochen. Sie hielt mich auf, bis sie sicher war, dass Ihr tot wart, und dann hat sie mich in die Mulde geschickt. Sie hat mich beobachtet, hat gewartet, bis auch ich zusammenbrach. Ich konnte sie lachen hören. Erst dann hat sie Osmond geholt. Sie dachte, bis Osmond uns fände, wäre ich auch tot. Sie hat dort Stunden verbracht, um zu beobachten, wie Tiere in dem Nebel starben. Sie wusste, dass es nicht lange dauerte. Vielleicht dachte sie sogar, auch Osmond würde dem Nebel erliegen, wenn er nach uns suchte.«

Rodrigos Stirnrunzeln vertiefte sich. »Ihr bildet Euch das ein. Vielleicht habt Ihr recht, vielleicht waren da keine Schwäne, und der weiße Nebel hat mir diese Illusion vorgegaukelt, aber der Wolf ist real. Narigorm macht dieses Geräusch nicht.«

Er erhob sich mühsam und ging in Richtung Festland zurück, machte deutlich, dass er nichts mehr davon hören wollte.

Ich wandte mich an Adela. »Wenn der Wolf real ist, hat er dann letzte Nacht sein Reliquiar geholt?«

Sie zögerte und schüttelte dann den Kopf. »Aber das beweist nichts, Camelot, bei all dem Aufruhr war es unwahrscheinlich, dass er es riskieren würde zu kommen, oder?«

Ich sah mich vorsichtig um, um sicherzugehen, dass wir allein waren, bevor ich sprach. »Adela, auch wenn Ihr mir in Bezug auf Narigorm nicht glaubt, versprecht mir, dass Ihr sie nie herausfinden lasst, dass Osmond Euer Bruder ist. Sie darf es niemals erfahren.«

»Das ist er nicht! Das ist er nicht! Er ist mein Ehemann!«

Ich nahm sanft ihre Hand. »Ich denke, er ist Euer Bruder, und Carwyn ist sein Kind.«

Sie wandte den Blick ab, konnte mich nicht ansehen. »Wie … wie lange wisst Ihr es schon?«

»Ich habe es von der ersten Nacht in der Höhle an vermutet, aber sicher war ich mir erst in der Nacht, in der Ihr gebart. Er hat Euch aus dem Konvent geholt, nicht wahr? Haben sie Euch wegen des Babys dorthin geschickt?«

Sie nickte, blickte zu Boden, ihre Haube fiel über ihre scharlachroten Wangen. »Ich wurde mit einem Händler verlobt, einem Freund meines Vaters, aber er musste auf Geschäftsreise gehen, sodass das Datum der Hochzeit für den Monat nach seiner Rückkehr angesetzt wurde. Aber bevor er zurückkehrte, erzählte meine Cousine meiner Mutter, dass mein Laken seit zwei Monaten nicht befleckt sei, und meine Mutter rief den Arzt. Als sie erfuhren, dass ich … dass ich schwanger war, waren sie erzürnt. Sie wussten, dass der Händler keine Frau heiraten würde, die von einem anderen schwanger war, wer würde das schon? Sie wollten wissen, wer der Vater sei, aber obwohl sie mich schlugen, sagte ich es ihnen nicht. Ich konnte nicht. Sie waren schon zornig genug darüber, dass ich mit einem Mann geschlafen hatte, aber wenn sie entdeckt hätten, dass es mein eigener Bruder war … Also ließen meine Eltern mich mit Schimpf und Schande in ein Kloster bringen.

Die Nonnen behandelten mich, als sei ich eine Hure, die im Büßerhemd barfuß durch die Stadt laufen müsste. Sie sperrten mich in eine kalte, dunkle Büßerzelle und gaben mir tagelang kaum etwas zu essen. Vielleicht hofften sie, dass ich das Kind verlieren würde. ›Die Frucht der Sünde‹, nannten sie es. Wenn sie wirklich gewusst hätten, welcher Art diese Sünde war … Aber ich wollte Carwyn. Obwohl ich wusste, dass er meine Schande war, wollte ich ihn so sehr, weil er Osmonds Sohn war. Solange ich dieses Kind in mir wachsen spürte, wusste ich, dass sie mich nicht von Osmond trennen konnten.

Aber die Nonnen sagten mir, dass das Baby, wenn es geboren wäre, fortgeschickt würde, um woanders aufgezogen zu werden, und dass ich eine Nonne werden und mein Leben damit verbringen müsste, meine Begierden zu bezwingen und für meine Sündhaftigkeit zu büßen. Ich würde eine Braut Jesu. Er wäre dann mein Ehemann. Ich müsste mich ihm ganz ergeben, und wenn ich mich weigerte, wäre seine Rache schrecklich.«

»Aber Osmond hat Euch gerettet?«

Sie wandte sich um und blickte über die trostlosen Moore hinaus, die jetzt dunkler wurden, wo die Sonne hinter die Bäume sank. Sie schwieg einen Augenblick und nahm dann ruhig ihre Geschichte wieder auf, sprach so leise, dass ich näher an sie heranrücken musste, um sie zu verstehen.

»Osmond war fort. Er arbeitete als Geselle bei einem Malermeister. Er wusste nicht, dass er mich geschwängert hatte. Als er zu einem Besuch zurückkehrte, entdeckte er, wohin ich geschickt worden war und warum. Er erkannte sofort, dass das Kind seines sein musste, und war entsetzt darüber, was er getan hatte, aber er konnte es niemandem erzählen. Er besuchte mich, obwohl unsere Eltern es verboten hatten. Er sagte den Schwestern, er käme mit einer Nachricht von meinem Vater. Er erkannte sofort, wie elend und dünn ich geworden war. Er konnte es nicht ertragen, also bestach er eine der Laienschwestern, damit sie mir zur Flucht verhalf. Er konnte nicht zu seiner Arbeit zurückkehren, weil er wusste, dass unser Vater uns dort suchen würde. Also waren wir gezwungen fortzuziehen. Sein Meister hatte noch immer seine Papiere. Er konnte sie nicht holen.«

»Und ohne sie kann er nicht als Maler arbeiten.«

Sie nickte elend.

»Osmond muss Euch sehr lieben«, sagte ich freundlich.

»Und ich liebe ihn. Ihr könnt nicht wissen, wie sehr. Ohne ihn habe ich das Gefühl, gespalten zu sein, als würde mir ein Teil meines unmittelbaren Seins genommen. Vielleicht hatte Zophiel recht und ich habe seine Seele der Hölle verdammt – und er meine. Aber wir können ohne einander nicht leben. Könnt Ihr das verstehen, Camelot?«

Ich drückte ihre Hand und nickte. »Aber, Adela, Ihr müsst dies um jeden Preis vor Narigorm geheim halten. Sie darf es nicht herausfinden.«

»Aber sie bewundert Osmond. Selbst wenn sie die Wahrheit entdeckte, würde sie nichts unternehmen, um ihm wehzutun. Sie würde uns nicht den Obrigkeiten oder der Kirche melden.«

Ich wollte sie nicht verletzen, aber ich musste es ihr begreiflich machen. »Kommt mit mir, Adela. Ich möchte Euch etwas zeigen.«

Ich führte sie ins dunkle Innere der Schutzhütte des Eremiten und tastete unter einigen leeren Säcken umher, bis ich fand, was ich gesucht hatte.

»Erinnert Ihr Euch an die Puppe, die Osmond für Narigorm geschnitzt hat? Seht sie Euch an, Adela, seht Euch das Gesicht an, sie hat es zerstört.« Ich drückte ihr die Puppe in die Hände.

Sie wandte sie um und hielt sie zum Eingang gewandt. Das Licht draußen schwand schnell.

»Ihr irrt Euch, Camelot, sie hat es nicht zerstört. Sie hat ihr nur ein neues Gesicht aufgemalt, so weiß wie ihr eigenes. Es war dumm von uns, wir hätten erkennen sollen, dass das Kind eine Puppe haben wollte, die ihr ähnlich sieht.«

Ich nahm ihr die Puppe aus der Hand und trat nach draußen. Ich hielt sie hoch, sodass die letzten Sonnenstrahlen ihr Gesicht beleuchteten. Adela hatte recht. Narigorm hatte der Puppe ein neues Gesicht gegeben, aber es war nicht aufgemalt. Der Mund war aus den gebleichten, weißen Knochen einer Maus geformt, mit scharfen Spitzmauszähnen zwischen den Knochenlippen. Die Augen und Ohren waren aus den Knochen eines Frosches gestaltet, und die Nase war der gebleichte Schnabel eines kleinen, toten Vogels. Hierfür hatte es Geduld gebraucht, Geduld und ein Geschick, das weit über das eines normalen Kindes hinausging.

Hinter mir hörte ich die Rufe Osmonds und Narigorms, die gerade zurückkehrten und mehrere Vögel am Hals schwenkten. Ich hatte gerade noch Zeit, in die Hütte zurückzuschlüpfen und die Puppe wieder unter den Säcken zu verstecken.

»Versprecht es mir einfach, Adela, versprecht mir, dass Ihr es sie niemals herausfinden lasst.«

Aber Adela war ihnen bereits entgegengegangen.

Alles Gerede über letzte Nacht hörte auf, während wir die Vögel zum Abendessen rupften, ausweideten und kochten. Aber jedes Mal, wenn ich aufschaute, sah ich, wie Adela und Rodrigo mich wachsam beobachteten, als dächten sie, ich würde gleich durch das Lager rennen, mir die Kleider vom Leib reißen und etwas von Dämonen brabbeln. Sie glaubten eindeutig, der weiße Nebel hätte mir den wenigen Verstand geraubt, den mein alter Körper noch besaß. Ich wusste, wenn der Wolf in dieser Nacht wieder von den Höhen heulte, würde das meinen Wahnsinn nur beweisen.

Ich dachte sorgfältig darüber nach. Narigorm konnte den Runenzauber nur kontrollieren, wenn sie wach war. Wenn man sah, dass Narigorm schlief und der Wolf schwieg, dann würden sie mir vielleicht letztendlich zuhören. Ich erinnerte mich an den Mohnsirup in Pleasances Bündel. Ich wartete, bis die Übrigen beschäftigt waren, und suchte dann danach. Nur wenige Tropfen würden genügen, und es war nicht schwierig, sie Narigorm zu verabreichen. Sie wollte immer mehr. Adela füllte ihre erste Schale auf, aber ich gab ihr die zweite Portion, und Narigorm schlief, wie Adela selbst bemerkte, von der Abend- bis zur Morgendämmerung dieser Nacht den Schlaf der Gerechten, wie auch der Wolf.

Kapitel 28

DAS SPIEL

Narigorm war am nächsten Tag noch benommen und unsicher auf den Füßen, etwas, was mir keine Gewissensbisse machte, wenn man bedachte, wie ich mich nach dem weißen Nebel gefühlt hatte. Sie war auf Adelas Drängen hin im Lager geblieben, während Osmond und Rodrigo loszogen, um zu sehen, was sie fangen könnten. Ich folgte ihnen unter dem Vorwand, Feuerholz zu suchen, und beeilte mich, sie einzuholen, sobald wir außer Sicht der anderen waren. Die düstere Verzweiflung, die Rodrigo seit Cygnus' Tod befallen hatte, war ein wenig gewichen, als hätte ihn die Tatsache, dass er dem Tod selbst so nahe gewesen war, zeitweise wieder ins Leben zurückgerissen. Auch der lange Schlaf hatte dabei geholfen, aber ich wusste, dass diese Erholung so zerbrechlich wie Glas war und im Handumdrehen zerspringen würde, wenn Narigorm ihre Tricks wieder aufnahm.

Rodrigo und Osmond sahen einander an, als ich sie anrief. Ich war eindeutig das Thema ihrer Unterhaltung gewesen, und sie musterten mich argwöhnisch, als dächten sie, ich müsste vielleicht jeden Moment von etwas zurückgehalten werden. Ich konnte es mir nicht leisten, Zeit zu verschwenden, indem ich mich an das Thema herangetastet hätte.

»Osmond, Rodrigo hat Euch sicher erzählt, was ich gestern Nachmittag über Narigorm gesagt habe?«

Er nickte und sagte hastig: »Aber es macht Euch niemand Vorwürfe, Camelot. Rodrigo sagte gerade, der vergiftete Nebel habe bewirkt, dass Ihr Euch beides eingebildet habt.«

Ich ignorierte das. »Letzte Nacht haben wir weder den Wolf gehört noch hat er das Reliquiar genommen. Das kommt, weil Narigorm die ganze Nacht geschlafen hat. Ihr habt sie gesehen. Wenn sie wach ist, kontrolliert sie den Runenzauber, wenn sie schläft, schweigt der Wolf.«

Ich hielt es für das Klügste, nicht zu erwähnen, dass ich ihr ein Schlafmittel verabreicht hatte. Dann würden sie wirklich glauben, dass ich verrückt sei.

»Aber das beweist nichts«, sagte Osmond. »In einigen Nächten heult der Wolf, und manchmal heult er nicht. Hört zu, ich habe über das nachgedacht, was Ihr Rodrigo erzählt habt, aber mir fiel ein, dass wir den Wolf zum ersten Mal in der Nacht in der Höhle gehört haben, in der Nacht, in der Zophiel, Adela und ich zu Euch stießen. Narigorm war da noch nicht bei uns.«

»In jener Nacht in der Höhle war es wahrscheinlich wirklich ein Wolf. Es gibt in dieser wilden Höhlen- und Schluchtengegend noch immer Wölfe. Oder, wie Zophiel sagte, könnte es einer der Geächteten gewesen sein, die sich an jenen Orten verbergen, aber ob Mensch oder Tier – was auch immer wir in jener Nacht hörten, ist uns nicht gefolgt. Wir haben nie wieder einen Wolf gehört, bis Narigorm zu uns stieß, und auch dann erst, als wir neun waren, was erst Wochen später der Fall war. Erinnert Euch an das, was Narigorm gestern sagte: ›Neun gehören dem Wolf‹. An dem Tag, an dem wir Cygnus zum ersten Mal auf dem Marktplatz Geschichten erzählen hörten, sah ich sie die Runen lesen, und sie sagte: ›Einer wird kommen, bevor es beginnen kann‹, und erst nachdem Cygnus sich uns anschloss, wodurch wir neun waren, hörten wir den Wolf und dachten nach und nach, dass er uns folgte. Ich weiß, es scheint nicht möglich, aber je länger ich darüber nachdenke, desto überzeugter bin ich davon, dass sie irgendwie hinter jedem Tod in unserer Gruppe steckt.«

Rodrigo legte eine Hand auf meine Schulter. »Das sieht Euch nicht ähnlich. Ihr solltet Euch ausruhen. Diese Todesfälle und die lange Reise haben Euch erschöpft. Geht zum Lager zurück. Wir werden später reden.«

»Nein, Ihr müsst mir jetzt zuhören. Als Ihr in der Mulde wart, sagte Narigorm mir, dass wir alle dem Wolf gehören, weil wir alle gelogen hätten. Sie hat die Runen und das Wolfsgeheul dazu benutzt, um ihr Spiel mit unseren Ängsten und Schuldgefühlen zu treiben, um uns dazu zu bringen, unsere Geheimnisse und Lügen zu offenbaren, und dann trieb sie uns dazu, uns selbst zu vernichten, genauso wie sie es Euch neulich nachts anzutun versuchte, Rodrigo. Narigorm hat Zophiels Messer bewusst hervorgeholt, um Euch dazu zu bringen, Euren Mord an Zophiel zu offenbaren. Dann versuchte sie mit ihren Runen, ihr Spiel mit Euren Schuldgefühlen zu treiben, um Euch in den Tod zu treiben, genauso wie sie Cygnus in den Tod getrieben hatte. Narigorm hatte keinen Erfolg damit, Euch zu töten, aber das wird sie nicht davon abhalten, es wieder zu versuchen, und wenn sie Euch vernichtet hat, wird sie ihre Aufmerksamkeit auf Adela und Osmond und sogar den kleinen Carwyn richten.«

»Ein Baby kann nicht lügen«, sagte Osmond.

»Was ist, wenn das Baby die Lüge ist?«

Seine Augen weiteten sich, und er starrte mich an. Dann errötete er und wandte den Blick ab.

Rodrigo war zu sehr mit seinen eigenen Gedanken beschäftigt, um Osmonds Unbehagen zu bemerken. »Aber warum sollte sie uns töten wollen, Camelot?«, platzte er heraus, und als er erkannte, dass er mit dem alten Wahnsinnigen redete, sprach er langsam und geduldig weiter: »Pleasance – sie wurde nicht dadurch in den Tod getrieben, dass sie den Wolf hörte.«

»Aber sie wurde von dem Wolf dazu getrieben, sich zu verraten. Warum hat sie uns die Geschichte erzählt, dass sie bei der Wölfin als Geburthelferin fungiert hat, wenn sie zuvor stets klugerweise geschwiegen hatte? Weil das Wolfsgeheul in jener Nacht Narigorm den Vorwand geliefert hat, sie darum zu bitten, die Geschichte zu erzählen. Was ist, wenn sie wusste, dass Pleasance unausweichlich offenbaren würde, eine Jüdin zu sein? Ihr habt mir selbst gesagt, dass Pleasance bewusst war, dass sie sich verraten hatte, als sie dieses Wort *Sheidim* benutzte.«

Rodrigo schüttelte den Kopf. »Wie könnte ein Kind um die Gefahr wissen, die in diesem Wort lag? Pleasance hat sich um das Kind gekümmert, als sie verwaist war. Wenn Narigorm erneut um die Geschichte bat, dann in aller Unschuld. Zophiel solltet Ihr für Pleasances Tod verantwortlich machen. Seine verbitterten Worte gegen die Juden waren es, die sie in solche Angst trieben.«

»Aber da sie vertraute Gefährten waren, Rodrigo, hatte Narigorm wahrscheinlich bereits entdeckt, dass sie Jüdin war, und nur nach einem Trick suchte, sie dazu zu bringen, es uns zu offenbaren. Aber es war nicht nur Pleasance. Narigorm hat das Heulen des Wolfes auch dazu benutzt, Zophiel davon zu überzeugen, dass er vom Wolf des Bischofs gejagt würde. Sie hätte leicht selbst den Abendmahlskelch aus der Kantorei nehmen können, um Zophiel Angst zu machen oder ihn dazu zu bringen, Jofre anzugreifen. Sie hatte genauso gut die Möglichkeit, ihn zu nehmen, wie Jofre. Vergesst nicht, Zophiel sagte, er habe nicht gemerkt, dass er fehlte, bis Narigorm in den Runen las, dass ihm etwas genommen worden sei. Zophiel beschuldigte Jofre des Diebstahls, und das war es, was Jofre wieder in diese Stadt und in seinen Tod durch die Handlanger von Ralphs Vater trieb. Und denkt daran zurück, warum Jofre ursprünglich in die Stadt lief – weil Narigorm darauf bestand, das Gesicht der Madonna zu sehen. Sie wusste genau, dass Jofre sich darüber aufregen und so seine Gefühle für Osmond offenbaren würde. Und um ganz sicher zu gehen, erzählte sie uns vor Zophiel, dass Jofre Osmond begehrte, wohl wissend, dass Zophiel Jofre damit quälen würde.

Und«, sprudelte ich verzweifelt hervor, als ich den ungläubigen Ausdruck in ihren Gesichtern sah, »warum hat Zophiel uns gestanden, dass er die Kirchenschätze gestohlen hatte? Weil Narigorm ihn davon überzeugt hatte, dass er vom Wolf des Bischofs verfolgt würde, und sie uns erzählte, sie hätte in den Runen gelesen, dass jemand bald seine gerechte Strafe für ein dunkles Geheimnis bekäme, dass sie verborgen hielten. Sie brachte diese schwarze Marmorkugel zum Vorschein und behauptete, die Runen seien für Zophiel bestimmt, wohl wissend, dass es ihn aus Angst zu einem Geständnis drängen würde, wenn er etwas zu verbergen hätte. Ihr habt mir selbst erzählt, Rodrigo, dass Ihr ihn nicht getötet hättet, wenn Ihr nicht erkannt hättet, dass er ein Priester war. Sie hat Euch durch Manipulation dazu gebracht, genauso wie sie Zophiel durch Manipulation dazu gebracht hatte, Jofre als Dieb zu beschuldigen. Und selbst wenn Ihr ihn nicht getötet hättet, trieb sie Zophiel mit ihrem Wolfsheulen in solche Angst und Aggression, dass Osmond ihn wahrscheinlich früher oder später angegriffen hätte, das heißt, wenn er Euch oder Osmond nicht zuerst erstochen hätte.«

»Denkt Ihr, ich wäre so dumm, mich von einem Kind durch einen Trick dazu bringen zu lassen, einen Mord zu begehen?«, fragte Rodrigo zornig. »Ich habe Zophiel getötet. Narigorm hatte nichts damit zu tun.«

Osmond legte eine Hand auf seinen Arm und schüttelte den Kopf, als wolle er ihn daran erinnern, dass sie es mit einem Verrückten zu tun hatten, der nicht wusste, was er sagte. »Camelot, selbst wenn Ihr mit den anderen recht habt, hat Narigorm Cygnus nicht dazu gezwungen, eine Lüge zu offenbaren.«

»Aber genau das hat sie getan. Cygnus hat uns erzählt, sein Stumpf wäre zu einer richtigen Schwinge geworden, weil es das war, was er wirklich glaubte, aber ich habe darüber nachgedacht. Erinnert Ihr Euch an die Nacht, als wir Cygnus im Wagen verborgen fanden und ihn in die Hütte zu dem alten Walter und seinem Sohn brachten?«

»Ja«, sagte Osmond, »und ich erinnere mich auch daran, dass es Zophiel war, der ihn zwang, seine Geschichte zu erzählen.«

»Aber denkt einmal darüber nach, was danach geschah. Narigorm zog eine Feder aus Cygnus' Schwinge. Sie sagte, wenn die Schwinge echt sei, würde die Feder nachwachsen. Aber das tat sie nicht, und nachdem diese Feder erst ausgezogen war, fielen auch die übrigen heraus. Die Feder herauszuziehen, offenbarte eine Lüge, auch wenn es eine war, an die Cygnus glaubte. Und wieder benutzte sie Zophiel, um ihn zu quälen, damit und mit dem Klang der Schwanenschwingen, den sie ihn hören ließ, Nacht für Nacht in seinen Träumen.«

Osmond schüttelte den Kopf. »Ich sehe ein, dass Narigorm vielleicht einigen Ärger zwischen uns verursacht hat, aber sie hätte nicht wissen können, was sich dann alles ereignet hat. Es geschah alles in Unschuld. Es würde mehr Sinn ergeben, wenn Ihr sagtet, es sei der Wolf des Bischofs, der hinter allen diesen Toden steckte, nur dass nicht einmal ein Mensch mit seiner Gerissenheit diese Dinge hätte planen können.«

»Das ist genau das, was ich Euch zu sagen versuche: Es gab niemals einen Wolf des Bischofs«, fauchte ich verärgert. Ich atmete tief durch. »Ich glaube, dass Narigorm die Runen irgendwie dazu benutzt hat, uns zu ihr zu ziehen, dass sie uns irgendwie versammelt hat, weil sie uns brauchte, neun von uns, um ihr Spiel zu spielen. Aber ich glaube nicht, dass sie die Einzelheiten des Spiels selbst geplant hat. Sie besitzt einen kindlichen Instinkt dafür, die Ängste und Schwächen bei anderen aufzudecken und sie zu benutzen. Sie spielt ihr Spiel nur, um zu sehen, was geschehen wird. Habt Ihr nie Kinder bei einem Schachspiel beobachtet? Erwachsene planen ihre Züge, aber Kinder experimentieren nur, um zu sehen, was passiert, wenn sie diese oder jene Figur bewegen. Und wenn sie eine Schwäche entdecken, kennen sie keine Gnade, sondern zielen auf ein Schachmatt ab.«

»Camelot, was wollt Ihr damit sagen?« Osmond fuhr sich verzweifelt mit den Fingern durchs Haar.

»Ich will sagen, dass Narigorm ihr Spiel weiterspielen wird. Sie wird eine Möglichkeit finden, uns alle zu vernichten, wenn wir uns nicht von ihr trennen. Wir müssen sie hier zurücklassen und ohne sie weiterziehen.«

»Ein Kind im Stich lassen.«

»Kein Kind, eine skrupellose und mächtige Mörderin. Osmond, Ihr müsst an Adela und Carwyn denken. Ihr dürft es nicht riskieren, dass sie sie angeht, und glaubt mir, das wird sie tun, wenn sie die Chance dazu bekommt. Lassen wir sie doch hier. Sie hat eine Unterkunft, und sie weiß, wie man jagt und fischt. Sie wird nicht verhungern.«

Osmond zuckte zurück. »Camelot, das könnt Ihr nicht ernst meinen. Narigorm ist ein unschuldiges Kind. Sie hat uns beiden das Leben gerettet, erinnert Euch. Rodrigo hat recht, wenn jemand von uns für die Tode der anderen verantwortlich gemacht werden kann, dann Zophiel mit seiner boshaften Zunge. Rodrigo hat uns allen einen Gefallen getan, indem er ihn getötet hat.«

»Aber, Osmond, erkennt Ihr denn nicht …«

»Nein, Camelot, nein, ich will nichts mehr davon hören. Rodrigo, kommt Ihr?«

»Rodrigo?«, flehte ich.

Er betrachtete mich traurig. »Es tut mir leid, Camelot, es tut mir leid, dass Ihr solche Dinge glaubt.«

Ich sah ihn davongehen, und ich zitterte in der Kälte, wohl wissend, dass ich den einen Menschen verärgert hatte, dessen gute Meinung mir wichtiger war als alles andere. Er würde es mir beizeiten verzeihen, es dem Wahnsinn des Giftes zuschreiben, aber nur, wenn ich niemals wieder davon sprach, aber das musste ich tun. Das Bild des Gesichts der Puppe blitzte in meinem Geist auf. Was, wenn Narigorm bereits über Adela und Osmond Bescheid wüsste? Ich musste sie alle von der Gefahr überzeugen, in der sie sich befanden.

Über den kahlen Ästen der Bäume wurden Vögel vom auffrischenden Wind hin und her getrieben. Ich nahm meinen Stock auf und wandte mich den Höhen zu.

»Sie werden Euch niemals glauben.«

Ich fuhr herum. Narigorm stand im Schatten eines Baumes, in jeder Hand einen Eimer. Wie lange stand sie schon dort?

»Ihr seid alt, und Ihr seid verrückt, das denken sie. Sie wissen, dass Ihr Geschichten über Eure Reliquien erfindet. Sie denken, dies sei einfach eine weitere Geschichte. Ihr könnt mich nicht aufhalten. Morrigan ist zu stark für Euch.«

Kapitel 29

DIE LETZTE LÜGE

Ich brauchte über drei Stunden, um das Dorf auf den Höhen zu erreichen. Es gab keinen Weg, ich hastete einfach durch den Wald nordwärts und musste häufig landeinwärts ausweichen, um Wege über die Landzungen des Moores zu finden, die in die Höhen züngelten, und über die Bäche, die davon herabrannen. Schließlich sah ich den Rauch der Hütten in den Himmel steigen.

Das Dorf lag an einem kleinen Hafen am Ufer eines breiten Flusses, der durch das Moor schnitt und sich schließlich ins Meer ergoss. Vor der Pest musste es ein geschäftiger Hafen gewesen sein, aber nun lagen keine Händlerschiffe mehr dort, sondern nur zwei kleine Boote, die gerade mal groß genug waren, dass zwei oder drei Mann damit fischen konnten. Es gab eine kleine, gedrungene Kirche, nicht größer als eine Kapelle. Sie wirkte noch kleiner durch ihren runden Turm, auf dem sich ein Leuchtfeuer befand, das die Boote bei schlechtem Wetter nach Hause geleiten sollte. Viele der Hütten waren zugenagelt und mit den gefürchteten, schwarzen Kreuzen gekennzeichnet, aber aus einigen Schornsteinen stieg Rauch auf, und hier und da sah ich Menschen geschäftig arbeiten – ein Netz flicken, Wasser holen oder Kleider waschen. Als ich aus den Wäldern herabstieg, sah ich die groben, kahlen Erdhügel auf der anderen Seite des Dorfes und die geschwärzten Kreise, wo Feuer um Massengräber errichtet worden waren.

Es waren nur vier oder fünf Gäste in der Schenke am Kai. Die Frau des Wirts setzte gerade vor einem geräuschvoll eine dampfende Schale ab. Sie schaute neugierig hoch, als ich eintrat, wich aber vor meinem Anblick nicht zurück, wie viele es tun. Die Frau des Wirts einer Hafenschenke sieht unter den Matrosen und Fischern, die sie bedient, schlimmere Verstümmelungen als mein Gesicht.

»Fischsuppe und Brot. Mehr hab ich nicht, und wer überhaupt was bekommt, sollte dankbar sein«, verkündete sie mit einem mürrischen Blick auf den Mann, den sie gerade bedient hatte.

»Hört auf meinen Rat und nehmt kein Brot. Sie macht es mit Sägemehl. Es ist so hart, dass ich es am besten zum Beschlagen der Pferde benutze.«

Er war ein großer Mann, mit einem Rücken so breit wie ein Bär, aber er war schlau genug, um sich geschickt wegzuducken, als sie ihm einen Schlag auf den Kopf versetzen wollte.

»Hüte deine Zunge, William. Ich möcht dich sehen, wie du anständiges Brot backst, wenn du nur Wurzeln zum Mahlen hast.«

»Du könntest auch kein anständiges Brot backen, wenn du besten Weizen hättest«, schaltete sich ein weiterer Gast ein, aber er konnte ihrer Hand nicht so schnell ausweichen, und seine Freunde lachten, als er sich reumütig den Hinterkopf rieb. Der Hausknecht stand dümmlich lächelnd da, verkniff sich das Lächeln aber rasch, als sich die Frau des Wirtes zu ihm umwandte.

»Hast du dich schon um die Schweine gekümmert, und ich meine nicht diese hier? Mach weiter damit, Junge, oder Master Alan hier wird nicht der Einzige mit einem angeschlagenen Kopf sein.«

Der Hausknecht zog sich hastig wieder zurück, während die Männer breit grinsten.

»Was führt Euch von der alten Eremiteninsel hierher? Das ist über Land eine ganz schön weite Strecke.«

Ich schaute mich um und sah auf einer Bank in der Ecke den Mann sitzen, der uns die Aale gebracht hatte.

»Ich hörte, die Fischsuppe sei den Marsch wert«, sagte ich, und die Frau des Wirtes lächelte wider Willen.

»Ihr habt doch dieses weißhaarige Mädchen nicht mitgebracht, oder?«

Ich war mir eines interessierten Murmelns unter den anderen Männern bewusst. Einer spie auf seinen Handrücken. Der Aalmann hatte ihnen eindeutig alles über Narigorm erzählt. Ich atmete tief ein. Ich hatte keine Ahnung, ob mein Plan funktionieren würde. Wenn nicht, könnte ich die Dinge für uns alle noch verschlimmern, aber es war meine einzige Hoffnung. »Ihretwegen bin ich gekommen«, sagte ich, und die Männer rückten ein wenig näher.

Ich habe im Laufe meines Lebens für Essen und Unterkunft viele Geschichten ersonnen, aber niemals zuvor für unser Leben. Es herrschte Schweigen, als ich meine Geschichte beendet hatte.

»Ihr seht also, sie hat viele Dörfer genau wie eures zerstört. Wenn ihr jetzt nicht handelt, dann wird sie eures auch zerstören. Die Übrigen in meiner Gruppe erliegen ihrem Zauber, und ich bin ein alter Mann. Ich kann nicht allein handeln, aber ich kann euch helfen, mit ihr umzugehen.«

Schließlich sprach der Aalmann. »Camelot hat in Bezug auf das Mädchen recht. Ihr wisst alle, dass ich nichts mehr gefangen hab, seit sie mich mit ihrem bösen Blick ansah, und meine Kleine stürzte genau in diesem Moment und brach sich das Bein. Sie könnte mit ihrem Haar einen solchen Sturm aufpeitschen, dass alle Dörfer an dieser Küste zerstört würden. Ich erinner mich, dass mein Vater von dem großen Sturm vor fünfzig Jahren erzählte, der ganze Dörfer vernichtete. Keine lebende Seele blieb übrig. Hütten, Kirchen, Felder – das alles liegt noch immer dort draußen unterm Meer. Diese Hexe wird uns alle vernichten, wenn wir ihr auch nur halbwegs eine Gelegenheit dazu geben. Wir müssen sie loswerden.«

»Das ist alles schön und gut«, sagte die Frau des Wirtes, »aber wenn sie so mächtig ist, wie Ihr sagt, wie sollen wir das dann tun?«

Aller Augen wandten sich erwartungsvoll mir zu.

Ich hatte während meines langen Marsches viel Zeit gehabt, hierüber nachzudenken. »Kommt heute Abend, nach Einbruch der Dunkelheit, mit dem Boot zur Landzunge. Ich werde sicherstellen, dass meine Gefährten alle schlafen, auch das Kind. Ihr ergreift sie, bedeckt ihren Kopf, damit sie euch nicht ansehen kann, und fesselt sie. Aber ihr müsst Eure Ohren zustopfen, bevor ihr zur Landzunge kommt. Sie kann Geräusche heraufbeschwören, die euch in den Wahnsinn treiben. Was auch immer ihr zu hören glaubt – Wölfe, Schwäne, einen Sturm –, beachtet es nicht. Es sind nur Geräusche, die euch nichts anhaben können, aber befreit eure Ohren erst, wenn ihre Hände fest gefesselt sind, denn sie benutzt für den Runenzauber ihre Hände.«

Sie nickten.

»Wachs sollte genügen«, sagte der Aalmann. »Der wird unsere Ohren schützen, aber was machen wir mit ihr, wenn wir sie ergriffen haben?«

Ich zögerte. Ich wollte sagen, sperrt sie einfach ein, haltet sie von uns fern, bis ich Rodrigo und die anderen so weit fortgebracht hätte, dass sie uns niemals wieder finden könnte. Aber ich wusste, dass das nicht genügen würde, um uns zu schützen.

Der Schmied regte seinen wuchtigen Rücken auf der Bank. »Scheint mir ziemlich einfach: ›Ihr sollt eine Hexe nicht leben lassen.‹ Ich sehe keine andere Möglichkeit. Wir müssen sie töten. Das wird der einzige Weg sein, Gunter hier von dem bösen Blick zu befreien und sie daran zu hindern, auch uns Übrigen zu schaden.«

Erneut herrschte Schweigen, während sie dies verdauten, aber nicht einmal die Frau des Wirts erhob Einwände.

»Wir werden es so tun müssen, dass sie uns nicht verfluchen kann, wenn sie stirbt«, sagte der Wirt.

Gunter nickte. »Und so, dass ihr Geist sich nicht erheben kann, um Rache zu nehmen.«

»Man sollte den Fisch erst fangen, bevor man darüber streitet, wie man ihn kochen soll«, sagte die Frau des Wirts mit scharfer Zunge.

Der Wirt nahm den forschen Tonfall eines Menschen an, der es für seine Pflicht hielt, das Kommando zu übernehmen. »Bringen wir sie gefesselt und geknebelt her und sperren sie in den Kirchturm. Die Kirche ist heiliger Boden und wird ihren Geist binden. Dann halten wir eine Versammlung ab, um zu entscheiden, wie die Tötung vollzogen werden soll.«

Ich wollte nicht wissen, wie sie es tun würden. Wenn ich es wüsste, würden meine Nerven versagen. Ich erhob mich. »Ich muss zurückgehen, bevor sie misstrauisch werden. Dann kommt ihr heute Nacht?«

Sie sahen einander an und nickten dann einer nach dem anderen.

Gunter sagte: »Ihr werdet dafür sorgen, dass Eure Gefährten nicht eingreifen? Die Männer, die Ihr bei Euch habt, sehen so aus, als könnten sie gut mit einem Stock umgehen, und ich hab schon genug Schwierigkeiten, ohne auch noch einen Schlag auf den Kopf zu bekommen.«

»Ich werde am Fuß des Kreuzes am Ende der Landzunge ein Licht entzünden, wenn es sicher ist«, versprach ich.

»Dann warten wir auf das Licht.«

Es war nicht so leicht, den Mohnsirup ein zweites Mal zu benutzen. Ich war mir bewusst, dass man mich essen sehen müsste, sodass ich es nicht riskieren konnte, ihn in die Gemüsesuppe selbst zu geben, was im Dunkeln sehr einfach gewesen wäre. Ich müsste ihn direkt in die Schalen geben, in alle außer meiner, aber gewöhnlich teilte Adela die Suppe aus. Ein heimliches Kneifen in Carwyns Oberschenkel brachte ihn zum Weinen und rief Adela herbei, um ihn zu trösten, die daraufhin dankbar mein Angebot annahm, die Gemüsesuppe in die Schalen zu füllen. Ich reichte sie Osmond und Rodrigo, die sie, nach einem Tag der Jagd, sofort hungrig leerten, aber als Narigorm ihre Schale zu ihrem Platz zurücktrug, stolperte sie anscheinend, und der Inhalt der Schale landete im Gras.

»Schon gut, ich hole dir neue Suppe«, sagte ich so ruhig ich konnte.

Sie lächelte lieblich. »O nein, ruht Ihr Euch aus, Camelot. Ich hole sie selbst.«

Ich konnte nichts dagegen tun. Wusste sie, dass ich ihr in der Nacht zuvor ein Schlafmittel verabreicht hatte? Sie war klug genug, das herausgefunden haben zu können.

Adela nahm sich lange Zeit, Carwyn zu beruhigen, und als sie herüberkam, um die Schale zu leeren, die ich vor sie hingestellt hatte, war sie kalt. Bevor ich sie aufhalten konnte, goss sie sie wieder in den dampfenden Topf, rührte um und füllte sich eine frische Schale auf. Egal, sagte ich mir, solange Rodrigo und Osmond schliefen, konnte ich mit Adela fertig werden, und vielleicht hatte sie doch genug des Mohnsirups aufgenommen, denn sie schien ohnehin müde, was man von Narigorm nicht behaupten konnte.

Osmond und Rodrigo wurden rasch schläfrig, und Osmond freute sich, dass ich die erste Wache übernahm. Tatsächlich konnte er die Augen kaum noch lange genug offen halten, um murmelnd seine Zustimmung zu äußern. Ich hoffte, dass ich nicht zu viel des Sirups angewandt hatte. Ich sah sie sich einer nach dem anderen zusammenrollen, bis nur noch Narigorm wach war. Sie saß auf der anderen Seite des Feuers, mit dem Rücken zum Moor, ihre hellen Augen im Feuerschein glitzernd und ihr Haar in eine Masse tanzender Flammen verwandelt, während es im Wind verwehte.

Ich trat so beiläufig wie möglich zu dem Kreuz und stellte eine Laterne darunter, so dass das Kreuz vor dem dunklen Himmel beleuchtet wurde. Es war bitter kalt, und der Wind gewann an Kraft. Hatte Gunter recht? Konnte Narigorm dadurch, dass sie ihr Haar schüttelte, einen Sturm erheben? Ich hatte die Dörfler ermutigt, es zu glauben, aber ich betete dafür, dass es eine Lüge wäre, die sich nicht als die Wahrheit erweisen würde. Ich ging zum Feuer zurück.

Narigorm beobachtete mich. »Warum habt Ihr eine Laterne dorthin gestellt? Glaubt Ihr, das Kreuz wird Euch vor dem Wolf schützen?«

Ich nickte. Ich traute mir nicht zu zu sprechen. Meine Ohren lauschten angestrengt auf den Klang von Rudern über dem Getöse des Windes. Die Flammen in der Feuergrube wurden hierhin und dorthin verweht. Ich bewegte einen Stein, um den oberen Teil ein wenig besser zu schützen.

»Ihr habt letzte Nacht ein Schlafmittel in mein Essen gegeben.«

Ich antwortete nicht.

»Ihr denkt, wenn ich schlafe, wird der Wolf nicht kommen. Aber Ihr wisst, dass er heute Nacht kommen wird, nicht wahr.« Ein vergnügter Unterton war in ihrer Stimme erkennbar. »Darum habt Ihr den Übrigen Schlafmittel verabreicht. Ihr denkt, dass sie den Wolf nicht hören können, wenn sie schlafen. Aber das können sie. Cygnus hörte die Schwäne in seinem Schlaf auch. Es ist schlimmer, wenn man den Wolf im Schlaf hört, weil man ihm dann allein gegenübertreten muss. In Euren Träumen kann er alles tun.«

»Warum tust du das, Narigorm?«

»Weil ich es kann.«

Heute Nacht war kein Mond zu sehen, und dichte, schwere Wolken verdeckten die Sterne. Das helle Licht, das von dem Kreuz abstrahlte, schien die Dunkelheit kaum mehr als eine Handbreit zu durchdringen. Würden sie es überhaupt sehen?

»Du sprachst zuvor von Morrigan. Sie ist eine uralte Göttin, eine grausame Göttin. Tust du dies, um ihr zu dienen?«

Ich wollte mit ihr im Gespräch bleiben, sie beschäftigt halten, aber sie hörte nicht zu.

Sie hatte die Runen aus ihrem Bündel genommen und sie vor sich ausgestreut. Dann sah ich sie etwas anderes in deren Mitte legen. Es war eine abgeschnittene Strähne groben Haars. Ich erkannte sie an dem weißen Band darum. Ich hatte sie gebunden. Es war Haar, dass ich als den Bart der heiligen Uncumber zu verkaufen pflegte. Ich hatte der Braut bei der Krüppelhochzeit etwas davon geschenkt. Mein Magen zog sich zusammen. Ich erkannte, was Narigorm tat. Sie wollte etwas von mir benutzen, aber warum hatte sie das ausgewählt? Sie konnte unmöglich um die Bedeutung wissen, die es für mich hatte. Ich betete darum, dass sie es nicht wusste.

Sie drehte eine Rune um. »*Othel* umgekehrt. *Othel*, das Zuhause. Ihr denkt an Euer Zuhause vor langer Zeit, aber umgekehrt bedeutet es, dass Ihr einsam seid. Ihr werdet einsam sein.«

Bedeutete das, dass sie nicht kommen würden? Ich bemühte mich, nicht an die Dorfbewohner zu denken, aus Angst, dass sie es irgendwie in den Runen erkennen könnte, wenn ich meine Gedanken zu ihnen streifen ließ.

»Jetzt werde ich sie fragen, was Ihr fürchtet.« Sie nahm eine zweite Rune hoch. »Dies ist keine Wolfsrune. Ihr fürchtet keinen Wolf. Dies ist *Hagall* – Hagel. Bedrohung und Zerstörung. Ein Kampf.« Sie sah zu mir hoch. »Das ist es, nicht wahr, ein Kampf? Nun, worin liegt die Lüge?«

Ich wollte, dass sie aufhörte. Ich wusste, wenn ich die Runen verstreute, könnte ich sie für heute Nacht aufhalten, aber das würde es nicht beenden. Es würde andere Nächte geben. Nur wenn ich sie fortfahren ließe, hatte ich eine gewisse Chance, dies für immer zu beenden.

»*Beorc* umgekehrt – die Birke. Die Mutter, aber umgekehrt. Eure Familie ist tot, ist es das? Nein … nein, das ist nicht die Lüge.«

Sie sah mich an, und ihre Augen weiteten sich überrascht. Dann warf sie den Kopf zurück und lachte. Sie nahm die kleine Bartlocke hoch, löste das Band und hielt die Haare in den Wind, ihre andere Hand die Runen bedeckend.

Sie hob den Kopf und schloss die Augen. »*Hagall*, Morrigan. *Hagall, Hagall, Hagall.*«

Ich hörte die Schreie von Frauen und Kindern, den Klang zusammenschlagender Schwerter, Rufen und Fluchen. Und über all dem Lärm hörte ich meine eigenen Kinder aufschreien, mich bitten, ihnen zu helfen. Ich wandte mich hierhin und dorthin und suchte sie. Die Nacht war zu dunkel, um etwas zu sehen. Ich stieß einen Zweig ins Feuer und zog ihn wieder heraus, aber der Wind blies die Flamme sofort aus. Der Wind toste, aber über sein Kreischen hinweg konnte ich meine kleinen Söhne von jenseits des Kreuzes schreien hören. Sie riefen nach mir, riefen mich immer wieder, Angst und Verzweiflung in jedem Schluchzen. Sie waren dort draußen im Moor. Sie waren in Gefahr, und sie brauchten mich. Ich musste zu ihnen. Ich lief an dem Kreuz vorbei, auf das Ende der Landzunge zu. Ich konnte ihre dunklen Umrisse im Moor sehen, die Arme zu mir ausgestreckt. Sie versanken vor meinen Augen. Wenn ich sie erreichen könnte, einen Arm ergreifen könnte, eine Hand, irgendetwas. Ich kletterte das Ufer der Insel hinab, glitt auf dem nassen Gras aus und rutschte aufs Moor zu. Mein Fuß versank in dem kalten, dunklen, öligen Wasser. Ich spürte, wie ich fiel. Ich wollte mich an einem Grasbüschel festhalten, aber das nasse Gras glitt nur durch die Hände. Ich versank.

Kapitel 30

WAHRHEIT

Mein Bein war bereits bis zum Oberschenkel in dem kalten, schlammigen Wasser versunken, als etwas Schweres gegen mich stieß. Hände ergriffen mich, zerrten mich hoch und schoben mich beiseite, und im Licht der Laterne beim Kreuz sah ich zwei Gestalten an mir vorbeistürzen. Ich drehte mich gerade rechtzeitig um, um zu sehen, wie eine der Gestalten sich hinter Narigorm schlich und einen Sack über ihren Kopf stülpte. Die Kampfgeräusche und das Schreien hörten augenblicklich auf. Ich konnte nur noch die erstickten Schreie Narigorms hören, wie sie sich wehrte. William – ich erkannte ihn an seiner wuchtigen Gestalt – versuchte, ihr unter dem Sack etwas in den Mund zu stopfen, und fluchte laut, als sie ihn biss. Gunter versuchte, ihr die Hände hinter den Rücken zu fesseln. Aber bevor er dies tun konnte, sprang ihn eine weitere Gestalt an.

»Lasst sie los, lasst sie in Ruhe.«

Es war Adela. Sie war aufgewacht. Sie schlug Gunter mit ihrem Stock. Er ließ Narigorms Seil fallen und versuchte, seinen Kopf zu schützen, duckte sich unter den Schlägen, die Adela auf seinen Rücken trommeln ließ. Ich bewegte mich rasch, ergriff Adelas erhobenen Arm und riss sie zurück. Sie fiel unglücklich und schrie vor Schmerz auf. Ich hielt sie von hinten am Boden fest.

Narigorm kämpfte um ihr Leben. Sie hatte die Seile von sich geworfen, und William konnte nicht mehr tun, als sie festzuhalten. Zwei weitere Männer rannten auf die Landzunge. Sie packten Narigorm und hielten sie fest, während sich William und Gunter bemühten, die Seile um das um sich schlagende Mädchen zu schlingen.

Hinter den Männern sah ich Rodrigo sich regen. Er bemühte sich, auf die Knie zu kommen, von dem Mohnsirup noch immer benommen.

»Bringt das Mädchen hier weg«, rief ich William zu und erkannte dann, dass keiner von ihnen mich hören konnte. Sie hatten meinen Rat befolgt und ihre Ohren verstopft. Wenn Rodrigo sich erhob und seinen Stock fand … Ich ging ein Risiko ein. Ich ließ Adela los, hob ihren Stock auf und lief die wenigen Meter zu Rodrigo. Ich ließ das Ende des Stockes hart auf seine Schultern krachen. Er stöhnte und sank wieder aufs Gras.

William warf sich Narigorm über die Schulter, und die vier Männer eilten die Landzunge hinab und verschwanden unterhalb des Kreuzes. Ich hörte in der Dunkelheit das Platschen der Ruder, bevor der Klang vom Wind verweht wurde.

Ich trat zu dem Kreuz, kauerte mich mit dem Rücken dazu hin und blickte in die undurchdringliche Dunkelheit des jenseitigen Moores hinaus. Hinter mir hörte ich, wie Adela schluchzend versuchte, Osmond und Rodrigo zu wecken. Der kleine Carwyn wimmerte, aber selbst das Heulen des Windes schien für mich gedämpft, als wären auch meine Ohren mit Wachs verstopft.

Was war aus mir geworden? War ich jener Dämon, der mich aus dem Spiegel ansah? War ich wirklich dieses widerliche Wesen geworden? Ich dachte an ein Kind, das im eisigen Wasser am Boden des Bootes lag, gefesselt und geknebelt, das umhergeworfen wurde, ohne sehen zu können, wohin es gebracht wurde oder wer es entführt hatte. Ich stellte mir ihr Entsetzen vor und fragte mich, was diese Fremden ihr antun würden. Und ich wusste, dass sie sie töten würden. Ich wusste nicht wie, aber ich wusste, dass es kein sanfter Tod würde. Sie mussten es gründlich tun. Was würden sie sich überlegen? Ertränken? Hängen? Verbrennen? Ich erschauderte. Wie Rodrigo gesagt hatte: »Man sollte den Namen des Todes nicht lästern.«

Sie hatte die Runen befragt: »Worin liegt die Lüge?« Es waren so viele, und ich hatte sie gut gemeint. Meine Lügen hatten Hoffnung vorgegaukelt, wo keine Hoffnung bestand. Ich hatte geglaubt, die höchste Gauklerkunst, die edelste aller Lügen zu beherrschen – Hoffnung zu erzeugen. Ich dachte, Hoffnung könne alles überwinden, aber ich hatte mich geirrt. Hoffnung kann die Wahrheit nicht überwinden. Sie können nicht gemeinsam bestehen. Die Wahrheit vernichtet die Hoffnung. Die brutalsten Grausamkeiten, die Menschen Menschen zufügen, werden im Namen der Wahrheit begangen. Meine letzte Lüge war die ehrlichste gewesen, die ehrenhafteste von allen, denn es gibt eine Kunst, die sogar größer ist als Hoffnung zu erzeugen. Die größte aller Künste ist die Vernichtung der Wahrheit.

Die Wolken öffneten sich vor dem Morgengrauen. Ein eiskalter Regen peitschte mit wilder Heftigkeit herab. Ich hieß das Stechen auf meinem Gesicht und meinen Händen willkommen. Es fühlte sich wie eine Buße, eine Säuberung an. Ich saß dort vor dem Kreuz und nahm das Peitschen des Regens hin, bis die Kerze in der Laterne erlosch und die hellgraue Dämmerung die Moore mit Licht übergoss. Hinter mir regten sich die Übrigen. Adela, die weder Osmond noch Rodrigo hatte wecken können, hatte Carwyn in die Arme genommen und sich in den Schlaf geweint. Nun, da sie wach waren, würde ich mich ihnen stellen müssen. Ich betete nur, dass es mir gelingen möge, sie davon zu überzeugen, dass ich es getan hatte, um sie zu retten.

Adela saß in der Hütte des Eremiten, und Rodrigo und Osmond kauerten im Eingang. Adela hatte eindeutig über die Ereignisse der vorangegangenen Nacht berichtet, denn als ich herankam, sprang Osmond auf und packte mich am Arm. Seine Stirn war besorgt gefurcht.

»Wer waren die Leute, die letzte Nacht kamen, und wohin haben sie Narigorm gebracht?«

Ich stellte mir vor, ihm zu sagen, ich wüsste es nicht. Ich dachte daran, irgendeine Geschichte zu erfinden, wie ich Adela von Gunter fortgezogen hatte, damit sie nicht verletzt würde, dass ich auch Rodrigo geschlagen hatte, um ihn vor Schaden zu bewahren. Sie hätten mir geglaubt. Sie wollten es glauben. Sie wollten die Wahrheit nicht hören. Wie Rodrigo gesagt hatte – wer außer einem Priester will das? Aber ich war zu erschöpft, um eine Lüge für sie zu ersinnen, zu müde, um es für sie in Ordnung zu bringen. Ich musste gestehen. Ich hatte kein Kraft mehr, etwas anderes zu tun.

»Leute aus dem Dorf haben Narigorm entführt.«

Adelas Augen waren rot und angeschwollen. »Aber warum habt Ihr mich von ihnen fortgezogen? Ich hätte sie aufhalten können. Ich habe versucht …«

»Ihr wart vier großen Männern nicht gewachsen. Ihr hättet nichts tun können. Es war nicht Eure Schuld.«

»Wir werden ihnen folgen und sie retten müssen«, sagte Osmond. »Wo ist ihr Dorf? Ich kann nicht verstehen, warum ich all diesen Aufruhr verschlafen habe, und Rodrigo auch. Adela sagte, sie konnte uns nicht wecken.«

Rinnsale silbrigen Wassers begannen um die Steine im Gras zu rinnen. Ich fragte mich, ob dieser Regen bis zum nächsten Mittsommertag weiterströmen würde.

»Ich habe Euch Schlafmittel gegeben, damit Ihr nicht aufwachen solltet. Sie hätten Euch verletzt, wenn ihr sie bekämpft hättet. Sie waren entschlossen, sie zu entführen.«

Alle drei starrten mich an, Betroffenheit auf ihren Gesichtern.

Osmond rieb sich die Stirn. »Aber ich verstehe nicht. Wenn Ihr wusstet, dass sie kommen würden, warum habt Ihr uns dann nicht gewarnt? Wir hätten Narigorm verstecken können. Wir hätten diese Männer besiegen können, wenn wir vorbereitet gewesen wären. Und woher wusstet Ihr überhaupt, dass sie kommen würden?«

Ich war erschöpft, konnten sie das nicht erkennen? Warum stellten sie mir diese Fragen? Was machte es schon? Sie waren jetzt in Sicherheit, begriffen sie das nicht?

Rodrigo zuckte zusammen, als er seinen Rücken bewegte. »Warum haben sie sie entführt, Camelot?«

»Sie hatten Angst vor ihrem weißen Haar. Sie dachten, wenn sie es kämmte, würde sie die weißen Wogen eines Sturms heraufbeschwören.« Es tat mir leid, dass ich ihn verletzt hatte. Ich musste ihn hart geschlagen haben.

»Dann müssen wir ihnen sagen, dass wir sie von hier fortbringen«, erklärte Osmond rasch. »Sie brauchen nicht …«

»Ich denke, das ist nicht der einzige Grund«, unterbrach Rodrigo ihn. »Ihr wusstet, dass sie kommen würden. Warum haben sie sie entführt, Camelot?«, wiederholte er. Kalter Zorn stand in seinen Augen, als wüsste er die Antwort bereits.

Ich atmete tief ein und begegnete seinem Blick unbewegt. »Ihr wolltet nicht glauben, in welcher Gefahr Ihr Euch durch sie befandet, also ging ich zu ihnen. Sie hatten bereits Angst vor ihr. Es war leicht, sie davon zu überzeugen, dass sie gefährlich sei. Ich glaube, sie wäre sie angegangen, wenn sie erst mit uns fertig gewesen wäre. Also war das, was ich ihnen erzählte, eigentlich keine Lüge. Ich überzeugte sie, dass sie sie loswerden müssten.«

»Und was werden sie mit ihr tun?«

Dieses Mal konnte ich seinem Blick nicht begegnen. »Sie werden … sie töten. Sie müssen es tun. Es ist die einzige Möglichkeit, sie aufzuhalten.«

Adela schlug sich die Hände vor den Mund, die Augen vor Entsetzen geweitet.

Osmond, der bereits blass war, schwankte, als würde er ohnmächtig. »Nein, Camelot, so etwas würdet Ihr nicht tun, ein freundlicher, alter Mann wie Ihr – eine Gruppe Dorfbewohner durch einen Trick dazu bringen, ein unschuldiges Kind zu töten. Das könntet Ihr nicht tun.«

Rodrigo war aufgesprungen. Er kam wankend auf mich zu. Ich dachte einen Moment, er würde mich schlagen, und ich wollte es fast. Hätte er mich halb zu Tode geprügelt, hätte ich den Schmerz, die Strafe, willkommen geheißen. Aber stattdessen sah er mich an, als wüsste er nicht, wer ich sei.

»Ihr habt ein Kind ermordet, und Ihr hattet nicht einmal den Mut, sie mit Euren eigenen Händen zu töten. *Il sangue di Dio!* Ich habe Menschen getötet, aber zumindest habe ich das Messer selbst geführt. Ich habe keine anderen dazu gebracht, es für mich zu tun.«

Er hob seine Faust, als wollte er mich schlagen. Ich wappnete mich, aber der Schlag kam nicht. Er schüttelte den Kopf.

»Ich kann mich nicht dazu überwinden, Euch zu berühren«, sagte er angewidert. »Ihr seid ein Feigling, Camelot, ein dreckiger Feigling.«

Er spie mir ins Gesicht. Ich wischte es nicht fort.

»Geht. Verschwindet jetzt und entfernt Euch von uns so weit wie möglich, denn wenn ich Euer abscheuliches Gesicht jemals wieder sehe, werde ich Euch mit bloßen Händen töten. Und denkt nicht, ich sei, anders als Ihr, nicht Manns genug, es zu tun.«

Ich nahm mein Bündel auf und ging davon, ohne zurückzublicken. Als ich an Xanthus vorüberkam, stellte sie die Ohren auf und wieherte leise, aber ich wagte nicht einmal mehr, sie zu streicheln. Ich ging, bis ich weit genug vom Lager entfernt war, dass sie mich nicht mehr hören konnten, und dann weinte ich hemmungslos, wie ein Kind.

Kapitel 31

DIE HEILIGE UNCUMBER

Schließlich machte ich mich auf den Weg in meine Heimat, kehrte letztendlich in die wilden, einsamen Hügel zurück, welche die Cheviots genannt werden. Ich konnte nirgendwo anders mehr hingehen, es gab keinen anderen Ort auf dem Angesicht der Erde, wo ich Zuflucht suchen konnte. Ich sehnte mich danach. Ich musste diesen Ort berühren, ihn riechen, mich tief in seine Erde graben. Nur dieser Instinkt ließ mich weitergehen, einen Schritt, dann noch einen und noch einen. Wie ein Tier, das über die Erschöpfung hinaus gejagt wird, wäre ich sogar im Sterben weitergekrochen, um meine Heimat zu erreichen.

Aber was ist Heimat? Ich hatte mir diese Frage an dem Tag gestellt, an dem alles begann, einem Tag, der ein Lebensalter entfernt schien. Und ich stellte sie mir erneut, wälzte sie in meinem Geist um und um, während ich mich nordwärts schleppte. Ist Heimat der Ort, an dem man geboren wurde? Für die Alten ist das ein fremdes Land geworden. Ist es der Ort, an dem man jede Nacht sein Haupt niederlegt? Wenn dem so wäre, dann müsste ich jeden Graben, jede Scheune und jeden Wald in diesem Land als Heimat bezeichnen, denn ich habe in den meisten davon geschlafen. Ist es der Ort, der das Blut der Vorfahren aufgesogen hat? Das ist die Heimat der Toten, nicht der Lebenden. Ist Heimat dann der Ort, der die Liebsten beherbergt? Nicht wenn derjenige, den man liebt, fern ist.

Ich habe Monate, vielleicht sogar Jahre gebraucht, um die Antwort zu ergründen. Heimat ist der Ort, an den man zurückkehrt, wenn man letztendlich seine Seele verloren hat. Heimat ist der Ort, an dem Leben geboren wird, nicht der Ort der Geburt, sondern der Ort, an dem man die Wiedergeburt anstrebt. Wenn man sich nicht mehr erinnert, welche Geschichte aus der eigenen Vergangenheit stimmt und welche eine Erfindung ist, wenn man weiß, dass man *selbst* eine Erfindung ist, dann ist es an der Zeit, seine Heimat aufzusuchen. Vielleicht kann man die Heimat letztendlich nur erreichen, wenn man das begriffen hat.

Ich war durch eine verheerte Landschaft gezogen, war an verlassenen Dörfern und leeren Scheunen vorübergegangen. Getreide, in den Schlamm niedergedrückt, lag ungeerntet da und verrottete zu der Farbe der Erde, aus der es entsprang. Weidegründe waren gespenstisch still, Schafe und Rindvieh tot oder abgewandert, um sich alleine durchzuschlagen. Kein Rauch stieg von den Herdfeuern der Häuser auf. Keine Hammerschläge hallten von der Werkstatt des Hufschmieds wider.

Einst waren Kinderstimmen durch Fenster erklungen, nun kletterte Unkraut durch die leeren Fensterrahmen heraus. Strohdächer waren eingestürzt, und Türen schwangen im Wind mit dem hohlen Schlag der Klapper eines Leprakranken vor und zurück. Die Kirchen standen noch stolz da, aber auch sie waren hohl und leer. Die Marktkreuze prangten schweigend, und keine Hände berührten sie zum Schwur oder um einen Handel zu besiegeln. Kleine Kinder und schwache, alte Männer wanderten zwischen den stillen Hütten umher und warteten darauf, dass jemand zu ihnen zurückkehrte, aber niemand kam jemals zurück. Einmal sah ich, zwischen den mit schwarzen Kreuzen gekennzeichneten Häusern, einen Mann sich erhängen. Er hatte überlebt, und das war zu viel für ihn, als dass er es hätte ertragen können.

Auf den Straßen waren unendlich viele Menschen unterwegs, einige allein reisend, ihre Familien tot oder verlassen, einige in Gruppen auf dem Weg in die Städte, wo es vielleicht Hoffnung auf Nahrung oder Arbeit gab. Einige waren verrückt vor Entsetzen und Kummer, andere so sehr abgehärtet, dass sie einem Menschen für eine Handvoll trockener Bohnen die Kehle durchgeschnitten hätten. Und wenn sie es taten, krümmte niemand einen Finger, um sie aufzuhalten, denn es waren keine Gerichtshöfe mehr da, die einen Menschen verurteilen könnten, und keine Henker, um ihn zu hängen. Manchmal fragte ich mich, ob Gott dort oben in seinem Himmel auch gestorben war, wenn der Himmel still und verschlossen schien, die Engel dem Verrotten auf goldenem Pflaster überlassen.

Jedes Dorf und jede Stadt hatte eigene Gruben, und dazwischen befanden sich die rauchenden Haufen aus Laub und Lumpen. Einmal näherte ich mich, auf Gemeindeland außerhalb eines Dorfes, einer kleinen Ansammlung von Leuten, die schweigend zusahen, wie ein maskierter Mann die Leichen von Erwachsenen und Kindern an Armen und Beinen packte und in ein Massengrab warf. Ein Kind schien aufzuschreien, und eine Mutter wollte auf das Grab zu laufen, aber andere hielten sie zurück.

»Es sind nur Gase, die aus dem Körper entweichen«, murmelte ein Mann, und das Kind wurde mit den Übrigen in die Grube geworfen. »Man denkt, dass man einen Arm sich bewegen oder eine Brust sich weiten sieht«, erklärte er, »aber das ist nur die Verwesung. Ist nicht gut, sie anzusehen. Einfach packen und hineinwerfen.« Seine Stimme klang tot, ohne Gefühlsregung, als beschriebe er das Eggen der Felder.

Eine der Frauen in der kleinen Gruppe wandte sich ab und schaute dabei kurz in meine Richtung. Dann hielt sie inne und sah mich an.

»Ich erinnere mich an Euch.«

Sie wirkte vage vertraut, aber ich konnte sie nicht einordnen. Mich, mit meiner Narbe, vergisst niemals jemand. Ich lächelte zur Bestätigung leicht und ging davon, aber sie eilte hinter mir her.

»Wartet, Ihr wart mit den beiden Musikanten zusammen, die einst in unserem Dorf spielten, zur Hochzeit der Krüppel. Gut aussehende Burschen waren sie, besonders der Junge.«

»Und Ihr trugt einen gelben Kirtle.«

Sie lächelte. »Komisch, dass Ihr Euch daran erinnert.«

»Es gab einen Streit um Euch, wenn ich mich recht erinnere.«

Sie verzog das Gesicht. »Diese zwei Musikantenfreunde von Euch, sind sie hier?« Sie sah sich hoffnungsvoll um.

Tränen traten mir in die Augen und ich wischte sie, wütend auf mich selbst, weg. Ich schüttelte den Kopf.

Sie wandte das Gesicht ab. Niemand fragt mehr, was mit jenen geschehen ist, die fort sind. Dafür war ich dankbar.

»Die Hochzeit, hat sie dem Dorf Sicherheit geschenkt?«

Sie zuckte die Achseln. »Ist es irgendwo sicher? Auf jeden Fall bin ich kurz nach der Hochzeit weggegangen. Edward war ein eifersüchtiger Mann, benutzte zu oft seine Fäuste, wie sein Vater. Ich erkannte, auf was ich mich gefasst machen musste, wenn wir erst verheiratet wären. Ich lief mit einem anderen Burschen davon, aber das hielt nicht. Ich komme über die Runden. Es gibt noch immer Männer, die für ein bisschen Freude zahlen, und jetzt, wo sie glauben, es könnte ihre letzte Chance sein, sogar mehr.« Sie deutete mit dem Kopf in Richtung der Grube. »Es ist vermutlich das Beste, wenn man niemanden hat, um den man sich sorgen muss, dann kann es einen nicht verletzen. Man muss keine Angst haben, jemanden zu verlieren, wenn man niemanden zu verlieren hat.« Ein Schatten zog über ihr Gesicht. »Es tut mir jedoch leid wegen der Musikanten«, fügte sie hinzu. »Er war hübsch, dieser Junge.«

Ich wandte mich zum Gehen, hielt dann inne und griff in mein Bündel. »Wartet. Nehmt dies. Es ist wertvoll. Es ist eine Reliquie des heiligen Benedikt. Ihr könnt sie verkaufen. Sie wird Euch lange Zeit Nahrung und Unterkunft einbringen.«

Einst hätte ich ihr erzählt, es würde sie vor der Pest bewahren, aber ich wusste, dass weder sie noch ich das noch glauben konnten.

Sie zog die Hände zurück. »Warum schenkt Ihr es mir?«

»Als Buße für ein Verbrechen, das ich begangen habe.«

»Ich kann nicht für Euch beten. Ich bete für nichts mehr. Warum also?«

»Darum schenke ich es Euch. Ich will es nicht gegen Gebete eintauschen. Ich bin über Gebete hinaus. Ich möchte, dass Ihr es bekommt, weil Ihr Euch erinnert.«

»Danke, Herr.«

»Herr«, nannte sie mich. Sie war die Letzte, die mich so nennen sollte.

Ich war so schnell gereist wie möglich, wobei ich mir sicher war, dass ich zu spät eintreffen würde. Aber als ich die Tore des Landgutes erreichte, sah ich mit Erleichterung, dass keine Bretter vor die Fenster genagelt waren und die Tür kein Kreuz aufwies. Dann hielt ich inne, hatte Angst hineinzugehen. Ich weiß nicht, was ich am meisten fürchtete, dass ich diesen Ausdruck der Abscheu in ihren Augen sehen würde, den ich in Rodrigos Augen erblickt hatte, oder dass sie mich nicht einmal erkennen würden. Ich wartete stundenlang vor den Toren. Menschen gingen hinein und kamen heraus und hielten mich zweifellos für einen Bettler, aber dann hörte ich neben mir eine Stimme. Ein Gesicht, das ich nicht erkannte, aber ich kannte die Augen.

»Ihr seid es. Ich habe Euch den ganzen Tag beobachtet, um sicher zu sein. Meine Mutter sagte immer, Ihr würdet zurückkommen.«

»Du kennst mich?«

»Ich hätte Euch nicht erkannt, wenn Eure Narbe nicht gewesen wäre. Ihr werdet Euch nicht an mich erinnern. Cicely, Marions Tochter. Sie war zu Eurer Zeit Dienstmädchen in der Milchkammer. Sie hat oft von Euch gesprochen, von jenem Tag, an dem Ihr Eure Narbe bekamt. Ich war zu jung, um mich daran zu erinnern, aber ich erinnere mich an den Tag, an dem Ihr fortgingt.«

»Marion … ja, ich erinnere mich an sie. Geht es ihr gut?«

Cicelys Gesicht umwölkte sich. »Sie starb, schon vor Jahren. Ihr wart lange fort.«

»Und meine Söhne?«

Sie zögerte. »Nicholas ist jetzt der Herr.«

»Der Jüngste. Dann sind Philip und Oliver tot.«

Sie presste die Lippen zusammen »Aber Nicholas wird sich sehr freuen, Euch zu sehen. Ich habe oft gehört, wie er seinen Kindern von Euch erzählte. Allerdings wurde die Geschichte im Laufe der Jahre vermutlich genug aufgebauscht, um ein Eigenleben zu haben, aber nun werdet Ihr es richtigstellen können.«

»Ich habe Enkel?«

Sie strahlte. »Die habt Ihr, und einen Urenkel noch dazu.«

Die Schritte in das Gutshaus hinein waren die längsten und

schwersten, die ich seit Jahren gegangen war, noch schwerer als die Schritte, die ich getan hatte, um es zu verlassen. Ich konnte nicht glauben, dass noch jemand lebte, den ich kannte, und ich hatte mehr Angst, ihnen zu begegnen, als ich gefürchtet hätte, ihre Geister zu sehen. Ich kannte Geister. Ich war lange Zeit mit ihnen gereist. Ich hatte keine Angst mehr vor den Toten, nur vor den Lebenden.

Jedes Mal, wenn ich die Augen schloss, sah ich ihr Gesicht und hörte ihre Hilfeschreie. Was hatte Cygnus gesagt? »Niemandem, der einem Kind Schaden zufügt, kann jemals vergeben werden.« Und ich hatte sie getötet. Nein, nicht getötet, da hatte Rodrigo recht, denn das was ich getan hatte, war weitaus schlimmer als das. Ich war der verabscheuungswürdigste aller Feiglinge, denn ich hatte andere dazu gebracht, für mich zu töten. Wie konnte Rodrigo den Schmerz und die Selbstverachtung kennen, die daraus erwuchsen? Ich dachte an das kleine Mädchen, das der Schuhmacher getötet hatte. Er hatte es selbst getan mit bloßen Händen, sah ihrem Entsetzen und ihrer Qual direkt ins Gesicht. War das weniger feige als das, was ich getan hatte?

Aber wenn ich die Augen schloss, erinnerte ich mich auch an den Ausdruck des Triumphs auf Narigorms Gesicht, als sie Rodrigo in dem Giftteich auf die Knie gezwungen hatte, und dann tat es mir nicht mehr leid. Es tat mir auch nicht leid, wenn ich an Pleasance und Cygnus und Jofre und, ja, sogar an den armen Zophiel dachte. Narigorm ist tot, und Rodrigo, Adela, Osmond und Carwyn leben. Sie kann ihnen jetzt nichts mehr antun. Sie kann niemanden mehr mit ihrem Wahrheitsspiel verletzen. Und ich würde es wieder tun, wenn ich denjenigen, die ich liebe, damit Sicherheit bringen könnte.

Die Wahrheit? Ja, ich denke, jetzt ist die Zeit dafür gekommen, schon längst. Narigorm entdeckte die Wahrheit über mich in jener letzten Nacht, als sie den Bart der heiligen Uncumber in den Wind hielt. Die heilige Uncumber musste für ihre Entstellung beten. Ich erhielt meine ohne mein Zutun.

Ich war einst, wie ihr wohl bereits vermutet habt, eine Frau, vor langer Zeit, und nun bin ich es wieder. Mein Dienstmädchen kleidet mich in Kirtle und Wimpel. Meine Enkelkinder nennen mich Großmutter, aber ich vergesse noch immer. Ich vergesse, wie man sitzt und wie man Wandteppiche stickt und wie man all jene Dinge tut, die uns zu Frauen machen. Aber sie vergeben mir, weil ich alt bin, ein Kuriosum, das seltsame Geschichten erzählen kann, die sie gerne hören, aber nicht ganz glauben. Sie vergeben mir jetzt sogar meine Narbe, denn wenn man alt ist, ist man geschlechtslos. Männerbärte fallen aus, und am Kinn der Frauen sprießen Haare. Männer bekommen dicke Brüste, während Frauenbrüste erschlaffen, und die Haut am Bauch hängt so lose, dass man nicht mehr sagen kann, was sie bedeckt, wenn sich das, was sie bedeckt, trotz der Tagträume nicht mehr regt. Und wenn die Würmer nur noch Knochen von unseren Körpern übrig lassen – wer kann dann die Frau oder den Mann benennen, die Schöne oder das Biest? Und ich war zu meiner Zeit all das. Tochter, Ehefrau, Mutter – auch sie. Nun erfahre ich, dass ich eine Witwe bin, aber ich hätte ebenso gut schon damals eine Witwe sein können, so schwach wie mein Ehemann war.

Die Kreuzzüge ins Heilige Land waren schon lange vorüber, aber der Papst erklärte, dass es noch immer ein heiliger Krieg sei, die Türken zu bekämpfen, eine heilige Pflicht, eine edle Sache, und gab seinen Segen für Plünderungen, Ermordungen und Raub um die halbe Welt, auf der Suche nach gestohlenem Reichtum und Ruhm. Ich gebar meinem Ehemann drei gesunde Söhne. Sie kamen so mühelos hervor wie Lämmer bei einem Mutterschaf, und mein Ehemann blieb lange genug, um sicher zu sein, dass er einen Erben gezeugt hatte sowie einen in Reserve, und dann ging er davon, um jahrelang gegen die Türken zu kämpfen, überließ es mir, mich um seine Ländereien zu Hause zu kümmern, seine Kinder aufzuziehen und seinen Besitz zu schützen. Aber wir kamen auch ohne ihn gut zurecht. Um die Wahrheit zu sagen, konnte sich niemand von uns mehr daran erinnern, was er getan hatte, als er zu Hause war, sodass es kaum wichtig schien, ob er zurückkam oder nicht, bis die Schotten beschlossen, uns einen Besuch abzustatten.

Es war kein Heer, müsst ihr wissen, eher betrunkenes Gesindel, die sich kaum die Mühe gemacht hatten, ihre Waffen zu putzen, da sie keinen Widerstand erwarteten, wo doch die Hälfte der gesunden Männer fort waren. Ich hörte die Rufe der Männer, hörte, wie Möbel umgestoßen und Gefäße zertrümmert wurden. Dann hörte ich die Angstschreie meiner Kinder. Ich wusste, dass die Dienstboten einfach entsetzt davonlaufen würden, wenn niemand sie dazu brachte, sich zu widersetzen. Aber ich wollte nicht zulassen, das sie meine Kinder verletzten, nicht solange ich Atem genug hatte, um sie aufzuhalten. Mir war elend vor Angst, aber dann hörte ich die Stimme meines Vaters in meinen Ohren klingen: »Besser auf einem Schild nach Hause kommen denn als Feigling.« Also setzte ich einen Helm auf und nahm ein Schwert in die Hand.

Zorn kann einem die Kraft eines Mannes verleihen. Angst kann einen noch weitaus stärker machen. Es gelang mir, ein halbes Dutzend kräftige Streiche anzubringen, bevor ich getroffen wurde. Die Dienstboten blieben aus Scham und kämpften, und die Schotten flohen, nicht auf Widerstand vorbereitet, nachdem sie ihre Aufgabe nur halbwegs vollendet hatten. Ich war verwundet, ja, aber noch nicht tot. Ein Schwert hatte mich gestreift, erzählten mir die Dienstboten später, sonst hätte es meinen Schädel gespalten. Sie sagten, der heilige Michael selbst müsse über mich gewacht haben. Aber wenn dem so war, so war seine Aufmerksamkeit abgelenkt, denn die Wunde war tief, reichte bis auf den schimmernden, weißen Knochen hinab. Sie hatte mich ein Auge gekostet und meine Nase gespalten. Nicht dass ich es zu dem Zeitpunkt wusste oder dass es mich gekümmert hätte.

Ich lag mehrere Wochen im Bett meines Ehemannes, schwankte zwischen betäubtem Schlaf und wütendem Fieber. Schließlich sank das Fieber, und ich stand auf, schwach wie ein neugeborenes Lamm, aber was blieb mir sonst übrig? Es musste noch immer ein Landgut geführt werden. Meine Wunde heilte beizeiten, aber es blieb eine leuchtend purpurfarbene Narbe zurück. Meine Nase breitete sich halb über meine Wange aus, und eine Augenhöhle blieb leer, aber ich lebte, und wir machten weitgehend so weiter wie zuvor.

Mein tapferer Ehemann kam von den Kämpfen gegen die Türken zurück und brachte mir ein Seidengewand und eine Halskette aus Menschenzähnen. Er saß Nacht für Nacht beim Herdfeuer und erzählte Geschichten von der Schlacht. Anscheinend sind die Türken zehnmal grausamer und furchtloser als die Schotten. »Vielleicht sollten wir sie hierher einladen, um die Schotten zu vertreiben«, schlug ich vor, und er lachte, aber er küsste mich nicht. Da erfuhr ich die Wahrheit über Narben. Ein Mann mit einer Narbe von einem Kampf ist ein Veteran, ein Held und erhält einen Ehrenplatz am Feuer. Kleine Jungen blicken fasziniert zu ihm auf und träumen davon, solche Ehrenzeichen zu erlangen. Dienstmädchen liebkosen mit dem Gesäß seine Oberschenkel, während sie sich über ihn beugen, um ihm seinen Glühwein zuzubereiten. Frauen locken und verwöhnen ihn, und wenn die anderen Männer dieser Ehrengeschichte mit der Zeit ein wenig überdrüssig werden, lassen sie seinen Becher immer wieder füllen, bis er berauscht ist und in der Wärme der Glut friedlich einschläft.

Aber eine narbige Frau wird nicht ermutigt, ihre Geschichte zu erzählen. Jungen verhöhnen sie, und Mütter bekreuzigen sich. Schwangere Frauen nähern sich ihr nicht, aus Angst, dass das Kind in ihrem Bauch gezeichnet sein wird, wenn sie solch einen Anblick betrachten. Ihr habt zweifellos die Geschichten von der Schönen und dem Biest gehört – wie sich ein hübsches Mädchen in ein Ungeheuer verliebt und die Schönheit seiner Seele unter dem abscheulichen Gesicht wahrnimmt. Aber ihr habt noch nie eine Geschichte darüber gehört, dass sich ein gut aussehender Mann in ein weibliches Ungeheuer verliebt und ihre Liebe genießt – weil es nicht geschieht, nicht einmal im Märchen. Die Wahrheit ist, dass der Ehemann der narbigen Frau einen guten, dichten Schleier kauft und ihrer Gesundheit wegen bei Nonnenklöstern Erkundigungen einzieht. Er verbringt seine Tage mit seinen Falken und seine Nächte mit bei ihm im Dienst befindlichen Pagen. Denn wenn nichts sonst, so haben ihn die Kriege doch gelehrt, wie man für solch hübsche Jungen ein gewissenhafter Herr ist.

Also gab ich meinen Namen an meine Nichte weiter, eine makellose, bleichgesichtige Jungfrau. Ich sagte ihr, sie könne ihn benutzen, wie es ihr gefiele. Ich bedauerte nur, meine kleinen Söhne zu verlassen. Aber ich hatte sie erschaudern sehen, wenn sie mich ansahen, und bemerkte, dass sie zu Boden blickten, wenn sie gezwungen waren, mit mir zu sprechen. Und ich wusste, sie schämten sich, dass ich ihre

Mutter war. Also legte ich Männerkleidung an und brach auf, um zu sehen, wohin mich die Straße führen würde. Und dort fand ich meine Narbe von Nutzen. Sie war der Echtheitsbeweis meiner Reliquien, und dafür bezahlte man mich gut.

Hätte ich Rodrigo die Wahrheit über mich erzählt – hätte er mir dann vergeben? Hätte es einen Unterschied gemacht, dass ich eine Frau war? Hätte er mich noch immer einen Feigling genannt? Wahrscheinlich hätte er mich sogar Schlimmeres genannt, denn die Welt denkt, dass es Feigheit ist, wenn ein Mann ein Kind tötet, aber bei einer Frau ist es ein Verbrechen, das jenseits aller Strafen liegt. Aber es ist mir wichtig, was er denkt, denn Narigorm hatte recht. Ich liebte Rodrigo. Ich tue es immer noch. Ich denke, er war der einzige Mann, den ich jemals geliebt habe. Hätte er mich geliebt, wenn er es gewusst hätte? Nein, ich hatte gesehen, wie er vor Abscheu zurückgeschreckt war. Er ist immerhin ein Mann, und ich bin eine narbige Frau, eine alte Frau. Es war besser, er hasste mich dafür, dass ich ein Feigling war, als dieser mich für das verabscheute, was ich bin.

Manchmal nehme ich die Träne aus Venedig hervor, halte sie ins Licht und erinnere mich an jene Nächte im Regen und die Nächte unter den Sternen, an die Art, wie das Sonnenlicht Xanthus' Fell in Feuer verwandelte und der Feuerschein sich in Jofres Augen widerspiegelte, wenn er sang, sowie an die Art, wie Rodrigo ihn ansah. Ich hätte gerne jene Stadt des Lichts und die Straßen gesehen, in denen Rodrigo als Junge spielte. Ich hätte gerne die Musik der Juden gehört, wenn sie auf ihren Hochzeiten tanzten. Aber wer weiß, ob es in Venedig jetzt noch Juden gibt oder noch Kinder, die in den Straßen spielen.

Auf jeden Fall bin ich froh, dass meine Zeit des Reisens vorüber ist. Hier sitze ich nun, von meinem Sohn, meinen Enkelkindern und einem Urenkelkind umgeben, in der Wärme und Bequemlichkeit eines soliden Hauses. Ich schlafe in einem weichen Bett und sitze in einem bequemen Sessel. Ich muss nur meinen kleinen Finger heben, damit Dienstmädchen mit Honigmilch und Glühwein herbeilaufen. Ich bin es zufrieden, meine Tage hier zu beschließen. Was könnte man mehr verlangen?

Cecily kommt gerade in den Sonnenerker. Sie versinkt in einen Hofknicks.

»Verzeiht, Herrin, ein Kind an der Tür bittet, mit Euch sprechen zu dürfen.«

»Ein Kind aus dem Dorf?« Ich lächele. Es kamen so viele. Einige mit einem kleinen Geschenk von ihren Müttern geschickt, um mich zu Hause willkommen zu heißen, einige einfach aus Neugier, um zu sehen, ob mein Gesicht wirklich so schrecklich aussieht, wie ihre Brüder und Schwestern es einander zugeflüstert haben.

»O nein, Herrin, sie ist nicht hier aus der Gegend. Ich habe sie noch nie zuvor gesehen, und sie ist kein Kind, das man leicht vergessen würde, wenn man sie gesehen hätte.«

»Warum?«, frage ich, obwohl ich mich zu warm und schläfrig fühlte, als dass es mich gekümmert hätte.

»Sie ist ein seltsam aussehendes kleines Ding, mit Haaren wie die meiner alten Mutter, bevor sie starb. Weiß, ich meine nicht blond, sondern weiß wie entrahmte Milch, und ihre Haut ist so blass, dass es nicht natürlich ist, wenn Ihr wisst, was ich meine. Und doch kann sie nichts dafür, oder? Sie hat solch ein unschuldiges, kleines Lächeln, dass man sich unwillkürlich zu ihr hingezogen fühlt.«

Plötzlich bin ich hellwach. Ein eisiges Frösteln läuft mein Rückgrat hinab. Der Raum scheint zu schwanken. Es kann nicht sein. Es ist nicht möglich.

Cecily streckt eine Hand aus. »Seid Ihr krank, Herrin? Ihr wurdet recht blass.«

»Bist du sicher, dass sie nach mir gefragt hat?«

»O ja, Herrin, sie war sehr bestimmt. Sie will zu Euch. Sie scheint alles über Euch zu wissen. Soll ich sie einlassen?«

HISTORISCHE ANMERKUNG

Augenzeugenberichte variieren bezüglich des genauen Zeitpunkts, zu dem der Schwarze Tod in England einfiel. Die Daten reichen von Juni 1348 bis zum August jenes Jahres. Mehrere Städte und Dörfer beanspruchten den unseligen Titel, der Ort des ersten Ausbruchs zu sein, von Melcombe in Dorset bis Southampton und Bristol. Es gab wahrscheinlich keinen einzelnen Zugangsort. Diverse Schiffe von den Kanalinseln und Kontinentaleuropa könnten die Pest in Wochenabständen zu verschiedenen Häfen in England gebracht haben.

Obwohl wir die schreckliche Epidemie, die Europa im Mittelalter verheerte, als Pest oder Schwarzen Tod bezeichnen, wurden diese Begriffe erst Jahrhunderte später gebraucht. Zu der Zeit war sie als die Seuche, das Große Sterben oder, in Frankreich, als *Mort bleu* bekannt, nach den Beulen auf der Haut, die durch Blutungen unter der Haut entstanden. Zeitgemäße Berichte legen nahe, dass die Pest nicht nur Menschen befiel. Schafe, Rinder, Pferde und Schweine starben ebenfalls daran.

Wir glauben nun, dass 1348 in Europa nicht eine, sondern drei Seuchen wüteten – die Beulenpest, durch Rattenflöhe verbreitet, die charakteristische Beulen oder Schwellungen an den Lenden und in den Achselhöhlen verursachte und in zwei bis sechs Tagen zum Tode führte; die Lungenpest, welche die Lungen angriff und durch Husten und Atmen übertragen wurde; und die Fleckenpest, bei der in den Blutstrom gelangende Bakterien innerhalb eines Tages zum Tode führten.

Man glaubt heute, dass viele der Opfer in England beim Ausbruch 1348/1349 an der ansteckenderen Lungenpest starben, die sich direkt von Mensch zu Mensch verbreitete, obwohl spätere Ausbrüche sehr wohl die Beulenpest hätten sein können.

Die Pest von 1348 kam am Ende einer Reihe von Desastern, die England trafen. Die Zeitspanne zwischen 1290 und 1348 hatte einen massiven Klimawandel gebracht, der so drastisch war, dass der Papst befahl, täglich in allen Kirchen spezielle Gebete zu sprechen. Augenzeugenberichte behaupteten, dass 1348 ein besonders schlimmes Jahr war, da es vom Mittsommertag bis Weihnachten jeden Tag regnete. Der Klimawandel brachte Missernten, Leberegel bei Schafen und Rotlauf bei Rindern mit sich und verursachte ausgedehnte Überflutungen, die die Salzindustrie an der Ostküste praktisch vernichteten. Angesichts einer gleichzeitigen Bevölkerungsexplosion bedeutete dies, dass ebenso viele Menschen verhungerten wie an der Pest starben.

Kirchen und andere Autoritäten boten höchst unterschiedliche Erklärungen für den Ausbruch der Pest an, u. a. göttliche Bestrafung, schlechte Luft, fehlende Balance der Körpersäfte, Überfressen und Vampire. Zu jener Zeit wurde es von der Kirche als Ketzerei angesehen, die Existenz von Vampiren und Werwölfen zu leugnen. Juden wurden ebenfalls beschuldigt, die Pest zu verursachen, indem sie die Brunnen vergifteten, und wurden in ganz Europa angegriffen und ermordet. Obwohl der Papst erklärte, dass die Juden nicht für die Pest verantwortlich gemacht werden dürften, und verbot, dass jemand ihnen Schaden zufügte, wurden in Straßburg am Tag des heiligen Valentin 1349 zweitausend Juden vor die Wahl zwischen der erzwungenen Taufe und dem Tod gestellt. Viele, einschließlich Säuglingen und Kindern, wurden auf einem hölzernen Podest auf dem Friedhof lebendig verbrannt. Sogar in England war die antijüdische Hysterie weitverbreitet, obwohl bereits 1290 alle Juden aus England ausgewiesen worden waren.

Die Menschen versuchten in ihrer Verzweiflung alles, um die sich ausbreitende Pest aufzuhalten, einschließlich des kuriosen Brauchs der »Krüppelhochzeiten«. Dieser Brauch war im Mittelalter in England und Europa weitverbreitet und wurde viele Jahrhunderte lang als ein Mittel fortgeführt, das Ausbreiten tödlicher Epidemien abzuwehren. Der letzte bekannte und belegte Fall, den ich gefunden habe, fand im polnischen Krakau im späten neunzehnten Jahrhundert statt.

Während des Mittelalters herrschte ein lebhafter, wenn auch illegaler Handel mit gebrauchten Mönchskutten, die den Leichnamen der Reichen angezogen wurden, um den Teufel zu narren. Manchmal ging das so weit, dass man die Verstorbenen auf den Gräbern auf einer Messingplatte in einem Mönchshabit abbildete. Dieser Brauch mag auch dazu gedient haben, Grabräuber abzuschrecken, für die es vielleicht eine Grenze bedeutete, den Ruheort eines heiligen Mannes zu stören, besonders wenn sie glaubten, dass ein armer Mönch mit nichts Wertvollem begraben würde.

Die Darstellung der Jungfrau als Maria *Misericordia* wurde ein weitverbreitetes Schutzzeichen gegen die Pest. Das früheste erhaltene Beispiel wurde 1372 von dem Künstler Barnaba von Modena für die Kathedrale in Genua gemalt, aber ich habe mir, da auch die unbedeutendsten mittelalterlichen Kirchen und Kapellen in England und Europa mit Fresken versehen waren, die dichterische Freiheit genommen anzunehmen, dass es vielleicht frühere Darstellungen der *Misericordia* von unbekannten Künstlern gegeben haben mag, welche die Verheerungen der Zeit der Reformation nicht überlebten. Auch um diese Zeit begannen Künstler in Europa mit Öl als Bindemittel für Wandfarbe zu experimentieren. Die meisten dieser frühen Experimente waren erfolglos, und die Gemälde verfielen nach wenigen Jahren rasch.

Alle Orte, die in diesem Roman benannt werden, sind real. Der Schrein des heiligen John Shorne wurde einer der Hauptpilgerorte in England und zog viele Pilger aus ganz Europa an, obwohl John Shorne niemals heiliggesprochen wurde. Der Schrein dieses Heiligen zog so viel Reichtum an, dass man seine Überreste 1478 schließlich in die St. George's Chapel in Windsor brachte, als die Kapelle von Edward IV. wiederaufgebaut wurde, und dort im südlichen Chorgang bestattete. Auch sein Stiefel wurde dort ausgestellt. Die Einnahmen von den Besuchen der Pilger, welche die Überreste des heiligen John besichtigten, sollen für die Kapelle in Windsor zur Zeit der Reformation 500 Pfund pro Jahr betragen haben. John Shornes Quelle in North Marston wurde bis ins späte neunzehnte Jahrhundert von Kranken aufgesucht, und zwar in solcher Vielzahl, dass Häuser gebaut werden mussten, um sie zu beherbergen. Der Eingang zu der Quelle ist noch heute in dem Dorf zu sehen, obwohl er nun leider verschlossen ist.

Seit der Trockenlegung der Moore sind die Giftmulden von der Ostküste Englands verschwunden. Dennoch erscheinen und verschwinden in Dartmoor und in Schottland, in Irland und in Skandinavien dort, wo Sumpfgas von der vermodernden Vegetation unter der Erde heraufsickert, von Zeit zu Zeit kurzlebige Mulden. In Gebieten, in denen solche Mulden existierten, findet man auch häufig regionale Legenden über einen Runenzauber.

Im Mittelalter wurden Runen zum Wahrsagen und zum Heraufbeschwören von Zaubern benutzt. Wie in dem angelsächsischen Gedicht, dem Hávamál des älteren Edda-Liedes dargestellt, war es eine wesentliche Voraussetzung für einen Runenmeister zu wissen, wie man den Runenzauber ausführte. Das Auslegen der Runen wurde von der mittelalterlichen Kirche als Hexenkunst verurteilt und ist selten belegt. Daher wissen wir auch nur wenig darüber, welches Runenalphabet von mittelalterlichen Runenlesern in England benutzt wurde oder wie sie das Runenlegen interpretierten.

Während weitgehendes Einvernehmen über die Bedeutung der Runensymbole besteht, interpretiert jeder Runenleser das Runenlegen auf unterschiedliche Weise, da sie Runen eher als ein Hilfsmittel für sich ansehen, Kontakt mit dem Unterbewusstsein herzustellen, denn als festgelegte Sprache. Moderne Runenleser würden die von Narigorm gelegten Runen anders und, so steht zu hoffen, freundlicher interpretieren. Wie uns die Geschichte fortlaufend zeigt, kann jedes Glaubens- oder Religionssystem dazu benutzt werden, zu helfen oder Schaden anzurichten, je nach dem Wissen und der Absicht des Einzelnen.

GLOSSAR

Bastles und Peles – einzigartige Charakteristika der »Border counties«, besonders Northumberlands, wo die ständigen Überfälle und Kriege zwischen den Schotten und den Engländern bedeuteten, dass Menschen auf beiden Seiten der Grenze in Angst vor Angriffen lebten. Peles waren rechteckige Türme, die gebaut wurden, um einer Belagerung standzuhalten, mit Steinmauern von ungefähr drei bis vier Fuß Dicke, in denen Menschen Zuflucht suchen konnten. Vieh und Nahrung wurden im Untergeschoss gehalten, die Menschen bewohnten die darüberliegenden zwei oder drei Stockwerke. Bastles waren befestigte Gehöfte, in denen Menschen das ganze Jahr lebten. Sie sind noch heute zu besichtigen.

Boggart – ein boshafter Kobold oder Poltergeist, der ländliche Gebiete bewohnt. Er richtete in Hütten und Bauernhäusern Verwüstungen an, ließ Dinge in der Nacht herunterfallen, ließ Unkraut auf den Feldern wuchern und die Milch der Kühe austrocknen. Er spielte auch Reisenden böswillige Streiche. Er setzte sich normalerweise an einem bestimmten Ort oder bei einer Familie fest und wollte nicht weichen.

Camelot – ein mittelalterlicher Hausierer oder Straßenhändler, der auch Nachrichten verkaufte oder übermittelte. Camelots standen in dem Ruf, mit Waren zu handeln, die nicht immer echt oder vielleicht von der Ladefläche eines Wagens gefallen waren. Der Name wird in

Frankreich noch heute für einen Straßenhändler oder Zeitungsverkäufer verwendet.

Deodand – von *Deo damdum,* »Gott gegeben«. Jeder Gegenstand oder jedes Tier, der oder das den Tod einer Person verursachte, wurde für *deodand* erklärt, und sein Wert war für die Krone verwirkt. Dies konnte ein Pferd betreffen, das jemanden totgetreten hatte, einen Baum, von dem der Verstorbene gefallen war, einen Kamin, der über jemandem eingestürzt war, oder eine Hacke, die ihn unglücklicherweise getroffen hatte.

Gebände – ein Stoffband, das um das Kinn herum das Gesicht der Trägerin umschloss und zusammen mit einem Band um die Stirn das Gebilde war, an dem die Haube oder der Kopfputz befestigt wurde. Das Gebände wurde von Frauen während des dreizehnten Jahrhunderts getragen, aber um 1348 war es im Schwinden begriffen und wurde von einem Band ersetzt, das nun um den Hinterkopf anstatt unter dem Kinn verlief. Das Gebände wurde bis weit ins zwanzigste Jahrhundert hinein noch immer von verschiedenen Nonnenorden beibehalten.

Golem – aus dem Hebräischen, mit der Bedeutung *ungeformt.* In der kabbalistischen Magie wurde aus Erde oder Lehm die Statue eines Mannes geformt und dadurch zum Leben erweckt, dass man ein Stück Papier unter seine Zunge legte, auf dem der vierbuchstabige Name Gottes geschrieben stand. Das so entstandene, scheusalartige Wesen gehorchte nur dem Herrn, der es geschaffen hatte, und war ungeheuer stark und zerstörerisch, aber sehr dumm. Christen gelangten zu dem Glauben, dass jegliches Buch oder Dokument mit hebräischer Schrift benutzt werden könnte, um einen Golem zu beleben.

Kirtle – ein von Frauen getragenes Gewand. Bis zur ersten Hälfte des 14. Jahrhunderts war der Kirtle so geschnitten, dass er die Form des Körpers offenbarte und die Figur bis zu den Hüften nachformte, von wo aus er in Falten bis zum Boden reichte.

Leichenweg – nur Pfarrkirchen waren berechtigt, Leichen zu begraben, so dass die Dörfler aus entlegenen Gebieten ihre Toten häufig viele Meilen durch die Moore, Hügel oder Wälder tragen mussten, um sie zu beerdigen. Diese Wege wurden von einer Reihe Steinen oder Holzkreuzen gekennzeichnet, um die Trauernden anzuleiten. Die letzte bekannte Benutzung eines Leichenweges fand 1736 in Cumbria statt, zwischen dem Dorf Mardale Green und der Pfarrkirche von Shap, eine Entfernung von rund 6 Meilen (10 km) über steile Hügel.

Marzipan – eine Süßigkeit, welche in England »marchpane« und dann »marzipan« genannt wurde. Obwohl einige Städte in Europa behaupten, es erfunden zu haben, als eine Dürre herrschte und Mandeln die einzige zum Überleben verfügbare Feldfrucht war, glauben die meisten Forscher, es sei tatsächlich ungefähr im achten Jahrhundert im Mittleren Osten erfunden und von zurückkehrenden Kreuzfahrern nach Venedig gebracht worden. Da Zucker eine Hauptzutat war, war es teuer. Erst im 15. Jahrhundert wurde es in England weithin verzehrt.

Nixie – ein wunderschöner, aber böser, weiblicher Wassergeist. Ihre Haut soll weiß oder durchscheinend wie Wasser sein.

Runenzauber – Die Menschen glaubten, dass Zauberer und Hexen die Macht besaßen, einen Runenzauber heraufzubeschwören, in Gestalt eines Tieres oder Insekts, das Hunderte Meilen zurücklegen konnte, um sein Opfer zu töten. Diese wurden häufig gegen Übeltäter geschickt, die geflohen waren, oder gegen diejenigen der Gemeinschaft, die das Versprechen gebrochen hatten, nach Hause zurückzukehren. Opfer spürten sein Herannahen schon mehrere Stunden oder Tage, bevor es sie erreichte, und fühlten sich zunehmend schläfrig, schlecht und verängstigt.